中国社会科学院老学者文库

巴尔加斯·略萨研究

朱景冬 ◎ 著

中国社会科学出版社

图书在版编目（CIP）数据

巴尔加斯·略萨研究／朱景冬著 . —北京：中国社会科学出版社，2021.3
（中国社会科学院老学者文库）
ISBN 978 - 7 - 5203 - 7841 - 3

Ⅰ.①巴… Ⅱ.①朱… Ⅲ.①略萨—人物研究②略萨—小说研究
Ⅳ.①K837.785.6②I778.074

中国版本图书馆 CIP 数据核字（2021）第 023413 号

出 版 人	赵剑英	
责任编辑	陈肖静	
责任校对	刘　娟	
责任印制	戴　宽	

出　　版	中国社会科学出版社	
社　　址	北京鼓楼西大街甲 158 号	
邮　　编	100720	
网　　址	http://www.csspw.cn	
发 行 部	010 - 84083685	
门 市 部	010 - 84029450	
经　　销	新华书店及其他书店	

印　　刷	北京君升印刷有限公司	
装　　订	廊坊市广阳区广增装订厂	
版　　次	2021 年 3 月第 1 版	
印　　次	2021 年 3 月第 1 次印刷	

开　　本	710×1000　1/16	
印　　张	26.75	
字　　数	348 千字	
定　　价	148.00 元	

凡购买中国社会科学出版社图书，如有质量问题请与本社营销中心联系调换
电话：010 - 84083683

2007 年 10 月

Desde 1975 Vargas Llosa le daba vueltas a la idea de una novela sobre el dictador dominicano Trujillo, que finalmente empezó a escribir hace tres años

2000 年左右

巴尔加斯·略萨和他的母亲

巴尔加斯·略萨的漫画像

巴尔加斯·略萨和他的第二任妻子帕特里西娅

《塔克纳城的小姐》剧照

1994 年获塞万提斯文学奖

巴尔加斯·略萨在写作

1990 年在利马斗牛场发表竞选演说

巴尔加斯·略萨、马尔克斯与察应为索和他们的夫人

巴尔加斯·略萨和加西亚·马尔克斯

巴尔加斯·略萨和马尔克斯、多诺索等作家在一起

1969 年巴尔加斯·略萨和第二任妻子帕特里西娅在"大教堂"咖啡馆里

巴尔加斯·略萨和他的第一任妻子胡利娅

目　　录

前　　言

　　巴尔加斯·略萨是当今拉丁美洲享誉世界的著名作家，2010年诺贝尔文学奖获得者。由于在小说创作上采用新奇独特、多姿多彩的结构形式反映现实，而被称为结构现实主义大师。

　　巴尔加斯·略萨是一位多才多艺多产的作家，他在长篇小说、短篇小说、戏剧、回忆录、散文和议论等方面，都取得了突出的成就。据不完全统计，迄今为止他已出版长篇小说19部，短篇小说2部，戏剧9部，散文著作23部，随笔无数篇……作品之多难以计数，尤其在小说创作上，取得了非凡的艺术成就。在表现手法、艺术技巧和语言运用等方面都极富探索和创新，将现代派和现实主义等多种文学流派的表现手段，娴熟地运用于创作，艺术上达到了几乎无人与之比肩的刻度，令文学批评家和读者叹为观止。

　　但是，不无遗憾的是，这样一位成就卓著、贡献巨大、享誉世界的文学巨匠，在我国并没有得到充分的重视，就是说，长期以来我们偏重于翻译他的作品（而且主要是小说），而不重视对其人其作的全面研究。虽然我们知道他是一位有着不寻常的才能的作家，但是他有怎样的人生经历，如何成为这样的一位作家，他在文学创作上究竟取得了怎样的艺术成就等，我们都缺乏应有的了解。无疑，这是我们在研究拉美文学和这位作家方面的欠缺之处。而在国外，特别是西班牙和拉丁美洲各国甚至欧美的学者对他的研究极为深入。有关著作数不胜数，研究文章更是多如牛毛，这令我们望尘莫及。我们不得不快马加鞭，奋起直追。

基于上述理由，本人撰写了这部关于巴尔加斯·略萨及其创作的研究性著作。这本著作在充分占有材料和悉心研究的基础上，评述了巴尔加斯·略萨的身世、经历和取得的文学成就，从而将巴尔加斯·略萨这位文学大师的非凡一生和整体形象展示给我国读者。

在结构方面，本书分为巴尔加斯·略萨的似水流年、坎坷人生、小说创作及其方法、戏剧创作、散文著作和其他等八部分，比较全面地评述了巴尔加斯·略萨的各个方面，希望这本著作在学科建设上多少能填补空白，并能为我国的拉美文学研究者、翻译者、出版者和有关教学工作者提供一个指南，为我国的作家提供一个可以借鉴的参考。

瑞典皇家学院权威人士 2010 年 10 月 7 日宣布，"由于他对权力机构制图般的描绘和对个人反抗、反叛和挫败形象的精致描写，"[①] 而将 2010 年度的诺贝尔文学奖授予秘鲁——西班牙作家马里奥·巴尔加斯·略萨，这样，巴尔加斯·略萨就成为西班牙语文学界第 11 位获此殊荣的作家。虽然瑞典皇家学院忽略他多年，还是把此奖授给了他。拉丁美洲和西班牙文学界以及众多媒体普遍认为他获奖是实至名归，"即使和以往众多获奖者相比，他也是出类拔萃的"。

作为一位作家，巴尔加斯·略萨有其异乎寻常的人生经历。1936 年 3 月 28 日，巴尔加斯·略萨生于秘鲁阿雷基帕市，不久父母离异，他不得不随母住在外祖父家。翌年外祖父被派往玻利维亚任领事，年幼的巴尔加斯·略萨只得和母亲一起前往，侨居他

---

① 瑞典皇家学院给略萨颁奖仪式上的授奖词。

乡。9 年后才重返故土，第一次见到了父亲。14 岁时，父命难违，他被迫上军校读书。学校纪律森严，像一座监狱，他的心灵受到严重创伤。后来他写了一部反映军校生活的小说《城市与狗》，由于小说锋芒毕露，刺痛了学校和军事当局的神经和脓疮，一千多册小说在校园里被当众付之一炬，他也被宣布为学校和秘鲁的敌人。但是，巴尔加斯·略萨却因祸得福，小说屡获大奖并译成至少 20 种文字，巴尔加斯·略萨成了蜚声海外的小说家。17 岁时，他考入利马圣马科斯大学，攻读法律和文学。由于参加和共产党有关的政治活动，受到当局迫害。1955 年，19 岁的巴尔加斯·略萨爱上了比他大 10 岁并且是离过婚的姨妈胡利娅，因而被亲友斥为败坏门风，"大逆不道"。面对多方压力，两人不得不逃往外地秘密结婚。在巴尔加斯·略萨父亲的威逼下，胡利娅只好前往智利她祖母家避风。但木已成舟，他父亲只好默许。为了维持两人的生活，巴尔加斯·略萨不得不每天从事六七种工作，夫妇二人后来前往巴黎打拼谋生，但是入不敷出，难以为继。其后，由于巴尔加斯·略萨爱上了胡利娅的外甥女帕特里西娅，他们维持了 6 年的婚姻宣告结束。1977 年巴尔加斯·略萨以他们的婚恋经历为素材创作了小说《胡利娅姨妈与作家》，讲述了他们恋爱、结婚和共同生活的情形。1983 年后的十余年间，巴尔加斯·略萨热心于政治活动。他先是受特里总统委托调查 7 位记者在瓦埃乔村谋杀的事件，使一些军官受到查处；后来又积极反对阿兰·加西亚总统实行的银行国有化政策，创建自由运动组织，参加总统竞选。不料竞选失败，上台的藤森总统声称要剥夺他的国籍，他只得流亡西班牙，加入了西班牙国籍。西班牙国王卡洛斯提名他为皇家学院院士。1990 年，巴尔加斯·略萨逗留墨西哥期间指责墨西哥政府实行的是"百分之百的独裁制度"，因而受到当局仇视。他知道自己惹了麻烦，不能久留，随即离开墨西哥。2000 年，巴尔加斯·略萨出版揭露多米尼加前总统特鲁希略长达 30 年的独裁统治的小说《公山羊的节日》，虽然发行上万册，好评如潮，但被多米尼加右翼官员斥为"一派流言蜚语，一堆臭垃圾"。他在该国签售书和讲演时，都有保镖保护，不然肯定会遭到不测。近年间，巴尔加斯·略萨的自由思想泛滥，他和许多国家的前右翼首脑（西班牙前首相阿斯纳尔等）过从甚密，甚至公开支持智利右翼企业家皮涅罗竞选总统的运动，还参加与皮诺切特总统有关的纪念活动，引起拉美左翼作家的强烈不满。

在拉美文坛上，没有任何一位作家有巴尔加斯·略萨这么复杂的经历，不过这些不寻常的经历却为他提供了丰富的文学素材，他据此创作了多部优秀作品。

在文学创作上，巴尔加斯·略萨取得了非凡的文学艺术成就。巴尔加斯·略萨无疑是一位享有广泛国际声誉的、具有巨大影响的作家。他的文学创作涉及小说、戏剧、散文等各个领域。他的小说有《城市与狗》、《绿房子》、《酒吧长谈》、《潘塔莱翁上尉与劳军女郎》、《胡利娅姨妈与作家》、《世界末日之战》、《玛伊塔的故事》、《是谁杀了帕洛米诺·莫雷罗?》、《安第斯山上的利图马》、《公山羊的节日》、《天堂在另一个街角》和《一个坏女孩的恶作剧》；戏剧有《塔克纳城的小姐》、《凯蒂与河马》、《琼加》和《阳台狂人》；散文有文论《一部小说的秘史》、《替白郎·蒂朗下战书》、《无何止的纵欲：福楼拜与〈巴法利夫人〉》、《谎言中的真实》、回忆录《水中鱼》；评传《加西亚·马尔克斯：一个弑神者的历史》；随笔集《致一位青年小说家的信》、《逆风顶浪》（三卷）等。他的各类著述多达 56 部，其中至少有 28 部译成英文，42 部译成法文，36 部译成德文，16 部译成瑞典文，不少作品译成中文。巴尔加斯·略萨以其成就赢得的奖项和荣誉称号难以计数，最重要的有塞万提斯文学奖、阿斯图里亚斯亲王文学奖、行星小说奖、简明丛书奖、埃尔南德斯·佩拉约国际文学奖、罗慕洛·加列戈斯国际小说奖等，以及欧美许多大学和学术机构授予的名誉博士称号。

巴尔加斯·略萨小说的风格独树一帜，被称为结构现实主义。这是因为他的小说既具有批判现实主义的内容，又有独特的艺术结构形式。他认为文学的使命是"反对压迫，揭露矛盾，批判黑暗"，"小说家应该像秃鹰食腐肉一样，抓住现实中的丑恶现象予以揭露和抨击，从而加速旧世界的崩溃"，所以他的小说大多具有批判丑恶现实的内容。比如在《城市与狗》中，暴露腐朽的社会如何逼迫青少年走上犯罪道路，人与人之间如何尔虞我诈，弱肉强食；在《绿房子》中，通过一家妓院的兴衰史，一方面描写了印第安人的悲惨生活，另一方面揭露了军队、教会和地主对劳动人民的剥削、压迫和戕害；在《潘塔莱翁上尉和劳军女郎》中，以辛辣和嘲讽的笔触鞭挞军事独裁当局以伪善的手段凌辱无辜妇女的卑劣行为；在《酒吧长谈》中，作者集中火力痛击秘鲁军事独裁当局监禁、流放和屠杀人民的血腥罪行，暴露政府官员中饱私囊、卖官鬻爵、敲诈勒索、出卖告密、造谣生事、为非作歹，把秘鲁搞得乌烟瘴气、暗无天日的丑恶嘴脸；在《世界末日之战》中，作者以愤怒的笔触抨击反动当局调集六千正规军镇压三千名为保卫生存而战的起义勇士的血腥暴行……总之，巴尔加斯·略萨的小说一般都具有鲜明的批判现实主义的倾向，正如他讲过的，"文学是一团火"，"是对社会现实不妥协的武器，是预言旧世界行将覆灭、新世界即将来临的先声"。

在小说的结构和叙述形式上，巴尔加斯·略萨也有其独特的观念。他认为小说创作应该打破传统的线型结构样式和平铺直叙的叙事方法，采用各种新颖别致的结构模式安排情节、讲述故事，艺术地反映社会现实，因为现实生活是丰富多彩的、复杂多变的，更何况时代在前进，读者的品味在变化，文学作品也应该是多姿多彩、富有诗意的艺术品，否则就不能反映社会现实的复杂性和多样性，作品难免流于平庸、平淡，缺乏吸引读者的魅力。他主张艺术地再现现实，创作一种艺术小说。所以他在小说结构和表现手法上竭力求新求变，怎么新颖怎么艺术就怎么写。比如在《绿房子》中，他把五个故事分成若干片断，然后话分两头，各表一枝，由于时空顺序被打乱，叙述形式就变得多样化了：叙述中出现跳跃、颠倒、交叉和合并，使叙述变得多姿多彩。在《酒吧长谈》中，他采用一种波状涟漪组合的结构形式，每道涟漪都是一段故事情节，都由一组或多组对话构成，环环相扣，犹如万花筒，色彩斑斓，花样万千。在《胡利娅姨妈与作家》中，他把20个章节做了这样的安排：单数各章讲述主要故事，即作家和胡利娅的恋爱过程，双数各章则讲述一系列独立成篇的小故事。两部分看似互不相干，但整体看来却互为补充，相辅相成，构成一件完整的艺术品。总之，巴尔加斯·略萨的这种结构形式既新奇、独特，又具有艺术性，他的大部分小说都是他的结构现实主义的理想之作。这类小说由于采用多层次、多角度的叙述方式，又被称为"立体小说"或"全面体小说"。巴尔加斯·略萨认为，"表现现实的角度愈多，小说就愈出色。《战争与和平》是这样，某些骑士小说也是这样。而现今的小说往往采用一条渠道，一个角度表现现实。我却相反，我主张创作全面体小说，即雄心勃勃从现实的一切方面、一切表现上来反映它"。

巴尔加斯·略萨被授予诺贝尔文学奖，这是对他的整体文学生涯的褒奖，也是对当代拉美文学的肯定。巴尔加斯·略萨不失为一代"天骄"，一位叱咤风云的文坛巨子。

一 巴尔加斯·略萨的似水流年

家世与童年

巴尔加斯·略萨在他的长篇回忆录《水中鱼》中追忆了他大半生的经历。关于他的家世和童年，他是这样记述的："我母亲19岁，她陪伴我外祖母卡门——她是塔克纳人——去塔克纳城。她们从阿雷基帕出发（当时全家住在这座城市里），去参加某位亲戚的婚礼，那是在1934年3月10日，就在省里那个小城市刚刚修建的、勉强维持的机场上，有人把帕那格拉电台（最早名叫泛美电台）的代理人埃内斯托·J.巴尔加斯介绍给她。此人29岁，是个很帅的小伙儿。我母亲迷上了他，那时起直到永远。他应该也爱上了她，因为她在塔克纳度过了几个星期的假期回到阿雷基帕后，他给她写了好几封信，甚至在帕那格拉电台搬到厄瓜多尔的时候，他还特地去跟她告别。就是在那次阿雷基帕的短暂逗留中，两个人正式确定了恋爱关系。后来的交往是通过书信进行的。直到一年后两人才重新见面，因为我父亲——帕那格拉电台又刚刚搬迁，这一次是迁往利马——又来到阿雷基帕，是来结婚的。1835年6月4日，二人结了婚，住在帕拉大街外祖父母家里，为此那所房子被精心地布置了一番。从保存下来的照片上（许多年后他们才拿给我看）可以看到多丽塔①穿着白色拖地半透明的薄纱长礼服，表情毫无光彩，反倒很严肃，她那一对深色的大眼睛里闪现着一片对难料的未来的询问的阴影。"②

"未来给的回答是一场灾难，婚礼后，他们立即去了利马，那时我父亲在帕那格拉电台任技师。他们住在米拉弗洛雷斯区阿尔半索·乌加特街的一幢小房子。从第一刻起，他就表露出略萨家族委婉的说法：'埃内斯托的脾气很坏'。多丽塔被迫服从一种监狱的制度，禁止她去看朋友，尤其不准她去探索，必须永远呆在家里。只有在我父亲的陪伴下才能出门，或者去看电影，或者去拜访大舅子塞萨尔及其妻子奥里埃丽，他们也住在米拉弗洛雷斯区。吃醋的场面不断发生，无论什么借口，有时没有借口，并且可能引发暴力事件。"

"婚后不久，我母亲就怀孕了，等待我的出生。怀孕最初那几个月，她是一个人在利马度过的，偶尔有她嫂子奥里埃丽来做伴。我父母之间的家务争吵连续不断。对母亲来说，生活太困难了。尽管如此，她对我父亲的热烈的爱依然未减弱。有一天，外祖母卡门从阿雷基帕通知我母亲说，等我母亲分娩的时候她要来陪伴她。我父亲已经被派往拉帕斯去开设帕那塔拉的办公室。似乎这是世界上最自然的事：行前他对妻子说：'你最好还是去阿雷基帕生孩子。'他就这样安排了一切，我母亲竟然没有怀疑他们策划的事情。1935 年 11 月的一天早晨，他像一个亲密的丈夫那样告别了怀孕五个月的妻子。"

"此后他再也没有给她打电话，没有给她写信，也没有给她他还活着的任何信息，直到 10 年后，就是说，在不久前的那个下午，在波乌拉埃吉古伦防波堤上，我母亲对我透露说我一直以为

---

① 作者的母亲多拉的昵称。
② 此引及以下引文均引自赵德明译《水中鱼》一书。

在上天的那个父亲如今还在地上活着，并且到处游荡。"

"幸亏我外祖父母、我姨外婆艾尔维拉和她所有的兄弟姐妹表现得都很好。他们都爱她，保护她，使她感到虽然失去了丈夫，但她永远有一个家和一个家庭。"

"1936 年 3 月 28 日黎明，经过长时间、痛苦的分娩后，我在帕拉大街一所住宅的二层楼上出生。外祖父通过帕那格拉电台给我父亲拍了一份电报，通知他我已经来到这个世界。他没有回报，我母亲给他写了一封信，告诉他已经给我取了马里奥这个名字，他也没有回信。"

不久后，塔内斯托和多拉通过一位亲戚和律师协议离婚。但是当 10 年后他们在皮乌拉和马里奥团聚时，马里奥的母亲仍然爱着塔内斯托。

"我出生后的第一年，我在出生的城市度过的唯一的一年，我一点也不记得的一年，对于我母亲、我外祖父母和其他家庭成员——按照保守派表达的全部含义，这是一个典型的阿雷基帕资产阶级家庭——是地狱般的一年，大家共同忍受着这个被遗弃的女儿、现在又是一个没有父亲的儿子的母亲的羞辱。对阿雷基帕那个具有偏见、又特别爱大惊小怪的社会来说，发生在多丽塔身上的秘密引起了许多流言蜚语。除了去教堂，我母亲绝对不上街，而专心照看这个新生儿。外祖母和姨外婆也帮助她，她们把这第一个外孙变成了家里最受溺爱的人儿。"

"我出生一年后，外祖父和萨伊德家族签订了一项耕种这个家庭在玻利维亚靠近圣克鲁斯的地方刚刚买下的几块地（赛皮纳庄园）的合同，他想在那里引种棉花，而他曾在卡马那成功种植过。尽管从来没有人对我讲过这件事，但是谁也不能从我头脑中除掉它：外祖父的大女儿的不幸遭遇——我母亲的被遗弃和离婚给大家带来的巨大烦恼，促使外祖父接受了那份使全家从阿雷基帕迁走的工作，此后他们再也没有回来。我母亲关于那次搬家曾这样说：'搬到别的国家，别的城市去，在那里人们能让我安静地生活，这真叫我大大松了一口气。'"

"略萨一家搬到了科恰班巴，当时这座城市比圣克鲁斯那个小小的孤零零的小城更适合居住，安家之处是拉迪斯洛·卡夫列拉街的大房子。我在那里度过了我的全部童年，我记得那幢大宅子像一座伊甸园……"

"房子很大，我们都住在里头，每个人都有自己的房间，外祖父母、姨外婆、妈妈和我、胡安舅舅、劳拉舅妈、他们的女儿南希和格拉迪兹、卢乔舅舅、豪尔赫舅舅和在智利学医的佩德罗舅舅，但是他经常回来和我们一起度假期。此外，还有女仆和厨娘，从来没少过3人。在那个家里，我既自负又任性，甚至干出一些极端的事情，我简直成了一个小怪物。自负是因为对我外祖父母来说，我是第一个外孙；对舅舅们来说，我是第一个外甥；我还是可怜的多丽塔的儿子、一个没有了爸爸的孩子。没有爸爸，确切地说，我爸爸在天上，这并不是什么让我感到痛苦的事；恰恰相反，这个条件却为我提供了一种特权地位；缺少亲生父亲已经由几个代替者：外祖父和胡安、卢乔、豪尔赫与佩德罗舅舅，给了补偿。"我的顽皮行为导致我母亲在我5岁时就在拉萨勒学校给我报了名，这比修士们建议的早一年。不久我就在胡斯蒂尼亚诺修士的课上学会了阅读，这可是在埃吉古伦防波堤那个下午之前我的生活中发生的最重要的事情；这多少平息了我的一些冲动。因为阅读"比利肯斯"、"佩内卡斯"和各种故事书与冒险图书变成了一件令人激动的事情，可以让我安静许多个钟头。不过阅读并不妨碍我游戏，我能把全班同学邀请到家里来喝茶，对这种过分的行为，外祖母和姨外婆——如果上帝和天堂存在的话，我希望她们能受到适当的奖励——只能一声不吭地忍受，还要卖力地为所有这些孩子做黄油面包、冷饮和牛奶咖啡。"

"直到1945年底以前我在玻利维亚期间，我一直相信圣婴的那些玩具，相信白鹳把娃娃从天上带到人间来，那些忏悔者所说的坏念头一个也没有从我的脑海里闪过。那些坏念头是后来出现的，那时我已经住在利马了。我是一个顽皮和爱哭的孩子，不过纯朴得像一朵百合花。在信仰上我是虔诚的。我记得第一次饮圣餐那一天，那是一个美丽的大事件；我记得拉萨勒学校的校长阿古斯丁修士每天下午在学校的小教堂里给我们上的那些预备课和那个激动人心的仪式——我穿着一身白衣服，全家人在场——我从科恰维巴大主教手里接过圣饼，这个显要的人物身披紫色的圣服，每当他从街上经过或者出现在拉迪斯拉奥·卡夫列拉（他曾任秘鲁驻玻利维亚领事，我外祖父也曾任秘鲁驻玻利维亚的名誉领事）的住宅里时，我总是赶紧上前去吻他的手。"

马里奥在科恰班巴拉萨勒学校读到小学 4 年级。"我记得《带面具的狐狸者》（每周讲三个故事的系列电影）中的'影子'的冒险。这是那个时期的中心事件，当然也是阅读中的发现。""对我来说，阅读成了一种令人着迷的经历。在每个圣诞节（这是一年中另一个美妙的时刻）前，我记得我总要请求圣婴给我带书来。我记得某年 12 月 25 日醒来时床铺周围都是书，那幅场景令人难忘。我的舅舅们都送书给我，特别是小说。有卡尔·麦[1]，他是写遥远的西部故事的德国人，那个西部我从没有去过。然后是埃米利奥·萨尔加里[2]，他写有《桑多甘》等小说。同样我也记得关于那个时期在全拉丁美洲流行的两个杂志的许多情况：一个是阿根廷的《比利肯斯》，一个是智利的《佩内卡》。这些杂志是为了读故事和连载小说；不是看国内的杂志。"（《马里奥·巴尔加斯·略萨：运动中的生命》，2003 年，利马）

---

① 卡尔·麦（1842—1912），德国探险作家。

② 埃米利奥·萨尔加里（1862—1911），意大利作家。《桑多甘》是他描写海盗的小说。

　　马里奥在皮乌拉的萨莱西亚诺学校读了小学五年级。在《马里奥·巴尔加斯·略萨：运动中的生命》①一书中，马里奥回忆说："来到秘鲁，我感到非常兴奋，但这也是一件使我受到一定创伤的事情，因为在学校里我的说话方式受到了别人的嘲笑。我说话像个山区的人。就在那个时候我明白了婴儿的来历。我记得有一天我和阿塔迪兄弟、胖子西尔瓦，还有豪尔赫·萨尔一起在皮乌拉河里游泳，我听见他们谈论婴儿是怎样来到世界上的。我感到沮丧极了，因为我知道了男人和女人竟然干那么肮脏的事情。这使我受到了伤害。"

　　在这同一本书里，马里奥谈到了他这个读者的习惯："在皮乌拉，我进行了大量的阅读。我是一个看书的疯子。我比在玻利维亚时读的书多得多。在拉莫斯·桑托拉亚的书店里，我是一个系统的购书人……我惊异地阅读描写吉列尔莫的系列小说，吉列尔莫是一个和我年龄差不多的孩子，他跟他的外祖父有着奇妙的关系，他跟外祖父一起玩各类顽皮的游戏……在皮乌拉，我开始写小诗……我妈妈给我很大鼓励，我的卢乔舅舅也写诗，年轻时就写，我是在他给我朗诵几首诗时知道的。我问他，诗是谁的。他没有说是谁的，所以我明白是他自己写的。"

　　1946年，多丽塔带着儿子马里奥去见他父亲。和父亲的相遇这件事彻底影响了这个孩子的命运，改变了他母亲、舅舅们和外祖父母对他的溺爱和娇惯。父亲的缺失和突然的相遇，深深地影响了这个作家，甚至也影响了他作品中的一些人物，《城市与狗》中的里奇，《酒吧长谈》中的昂布罗西奥和《玛伊塔的故事》中的玛伊塔，他们都有同样的矛盾。

　　马里奥和他的父母后来去了利马，在那里定居下来，但是新的冲突又开始了。

----

　　①　秘鲁作家阿隆索·库埃托对巴尔加斯·略萨的访谈，2003年。

少年时代

1947 年，巴尔加斯·略萨在利马读小学六年级；1948—1949
年，他在位于阿里卡大道的拉萨勒中学读了初一和初二："上中学
一年级时，我的音乐不及格。我的嗓子不好。考试时老师要我唱
国歌的第一节，我唱了。我唱得声音很大。老师认为我是开玩
笑。"（1966 年 8 月 22—31 日《面具》第 337 期）。未来的自由主
义信仰者唱的秘鲁国歌第一节是"我们是自由的"，颇具讽刺
意味。

"我在拉萨勒上学时就开始读法国作家的书了。大仲马的作品
完全把我迷住了。我相信，他是我所读的第一位作家。那时我寻
找的不是故事书，而是大仲马先生写的作品。我读了他的一系列
作品：《三个火枪手》、《二十年后》、《布拉热洛纳子爵》、《一个
医生的回忆》。在那个时期阅读远远不只是娱乐，因为阅读使我感
到世界充实了，而那时的世界已经变得非常空荡"。（《马里奥·
巴尔加斯·略萨：运动中的生命》，2003 年，利马）

当他父亲埃内斯托得知年少的马里奥从事写诗这种他认为缺
乏男子汉大丈夫气概，甚至和同性恋联系在一起的活动时，就把
他送进了利马莱翁西奥·普拉多军校。在这所学校里，马里奥上
中学三年级（1950—1951）："虽然在莱翁西奥·普拉多军校的经
历为我带来些许创伤，但是让我对我国的现实睁开了眼睛。我看
到了秘鲁这个国家充满了矛盾冲突，有多种语言的文化，有充满
怨恨和偏见的种族……我父亲认为一个致力于文学的孩子，其人
生会遭受失败。对他来说，文学不是一种能够养家糊口的工作。
庆幸的是，莱翁西奥·普拉多军校并没有扼杀我的文学爱好，因
为我在这里写了情书、中篇小说，我发现文学是我的爱好。"
（《水中鱼》）

"当然，被幽禁在学校里使我吃了不少苦头。我本想当水手的，我本可以读完三年级后去上海军学校。我把上海军学校的文件都送去了，但是没有被接受，因为我还差几个月不够最低录取年龄。学校让我再等一年。"秘鲁记者塞尔希奥·比莱拉写了一本关于莱翁西奥·普拉多军校那个时期的情况的书，题目叫《士官生巴尔加斯·略萨》（行星出版社，2003）。巴尔加斯·略萨的第一部小说《城市与狗》便是以莱翁西奥·普拉多军校为背景的（至少看来是这样）。正像后来发生的那样，以军校为故事场景的这个做法，决定了他所遭受的第一次不幸：学校当局宣布他是秘鲁的敌人，并把几千册书焚毁。

1952 年夏（1952 年 12 月下半月到 1953 年 3 月），在父亲的帮助下，巴尔加斯·略萨进行利马《纪事报》工作。在该报的经验——在那里认识的人物和发生的事——对他后来创作长篇小说《酒吧长谈》十分有用（"我在刑侦部工作，我记得我经常在城市里长时间东奔西走，不过我也写故事和长篇小说提纲"）。《最后一点钟》报的人物卡利托斯·内伊和诺文，甚至具有缪斯特点的一个妓女是曾经存在的，有一些人如今仍然存在。这些经验在马里奥的人生中是很重要的，在他的回忆录的一章中有所叙述。

夏天过后，他没有能在莱翁西奥·普拉多注册上最后一年，对此，他在回忆录里讲，他曾做过努力，后来他也没有在利马的任何一所学校找到读书的机会。通过卢乔舅舅的帮助，他去皮乌拉进皮乌拉国立圣米格尔中学读五年级（1952）。同时他在《工业日报》社找到一份工作。就在那一年，他写了第一个剧本《印加王的出逃》，此剧获得了一项学校奖，奖励内容是七月间在多样化剧院上演剧本。作者自己任导演。虽然演出在省内取得成功，但是巴尔加斯·略萨一直不允许剧本出版（他母亲保留着马里奥掌握的手稿的一部复印稿。此外，马里奥自己在他的钱包里保存着一份演出时分发的节目单，作为护身符）。趁这次来皮乌拉的机会，年轻的马里奥终于访问了他小时候见过的"绿色之家"，结识了哈维尔·西尔瓦·鲁埃特等朋友，此人也是《胡利娅姨妈和作家》等小说中的人物，如今他是秘鲁的一位著名经济学家。

青年时代

中学毕业后，马里奥于1953年回到利马进圣马科斯大学攻读法律与文学。文学是作为一种爱好而学的，法律则是作为一种挣钱糊口的手段而学的，以满足家庭的需要，而律师证书也许将来对他有用。但是到了第五年他就放弃了（据马里奥说，那时这个专业要学习七年）。

大学的经历跟从事新闻工作的经历一样，为他创作《酒吧长谈》一书提供了基础。他把这部小说献给那些年他的两位朋友："谨以最诚挚的感情将本书献给住在佩蒂·杜阿路上的博尔赫斯研究者路易斯·洛埃萨[①]和'海豚'阿维拉多·奥肯多[②]。你们那时和现在的兄弟勇敢的小萨特[③]。"

1948—1956年独裁者曼努埃尔·阿波利纳里奥·奥德里亚执政期间，对进步人士进行镇压，马里奥作为持不同政见者在大学一年级参加了一个名叫卡维德的共产党支部，此事在小说中有详细描写。

那个时期，他已在十分努力地写短篇小说，并开始在报纸上发表：在《秘鲁水星》报上发表了《首领们》，在《商报》上发表了《祖父》。

---

① 路易斯·洛埃萨（1934—），秘鲁作家。

② 阿维拉多·奥肯多，秘鲁诗人。

③ 上学时，朋友们给他起的绰号。

　　1955 年 3 月，马里奥和他的姨妈胡利娅·乌基迪·伊利亚内斯（卢乔·略萨舅舅的妻子奥尔加·乌基迪的姐妹，卢乔是马里奥的母亲的弟弟），不久后二人建立了恋爱关系。家庭对他们的关系的指责没能阻止他们来往，反倒推动他们做出了结合的决定。那个时期，秘鲁的法律不准小于 21 岁的男人结婚：当时马里奥 19 岁，胡利娅比他大 10 岁（据胡利娅在她的书《小巴尔加斯没讲的事情》中说的，她生于 1926 年 3 月。马里奥在他的回忆录里说，胡利娅比他大 12 岁，而不是 10 岁）。马里奥编造了出生日期，于 1955 年 3 月在钦查匆匆结婚，所经历的周折，他在他的小说《胡利娅姨妈和作家》（真实与虚构交织在一起）和他的回忆录《水中鱼》（据他的回忆，他讲的都是事实）中都有叙述。他父亲得知他举行了婚礼，发誓要"杀了他"：胡利娅被迫离开丈夫，前往智利圣地亚哥避风头。马里奥的朋友和老师劳尔·波拉斯·巴雷内切亚劝慰他父亲，让他撤销了废除马里奥婚姻的决定。马里奥·巴尔加斯·略萨在《水中鱼》中描述了他朋友和他父亲交谈的内容："无论怎样，结婚是一种男子汉行为，巴尔加斯先生，是男子气概的表现。没有那么可怕嘛。一个男子搞同性恋或吸毒，那会更糟，你说对吗？"

　　"从 1954 年 2 月起到 1958 年我去欧洲的前几天，我一直跟劳尔·波拉斯·巴雷内切亚一起工作。在那四年半的时间里，从星期一到星期五，从下午二点到五点，我在那里工作三小时。在那里的工作教我认识了，使我受到的教育比圣马科斯大学的课程还要多。"

　　为了维持婚后的生活，他同时要干七种工作，后来他称那样工作是"养家糊口的工作"：一，通过波拉斯介绍，他得到在全国笔会当图书馆馆长助理的工作（"我的工作是每天早晨在图书馆美丽的英式手工家具大厅用两个小时登新进的货物。不过像买书一样，进货很少。我可以利用那两个小时看书、学习或写文章")。他在那里看的最多的是性爱文学，就像萨德①一样："我在全国笔会的搁板上意外地发现了有水平的性爱文学，对我的作品具有影响，在我写的东西中留下了痕迹"。二，"有一段时间我在总墓地当墓地登记员（也是由波拉斯介绍）。三，当过中央电台（今天的泛美电台）的信息编辑，我在那里认识了广播剧作家劳尔·萨尔蒙，《胡利娅姨妈和作家》中的人物佩德罗·卡马乔。四，在《商报》的星期日副刊当过撰稿人。五，在《旅游》杂志工作过。六，在《秘鲁文化》工作过；七，在科利那街劳尔·波拉斯·巴雷内切亚家里（如今是劳尔·波拉斯学院）和他一起当调查员。"关于这最后一个工作，马里奥曾在他的著作《何塞·玛丽亚·阿格达斯和土著主义的想像》的献词中提到："为纪念劳尔·波拉斯·巴雷内切亚而作，我在科利那街他的图书馆里学习了秘鲁历史。"

他还有时间参加文学杂志出版工作，例如《创作手册》（1956—1957）和《文学杂志》，出了三期（1958—1959）。两家杂志都由马里奥·路易斯·洛埃萨和阿维拉多·奥肯多负责。由于马里奥以其短篇小说《挑战》（收进《首领们》一书）获《法国杂志》短篇小说奖，1957 年成为值得纪念的一年。奖励内容是去巴黎逗留两个星期。他用省下来的钱在那里呆了一个月。在他的回忆录中，马里奥详述了这次旅行的情景，包括和阿尔贝特·加缪的一次会见。加缪送给他一册《文学》杂志。

1958 年，马里奥在圣马科斯大学提交了题为《理解鲁文·达里奥的基础》的学士论文，其重要性在于它阐述了达里奥的短篇小说创作的过程，同时追寻了达里奥的天才之源。后来，马里奥继续研究加西亚·马尔克斯、维克多·雨果、阿格达斯和福楼拜等作家的想象的根源。

---

① 萨德，即法国作家萨德侯爵（1740—1814），是一个"性虐待狂"。

　　1959 年，马里奥第二次前往欧洲（法国，巴黎），这一次留在了那里。此前不久，他得到了去亚马逊地区旅行的机会，身负一项大学交给他的调查研究任务。这次经历成为他的小说《绿房子》创作的灵感之一。小说的环境是污秽的皮乌拉妓院和亚马逊地区的圣玛丽亚·德·涅瓦野蛮的丛林。关于这一点，马里奥在他的回忆录《水中鱼》和《一部小说的秘密》中具有非常详细的讲述。

　　其实，去法国，去巴黎，是他少年时代的梦想。他在 2002 年 3 月 21 日发表在《面具》杂志上的文章《当巴黎是一个节日》中这样写道："如果说我的全部童年都是在梦想巴黎中度过的，绝不是夸张。那时，我住在 50 年代闭塞的利马，我深信，如果没有在巴黎生活的经验，任何文学或艺术才气都达不到成熟的年龄，因为法国首都也是世界的思想与艺术之都，是新思想、新形式、新风格、新经验和新主题向世界其他地区放射光芒的光源，这一切，继往开来，奠定了未来文化的基础。"

　　1959 年，他再次到了巴黎，并且一下子就呆了七年左右。那时，法国知识界许多大人物的作品和思想几乎在全球范围内闪耀着光辉，他们仍然活在世上，其中不少人正处在人生的巅峰，如萨特、加缪、马尔罗、塞利纳、布勒东、阿拉贡、巴塔耶、莫里亚克、尤内斯库、贝克特等。的确，克洛德·西蒙、罗伯—格里耶的新小说曾流行一时，虽然没有留下多少痕迹，但是它毕竟是一种独特的小说流派，它破除了传统小说的规则，采用颠倒时空、内心与外界重叠、现实与回忆交叉、大量的内心独白等艺术手法，对传统小说的创作方法彻底革新。在文学和文化气息浓厚的巴黎，巴尔加斯·略萨如鱼得水，如饥似渴地吮吸着文学营养，在文学上有着长足的进步。他后来回忆说："在这些年里，由于我的倔强和妻子胡利娅的帮助及热情，加上又交上了好运，另外的预言（梦想和欲望）也都成为现实。我们终于住进了有名的巴黎阁楼。

而我，好坏且不说，总算成了个作家，出版了好几本书。"①

1960 年，他找到一份比较稳定的工作：作为记者进入《法国新闻报》西班牙文部，兼任法国对拉美广播的电台和电视节目撰稿人，负责选择消息，译成西班牙文，以便播送；他还负责一项每周一次的文学讲座。"我的工作从晚上 11 点开始，凌晨 3 点半结束。阅读到 6 点，睡觉到 12 点。每天下午写作，写 6 个小时，有时还要多些，有时达到 10 小时。"②

1962 年 10 月，巴尔加斯·略萨受法国广电局派遣，去墨西哥城做新闻采访。当时戴高乐总统去为在墨西哥著名的查普尔特佩克林区举办的一次大规模的展览会揭幕。就在那一天，他需要写一篇关于墨西哥内地塔拉斯科印第安人的万灵节的报道。在这次访问中，他结识了墨西哥作家卡洛斯·富恩特斯，二人无疑是 60 年代拉丁美洲文学界的佼佼者。马里奥从那里去了古巴，那些日子古巴正因为美军入侵科奇诺斯湾而感到紧张。

1962 年 12 月，马里奥被告知其小说《城市与狗》获得西班牙赛伊克斯·巴拉尔出版社举办的简明丛书奖，此作他是以题《说谎者》（曾取题《英雄的居所》）。此外，他还和赛伊克斯·巴拉尔出版社社长卡洛斯·巴拉尔结下了长久的友谊。如同胡利娅在她的回忆录里讲述的那样，马里奥在前往马德里的船上就开始写这部作品的手稿。由于她的帮助，初稿后来修改了好几遍，她也抄了好几遍。马里奥的这部小说被认为是开创了拉丁美洲小说"爆炸"的一个事件。但是，这部小说却受到了小说故事的发生地莱翁西奥·普拉多军校当局的否定，针对小说和作者的侮辱性的消息传遍了利马和秘鲁。

1962 年他就同时开始写两个故事，一个是关于丛林的，一个

---

① 《胡利娅姨妈和作家》，1977，第 20 章。
② 《面具》杂志，1966 年 8 月。

是关于他对皮乌拉的回忆的。为了搜集有关亚马逊丛林和印第安人的材料，1964 年他前往那片丛林，算是旧地重游，因为 1958 年他和墨西哥的人类学博士胡安·科马斯一道去亚马逊丛林上马拉尼翁地区远征。最后将两个故事融为一体，形成一部题为《绿房子》的小说（1966），出版时他把此作献给他的第二任妻子帕特里西娅。

1964 年和 1965 年间，马里奥和胡利娅离婚。"胡利娅姨妈和我离婚时，我的大家庭里许多人落了泪，因为所有的人（当然从我的父母开始）都很爱她。一年后当我重新结婚时，这一次是和我的表妹（奥尔加舅妈、卢乔舅舅的女儿，真是巧了），在家里激起的风波比第一次小多了（他们只是私下里议论）。是的，他们精心策划，逼着我在教堂里举行婚礼，甚至连利马的大主教也都参与策划（当然，他也是我们的亲戚），他迅速办了手续，批准我们结合。那时，我们的家庭已经从恐惧恢复过来，无论我干什么荒唐事都不感到意外了（这就等于事先就原谅我了）。①

马里奥·巴尔加斯·略萨是 1965 年 5 月在利马和他表妹帕特里西娅结婚的，而她是在巴黎索邦大学攻读法律时认识马里奥的。结婚后双双回到欧洲，在巴黎做短暂的逗留后很快便去了伦敦。

1964 年 6 月出版的《面具》杂志是这样报道他们的婚事的："马里奥·巴尔加斯·略萨新近的婚礼完全是私下举办的，一切都在家中：和他的表妹帕特里西娅结婚。参加婚礼的只有 6 位客人。事情是很隐秘的，因为婚礼就应该如此。马里奥和帕特里西娅长得很像，仿佛两个很好的阿雷基帕人去布兰卡城②去度蜜月，然后去巴黎居住。"婚后他们生了三个儿女：儿子阿尔瓦罗（1966）和贡萨洛（1967）及女儿莫尔加娜（1974）。

---

① 《胡利娅姨妈和作家》，1977，第 20 章。
② 罗斯塔黎加城市，亦称利维里亚城。

也是在 1965 年，出于对古巴革命的信任，马里奥第二次前往古巴，和何塞·莱萨里·利马、卡米洛·何塞·塞拉、海梅·萨维内斯（墨西哥）、埃德蒙多·阿拉伊（委内瑞拉）一起参加《美洲之家》的评奖工作。从此后，他成为《美洲之家》杂志的编委会成员，直到 1971 年因"帕蒂利亚事件"同卡斯特罗政权决裂。

在伦敦期间，他在玛丽皇后大学找到一份教授拉美文学的工作（从 1967 年起）。在这个时期，他才真正开始谈拉美作家们的作品。（在大学时代，像他在其回忆录里讲述的那样，他读过许多过去的秘鲁和拉美作家的作品）

1966 年他开始在伦敦定居，并出版第二部长篇小说《绿房子》，同年此作获西班牙文学批评奖。此外，他还作为《第一版》杂志举办的长篇小说奖评委会成员首次访问布宜诺斯艾利斯。马里奥在 2000 年 1 月 10 日的《面具》杂志上发表的一篇题为《为什么？怎么回事？》的文章中回忆说："六十年代中期我第一次去布宜诺斯艾利斯时，发现这座极其美丽的城市有比巴黎还多的剧院，那里的书店是我从没有见过的最令人渴望、最鼓舞人的书店。从那时起，我就对布宜诺斯艾利斯、对阿根廷怀有特别亲切的感情"。

这一年，他应邀出席在纽约召开的国际笔会代表大会。在大会上，他和妻子帕特里西娅同墨西哥卡洛斯·富恩特斯、乌拉圭卡洛斯·奥内蒂、埃米尔·罗德里格斯·蒙内加尔及巴勃罗·聂鲁达相遇，一见如故，无所不谈。

1966 年 3 月 18 日，马里奥的第一个儿子阿尔瓦罗·奥古斯托·马里奥·巴尔加斯·略萨在利马出生。本来将在巴黎生的，但是不巧马里奥要去布宜诺斯艾利斯担任《第一版》杂志评奖委员会评委，帕特里西娅只好去利马生产，在那里接受必要的照料。

离开伦敦玛丽皇后大学后，他先后担任华盛顿国立大学秋季班客座教授（1968）、位于石头河的波多黎各大学教授（1969）和伦敦大学金斯学院教授（1969）。关于在波多黎各的经历，马里奥在1972年这样说："我在波多黎各大学当了一学期的客座教授。当有人问我，我喜欢上什么课时，我选择了两种，归根结底是一件东西的两面：一是讲解加西亚·马尔克斯的作品，二是讲解小说家的才能。前者是对加西亚·马尔克斯的短篇小说和长篇小说的创作技巧的分析，后者是回答一些问题，例如：一个人为什么有一天决定写长篇小说？一个人听从命运的安排，自由选择一种文学爱好或匆匆从事文学创作，是偶然的事情吗？后来，当这种爱好得到表现时，为什么一个小说家喜欢写某些题材而不喜欢写另一些题材？"

在金斯学院，他继续上这些课程，后来他把这些课的教材运用于他的博士论文《加西亚·马尔克斯：一个弑神者的历史》（1971）。在这本书里他老实地承认："如果没有许多朋友：梅塞德斯和加西亚·马尔克斯、卡门·巴尔塞尔斯……以及波多黎各大学与伦敦金斯学院研究班的学生的帮助，我是不可能写成这部论著的。我由衷地感谢他们，特别是阿隆索·萨莫拉·维森特。"

1967年，马里奥出版中篇小说《幼崽们》，这是卢门出版社特别印制的、附有50年代利马的众多图片的一个版本。同年，《绿房子》获秘鲁国家长篇小说奖，《绿房子》的初版获委内瑞拉"罗慕洛·加列戈斯国际小说奖，他在1967年8月4日空谈的题为《文学是一团火》的致谢词曾广泛传播，并使被世人遗忘的秘鲁诗人何塞·奥肯多·德·阿玛特（1905—1936）广为人知。

几个星期后的1967年9月11日，马里奥的二儿子加夫列尔·罗德戈·贡萨洛出生，起这个名字是为了纪念他的老朋友加西亚·马尔克斯（他的两个儿子就叫罗德里戈和贡萨洛）。加西亚·马尔克斯和他妻子梅塞德斯·巴尔恰做了马里奥的儿子的干亲。

在这同一年，马里奥参加了两次重要活动。一是出席在巴黎

举行的保护秘鲁政治犯会议，他在会上遇见了让—保尔·萨特和
西蒙·德·波伏瓦。二是在签订了担任科教文组织的译员的合同
后，他和胡利奥·科塔萨尔及其当时的夫人奥罗拉·贝尔南德斯
一道前往罗马。

　　1969 年，他为西班牙加泰罗尼亚作家朱亚诺·马托雷尔的
《白郎·蒂朗》写了一篇序言，体现了他对骑士小说的崇赏。他在
序言中首次谈到了"全面体小说"，这是一种试图包括存在的一切
的小说。这篇序言和他关于这部小说的全部文论汇集在一起，形
成了一部题为《为白郎·蒂朗下战书》的文集，1991 年由西班牙
塞伊克斯·巴拉尔出版社出版。

　　同年，马里奥发表了他于 1966 年开始写的第 3 部长篇小说
《酒吧长谈》。这是他已出版的小说中花费功夫最多的作品（这是
一部"全面体小说"），和后来的作品相比，它则是一部最朴实的
小说。而 1977 年开始写的《世界末日之战》将是一部同样雄心勃
勃的、甚至部头还要大的作品。

人到中年

　　70 年代伊始，马里奥·巴尔加斯·略萨移居巴塞罗那，一直
住到 1974 年 7 月，然后返回秘鲁。在一篇谈论他的文学代理人卡
门·巴尔塞尔斯的文章中，他这样回忆那个时期的情况："在七十
年代末期，我在伦敦大学金斯学院教授文学。她（卡门·巴尔塞
尔斯）突然来到我家，命令我说：'把你的课程辞了吧，你必须完
全致力于写作'。我回答她说，我有老婆和两个儿子，我不能干那
种让他们饿死的坏事。她问我，教书我能挣多少钱。我说相当于
500 美元。她说，'我给你，从本月月底开始。你离开伦敦吧，领
到巴塞罗那来，这里生活更便宜。'我听从了——就在那时，我明
白了，就像任何一位编辑一样，要违抗卡门的命令是徒劳的——

对此，我从没有后悔过，因为我在伯爵城①生活的 5 年是我一生中最幸福的，是结识新的朋友，提高文学与政治热情，培养伟大的幻想，分享有力的文化与社会革命，实现西班牙习俗、思想、价值和文学伟大现代化——这个过程开始于巴塞罗那，在 70 年代，这个城市给于这个过程以巨大的活力——的 5 年。"

1971 年，马里奥以其论著《加西亚·马尔克斯：一个弑神者的历史》获得马德里康普卢滕塞大学授予的文学博士学位，这部论著作同年 11 月由卡洛斯·巴拉尔出版社（已和塞伊克斯·巴拉尔出版社分离）出版，被认为是马里奥的首部论著。1972 年在接受秘鲁《商报》的采访时，马里奥除了介绍将于 1973 年出版的《潘塔莱翁上尉与劳军女郎》外，还评论这部论著说："这是一个老早的计划，从 1958 年我第一次去丛林时就想讲述的历史。但是其他的书把它推迟到了现在。"

在 70 年代，马里奥和以色列结下了深厚友谊，这种关系一直持续到今天，他经常撰写关于巴勒斯坦—以色列形势的专栏文章。1975 年，耶路撒冷希伯莱大学任命他为该校的名誉成员，第二年拉丁美洲犹太人学会授予他 1977 年度人权奖。

"帕迪利亚事件"发生后，马里奥于 1977 年和菲德尔·卡斯特罗政府彻底决裂。在"帕迪利亚事件"中，古巴诗人埃里维托·帕迪利亚由于在其诗集《在游戏之外》中存在"反革命的影射"而被监禁，随后被迫公开承认错误。对所有在一封谴责这种监禁的公开信上签名的人，其中有让—保尔·萨特和卡洛斯·富恩特斯，菲德尔·卡斯特罗都进行了攻击。马里奥也签了名，并且他还是起草公开信的人之一。从那时起，特别是在 70 年代，拉丁美洲掀起了一场反对马里奥及其作品的运动。马里奥在一个时期采取了一种社会民主主义的立场，同时他开始阅读卡尔·波珀

---

① 巴塞罗那的俗称。

和其他自由主义思想家的著作，在 80 年代，他彻底和自由主义结下不解之缘。

从 1973 年开始，他花了两年时间从事研究工作，写了《无休止的纵欲：福楼拜与〈包法利夫人〉》一书（1975 年，塞伊克斯·巴拉尔出版社）。

1977 年 3 月，马里奥被选为秘鲁语言科学院院士，两个月后被选为国际笔会主席，这个职务，他一直担任到 1979 年，他以此职曾去世界上的许多国家旅行。

1974 年 1 月 16 日，马里奥和帕特里西娅的女儿希梅娜·万达·莫尔加娜·巴尔加斯·略萨在巴塞罗那德克修斯医院出生。J. J. 阿尔马斯·马塞洛在他的小册子《巴尔加斯·略萨，写作的弊病》中说，"当为她施洗礼时，神甫不允许她叫万达·莫尔加娜，显然她父母是想以此纪念 1962 年 6 月 22 日发生在西印度群岛中的瓜达尔佩多上的皮特尔角飞机失事中遇难的帕特里西娅的姐姐万达和骑士小说中的传奇人物蒙尔加娜仙女。神甫建议给她取更符合基督教义的名字"希梅娜"，巴尔加斯·略萨夫妇接受了这个也符合西班牙文学作品《熙德之歌》史诗的骑士传统的小小的改变。"

在巴塞罗那生活的岁月可能是马里奥一生中度过的朋友友谊最深厚的岁月。他在那里的住所距离加西亚·马尔克斯夫妇的公寓一个街区；他"终生的朋友、文学代理人卡门·巴尔塞尔斯和智利作家何塞·多诺索也住在这个城市里；墨西哥作家卡洛斯·富恩特斯和阿根廷作家胡利奥·科塔萨尔也经常去那里。关于那个时期的情况，何塞·多诺索在他的著作《文学"爆炸"亲历记》中讲述得很详细。

然而，在 1976 年 2 月，马里奥和加西亚·马尔克斯的最深厚、最密切的友谊破裂了：在一家墨西哥影院，巴尔加斯·略萨打了加西亚·马尔克斯一记耳光；根据流传很广的说法，是因为忌妒：在马里奥的一次离座时，加西亚去安慰了都认为被马里奥抛弃的妻子帕特里西娅。这场冲突的两个主人公谁也不愿意说明打耳光的原因：马里奥只是说是由于"个人问题"，他声称政治只会引起人与人之间的疏远（从他们在卡塔赫纳作同学时，加西亚·马尔克斯就是菲德尔·卡斯特罗的朋友），他"让传记作者们去调查这件事情，如果他们配称这个头衔的话"。

　　1977 年，马里奥出版长篇小说《胡利娅姨妈和作家》。有必要说明，不是这本书激怒了胡利娅·乌基迪，而是由于这本书的故事在委内瑞拉拍成了电影传遍了拉美大陆，电影里把她写成了一个对年轻人的勾引者。在马克斯·西尔瓦博士的案卷里可以谈到关于这件事的记述。这是对存在疑问的事情的首次澄清。小说人物佩德罗·卡马乔的原型是玻利维亚人劳尔·萨尔蒙（1977 年任帕斯市长，几年前不再写广播）。他曾自称是马里奥的朋友，先后一道在中央电台和泛美电台共事。几年后，当《小巴尔加斯没有说的话》（胡利娅的书，讲述的是他对跟马里奥的婚姻的回忆）出版后，萨尔蒙改变了说法，否认他认识这位秘鲁作家，尽管他是在他的朋友胡利娅·乌基迪家中那么说的。

　　此外，在这部小说中，似乎为了强调这是一部小说，而不是一部传记，马里奥只字未谈他关于文学专业的学习情况，而只提到了法律课程，他还说："我的律师专业课始终没有毕业。尽管如此，为了以某种方式补偿家庭和更容易谋生，我取得了一张大学文凭。"

　　1979 年 2 月，他父亲埃内斯托·巴尔加斯逝世。正如马里奥在他的回忆录里讲的，《胡利娅姨妈和作家》出版后，他和父亲的关系更加疏远了。在书中，小巴尔加斯这个人物的父亲表现得不怎么慈祥，和真实的人物原型相比大为逊色。

　　1974 年到 1990 年，巴尔加斯·略萨住在位于巴兰科县的一幢自家的宅子里。现在那个地方有一幢公寓楼，其中有一层便属于他。

虽然那个时期他不断去国外旅行，有时自费有时公费，特别是伦敦和西班牙：1975 年任哥伦比亚大学秋季班（10 月到 1 月）爱德华·拉罗克·迪克课的客座教授；1977 年在剑桥大学（1977—1978）教授西蒙·玻利瓦尔拉美研究课。

在剑桥大学的经历十分重要，因为他在那开始写两部作品：《世界末日之战》（1981）和《古老的乌托邦》（1996）。后者是关于他的同胞作家何塞·玛丽亚·阿格达斯的论著。在此作的前言中，马里奥回忆了他在剑桥大学的时期，他觉得"那是一个美好的年份，在该大学的邱吉尔学院的田园诗般的环境中有时间阅读和写作，在高台子上举行仪式，晚餐时喝波尔多葡萄酒。至于研究班（他在谈大学讲授阿格达斯），在漫长的一学年中，每周上一次课，只有一个学生，即我的朋友阿来克斯·西斯曼（负责马里奥的小说最后一版的校阅工作）。"

在回忆《世界末日之战》这部杰作时，马里奥写道："1977年我在剑桥大学邱吉尔学院一间公寓里开始写这部小说，在华盛顿一座小塔楼里结束它的写作。在塔楼周围飞舞着许多游隼，林肯曾从它的阳台上向在马纳萨斯战役中战斗的士兵们发表讲话。"

《世界末日之战》也是马里奥涉足电影的经验的结果。1975年他在多米尼加共和国编写并与人合作导演了电影《潘塔莱翁上尉与劳军女郎》。此外，他还在那里扮演过《门多萨上尉》一片的小角色（见 1975 年 2 月 3 日利马的艾克斯杂志 47 期）。尽管他在银幕上取得了一定成就，但是他的影片却遇到了一些麻烦。首先是胡安·贝拉斯科·阿尔瓦拉多军政府（1968—1975），不但禁止影片在秘鲁上演（由于军人在故事中扮演的角色），而且直到1983 年选举费尔南多·贝拉温德政府（1980—1985）时禁它公演。1975 年和 1980 年间，弗朗西斯科·莫拉莱斯·贝穆德斯军政府也不允许影片发行。

1981 年或 1982 年，马里奥的妻子帕特里西娅·巴尔加斯·略萨接受利马一家杂志的采访，访谈以《如何和一位名人一块生活》为题发表，帕特里西娅在谈话中强调了马里奥在那些年倍受人们欢迎的情况。

1983 年，当略萨接受时任总统费尔南多·贝拉温德任命的乌丘拉凯事件调查委员会主任一职时，他第一次直接接触政治。在乌丘拉凯事件中，有 8 位记者遭杀害。恐怖组织"光辉道路"和军队一起，被指控杀害了记者。然而，调查委员会的结论是，当地的农民是杀人犯，因为他们把摄影机当成了武器，把记者当成了恐怖分子。

马里奥解释说："贝拉温德总统要我担任职务。先是让我担任驻英国大使，后来又让我担任驻华盛顿大使。但我没有接受任何一项职务。当他打电话说这件事时说：'好吧，你在努力卫护民主，你说机关团体应当受到卫护，我现在给你打电话，是为了实际证明实现民主的一种方式是讲真话，就像你过去做的那样。在调查委员会的其他成员面前（记者学校的系主任马里奥·卡斯特罗是最仇恨政府的反对党人民党党员，阿布拉姆·菲格罗亚博士是一位跟政府毫无关系的，十分受尊敬的法律学家），你有自己的独立立场。你们有绝对的独立性；我们将为你们提供你需要的一切方便。作为司法程序，你们要在一年或两年内提出证明，然后在一个月内向公众说明真相。如果涉及到军人，那么军人就要负责。'"于是我对他说："'喂，不用麻烦你为此事给我打电话了。'他对我说：'我打电话不是为了你，而是让你为你的国家效力'。所以不接受很困难。"

"我去阿亚库乔向法官交调查材料。法官是一个不屑于看我们做的上千页的调查报告的人，他对我们的工作方式没有提一个问题。在 15 个小时里他问我，是不是收取了政府给的钱，我在家里一个月花多少钱，我当了调查委员会的委员后我的银行账户上有多少进项。在那连续的两天中，他使用了各种各样欺侮人的手段！这一切他博得愉快而兴奋，就像赢得一场巨大胜利！你意识到你为你的国家、为我们的国家的服务达到多么惊人的危险地步了吗？"

回到文学上来吧。也是在 1983 年，马里奥发表了一篇关于维克多·雨果的《悲惨世界》的文论，题目是《最后一位经典作家》。从那时起，一个关于这部小说的庞大方案出现在他的计划中。2004 年，终于出版了成果，题目是《不可能的诱惑》①。此前，他还出版了第二个剧本《凯特与河马》② 和第一部文集《逆风顶浪》（1983）。

1984 年，他出版了长篇小说《玛伊塔的故事》，此作受到了极左派人士的批评，说它虚构了一副遭到美国海军入侵的、几乎是令人恐怖的景象。在 2000 年 6 月为小说写的前言中，马里奥回忆这件事说："我认为，这部小说不但受到最坏的误解，最严重的糟蹋，而且尽管如此，它仍然是我写的所有文学作品中最具文学性的小说，虽然激动的批评者在书中看到的只是一种政治抨击。"

1983 年和 1984 年间，马里奥在利马和伦敦写道："这部小说诞生于 60 年代初我在巴黎《世界报》上谈到的一条简讯。简讯说，一名少尉、一位工会会员和一小撮学生发动了一场小型的暴动，几乎同时在秘鲁山区被镇压下去。20 年后，我想起了这段历史，进行了想像并增加了背景材料，还设想了一些历史事件。"1984 年 12 月 2 日他还曾对哥伦比亚《时代报》记者说："我最近这部长篇小说《玛伊塔的故事》，可以看作是拉丁美洲人对自己的政治主场的修正，其中也包括我自己的主场。1959 年古巴革命胜

---

① 此书的全名为《不可能的诱惑：雨果与〈悲惨世界〉》。
② 实际上是他的第三个剧本，前两个剧本是《印加王的出逃》（1952）和《塔克纳城的小姐》（1981）。

利以来，许多拉美人认为暴力可以解决我们大陆的各种社会问题。但实际情况证明，正像小说中写的情况一样，其结果都是空想的破灭。除了个人的英雄主义精神和果敢行动之外，留下的只能是牺牲和毁灭。"

1987 年，马里奥领导了一场反对由时任总统阿兰·加西亚·佩雷斯提出的银行国有化的运动，在圣马丁广场上举行了规模巨大的集会。运动遭到了挫折。后来他回忆说："我那时很幼稚，对国内发生的事，我并没有一个明确、清醒、现实的看法。这次经验使我们明白了，有些事情我是不能做的，即使做了也是没有意义的。""今后我是不会再搞政治的，权衡利弊之后是不值得干的。""因为作家有他的基本位置。"①

自从圣马丁广场群众集会后，人们开始议论为了在 1990 年的大选中对付阿普拉和左派团结组织，有必要成立反对派的民主力量联合阵线。不久，秘鲁的两个传统政党——费尔南多·贝拉温德·特里的人民党和何塞·贝多亚·雷耶斯的基督教人民党联合起来，组成了民主阵线（民阵）。阵线委员会中，有三位委员代表人民行动党，三位委员代表基督教人民党，还有三位委员代表"独立派人士"。最后这三个代表由巴尔加斯·略萨确认。民阵的中心任务就是为巴尔加斯·略萨赢得大选而斗争。在后来的几轮选举中，都遭到了失败，"失败有许多因素，但毫无疑问，与我有很大责任，我把整个竞选运动都集中到捍卫执政纲领方面了，忽略了政治方面，表现出不能让步的态度，从始至终坚持意图的透明性，使得我易受攻击和伤害，并且吓坏了初期支持我的许多人"②。

其实，导致选举失利的原因还有一些。比如三年的政治活动

① 1995 年 4 月 22 日接受西班牙《国家报》记者采访时的谈话。
② 马里奥：《水中鱼》（1993）。

缺乏生气，过多的花费给秘鲁民众带来负面影响，阿兰·加西亚的人民党政府操纵的所有媒体不断发动的中伤性攻击，阿兰·加西亚自反对他的国有化政策的群众大会以来一直把马里奥视为眼中钉、肉中刺。此外，自由运动表现出来的独立性在和传统党派组成一条阵线时受到可怕的损坏，可以说是它的失败；对人民行动党（1980—1990）和人民党的官僚政府感到失望的秘鲁社会，对民主阵线也开始失去信心。

1990年6月，民主阵线败在阿尔贝托·滕森的"变化90党"手下，其实它在第一次选举6个月前就没有出现在民意测验中，富有讽刺意味的是，它居然受到人民党的排挤，使马里奥当总统的意图归于失败。

但是，因祸得福。大选失败了，在其他方面却获得了更多，就像他后来承认的那样：他回到了文学，文学活动使他的伟大计划成为可能。他把全部时间都用于文学，他移居到了伦敦和马德里，直到1997年才回利马：秘鲁大学请他接受荣誉博士学位。同年他还出版了长篇小说《堂里戈维托的笔记本》。

1990年，他出版了《逆风顶浪》文集第三卷，其中包括大选开始不久前写的文献。还出版了文论集《谎言中的真实》，由美国导演乔恩·埃米尔根据《胡利娅姨妈和作家》改编的电影《情人有约》也上映。电影改编得很简单，故事很单薄，基努·里夫斯扮演小巴尔加斯，电影里叫马丁；彼得·福尔克扮演佩德里·卡马乔，电影里叫彼得·卡米迈克尔。

步入老年

1991年和1992年，马里奥没有什么新作品出版。1990年12月希拉库扎大学专门在美国出版了一本马里奥1988年在该大学所做的讲座集，1991年西班牙塞伊克斯·巴拉尔出版了他的另一本文集，其中的文章研究的是西班牙经典作家朱亚诺·马托雷尔的小说，文集题为《替白郎·蒂朗下战书》。这一年，他还为迈阿密佛罗里达大学的博士后研究生讲授了关于秘鲁作家阿格达斯的课程。后来，他在写《古老的乌托邦》（1996）一书的序言时加快了这次经历："1991 年第一季度，我又为少量热情的几乎纯粹是女性毕业生举办了关于阿格达斯研究班，① 这迫使我重新阅读他的全部小说和翻阅关于他的大部分评论书目。随着他的短篇小说和长篇小说在全世界的学术研究机构受到众多读者阅读，这类书目在 80 年代极速增多。"

1992 年，他在哈佛大学担任 1992—1993 年第三季度约翰·肯尼迪教研室的客座教授，上两种课：一是拉丁美洲文学；二是骑士小说。前者集中讲阿格达斯的全部小说（"虽然听课的有一些是美国学生，但大多数还是拉丁美洲特别是墨西哥的学生，由于他们热心上课和追求知识，跟他们一起工作深受鼓舞"），后者讲述马托雷尔的《白郎·蒂朗》。

马里奥·巴尔加斯·略萨还有一页也记述道，这一年"法国弗洛伊克出版社在它的《秘密博物馆》丛书中出版马里奥的一部题为《一个痛苦和幸福》的论著，论述的是乔治·格罗斯。马里奥过去还写过关于费尔南多·博特罗和费尔南多·西斯洛的文章，但是在这 10 年间，他的专栏《试金石》把绘画选为了经常性的题材。这方面的一个证明是，在他的文集《激情洋溢的语言》（2001）中汇集的专栏文章有不少是谈论画家弗里达·卡洛和费米尔等人的。这些专栏文章的注意力一般都放在画家们生平及其永恒的天赋上。

在社会问题方面值得一提的是，1992 年 4 月 5 日，秘鲁总统阿尔贝托·滕森自己发动了一场政变，这个事件标志着马里奥对

---

① 他曾于 1977—1978 年在剑桥大学办过此班。

秘密政治的疏远的结束。自从政变不久便暴露了滕森的政治目的：他试图列入一种军事联盟来治理国家（他和他的"顾问"乌拉迪米罗·蒙特西诺斯联合起来）。从这时起，马里奥便猛烈地抨击专制制度，称它是 21 世纪独裁统治的范例。

鉴于对秘鲁政治的不满，1993 年 3 月他向西班牙政府申请加入西班牙国籍（保留本国国籍）。2000 年 5 月他在利马的一次记者采访中解释了这件事："我从没有放弃秘鲁国籍，我是一个秘鲁人，此外我也有秘鲁护照。不过，在某个时期，由于实际原因，我确实要求过需要双重国籍，因为在秘鲁，那种形势对我来说极其困难，很可能剥夺我的国籍。埃尔莫萨·里奥斯将军（今天他还被关在秘鲁圣乔治监狱里）发表讲话，声称我是秘鲁的叛徒，说我从地理上说是一个秘鲁人……言外之意是说，他这个至高无上的人自己决定他是个秘鲁人。但是除了这种可笑的说法，还有滕森的议会代表们开会决定是否剥夺我的国籍，是否认为我是一个被国家遗弃的人……上世纪有一项协议（1959 年 3 月 16 日），允许西班牙和秘鲁人拥有双重国籍。如果我当了总统，我可以和许多国家签订这类协议，使秘鲁人既能是秘鲁人又是其他国家的人，在某个时候他们可以确定在哪里学习，在哪里工作，就像今天世界上发生的一样，事情愈来愈普遍。在今天的欧洲，一个西班牙人，一个法国人，可以以某种方式为一个英国人，一个意大利人，因为都属于欧洲共同体。我感谢西班牙政府给了我和我的家庭双重国籍，使我摆脱了那个剥夺了一个人的国籍以达到伤害他的目的的国家的恐怖主义活动。"巴尔加斯·略萨网页断言，马里奥在西班牙就是西班牙人，在秘鲁就是秘鲁人。

1993 年是巴尔加斯·略萨文学创作的丰富年。他的回忆录《水中鱼》的出版震撼了秘鲁的文化界和政界；尤其是，它成为马里奥的重要著作之一，此作讲述了他在秘鲁的经历，他的出生，直到 1959 年他到巴黎的情景，中间插入了关于他参加总统竞选运动的章节。这一年，他的剧本《阳台狂人》被译成英文并在伦敦上演，同年他曾计划在利马上演，由于政治形势对他不利而未能如愿。这个剧本是马里奥写的价值不大的剧本，受欢迎的程度很低，如果在利马上演，只可能演一个月。他的长篇小说《安第斯山上的利图马》也在这一年出版，并获得行星文学奖，其印数非同一般，小说具有很强的纪实性，描写了主人公利图马驻年班长努力调查 8 个农民被杀害的案件。1993 年 2 月他还在《归来》杂志上发表了他在 1992 年撰写的论述科塔萨尔作品的长篇文章《德亚的小号手》，该杂志还刊登了马里奥为阿尔瓜拉出版社推出的科塔萨尔《短篇小说全集》写的序言。

1994 年，马里奥出版了他于 1990—1994 年间写的专栏文章汇集，题为《对自由的挑战》，这是一部谈论自由的文化的文集，其中的文章有对英国首相撒切尔的热情赞扬，也有对法国前总统戴高乐的无情批评，还有文章谴责秘鲁的恐怖组织"光辉道路"。同年他在美国乔治城大学讲授胡利奥·科塔萨尔的创作和拉丁美洲的幻想文学，并被授予荣誉博士学位。也在这一年，他被选为西班牙皇家学院院士，成为 20 世纪第一个当选该院院士的拉美人。是年，他获得西班牙文化部授予的塞万提斯文学奖。

1995 年，由于马里奥很好地表达了个人在社会上的自由的思想，以色列授予他两年一度的耶路撒冷奖；由于小说《安第斯山上的利图马》，他获得意大利佛罗伦萨基安蒂·鲁菲诺·安蒂科·法托雷国际文学奖；获穆尔西亚大学和巴利亚多利德大学授予的名誉博士学位；担任西班牙乌埃尔瓦西班牙美洲电影节评委会主席；主席艾利埃·维塞尔基金会主办的"希望的未来"学术会议；应自由基金会邀请前往阿根廷，去做关于自由的文化的报告；圣菲省政府宣布马里奥为其省荣誉贵宾。

1996 年，西班牙皇帝学院在马德里举行仪式，正式接受马里奥为皇帝学院院士，西班牙国王和王后陛下出席；根据《潘塔莱

翁上尉与劳军女郎》改编的剧本在利马和马德里搬上舞台；为
《安第斯山上的利图马》的法文版和德文版出版，马里奥前往欧洲
旅行；他的剧本《美丽的眼睛，丑陋的图画》出版，随后在利马
和伦敦上演，德国书商在法兰克福图书博览会上授予他和平奖；
马里奥的论著《古老的乌托邦：何塞·玛丽亚·阿格达斯和印第
安主义小说》出版。

　　1997 年，马里奥参加联合国教科文组织在西班牙巴伦西亚召
开的"3000 年的挑战"代表大会；为进一步了解关于独裁者莱奥
尼达斯·特鲁希略的情况，马里奥前往多米尼加共和国访问；他
的长篇小说《堂里戈维托的笔记本》出版，他前往布宜诺斯艾利
斯、波哥大、卡塔赫纳、利马、马德里和罗马介绍此书；布宜诺
斯艾利斯市政府授予他"尊贵的市民"称号；利马大学授予他荣
誉博士学位；由于马里奥 1996 年 8 月在西班牙国家报上发表的
《移民》一文，西班牙《ABC》报授予他马里亚诺·德·卡维亚
奖；参加三方委员会西班牙公会，该会汇集了欧洲、北美和日本
有影响的公众人物；在安德卫普参加由西班牙研究学院、安德卫
普大学和莱昂大学举办的关于他的作品的对话会；在马德里介绍
他的著作《古老的乌托邦：何塞·玛丽亚·阿格达斯和印第安主
义小说》；应邀发表华沙塞万提斯学院学术年闭幕讲话，并介绍他
的小说《堂里戈维托的笔记本》；出席曼彻斯特塞万提斯学院开学
仪式；在西班牙索里亚市为索里亚公爵基金会开办的课程致开幕
词；西班牙梅嫩德斯·伊·佩拉约国际大学邀请他去举办关于
"小说的理论与实践"的讲座；出席爱丁堡图书节；西班牙写作笔
会授予他金笔奖，这是西班牙教育部女部长授予他的荣誉；参加
由马德里美洲之家举办的关于智利作家豪尔赫·爱德华兹的作家
周活动；出版文论集《致一位青年小说家的信》，文集是马里奥假
借给一位担当作家的年轻人写的一系列书信，在 12 封信中马里奥
谈到了小说创作的才能和技巧，语言风格、时空观念、种种现实

层面等，涉及塞万提斯、福克纳、卡夫卡等80多位名作家的近百部作品，充分体现了这位经验丰富的老作家对年轻一代的关心；应巴西语言科学院之邀去里约热内卢举行讲座，并应波托·阿莱格雷图书局之邀介绍葡萄牙文版的《堂里戈维托的笔记本》；在利马出席由利马大学召集的"这个美洲的小说家"国际会议；秘鲁阿雷基帕圣阿吉斯丁国立大学授予他名誉博士学位，阿雷基帕圣玛丽亚天主教大学授予他荣誉奖章和证书，以表彰他为文化和个人与职业的崇高修养取得的进步和做出的贡献；在马德里出席阿尔法瓜拉出版社作为马里奥·巴尔加斯·略萨选集新出版的《城市与狗》介绍会；前往西班牙穆尔西亚，颁发穆尔西亚大学和地中海储蓄银行资助的"巴尔加斯·略萨"长篇小说奖和"利图马"短篇小说奖；前往南非旅行。

1998年，应邀前往布达佩斯举行讲座；去马德里出席为古巴作家吉列尔莫·卡夫列拉·因方特颁发塞万提斯奖的仪式；作为评奖委员会主席，在马德里颁发圣蒂亚纳出版社举办的"今日伊比利亚美洲奖"；在华沙图书博览会上介绍译成波兰文的他的小说《安第斯山上的利图马》；应阿根廷自由基金会的邀请前往布宜诺斯艾利斯和罗莎·里奥演讲；前往纽约出席他的英文版小说《堂里戈维托的笔记本》发布会；伦敦大学授予他名誉博士学位；应苏格兰爱丁堡大学邀请举行一次讲座；参加由西班牙穆尔西亚大学举办的"图书的永恒纵欲"第三次秋季交流会。

1999年，前往圣多明戈为准备写他的小说《公山羊的节日》搜集信息、文献等必要的资料；为他的剧本《琼加》的上演前往布达佩斯；在马德里出席阿尔法瓜拉出版社再版的《酒吧长谈》、《绿房子》、《作品汇编》和《短篇小说》的发布会；参加在马德里美洲之家举行的第三届《堂吉诃德》不间断阅读活动和纪念奥古塔维奥的活动；西班牙国家报由于他1998年11月8日在西班牙国家报上发表的《新的调查》一文而授予他1999年度"奥特加—

加塞特新闻奖，哈佛大学教授他名誉博士学位；应马尼萨莱斯拉丁美洲戏剧节、麦德林第六届图书博览会和卡利国际艺术节之邀，前往哥伦比亚访问，获卡利文化部门授予的 1999 年度豪尔赫·伊萨克斯奖，卡利圣地亚哥城宣布他为"荣誉贵宾"，并把该城的钥匙交给他；在华盛顿参加 50 国集团年会和西班牙阿兰胡埃斯塞万提斯学院主办的年会；为迎接新千年到来，和全家一起去巴黎旅行。

2000 年，应塞万提斯学院之邀，前往埃及，分别在开罗和亚历山大进行演讲；在马德里和西班牙其他城市介绍他的小说《公山羊的节日》，之后访问多米尼加共和国、阿根廷、智利、秘鲁、墨西哥、哥斯达黎加、萨尔瓦多和哥伦比亚；在迈阿密、波多黎各和纽约介绍他的小说《公山羊的节日》；前往巴黎为他创作长篇小说《天堂在另一个街角》做调查研究工作；在利马出席他的剧本《凯蒂与河马》的演出活动；去秘鲁阿雷基帕接受阿雷基帕人类遗产奖章，表彰他的杰出文学成就和为维护民主和人权做出的贡献；他的文集《热情的语言》出版，这是他于 1992 年与 2000 年间在西班牙国家报上发表的"试金石"专栏文章的选集。

2001 年，利马律师学校举行纪念仪式，表彰他为卫护自由和人权做出的突出贡献，并授他一枚纪念章；在西班牙梅里达出席他女儿莫尔加娜的摄影展；在阿姆斯特丹介绍他的荷兰文版小说《公山羊的节日》；伦敦塞万提斯学院邀请他去介绍《热情的语言》一书，书中汇集了他于 1992 年和 1999 年间发表的报刊文章；在马德里参加美洲之家举行的纪念《公山羊的节日》出版一周年的活动，并出席伊比利亚出版社出版的《十二位新世纪的作家》一书的发布会；回秘鲁参加普选；在阿姆斯特丹介绍荷兰文版《公山羊的节日》；接受纽约美基金会授予的 2000—2001 年度美洲奖，以表彰他为美洲的文化与政治生活和为促进自由、民主、正义和尊重一切公民的社会的发展做出的贡献；在西班牙穆尔西亚大学颁发"马里奥·巴尔加斯·略萨"长篇小说奖；前往德国和瑞士的多个城市介绍他的小说《公山羊的节日》；马德里的书商行会由于他的小说《公山羊的节日》授予他首届年度图书奖，同时这部小说获得第四届克里索尔连连锁书店读者奖；出席由西班牙皇家学院和塞万提斯学院在巴利亚多德市召开的第二届语言大会；法国波尔多大学授予他荣誉博士学位，他在那里参加"巴尔加斯·略萨，作家与随笔作家、公民与政治家"研讨会；出席由秘鲁天主教教皇大学举行的"这个世界的战争：巴尔加斯·略萨作品的社会与权力"代表大会，许多杰出的知识分子出席会议；秘鲁总统阿历杭德罗·托莱多博士授予他钻石大十字级"秘鲁太阳"勋章，这是秘鲁国家颁发的最高荣誉，表彰他坚持的公民与道德原则和为建立国家法制做出的贡献，这枚勋章是在西班牙国王和18位政府与国家首脑出席的伊比利亚美洲峰会开幕仪式进行的过程中颁发给他的。

2002 年，为了他的剧本《琼加》在阿尔奇沃尔托剧院的上演，他前往意大利热那亚市，市长授予他热那亚金质奖章；在法国波尔多瞻仰弗洛拉·特里斯坦墓和与她有关的其他地方；前往纽约出席美国中心笔会授予他的纳博科夫奖颁奖仪式，表彰他的文学生涯和全部创作；被任命为自由国际基金会主席，该基金会为促进经济和政治方面的自由思想的发展而聚焦了拉丁美洲、西班牙和美国的众多人士和组织；因他的文集《谎言中的真实》获得第二届巴尔托洛梅·马奇优秀文学评论奖；在纽约出席为哥伦比亚画家费尔南多·博特罗颁发 2002 年度美洲基金会奖，并介绍画家的生平和创作；参加由秘鲁大学召开的国际作家会议闭幕式，在仪式上朗读了他尚未出版的小说《天堂在另一个街角》的一个章节；在纪念雨果诞生 200 周年之际，利马的法国联盟举办了一系列活动，马里奥做了《关于雨果的〈悲惨的世界〉》的讲座；西班牙政府首相何塞·玛丽亚·阿斯纳尔授予他"美洲雅典奖"，表彰他广泛而卓有成效的文学生涯和为反映社会现实所尽的责任。

2003 年，秘鲁共和国议会授予他大十字级荣誉勋章，表彰为秘鲁和世界文学和他持久地维护人的自由和民主价值做出的杰出贡献；他的小说《天堂在另一个街角》出版，相继在马德里、巴塞罗那、塞维利亚等城市出席该书发布会，她女儿莫尔加娜的"天堂的照片"展同时开幕，这些照片用作小说的插图；应塞万提斯学院邀请，前往维也纳介绍他的小说，并在第十届布达佩斯国际图书节上接受市长颁发给他的布达佩斯奖；前往伊拉克，进行了一系列采访，写了一系列报道，发表在西班牙《国家报》上，后来这些报道汇集后出版文集《伊拉克日记》；被任命为秘鲁外交部文化顾问委员会成员；前往马德里参加"美洲之家"为庆祝他的小说《城市与狗》出版 40 周年而举行的活动；他的报告文学集《伊拉克日记》出版，这是作者在伊拉克战争结束后前往伊拉克巴格达采访的结果，全书包括 8 章和 4 篇附录，反映了那里社会的动荡，人民生活的混乱、无序，战争造成的灾难到处可见，作者对侵略者进行了严正的谴责，对伊拉克人民表示了深切的同情；他应邀前往纽约，参加霍夫斯特拉大学举办的《城市与狗》研讨会，并获大学总统勋章；在迈阿密参加拉丁美洲新闻工作者组织授予他儿子表现自由奖的颁奖仪式。

2004 年，应法国联盟之邀，前往阿赫基帕参加关于弗洛拉·特里斯坦的圆桌会议；为推动他的德文版小说《天堂在另一个街角》的出版，他前往苏黎世、慕尼黑、柏林和法兰克富访问；前往圣多明各，观看根据他的小说《公山羊的节日》改编的电影，导演为路易莎·略萨，制片人为安德雷斯·维森特·戈麦斯；在马德里介绍他的论著《不可能的诱惑》，这是马里奥悉心研究雨果及其名著《悲惨世界》后撰写的，具有很强的学术性，对小说的叙述人，对小说的人物，对小说的社会主题和道德内容，都进行了深刻的分析；在纪念"50 年一代"的开幕式上，秘鲁国家文化学院授予他"秘鲁文化荣誉奖章,表彰他为秘鲁文学做出的贡献;在《堂吉诃德》出版400周年之际,他在西班牙皇家学院介绍普及版《堂吉诃德》,他为此书写了前言,阿斯图里亚斯亲王夫妇出席了介绍会;在利马圣马尔克大学出席他儿子阿尔瓦罗的著作《走向自由》的发布会。

2005年,前往布宜诺斯艾利斯参加他的剧本《塔克纳城的小姐》再度上演的仪式,导演是埃米利奥·阿尔法罗,主角由诺尔玛·亚历安德罗女士担任,1981年5月26日首演时她也扮演主角;应西班牙奥维多大学埃米利奥·阿拉科斯·约拉奇教研究女主任的邀请,参加"同马里奥·巴尔加斯·略萨对话"会议;西班牙读者圈出版社出版马里奥的《作品全集》第三卷小说与戏剧(1981—1986);在马德里美洲之家主持"秘鲁小说第一届国际代表大会"开幕式;应伦敦不列颠图书馆邀请做关于《堂吉诃德》的讲座;西班牙赫尔曼·桑切斯·鲁伊佩雷斯基金会授予他第一届费尔南多·拉萨罗·卡雷特尔奖,以"表彰他非凡的文学成就,用西班牙文撰写的舆论文章为国际交流与研究做出的突出贡献";巴黎塞万提斯学院和索邦大学比较文学院共同邀请他做关于《堂吉诃德出版四个世纪》的讲座;罗马尼亚作家协会邀请他做报告,授予他该协会和文化部合办的文学的日日夜夜国际节2005年度奥维迪奥奖,以表彰他的全部作品的文学价值和他为加强自由的表达做出的贡献;他编撰的《拉丁病态洲热爱者词典》在巴黎出版,这是他在漫长的50年撰写的文章汇集,主题是拉丁美洲,包括拉美的众多作家、著名人士、名胜古迹、人文地理、文体门类等,可谓包罗万象,内容丰富多彩。

2006年,尼加拉瓜政府首脑授予他大十字级的"鲁文·达里奥"奖章,"表彰他作为作家、小说家、随笔作家和世界特别是拉丁美洲的民主事业的积极而经过考验的维护者所做的多方面的贡献";他的剧本《奥德修斯与珀涅罗珀》在西班牙梅里达古典戏剧节期间上演，巴尔加斯·略萨和西班牙女演员艾塔那·桑切斯担任主要角色，此剧根据希腊诗人荷马的史诗《奥德修纪》改编，但只选取史诗的一个片断，即奥德修斯在参加特洛伊战争后回家乡的旅行，回到故乡后杀死了图其财富的贵族求婚者，和妻子团聚，对她讲述了长达 20 年的冒险经历。

2007 年，《奥德修斯与珀涅罗珀》出版；应邀出席由大卡纳里亚市政会、马德里阿佩希奥基金会和奥特加—加塞特基金会在卡纳里亚斯群岛中的拉斯帕尔玛斯举行的"马里奥·巴尔加斯·略萨论坛"；前往柏林参加文学节，在文学节上介绍他的德文版小说《坏女孩的恶作剧》；前往法国出席由兰斯大学举办的关于他的作品的题有"爱情、乌托邦、地狱"的国际会议，并接受该校授予他的名誉博士学位；应邀前往波尔多市参加由该市塞万提斯学院举办的"同马里奥·巴尔加斯·略萨相会"座谈会，这是该市举办的秘鲁文学周活动的组成部分；秘鲁不列颠与秘鲁文化协会上演由豪尔赫·阿利·特里亚纳根据他的小说《公山羊的节日》改编并导演的剧本，阿尔贝托·伊索拉和诺尔玛·马里内斯主演；西班牙文化部任命他为马德里皇帝剧院基金会的新董事，该基金会由西班牙国王和王后陛下领导；在利马去不列颠剧院观看根据《公山羊的节日》改编的剧目。

2008 年，他的剧本《泰晤士河边》在利马不列颠剧院上演，院长路易斯·佩伊拉诺任导演，阿尔贝托·伊索拉和贝尔塔·潘科沃为主演，此剧为独幕剧，讲述的是两个利马米拉弗洛雷斯区的人分别 35 年后在伦敦萨沃伊饭店重逢的故事，从饭店的房间窗口可以欣赏泰晤士河的风景。剧情由欢快到忧伤，昔日的伤害、城区的生活、人的孤独、爱情、思念、回忆等交织在一起，剧场座无虚席，演出十分成功；出席秘鲁国家图书馆的"巴尔加斯·略萨"剧院的揭幕仪式，以他的名字命名"因为他对文学艺术的进步做出的贡献，也因为他为人民服务的精神"；前往刚果从事关于他的小说《凯尔特人的梦》的主人公罗杰·卡塞门特的调查工作；在马德里美洲之家出席他的新书《向着想象的旅行——胡安·卡洛斯的世界》发布会，这本书全面评述了奥内蒂及其全部创作，是一本有趣的、深刻的、能把作者对文学特别是对奥内蒂作品的热情传染给读者的书。

2009 年，皮乌拉省政府宣布他为该省"贵宾"，并授予他皮乌拉圣米格尔城金质证章；他的文集《大刀与乌托邦：拉丁美洲俯瞰》在利马出版，文集以 5 个大标题论述了拉丁美洲的独裁问题、革命问题、民族主义、民粹主义、土著主义、民主与自由、艺术与文学等问题，反映了作者的思想，特别是他在政治和文学艺术方面的观念，被认为是一部充满激情的著作；西班牙卡斯蒂利亚—拉曼都区政府授予他 2008 年度国际堂吉诃德奖，"表彰他最杰出的个人生涯"和"以其教学工作不停地丰富西班牙语的创作领域，使其文学作品成为最扎实最权威的文化财富之一"；出席由马德里美洲之家主办的纪念卡洛斯·奥内蒂诞生一百周年的活动。

2010 年，获布宜诺斯艾利斯青年首领国际基金会卫护人类尊严奖；墨西哥国立自治大学授予他名誉博士学位；10 月 7 日，因他"以制图般的细致入微描绘了权力机构，并对个人的反叛、反抗和挫败等形象进行了生动而犀利的刻画"而被授予诺贝尔文学奖。他之获奖实至名归，因为他的作品在世界文坛上占有一席之地，他的各类文学作品和著作十分丰富，不少作品已被译成几乎全部外国文字，他的著述版本以数百万计算，受到世界性的敬重。获奖后他对采访他的记者说："真是出乎意料，喜出望外。""对我是个巨大的鼓舞，我想这几天我的生活要变得复杂了……"12 月 7 日他在受奖演说中强调了阅读和虚构作品的重要性："阅读把梦想变成了生活，把生活变成了梦，把文学天地变成了我个人的组成部分"，而"虚构作品不仅仅是娱乐消遣，不仅仅可以活跃感情的智力锻炼和焕醒批判精神。要使文明得以继续存在、更新和在文明中保存人性中最美好的东西，虚构作品是不可或缺的必备品。为了文明不倒退到与世隔绝的野蛮状态……虚构作品是必须存在的。为了不让文明给机器当奴隶给专家当奴仆，虚构作品必须存在"。在随后举行的盛大宴会上，巴尔加斯·略萨发表了致谢的祝酒辞。12 月 13 日，秘鲁政府在政府宫授予他文学与艺术勋章，表彰他"为世界文学和国家文化发展做出的特殊贡献"。

2011 年，2 月 4 日《国家官方简报》公布皇家法令：胡安·卡洛斯一世国王授予他"巴尔加斯·略萨侯爵"称号，表彰"他为西班牙语文学和语言做出的受到普遍赞扬的、值得特别认可的非凡贡献"，对此巴尔加斯·略萨评论说，应该幽默地对待，应该感谢，因为这是西班牙国王的一种亲热的表示，他还感到不寻常的惊讶，"因为我绝对想不到会让我当侯爵……我感谢西班牙，感谢国王。同时我还要说，我生为平民，死还是平民，尽管有此称号"。3 月 4 日，他从墨西哥总统费利佩·卡尔德隆·伊诺霍萨手里接受阿兹特克之鹰勋章，这是该国向一个外国人为人类做出贡献而授予的最高荣誉。3 月 16 日，秘鲁最高法院院长哈维尔·比利亚·斯特因授予他秘鲁大十字级司法勋章。3 月 30 日，在他的母校圣马科斯大学建校 460 周年之际，为了庆祝他获得诺贝尔文学奖，该校授予他大十字级圣马基纳荣誉勋章，并开设以他的名字命名的讲坛，设立一间关于这位获奖作家和他在该教育机构度过的岁月的展览馆，开馆仪式在该大学古老的大房子里举行，参加者都是圣马基纳的杰出知识分子，他们曾是巴尔加斯·略萨的同学、朋友和老师。

2012 年，墨西哥《外国警察》杂志的读者推选他为"拉丁美洲 10 位最有影响的知识分子之一"；同年 11 月 11 日，墨西哥国家文化艺术委员会授予他卡洛斯·富恩特斯国际奖，表彰他为丰富人类的文学财富做出的贡献；他的论著《演出的文明》抨击了现今社会存在的文化艺术各门类严重庸俗地倾向。"演出的文明"是说在一个社会中，最有价值、最重要的地方被消遣占据，人们热衷于娱乐，躲避着厌倦。但是生活不仅仅是娱乐，也是悲剧、痛苦和失望。人们不知道美是什么，文化是什么，以为读一本书，听一场音乐会，参观一次博物馆，看一场演出，就成了文化人了。在文学方面，读者买来一本书，只读一次便束之高阁或丢掉完事。巴尔加斯·略萨声明："我并不是反对时尚……不过我不相信时尚可以代替哲学、文学、音乐而成为一种文化。"同年，他的三卷专栏文章汇集《试金石》由马德里读者圈出版社在其建社 50 周年之际推出，其中收入了他从 1952 年到 2012 年 7 月 1 日发表的报刊文章、新闻报道、人物传略，多达上千篇，4500 页。这些文章分析、评论了 50 年来世界上发生的种种事件和问题。

2013 年，他的长篇小说《谨慎的英雄》出版，小说故事不像作者的前几部小说发生在外国，而是发生在他的祖国秘鲁，当前的秘鲁，经济大发展，人们金钱欲也空前强烈，两个平行的故事的主人公的财产受到剥夺，但他们不屈服他人的压力，决心维护自己的尊严和权宜。作者认为所谓的"谨慎的英雄"，就是那些"真正的人，他们在谨慎和无名方面保持着价值和美德，他们是一个社会道德的体现者"。

同年，马里奥·巴尔加斯·略萨的作品全集由西班牙加拉西亚·古滕伯格—读者圈出版社推出，全集分为 11 卷。

2014 年 3 月，第一届两年一度的巴尔加斯·略萨长篇小说节在利马举行，小说节结束前颁发了以巴尔加斯·略萨的名字命名的文学奖；9 月 21 日，马德里卡洛斯三世大学授予巴尔加斯·略萨荣誉博士学位；11 月，马德里一家以巴尔加斯·略萨的名字命名的图书馆开馆。

2015 年 1 月 28 日至 3 月 1 日，巴尔加斯·略萨在西班牙马德里剧院参加演出他根据意大利剧作家薄伽丘的《十日谈》的 8 个故事改编的剧本《瘟疫的故事》，同台演出的有艾塔娜·桑切斯—希洪、佩德罗·卡萨布兰克、玛尔塔·波维达和奥斯卡·德·拉·富恩特等西班牙名演员，导演为胡安·奥列。巴尔加斯·略萨担任的角色是乌戈利诺公爵，此人是一个衰落的贵族，同轻佻的阿敏塔女伯爵保持有不正当的关系。对演这个角色，他既感到紧张，恐惧，担心，又感到激动。剧本表现了作者对现实的批评态度，他指出我们今天的瘟疫是什么？就是恐怖主义，这是我们21世纪的瘟疫。11月3日，题为《自由与生活》的巴尔加斯·略萨展在马德里开幕，展览的内容为该作家的主要生平和创作，包括他的丰富的图片、书籍、手稿、书信、文献、个人物品、广播视频资料和专家对其作品的评论。生平部分包括从他的童年至目前的人生经历，初涉文坛的情形，作为知识分子的职责，新闻工作，结交的友谊，文学影响，政治生活，戏剧活动，获得诺贝尔文学奖等。展览分为七大部分，即《一个叛逆青年的日记》、《世界性的作家》、《朋友，作家与同志》、《政治家，为自由而战》、《光明，音乐，舞台，戏剧》、《秘密与珍宝》和《诺贝尔奖》。展览由马德里市政府、秘鲁文化部等单位联合主办。

二　巴尔加斯·略萨的坎坷人生

婚恋风波

巴尔加斯·略萨 18 岁那年在校攻读法律，兼在泛美电台工作，但他总想去巴黎，想成为一名作家。那时他父母在美国做生意，他则在利马和外祖父母住在一起。在舅舅的家里，年轻的巴尔加斯·略萨第一次遇到胡利娅姨妈："我清楚地记得他是那一天对我提起了无线电播音问题，因为就在那一天吃午饭的时候，我第一次看见了胡利娅姨妈。她是我奥尔加舅妈的妹妹，前一天晚上她从玻利维亚到来。她刚刚离婚，她是来度假的，以便从不幸的婚姻中平复创伤。'实际上她是来寻找新丈夫的'，我的亲戚中最多嘴的奥滕西娅舅妈在一次家庭会议上说。"

当离婚的胡利娅刚到利马时，马里奥并不特别喜欢她，因为她把他当个小孩子，管他叫小马里奥。马里奥只是把她当亲戚，一个"恨得要死的"亲戚。

有时候这个姨妈请他去看电影，为自己解闷，天长日久，他们的关系便渐渐亲近起来。二人偷偷地在一起，因为两个人的来往不被大家看好。然而大家还是发现了马里奥和胡利娅在秘密幽会，结果引起了一场不大不小的风波。马里奥不愿意和胡利娅分开，并决定采取进一步的行动：要和她结婚。胡利娅却认为这是发疯。"我还是个半大小子，她可是一个货真价实的女人，我还没有念完大学，也没有开始独立生活，连一份正经工作都没有，身无立身之地，结婚简直是胡闹。如果说我发疯的话，她也一样，因为她也主张马上结婚，绝对不能让他们把我们分开。"但是二人的固执态度使双方的亲友不能容忍并且把这个情况立即报告给在美国经商的略萨的父母，他父母当即火冒三丈，电报说"近日即回秘鲁面商"。随后亲戚们召开家庭会议，决定敦促胡利娅回国，略萨也必须改邪归正，好好读书。为了不被打散，巴尔加斯·略萨提出马上和胡利娅结婚。在好友哈维尔和表妹南希等人帮助下，取得了必要的证件，秘密逃往外地，经过一番周折，终于找到一位村长为他们办了结婚手续。但是意外的消息传来：略萨的父母出现在利马，用手枪顶着哈维尔的心窝，逼他供出他们落脚的地方。他父母简直疯了，真会把他宰了！后来又收到警察局送来的传票，这是他父亲到米拉弗洛尔区警局干的，他要求警局传讯他儿子，让儿子交待是否已经结婚，在什么地方办的手续，新娘是何许人。略萨承认跟胡利娅结婚是事实，但不能说明在哪个村政府办的手续。他父亲又传来口信：胡利娅必须出国，否则承担一切后果！几日后他收到父亲来信，其口气凶狠而疯狂，要胡利娅几天内自动离境，并且跟他朋友、奥德里亚政府的一位部长谈过话，要求他：如果胡利娅不离境，就宣布她为不受欢迎的人，把她驱逐出境。他父亲还在信中粗话连篇，如果不听他的话就像疯狗一样把他杀死。

在这种情况下，胡利娅只好去智利，住到她外祖母舅舅家里去。只要他父亲的火气一消下来，她就回来。但略萨还是又愤怒又难过，大哭一场，不得不接受胡利娅离去的办法。第二天，望着胡利娅登上弦梯时，他的心愤怒地咆哮，几乎无法抵制夺眶而出的泪水。后来，他继续上学攻读法律，同时从事六七份工作以便多挣钱来养活自己和胡利娅。在这期间，他请求母亲去和父亲沟通。一段时间后，他去见父亲，表示自己可以独立谋生，不会影响取得学位，希望能和胡利娅团聚。其父见木已成舟，只好默许。并且劝他说："不要因为结婚就放弃学业，毁了前程，放弃了未来。他相信只要我不干傻事，我会很有出息的，过去他一直对我很严厉，那也是为了我好，是为了纠正略萨家族出于溺爱给我养成的坏毛病。"① 随后，父子拥抱，握手言欢。略萨的这场婚恋风波总算过去了。他离开父亲，给胡利娅打电话，告诉她，她的流亡生活已经结束，他很快就给她寄飞机票款去。

此后，二人相亲相爱，互相让对方高兴。虽然有时发生激烈争吵，家务事上难免有摩擦，但最后还是以亲热的和解告终。

二人刚刚结婚，就决定前往巴黎生活，因为巴尔加斯·略萨急于要当作家，只有去巴黎才能当上作家。但是没过多久，两个人的婚姻便开始出现了裂痕。就在他们的关系出现危机之时，胡利娅的两个外甥女即卢乔和奥尔加的女儿万达和帕特里西娅来到了巴黎。帕特里西娅要进索邦大学攻读文学，但住在略萨家里，当时她16岁。胡利娅很明白，她跟略萨的关系注定要结束。几年后她便自动退出了略萨的生活，让位给了帕特里西娅。略萨把《城市与狗》的版权送给了胡利娅。略萨疯狂地爱上了性格坚强、办事果断的表妹帕特里西娅，他的心牢牢地被表妹所俘虏，二人终于于1965年在伦敦结婚。略萨的父母和他的亲戚虽然早就对意料之外的事习以为常，但是对他跟帕特里西娅的结合仍然感到惊讶。一年后，即1966年，这对夫妻带着他们的第一个儿子阿尔瓦罗移居伦敦。70年代初，又移居巴塞罗那，第二儿子贡萨洛出生。1974年他们的女儿莫尔加娜出世。成年后，阿尔瓦罗当了作家和出版人，贡萨洛当了企业家，莫尔加娜当了摄影师。他们曾在马德里、伦敦、美国、秘鲁居住。帕特里西娅既是贤妻良母，又为

---

① 引自《水中鱼》，巴尔加斯·略萨著，239页，赵德明译。

他当医生、秘书和卫士。对帕特里西娅，巴尔加斯·略萨是心存感激的，他曾满怀深情地说："……她是我表妹，尖鼻子，性格坚强，45 年前我有幸与她结婚，至今她还在忍受着我写作时的怪癖、神经质和发脾气。没有帕特里西娅，我的生命就会化作一股混浊的旋风，也不会生出阿尔瓦罗、贡萨洛和莫尔加娜，更不会有延续我们生命、给我们带来欢乐生活的六个孙子和外孙。帕特里西娅张罗一切，一切都干得漂亮。她解决了种种问题，管理经济，整顿混乱，拦住记者和闯入者的造访，保护我的工作时间，决定是否会面和旅行，打点和拆卸行李；她宽宏大量，当她认为需要训斥我的时候，就给我最高级的表扬：'马里奥，你唯一有用的地方就是搞文学'。"① 帕特里西娅的确是他的贤内助和好帮手，可以说，如果没有帕特里西娅，他是很难取得那么辉煌的文学成就的。

然而，遗憾的是，这一对相濡以沫的恩爱夫妻并没有能白头偕老。2015 年 4 月间，巴尔加斯·略萨有了新欢，新欢就是九个月前丧偶的菲律宾女人伊莎贝尔·普雷斯勒。他曾把他离婚的决定通知帕特里西娅，并承认他对伊莎贝尔·普雷斯勒的爱情。他还决定把其财产的一半送给她。但是帕特里西娅没有同意。2015 年 6 月间，秘鲁《你好！》杂志刊登了伊莎贝尔·普雷斯勒和巴尔加斯·略萨在纽约挽着手臂的照片和在马德里并肩走出餐厅的照片，这说明二人的关系多么亲密。随后，帕特里西娅发表一项声明，表示了她的态度："我和我的儿女们为一家重要杂志刊登的照片感到惊讶和难过，""仅仅在一个星期前，即 6 月 2 日我们全家还在纽约庆祝我们结婚 50 周年，并且他在普林斯顿大学接受了博士称号。请求大家尊重我们的隐私。"由此可见帕特里西娅的痛苦心情有多么深切。

① 引自《读书与虚构的赞歌》，巴尔加斯·略萨作，赵德明译。

　　显然，巴尔加斯·略萨离婚的决定已不可改变。2015 年 12 月间，他接受西班牙一家电视台记者采访时说："我唯一能对你们说的是，我已经离婚，关于我的私生活没有什么可说的。"随后在马德里街上，他受到几位记者的包围，他对记者们也这样表示。

　　那么，伊莎贝尔·普雷斯勒是何许人呢？她是菲律宾人，1951 年 2 月 18 日出生在马尼拉，在家里六个孩子中排行老三。18 岁那年，父母把她送到马德里，在那里进玛丽·沃德大学读书。1970 年，她和当时只是个小歌手的胡利奥·伊格莱西亚斯相遇，第二年两个人即步入婚姻，过着幸福的生活。两人生了三个孩子。但随着胡利奥的走红，事业变大，聚少离多的生活和流言的出现，1978 年二人分手。离婚后，她先后与西班牙贵族卡洛斯·法尔科和西班牙前财政部长米格尔·博耶尔结合，分别持续了七年和十年婚姻。伊莎贝尔在西班牙待了 14 年，曾当模特儿，是个无人不晓的美人儿。如今虽已六十余岁，但依然一副花容月貌，丰韵犹存。1986 年 7 月她和巴尔加斯·略萨相识，当时她为《你好!》杂志对他进行采访，从此产生了友谊，随着岁月的推移，友谊变成了绵绵柔情，但因她尚未离婚而中断往来。2015 年 2 月 22 日重逢，并秘密交往。6 月间，两个人首次在西班牙剧院露面，后来二人又在西班牙一家餐厅和伦敦、纽约街头现身，其关系之密切和最终结果不难想象。

　　写到这里，不能不回头提一提胡利娅写的题为《小巴尔加斯没有说的话》一书，因为它如实地再现了巴尔加斯和胡利娅之间发生的另一场风波。胡利娅写这本书是在得知《胡利娅姨妈与作家》被拍成电视剧之后。胡利娅本来就对巴尔加斯·略萨把她作为他的这部小说的女主人公感到惊讶，随后他又使她成为流行于拉美大陆的电视剧中的人物，更让她感到不可容忍，因为电视剧把她写成一个勾引小青年的轻佻的女人，一个少年教唆犯，肆意篡改歪曲她的生活和形象，把高尚纯洁的感情变成了粗俗不堪的东西。她认为这不公平，她对马里奥竟然会允许这样的事发生感到万分的遗憾。于是她怀着巨大的悲痛和失落写了这本书，把她心中的酸甜苦辣都写进了字里行间。她写完这本书如释重负，她说："我经历了从感情到激情、由谎言到诽谤的各个阶段。现在我已经没有怨恨，我感到清白，对未来充满希望，没有任何力量能够将我摧毁。"

巴尔加斯·略萨所经历的婚恋风波，在当代拉美作家中是罕见的。他对待婚姻的态度显然很不严肃，他的见异思迁对他的两位妻子很不公平，对她们造成了很大的伤害。他这种不负责任的行为应该受到道义的谴责。

加西亚·马尔克斯的恩怨

巴尔加斯·略萨原本对加西亚·马尔克斯怀着深切的敬意，其间的友谊是深厚的。只因后来发生了一桩不愉快的事件，二人才断绝了来往，成了一对冤家。

早在巴尔加斯·略萨为自己的博士论文《加西亚·马尔克斯：一个弑神者的历史》写的序言中，他就毫无保留地表露对他那时所崇拜的作家加西亚·马尔克斯的敬佩心情："在他身上，有一个最让我欣赏和倾倒的特点，那就是他关于绘声绘色讲述趣闻轶事的本领。无论什么事情，一经他加工和编织，娓娓道来，便成了故事和趣闻。无论是政治的或是文学的见解，还是对人对事对国家的看法，抑或计划或抱负，他都能把它们变成轶事趣闻。他的聪明才智，他的文化修养，以及他的感觉反应，都有一种奇特罕见的、但又具有具体实在的印记……只要和这样的人交往，生活就会变成了飞流直下的轶事趣闻的瀑布。"此外，"他还是一个敢于极其大胆、极其自由地进行想象的人物。在他看来，夸张并非是一种扭曲现实的手段，而是审视现实的一种方式"。

　　在《致青年小说家》关于《风格》的信中，巴尔加斯·略萨称加西亚·马尔克斯为文学大师，说他的风格"与博尔赫斯不同，加西亚·马尔克斯不讲究朴实无华，而是追求丰富多彩，没有理想化的特色，而具有感官和快感的特点；他因为语言地道和纯正而属于古典传统，但是并不僵化，也不爱用古语，而是更乐于吸收民间成语、谚语和使用新词、外来词；他注重丰富的音乐感和思想的明快，拒绝复杂化或思想上的模棱两可。热情、有味道、充满音乐感、调动全部感官和身体的欲望，这一切都在加西亚·马尔克斯的风格中自然而然、毫不矫柔造作地表现出来；他自由地散发出想象的光辉，无拘无束地追求奇特的效果。当我们阅读《百年孤独》或《霍乱时期的爱情》时，一股强大的说服力压倒了我们：只有用这样的语言、这样的情绪和节奏讲述，里面的故事才令人感动；反之，如果抛开这样的语言，就不能像现在这样让我们着迷……继博尔赫斯之后，加西亚·马尔克斯成为西班牙语世界受模仿最多的作家；虽然有些弟子获得成功，就是拥有众多读者，但是不管他们多么善于学习，其作品都不如加西亚·马尔克斯那样具有鲜活的生命力……"①

　　自从 1967 年 8 月 1 日晚二人在委内瑞拉首都加拉加斯的西蒙·玻利瓦尔机场结为挚友之后，曾一起双双旅行，一起参加过千百次茶会，计划用两双手写小说，两个人一起谈论文学，书来信往，商谈一道书写关于 1931 年在两国发生的又悲又喜的战争的小说，两人决定一起描写一个没有载入史册的、似乎只有魔幻现实主义才会描写的事件。两个人计划各自花三年的时间以很少的费用住在巴黎拉克鲁瓦夫妇的旅馆里，旅馆的两位主人允许他们免费在他们的阁楼上住一个时期：加西亚·马尔克斯 1957 年住在

---

　　① 见《加西亚·马尔克斯评论》即《加西亚·马尔克斯：一个弑神者的历史》，林安译。

那里，在那里构思了他的小说《没有人给写信的上校》，巴尔加斯·略萨则在 1960 年住在那里，写完了他的作品《城市与狗》。

与此同时，两个家庭的关系也十分密切，巴尔加斯·略萨甚至把加西亚·马尔克斯之子的名字贡萨洛取作自己的儿子的名字，彼此成了干亲。

在后来的日子里，巴尔加斯·略萨一直没有忘怀他和加西亚·马尔克斯第一次相遇的情景。1967 年 8 月 1 日晚上，为了去加拉加斯参加第 13 届拉丁美洲文学国际代表大会和首届罗慕洛·加列戈斯国际小说奖颁发仪式，巴尔加斯·略萨从伦敦乘飞机、加西亚·马尔克斯从墨西哥城乘飞机，两个人的飞机前后仅差几分钟在机场着陆。

巴尔加斯·略萨在三年后写的论文《加西亚·马尔克斯：一个弑神者的历史》中回忆说："这是我们第一次见面。我至今依然记得那天晚上他那副面容：由于刚下飞机（他对飞机总感到心头撞鹿般的害怕），仍感到有点惊慌，被摄影记者和文字记者包围追赶而显得局促不安。我们一见如故，成了好朋友。会议在加拉加斯开了两个星期，我们可以说是朝夕相处"，"他学着他的佩特拉姨妈的样子，板着脸儿，向读者们透露，他的小说都是他夫人写的，自己不过是署上个名字罢了，因为写得太糟糕了，而梅塞德斯又不愿意承担责任"。在这些玩笑背后，巴尔加斯·略萨断言，"有一个胆怯的人，对他来说，在扩音器前和面对公众讲话，简直是受罪"①。

无庸置疑，巴尔加斯·略萨和加西亚·马尔克斯之间的友谊是 20 世纪下半叶西班牙语世界两位文学大师之间最著名的友谊。但是到了 8 年后的 1976 年 2 月 12 日晚上，二人的友谊突然中断：

---

① 见《加西亚·马尔克斯评传》即《加西亚·马尔克斯：一个弑神者的历史》，林一安译。

那是在墨西哥城艺术剧院里，巴尔加斯·略萨狠狠一个耳光把加西亚·马尔克斯打倒，一只眼睛被打得青紫乌黑。当时放映的电影是雷内·卡尔多纳导演的《安第斯山的幸存者》。哥伦比亚文学批评家阿普莱约·门多萨认为被打断的是拉美文学界"最难忘最美丽的友谊"①。

那么，究竟是什么事导致巴尔加斯·略萨在墨西哥城影院里给加西亚·马尔克斯那记耳光呢？有两种说法，第一种是一种谣传，虽然来源不明，却广为流传：说加西亚·马尔克斯曾劝巴尔加斯·略萨的妻子帕特里西娅和她丈夫离婚，因为她丈夫对她不忠，或者帕特里西娅为报复她丈夫而对加西亚·马尔克斯说，他才是她所喜欢的伴侣。第二种说法来自一个有名有姓的人，他就是哥伦比亚作家胡安·戈萨因，那时他在巴兰基利亚《先驱报》工作，他说，面对巴尔加斯·略萨和他夫人所处的状况，加西亚·马尔克斯也许曾劝自己的妻子梅塞德斯去对帕特里西娅说，她应该和她丈夫分手。后来，这两种说法变成了一种：帕特里西娅和她丈夫和解，在某个时刻她对他讲了她跟"加沃"发生过的事情。

1976年2月12日那个傍晚发生的事情有目共睹：在墨西哥城那家影院里放映卡尔多纳的影片。池座里坐着拉丁美洲知识界的精英。电影演完了，灯亮了，加西亚·马尔克斯在其夫人梅塞德斯陪同下向离他们几排远的朋友巴尔加斯·略萨走去，张开双臂想拥抱他一下，因为彼此已有好几个月未见面了。但是巴尔加斯·略萨却抡起右手给了他一记耳光，把他打倒在地。"这是对加西亚·马尔克斯在巴塞罗那对帕特里西娅说的话的回答"，巴尔加斯·略萨如是说。

西班牙巴斯克人的后代、秘鲁记者佛朗西斯科·伊加图亚应

---

① 引自《致青年小说家的信》：《风格》，巴尔加斯·略萨作，赵德明译。

邀来该影院看电影，但是他来晚了，看见加西亚·马尔克斯已经倒在地上。后来他在他的回忆录《流亡的痕迹》中记述了他亲眼目睹的情景：在电影院的门厅附近，有一群人，其中有女作家艾莱娜·波尼亚托夫斯卡，他们站在加西亚·马尔克斯周围。有人从一家肉铺弄来一块牛排，敷在加西亚·马尔克斯那只被打伤的右眼上，想为他消消肿。

在相距几米远的一家酒吧里，记者本哈明·旺格陪着沉默无言和像死人一样面孔苍白的巴尔加斯·略萨。人们在那里对伊加图亚讲述了刚刚发生的事情。后来伊加图亚把巴尔加斯·略萨送到了饭店，在房间里等着帕特里西娅。帕特里西娅来到后，毫不犹豫地责备了她丈夫，她说，他已经把她变成所有人的笑柄，"半个世界的人都管我叫加瓦①……"，她叫道，一面把桌上的一只大花瓶和几盏小灯朝无动于衷地呆在现场的巴尔加斯·略萨扔去。

好几家报纸刊登了这个事件。其中一家报纸甚至还刊登了一幅漫画，画着两个作家像两名拳击手在打斗。后来他们的政治态度的变化加大了两个人之间的裂痕：巴尔加斯·略萨走向自由主义，成为对卡斯特罗政权的愤怒批评者，加西亚·马尔克斯则成为依然支持古巴革命总司令卡斯特罗的少数知识分子之一。两个人谁也不肯谈论那一记耳光之前发生的事情。② 但是当有人问他们之间已经破裂的友谊时，他们的脸上都会现出一丝怀念过去的情绪。这也许是因为那种关系对他们的生活十分重要，也许原因很简单：一提起两人的关系，二人都会怀恋那些逝去的年华。后来，出版社准备再版《加西亚·马尔克斯：一个弑神者的历史》，巴尔加斯·略萨表示同意，但不会删除最后一页上题为《坦言》的后

---

① 加西亚·马尔克斯的昵称是加沃，人们管她叫加瓦，认为两人关系暧昧。

② 2007 年 6 月巴尔加斯·略萨访问基多时曾对记者说，他和加西亚·马尔克斯有一个口头协定，"不要为我们关系方面的流言蜚语火上浇油。"

记中的一句话："如果没有许多朋友：梅塞德斯和加西亚·马尔克斯的帮助，我是不可能写出这篇论文的。"

但是直到加西亚·马尔克斯 2014 年 4 月逝世，这两位冤家也未能谋面握手言欢。但是巴尔加斯·略萨得知加西亚·马尔克斯过世的消息后，曾在秘鲁阿亚库乔市大街上对采访他的电视台记者表示："一位伟大的作家走了，他的作品受到了广泛传播，为我们的语言文学带来了声誉。"然后又补充说："他的小说将使他永存，将赢得任何地方的读者，他将依然活在大家记忆中。我向他的家庭表示哀悼。"此外，他还对记者说："《百年孤独》我读过许多遍，因为我给学生们教过它，我多次上过关于加西亚·马尔克斯的课，最后一次是在普林斯顿大学……这是一本可以反复阅读的书，每次读都发现新东西。你不知道我是多么敬佩他，读这本书改变了我的人生……"这表明，巴尔加斯·略萨已摒弃前嫌，不再记恨他。

而加西亚·马尔克斯并非没有什么表示。在巴尔加斯·略萨获得诺贝尔文学奖后，他通过特威特网给他发了一封祝贺信，信中说"你获了这个奖，我们拉平了"。巴尔加斯·略萨随后在一次记者招待会上说："对加西亚·马尔克斯对于我获奖的祝贺，请你们替我向他表示感谢。"

数部小说受虐待

巴尔加斯·略萨的首部小说《城市与狗》贯彻了他的文学理念："文学作品是对社会现实不妥协的武器，是预言旧世界行将灭亡、新世界即将到来的先声"，"小说家应当像兀鹰啄食腐肉一样，抓住现实生活的丑恶现象予以揭露和抨击，以加速旧世界的崩溃"。小说反映了军校士官生的生活和其间的矛盾冲突，描述了士官生如何深受反动当局压迫和凌辱的情形。学校当局的压迫、专断、欺骗和摧残，严重损害了那些青少年的心灵。在军事当局的严密控制下，学校变成了壁垒森严的牢笼，一个暗无天日的社会。由于恶人当道，结果是非颠倒、黑白混淆，尔虞我诈，弱肉强食。作者以愤怒的笔触对学校当局做了无情的嘲笑和抨击。小说像一把尖刀刺痛了学校和秘鲁军事当局的神经和脓疮。盛怒之下，他们把刚出版的一千册小说在校园里付之一炬，并把作家宣布为学校和秘鲁的敌人。

正如巴尔加斯·略萨在《五光十色的国家》一文中指出的那样："这部小说受到了引人注目的虐待，有一千册在军校的庭院中被当众焚烧。还有一些将军对小说进行了粗暴的攻击。其中一位说，这部小说只有一个头脑堕落的人才写得出；还有一位，他的想象力更为丰富，他说这部小说受到了厄瓜多尔的资助，以此来诋毁秘鲁陆军的名声。"不只这些人，秘鲁军人费利佩·德·拉·帕拉像泼妇一样骂骂咧咧地说："《城市与狗》的语言不知羞耻，令人作呕。"马德里还有一个读者在给《文学邮差》（1964 年 2 月）的主编的信中说："这部小说既富有诗意又肮脏。"

《潘塔莱翁上尉与劳军女郎》以劳军服务队的组建和活动为中心，以潘塔莱翁上尉为主要人物的荒诞故事，披露了发生在秘鲁军内的一件丑闻，暴露了秘鲁军事当局的腐败，无情鞭笞了秘鲁军界的道德败坏和厚颜无耻的嘴脸。军事当局对士兵为非作歹、强暴民女的恶劣行径不加制止，对士兵不教育、对其恶行不惩治，反倒为满足他们的生理需求而组建臭名昭著的劳军服务队，岂不荒唐之极。服务队的活动败露后，将军们不把服务女郎们遣散，反把她们收为情妇，不顾廉耻、道德败坏到了极点。由于这部作品的犀利的笔触抨击和嘲讽了秘鲁军事当局的丑行和腐败，一度被列为禁书，军方的惊慌和羞怒昭然若揭。不止于此，由于小说提出了一个敏感的问题，1975 年拍成电影后被军事当局列为了禁片，直到 1981 年才得以公映。还有，在上世纪 90 年代巴尔加斯·略萨进行的反对私营企业国有化的斗争中，阿普拉党和政府把他视为眼中钉，通过电台和电视台指责他侮辱了罗雷托市的妇女，因为他的小说《潘塔莱翁上尉与劳军女郎》的故事发生在那个地方，他们复印了一些章节，以传单的形式散发和广播，说他把所有的罗雷托的女人都称为"劳军女郎"，说她们具有火一般的性欲。他们让母亲们蒙着黑纱举行了抗议游行；阿普拉党召集该市怀孕的妇女躺在机场的跑道上，阻止那架载有"那个企图沾染罗雷托市的土地的色情诽谤者"的飞机降落。他们对作者及作品的敌视态度昭然若揭。

他的小说《公山羊的节日》也受到不公正的对待。《公山羊的节日》于 2000 年出版，当时引起强烈反响，初版一万册很快售罄。这部小说描写的是加勒比海岛国多米尼加前总统拉法埃尔·莱奥尼达斯·特鲁希略（1890—1961）长达 30 余年的独裁统治。

那些年间，多米尼加国内民不聊生，经济处于崩溃边缘，外交上无条件地服从和追随美国政府，充当其干涉邻国内政的工具。1960 年美国国家组织开会决定对多米尼加实行制裁，多数美洲国家与之断交，加剧了多米尼加人民对独裁统治的不满。1961 年 5 月 30 日，若干多米尼加爱国志士将特鲁希略刺死。

特鲁希略是在乘车去郊外兜风的时候被乱枪打死的。他之死富有戏剧性，令巴尔加斯·略萨产生了创作的冲动。经过一段时间的酝酿后，终于创作了这部小说。

《公山羊的节日》虽然是一部抨击拉美的独裁政权、为多米尼加人民伸张正义的作品，但书中许多重要人物用的都是真名实姓，而且多米尼加目前仍然存在着独裁统治时期遗留的后果。所以，此作一出便招来了麻烦，遭到了围攻。比如多米尼加档案总局局长贝尔纳德就大叫，《公山羊的节日》是"一大堆流言蜚语，一大堆污物"。此外，有不少多米尼加人特别是年轻人的祖辈和曾祖辈是独裁统治时期的既得利益者，他们或者曾当官得势，或者侵吞过国家财产，而且至今仍留恋那个时代，对独裁者毫不憎恨。巴尔加斯·略萨曾向一些多米尼加知名人士了解特鲁希略时代的情况，发现他们在提到特鲁希略时，仍然称他为"国家元首"或"阁下"，好像他仍然活着，应受到尊敬。多米尼加《国民日报》甚至发表文章说，那些在独裁统治时代发财的人非常痛恨巴尔加斯·略萨，他们已决定雇用一些暴徒，狠狠地教训他一下，让他永远不能写作。

2000 年 5 月下旬，在《公山羊的节日》出版之际，巴尔加斯·略萨出人意料地来到多米尼加首都圣多明各，出席在历史悠久的哈拉瓜饭店举办的新书签名售书仪式。当他在一队警卫的护送下到达阿纳卡奥纳大厅时，坐满大厅的七百多位各界人士和读者不胜惊讶，接着报之以热烈的掌声。巴尔加斯·略萨发表讲话和在新书上签名时，总有几名保镖站在身边，警惕地环顾四周。在座的来宾们虽然对作家的讲话报以热烈的掌声，但从脸上表情看，他们的心情并不轻松。在场的许多人是第一次亲眼见到这位名声显赫、成就卓著的大作家，他们对他那么憎恨独裁统治的立场表示敬佩。在听众的笑声和掌声中，巴尔加斯·略萨回答了与会者的提问。他断言，"如果多米尼加的青年们读到这本书，他们会无一例外地得出这样的结论：这种事情（指独裁统治）永远不应该重演"。

在多米尼加逗留期间，巴尔加斯·略萨不仅要承受新作给他带来的种种麻烦，而且必须加倍小心，无论是进出饭店，还是上下楼梯，都要有保镖跟随，以防不测。

此后，多米尼加当局对《公山羊的节日》和作者总是耿耿于怀，一有机会就进行报复。2013 年 11 月 13 日，多米尼加圣地亚哥市领导人心血来潮，把许多册《公山羊的节日》用木棒打烂，用脚踩烂，用火焚毁，因为他们认为这部书伤害了多米尼加人民的尊严。与此同时，他们还宣布担任驻多米尼加共和国联合国难民事务高级专员办事处的代表的巴尔加斯·略萨之子贡萨洛·巴尔加斯·略萨和海地前领事埃德文·帕拉伊森等人为"不受欢迎的人"。

无独有偶。在巴尔加斯·略萨批评多米尼加当局拒绝为该国没有身份的子女办理国籍的决定后，多米尼加内政部于 2014 年 1 月 23 日举办了一种名叫"真正的公山羊节日"的活动，嘲弄巴尔加斯·略萨。活动的参加者把巴尔加斯·略萨的一张照片连同一个奶瓶和一只乳房一起安放在一只公山羊的双角上，因为他们认为他污蔑了多米尼加人民和多米尼加当局。

公山羊神色紧张，不知周围发生了什么事，在众人的嘲笑和起哄声中，它被抓着双角带到一个用多米尼加地图和国旗装饰的祭台上。圣地亚哥一所成人大学的教授和历史学家露丝·布里托女士参加了这项活动，她说山羊没有受到折磨，活动结束后便被送回羊圈了。女教授还说，由于和"国家事业"合作得好，山羊得到了一把草加蜜糖的奖励。

圣地亚哥南方组织协调委员会发言人何塞阿尔贝托·佩尼亚指出："我们举办的嘲弄那位先生的活动是真正的'公山羊的节日'。"它以此影射巴尔加斯·略萨抨击独裁者末日的小说《公山羊的节日》。

上述布里托女士宣称，举办这种活动目的是回答巴尔加斯·略萨在西班牙《国家报》发表的一篇文章中对多米尼加人民进行的"中伤与污蔑"。巴尔加斯·略萨在其文章中画了一面纳粹国旗，除掉了多米尼加地图。她把巴尔加斯·略萨说成是"多米尼加共和国的敌人"。

可见，多米尼加当局及其追随者对巴尔加斯·略萨和他的《公山羊的节日》是何等的恨之入骨，不共戴天。

来自古巴的敌意

1959 年，在以菲德尔·卡斯特罗为首的古巴共产党领导下，古巴人民经过多年的艰苦卓绝的斗争，终于推翻了巴蒂斯塔独裁政权，粉碎了美帝国主义的武装干涉，最终赢得了革命的胜利。古巴革命的成功，在拉美大陆树起一面马列主义的旗帜，为拉美各国人民树立了榜样，只有奋起革命，才能打倒独裁政权，才能翻身得解放。

古巴革命的胜利，受到世界人民的欢呼和赞扬，自然也受到进步知识分子和左派作家的欢呼和赞扬。以加西亚·马尔克斯、胡利奥·科塔萨尔、巴尔加斯·略萨等人为代表的拉丁美洲左翼作家热烈拥护古巴革命。

但是，天有不测风云，轰动一时的"帕迪利亚事件"发生了。罗伯托·帕迪利亚曾在迈阿密和纽约任教和当译员，1959 年回古巴进《革命报》工作，并任驻苏联拉丁新闻社记者和其他职务。帕迪利亚本来是古巴革命的热情拥护者，但是自 1966 年从苏联归国后，对古巴新政权产生了疑问，持批评态度，并私下里对卡斯特罗当局表示失望。同年，他成为《起义青年》版面上的文化争论的焦点，他的批评流露在他的诗作《游戏之外》中。不管怎样，此作还是获得 1968 年度古巴作家与艺术家联合会设立的胡利安·德尔·卡萨尔奖。但是联合会领导层并不同意把该奖授予他，也不同意把奖授予安东·阿鲁瓦特的剧作。同年 10 月 28 日评委们开会，经过几个小时的争论后，大家同意出版这两个作品，但是作品附加联合会领导委员会的一句话：两个作品"在思想上是反对古巴革命的"。该委员会还发表声明说，帕迪利亚持两种态度：批判主义和反历史的，这两种态度是典型的右倾思想，是反革命的工具。

　　1971 年 3 月 20 日，作家协会举办了一场诗歌朗诵会，帕迪利亚朗诵了《挑衅》一诗，随后即被捕，一起被捕的还有他夫人、女诗人贝尔基斯·库莎·玛莱，理由是他们参加反对政府的"破坏活动"。此事在世界上引起强烈反应，卡洛斯·富恩特斯、帕斯、鲁尔福、萨特、巴尔加斯·略萨等知识界多位精英表示抗议。在被监禁了 38 天后，帕迪利亚在作家协会读了他著名的《自我批评》，断然否定他以前的作品和表达的思想①。之后便被释放，但被逐出作家与艺术家联合会和哈瓦那大学，失了业，第二年流亡美国。

　　巴尔加斯·略萨在"帕迪利亚事件"中始终站在主持正义的立场上。在第一次抗议活动中他签了名，之后他又带头举行了第二次抗议，并于 1971 年 5 月 20 日写了一封致卡斯特罗的信，重申他拥护古巴社会主义，但他表示了对帕迪利亚供词的气愤，认为他是斯大林主义的卑鄙实践的牺牲品。在信上签名的有富恩特斯、戈伊蒂索洛兄弟、马尔塞、帕切科、鲁尔福、巴尔加斯·略萨、莫拉维亚、萨特、苏姗·桑塔格等 40 余位欧美著名作家。

　　由于巴尔加斯·略萨带头发动抗议活动，菲德尔·卡斯特罗在讲话中表示"禁止巴尔加斯·略萨再来古巴"，并把他包括在"一群厚颜无耻的拉丁美洲人"中。说"他们不在战壕里，而生活在资产阶级沙龙里，为了一点点名声而远离拉丁美洲的问题，他们将无限期地被禁止来古巴。"

　　巴尔加斯·略萨在致古巴主要文化机构《美洲之家》领导人海德·桑玛丽亚女士的一封信中回答了卡斯特罗的讲话并辞掉了他自 1964 年以来与之合作的《美洲之家》杂志编辑部的工作。他在信中说：

---

　　①　他在《自我批评》中承认他反对古巴革命，承认他的作品是反革命的，说维护他的知识分子是"敌人的代理人"。

"你该明白，在得知菲德尔斥责'生活在欧洲的拉丁美洲作家'的讲话后这是我唯一能够做的事情。他'无限期地'禁止我们去古巴。我们要求他澄清罗伯托·帕迪利亚的问题。我们的信就那么使他激怒吗？变化怎么这么大呢：我清楚地记得4年前的那个晚上，他很高兴听取我们一群'外国知识分子'对他的看法和批评，如今他却说我们是'卑鄙无耻之徒'。"

在发表在《美洲之家》杂志上的公开信中，圣玛丽亚女士称巴尔加斯·略萨是古巴革命"最坏的诽谤者"之一，指责他声援古巴革命的言论是可笑的。

在后来的几期《美洲之家》杂志上，刊登了由数百人签名反对巴尔加斯·略萨的多篇声明。声明的内容都是说巴尔加斯·略萨反革命的阴谋。作家胡安·马里内约的话具有代表性，他说："这位秘鲁作家的绝大多数同谋者的批评和企图都是攻击古巴革命"。

除了反对巴尔加斯·略萨言行的政治性言论外，还有许多文章批评他的政治与文学思想。譬如乌拉圭诗人马里奥·贝内德蒂伴随古巴作家费尔南德斯·雷塔马尔和科略萨斯，一起贬低巴尔加斯·略萨的两个观点：知识分子有权批评社会主义的过火行为，有责任心的作家有权自由选择自己的文学主题。除了作家的批评外，有些大学的文学批评家还从马克思主义文学理论出发否定巴尔加斯·略萨的艺术思想。

直到2010年巴尔加斯·略萨获得诺贝尔文学奖，古巴官方仍然对巴尔加斯·略萨如鲠在喉。古巴官方报纸《格拉玛》2010年10月19日载文承认巴尔加斯·略萨"对世界文学的贡献"，但是又说，从他的"道德面貌"来说，这位秘鲁作家应该被授予"反诺贝尔奖","谁也不怀疑他对革新世界文学做出的贡献",但是"他用作品建树的东西却被他的道德面貌破坏了"。

这家古巴共产党机关报指责巴尔加斯·略萨的"新自由主义思想、他对其根源的否认和对帝国的意图的顺从。""如果人民在斯德哥尔摩投票,一定会授予他反诺贝尔奖。"

对来自古巴领导层面的指责和非议,巴尔加斯·略萨仍然表示不满,他也针锋相对地谴责古巴存在的严重问题:政权的无比集中,新的统治阶级的出现,工会组织在古巴制度内缺乏独立性,知识界害怕官方的审查制度等。因此,他对社会主义失去了信心,不像以前那样对社会主义感到乐观。

由于巴尔加斯·略萨在"帕迪利亚事件"后经常批评古巴政府和它的领导者菲德尔·卡斯特罗,他的文章就不再在古巴发表,他同曾经与之密切合作的《美洲之家》的关系也结束了。

政治生涯与竞选遇挫

巴尔加斯·略萨年轻时,在他卢乔舅舅的书籍中,发现了一本墨西哥迪安娜出版社出版的自传,这本书让他们好几夜不能入睡并且在他心中产生了巨大的政治震撼,那本书就是汉·巴尔丁写的《黑夜落在后面》。作者在纳粹统治时期是德国共产党员,他这本自传中有大量关于地下战斗的故事、为革命做出牺牲的突发事变以及难以忍受的过火行为,这对巴尔加斯·略萨来说是一声爆炸,迫使他第一次认真思考正义、政治活动和革命。尽管在这本书的末尾作者严厉地批评共产党牺牲了他妻子,又用厚颜无耻的方式对待他,但读完这本书后,他仍然非常敬佩这些世俗的圣徒,他们虽然冒着酷刑、砍头或者终生被监禁在纳粹牢里的危险,都把一生献给了为社会主义而奋斗的事业。

那时巴尔加斯·略萨在《工业报》工作,常给该报写些时事述评，经常谈论政治和文学，其中有两篇长文谈论 1952 年玻利维亚民族主义革命运动组织发动的革命。此次革命使他激动不已，这场左翼社会化的革命帮助他脑袋和心灵里装满了种种社会主义与革命的思想，或者说装满了种种社会主义革命的形象和激情。

在皮乌拉的那一年（1952 年），政治就这样飞快地闯入他的生活，但是伴随着常常闯入年轻人心中的那种理想主义和惶惑。由于他在舅舅家读的那些书籍使他的思想完全混乱，往往问题多于答案，所以他整天追着舅舅询问，于是舅舅就给他解释什么是社会主义，什么是共产主义，什么是美洲人民革命联盟的纲领，什么是民族革命联盟的纲领，什么是法西斯主义。在皮乌拉的最后几个月里，他曾悄悄地考虑，到了大学以后一定要设法与革命者取得联系并且要成为他们中的一分子。他还决定上那所国立的、混血种的、不信神的和共产党员集中的圣马科斯大学。

果然，他于 1953 年考进了圣马科斯大学。早在军校的最后一年，他就发现了一些社会问题，当时他以一个孩子的浪漫方式发现了社会上的偏见和不平等，他愿意和穷人一样，希望搞一次革命，给秘鲁人带来正义。而圣马科斯大学是一所不信神的国立大学，有着不妥协的传统。当时，独裁政权已经捣毁了这所大学，许多教授流亡国外；在他入学的前一年，一次大搜捕就把几十名学生投进了监狱或流放异国；学校里充满紧张气氛，因为独裁当局派了许多警察伪装学生混入学校；各政党被宣布为非法，阿普拉和共产党只能转入地下活动。考入圣马科斯大学不久，他就开始参加"卡维德"组织的活动。用这个名称是为了恢复被独裁当局破坏得相当厉害的共产党组织。参加这个组织的人分成小小的支部，进行秘密集会，学习马列主义和毛泽东的著作，办革命小报，印刷反政府的传单，同阿普拉进行斗争，商量如何让马科斯支持工人的斗争，譬如声援电车工人的罢工。在大学里，他曾担任学生联合会的代表。他知道许多学生被关在监狱里，这些学生就睡在牢房的地上，既无垫子也无毯子，于是他就发动大家进行募捐，买了毯子、垫子，然后派五个代表去和内政部办公厅主任萨尼亚杜交涉，把东西送了进去。在大学里他还担任过指导员，一度加入秘鲁共产党，六十年代曾热烈支持古巴革命。

七八十年代，巴尔加斯·略萨积极从事反对金融系统国有化的斗争。大约在 1987 年 7 月间他写了一篇题为《走向专制的秘鲁》的文章，8 月 2 日发表在商报上，他在文章中阐述了他反对金融系统国有化的理由。他的主张立刻引起强烈反映：银行等金融企业职工纷纷举行游行和小型集会。他又趁热打铁，起草一份宣言，征集了百人的签名。8 月 21 日，没有参加任何党派的人士在圣马丁广场举行了一次大规模示威游行，名为"争自由大会"。他在大会上发表了演说，重申了他反对金融国有化的主张。后来他和朋友又举行了两次群众大会。这一系列活动使他们相信：成千上万的秘鲁人只要坚持斗争，秘鲁就能成为一个没有穷人、没有文盲、人们过着有文化、富裕而自由的生活的国家。

圣马丁广场群众集会之后，由于大会圆满成功，报纸、电台、电视等新闻媒体开始谈论为在 1990 年的大选中对付阿普拉和左派组织，有必要成立反对派的民主力量联合阵线。经过近一年同人民行动党和基督人民党为主，三方同意组成民主阵线，并于 1988 年 10 月 29 日在特鲁希略签署了原则宣言。

1989 年 6 月 4 日，巴尔加斯·略萨在阿雷基帕宣布参加总统竞选。1990 年 4 月 8 日至同年 6 月 10 日他参加了第一轮和第二轮大选，每天都处于极度紧张状态，因为常常发生谋杀和死亡事件，一百多位与民阵有关的人士、各区的领导人、全国和地方上的议员候选人或者民阵的支持者被杀害。

成百上千来自世界各地的记者为 1990 年 4 月 8 日星期日的大选而云集利马，巴尔加斯·略萨在巴兰科街上的住宅被摄影、摄像记者日夜包围，保安人员面临困境，拦不住登梯上楼或钻进花园的人群。第一轮选举藤森占了上风。巴尔加斯·略萨明白大势已去，便放弃了第二轮选举，之后他起草了一封告秘鲁同胞书，说明为什么放弃第二轮选举并号召民阵的选民支持藤森执掌总统大印。条件是：他必须进行经济改革，包括制止通货膨胀，降低关税、将竞争机制引入经济生活……

1990 年 6 月 17 日，他离开秘鲁前往欧洲，一面休息，一面重新投入他钟爱的文学事业。但他表示："我要设法通过我的写作参与政治。"

在西班牙期间，藤森扬言要取消巴尔加斯·略萨的秘鲁国籍。为此，他向西班牙政府申请加入西班牙国籍。1993 年西班牙政府批准了他的申请，并允许他保留本国国籍。

大选失利后，他淡出了政治实践舞台。他之所以那么热衷于政治活动，是和当时秘鲁动荡不安的社会环境紧密相关的。后来在接受诺贝尔奖官方网站的电话采访时，他曾坦言："我从来也不曾想做一个职业政治家。我之所以有过那么一次，是因为当时秘鲁的形势极为严峻，又是恶性通货膨胀，又是恐怖主义，还有内战。在这种情形下，我感到脆弱的民主政治就要崩塌了！我是在这种情况下才有此举动的。这是一次例外，而且我也非常清楚，这事并不会长久。"

他之所以说"不会长久"，因为他并没有丰富的政治经验，在政界显得稚嫩。只是近代拉美国家的社会混乱和他个人的经历的切肤之痛促成了他的政治敏感。还因为他在本质上始终是一名文学艺术家，就是说文学是他的本行，只有文学才是他施展其才能的天地。正因为如此，大选失败后，他便很快回到文学上来，致力于他酷爱的文学创作和与文学有关的事业。

当然，他并非"两耳不闻窗外事，一心只读圣贤书"。在从事文学活动的同时，他时刻关注世界大事，他不仅通过文学作品或发表言论抨击那些他认为实行专制统治的国家和独裁者，继续发挥"文学是一团火"的威力，而且积极从事新闻活动，通过新闻报道和政论等批评某些国家存在的人权问题、种族歧视和社会的不公正。

　　进入21世纪后，除了古巴，委内瑞拉也成了他批评的对象。譬如在2014年9月间，他就在西班牙马德里郊外瓜达拉马举办的、西班牙前政府首相何塞·玛丽亚·阿斯纳尔主持的关于分析与社会研究的夏日班上的发言中批评古巴和委内瑞拉没有自由。他说，"古巴代表着远离本土民主的某种东西"，而"委内瑞拉每年都在向着沙文主义道路上前进"。关于委内瑞拉的形势，他指出，"委内瑞拉政府是造成政治、经济和社会危机的罪人"，"委内瑞拉是世界上最腐败的国家，政府领导人没有本事，使国家处在腐败的社会状态；但是它却害怕美洲国家组织，从来也不维护表达的自由"。他还说，"自由文化产生了西方，它是组织社会的一种方式，一切国家都可以和它粘连一起"。在这个意义上他断言，"拉丁美洲大部分地区都确认这是它贯彻和推行的思想"。

三 巴尔加斯·略萨的小说创作

概述

巴尔加斯·略萨是一位多产作家,1958 年出版第一部短篇小说集《首领们》,1963 年出版成名作《城市与狗》。由于《城市与狗》无情暴露了秘鲁军事独裁统治的罪恶,表达了作者对反动统治的憎恨和反抗精神,触痛了独裁当局的神经和烂疮,被学校当局在校园里付之一炬,作者也被宣布为秘鲁的敌人。但这部作品并没有被扼杀掉,反倒更受读者欢迎,并被译成 20 多种外国文字,先后获得西班牙文学批评奖和委内瑞拉"罗慕洛·加列戈斯国际小说奖"。

《城市与狗》的成功极大地激励了巴尔加斯·略萨的创作热情。此后平均三四年就出版一部长篇小说,迄今已出版至少 17 部长篇小说,即《绿房子》(1966)、《酒吧长谈》(1969)、《潘塔莱翁上尉与劳军女郎》(1973)、《胡利娅姨妈与作家》(1977)、《世界末日之战》(1981)、《玛伊塔的故事》(1984)、《是谁杀了帕洛米诺·莫雷罗?》(1986)、《叙事人》(1987)、《安第斯山上的利图马》(1993)、《继母的赞扬》(1988)、《堂里戈维托的笔记本》(1997)、《公山羊的节日》(2000)、《天堂在另一个街角》(2003)、《一个坏女孩的恶作剧》(2006)、《凯尔特人之梦》(2010)和

《谨慎的英雄》（2013）。

这些作品具有拉丁美洲小说传统中的许多倾向。比如《绿房子》和《世界末日之战》属于地域主义小说；《城市与狗》属于表现城市资产阶级的小说；《玛伊塔的故事》、《安第斯山上的利图马》和《公山羊的节日》属于政治介入和批评拉丁美洲社会的陋习的小说；《胡利娅姨妈与作家》属于自传类小说；《酒吧长谈》、《潘塔莱翁上尉与劳军女郎》和《公山羊的节日》属于反对军事独裁统治的小说；《继母的赞扬》和《堂里戈维托的笔记本》属于具有性爱描写倾向小说等。

巴尔加斯·略萨在小说结构形式上求新求变，不拘一格，追求艺术性，采用多层次、多角度的描写方法，多方面反映现实，被称为结构现实主义，这类小说又称为立体小说或全面体小说。为了写出这样的小说，巴尔加斯·略萨采用了许多手法，如人物对话的多种形式，故事情节的分割和组合，公文和文件的充分运用，电影和电视的表现技巧，绘画艺术中的透视法，时间和空间的多次转换，特别是"中国套盒术"、"连通管"等。由于采用新奇独特、诡谲多变的结构形式反映现实，被誉为结构现实主义大师。

由于文学创作上取得的杰出成就，巴尔加斯·略萨曾于1976年被选为国际笔会主席，在拉丁美洲和国际上获得众多文学奖与荣誉，包括西班牙塞万提斯文学奖（1994）、阿斯图里亚斯亲王文学奖（1986）和诺贝尔文学奖（2010）。

巴尔加斯·略萨有其明确的文学创作理念：他认为，"必须告诫那些排挤、迫害作家的社会：文学是一团火。文学意味着不妥协，意味着反抗。作家存在的理由就是要反抗，要唱反调，要批评。有必要向这种社会说明：没有中间道路可走……作家过去、现在和将来都是不满现状的人。知足的人不可能写作；苟且偷安的人只能写胡言乱语。文学天才源于人对世界的不满，源于对周围的缺点、空虚和垃圾的直觉认识。文学是一种长期造反的形式，它不接受任何强制性的拘束外衣。任何让它那桀骜不驯的性格屈服的企图都注定要失败。文学可能被毁，但它永远不会妥协。……文学的作用是不停地创新和优化意识……作家的天职使得我们成为职业性的不满分子，成为对社会有意无意的捣乱分子，成为有道理的革命派，成为被占领土地上的起义者……一个作家无论被排斥还是被接受、被迫害还是被鼓励，只要他是一个名副其实的作家，就会不停地把并非总是令人愉悦的悲惨与苦难的场景摆到人们面前。"[①] 他还认为，"文学作品是对社会现实不妥协的武器，是预言旧世界行将覆灭、新世界即将来临的先声"。"小说家应当像兀鹰啄食腐肉一样，抓住现实生活的丑恶现象予以揭露和抨击，以便加速旧世界的崩溃。"

在小说创作上，巴尔加斯·略萨深受欧美许多作家的影响：美国的多斯·帕索斯、威廉·福克纳、欧纳斯特·海明威、阿瑟·密勒、法国的维克多·雨果、居斯塔夫·福楼拜、马塞尔·普鲁斯特、让—保尔·萨特、阿尔贝·加缪，英国的弗吉尼亚·伍尔夫、托·斯·艾略特，爱尔兰的乔伊斯等，都是他崇敬的作家，谈到福克纳时，他掩饰不住对他崇拜之情："那个时期，福克纳的作品让我感到眼花缭乱，我被他的小说技巧迷住了。他的作品，凡是能够弄到手的，我都用一种诊断的眼光去阅读，观察作者的视角如何转换，如何组织时间，叙述者的作用是否联贯，技巧上的不联贯或笨拙之处——例如形容词的修饰过多——是否破坏（妨碍）真实性。"他把福克纳说的"形式（文字和结构）会使题材变得崇高或贫乏"，萨特说的"话语是行动"，加缪和奥威尔说的"不讲道德的文学是冷酷的"，福楼拜说的"写作是一种生活方式"，都当作座右铭，在小说中加以实践。巴尔加斯·略萨

---

① 1967 年 8 月 4 日接受"罗慕洛·加列戈斯"文学奖时的讲话。

的创作的丰富性令人想到巴尔扎克，其文学的著名程度几乎可以和维克多·雨果相比，其充分自由的批评态度几乎和保尔·萨特类似，其小说的全面性可以和列夫·托尔斯泰类比，其技巧的杰出运用使人联想起福楼拜，其人物常常生活在污秽而可怕的世界和失望的状态中让人想起陀斯妥耶夫斯基。

综观巴尔加斯·略萨的小说创作，无论前期还是后期的作品，都表现出鲜明的时代特征，体现了时代精神和政治观念的有机结合，带着对人类命运和前景的沉思，既代表了社会的良知也体现了一个知识分子对人类前途的思考，无疑他是一位富有责任感和同情心的作家。

巴尔加斯·略萨及其创作历来受到高度评价。秘鲁文学评论家何塞·路易斯·马丁说："作为杰出的小说家，略萨是过去和当代秘鲁优秀作家的总结，他超过了前人，以独具风格的文体为秘鲁文学做出了贡献。"[1] 美国作家到丽·阿拉纳认为，"在巴尔加斯·略萨的文学生涯中，最吸引人的部分恐怕还是他那深厚永久的人道精神。他友善乐施，对世界总是怀有好奇之心，对人类本性有孜孜不倦的求索之欲。他是我们这个时代的模范作家"[2]。

《城市与狗》（1963）

《城市与狗》是巴尔加斯·略萨的第一部长篇小说，先后获西班牙简明丛书奖（1962）和西班牙批评文学奖（1963），最初作品取名《英雄的居所》，后来又改为《说谎者》。此作具有特别重要的意义，因为它开启了秘鲁小说的现代时期，同时也和拉美其他作家的作品一起开创了拉丁美洲60年代的文学"爆炸"运动。

---

① 何塞·路易斯·马丁：《论巴尔加斯·略萨的小说》。
② 2011年10月8日在《华盛顿邮报》上的评论。

小说一版再版，迄今已被译成几十种外国文字，曾被西班牙《世界报》评为 20 世纪西部最优秀的西班牙语小说之一。

巴尔加斯·略萨 1950 年和 1951 年在利马莱翁西奥·普拉多军校受过两年中等教育，这种经历或者像他说的"冒险"，给他留下深刻印象。几年后（大约在 1956 年），他相信自己会成为一名作家，并清楚地感到他的第一部小说应该以他在军校的那些经历为基础写成。由于获得去西班牙学习的奖金，无暇顾及，所以直到 1958 年秋才开始动笔：是年在马德里一家名叫'小蜗牛'的酒馆开始写，1961 年冬在巴黎的一间顶楼完成。

对巴尔加斯·略萨来说，写这部小说的过程是很辛苦的。1959 年初他在写给他的朋友阿伯拉尔多·奥根多的信中坦言："写小说时，我感到十分辛苦……修改一页要费几个小时，写好一段对话也是这样，突然我又连续不停地写了十来页。对于如何结束，我毫无概念。但是如醉如痴，我觉得写作是真还令人激动的事情。"

智利文学批评家路易斯·哈斯也曾谈到巴尔加斯·略萨一丝不苟、认真写作、追求完美的创作态度："巴尔加斯·略萨是主张作品要尽善尽美的。作品问世前他总要反复推敲，仔细斟酌作品的各个方面。从第一个灵感的火花开始直到作品出版，他总是不轻易定稿。他经常用放大镜审阅和修改校样，甚至在付印前的最后时刻，他的书桌上还堆满了批注、清样和手稿。为了同出版社讨论要删掉的七八行字，《城市与狗》几乎搁置了一年零六个月之久。"[①]

书稿共 1200 页，他把稿子寄给西班牙和拉丁美洲的多家出版社，但是没有一家愿意接受。尽管他的短篇小说集《首领们》（1959）刚刚在西班牙获得莱奥波尔多·阿拉斯奖，他这第一部长

---

① 《我们的作家》，路易斯·哈斯，1973 年，南美出版社，第 428 页。

篇还是不能超过弗朗哥独裁当局的检查。他在巴黎时曾请法国的西班牙文化工作者克劳德·库冯看了他的手稿，他很喜欢小说的故事，建议他把书稿交给巴塞罗那塞伊克斯·巴拉尔出版社的出版人卡洛斯·巴拉尔出版，因只有他能够找到办法巧妙地避开西班牙当局的检查。

卡洛斯·巴拉尔收到书稿后，还未开始看就收到他的顾问寄来的不能出版的报告。尽管如此，有一天巴拉尔感到无聊，便把放在办公室写字台抽屉里的书稿找出来翻阅。刚看了第一页，他就被小说的故事惊呆了。他立刻决定千方百计将书出版。不过，他建议巴尔加斯·略萨把书稿投给简明丛书奖评委会。书题为《英雄的居所》（英雄的居所是指莱翁西奥·普拉多军校。莱翁西奥·普拉多是在 1879 年的太平洋战争中被智利军方处决的秘鲁军事首领）。不出所料，真的获了奖。评委会成员、西班牙著名批评家何塞·玛丽亚·巴尔维德指出："此作是《塞贡多·松勃拉》①以来最优秀的小说"。

经过漫长的交涉后，小说经过了当局的检查，终于在 1963 年问世，并随即赢得西班牙批评奖。

小说的故事主要发生在利马莱翁西奥·普拉多军校，学校的青少年（士官生）在严格的军纪下接受中级教育。学校里有一个团体，专门在校内制造恐怖和暴力活动。其无可争议的首领是可怕的"美洲豹"。按照该首领的指令，士官生波菲里奥·卡瓦在考试前一天偷了一份化学试卷，不料被人从破玻璃窗口看见。当局进行查办，最大的受害者是名叫"奴隶"的小伙子（真名叫里卡多·阿拉纳），周末他不能去看他的未婚妻特雷莎。"奴隶"揭发了卡瓦，被开除出学校。"奴隶"请求他的同学阿尔维托代他去看特雷莎，并向她解释他不能去看她的原因，但是她不再给"奴隶"

---

① 委内瑞拉罗慕罗·加列戈斯的名著，1926 年出版。

写信，他为此深感痛苦。后来，学校举行实弹演习，"奴隶"的头部被子弹击中，不久死亡。学校当局害怕丑事外扬，便称这是一个意外。阿尔维托（米拉弗洛雷斯区的好孩子、"奴隶"的朋友）不顾和小团体有关联的盟约，向学校比较正直但也颇严厉的甘博亚中尉揭发了"美洲豹"杀死"奴隶"的罪行。但是要求对此事必须保持沉默的盟约也包括学校、老师和武装力量。阿尔维托屈顺于长官们的压力，甘博亚除了屈服也没别的办法。这样，事件没有进行调查而被封锁起来。小说在尾声中讲述学生们毕业，主人们恢复了正常的生活；甘博亚听完"美洲豹"的坦白、但是不能同意，之后他便去山区的哨所服役了；阿尔维托重新开始过米拉弗雷斯他那种资产阶级生活；"美洲豹"被剥夺了原有的一切权力，回归社会当了一名普通银行职员并成为特雷莎的丈夫。

　　总之，小说反映了军校士官生的生活和其间的矛盾冲突，描述了军校士官生如何深受反动当局的压迫和迫害的情形。士官生来自不同的地区和社会阶层，有着不同的学习动机。但在学校当局的严格训练下，都要被培养成合乎军事当局要求的军人。学校当局的压迫、专断、欺骗和摧残，严重损害了那些青少年的心灵。狡诈凶残的上校校长实际上是军事独裁的代表。他表面上道貌岸然，摆出一副廉洁奉公的样子，实际上是一个老奸巨猾的反动政客。为了维护自己的利益，他不惜牺牲下级，甚至草菅人命，谁要是反抗，他便凶相毕露，残酷镇压。在以他为首的学校当局的控制下，学校变成了一个壁垒森严的牢笼，一个暗无天日的社会，"一座集体大监狱"（作者语）。由于恶人当道，结果是非混淆、黑白颠倒，尔虞我诈，弱肉强食。作者以愤怒的笔触对黑暗的学校当局做了无情的嘲笑和抨击。小说像一把尖刀，刺痛了学校和秘鲁军事当局的神经和脓疮。盛怒之下，他们把刚出版的一千册小说在校园里付之一炬，并把作者宣布为学校和秘鲁的敌人，说他是共产党人。

　　小说无疑是对现今秘鲁社会现实的针砭，是对其社会矛盾的暴露和分析，是个人在那种罪恶的社会中的遭受的不幸的见证。智利文学批评家路易斯·哈斯的评说可谓入木三分："书名本身可以清楚地说明问题。它使我们置身于一个狗咬狗的世界。这个世界的关键部分是暴力，是弱肉强食，只有强者或适应环境者才能生存。作者描绘了一幅灵肉腐烂的悲惨画面。作者的笔锋针针见血，绝不手下留情。这座学校不仅以其环境和地形而且以真实名称出现在小说中。作者对学校的描绘相当逼真，因而引起官方的震怒"，"将一千册书当众销毁"。①

　　小说主要塑造了三个重要人物的形象。一个是"美洲豹"，它是贝亚维斯塔省卡廖县人，其为人强势、机灵、勇敢。这种性格是在他成长的社会环境中形成的。进入军校后，令同学们敬而远之，他打破了学生们的传统：不允许别人给他起外号，他自称"美洲豹"，因为他能灵活地逃避惩罚，并且能机智地惩罚别人。他凭着这个绰号，召集他的一些同学组成一个团体，企图以他们的斗争精神和勇气对付他们所遭受的暴力和不公正对待。在学校生活中，"美洲豹"扮演着十分重要的角色，遇到什么问题他都能千方百计进行自卫。他面对任何形势都不妥协，在别人面前表现出他无人可比的优势，不准任何人欺侮他，从而牢牢地掌握着对其他同学的控制权。

　　在整个小说中，"美洲豹"的身影几乎无所不在，以军校为背景的情节中有他，在小说里插入的各种故事中也有他。但是最初，他的身份并不为人所知：他是个少年，以第一人称讲述他在进入军校前的生活，那时他和母亲住在贝亚维斯塔广场附近一个朴素的家中，他在卡廖五月二日学校读书，他还讲述了他对邻居家的同龄女孩特雷莎的爱恋之情。放学后他常去看她。同样他也讲述

────────────

① 《我们的作家》，路易斯·哈斯，1973 年，南美出版社。

了在坏同学的影响下成了扒手的情形。后来，他逃出家门，跟他的教父教母一块生活，不久教父教母把他送进军校。小说最后一部分揭示了这个男孩的秘密：他和他童年所爱的女朋友特雷莎结了婚。无疑，"美洲豹"是拉丁美洲社会底层的代表，他有大男子主义思想，他强烈地反对他认为不公平的事情，他朋友"瘦子"依盖拉斯说他已经变成一个正派的人了。

第二个主要人物是特雷莎，是小说中最重要的女性。在作者笔下，她似乎是一个快乐、纯净、娇生惯养的女孩，在三个男孩（"奴隶"、"美洲豹"和"诗人"）眼中，她是一个完美的女神。在小说的一些章节里，三个男孩都对她深怀爱意，崇拜之至。

"所有的男人都有一些共同点，尽管存在着社会、经济和文化方面的差别，而这些差别是人自身的条件造成的。"这是作者想通过特雷莎之口告诉人们的看法。他们都渴望得到没有的东西，渴望被女人爱，需要精神生活。作者强调精神上的东西，因为他认为这比物质和经济的东西更重要。他把特雷莎写成一个有尊严、爱干净的女性，他是想强调，尽管她几乎一无所有，人的本性是不能丧失。

对爱恋特雷莎的三个男孩而言，要想在军校呆下去，就必须离开她：对"奴隶"来说，在熬过严酷的生活之后，他渴望的是平静；对"诗人"来说，被迫上军校就等于失掉了纯朴的天性；而对"美洲豹"来说，真正的家庭生活从来就没有。

小说开始时，作者讲述了"美洲豹"对特雷莎的痴迷，并讲述了为了爱她所做的一切。"美洲豹"小时候总想和她在一起，他找她做功课，上学的路上老跟着她。

后来，"美洲豹"消失了，出现了"奴隶"。"奴隶"天真地追求特雷莎。再后来，通过"奴隶"，"诗人"认识了特雷莎，他和他们一样也常去看她。在他眼中，她是那么完美，那么纯洁。但是在"奴隶"死后，他放弃了对特雷莎的非份之想。最后，特雷莎和"美洲豹"又走在了一起。"美洲豹"离开军校后，又遇见了特雷莎，他提出和她结婚，她欣然答应。

"奴隶"名叫里卡多·阿拉那，他是第三个主要人物。此人性格温顺、听话，这是因为自幼生活在一个女人们决定一切的家庭里。他父亲专断独行，硬把他送进了军校。由于他经常扮演受害者角色，同学给他起了个绰号叫"奴隶"。他在上军校之前就认识特雷莎，他虽然不主动，但是深深暗恋着她。然而，一种不幸的命运降临在他头上："美洲豹"为了报复，把他打死了。但是这一悲惨事件被学校当局压下了，因为维护这所名校的名誉对当局来说更重要。

显然，"奴隶"是社会容不下的少数人的一个代表，他总竭力想被社会接受，最终却只能成为当局沿用职权的受害者。

"诗人"阿尔贝托·费尔南德斯是第四个主要人物，他是五年级的学生，由于他善于写黄色小说和情书，用来换钱和香烟，成了学校有名的"诗人"。他面孔白净，住在米拉弗洛雷斯区。

进军校时，他几乎还是个小男孩，他来自一个已经解体的家庭。跟大多数学生一样，他很不习惯学校强加给他的那种陌生的生活方式。

和军校的其他学生一样，"诗人"必须在校内和校外扮演不同的角色：正如他自己声称的那样，在校内他必须表现得麻木、粗鲁、冷若冰霜，不是一个好斗者，总设法避免与人吵架，免得招来是非，总之是明哲保身。而在校外，对他那两个住在同一居民区的朋友蒂科和普卢托，他的态度却完全不同：对他们，他没有必要表现得麻木或不随和，因为和他们在一起，他觉得安全，彼此之间不会发生暴力行为。

尽管两人的为人不同，"诗人"还是成了"奴隶"里卡多唯一的朋友。然而他也爱恋着特雷莎，虽然她是里卡多的女朋友。这表明当时他并不看重他跟"诗人"的友谊。

在军校举行的一次实弹演习中，"奴隶"里卡多被打死，"诗人"阿尔贝托认为，"奴隶"之死是有人对"奴隶"进行报复，因为他揭发了山里人卡瓦偷试卷的事情。事件发生后，阿尔贝托觉得必须查出杀死他朋友的凶手，他指控"美洲豹"是凶手。但是当上校讹诈他，并恐吓他说，如果他不撤回他的指控就开除他（理由是他"腐化堕落，精神上有毛病"），他退却了，他想到他的职业，便永远服软了。他回到他的阶层和繁华的米拉弗洛雷斯区。总之，恢复了他那种虚伪的人格。他这个感情脆弱的人，终于走完了他残忍的路程，尽管还残留着几丝正派的气息，但是腐化堕落却安逸地在他的心灵里扎下了根，当然也在他未来的生活中扎下了根：他家将有游泳池、敞篷汽车、工程师职称、同一阶层的妻子、一大群情妇、去欧洲旅行。他就是一个这样的人。

除了这几个主要人物，还应该提一提那些"狗"。"狗"，是指军校一年级的学生，是高年级的学生给他们起的蔑视性的绰号。巴尔加斯·略萨认为这个细节很重要，因为学生们觉得军队就是一个男子气概的训练场，他们必须经历几个阶段，忍受牺牲、凌辱、暴力，获得士官生的资格，即从狗变成人。

在这部小说中，作者第一次熟练地运用他拿手的"连通管"技巧。巴尔加斯·略萨给它下的定义是："发生在不同时空和现实层面的两个或更多的故事情节，按照叙述者的决定统一在一个叙述整体中，目的是让这样的交叉或者混合限制着不同情节的发展，给每个情节不断补充意义、气氛、象征性，等等，从而会与分开叙述的方式大不相同。如果让这种连通管术运转起来，当然只有简单的并列是不够的。关键的问题是在叙事文体中被叙述者融合或联结在一起的两个情节要有'交往'……没有'交往'就谈不上连通管术，因为如上所述，这种叙述技巧建立的统一体使得如此构成的情节一定比简单的各个部分之合要丰富得多。"比如在《城市与狗》中，作者把关于母鸡的故事同那个鸡奸少年的场面有意穿插起来描写，按照他的说法，这两个故事就像两根连通管。他说，其目的在于有意制造"含糊不清，也就是说，把不同时间和空间发生的两个故事或多个故事联结在一个叙述单位里，以便使每个故事中的精华互相传播，互相丰富"。

同样，小说也采用了"中国套盒术"表现手法。所谓"套盒术"就是大盒中套一个小些的盒子，小些的盒子再套一个更小的盒子，这样无限套下去。在小说中，就是一个故事里再讲一个故事，这样讲下去。例如在阿拉纳被杀的故事中双双套入了一些别的故事，如"美洲豹"与特雷莎的恋爱，阿尔贝托的家庭生活等。

小说具有侦探小说的典型特征：这里有违犯学校规定的严重犯罪行为（盗取试卷的劣迹）；有当局强加给学生的惩罚（周末不准离校）；有对盗窃行为的告发（"奴隶"告发了试卷盗窃者卡瓦）；有告密者的死于非命（在演习中"奴隶"被"美洲豹"打死）；有无辜者的控告（阿尔贝托不承认杀了人，坚持认为是"美洲豹"为报复而杀了"奴隶"）；有事件的不正常处理（学校当局避免丑闻外扬而不追究杀人犯的责任）等。

在结构上，小说由两大部分组成，每一部分包括8章和一个尾声。每一个大部分前面都有一段题辞，题辞起着引导读者走近小说世界的作用。每一章又分为许多节段，节段与节段之间用空行隔开。每个部分的开头都使用大写字母。只有第一部分的最后一章不分节段，在这一章中讲述了在野外进行军事演习的情形，在演习中里卡多·阿拉纳被杀死。第一部分的第四章和第二部分的第一章各包括10个节段。这样的结构形式，这样的章节划分，使小说的故事情节的发展脉络变得十分清晰，时空的变换毫不突兀，有利于读者一步步进入小说世界。

在写这部小说时，巴尔加斯·略萨曾产生过一些困惑。他在一篇文章中说："我写此作时有过许多疑问，不知那个年轻人是不是被一个同学杀死的，还是他的死亡是个意外。反正我的想法不太清楚。所以我把故事写得模棱两可。后来我跟一位杰出的批评家即罗杰·卡刘斯①交谈，顺便说一下，他是评论诗歌和拉美'爆炸'小说的第一个欧洲人。他谈论《城市与狗》的方式让我非常吃惊。他说：'美洲豹杀死那个男孩的事件，我觉得是你的小说最有趣的事情之一'。我回答说：'不过，如果美洲豹没有杀那个士官生呢？'他说：'当然他是杀人者，毫无疑问。你没有意识到，但是问题很清楚。美洲豹这个人需要恢复他失去的对同学们的领导权。他是首领，是寻衅打架的人。他要某种方式充当这个首领。那么，他怎样恢复这种领导权呢？那就通过流血事件。只有他可能是杀人犯'。他的话很有说服力，我相信了。现在我坚信美洲豹是杀害'奴隶'的凶手。"于是他就按照罗杰·卡刘斯的说法描述了"奴隶"被杀害的故事情节。

在论及《城市与狗》创作方法时，巴尔加斯·略萨说："我在这部小说中运用了一种我至今仍然忠实遵循的一种方法。这种方法差不多是这样的：写第一稿，即草稿时，我设法将和我喜欢讲述的内容有关的一切可能的想法都写进去。写得很快，以便用这种方式和最初实施这个文学计划时强烈感觉到的犹豫不决做斗争。然后，等我把一切可能的故事成分成功地汇集在这部混乱的手稿中后，便开始重写，这就是说，主要是裁剪、重组这些材料。第二稿，常常还有第三稿，对我来说是真正的文学创作，因为这让我感到开心，令我振奋，令人鼓舞，激动人心，和写第一稿时不同，那是一种和沮丧、消沉与失败的感觉进行的斗争，只有把这个故事写完才能消除它们。我知道我想讲述的小说就藏在丛林当中，我必须设法把它从这座丛林、第一稿的混乱中抢救出来。直到现在我写所有的书用的都是这个方法。"

他还评价这部作品说："《城市与狗》这部小说讲述的是一个

---

①　法国文学批评家（1913—1978）。

具有些许传奇色彩的故事。小说描写了一场风波，从而打破了秘鲁小说世界的狭窄界限。当然这场风波十分令人感到意外，因为军人们读了小说，他们至少知道，小说讲述的是什么，于是他们就在作为小说故事发生地的军校当众把小说烧毁。奇怪的是，他们把小说烧了，但并没有禁止它，结果这一行动成了小说能够得到的最为异乎寻常的宣传，所有的人都想读这本应该烧毁的书。一夜之间，我发现我这本书的读者达到了我从来梦想不到的成千上万个。"①

在谈到《城市与狗》时，巴尔加斯·略萨曾这样说："这是我的第一部小说，写此作时我学会了许多东西。我找到了一种一定和我个人的人格有关系的写作方式，我采用了一种在后来我的作品中我一直运用的技巧。我相信，任何一位作家在开始写作时都不知道他想成为什么样的作家，他是在实践中发现的。我认为头几部作品是决定性的。"

《绿房子》（1966）

《绿房子》是拉丁美洲新小说中的一部佼佼之作。作品问世后一版再版，多次获奖，被公认为最优秀的西班牙语小说之一。

《绿房子》全书包括四个章节和一个尾声。作品以皮乌拉省城和原始丛林为背景，交替、穿插描述了五个真实的故事。它们是：外乡人堂安塞尔莫在皮乌拉开设"绿房子"妓院、后被加西亚神父付之一炬和琼加重建"绿房子"的情景，贫民区四个外号叫"不可征服的人"的地痞流氓不务正业、败坏社会风尚的作为，来自丛林的印第安姑娘博尼法西娅的不幸遭遇和利图马军曹的种种

---

① 2012年11月间阿尔法瓜拉出版社出版巴尔加斯·略萨全集中的《城市与狗》等4部作品时，他在巴塞罗那大学礼堂的讲话。

经历，印第安部落酋长胡穆反对剥削的行动和遭受的苦刑，投机商人富西亚和阿基利诺的违法活动及领航员涅维斯的漂泊生涯。小说通过这些主要故事情节的描述，勾画出一幅当代秘鲁社会的缩影，再现了秘鲁各方面的社会生活，展示了各个社会阶层的人物形象。其中有寻衅闹事、吃喝嫖赌的地痞流氓，有沦为妓女、惨遭蹂躏的土著姑娘，有心肠毒辣、面孔伪善的修养院长，有明火执仗的强盗和横行不法的军警，有深受压迫、受人宰割的印第安居民……作品通过一系列惊心动魄、令人难以置信的事件，把原始丛林中的印第安土著居民的悲惨生活公诸于世。恶劣的自然条件，落后的生活方式，特别是白人冒险家和统治者的残酷剥削和无情的欺压，使读者深深地感到，散居在马拉尼翁地区的阿瓜鲁纳人和乌安比萨人的生活与现代化城市的上流社会腐化堕落的生活形成了何等鲜明的对比！当死气沉沉的现代化城市堕落到依靠妓院带来的夜生活来活跃气氛时，丛林深处的印第安人却"生活在史前社会的野蛮世界，那里毫无文明可言，其野蛮的程度是不可想象的"。反动统治的魔爪伸向了秘鲁的每一块土地，无论皮乌拉那样的喧闹城市，圣玛丽亚·德·涅瓦那样僻静的森林小镇，还是远处深山密林、与世隔绝的土著部落，哪怕是一座孤岛，无一能够逃脱残暴的反动统治的魔掌。正如作者自己所说："我发现秘鲁是一个比我在来昂西奥·普拉多所了解的更为广大、更为可怕、更为恐怖的东西。"

从类型上讲，《绿房子》属于现实主义，它继承和发扬了拉丁美洲文学的现实主义传统。美洲内地的原始丛林和热带大草原的严酷自然环境，统治者和剥削者支配下的不合理的社会制度，在这样的背景下产生的阶级矛盾，种族歧视，普通人民所遭受的压迫、凌辱、痛苦与不幸，以及他们的自发的反抗斗争，是拉丁美洲的基本社会现实，是现实主义文学表现的中心内容。这样的内容在"大地小说"作品，特别是《旋涡》、《堂娜芭芭拉》和《堂塞贡多·松布拉》中得到了最集中、最令人信服的表现。这些作品通过对橡胶采集工人的悲惨生活，雇工的艰苦劳动，他们受到的残酷剥削，一般人民的朴素信仰，加乌乔的侠义精神，卡西卡主义，强悍而凶狠的女性，被原始丛林、草原和河流吞没的男人等的描写，真实地反映了拉丁美洲的社会风貌与时代特点。巴尔加斯·略萨继承了这种现实主义精神，充分发挥了文学反映社会现实的作用，被公认为一位笔触犀利的批判现实主义作家。作为一位这样的作家，他十分清楚文学与现实的关系。他认为，"写小说就是对现实的一种反抗"，"作家必须全面地反映现实"，"应该像兀鹰啄食腐肉那样，抓住现实生活中的丑恶现象给以揭露和抨击，以加速旧世界的崩溃"。对秘鲁的社会状况，对秘鲁现存的社会制度，他十分了解。他深知，秘鲁社会是一个充斥着种种弊端，陈规陋习，种族压迫，等级森严的社会。他觉得那个腐败的社会就像一条恶狼，它有三张血盆大口，分别代表政权、教权和军权，不断从腐烂的内脏里喷出毒焰，将千千万万善良的人民熏倒、吞噬。巴尔加斯·略萨正是执着他那"抗议压迫，揭露矛盾，批判黑暗"的笔，写出了《绿房子》这部杰出的现实主义作品。

　　《绿房子》的现实主义是和上述三部小说一脉相承的，可以说，《绿房子》是它们的综合和统一。《绿房子》一开卷就把一幅酷似《堂娜芭芭拉》的场景呈现在读者面前：同样火热炙人的烈日，同样划行在浑浊河水里的木船，船夫说着同样的话语，旅客们同样忍受着窒闷的天气……在后来的描写中，虽然两者所涉及的地理环境、人物和问题不尽相同，文学风格也不一样，但是它们所表现的人与大自然的斗争、强者的肆虐、弱者的受欺是相同的，梦幻的气氛也是相同的，尽管其间相隔四十年之久、生产技术发生了巨大变化。《绿房子》中的主要人物富西亚也像堂塞贡多·松布拉一样是个影子，是个不知疲倦的旅行者，只是他的活动背景不是草原，而是河流、平原和丛林，他的职业不是赶牲口，而是做橡胶和皮革的投机生意。《绿房子》中的丛林也是一个漩涡，那里的居民也像《旋涡》中的橡胶采集工一样悲惨。这部小说不同于上述三部作品的新标志或新象征是"绿房子"。"绿房子"是建立在城郊荒凉的沙漠区的一个新鲜而神秘的去处，那里有的是酒吧、赌场、舞池，乌烟瘴气的气氛，地痞流氓的活动，麻木的市民和被侮辱被损害的女性。但是和上述三部小说相比，《绿房子》更为雄心勃勃，情节和结构更为复杂，文笔更为精细，思想内容也更接近土地、街头、城区、居民、山地和丛林。被迫离乡背井的丛林姑娘博尼法西娅就曾经说："任何人也不会为自己的乡土感到耻辱的。"作者十分热爱他笔下的人物，怀着深切的同情对待他们，热情地描述他们的生活和反抗斗争。读者可以从他们口中听到一个成长中的国家的音乐，从他们身上看到美洲的一切敌人留下的伤痕，还可以从他们的生活环境中看到美洲的风沙、瓢泼大雨、熊熊的烈火、形形色色的动植物，特别是作为作品"主角"的圣地亚哥河。那是一条具有象征意义的河流，是一条美洲的大河，它悠长、缓慢、不可驯服，仿佛一条巨蛇，无情而执拗地运送着私货、旅客，熏染着世界，危害着社会。拉丁美洲一向被视为一个野蛮的不开化的世界，几百年来一直是欧洲人征服和改造的对象。他们的武器除了火与剑之外，还有宗教、金钱和西方生活方式。但是只要那个"野蛮"的世界和不驯服的大自然不低头，外来的一切手段都将归于失败。美洲人这种顽强不屈的精神不过为了一个目的：无论如何要活下去。他们希望有一块面包可以充饥，有一点安宁可以享受。但是他们的敌人是无情的，是强大的。站在他们面前的是持枪的警察，惑人的教会和有权有势的官僚地主。广大的土地和他们的命运被几只无形的巨手所掌握，统治手段极其残酷，任何不满和反抗都要遭到讯问、鞭笞、监禁和流放。甚至一个手势就可以决定一个人的生命。但是从根本上讲，对美洲的"野蛮"社会和粗犷原始的大自然来说，欧洲的"文明"是无济于事的。殖民活动只能加深人民特别是土著居民的苦难，为社会带来更多的弊病。实际上，这种文明带给美洲的东西就只有危害社会的弊端（如"绿房子"妓院），富西亚那样的野心勃勃的活动和试图改变印第安人的习惯、借以"拯救"他们的宗教信仰等等。从《绿房子》所表现的社会内容和思想倾向看，它不失为一部具有强烈的批判现实主义精神的作品，它按照生活的本来面貌描绘了世界，揭露了社会的黑暗，抨击了不合理的世道，深刻体现了作者关于"文学是一团火"，是"对社会现实不妥协的武器"的创作思想。

　　在写作手法上，《绿房子》打破传统小说的俗套，大胆吸收西方的现代派艺术技巧，创造了具有拉丁美洲特点的新风格。例如在叙述故事时，把本来的时间、地点、独白、写景等的顺序打乱，故事的开始、发展和结局不拘泥于习惯的框框，在描述中既有跳跃，也有颠倒，既有独立，也有混合，既有并行，也有交叉，故事中套着故事，对话中夹着对话。这种异乎寻常的构思和叙述的方法，被批评家称为"结构现实主义"。巴尔加斯·略萨则把这种手法具体概括为三种方法，即"中国的套盒术"，"连通器法"和"突变法"。按照他的解释，"中国的套盒术"即像中国的套盒术那样，"故事里的人物可以再讲故事，他讲的故事中还可以再套别的故事"；"连通器法"即把不同时间和地点发生的事件、人物和环境放在一个大的故事中，从而合成一个新的整体；"突变法"就是"不断积累一些因素，或者说制造紧张气氛，直到所描写的事物突然发生变化为止"。运用这种手法的目的在于"使读者产生好奇、疑惑和惊讶，从而产生催化作用"。这种手法的确能够收到引人入胜，使人惊讶的效果。但是这种手法可能使读者视为畏途，觉得像走入迷宫，困惑不解。因此，在阅读之前，必须对这种方法有所了解，阅读时小心谨慎，注意人称变化、情节或故事的转换。做到这一点，就不致感到困惑，产生莫名其妙之感了。

《绿房子》在描写人物方面也有一些特点。如果把整个小说比作一条河流，那人物的活动就像河面上起伏的波浪，他们随着河水的奔流，忽明忽暗，时隐时现。仿佛在银幕上一般，有的逗留时间较长，有的较短，有的一闪而过，有的甚至只在人物的访谈中存在。而且，所涉及的人物繁多，不像一般小说有几个主角，人物的外部特征也不明显（没有着笔描写人物的外貌）。这样做，容易给读者留下模糊的印象。但是，在《绿房子》中，作者描写这些人物的意图并非要塑造多么典型的人物（当然他们具有一定的典型性），而更重要的是要通过这众多的、各式各样的人物及其行为来反映社会生活和各阶层的人们的精神面貌，使读者对社会现实获得深刻的、难忘的印象。一般来说，小说的人物是虚构的，但是《绿房子》却迥然不同。这部作品的故事和人物几乎都是真人真事。作者曾于 1958 年到马拉尼翁地区的阿瓜鲁纳人部落调查他们的生活状况。小说中的镇长堂胡利奥·雷亚特吉就很像当时号称"黑金之王"的胡利奥·阿拉纳，他有一支军队和一个独立王国，本世纪初盘踞在马拉尼翁、亚马逊、纳波和普图马约等一带地区。作者曾经讲，他认识阿瓜鲁纳部落的酋长胡穆和日本投机商人富西亚。略萨对皮乌拉省城十分熟悉，特别是它的郊区曼加切里亚。皮乌拉的妓院是历史事实，小说中所写的就是他的耳闻目睹。作者还访问过森林小镇圣玛丽亚·德·涅瓦，在那里亲眼看到了修女们借助警察的力量捕捉印第安女孩，对她们进行所谓开化教育的情形。小说的主要人物之一博尼法西娅就是被修女们从丛林里捉来的一位印第安族姑娘。在作品中，她起着勾连原始丛林、圣玛丽亚·德·涅瓦小镇的修道院和皮乌拉省城三个重要活动地点的作用。博尼法西娅是个具有独特性格的人物。她被捉入修道院后，让她负责看管孤女，她出于同情，把孩子们放走了。修道院长审问她时，她表现得既固执、天真而又勇敢，是个质朴而纯洁的姑娘；被逐出修道院后，在拉莉塔撮合下她同军曹利图马结了婚，这时的她变得多情而温存，但是已经经不起异性的引诱，当军曹因决斗伤人被投入监狱后，她就轻易地被利图马的把兄弟阿塞菲诺所俘虏，等到她被迫沦为"绿房子"的妓女，就完全变成了一个软弱无力、甘心被人凌辱和损害的女人。在她身上，我们看到了一个黑暗腐朽的社会的牺牲品的形象。作者怀着深切的同情描述了她的身世和遭遇，通过她对那个戕害无数善良平民的吃人世道发出强烈抗议。阿瓜鲁纳部落的酋长胡穆（作品暗示他是博尼法西娅的父亲），是丛林土著居民的灵魂，他性情执拗、坚强，富于反抗精神。为了对付白人的剥削，他准备成立合作社，把橡胶运到城里去卖，但是奸商们立刻勾结反动当局，派军队中途拦劫了他们的橡胶和毛皮，胡穆被抓走，当众对他施以酷刑，惩一儆百。然而他拒不低头，坚持要当局把抢走的货物还给他，并且以满腔怒火斥责了镇长雷亚特吉及其帮凶，表现了印第安民族面对强暴不屈不挠的英雄气质。他是作者同情、赞赏和着意描写的人物。反动当局对他的非法惩罚，赤裸裸地暴露了官方、军队和奸商勾结在一起残酷剥削和欺压印第安人的丑恶嘴脸。雷亚特吉镇长是反动当局的代表，他是靠压榨印第安人的脂膏发家致富的。他名为镇长，实为强盗和走私犯。他曾同投机商人富西亚合伙倒卖，事发后却平安无事。用富西亚的话说，"这个家伙之所以富有，是因为他比我抢得更多"；他的手下人、后任镇长堂法比奥则认为雷亚特吉和富西亚是"一丘之貉"。这个人物就是作者所说的"张着血口喷射毒焰的恶龙"的化身，是虐杀印第安人的魔鬼，是作品重点鞭笞的对象。富西亚几乎是个传奇式的人物，他狡诈诡秘，心狠手毒，荒淫透顶。他是个日本走私犯，当过海盗，贩卖奴隶，盗窃主人的财产，坑害狼狈为奸的同伙，出卖一同越狱的囚犯，无恶不作，无所不为，甚至把老婆也拿去做买卖。他曾闯入印第安人的住区，在一座孤岛上建立了据点，骗取了土著居民的信任，把印第安人的橡胶和毛皮等运往外地，牟取暴利。他还肆意抢劫和奸污印第安少女。最后他患了热病，害了烂疮，被他的老搭档阿基诺送到了麻风病隔离区，孑然一身，形影相吊，眼睁睁地等着烂死在与世隔绝的荒地里。这是一个为非作歹、坏事做尽的社会渣滓，是作者愤笔怒斥的社会余孽和危害人类的毒瘤。他的下场正是作者一再指出的腐朽社会的写照：它同样也在一天天烂下去。堂安塞尔莫是《绿房子》的另一个中心人物。他是个外乡人，行动十分神秘，并且身份不清，来历不明。他来到皮乌拉城，举止大方，乐于交际，很快赢得当地居民的好感。不久他即在城郊的沙漠地区盖起一幢引人注目的绿色住宅，这就是皮乌拉的第一家妓院——"绿房子"。远近的嫖客纷至沓来，喧闹的噪音，通宵的夜生活，单个儿或成群的人们黎明时分返回城时的放肆的笑声和歌声，顿时打破了这座雅静城池的安宁。他的挑战获得了成功，于是冷眼旁观。站在高楼上观赏人们千奇百怪的丑态。堂安塞尔莫身为妓院老板，但是他并不是一个淫荡下流、没有感情的冷血动物：他一方面对那个失去双亲、又瞎又哑的不幸孤女安东尼娅怀着诚挚而炽烈的爱，对他的竖琴和音乐，对他的故乡和皮乌拉城曼加切里亚区的穷有着真诚的感情；另一方面他也不和那些嫖客、地痞流氓们同流合污。在作者的笔下，这个神秘人物仿佛是拔苗助长地派到伊甸园去引诱亚当和夏娃的毒蛇，他到皮乌拉来开设妓院正是为了向那种表面与人为善的道德提出挑战的。他的挑战获得了成功，因而激怒了皮乌拉的宗教势力。加西亚神父气急败坏，在城里大声疾呼，号召人们抵抗这来自"地狱的威胁"，否则灾难将殃及全城。他带领一群妇女，举着火把冲出城去，一把火焚毁了"绿房子"。堂安塞尔莫从此无家可归，只得靠弹琴为生，组织小乐队在城郊的曼加切里亚区漂泊流浪。他死去的时候，人们称他为"皮乌拉的光荣"，"一位伟大的艺术家"。作者描写这个人物的意图显然是想通过他的戏剧性的一生，嘲弄和揭露宗教道德的伪善面目，暴露秘鲁社会的腐朽本质和人们的真实灵魂。

此外，小说还描写了其他一些各具特点的人物，例如"绿房子"的第二代主人、带有男性气质的琼加，屡遭不幸、安于命运的残废孤女安东尼娅，修道院里那些道貌岸然、虚情假意的伪善嬷嬷，终日在迷幻药中寻求解脱的江湖浪人潘塔查，貌似公允、实与反动当局狼狈为奸的律师波蒂略，还有厌恶军旅生活的逃兵涅维斯和那些专门打架斗殴的流氓无赖"不可征服的人"，等等。

《绿房子》的人物，以各自的身份和行为活动在城镇、丛林、河川、孤岛、妓院、酒吧、官邸和修道院，构成了一幅具有丰富社会内容和时代特点的人物画卷。

《绿房子》的语言也有特色。巴尔加斯·略萨博览群书，知识渊博，十分擅长驾驭语言，讲求遣词造句的新颖和效果。他勇于创新和尝试，绝不沿用陈旧的表达方式，从而创造了个人的独特风格：描写事物或故事时，用语确切，言简意赅，时而含蓄，时而明快，富于表现力；描写人物的对话时，言语通俗，说出的话符合人物的性格、身份，反映出人物的特征。无论叙述故事，还是描述人物的对话、独白，标点符号时有时无，甚至将动词也省而不用。这些特点无疑是使《绿房子》获得成功的重要因素之一。

《绿房子》历来受到文学批评家的高度赞扬。智利批评家路易斯·哈斯热情地写道："这部作品和科塔萨尔的《跳房子》与巴西吉马良斯·罗萨的《广阔的腹地，曲折的小路》一起，是拉美文学中最完美的三四部小说。《绿房子》的结构设想庞大，感情充沛，文笔优美，雄浑有力，每页表现的想象力有如高山瀑布。一个庞大的血液循环系统通过全书的无数毛细血管维持着作品的生命。书中的情节和事件仿佛间歇性的岩浆喷射，形成一股难以阻挡的巨流。开卷不久，读者就被催眠迷惑，稍不留意，就会被巨流的旋涡卷去。如果不是篇幅浩繁，真可以不辞手地一气读完，因为尽管语言拖沓，情节安排上却处处有悬念。场景重叠，不同的时空互相交叉——'连通管'发挥了最大效能，回音先于呼唤，意识活动几乎还未加辨认，便像叹气一样四下散去。每翻一页，都可能迷失方向，必须做出巨大努力才能抓住作品的每条线索。"①

巴尔加斯·略萨本人谈到《绿房子》时说："《绿房子》这部小说试图描写秘鲁现实中的两个截然不同的世界。一个是位于秘鲁最北端的海滨城市皮乌拉，该城是西班牙人来到秘鲁时创建的，城市周围是一大片沙漠，我常常怀着深切的思念之情想起它。皮乌拉的形象具有激发幻想和想象的巨大力量。我虽然只在那里生活了两年，但我的许多小说的故事都发生在那里，小说运用了我对皮乌拉的经历的回忆。皮乌拉是我的小说故事的发生地之一。另一个世界不同，是丛林，是亚马逊，是上马拉尼翁地区的一个小地方，是1958年我从欧洲回来之前几个月短暂认识的一个地区，一个直到那时才认识的完全不同的世界，那是秘鲁的另一张面孔，一个原始的世界，一个秘鲁男人和女人依然生活在石器时代的世界，它实际上和西方文明、秘鲁文化没有联系，一个也是国家边缘的、冒险家们的世界，那里没有法律，不受城市化的秘鲁的制度的支配，一个充斥着冒险活动、开拓者、考察者、暴力、野蛮的世界，但也是一个不仅对个人还是对我一直不了解的大自然来说非常自由的世界。"②

《酒吧长谈》（1969）

《酒吧长谈》是巴尔加斯·略萨的巨著，表现的是奥德里亚军事独裁统治时期（1948—1956）及其倒台后几年间的秘鲁社会

---

① 路易斯·哈斯：《我们的作家》，1973年，南美出版社。
② 2012年11月间阿尔法瓜拉出版社出版巴尔加斯·略萨全集中的《城市与狗》等4部作品时他在巴塞马那大学教堂的讲话。

现实。

　　奥德里亚将军推翻了主张民主治国的何塞·路易斯·布斯塔曼塔总统，恢复了野蛮的专制统治，监禁、流放、屠杀了不少秘鲁的志士仁人，白色恐怖遍及整个秘鲁，连作者读书的圣马科斯大学也不例外，许多学生遭流放或被捕入狱，他们睡在牢房的地上，既无垫子也无毯子。独裁当局党同伐异，把政治团体视为反对派和阴谋篡权的组织而加以排挤，甚至镇压，还豢养一批打手从事暗杀的卑劣勾当。政府官员腐败到了极点，个个中饱私囊，卖官鬻爵，敲诈勒索，出卖告密，造谣生事，胡作非为，把全国搞得乌烟瘴气，暗无天日。

　　小说众多人物的经历彼此交织在一起，形成全书错综复杂的故事情节。小说故事发生在 20 世纪 60 年代中期。主要人物圣地亚哥·萨瓦拉和曾在他家当司机的安布罗西奥分别多年后在狗场相遇，二人进了一家因屋顶高而叫大教堂的咖啡馆里交谈。咖啡馆位于黑马克河边名叫军队桥的地区。二人一边一杯杯喝着啤酒，一边交谈，回忆着往事，交谈长达 4 个小时。4 个小时的谈话构成了贯穿整个故事的线索。

　　小说的主要人物有 4 个。一个是圣地亚哥·萨瓦拉（小萨瓦拉），他是支持奥德里亚将军的财阀集团的重要人物堂费尔民的儿子。在圣玛丽亚·玛丽亚会学校毕业后，其父希望他报考上流社会的子弟才能上的秘鲁天主教大学，但是他却选择了圣马科斯大学，他在那里参加了反对奥德里亚独裁政权的共产党地下组织"卡维德"，亲身感受到政府反对派所遭受的迫害和镇压。负责镇压活动的是掌握实权的卡约·贝穆德斯。有一次他参加"卡维德"的秘密聚会，研究声援电车工人罢工的问题，不幸和其他与会者被捕，监禁了一段时间，其父凭着和内政部要员贝穆德斯的关系把他捞出。后来他丧失了父亲的支持，毅然和家庭断绝关系而离家出走，放弃了学业，移居到利马市中心一个住所，最后进《纪事报》当了采编当地新闻的记者。当时奥德里亚政权行将垮台，其衰败期由于 1955 年阿雷基帕革命爆发而开始。几年后，圣地亚哥临时掌管《纪事报》的侦破版，他掩藏了被粗暴杀害的卡约的情妇奥尔滕西娅的尸首。这个事件在他的脑海里留下了难忘的记忆，他怀疑这是他父亲所为。在和记者朋友卡利托斯、诺尔文、米尔顿等人过了一段游泳生活后，他和一个名叫安娜的护士结了婚，他是在车祸所住的医院里认识的。他和她搬到米拉弗洛雷斯区一所公寓里居住。仅靠他当记者的薪水过着困苦的日子。最后他当了《纪事报》的社论撰写人。他就这样选择了一种让他那社会地位高的父母感到丢脸的生活，但是他并不后悔。他对秘鲁的现状感到悲观，自己也变得平庸无为起来。他觉得自己倒霉，秘鲁同样倒霉，他的朋友们也倒霉，正如他抱怨的："秘鲁算是倒霉了，卡利斯托斯也倒霉了，一切都完蛋了，毫无办法。"他的悲观情绪达到了顶点。就是在那个时候，即 1960 年代，他和安希罗西奥重逢，安布罗西奥曾是他父亲的司机，现在他在城市的狗场里工作，负责杀流浪狗。两个人在"大教堂"酒吧里进行长谈，回忆起了 1940 年和 1950 年代的生活。

　　第二个主要人物是安布罗西奥·帕尔多。他是钦查的一个天生的罗圈腿人，其父母是特里福尔西奥和拉·托马莎。他为本地一家运输公司当司机，后来去了利马，先后为卡约·贝穆德斯和费尔民·萨瓦拉当司机。年迈后经常在大教堂酒吧同桌喝啤酒、交谈。他是卡约·贝穆德斯儿时的朋友，这样他才能够谋得当其司机的职业，后来又为堂费尔民开车并与之保持时断时续的同性恋关系，但是他总是很敬重堂费尔民，因为据他说，堂费尔民作为他的上司，是唯一真正尊重和喜欢他的人。与此同时，他又和萨瓦拉家的女佣人阿玛莉亚保持着爱情关系。就是这个阿玛莉亚，后来又成了卡约的情妇奥登西娅的女佣人。奥登西娅得知堂费尔民与安布罗西奥的同性恋关系后，先是保守这个秘密，但她被卡约抛弃后陷入贫困，便利用这件事敲诈堂费尔民。而安布罗西奥看到他的主子经常受敲诈感到痛苦，便杀死了奥登西娅，后来和阿玛莉亚一起带着他们的小女儿阿玛莉亚·奥登西娅逃到了丛林区的普卡尔帕。安布罗西奥在那里为一个肆无忌惮的企业主伊拉里奥·莫拉莱斯开车，由于讲老板的坏话而被开除。不久后，他妻子阿玛莉亚由于难产而死去。他感到又气愤又痛苦，为了报复，便偷了老板的一辆卡车，并在廷戈·玛丽亚杀死了他。之后，他把小女儿留给一位女邻居照看，便带着卖卡车的钱回了利马，在那里的一家城市狗场谋得一个工作，在狗场和多年未见面的萨瓦拉重逢。

第三个主要人物卡约·贝穆德斯，是钦查人，做生意为生，其父是高利贷者。他年轻时不务正业，抢了卖牛奶的女人的女儿罗莎为妻。由于他和当局的二等人物内政市长埃斯皮纳上校的同窗友谊，他被推荐当了内政部办公厅主任，实际上他扮演着警察头子的角色，他依靠告密者和混入报界、大学和教育机构等单位的密探，逮捕、拷打、流放反对独裁政权的人士，特别是共产党人和阿普拉党人，他凭借手中的权力，为所欲为，随意抓人、杀人，把秘鲁变成了一座大监狱，白色恐怖遍及全国。当他派打手混入反对派政治家们在阿雷基帕召开的大会捣乱时，垮台的命运便不可避免地落在他的头上：民众奋起反抗，惩治独裁当局的打手，举行罢工，要求卡约·贝穆德斯下台。面对这种形势，奥德里总统不得不忍痛放弃对他宠爱的部长的信任，迫使他辞职。贝穆德斯只好服从，夹着尾巴逃往国外。这个人物的原型是奥德里亚政府真实存在的官员阿历杭德罗·埃斯帕萨·萨尼亚图部长。

第四个主要人物堂费尔民·萨瓦拉，一家药物实验室和一家建筑公司的老板，腰缠万贯的大企业家，奥德里亚政权的支持者，对反动当局有重大影响的人物，正是由于他出钱出力，奥德里亚将军才得以发动政变上台。他善于见风使舵，以攻为守，不放弃进攻的机会，组织联合党，发动阿雷基帕事件，导致贝穆德斯最终垮台。他在娱乐界以"全球"著称，外表道貌岸然，实则男盗女娼，搞同性恋，道德败坏，伪善狡诈，野心勃勃。他是秘鲁大资产阶级的代表人物。

还有两个人物比较重要。一个是奥登西娅，她是卡约·贝穆德斯的情妇，一个过分随便、为人下流的女人，当初是一个美丽、苗条、白净的黑发女郎，曾在夜总会当歌女，艺名"缪斯"，喜欢有钱有势的男人，卡约乘机把她变为他的情妇，在圣米格尔给她置办了一处宅子。实际上那宅子是他和重要人物聚会的地方，他允许那些要人跟奥登西娅调情开心，甚至睡觉。她是名妓盖塔的闺密，彼此是同性恋，经常厮混在一起。她还特别喜欢麻醉品。当卡约被流放，她那种放荡不羁和奢华铺张的生活便结束了，无论其健康还是激情，都每况愈下。最后租了一处乱七八糟的楼房勉强从事皮肉生涯，并开始敲诈堂费尔民，最终在其住处被安布罗西奥杀死。另一个是阿玛莉亚。她是安布罗西奥的女人，出身卑微，先是萨瓦拉家的女佣人，后又在奥登西娅家当佣人。曾在堂费尔民的实验室里当工人，和纺织工人特里尼达、阿玛莉亚的"前夫"有染并曾在一条臭气冲天的胡同里与之同居。奥登西娅在家里被安布罗西奥杀害时，阿玛莉亚并不在家，她去医院生产了，生下了她和安布罗西奥乱爱的女儿阿玛莉亚·奥登西娅。安布罗西奥恐吓阿玛莉亚说警察怀疑她杀死了她的女主人而正在寻找她。安布罗西奥以此为借口，迫使她和他一起逃往丛林地区的普卡尔帕，从此以夫妻关系一道生活，养育着小女儿。但他们的日子过得并不顺利，因为他们受到一名企业主的欺骗，把自己的积蓄投给了他的公司，毫无收益。阿玛莉亚后来因难产而死。

除了上述重要人物外，小说还写了其他许多次要人物，有社会下层的工人、小贩、女佣人、妓女、同性恋者、流氓、酒汉、打手、警卫……有上层社会的将军、上校、部长、参议员、企业主、大亨，等等。作者通过主要情节和次要情节，借助细致的描写，以及形形色色的人物的出场表演，展现了一幅奥德里亚长达 8 年的统治下的社会现实的生动、广阔的画卷。令人信服地说明，在奥德里亚的独裁统治下，秘鲁社会变成了一个用手指一摁便会流脓的毒瘤。虽然，作者笔下的秘鲁绝不是令人向往的太平盛世，民康物阜，而是社会的黑暗，政治的腐败和民生的凋敝。

这部小说是一部非凡之作，不仅因为其内容丰富多彩，而且因为其结构复杂，时间、空间、意识流的巧妙结合，情节的交叉，对话的机智，等等。具体地说，全书分为四部。在第二和第四部中，每章都被分割为若干片断，轮流讲述五个故事：即 A，萨瓦利塔的故事；B. 卡约·贝穆德斯的故事；C. 阿玛莉亚的故事；D. 安布罗西奥的故事；E. 克塔的故事。作者把这些故事加以安排、组合，形成新的顺序。比如第二部第一章，叙述顺序是 CBA + CBA + CBA；第四部第二章的顺序是 AB + AD。而在第一部和第三部中，作者采用的方法是把第三人称的叙述同人物的对话结合起来，并在对话中插入另一些人的对话，时间和地点也随之跳跃和变换。还有，对话形式也有变化：时而用直接对话形式，时而用间接对话形式即转述人物的对话。此外，小说中还大量采用内心独白手法展示人物的内心世界和思想活动。例如在第一部第八章和第十章中，作者在许多处描述"圣地亚哥回想"的内容，通过回忆再现人物曾经的风闻、曾经的往事，他自己的想法或者对自己的看法。比如这一段："圣地亚哥回想：小萨①如果那天你入了党，情况又将如何呢？党会不会把你拖进去，把你连得很深？会不会把你的疑问一扫殆尽，而使你在几个月或几年之后成为一个有信仰的人，成为一个马克思主义者，成为一个单纯的无名英雄？……也许你会更勇敢，加入起义小组，在游击战中梦想、行

_____

① 朋友们都叫他小萨，他也自称为小萨。其全称为圣地亚哥·萨瓦拉。

动、失败，最后被捕入狱，在丛林中腐烂，也许你会在半秘鲁状态中出国，去莫斯科参加青年联欢节……或是到哈瓦和北京接受军事训练。不过，会不会你可能毕业了，当了律师，结了婚，成为一个工会的法律顾问或议员呢？是更加倒霉，维持原样，还是更加幸福呢？圣地亚哥回想：唉，小萨啊！"通过他的回想，就把他对个人的前途的种种考虑一一展现出来。在其他章节中，圣地亚哥也经常称自己为小萨，借以回忆往事或进行意识流式的思考。

《酒吧长谈》被认为是巴尔加斯·略萨文学上的一个里程碑，是略萨的杰作之一。他曾说："如果必须从火中抢救我的小说中的一部，我会抢救这一部。"有评论称，"当1969年《酒吧长谈》出版时，巴尔加斯·略萨似乎达到了他的艺术天才的顶峰。在这部划分为几个部分、多处采用对话形式的小说中，作者发展并超越了巴尔扎克式的现实主义小说"。

关于创作这部小说的灵感，巴尔加斯·略萨曾仔细地回忆说："在那几年①中有一件事对我相当重要，就是我认识了独裁政府中负责保安工作的头头，除了奥德里亚外，他就是最令人痛恨的人物了。我当时是圣马科斯大学学生联合会的代表，当时许多学生被关在监狱里，这些学生就睡在牢房的地上，既无垫子也无毯子。于是我们进行了募捐，买了毯子。但当我们送进去的时候，监狱的人对我们说，只有内政部办公厅主任堂阿历杭罗·埃斯帕萨·萨尼亚杜才有权同意交给犯人。……他个子矮小，五十多岁，面似羊皮，令人生厌。我们讲话，他根本没听。后来他打开了写字台的抽屉，拿出几期《卡维德》小报……在报纸上我们对他进行了攻击。他说：'那篇文章是你们中的哪个人写的，你在何处集会、油印小报，你们支部进行什么密谋，我们了如指掌'，在那次会见中见到他，便使我第一次产生了写《酒吧长谈》的想法。这

———————————

① 作者上大学的岁月。

部小说 15 年后才写成，我想在小说中描写带有奥德里亚 8 年统治特点的独裁政权给人们的日常生活包括学习、工作、爱情、梦想和志向带来的影响。我费了很长时间才找到一条贯穿众多人物和情节的总线，这就是一个在独裁政权中当过保镖和秘探的人，同一个依靠独裁政权发了财的人的儿子、后来当了记者的人的偶然相遇，以及两个人进行的贯穿整个小说的谈话。"①

《潘塔莱翁上尉与劳军女郎》（1973）

《潘塔莱翁上尉与劳军女郎》是作者献给他的朋友何塞·玛丽亚·古铁雷斯的一部小说。玛丽亚·古铁雷斯是西班牙电影导演，他把这部小说改编成电影，搬上了银幕。

小说开篇引用了法国著名作家居斯塔夫·福楼拜的小说《情感教育》中的一句话："有些人是为别人搭桥的，但人家过了桥就扬长而去了。"在《潘塔莱翁上尉与劳军女郎》中，搭桥者似乎可以理解为妓女或潘塔莱翁本人。潘塔莱翁的不幸来自他对军队的热爱。他按照上司的命令，竭力满足士兵的生理要求，但同时违背了他父母的道德原则。由于他严格地执行上级分配给他的任务，注定他必然走向失败。作者略萨自己评价他笔下的人物说："潘塔莱翁这个人，他是由于坚定地按照他的原则办事而导致失败的。"

故事情节是这样的：潘塔莱翁是一名模范军人，原是秘鲁军队的一位军需官，由于他忠于职守，多年工作不辞辛苦，新近晋升为上尉，他具有突出的组织才干，很强的责任心，事无巨细总是身体力行，并且任何恶习也一丝不染，有一个幸福的婚姻，军人生涯前程光明。但是上司下达给他一项使命却改变了这一切。

---

① 引自作者的文章《五光十色的国家》。

　　有一天，陆军总部的几位将领找他密谈，把一项艰巨而机密的任务交给了他。原来，由于军纪松散，边境地区的士兵经不住诱惑，不顾道德底线，经常骚扰附近村庄的年轻妇女，强暴事件层出不穷，致使众多妇女怀孕。为了避免更多的强暴丑闻发生，军队决定组建一支劳军服务队，这是一项秘密任务，由于潘塔莱翁"具有天生的组织才能，对秩序有着数学般的头脑，执行命令非常得力，在军团中管理有方，富有创造力"而被确定为最合适的人选。尽管这和他自己的信仰相抵触，他还是无可奈何地答应了。于是，潘上尉按照总部的要求，扮作商人到边远的亚马逊地区第五军区所在地伊基托斯暗中组建军队流动妓院——劳军女郎服务队。他带着妻子走马上任。上级还指示他："你不要再到总部来，也不要去伊基托斯军队驻地。"不要让当地人发觉军队的这一行动。他瞒着家庭，积极工作：招募人员，制定规矩，置办运输工具船只和直升飞机，召收服务女郎（严格检查女郎的身体，几乎让她们脱光衣服）。"服务"开始后，前来要求"服务"的士兵蜂拥而至，争先恐后，踏破了门槛，"服务"成绩可谓裴然，受到上级的称赞。但是事情难以掩人耳目，社会舆论纷纷起来谴责这种伤风败俗的丑行，电台也乘机敲诈，因未达目的而把服务队的活动公诸于世。潘上尉的老婆得知真相，不胜愤怒，毅然离家出去。潘上尉不顾廉耻，成为外号叫"巴西女郎"的名妓奥尔加·阿雷亚诺的情夫，致使他跟妻子佛朗西斯卡（波奇塔）的关系陷入危机。后来，在一次劳军途中，"巴西女郎"不幸遭歹徒杀害，潘上尉悲愤交加，不顾服务队的保密纪律，公然穿上军服，戴上墨镜，为她送葬并致悼词，称她是"不幸因公殉职的烈士"，"一支为服务队增光的芬芳馥郁的鲜花，我们敬仰你，尊敬你，爱戴你"。潘上尉的这一举动，暴露了他的军人身份，一时间，舆论哗然，将军们慌了手脚，急于销声匿迹，赶紧解散服务队，把潘上尉召回，发配他去北部商塞地区，成了丑闻的替罪羊。劳军女郎们随即被将军们据为情妇。

"巴西女郎"的被杀构成小说故事的高潮，也是小说的另一个情节。这桩杀人案被归罪于"方舟兄弟会"，这个宗教组织相信世界末日即将到来，认为只有把为人类赎罪的耶稣作为榜样，把人钉在十字架上，才能推迟世界末日的到来。于是便把无辜的生灵任意钉死，导致社会秩序大乱，人心惶惶不安。

小说以劳军服务队的组建和活动为中心，以潘上尉这个倒霉的军官为主要人物的荒诞故事，披露了发生在军队内的一件丑闻，暴露了秘鲁军事当局的腐败，无情鞭笞了军界的道德败坏和厚颜无耻。作者一向把文学视为一团火和有力的批判武器，认为对社会的黑暗和不合理的世道以及种种丑恶现象就是要进行不妥协地抨击和揭露。军事当局对士兵为非作歹、强暴民女的恶劣行径不加制止，对士兵不教育，不惩治，反倒满足他们的生理需求而组织什么劳军女郎服务队，岂不荒唐之极，对坏事推波助澜，必然激起人民的痛恨和舆论的不平。服务队被迫解散后，将军们不把服务的女郎迁散，反把她们收为情妇，暴露了他们不顾廉耻、道德败坏的嘴脸。由于小说淋漓尽致地揭露和嘲讽了秘鲁军事当局的丑行和腐败，此书一度被列为禁书，足见作者烧的这一把火多么强烈有力，军方何等惊慌和恼羞成怒。不只如此，由于这部小说表现的主题十分重要，提出了一个敏感的问题，1975 年拍成了电影后被军事独裁当局列为禁片，直到 1981 年才得以公映。还有，在巴尔加斯·略萨上世纪 90 年代进行的反对私营企业国有化的斗争中，阿普拉党和政府把他视为眼中钉，用媒体反对他，通过电台和电视台指责他侮辱了罗雷托市的妇女，因为他的小说《潘塔莱翁上尉与劳军女郎》的故事发生在那个地方，他们复印了一些章节，以传单的形式散发和广播，说他把所有的罗雷托市女人都称为"劳军女郎"，还说他描写了她们火一般的性欲。母亲们蒙着面纱举行了抗议游行；阿普拉党召集市内怀孕的妇女去躺在机场的跑道上，阻止那架载有"那个企图沾染罗雷托土地的色情诽谤者"（引自一张传单）的飞机降落。他们的敌视态度昭然若揭。

在表现手法上，幽默、讽刺、嘲讽是这部作品无庸置疑的突出特点。正如作者所说："我本来对幽默是反感的，因为我天真地认为，文学是不能开玩笑的，你如果想在你的小说中表现深刻的社会、政治、文化问题，运用幽默是很危险的，因为这将会使你的故事变得更肤浅，以为你在进行不严肃的娱乐……但是有一天，从我想表现的题材发现，幽默也可以成为一种有力的表现手段，可以用它来描写某种现实问题。于是我就在《潘塔莱翁上尉与劳军女郎》采用了它。后来在《胡利娅姨妈与作家》中也采用了。我认为采用幽默是对的。此后，我就十分自觉地认为，幽默是一个丰富的源泉，是生活的一个重要因素，因而也是文学的重要因素。从此我便不再排斥幽默，认为它是我的故事的重要因素。"在小说的描述中可以看到，劳军服务队原本就是一件荒诞可笑、令人不齿的事情，而女郎们都还编了队号，以鼓舞士气、加强向上精神："服务，服务，服务，为祖国的陆军服务！服务，服务，服务，以献身的精神服务！……在营地、驻地和空场，在地上、床上和草上，只等上级一声令下，我们立即接吻和拥抱。"还郑重其事地将此事报告上级，上级也郑重其事地批准。不止于此，潘塔莱翁上尉也可笑之极，他背着家人去干组建服务队的工作，且不敢穿着军服在公开场合露面。最终还是露了馅，落了个被发配远方服役的下场。

作者还大量采用报告、批示、公文、密码电报、内部规定、机秘决定、公私函件、社论、通讯、专稿、专号、评论、电台广播等文献。这本来都是应用来办理严肃的正经事的，涉及的却都是荒唐可笑的女郎服务队及其相关的事情。其内容粗俗不堪，使人捧腹，令人喷饭。

　　作者在塑造人物形象方面也颇费心思。无疑，潘上尉是小说的主人公，作者把他写成一个具有献身精神、有能力、一丝不苟完成上级交给他的任务的军官，由于工作卖力，成绩显著，深受上司们的赏识和信任，也备受服务女郎们的拥戴，但是他并不是一个完美无缺的优秀军官，他不知道自己干的是一件伤风败俗的丑事，他随波逐流，盲目地执行上级的指示，其思想、道德观念和修养也很低下，生活作风也很糟糕，他暗中和"巴西女郎"勾搭、厮混，做她的情夫，弄得自己的夫妻关系危如累卵，破在旦夕。实际上他是一个不折不扣的腐败分子，一个道貌岸然的伪君子。

　　"巴西女郎"是个远近闻名的妓女，她为军队做出了突出"贡献"，被称为"英雄"，"模范"，"为服务队增光的鲜花"，受到军队首长和广大士兵的爱戴，但她不过是军中的一棵摇钱树，只会搔首弄姿，扭屁股，花枝招展地勾引男人，一点儿也不把自己当人，最终成为这场悲剧的牺牲品，下场十分悲惨。她是不幸的服务女郎们的一个代表，受践踏的女性们的一个典型。作者通过这个悲剧人物，对腐败的秘鲁军事当局和腐朽的社会提出了严正抗议。

　　劳军女郎们可以看作是一个集体人物，她们干的是为士兵们"服务"的工作，在大多数情况下都是许多女郎一起行动。这个集体人物与秘鲁军队关系密切，执行的是潘塔莱翁上尉的使命。除了"巴西女郎"，还有丽达、佩涅洛佩、科卡、佩丘加、拉利塔、玛克洛维亚等。劳军女郎被理想化了，连名字都带有异国情调，什么桑德拉、"巴西女郎"、杜尔塞·玛丽亚等。一群妓女变成了女兵，肩负着安抚军心的使命，这是很荒唐的。这群妓女的作用可不寻常，她们处处以军人的规矩要求自己，高举着为祖国服务的旗帜在遥远的亚马逊地区"工作"。她们被认为是为驻军、为边境哨所和边境士兵"服务"的女英雄。她们在执行包含着牺牲、献身和爱祖国的崇高任务中获得了新生。诸如此类的幽默与嘲弄笔触遍布整个作品。

对服务队的玛克洛维亚和佩丘加这两个人物的描写，作者花费了不少功夫。这两个女人在所有的女郎中具有代表性。玛克洛维亚代表着那类心眼偏少的妓女，她竟然把波查的丈夫跟"巴西女郎"的关系和她真正的工作毫无顾忌地向波查提起，还以为她都知道。佩丘加却不同，在服务队解散后，她知道依靠自己，不像玛克洛维亚那么天真。

那么，巴尔加斯·略萨如何起意写这部小说的呢？据他在其文论《一部小说是如何产生的》中说，那是在 1958 年，他刚刚大学毕业，当时他得到一笔去西班牙攻读博士后的奖学金。他打点行李的时候，墨西哥人类学家胡安·科马斯博士来到秘鲁，准备前往上马拉尼翁地区考察。圣马尔科大学和夏季语言学院组织了一个考察团，由于一名成员病倒，略萨由母校一位教授推荐填补这一空缺。于是他随团在秘鲁的山区和丛林地区生活了三个星期，耳闻目睹，得到了大量重要信息，比如在亚马逊丛林中，他听到当地村民不断抱怨边境的驻军，说一些士兵外出时犯下各种罪行。他们强暴村女，村民不得不把自己的女儿、姐妹、妻子藏起来，因为那些士兵一离开兵营便成了祸害。糟蹋妇女的事件时有发生，村民们向当局提出强烈抗议。这些情况给略萨留下深刻的印象。后来他又第二次前往那里考察，又听到一些村民的抱怨：抱怨兵营享有"女郎服务"的特权。运送劳军女郎的直升飞机直接飞到兵营，村民们望着她们住进营地。自从得知女郎服务队存在后，他就迫不及待地想写点东西，揭露服务队的活动和它的组织者。他曾在军校学习两年，对军事机关了如指掌，一想到查清服务队组建的过程便特别激动。他知道，军队办什么事都不快捷，都要先成立委员会，由某个委员会提出"服务队"的设想，再特色某个军官去具体组建"劳军服务队"。这样他就产生了写这部小说、讲"劳军服务队"的组织者的故事的想法。从一开始他就设想，这个故事应该是对话式的，采用对话形式，多人对话的形式，不必遵照老一套的时空观念，可以随便从现在跳到过去，从过去跳到将来，从利马跳到伊基托斯，从伊基托斯跳到边境的驻军所在地，无需什么过渡，只考虑轶事的需要，就是说，采用一种绝对自由的对话形式，不受时空限制的对话形式。他认为这种生动的交谈方式才适合这个故事。在小说中，叙述故事的部分中第一、第五、第八和第十章，用的都是对话、交谈的形式，两个人的对话犹如话剧中的人物对白，形象、生动、简洁、明了，浓缩了时间和空间，无需承上启下的过渡，让读者直接了解事件发生、发展的过程，人物的心境、态度和对事情的看法。从而省去了许多笔墨。

《玛伊塔的故事》（1984）

《玛伊塔的故事》（中译《犯人玛伊塔》）以叙述者描写自己开篇。他常在少年时代读书的学校附近跑步。跑步中他不由得想起一个名叫亚历杭德罗·玛伊塔的同学。他之所以想起他，因为玛伊塔也有每天跑步的习惯，他跑步是为了把自己在学校领到的一份饭送给一个穿着破衣烂衫的盲人。于是，这个慈悲善良的青年就成了小说主人公。

《玛伊塔的故事》发生在上世纪50年代的秘鲁，主人公是一个名叫亚历杭德罗·玛伊塔的秘鲁人，是个"革命者"，托洛茨基分子，他在秘鲁发动了一场"社会主义"革命。

玛伊塔从一个小库房里找到一些左派的报纸、加快发展和地下通告，他根据这些东西试图说服革命委员会的成员相信，发动一场社会主义革命的时刻到了。但在牢房里没有任何迹象说明要发生什么事情。不过是库房里的墙上挂着一张画着马克思、列宁、托洛茨基的大胡子头像的招贴画。这张招贴画是哈辛托同志去蒙得维的亚参加一次托派组织会议带回来的。推动玛伊塔进行革命斗争的理由从他童年时代就存在着，小时候，他亲眼看到人们生活的困苦、绝望，村中存在的不公平，他应该像政治家和革命者那样做点什么，他心中总存在一种伟大的信念，信誓旦旦地总想有所作为。但是在内心深处他也总是感到他无论如何也不能容忍那么多冷眼，那么多不公正，必须进行革命。

　　在他教母过生日的时候，他认识了一位名叫巴列霍斯的现役军人，此人具有革命思想，于是二人建立了革命友谊。尽管托洛茨基党的成员们怀疑巴列霍斯扮演着泄露有关托洛茨基党的情况的情报局特工的角色，从而拒绝他参加起义，玛伊塔和巴列霍斯志同道合，决定一起在6000米高的秘鲁山区的哈乌哈小城发动一次革命。为此，巴列霍斯和玛伊塔相约前往哈乌哈做发动革命的准备工作：训练学生和农民等。玛伊塔留在哈乌哈做暴动的准备工作，巴列霍斯回利马做暴动的最后的准备工作。等他回来后革命就开始了：巴列霍斯带着一些人攻打监狱，夺取了警察局，把局长和三个警察关进了牢房。玛伊塔则带着几个人拿下了宪警队。随后他们一起奔向街头，向武装广场前进，占领了广场。然后向山区进发。就在这时，警察们进行了反扑，进山追杀他们。巴列霍斯被打死，玛伊塔被俘，关进利马第六监狱。参加暴动的那些学生也被囚禁，在监狱里关了一个月，然后被放出来交给家长看管。玛伊塔在监狱呆了10年，遇上大赦被释放。至此，玛伊塔和巴列霍斯一起鼓吹、组织和发动的"社会主义革命"以彻底失败告终。

　　小说像一场闹剧，主角是无政府主义者玛伊塔和托洛茨基分子巴列霍斯，配角是五六个十六七岁的中学生，革命的发动者和参加者的思想毫无马克思主义基础，实际行动也不依靠和发动工农群众，更不准备建立一个无产阶级的先锋队。指导他们行动的不是马列主义，而是无政府主义和极左思潮，其结果必然失败。正如作者所说："我最近这部长篇小说《玛伊塔的故事》，可以看作是拉美人对自己的政治立场的修正，其中也包括我自己的立场。1959 年古巴革命胜利以来，许多拉美人认为，暴力可以解决我们大陆的各种社会问题。但实际情况证明，正像小说中的情况一样，其结果都是空想的破灭。除了某些个人的英雄精神和果敢行动之外，留下的只是牺牲和毁灭。"①

　　此外，小说还涉及到秘鲁的一个重要问题，即贫困，由于暴力、破坏和贫穷，整个首都就像一个大垃圾场，不难想像，主人公玛伊塔之所以从一个天主教徒变成一个"共产党员"，是因为他觉得上帝对人民的贫困和社会的不公平漠不关心。就像他对神父说的："为什么有穷人和富人之分，神父？我们不都是上帝的孩子吗？"事实上，玛伊塔从青年时代就非常关心穷人。年轻时他曾经用不吃不喝来体察穷人的困苦生活。他总喜欢谈论穷人、人、残废人、孤儿、流落街头的疯子。他还说："你看见利马有多少乞丐？成千上万啊！"巴列霍斯也愤愤不平地说："世道不公平到何等地步！任何一个百万富翁的钱财都比一百万个穷人的钱还多；富人的狗吃得比山区印第安人吃得还要好，一定得改变这种不公平的世道。"于是他们就起来造反、闹革命了。

　　不只如此，小说还嘲讽了秘鲁的多如牛毛的革命党派：政党很多，成员却很少。更荒唐的是，这些党派之间矛盾重重，争斗不断，各自坚持自己的主张，不懂得无产者联合起来的道理。

　　在创作上，小说既有想像和虚构的成分，也有真实的因素。作品使用了大量文献资料，同时也包括不少虚构的东西。他在1984 年的一次访谈中说，《玛伊塔的故事》1962 年诞生于巴黎，当时他在翻阅《世界报》时读到秘鲁山区发生了暴动，即哈乌哈

---

① 1984 年 12 月 2 日作者对罗伦比亚《时代报》记者的谈话。

的第一次马克思—列宁主义革命，那是由共和国卫队巴列霍斯少尉、工会活动家哈辛托和农民领袖玛伊塔领导的。20 年后，当这个事件几乎被人们遗忘的时候，巴尔加斯·略萨又想起它。于是他寻找发表过的有关材料，采访尚在世的人士和暴动的见证人，从而了解了发动哈乌哈暴动的主要人物的情况。然后他又了解暴动的背景，知道暴动是在利马的一次节日期间酝酿的。关于暴动的背景的报道材料就成为小说的基础，作者又发挥其想象力，设想了若干历史事件，一个完整的故事便形成了。

在结构上，小说不乏独特之处。全书分为 10 章，为讲述作品的故事，作者做了这样的安排：每一章都以采访玛伊塔的某位亲朋好友或同志或他本人等入手，各章则分别从主人公的童年、少年、青年、老年、党内生活、社交活动、家庭生活、武装暴动的策划、发生及结局等角度刻画人物，并且将对话与独白、交谈与叙述、过去与现在、此地与彼地等突兀地穿插在一起，像电影镜头那样转换、跳跃，从而扩大了表现的时间和空间，把一切时间、地点、人物与事件都置于眼前，不做任何过渡性的说明。比如第三章，讲述现在"我"驾车去采访修女华尼塔和玛丽亚，以及了解玛伊塔的情况。华尼塔刚变到她弟弟和玛伊塔是好友，对他弟弟影响很大，便突然跳到过去，讲述玛伊塔跟陆军少尉的谈话：谈到他们如何占领了那个村庄，攻下警察局，打开监狱……他们可以骑马、骑驴、坐卡车、步行进山。明天去哈乌哈。还谈到列宁的《怎么办》一书。然后又跳回华尼塔的谈话，说玛伊塔比他的实际年龄大，差不多都 40 岁了呢，像个 50 岁的人。这一章就这样跳来跳去，交替描述华尼塔、玛丽亚、玛伊塔、巴列霍斯和神父之间的谈话、有关问题，跳跃多达几十次。

小说采用第一人称叙述，叙述者声音有时和主人公的声音及作者的声音交织在一起。叙述者通过和不同的革命同志的交谈获得了各种信息，后来玛伊塔和他们一起建立了一个搞社会主义革命的政党，从而开始面对那些年间他们所怀抱的革命理想。对玛伊塔的描写从一开始就很具体，只是在小说发展过程中增加了不多的典型材料。在叙述者讲述故事的一切场合时，他没有忘记描写街道、住宅、人物及其感受、感觉和激情，总是把他们 25 年前的情形和会见时的情形相对照。

值得注意的是，在小说一开篇作者就把读者置于利马市的一处海滩上，描写得那么详尽而准确，让人很容易想象那是什么地方，感觉到环境的潮湿，甚至闻到海水的味道和随处可见的垃圾的臭味。随即让小说的主要人物玛伊塔现身，他是作者的老同学。玛伊塔是一个极其热情的人，他的为人似乎注定会使他成为一个理想主义革命者。

《玛伊塔的故事》虽然已出版 30 余年，但是它并没有受到应有的对待。对此，巴尔加斯·略萨深感遗憾。他说："无疑，我这部小说受到最糟糕的阅读。令我吃惊的是，我受到的许多攻击是人物的同性恋。由此我发现，那些年秘鲁的左派非常可恨，他们具有一种惯常归咎于保守阶层的偏见：他们认为把玛伊塔写成同性恋者，这太丑陋了。人们是作为一种反对左派的小说来读的，因为是一种尖锐批评左派的立场，但是实际上，这是一部关于一个悲剧人物的小说。那些年间，拉丁美洲的左派，不只是秘鲁的左派，都很狂热，很教条，令人不能容忍。"①

巴尔加斯·略萨具体地谈到过创作此作的过程、背景和如何为写作做准备的情况："暴力是我新近出版的这部小说的主题。和我的其他小说一样，这部新作写出来后和我开始写的十分不同。在写它的过程中，主题是逐渐确定的，具体化的，并且呈现出一系列推测、推论和可能性，直到小说结束、我有了判断的基础，一切才清楚。

---

① 2014 年 4 月 27 日巴尔加斯·略萨接受记者赫雷尼亚斯的采访时的谈话。

"和其他可以根据一种虚构、一种想象、一种幻想、一种梦幻写作的作家不同，我往往以我直接感受到的具体经验或间接听到或读到的事情为基础来写作。这种从具体现实、从亲身经历出发的做法，实际上是一个必不可少的条件，一件事、一个人物使我受到鼓舞，推动我写作。至于《玛伊塔的故事》，出发点是1962年我在巴黎的一份报上读到一则简讯，当时我住在巴黎。我在《世界报》上看到一则被淹没在许多外国新闻中的关于我国的消息。消息说在一个中心城市即哈乌哈有人发动起义，起义几个小时后就被镇压下去，造成了一些伤亡。

"消息使我感到非常激动。那些年间，我和许多拉美国家一样，怀有革命的幻想和热情。从古巴革命获得胜利起，革命是可能的想法就在美洲的空中飘荡。我们许多人都认为古巴已经证明这是解决拉美问题的唯一道路。从零开始，通过英勇的暴力行动完全打破旧社会，建立一个新社会、一个平等的社会，正义和自由这些字眼儿才真正有意义。突然在报上看到在我自己的国家发生了持续几个小时的革命，令我异常激动。《世界报》上的消息激发的那种想象，萦绕在我的脑海，最终成为小说的萌芽，产生了一些形象，想象开始围绕这些形象活动，慢慢出现了一些趣闻轶事和可能的叙述线索。

"那时，巴黎是拉丁美洲革命的交叉路口，拉美国家的许多青年经过巴黎去古巴或离开古巴。当时古巴受到严厉封锁，拉美国家同古巴早就断了关系。这使我们这些生活在巴黎的拉美人和来自不同的拉美国家的革命者有了密切接触。他们在我们中间保持高度的革命热情和革命的乌托邦思想。在来往的人士中，自然有许多秘鲁人。一天夜里在巴黎一条街上，和一位秘鲁人交谈时，突然提到了哈乌哈那段历史，那个不祥的故事。和我交谈的那个青年曾在利马监狱里蹲过几个星期，他在狱中认识一个曾参加哈乌哈那场革命的人。他对我讲述了那段历史。他对我说，一个年迈的托洛茨基党员熟悉四五十年代的所有左派团体和组织，在和马苏基利奥区一次节庆活动中他突然对一个跳华尔兹和马里内拉舞的小青年谈起社会主义革命来，他说有可能进行革命，秘鲁只缺一批有决心的人，因为秘鲁的印刷条件绝对适合进行一场这样的革命，此外还因为从殖民时代起秘鲁就有起义、打游击的传统，这种传统在这样的农民中存在着发扬的可能性，他们曾在图帕克·阿马鲁革命或普马塔瓦革命中进行战斗。他说话的热情很高，信心很足，开始跟他交谈起来。那个年幼无知的孩子谈论他一生致力的事情时的天真、纯朴和冷静一定使他感到很高兴。那个孩子不可能怀疑为了进行革命上山打几枪会有问题，问题是长期的耐心，就是说，那位老人在漫长的 20 年 30 年间所从事的谨慎、勤劳、艰苦的地下活动。在交谈过程中，年迈的托洛茨基分子突然发现以不负责任的态度谈论社会主义革命的这个人是军队的一名少尉。他感到非常吃惊。他向所属的组织报告说，他同少尉进行了接触。组织建议他跟少尉保持联系。他们觉得跟来自另一个世界的一个人建立联系很重要，那是一个拥有武装力量、有训练的世界。也许可以吸收他。于是，在很有经验的老地下革命者和天真的、从没有从事过政治活动、出于激情、感觉和想象谈论革命的少尉之间便建立了联系。这种联系，可以认为是老托洛茨基党员想为他的事业争取这个年轻人。但是发生的情况相反：没能力经验、不负责、感情用事的青年人竟然诱惑他，为他的事业、为一次在中部山区一个镇子准备的革命争取他。

"当那个秘鲁青年在巴黎对我讲述那个故事时，我被那种角色突然调换的关系吸引住了。那个年迈的有经验的老人把那么多年的战斗经验全都抛开，一下子跳起来，一点儿也不冷静，发疯了似的，仿佛手里拿着一支步枪，开了一枪，扔了一只炸弹，年轻的少尉准备的革命爆发了一样。这件事对我有那么大的吸引力，那么鼓舞人心，我那么坚信不疑，从那时起便产生了写这部小说的想法。

"但是过了很久我才动笔。我在写别的作品。《玛伊塔的故事》，可以叫它《年迈的托洛茨基党员》，一直在我的头脑中，有时会消失，不久又复回，用我遇到的事、有关的事、我听到的事，使故事变得复杂的事丰富它。与此同时，在我国和拉美其他地方不断发生许多事情。出现了新的起义尝试，有的不理智，有的很短暂，有的不像哈乌哈的起义那么短命。在60年代的秘鲁，至少有4次这样的革命尝试。参加尝试的所有人中，有一些我认识，甚至有我的朋友，在欧洲一块生活过。当然这一切给我留下了关于作为最后解决办法的革命暴力的越来越不清白、不纯洁的印象。当然这一切为写《玛伊塔的故事》提供了营养。

"当我决定写这部小说时，我首先要做的是围绕主题进行一次调查，真正搞清楚哈乌哈的冒险是怎么回事。已经过去了20年，这肯定有利于为小说的主人公和历史的见证人找到真正的文献。我首先调查主人公，寻找幸存的人，说服他们对我讲述他们知道的情况。同时我开始嘴馋资料馆，翻阅那个时代的报刊，看看国家发生了什么事，那个事件是怎样发生的，新闻界、政党是如何评论的。于是我发现了一些非常有趣的事情：我得到的关于发生的事情的说法不但没有澄清事实，反而弄得更混乱了，那些说法都非常矛盾。为什么？有一段时间很有趣，对我来说也许比故事还有趣，因为在一些情况下，记忆对见证人、对主人公不忠实，但是在另一些情况下，记忆的变化是随意的，它服从验正某种态度的需要，或者只是证明角度的变化、视点的变化的需要。于是就把那件小事、开始似乎完全清楚和明确的小事件变成了某种十分有伸缩性、复杂而多变的东西，某种根据不同的角度、不同的人、观察和描写的时间来看，十分不同的东西。这样，我觉得除了我一开始想讲的故事，我还应该讲述这个次要的故事，就是已经变得真实的故事：这个真实的故事已经变成恰恰从30年前我就致力于写的东西：一部虚构的小说。把那个事件变成一部小说的方式恰恰就是把材料变成小说的方式。"①

文学评论家卡洛斯·托雷斯—古铁雷斯对这部小说的评价是中肯的：

"巴尔加斯·略萨的《玛伊塔的故事》这部小说远远超出了对秘鲁本世纪中期的一次革命的讲述。显然，它吸引读者的首先是主题，是富有激情的、充满事件的故事。正是这一点，说明巴尔加斯·略萨是一位大师：他使小说首先是故事，是事件……然后是语言。但是在小说中，他突然一跳，将奇闻轶事和时间、不同时代的对话、在另外的背景下的话语，或叙述故事的意识结合在一起，显示了巴尔加斯·略萨叙述形式的不拘一格和娴熟。

"小说的故事大部分发生在利马这个可怕的城市。小说人物在一个丑陋和老掉牙的城市里东奔西走，对拉丁美洲人来说是一个激动人心的时代，进行革命尝试的时代。小说的其他部分的故事发生在秘鲁安第斯山地区：那是从城市通向农村的道路，拉丁美洲大多数革命工人党选择的战略要道。

"这是关于这个事件写的最离奇的冒险，但是也为许多读者提供了一个机会，使他看到了小说讽刺地反映了他们的一部分生活。在小说中，语言留给读者一股酸苦的味道，也使之感到仿佛亲自参加了那番不寻常的英雄行动。我们和玛伊塔一起行走，和他坐在一起，和阿纳托利奥及巴列霍斯坐在一起，他们的雄心吸引着我们，他们那'质的飞跃'的思考和思想吸引着我们。"

"小说也是托洛茨基主义革命工人党的故事，或者说在拉丁美洲大多数国家为进行社会主义革命而勇于创建一个政党的团体的尝试的故事。《玛伊塔的故事》是对一个人（托洛茨基分子）的嘲讽，他根据一个小库房里装满的左派报纸、通告和地下书籍试

---

① 1985 年 11 月 29 日在哥伦比亚发行这部小说时，巴尔加斯·略萨的讲话。

图说服'中央委员会'的七个人相信，去农村发动革命的时刻到了。"

"凭借小镇哈乌哈监狱的领导者、一个20多岁的少尉想出来的星火燎原的计划，玛伊塔找到了发动一次'真正的革命'的机会。玛伊塔的生活总是充满一个边缘人物的矛盾：他是一个五十多岁的'同性恋'，他知道他的婚姻、他的父亲地位和他作为属于一个多次分裂的托洛茨基党的政治家的前程都面临着危机，于是他试图在几乎不存在的哈乌哈小镇依靠一帮不像革命者而更像童子军的孩子进行冒险，试图夺取政权以改变现状。其企图自然荒唐可笑。"

"小说犹如那个时代的左派团体的一幅杰出的壁画。政党内部的争论、阐述内部矛盾和马克思主义理论的方式，如何区分共产党、毛派分子、托洛茨基分子的方式，构成了几乎在30年间拉丁美洲的左派的状况的全貌。"

"显然，小说对拉丁美洲的革命左派特别是托洛茨基党派进行了'准确的批评'。但是毫无疑问，同时也再现了一个几乎和古巴革命同期发生的事件。"

"可以肯定的是，小说包含着一些后现代的叙述特征：时空的汇合、对话的交织、不明确的表述、叙述的自觉意识、广征博引、作为结构成分的文学评论、历史的碎片、时代和人物的同时性、有意识地讲述失败和绝望的故事等。"

"自始至终，读者都意识到自己面对的是一位叙述者即作者本人，他一心致力于搜集写小说需要的材料，叙述者在向读者讲述写作工作。"

"小说的叙述者——作家一面为写玛伊塔的故事而重访他去的地方、采访和他一起冒险的战友、核实关于运动的看法，一面深入了解秘鲁当前的形势，为写小说做准备。"

"小说也是一种训练，不是为了深入思考他的想法，秘鲁不在于此，而在于形式。这部小说就像盖一幢大楼，不隐藏它的建筑材料，就像我们看到的那些现代楼房，有管道系统，紧挨着许多楼层的拐角。作家收集写小说的材料（这项工作没有顺序，因为一次采访接着一次采访），与此同时，他讲述了他对文学的担心，发表关于时政的看法，让玛伊塔讲话，让他当年的战友发表意见，进行争论，由他们自己构建故事。读这部小说如同查一趟作家写作和思考的路线，或者说，如同作家沿着玛伊塔的脚步前行。"

"但是，小说最突出的特点是它的结尾。巴尔加斯·略萨致力于寻找真正的玛伊塔的任务，找到的却是一个虚构的人物。不仅找到他，把他带到他的办公室交谈，而且把这件事讲给读者听。读者终于明白，利马的玛伊塔是一个不幸的、绝望的人。"①

《胡利娅姨妈与作家》（1977）

《胡利娅姨妈与作家》是一部自传体长篇小说，曾在法国被评为最佳外国文学作品。全书以巴尔加斯·略萨的婚恋故事为主线，描述了该作家青年时代的一段生活。

巴尔加斯·略萨是个 18 岁的大男孩，和外祖父母住在米拉弗洛雷斯区奥恰兰大街一幢别墅里，正在圣马尔科斯大学攻读法律，但他更向往成为一个作家。同时在泛美电台任新闻部主任，其任务是根据新闻剪报编写新闻广播稿，然后广播。他每个星期四都回外祖母家吃午饭，在那里遇到了他舅舅卢乔妻子的妹妹胡利娅。胡利娅是玻利维亚人，32 岁，由于不能生育而遭丈夫嫌弃，终于离婚，因此来利马姐姐家居住，一是为了排解郁闷，二是想再找个丈夫依靠。巴尔加斯·略萨不时请胡利娅看电影，为她解闷，

---

① 引自哥伦比亚作家、文学评论家卡洛斯·托雷斯—古铁雷斯（1956— ）1999年 12 月 13 日撰写的文章《玛伊塔的故事：在可怕的利马与革命高潮之间》。

天长日久，产生了好感，发生了爱情。但是，他们的密切关系终于被双方的亲友知悉。家丑不可外扬，亲人们决定谨慎行事，于是把事情立刻报告给在美国经商的略萨的父母，略萨的父母当即火冒三丈，立刻回电说"近日即回利马面商"。随后，十几位亲戚召开家族会议，决定敦促胡利娅离开利马回国，略萨也必须改邪归正，好好读书。略萨得知此事，为了不被打散，提出立即和胡利娅结婚。但结婚非易事，因为胡利娅离过婚，略萨则很小。他们在好友哈维尔和表妹南希等人的帮助下取得了必要的证件，秘密逃往外地，辗转秘鲁许多城市，买通了官员，背着父母办理了结婚手续，然后回利马，等待父母到来。略萨的父亲脾气暴戾，回到利马后得知儿子已经逃走，赶快差人给儿子送去一封信，措辞十分严厉：

"马里奥：我限你在48小时内让那个女人离开秘鲁。如果她不走，我将采取必要的手段让她为自己的胆大包天付出高昂代价。至于你，我想告诉你，我身上是带着枪的，绝不允许你嘲弄我。如果你不句句照办，让那个女人在限定的时间离境，我就让你像狗一样当着众人的面吃上几颗子弹。"

不止于此，还有一封信，那是米拉弗洛雷斯区警察局的传票，让他必须在次日九点去警察局。是他父亲要求警方传讯他。他对警方承认已经结婚，但拒绝说出登记和结婚地点。然后他就离开了警察局。

情况紧急，胡利娅和他舅父母决定，胡利娅去智利避风头，住到大家心平气和时就回来。两天后胡利娅便登上去智利的班机，在那里住了一个半月。

胡利娅走后，略萨一面积极工作，筹集日后的生活费，一面让母亲去疏通。一段时间后，略萨面见父亲，表示自己可以独立谋生，并且不会影响取得学位，希望能和妻子团聚。其父见木已成舟，只好默许。有情人终成眷属。后来，双双移居巴黎，略萨在那里写了几本书，但始终没有完成律师专业学习。他们的婚姻持续了 8 年。

和略萨的婚恋故事平行，小说还讲述了玻利维亚戏剧家佩德里·卡马乔的悲惨故事。卡马乔是一个又小又瘦、身材矮的男人，鼻子却很大，眼睛特别明亮。他常穿黑衣服，显得很旧，衬衣和领带上有污点，年岁在 30 至 50 岁之间，留着油亮的直达肩头的长发。他的姿态，他的动作，他的表情都很不自然，立刻让人想到某种牵线木偶。他是和一家电台签约来到利马的，他独自负责制作和生产所有的广播剧，在电台播送。卡马乔性格落寞孤僻，但才气过人，他编导的广播剧颇受听众欢迎，电台的收入也直线上升。卡马乔的工作量自然加重，结果积劳成疾，终于病倒。老板见此人已无用处，便把他送进精神病院。卡马乔病入膏肓，凭着妻子卖身，他才幸免一死，但出院后已成了废人。足见人情冷暖，世态炎凉，知识分子的命运多么悲惨。

在结构上，小说可以分为三部分，即：

引言：讲述了故事发生发展的背景，略萨的生平，他的生活环境和在作品中陆续出场的人物。

高潮：讲述作者的全部生活，他同胡利娅姨妈的关系，他在电台做的简报工作，他的律师专业学习，他同广播剧作家卡马乔的特殊关系。

结尾：略萨终于和胡利娅姨妈结婚，卡马乔由于过分劳累，头脑糊涂，不能再写广播剧，其生活每况愈下，只能靠妻子卖淫度日。

在章节安排上，小说有其突出特点：全书共 20 章，单数各章讲述略萨文学创作的热情及其和胡利娅恋爱的故事，同时穿插了卡马乔颇有成就的工作和不幸的结局。双数各章（第 20 章除外），各自独立，都是卡马乔的广播剧的故事。第二章讲述婚礼被揭出了一件丑闻。美丽的埃丽亚娜和丑陋的红头发安图涅斯正在教堂里举行婚礼，喜庆活动正值高潮，跳舞的人很多，新娘成了舞会的主角，一刻也不休息，许多小伙子请她跳舞。新郎突然摔倒，新郎红头发赶忙把她抱上楼去，大夫检查时，发现新娘已经怀孕4个月了。新娘一向被认为是个贞洁的姑娘，可是竟然怀了孕，为了掩饰，她腰上很紧地系着腰带，而她恋爱、结婚只不过是近几个星期的事情。新娘的哥哥理查德知道后，恨不能把红头发杀死，因为这太丢人了。

第四章讲述警长利图马巡夜的故事。利图马50岁，正值年富力强，抓恶棍有功，多次获奖，受人敬重。他谦虚、勇敢、诚实。深夜在卡亚俄港巡逻，新港区的棚户里住着许多流浪汉、扒手、醉鬼、吸毒者、拉皮条的和性变态女人，寻衅闹事、舞刀动枪的事件经常发生。利图马和同事夏多换岗后，沿着凄凉的大街走去，忽然听到一声响动，马上伸手掏枪，大概是猫追老鼠撞翻了木箱。走了二百米后，发现仓库附近有个破洞，可以钻进人去，他钻进去后相信里头有人，便端起手枪，口中数着"一、二、三"，突然打开手电，他听到一声惊叫，随即出现了一个缩成一团的实体黑人。他浑身漆黑，骨瘦如柴，他想逃走，却被警长推倒，只见他脸上满是刀痕。后来把他带到警察局。黑人在那里迫不及待地抢了两块夹肉面包吞下去，竟挨了两个耳光。然后被投进牢房。上级下达了把黑人杀死的命令。黑人被押到海边的垃圾堆，警长把枪口对准黑人的太阳穴，一秒，两秒，三秒过去了，他并没有射击。

第六章讲述审理一桩强奸案的情形。一个名叫萨丽达·万卡的刚刚13岁女孩在一幢居民楼里被一个名叫古梅辛多·特略的家伙强暴。此人趁女孩家里没人，便闯进来，用刀子逼着她脱衣服，女孩不肯，他便拳打脚踢，直到女孩躺在地上，被他奸污。女孩母亲带着女儿报了警，罪犯被绳之以法。在审判他时，他千方百计狡辩，最后竟从桌上抢来一把裁纸刀，要把他那个造孽的玩艺儿割下来，证明他的清白。他下手没有？作者没有交待。

第八章讲述一家靠灭鼠发家致富的老板遭妻子和儿女唾弃的情形。

第十章讲述药品推销员鲁乔因车祸而罹患恐惧症、失眠和精神分裂的故事。

这5章的故事结尾处，作者都提出几个问题，让读者去思考，去想像。

后来，在谈到这部小说的创作时，巴尔加斯·略萨说："我写的这些几乎都是以若干往事为基础的。1953年或1954年，我在利马的泛美电台新闻部工作，我一直记得一个人，他在相邻的另一家电台即中央电台工作，那是一个很有趣的人，他负责写广播剧，广播剧是中央电台的强项。他是玻利维亚人，受到电台老板德尔加多·帕克兄弟的器重，因为他们发现他是玻利维亚广播剧乃至音乐剧界首屈一指的人物。由于他的工作，这家电台的广播剧全利马的人都收听。他不仅写广播剧，还负责导演和演出广播剧。他是特别勤奋的人，像一个苦役犯一样工作，他具有异乎常人的职业意识，对作家和艺术的角色扮演得十分到位。他这个人和他的广播剧非常受欢迎。我知道，他的广播剧是中央电台最成功的节目。当时我感到很开心，甚至很痴迷，因为就在那个时期，我的文学志趣越来越深厚，在那个时期我最想当的是作家。我认为，在那些年，我所认识的、真正配得上作家这个称号的人是上述广播剧作家，他叫劳尔·萨尔蒙。但是，很不幸，他遭遇到一个悲惨事件：他疯了。有一天，电台开始收到听众们的一些信、电话和抗议，因为他们发现他的广播剧里有大量的不连贯和前后不一致的情节；有一些人物改变了职业或改了名字，甚至从这个广播剧跳到另一个广播剧。总之，在他的广播剧里出现了古怪离奇的东西和胡说八道。由此，电台老板发现这个人已经精神失常，便跟他谈了话。他很紧张，广播剧里开始引进各类不幸事件，取消了一些人物，但剧情依然混乱不堪。结果，情况达到了不可收拾的地步：劳尔·萨尔蒙只好进医院治疗。从此，萨尔蒙的经历总在我的脑海里萦绕。我总是想写点与此有关的东西……实际上，这是这部小说最遥远的渊源。当然在我的书中，整个这段历史有很大的改变，应该承认这不过是小说的一个雏形。""而在那个时期，我第一次结婚，那次婚姻，可以说是一种可怕的行为，因为我只有 18 岁，还因为它为我的实际生活带来了许多问题，甚至许多家庭问题。于是我想到，写广播剧的、想像力混乱的那个作家的谵妄的故事，也许可以和一个完全相反的、颇为客观和真实的故事融合在一起。在这个故事中，由我来确切讲述几个月中我的生活中发生的若干事情：我在泛美电台工作期间怎样认识我的妻子的，我的婚姻是怎样的，在我个人的生活中这一切意味着什么，等等。插入这两个故事差不多就像展示现实的正面和反面，客观的部分和主观的部分，真实的一面和虚构的一面。我想在小说里这么做。比如说，一章是纯粹想像的或几乎纯粹想像的，另一章是真正个人的、实际发生的故事，这样交替进行下去。但是在这样做的时候，却遇到了麻烦，就是说，我想讲述的真实的事情不能真正地讲了，因为记忆是骗人的，它受到了想像的干扰，还因为在描述时，那种想像的成分不可避免地渗透进你所写的东西中。这样，小说最终的版本就和预先计划的有所不同，当然基本的构思没有变。"①

巴尔加斯·略萨在其传记《水中鱼》中说："我在长篇小说〈胡利娅姨妈与作家〉中用了许多我对泛美电台的回忆材料；这些材料和其他一些回忆和想象混杂在一起；现在我怀疑回忆和想象是否分得清，可能有些真事中掺入某些虚构，但我想这还是可以

---

① 1977 年作者在美国俄克拉荷马大学的谈话。

称为自传小说的。"①

《世界末日之战》（1981）

　　小说描写的是 1897 年发生在巴西内陆高原卡奴多斯的农民起义。战火烧遍了这个新建的南美共和国的 17 个州，一方是为其权宜而战的农民，另一方是为维护代表地主阶级和政党利益的寡头政权的权威而战的六千多名国民军。

　　卡奴多斯属于巴西内地高原的腹地，常年遭受周期性的旱灾，以牧牛为生的居民每年必须向牧场主缴纳一定数量的牲口。他们大多数是印第安人和混血人种，他们的生活艰苦、朴素，加上没有文化，与外界隔绝，因而很容易接受宗教思想。卡奴多斯位于巴伊州东北部，气候恶劣，土地贫瘠，不宜居住，以农牧业为基础的经济难以维持生计，那里生活着被遗忘、受歧视的奴隶、黑人、1888 年得到解放的农奴、没有任何权利的印第安人、破产的白人和厌弃市井的混血人种等。

　　就是在这种情况下，一个名叫安东尼奥·继森特·门德斯·马谢尔的传教士来到腹地，宣传原始基督教信仰，他由信徒们陪同，走遍大小村镇，传播教义，他预言一位伟大英明的君主就要出现，惩恶扬善，把一切受苦人救出苦海。大批农民和牧人信任他，拥戴他，称他为先知、圣徒和劝世者。许多信徒离乡背井，拜倒在他门下。他成了劳苦大众的保护人和穷人的权益的卫护者。后来，信徒越来越多，经过在巴西若干州的传教，终于和他的追随者们一道在巴萨—巴里斯河边、蒙特·桑托城附近的一个大庄园安顿下来。他宣布自己是预言家，他向人们保证建立一个最美好的世界，从而把成千上万一无所有的人吸引到他的周围，形成

---

① 《水中鱼》，时代文艺出版社，1996 年，第 403 页。

了一股声势浩大的力量。那么小的地方显然容不下这支大军，于是他们向华泽伊罗城进军，并占领了它。政府请求方济各会的修士们作为调解人去平息此事，但是他们一无所获，因为起义军决心通过自己的努力获得被法律拒绝的东西。而共和国的政客们最担心的是劝世者安东尼奥最终试图发动一场运动，要把王权还给堂佩德罗二世。形势已不可能逆转，加上巴西东北部的旱情没有尽头，愈来愈多的人流向卡奴多斯。为了让所有的人不致饿死，劝世者安东尼奥手下的人开始抢劫附近的庄园和城镇。情况十分严峻。巴西联邦政府立即派出军队制止骚乱。军队最初进行小规模讨伐，试图进入卡奴多斯，取缔起义者的聚集地。安东尼奥及其信徒识破了敌人的意图，遂宣布与政府军作战。战争延续了一年，政府军进行了 4 次围剿，人数一次比一次多，前三次遭到惨败。在 1897 年 9 月发动的第四次围剿中，政府派出了 6 千名正规军，装备有大炮和机枪，攻入起义军所在城市，烧毁整个城区，屠杀城市的居民，砍掉俘虏们的头颅，包括劝世者安东尼奥，一共三千名为生存而战的起义勇士光荣牺牲，二万五千个卡奴多斯居民丧失，景象十分惨烈。

通过这个可歌可泣的故事，作者热烈地颂扬了卡奴多斯起义农民的勇敢、顽强、不怕牺牲的战争精神，大胆揭露了政府军惨绝人寰的暴行，愤怒谴责了政府发动的这场非正义战争和对起义农民的血腥镇压。这是共和政府的疯狂之举，是莫大的罪恶，是巴西历史上的一大污点。

这个故事，巴西伟大的现代主义作家达·库尼曾以纪实体在其名著《腹地》中描述过，不同之处至少有三点：一是略萨根据他在进行的调查和访谈，为小说增添了一些新内容、新知识；二是略萨增加了几个虚构的人物，如无政府主义者、苏格兰颅相学家加利莱奥·加尔、唯一了解交战双方情况的"近视眼记者"、不可一世的土豪劣绅卡尼亚布拉瓦和勤劳朴实却饱受欺凌的妇女胡雷玛；三是略萨的小说故事比《腹地》更丰富、更感人、更有可读性。

《世界末日之战》的故事情节发展缓慢，细节描写像测量剂量一般精确，完美无缺，把 19 世纪巴西社会的方方面面和新成立的巴西共和国的政治、经济和宗教等方面的状况展现在读者面前。同时描绘了一系列人物，将他们的形象——展示在读者眼前，并且在作者描写下，本来是真实的人物，看上去却显得不真实，从劝世者安东尼奥、"矮子"莱翁·德·纳图瓦……直到奸诈的政客卡尼亚布拉瓦男爵都是这样。实际上，这部小说并没有让读者漠然处之，而是把他兜在它的文学之网里，把他带向一个充满非正义和斗争、英雄和平民的世界，让他明白人类的历史是怎么回事。

至于小说中的人物，最重要的自然是安东尼奥·维林特·门德斯·马谢尔，1830 年 3 月 13 日生于巴西东北部塞亚拉洲坎波·马约尔城，父母是贫苦农民，他从小就受宗教教育，准备当教士，这在农村是很难得的。但是父亲死后，他不得不放弃学业，开店经营小生意，但是他的救世思想和基督教神秘主义早就在他心中扎了根，离天主教正统观念愈来愈远，因为他觉得天主教不关心穷苦人，而只效忠于权力。于是，他在 1961 年便离家出去，开始在巴西北方的几个州漫游，宣传基督教义，长达 30 年，吸引了大批社会下层的信徒，信誓旦旦，要为世人建立一个在上帝庇护下的自由平等的公社，过最美好的生活，被视为是一位新摩西。政府认为他是个危险的疯子和狂热的宗教分子，追随他的信徒是反革命的叛乱分子，便派兵把他们镇压下去。最后他被政府军俘获，被砍了头。

另一个人物加利莱奥·加尔是个苏格兰革命者和颅相学家，曾两度被判处死刑，两次死里逃生，坐过 5 年牢，他是听着革命者们的言论长大的，受过科学和共产主义理想的教育，除了军人和银行家，他最痛恨的是神父。1894 年他在巴伊亚州岸边后来搁浅的德国轮船上当过医生，一名走私者和一位医生最亲近他，走私者帮助他找到了个住处，医生则是他喜欢与之交谈的人。他经常给法国一家革命报纸写信，谈论巴伊亚州的情况，并曾参加巴黎公社的斗争。那个时期他深深被卡奴多斯发生的革命所吸引，不久后他便想找一名向导带他去卡奴多斯。但是有一天被警察带走，第二天收到一纸驱逐令。后在一家报社社长的帮助下，他得到一份为卡奴多斯起义军运送武器的工作，得以留在巴西。加尔深受巴枯宁和蒲鲁东无政府主义思想的熏陶，他试图按照他的政治信条指挥卡奴多的革命斗争，结果被惨痛的斗争结局碰得头破血流。

　　第三个人物卡尼亚布拉瓦男爵是巴伊亚州有钱的大富豪，该州自治党的领导人，是封建贵族的代表，帝国时期曾任部长和驻莫大使。他反对共和党的中央集权制，他被进步党指控和英国人结盟阴谋反对共和国。这种指控为其党带来巨大的政治混乱并被政敌所利用。更不幸的是，在战争中起义的农民烧毁了他的一座最好最喜爱的庄园，这导致其夫人精神失常，因为她数百件美好的记忆也化为乌有。夫人没有康复，他自己也精神崩溃。这个拥有大片土地、矿山和工厂，操纵州政府和州议会的大恶霸，昔日不可一世的威严完全丧失。

　　还有几个人物值得一提。贝亚蒂托生于蓬巴尔，是一个鞋匠和一个残疾女人的儿子，当他会爬的时候，席卷腹地的大旱降临，父母饿死，只有和姐姐相依为命。贝亚蒂托被"独眼龙"收养，像牲口一样听他使唤。村中的妇女迫使"独眼龙"送贝亚蒂托去学校教义问答。后来他见到了劝世者安东尼奥，经过再三要求，终于被接收，成了劝世者最信赖的人之一。起义农民驻扎在卡奴多斯后，他成为打理劝世者吩咐的一切事情的助手。他非常尊敬、也有点惧怕劝世者。但是这个追随劝世者的人最终却背叛了他，他把劝世者的尸首的藏匿处告诉了敌军，结果他自己也被杀死。

鲁菲诺是个有经验的向导和猎手，他跟加尔达成协议，要带他去卡奴多斯。但由于某种原因，他没有赴约，尽管约定在他家里会面。当他回到家后，发现家中空无一人。有人告诉他，他女人胡雪玛丢下他跟加尔走了。于是决定复仇，一定要杀了加尔和他女人。在小说后来的描述中，他一直寻找他们，一旦找到他们，就和加尔决一死战，洗雪耻辱，哪怕死去。胡雪玛却骂他缺乏教养。后来在决斗中，鲁菲诺被加尔杀死。

在表现手法上，作品基本上使用的是传统的现实主义。小说情节复杂，人物众多，经过作者的努力简化，方才使作品具有了鲜明而简洁的特点。在描述故事方面，作者采用了现代小说的跳跃式的技巧，即把一个故事情节分割成若干片断，和其他故事片断穿插起来，轮流描述。此外，作者还大量运用人物的"内心独白"，以表现人物在特定情况下产生的想法、疑虑、心情等，比如在第一部第七章的后半部，作者用了四五页的篇幅描述加利莱奥·加尔患病时的各种想法和疑虑，及其种种浮想联翩的思绪，详尽地展示了人物的内心世界。在结构上，小说分为三部分，分别描述了政府军攻打卡奴多斯的三大战役。小说详细再现了这场令人扼腕的流血冲突，从开始一直描述到悲剧结束。

《世界末日之战》和《酒吧长谈》并列被众多批评家和读者视为略萨最重要的作品。从题材上讲，它是最宏伟的历史小说之一；从其文学的博大来说，它是略萨小说中最具全面小说特点的作品。在这部小说的热情赞赏者中，有著名文学批评家安赫尔·拉马。他读完这部作品后惊叹不已，随即写了一篇长文，他写道："读过长达549页的《世界末日之战》后，我得出两点结论：从艺术上说，它是一部杰作；由于这部作品，拉丁美洲知识性的、受大众欢迎的小说得到了巩固。"① 秘鲁文学评论家路易斯·阿尔贝托·桑切斯更具体地指出："《世界末日之战》是巴尔加斯·略萨已出版的十部作品中的最佳之作，它结构完整，情节曲折，以经过锤炼的风格将魔幻与历史结合起来，为我们提供了一个充满活力、丰富多彩、热情激荡的 1890 年的巴西形象，即一个从君主制向共和政体过渡的形象。"②

总之，《世界末日之战》是一部伟大而悲壮的史诗，一部隽永耐读的杰作。一些文学批评家，比如乌拉圭的安赫尔·拉马，把它同列夫·托尔斯泰的名著《战争与和平》相比，是一部厚重的史诗性巨著，气势磅礴地反映了巴西历史上一桩可歌可泣的非凡事件，不失为一部不可小觑的文学经典。

据巴尔加斯·略萨讲，他所写的一切长篇小说，短篇小说和剧本，都有一个相同的由来。遇到东西总给他留下深刻印象，他不能避免根据那种经验写一个故事。譬如有一天，他读了一本书，立刻被迷住了。它就是巴西作家达·库尼亚的小说《腹地》。对于想理解拉丁美洲是怎样的和不是怎样的人，这是一本必读的书。凡是读过它的人都知道，这是一本奇特的书，因为它是一本在某种程度上既是历史也是故事的书。它不是一部小说，但是读来它就像一部伟大的小说，它试图解说巴西的一个历史事件：卡努多斯内战，共和国建立几年后，君主制度垮台几年后爆发的一场战争，起因是巴西东北部发生的一次反对共和国的农民起义。起义受到政府军的残酷镇压，死亡人数多达四千。达·库尼亚曾作为政府军的一员参加战争，亲眼目睹战争的残酷景象。他在作品中既做了自我批评，也为那些不幸的农民鸣不平。《腹地》的故事和

① 2011 年 10 月 25 日《秘鲁共和国报》文化网关于秘鲁文学之家纪念《世界末日之战》出版 30 年而举办的圆桌会议的报道。

② 《拉丁美洲文学史》，赵德明、赵振江等编著，第 347 页，2001 年，北京大学出版社。

人物给巴尔加斯·略萨留下的印象如此深刻，在很长时间里他不能想别的事情，他突然决定必须写一部关于这桩历史的小说。

提起这部小说的创作过程，巴尔加斯·略萨感慨万千。他前后花了 4 年时间，除了搜集材料和读物，还要解决许多困难：因为第一次写一个不同的国家、不同的时代、讲不同的语言的人物，还要谈许多东西，去巴西东北部考察。巴西之行十分重要，为他证明了许多事情，使他产生了许多新的想法，得到许多人的帮助。万事俱备，只欠执笔，他的热情十分高涨，几乎废寝忘食，第一稿竟写了上千页。但是他有所担心，因为这个题材是巴西名作家达·库尼亚写过的，会不会被认为多此一举。好在他写的不是报告文学或论著，而是小说。

在所有的文献中，他首先读的是达·库尼亚的《腹地》，他的感觉就像年轻时读《三个火枪手》、《战争与和平》和《包法利夫人》一样，爱不释手，觉得它是拉丁美洲最伟大的作品之一。他在巴西得到纪录出版社社长阿尔弗雷多·马查多、著名女作家内利达·皮纽和何塞·卡拉桑斯教授等人的慷慨帮助，得到了大量图书资料。在巴伊亚州期间，他还谈了许多篇有关的论文。此外，他还去华盛顿呆了一年，在那里的进步图书馆找到了在巴西的图书馆找不到的东西。

必须提及的是，在巴西逗留期间，名作家亚马多给他推荐了曾任巴伊亚博物馆馆长的雷纳托·费拉斯先生，此人对腹地了如指掌，善于和腹地的人沟通，他通过他和几十个腹地人进行了交谈，还走访了据说劝世者安东尼奥去过的 25 个村镇和卡奴多斯战役的遗址，教堂的墙上斑斑弹痕依然清晰可见。

《是谁杀了帕洛米诺·莫雷罗?》（1986）

《是谁杀了帕洛米诺·莫雷罗?》（一译《谁是杀人犯》）的故

事发生在 20 世纪 50 年代。那时的秘鲁，社会动荡，政局不稳，一个军事委员会推翻了何塞·路易斯·布斯塔门特总统，曼努埃尔·A. 奥德里亚将军取代他上台执政。1956 年的大选重新把曼努埃尔·普拉多—乌加特切推上总统宝座（他曾于 1890 年任总统）。在军政府统治下，政府腐败，官员滥用职权，特别是一些高级军官腐化堕落，个人品质恶劣。

小说以一个年轻士兵被绞死的惨状开篇。该士兵叫帕洛米诺·莫雷罗，是最近一次征兵被征到空军基地来的，现在他被吊在一棵豆角树上，身体被穿在树枝上，姿势极为难看，像一个被剖开的稻草人。显然他受到过极为残酷的折磨：鼻、嘴被打裂，浑身是血痂，青一块紫一块，抓痕满身，到处是香烟烫的痕迹，双脚赤裸，下半身裸露，背心被撕得一缕一缕的。一个小羊官报了警，警察利图马和中尉西尔瓦赶来，看到这副惨状，利图马不禁愤怒地骂道："这些婊子养的！""这是谁他妈的干的？"他们必须查明真相，破解这个秘密。

为此，利图马首先去拜访了死者的母亲，死者的母亲说，必须找到儿子的那把吉他，吉他在谁手里，谁就是杀人犯。秘密徐徐揭开。经过调查得知，帕洛米诺·莫雷罗爱上了空军基地有权有势的敏德劳上校的女儿阿利西娅，为了这份爱情他才决定应招来空军基地工作的。敏德劳上校强迫其女和他发生了乱伦关系，得知女儿爱上青年士兵莫雷罗之后，他很不满。在女儿和莫雷罗准备私奔去外地结婚之前，他借女儿的另一个追求者空军中尉杜弗之手残害了莫雷罗。在破案在即时，上校去见中尉西尔瓦和利图马，说明了真相，在此之前他已杀死了女儿，随后也开枪自杀。除了这个故事，小说还讲述了西尔瓦中尉跟一家小饭店老板娘堂娜·阿德里亚娜的故事。西尔瓦中尉是个色鬼，每天阿德里亚娜的小饭店里，他总是盯着这个丰满的女人上下打量，总想把她弄到手，他还总喜欢看她穿着粉红色内裙洗海澡。阿德里亚娜却总是装腔作势,卖弄风情,吊他的胃口,弄得他神魂颠倒。

小说结束时,西尔瓦中尉收到一封电报,通知利图马被调到胡宁省一个不起眼的警察局,西尔瓦也要调到那一带去,那里是安第斯山区,远离他们的故乡,远离熟人。他们还以为有所晋升或得到某种奖赏呢。他们得到的不过是离乡背井,到远方去挨寒受冻。

这是一部不乏悬疑和紧张气氛的警侦小说。西尔瓦中尉和利图马警察负责这个案子。这案子很难破,没人了解情况,更棘手的是空军当局不合作。死者是空军士兵,当局不合作又如何着手调查。利图马只好先去拜访死者的母亲阿松塔太太。一提到儿子和他的吉他,太太便放声大哭起来。她对利图马说:"巫师说,找到吉他就能找到凶手,拿了他的吉他的人就是杀害他的人。"而她儿子并没有仇人,也没有人威胁过他,也没有人想杀他。没有找到什么线索,利图马只好告辞。随后他走进了里奥酒吧,老板摩西告诉他,帕洛米诺是因为爱上一个女人才去当兵的,那女人就住在机场附近。而紧挨着机场就是空军基地和空军军官们的住宅。敏德劳上校就住那里,"要是那没心肝的上校肯合作,破案就容易了。他有情报、档案,而且能审讯基地人员。他如果合作,就能提供一些线索,那些屌人就会落网,可是上校这个人很自私,看不起警察,对警察不屑一顾"。"他不准我们审讯帕洛米诺的同事们,这些人肯定知道情况。"

后来他们去见敏德劳上校。他矢口否认说:"基地的人与此案毫无干系,毫不沾边,在基地里已经没有什么可调查的了。""您还是到外面去找凶手吧,在这儿您是浪费时间。"但是当他们提到帕洛米诺和基地的某个女人有私情时,上校顿时紧张起来。他以维护基地的司法为名把他赶了出来。但西尔瓦中尉肯定,上校知道的情况很多。

空军中尉杜弗经常逛妓院。西尔瓦中尉和利图马便去妓院找他，在那里碰见他喝得烂醉，就把他拖到海滩上，询问他帕洛米诺被害的事，他竟耍赖地说："我一个字他妈的也不会对你讲！"他们只好作罢。回到警察局后，利图马发现门上有一张字条，字条上写着："杀害帕洛米诺·莫雷罗的人是从露贝太太的家中把他弄走的，露贝太太的家在阿莫塔佩。事情经过她全了解，可以去问她。"

于是他们去了阿莫塔佩小镇，找到了露贝太太，她开着一家酒铺。她开始什么也不说，在西尔瓦中尉威逼利诱下，她终于开口：原来，有一天，帕洛米诺和他的心上人来到她的酒店住了两天，等神父为他们主持婚礼，晚上有两个军人坐吉普车到来：一个年老，一个年轻，他们是敏德劳上校和杜弗中尉。他们要把小伙子和姑娘带走，姑娘不肯，小伙子也说："我用自己的一生爱她，让她幸福。"上校"好言相劝"，年轻的一对终于相信了他的鬼话，上了他们的车。

一天，西尔瓦中尉和利图马在海边看阿德里亚娜老板娘洗海澡，敏德劳上校的女儿阿利西娅小姐突然出现在他的背后，吓了他们一跳。她是从警察局跟踪他们到海边的。离开海边后，他们谈到了帕洛米诺。她说，他是个好人，跟她跳过舞，对她一见钟情。还给她唱小夜曲，每天都去基地给她唱。后来，三个人来到警察局，在交谈中提到了爱吃醋的杜弗，她恨他，希望能狠狠地惩罚他。但是她恨之入骨的人并不是杜弗中尉，而是……她毫不犹豫地直点头："他像条狗似地跪下来吻我的脚。"西尔瓦中尉现在才明白，那封匿名信是她放在门上的，他在信中劝他们到阿莫塔佩去一趟，去向露贝太太了解帕洛米诺的情况。天色已晚，姑娘回基地了。

一个月夜，西尔瓦中尉和利图马在警察局正准备把吉他给帕洛米诺的母亲送去，上校突然出现在他们面前，夸他们几乎不到两星期就查清了杀害帕洛米诺的凶手。确切地说，是 19 天。后来，上校承认他强奸了自己的女儿，承认是他下令杀害帕洛米诺的。他和他们告别，向海滩走去，一会儿传来一声枪响。死前，上校在警察局门下塞进一个字条。原来，"这婊子养的不仅自杀了，还把亲生女儿也杀死了。"

由此可以断言，西尔瓦中尉和利图马警察是两位称职的探员。在调查过程中，他们不辞辛苦，东奔西走，工作认真负责。只是西尔瓦中尉在生活中不拘小节，迷恋女色，讲话粗俗，令女人们厌恶。他们在调查中见机行事，循循善诱，巧妙寻找机会，见机行事，抓住对方言谈中的要害，乘胜追击，寻根问底，步步深入，使疑犯难逃法网，终于查清了杀人凶手和背后的指使者，完美了结了这一起迷案，从而主持了正义，惩恶扬善，告慰了死者，抚慰了死者母亲那颗悲伤的心灵。

相比之下，敏德劳上校则是一个腐化堕落、狡猾奸诈的家伙。作为一个父亲，他毫无人性可言，他竟然兽性大发，奸污了自己的亲骨肉，发现女儿深爱着毫不起眼的普通士兵后，却把自己的女儿介绍给软弱无能的杜弗中尉，其动机自然是把她继续留在他身边加以玩弄，正如他自己说的：杜弗"是个傻瓜，如果我女儿跟杜弗这个可怜鬼结婚，我可以继续照顾她，保护她"。当事情败露之后，他又枪杀了自己的女儿，真是丧尽天良。这样一个彻头彻尾的败类竟然爬上了空军上校的宝座，执掌军事大权，空军之腐败情景可见一斑。他的奸诈狡猾则表现在他滥用职权，竭力阻挠调查工作，比如他借口军队拥有自己的司法权，不准警方向空军人员调查情况，恐吓露贝太太不准对人讲出实情；此外他还在全市散布大量谣言，说什么凶杀案与走私有关，与间谍活动有关，与同性恋有关，试图转移警方的视线，甚至在女儿告发了他之后，反诬其女儿有精神病，等等。一个昏庸、顽劣、残忍、龌龊、人模狗样的人物形象跃然纸上。

应该指出的是，巴尔加斯·略萨写这部小说，并非空穴来风和全出于想象。他曾说："我写《是谁杀了帕洛米诺·莫雷罗》，是对塔拉腊军事基地一名年轻的空军飞行员被杀害感到气愤，而秘鲁军方的官僚阶层却对此保持神秘的沉默。"反对军人统治、讽刺、抨击军权是作者写作的永恒主题。知道一位无辜的年轻空军战士被杀，他当然不能坐视不管，"文学是一团火"，他必须奋起揭露、鞭笞。

小说在结构上遵照传统的破案三元素，即展示杀人现场、调查过程、查明真象和结案。第一章讲述杀人事件，描述案情和案发地点，交待受害者帕洛米诺·莫雷罗及其身份和调查者利图马。第二章到第六章介绍所有与案件有关的人物：帕洛米诺的母亲堂娜·阿松塔，敏德劳上校、里卡多·杜弗军官（上校女儿的未婚妻）、小酒铺老板娘堂娜·露贝、上校的女儿阿利西娅（她讲出了她知道的秘密）。第七章谜团破解和上校的供述（他杀死了亲生女儿，引咎自杀）。第八章是小说尾声，讲述人们的议论和西瓦尔中尉个人的结局。

《叙事人》（1987）

《叙事人》表现的是南美亚马逊地区印第安人部落生活及其命运问题。但这并不是唯一的主题，另一个重要主题是关于艺术创作的思考。而马奇滚加部落的"叙事人"这个人物对于加深人们对文学工作及其重要性的了解也起着举足轻重的作用。

小说的故事情节是综采的：为了把秘鲁和秘鲁人忘掉一个时期，作者去了意大利佛罗伦萨，他在那里发现了一个画廊，展出的都是照片，是表现亚马逊地区马奇滚加部落的生活的。那些照片是意大利摄影师加布里埃莱生前在秘鲁丛林里拍摄的，照片展示了马奇滚加人各种生活和劳动场面。他看到，在黄昏的余辉中有一群男女坐成一圈，中间是一个男人的身影，他们正全神贯注听那个男人挥臂讲话。随后他回忆起同那个男人萨乌尔·苏拉塔斯的友谊。他是他的大学同学，由于右半个脸上有一块很大的黑紫色斑块，长着一头散乱的红发，很像扫帚上的麻缕，人们便管他叫"鬼脸儿"。"他是世界上最丑的人"，但是谈吐总很幽默。他是一个犹太人和一个土生白女人的儿子。他渐渐喜欢上了土著文化，开始远离讲述者（作者），作者再也没有见到他。后来听说他和父亲去了以色列，他对父亲很孝顺，很关心，也很尊敬。父母结婚前就生了他。小说的故事三次转向土著人的世界，"叙事人"讲述了"一切生命的创造者"塔苏林奇"同小神灵及坏精灵之间的斗争"。"叙事人"的讲述充满了变形的现象、神话、神祇、神奇的仪式等，其背景是尚没有被白人入侵破坏的丛林。后来，"文明的"讲述者讲述回忆了一次前往马奇滚加地区的旅行，他在那里认识了几年前就在那里居住的施耐尔夫妇，他们为他提供了关于那些土著人的材料，他们的原始文化状况和永久迁徙的情景。最令他感动的是一个对那些白人的到来感到厌倦的"叙事人"的描述。他很容易辨认出那个叙事人就是萨乌尔·苏拉塔斯。全书故事在佛罗伦萨一个炎热的夜晚结束："今晚……我知道，不管我躲到何处去逃避高温和蚊虫，去抵制我精神上的激奋，我都仍然听得见那位马奇滚加叙事人在附近不停地讲述着令人难忘的古老故事。"

所谓"叙事人"，简单地说，就是印第安部落之间的联系人，其使命不是联系部落之间的事务，而是穿行在印第安人等少数民族之间，讲神话、传说和现实情况。这类人见多识广，知识丰富，可以说是寓言和神话作家。他们的讲述神秘而有趣。作者和叙事人把读者带进一个个奇异的世界，让读者不知不觉进入一个神秘王国。每一个故事都是一种幻想，每个故事都是一幅动人的画卷。叙事人那神话般一闪即逝的身影，他们那简单而由来已久的叙事本领，成为一种循环着的元气，把马奇滚加人团结在一个社会里，使之成为一个互相声援、互相通气的民族。他们的作用不可低估，他们是那些少数民族之间的桥梁或纽带，没有他们，它们就如死水一潭，没有生气，有了他们，它们才活得有声有色，生机勃勃。

从内容上讲，小说分为三方面。第一方面（第一章和第八章）讲述的是故事的背景或环境，地点是作者访问的佛罗伦萨；第二方面（第二、四、六章），内容是追忆作家的过去；第三方面（第三、五和七章）借助一个马奇滚加人之口讲述若干故事。这样，仅仅通过作家的声音和叙事人的声音这两种声音就形成了小说既简单、交错又严谨有效的布局。

在整部小说中，始终存在着现代社会的世界同美洲的印第安人部落世界的对比。而印第安人总是紧密地和大自然联结在一起，他们善于和鸟儿及在丛林里生活的其他生灵等大自然的因素交流，如果带着一点敬意和同情心走近他们，观察他们，就会发现，称他们是野蛮人、落后的人，是不公平的。比如，在人与大自然的关系上，如人与树木、人与鸟类、人与河流、人与土地、人与天空、人与神灵等的关系上，有着既深入又精专的知识，他们与这些事物的关系极为和谐。以马奇滚加部落为代表的印第安人在莽莽林海中过着几乎和原始人一样的生活，遭受着殖民者残酷的压迫和凌辱。而那些闯入印第安聚居地的殖民者却为所欲为，把印第安人的科技园，他们的妻女掠走，他们才是无恶不做的野蛮人，为非作歹的强盗。

小说的两个重要主题（印第安主义和文学）的表现是通过不同的讲述者交替描述的章节实现的。小说的讲述者有两个：一个是小说的叙述者，另一个是"叙事人"。后者是马奇滚加部落的讲故事的人。两个讲述者的任务是明确而有序的：每个讲述者负责讲述一章或一部分故事。故事是交替讲述的。"文明的"讲述者（作者）是小说故事的开讲者和结束者，他讲述的是第一、第二、第四、第六和第七章；马奇滚加讲述的是其余三章，这三章被夹在其他章节中间，这不仅是因为它们位于"文明的"讲述者讲述的章节之间，而且因为作者在小说中经常采用的"中国套盒术"：白人讲述者讲述的故事常常包含着叙事人马奇滚加人的讲述；这个印第安人讲述的则是关于神话、他本人和他的亲人习惯和信仰的故事，讲述时并不知道另一位讲述者在场。"文明的"讲述者讲述包括马奇滚加人在内的故事，而马奇滚加人只讲述他们自己的世界的事情。

从结构上讲，讲述者（作者）和"叙事人"讲述的故事是截然分开的。各自讲述的故事的线索是清晰的，其间无需加说明或间接的交待，也不用借助意识流。这一特点应归功于作者小说创作的成熟。无庸置疑，他这样做的目的是希望清楚地说明他们讲述的故事是完全分开的，界限是清晰可见的。同时也说明他们讲述的世界是截然不同的。

此外，"文明的"讲述者的讲述相当接近新闻报道。涉及的事情很像真实的、至少是可信的自传。这些事情发生的日期是确切的，历史背景也是明确的。讲述者回忆了奥德里亚和贝拉斯科·阿尔瓦拉多的专制统治和民主制度的恢复。他还讲述了个人的经历和他的信仰的改变：他的阅读、他对马克思主义的痴迷和放弃及他后来的变化。

马奇滚加"叙事人"的讲述则具有神秘特点。他讲述的事情属于部落和该部落的信仰的世界。语言接近传说和巫术，行为没有因果关系。一切都来自塔苏林奇或以基恩蒂巴科里为首的邪恶精灵的怪癖。不存在准确的时空背景，一切都偶然发生在某个地方。

划分为交替讲述的章节这种独特的小说结构形式还有一个需要强调指出的方面：即"叙事人"讲述他那种神秘的象征性的故事，秘鲁作家则分析性地解释它，并把它和历史联系在一起。两个讲述者讲述的东西是一样的，只是采取不同的讲述方式。但是秘鲁作家的讲述在前，"叙事人"的讲述在后，有戳穿神话的意图，因为前者的讲述中往往包含着神话。

在表现技巧上小说还有一点特点，比如意大利语的运用。作者常常用意大利语提起佛罗伦萨（Floreze），一是为了使讲述的东西显得更真实，二是让读者在地理上置身于意大利。此外，还可以使读者了解意大利人言谈举止的习惯和方式。如"Certo，Avanti，Avanti"（当然，请进，请进），"Il signore Gobriele Moefatti ē morto。"（加夫里埃尔·马法蒂先生去世了），"Forse"（很可能是这样），"dispiaceva"（很抱歉），"pronzo"（吃饭）等。

再如，由于章节的划分，可以看到小说中连通管和中国套盒手法的运用：故事的叙述者——叙事人含蓄地讲述马奇滚加人的神话和旅行的灵魂的故事，叙述者（作家）也这么做，他说这是马奇滚加人的神话。作者就这样以平静的节奏把两种叙述类型联系起来。此外，在第三章伊始，读者不知道叙述者是谁，也不明白为什么叙述者——作家突然改变纯正的语言而采用具有地方语言特点的语言，这是使用"隐藏的材料"的典型例子。直到结尾，读者才得出了自己的结论，这便是我们终于知道萨乌尔·苏拉塔斯是叙事人兼讲述者。

《叙事人》是巴尔加斯·略萨根据他于 1958 年随圣马科斯大学和夏季语言学院组织的前往亚马逊地区的一次旅行的回忆写成的。他曾回忆说：

> 这次前往秘鲁亚马逊地区的旅行，是一件激动人的事情。我发现了我完全不了解的我国的一张面孔……我在那里发现，秘鲁不仅是 20 世纪的国家，而且秘鲁也是在中世纪和石器时代。

这正如小说里写的："……到达各个部落时，我们却接触到了史前时期。那里的生活完全是我们遥远的祖先过的那种最基本、最原始的生活。猎手、采食人、射手、游牧人、无理性的人、魔法师、泛灵论信徒等，这也是秘鲁。只是在那时代才认识到，这是个未被驯服的世界，仍然处在石器时代，还存在着魔法——宗教文化、多偶制、缩头术等，也就是说，还处在人类历史的萌芽状态之中。"

亚马逊地区的旅行，使巴尔加斯·略萨眼界大开，使之见识到了一个原始的却是异样的世界，他做梦也想不到，秘鲁还有这样的地方，还有如此罕见的、令他眼花缭乱、迷惑不解的世界。然而，正是这个世界给他留下了深刻的、经常浮现在脑海里的印象，为他提供了表现马奇滚加人及其作为叙事人的灵感，激励他创作了这部小说。

如果把《叙事人》同作者此前出版的小说比较，会觉得它似乎是一部次要的作品。的确，在此作中看不到《城市与狗》等早期小说所包含的大量新奇的表现技巧，编织故事的手法也不那么熟练。但是，不难看到，它同《绿房子》和《胡利娅姨妈与作家》在表现的主题上具有共同点，比如前者的亚马逊地区的热带丛林，后者中关于文学的思考。此外，由于《叙事人》表现的主题不像《绿房子》那么气势磅礴，丰富多彩，所以它并没有为作者带来什么国际声誉。但是它却在另一个方面做出了贡献，这就是作者把笔触深入到了一个亚马逊部落居民的内心世界。然而，不管怎么说，也绝不能断言这部作品缺乏文学质量，比如它在不少地方超越了《绿房子》，至少在关于森林的描写方面，更具有普遍意义和典型性、客观性和真实性，因为作者笔下的热带丛林不是白人观察者眼中的丛林，而是在丛林中生活的居民所处的丛林。丛林是这些居民（印第安人或土著人）的故乡和须臾不可离的生存之地。无疑，通过他们的衣食住行和周围环境来表现丛林，更准确，更具体，更全面。

《继母的赞扬》（1988）

《继母的赞扬》是巴尔加斯·略萨写的第一部专门表现性爱的作品。他历来喜欢性爱文学，对法国色情与性爱论者乔治·巴塔耶[①]和皮埃尔·克劳索维斯基[②]崇拜得五体投地，他曾为他们的一些作品的西班牙文译本作序，使法国的性爱文学作品在西班牙广泛流行。

《继母的赞扬》1988 年由西班牙图斯克斯出版作为"竖直微笑"性爱神秘丛书之一种出版，1993 年收入该社的"行走丛书"出版，1997 年又收入该社的寓言故事丛书出版，2015 年为纪念几年前去世的路易斯·加西亚·贝尔加兰[③]而出版精装本。

小说的封面画是意大利画家安焦洛·布龙齐诺（1503—1572）1546 年在木板上画的油画《爱情的快乐，双名维纳斯，丘比特，疯狂与时光》（或《淫荡的发现》），画的是一个孩子面孔的少年或青年从背后抱一个女人，用右手抚摩她的一个乳房，左手托着她头上的花冠，两个人都裸着肉体，两个人的嘴持接吻的姿势。此外，书内还有 5 幅以性爱为主题的古典油画，两幅 20 世纪的抽象画，并有略萨的说明。

小说故事从主人公堂里戈维托和卢克雷西娅结合、后者成为堂里戈维托的八九岁的儿子丰奇托[④]的继母讲起。丰奇托是个小学生，他非常喜欢继母卢克雷西娅，为了表示对她的爱，他发誓成

---

① 乔治·巴塔耶（1897—1962），法国作家。

② 皮埃尔·克劳索维斯基（1905—2001），法国作家。

③ 路易斯·加西亚·贝尔加兰（1921—2010），西班牙图斯克斯出版社的"竖直微笑"性爱丛书的主编、略萨的好友。

④ 丰奇托，马沟丰索的小称。

为班上的第一名作为献给继母的生日礼物。天长日久，早熟的丰奇托便对继母产生了恋情。每当继母洗浴，他总是爬到屋顶的天窗上窥探继母的裸体。由于觉得不被继母所爱，他哭哭啼啼，甚至想自杀。继母得知此事，沐浴之后未及穿好衣服即跑到孩子房间里去看他。丰奇托激动万分，大胆而热烈地吻她，还抚摩她的面颊和乳房。而继母并没有拒绝，因为她不肯相信那么纯洁的一个孩子会那么坏，便事事顺从着他。而孩子的父亲堂里戈维托是一位有情意的先生，对他的妻子倍加赞赏，说她是最好的女人，他的脑海里还冒出各种不同的幻想，看见他妻子变成了爱情女神。丰奇托则利用其纯洁的外表骗取继母的信任。在继母的生日到来之际，丰奇托给继母写了一封祝贺信。有一次，继母为此去丰奇托的房间向他致谢。丰奇托趁机对她说，他很爱她，并说她是世界上最好的继母，随即拥抱了她，还突然吻了她一下。但卢克雷西娅并没有当回事，因为她觉得这不过是一个孩子玩的一种纯洁的游戏。就这样，丰奇托开始利用他那种好孩子的表象，诱惑卢克雷西娅，最终达到了跟继母睡觉的目的。

卢克雷西娅是个十分谨慎而善良的女人，在和丰奇托睡过觉后，并不感到后悔，反倒认为这样会使她和丈夫的关系更加密切，感情更加热烈。

后来，丰奇托写了一篇作文，题目为《继母的赞扬》，他把作文拿给父亲看，这样堂里戈维托就知道了孩子和他妻子睡觉的事，认为卢克雷西娅不检点，勾引了他儿子，为此堂里戈维托恼羞成怒，骂了她一顿并把妻子赶出了家门。

这一切过去后，家里的女佣人胡斯蒂尼亚娜问丰奇托，看到卢克雷西娅和他父亲这么不幸，不感到后悔或者难过吗？他冷冷回答说，如果卢克雷西娅是他的母亲，他会感到难过，但现在她不是他的母亲。

最后，丰奇托又想勾引女仆胡斯蒂尼亚娜，说他很爱她，还强行吻了她。但是她挣脱了他，然后跑到幼儿阿尔丰索的房间去了。

小说的故事发展脉络可以分为三段，第一段是对卢克雷西娅的继子丰奇托一次次勾引她的过程的描述；第二段是对堂里戈维托为了和妻子相会每个夜晚不嫌其烦地清洗自身的描写；第三段是对在堂里戈维托拥有的性爱和淫秽画作的影响下几个人物产生的性爱幻想和所做的游戏的描述。

在结构上，小说共分为 14 章，章与章之间用印象派绘画的方式解开。在写作上，小说从头至尾采用了两种风格：一是清晰，直截了当，几乎没有什么细枝末节，这样叙述小说的主要故事；另一种则极富有诗意，用这种风格描写作为堂里戈维托及其妻子的游戏和幻想基础的绘画，并赋予绘画以生命，从而把性爱提升到诗的高度。

总之，小说写了一个男孩勾引其继母的故事，这是巴尔加斯·略萨写的首部表现性爱的作品。有评论称，"这是个人对社会道德准则反叛的一次真正的表现"。也有评论称，"巴尔加斯·略萨似乎在小说中提出了一种关于家庭幸福、家庭中的矛盾和麻烦的思考。而这些，是在其作品中经常涉及的问题"。

在谈到这部作品时，巴尔加斯·略萨说："这部小说写的是爱情，是肉体的爱情的欢乐"，"我认为这是人物的最丰富、最激动的经验，也许这是人类产生的最丰富的经验的根源。所以我认为，不应该贬低它。""而文学、艺术和宗教是有利于爱情的，应该研究它，崇拜它，不应该把它视为庸俗的东西。"[①] 他还说："不管怎样，性爱对任何人都是重要的。它是人的感情和生命的一种表现，是更好地了解我们自己的一种方式。所以我一直认为，所谓的性爱文学，不仅仅是这个，不仅仅是性爱文学。它应

---

① 引自《在利马的会见》，1989 年《拉丁美洲》杂志第四期。

该超越人的生活的其他方面，应该包括更多的因素，更具有普遍性。""文学中的性爱应该自然地出现，不应该制造，不应硬在作品中运用。应该自然地产生，来自人物和环境，不应该袭击读者，应该邀请他进入热烈的、十分符合人之常情的、充满激情的过程。"①

他还谈到，凡是读过萨德和狄德罗的作品的人，都会看到他们绝不仅仅限于对交媾的简单描写，而是善于表现目前仍然有效的理论、关于人类自由的理论、关于社会斗争的理论、关于人类的梦想的理论。在这个意义上说，虽然有些人认为这样说有些夸大，这些性爱作家也是革命者，他们以他们表达的观念走在了他们的时代的前面。

读着《继母的赞扬》一书，关于性爱与色情的古老争论不免又产生。略萨认为亨利·米勒是性爱作家，因为他一面等待总是很晚才汇来的钞票，一面描写他与巴黎的痛苦而孤独的女人的性爱冲突，玛格丽特·杜拉斯是性爱作家，因为她描写了最孤单的和二人分享的快乐时光；纳博科夫是性爱作家，因为他抚摸着洛丽塔的紧张的肉体时，他母亲在花园里看到了。但是色情作家却只是出于简单的商业热情描写性，只是为了推销其作品，而没有一丝一毫文学价值，没有一丝一毫艺术性和社会性，只是寻求刺激，哈罗德·罗宾斯、杰克琳·苏珊、查尔斯·布科夫斯基就是这一类作家。

所以，巴尔加斯·略萨的这部小说属于性爱小说，而非色情小说，因为它没有描写男女双方汗流浃背的长时间的床上功夫，而仅仅描写了男女主人公的肉体的表面接触，表现了人物抚摩和接吻的快乐。

---

① 引自《在利马的会见》，1989 年《拉丁美洲》杂志第四期。

《安第斯山上的利图马》（1993）

20世纪80年代，秘鲁处在独裁者费尔南多·贝拉温德·特里统治下，社会动荡不安，由于实行错误的经济政策，导致全国经济一片萧条，城乡人民生活困苦，穷人愈穷，富人愈富，两极分化愈演愈烈，人权受到践踏，贫困和饥饿迫使人们流离失所，无家可归，由于缺衣少食而罹患疾病，丧失了健康。"光辉道路"游击队趁机兴起，其活动遍及纳克科斯山区，向政府发动了旷日持久的战争。

《安第斯山上的利图马》便是以那些年间秘鲁存在的"光辉道路"游击队活动和山区盛行的野蛮宗教信仰为背景创作的。小说的内容具有相当强的纪实性。小说故事源于作者主持的一次人命调查工作。若干年前，秘鲁山区的若干农民杀害了8名无辜的新闻记者。作者带领一个调查团对此案进行了调查。他在题为《乌丘拉凯的鲜血与污垢》的文章中指出，8名记者是被误认为"光辉道路"游击队员而遭毒手的。不过他认为，此案的发生和印第安部落的古老宗教仪式密切相关，因为记者是在这种古老宗教仪式上被杀害的。随后，作者便以此案为基础构想、创作了这部小说。此作类似他的前一部小说《是谁杀死了帕洛米诺·莫雷罗?》，主要描写利图马班长的侦察工作和他的助手托马斯·卡雷民奥与妓女梅塞德斯的爱情。

小说故事主要发生在秘鲁中部安第斯山区的小镇纳克科斯。那里曾是一个繁荣的矿区，由于年深日久，矿藏几乎开采殆尽，日渐萧条，自然环境恶劣，那个镇的女人因前程渺茫而不断离去，只剩下男人修筑公路以避免与外界的隔绝。不幸的是接二连三发生人员失踪，纳克科斯一带便变得愈加令人生畏。利图马驻守在纳克科斯哨卡上，他一心想查清人员失踪的原因：最大可能是

"光辉道路"的极端分子所为，因为他们确实在安第斯山区活动，拦路抢劫，毁车炸桥，胡作非为，制造"红色恐怖"，挑斗群众，杀害"帝国主义的走狗"、从事环境保护的女科学家、工程师、年轻的法国旅游者，以及被他们称为"社会渣滓"的普通村民，活动十分猖獗，真是无恶不做。利图马向当地人打听，特别是去询问酒店老板和老板娘。但他们只是神神道道地给他讲关于山神、精灵的神话传说，还有占卜、看手相、种种预言和猜测。他认为这全是迷信，根本不可信。后来邻近的矿山遭"光辉道路"抢劫，利图马前去协助办案、写报告等，他在那里遇到一位北欧丹麦的学者，此人名叫保尔·斯蒂姆林，几十年来每年都来安第斯山探幽访古。他热爱安第斯山，深谙大山的秘密，熟悉土著的语言，尊重土著的风俗习惯，利图马不由得对这位学者刮目相看。在回哨卡的路上，他差一点被山崩砸死。他从当地人口中得知，失踪者大概是被当作"牺牲品"奉献给山神了。山崩毁了矿区，人们纷纷离去，利图马接到调令，也恋恋不舍地离开了安第斯山，前往丛林地区的警察哨所服役。

利图马的助手托马斯的爱情故事离奇而动人：托马斯是一个单纯而善良的青年，由于卷入一桩人命案而被父亲保护起来，暂时住在纳克斯哨卡。由于看不下去妓女梅塞德丝受嫖客的虐待，他开枪打死了嫖客，被迫带着梅塞德丝东躲西藏。他已深深地爱上了她，把自己的全部积蓄都给了她，自己在哨卡过着清苦而单调的生活，却对心中的姑娘念念不忘，每天都不厌其烦地对利图马倾诉自己的恋情。后来，那位姑娘只身来到哨卡找心上人：苦尽甘来，两人终于幸福地团聚。

在这部小说中，作者表现的主题同他以往的作品一脉相承，即暴露社会的黑暗、暴力和虐待狂。讲述者卡雷尼奥像《一千零一夜》那样讲述了一些不乏梦幻和死亡的传统故事。小说揭露了"光辉道路"所犯的种种罪行。这个组织的"革命原则"既严厉又简单，在任何情况下他们都冷若冰霜，板着面孔空谈口号、标语和判决书，他们待人处事冷酷无情，缺乏起码的人性。他们是从社会上冒出来的一个特别集团，他们杀人成性，动辄处死旅游观光者、生态学家和政府官员，一幕幕可怖的景象不时出现。恐怖笼罩着无辜的农民，破坏着纳克科斯镇的平静生活。

小说中危害居民安全的暴力来自两股力量：一股是古老而野蛮的祭献仪式，另一股是由极端分子组成的"游击队"。两股力量倒行逆施，在山区为非作歹，扰乱社会秩序，戕害无辜生命，致使人员失踪，矿工死亡。面对这种情况，以利图马为代表的治安力量也无能为力，不得不撤离那个古老的矿区和是非之地，因为他知道，那个地方的古老习俗、古老信仰和拿人祭献的宗教仪式是不可改变的，他不得不知难而退。在小说的结尾，利图马用异样的目光最后望了望安第斯山，它那神秘而徒峭的山峰代表二者的秘鲁文化。但是对现实社会来说，那个地方是危险的去处，是不可久留的。他望着那片原始山区，不由得想到他的家乡秘鲁的海岸。海边的世界是现代化的。如果用山区人的目光看，那全是外国的东西，是洋玩意儿。秘鲁的首都在那里，国家机关在那里，现代的文明在那里。实际上，这两个世界（山区和海滨）的矛盾是秘鲁文化和文学的重要内容之一。其实这就是现代文明同土著的古老传统的碰撞。试着把这两个世界硬拉在一起，联结在一起，结果就造成了文化上的精神分裂症。正是这种分裂症导致了秘鲁作家何塞·玛丽亚·阿格拉斯的痛苦作品《山上的狐狸和山下的狐狸》的产生和他的悲惨死亡。

所以，利图马这个来自海滨的人和维护国家秩序的力量的代表便完全和安第斯山区从事暴力活动的那些重要角色势不两立：他们是印第安古老仪式的主持人、酒店老板、特鲁科人和"光辉道路"的游击队员。游击队杀害了许多政府官员、游人、参观者、知识分子和外来的考察人员。这说明那是一个针插不进、水泼不进、壁垒森严的地方。

不仅如此,安第斯山区的居民的迷信和宗教根深蒂固,他们深信神祇和山上的保护神是存在的,他们那个神圣的领域是不可侵犯的。倘若外人敢于把手伸向他们的神圣区域(例如在那里修筑公路),他们的怒火就会爆发,对外人便用祭献神灵的办法来对待。在小说结束时,有一个筑路工人终于对利图马透露了可怕的真相:不仅三个失踪的人被祭献于神灵,他们的肉体也在一次可怕的集体仪式上被吞食。

小说揭露了在安第斯山区猖狂肆虐的封建宗教迷信活动及其戕害山民的罪行,同时谴责了"光辉道路"恐怖分子的种种恶行:他们占山为王,实行"红色恐怖",拦截汽车、破坏公路,劫掠矿区,袭击村镇,制造车祸,杀死与政府有瓜葛的人及富人、酒肆老板、妓女、同性恋者、扒手、恃强凌弱者、通奸者等"封建资本主义制度下孳生的社会蛀虫和渣滓"。他们连过往的外国旅客、国际组织派来考察生态环境的学者也不放过,甚至将自然保护区的动物赶尽杀绝。因为在他们看来,说外国人自由往来,保留"帝国主义发明的自然保护区",无异于向世界宣告"光辉道路"建立的新民主"解放区"并不存在。在这里,作者依然发挥"文学是一团火"的功能,对一切有害于人类生存、破坏人类安全生活的罪恶行径进行了无情的暴露与鞭笞。

在艺术上,小说采用了许多值得注意的特点。比如人物形象的描绘准确、生动,利图马是一名治安警察,皮乌拉人,曾在家乡和塔拉拉市短期服役,后被派往胡宁省纳克科斯山区的一个哨所担任班长,他忠于职守,即使受到恐怖分子威吓也坚守岗位不动摇,在调查三个人失踪案时亦然。他是海边的拉美土人,不了解法地居民安第斯山民和讲克楚亚语的居民的风俗习惯和性情,却能坚持在那个陌生的地区工作,不惧怕"光辉道路"的恐怖分子的威胁和肆虐,也不怕野蛮的教徒猖獗的恐怖活动,他不失为一名遇到危险不退缩、在困难面前不低头的好警员。

利图马的助手托马斯·卡雷尼奥，被人亲切地称为小托马斯或小卡尼奥托，他是库斯科省西库阿尼市人，会讲克楚亚语，西班牙语讲得也很流利，看上去他像个拉丁美洲土人。他体格消瘦，但很结实，"有一双深沉而生动的眼睛，和青黄色的面孔，牙齿洁白而突出"，他作为利图马的战友，总是和他一起住在纳克科斯朴素的哨所里，只是总担心恐怖分子神出鬼没地出现在附近，袭击他们，搅得他们不得安宁。他朴实而善良，曾见义勇为救过受虐待的妓女，为了爱情而情愿过清苦的日子，爱情美满而幸福。他既是一个好青年，也是一位好警察。

梅塞德丝是皮乌拉人，在利马一家夜总会里跳舞，托马斯在跟利图马的交谈中常常提起她。托马斯是在丁戈·阿丽亚认识她的，她在那里受到一名叫昌乔的黑手党嫖客的虐待，他出手相救，从而爱上了她，两人曾一时幸福地团聚，但梅塞德丝最终还是离开了他，她坦白地说，实际对他没有什么感觉。这种突然的分离使托马斯陷入了痛苦，还不顾危险前往纳克科斯哨所，当了警察。但是后来，梅塞德斯突然来见托马斯，两人重归于好。

狄俄尼西奥是纳克科斯的酒馆老板，是个又胖又喧软的酒鬼。过去他是个生意人，全国到处都去，后面跟着一群快乐的舞者、乐手和女人，他会唱，会跳，会弹小五弦琴，多才多艺。

阿德里亚娜，狄俄尼西奥的妻子，年纪在三四十岁之间，面貌像印第安人，但是眉目清秀，身体肥胖，屁股肥大，是村里的巫婆，用纸牌和手相给人算命，也帮助丈夫照看酒馆，接待来喝酒的筑路工人。她是个勤劳朴实、厚道善良的女人。

佩德里托·蒂诺科，人称小哑巴，为人卑恭，人称"傻子"，因此，人们避免跟他有亲近的关系。很小时他被遗弃在阿班凯，在镇上的教堂里长大，年轻时当过清洁工、搬运工、擦皮鞋的、马戏团的引座员等。有一天被抓去当兵，但是他设法逃走，跑进一片荒原，被一些牧人发现时他已几乎被饿死、冻僵。苏醒后当了农民，不久后被送到远方看管小羊驼。有一天来了一帮"光辉道路"游击队员，杀死了所有的小羊驼，还说什么他放牧小羊驼是帝国主义强加给受剥削的人民的差事之一。看到羊驼都被杀死，佩德里托痛苦万分，但是等他平静下来后就去了纳克科斯地区，在那里的哨所当了杂役，很快受到利图马和托马斯的信任，听他们吩咐，为他打扫房子，洗衣服，直到有一天无影无踪地消失。他是个经历坎坷，命运不济的人。

卡西米罗·瓦卡亚，一个患白化病的青年，亚乌利人，一个做瓷器者的儿子，15 岁时随一个游商逃出镇子，一起走遍整个安第斯山中部和秘鲁南方。他曾在一辆乱糟糟的卡车上当学徒，后来独立谋生，买了自己的小卡车。有一天，一个叫阿松塔的姑娘对他说，她想给他生个孩子，最初他拒绝了她。但是后来他又去找她，开始和她交往，给她带礼物，并使她怀孕，直到有一天再也找不到她。她的父母不愿意留他在家里住。他找了她多年，最后遇到一帮"光辉道路"游击队员，他发现阿松塔就在他们中间。他们要把他当作强奸者处死，阿松塔负责执行，但在开枪时刻她故意打偏，只是吓昏了他。他逃离那帮游击队员，去了纳克科斯，在那里的筑路工程中找到了工作。有一天，他悄然消失，连一周的工钱也没有领。

德梅特里奥·昌卡，筑路工程队的工头，但是后来知道，他的真实姓名叫梅达尔多·利昂塔克，他曾是安达马卡市市长，一天夜里在被"光辉道路"游击队员捉住前侥幸逃脱，他的逃脱纯属偶然，因为游击队员们袭击他的住所时他不在家，因拉肚子而呆在一个水渠附近，后来躲在一个墓穴里，直到恐怖分子们撤走。随后他便逃到纳克科斯，像其他两个人一样，也无影无踪地消失了。

总之，每个人物的形象都呼之欲出，无比生动。作者采用的

表现技巧多种多样：有设问、对话、内心独白、改变叙事角度和
人物活动的舞台、时空的交叉、现在时和过去时的交替运用、回
顾与遐想的穿梭、几条线索或平等或穿插发展等。这些手段在作
者手中运用自如，信手拿来，使用得恰到好处。

在结构上，小说分为两部分和一个尾声。第一部分由 5 章构
成，第二部分由 4 章构成，尾声自成一章。章节的顺序用罗马数
字标出，开头的两三句话用的是大写字母。每一章都划分为三个
叙述节段，这些节段都由空白隔开。

小说一大新奇之处是作者在作品中采用了一则希腊神话，即
关于阿里阿德涅和狄俄尼索斯的神话。把它改变成用人祭献山区
的神灵或超自然的力量的安第斯山区的神话。

巴尔加斯·略萨这样解释把上述古老神话运用于安第斯山区
的过程：

> 我遇到一件十分新奇而让人着迷的事情：我正在普林斯
> 顿大学图书馆里写小说，忽见在我旁边工作的一名学生在看
> 一本关于希腊神话的图书。有一个注释说，狄俄尼索斯神话
> 不仅是关于酒神的神话，更是围绕生活中和历史上发生的暴
> 力的神话。我当时意识到，这正是在秘鲁经历的事情。这样
> 就产生了通过秘鲁山区的人、以恐怖分子的暴力活动为背景、
> 在安第斯山区的环境中把狄俄尼索斯神话列入小说的想法。
> 我发现，某些神话隐藏着某种真实性，从它们产生至数千年
> 后仍然可以运用。

这样，巴尔加斯·略萨便赋予了小说以实际意义：神话就相
当于不理智的思想，引发了暴力的发生。

这则希腊神话的第一部分讲的是阿里阿德涅的过去，她是克
里特王弥诺斯的女儿，她爱上了英雄忒修斯，她帮助忒修斯战胜

了半人半牛怪物弥诺陶洛斯。他头部是牛，身子是人，是克里特王弥诺斯的妻子帕西菲和波塞冬送来的一头白头公牛生的，被饲养在克里特王的迷宫里，每年都要吃掉雅典送来的七个童男、七个童女，后来被忒修斯杀死。阿里阿德涅交给他一根线，英雄忒修斯必须在怪物呆的迷宫里跑的时候把线绕起来；这样他才能找到那栋错综复杂的迷宫的出口。但是忒修斯没有履行把阿里阿德涅带走的诺言，而把她丢在了纳克索斯岛上。在巴尔加斯·略萨的小说中，阿德里亚娜相当于阿里阿德涅；她住在金卡，是镇长的女儿。恶魔萨尔塞多来到这里，他相当于弥诺陶洛斯，他住在有弯弯曲曲通道的岩洞里，他也要求把一些少女作为礼物交给他。这时，相当于忒修斯的蒂莫特奥·法哈尔多出现了，他自告奋勇去杀死那恶魔。阿德里亚娜帮助他，这次不是给他一根线，而是让他喝了用青蒜配的药剂，为他治疗便秘，这样可以让他在路上留下屎橛儿，作为回来的标志，一闻便知。后来，阿德里亚娜和蒂莫特奥从金卡逃走，在相当于纳克索斯的纳克科斯落脚。

　　神话的第二部分讲的是阿里阿德涅和狄俄尼索斯的婚事。葡萄、醉酒和陶醉之神狄俄尼索斯在率领一群随从周游世界时，在纳克索斯岛上遇到了阿里阿德涅，并爱上了她，向她求婚，她答应了。在小说中，阿德里亚娜描述了她如何认识胖酒鬼狄俄尼西奥的。一天，酒鬼率领一群舞者、乐手出现在纳克科斯，用大缸卖酒。他又唱又跳，还弹着小五弦琴；一些妇女经过那里，发疯地跟着他们。最后，他迷恋上了阿德里亚娜，两人结了婚。狄俄尼西奥教阿德里亚娜学音乐和占卜术，不再照看纳克科斯的小酒馆。

　　神话的第三部分讲的是狄俄尼索斯礼仪。为了崇拜狄俄尼索斯，人们举办了名叫酒神节的纵酒狂欢活动。酒神节的女祭司们蓬头散发，发狂跳舞。在小说的故事中，也有一群像女祭司的妇女尾随着狄俄尼西奥，她们白天侍候他，夜间又跳舞又喝酒，沉溺于各种各样的放纵举动。神话的借用，既加强了小说故事的秘密氛围，又烘托了小说事件的不可思议性。作品将神话和现实融为一体，有力地表现了主题。

《堂里戈维托的笔记本》（1997）

《堂里戈维托的笔记本》（一译《情爱笔记》）讲述的是堂里戈维托、他十几岁的儿子阿尔丰索和他妻子、儿子的继母堂娜·卢克雷西娅的故事。小说于《继母的赞扬》出版9年后问世，主题相同，故事也有相同之处，讲述的角度有所不同，可以说两者是姊妹篇。此作的内容来自堂里戈维托所记的一系列笔记，这些笔记是他受到他个人的藏书室里收藏的各个时代的性爱艺术品的启发而做的。他在把画作的绘画形象移植到笔记的小说世界时，把画作上的女主人公换成了堂娜·卢克雷西娅。他儿子阿尔丰索继承了父亲对性爱艺术的热爱，建立了同绘画的另一种关系，即让堂娜卢克雷西娅代表埃贡·希尔①所画的关于性爱的某作品的人物形象。堂里戈维托拥有包括雕刻和绘画在内的大量收藏品。他把这些藏品用作他自己的小说创作。他儿子阿尔丰索对埃贡·希尔的生平和作品着迷，他查阅了希尔的佐证材料，把这些材料作为了解希尔的绘画的可能的途径。而堂娜·卢克雷西娅则是他丈夫的文学创作的主人公，与此同时她也允许阿尔丰索将以她为灵感所作的画供人观赏。

小说的故事颇为奇诡荒诞。还在上小学的少年阿尔丰索和继母卢克雷西娅发生了性爱关系。卢克雷西娅因此被丈夫赶出家门，她只好和女仆一起搬到利马另一个地方居住。在夫妻分开的一年的时间里，堂里戈维托日日夜都在思念、回忆和想象与妻子10年

---

① 埃贡·希尔（1890—1918），奥地利画家。

来共同度过的情爱生活，以及他所了解的他妻子和许多男性一起过夜的情形，尤其是妻子的每一个细部，比如嘴唇、乳房、臀部、手脚等，他觉得都十分性感而可爱，都不乏生动而丰富多彩的情色意味。在夫妻分居数月后，阿尔丰索开始去看望继母，与此同时，他模仿父亲记情爱笔记的方式和语气，不断给继母写情书，此外他还屡屡在父亲面前讲继母的好话和继母对父亲的思念之情。在儿子的热心牵线搭桥下，其父和继母误以为双方有意和解，于是化干戈为玉帛，重归于好。故事结尾时二人方才明白，这一切不过是阿尔丰索演的一出戏。在讲述这个故事的同时，作者介绍了来自笔记的丰富的各类资料。堂里戈维托在孤独的家庭生活中做了各种各样的摘记，其中有关图书和绘画的评论、关于多种多样的主题的思考和个人的见解，关于他的性爱幻想的故事，对美的标准、女权主义和生态学者的抨击等。

小说的主要人物有五个：

一个是堂里戈维托。他是一家无关紧要的保险公司的一位老成的职员，他以在他那些不寻常的爱不释手的笔记中仔细塑造的丰富形象来反对他的平庸存在。他自己不敢做也不敢经历的一切：他那种虚假的勇敢和冒险，他那些深藏不露的欲望，他的评论、抨击和幻想，都只能在他那些笔记中表现，而正是那些笔记愈来愈使他远离他那种平庸的生活。

在大约 50 岁的时候，他成了鳏夫。他有一对佛教徒的大耳朵，一个不嫌丢人的鼻子，一双突出的眉毛，还有一头苍白的长发和一身苍老的皮肤：这是无情的岁月给他带来的。他白天忙于挣钱，晚上才尽情地生活：享受爱情，欣赏艺术、文学，品尝美酒，思念他的爱人——她叫卢克雷西娅，彼此分开很久了。他和她在梦中曾多次幽会，度过许多温存的时刻。他和妻子分开，是因为发现她和他儿子有不规矩的行为，一气之下把她逐出了家门。虽然分开了几个月，但是彼此心中还是时时刻刻惦记对方。

第二个主要人物是堂娜·卢克雷西娅。她是一位高中的女性，是欲望和幻想的象征，她恰如其分地守护着她那些最严格的记忆和现实。她是一位忠诚的妻子，不敢违背夫妻间的需要和礼仪，性格温顺，充满爱心。她是个大约 40 岁的夫人，有一对又大又黑的眼睛，身体的曲线十分优美，一头短发让她显得活泼健康，面孔细嫩而白净。她美丽、热情、成熟，对丈夫百依百顺，丈夫的需要就是她的一切。

第三个主要人物是阿尔丰索，一个年少、不安分的小天使和小魔鬼，他对奥地利画家埃贡·希尔的生平和绘画特别着迷。在小说中，他像个天使一样喜欢他的继母。但是在其内心深处，他的行为却有几分邪秽，在他那圣婴面孔的后面隐藏着卑劣的行径，并且不时在他那无辜的外表下逐渐表现出来。

阿尔丰索大约 12 岁，是个不成熟的小男孩，他有一对锐利的蓝眼睛，两个藏在金色发缕之间的小耳朵，金色的长发稍显蓬乱，俨然一个风度翩翩的少年。他却有一个成年人的头脑，无所顾忌地任意支配父亲及继母演戏。

第四个主要人物是胡斯蒂尼亚娜。她是堂里戈维托家的毫无保留的朋友和得天独厚的女佣人，一个鬼点子多、几乎完美无缺的家仆，堂娜·卢克雷西娅的个人思想的体现者，被认为是女主人最好的闺密和帮助女主人解决或处理问题的好帮手。她大约 27 岁，有一对眼球突出的黑眼睛，一张棕褐色的面孔，一副丰满优美的身体，一头深栗色的长卷发，一种由于繁重的家务而疲惫的面容。

第五个主要人物是埃贡·希尔。他于 1890 年出生，是奥地利画家，他的一生充满各种各样的悲剧：幼年失去了父亲，后来又亲眼看着妻子去世，死时还怀着他的孩子。尽管他过早地离世，还是留下了比较丰富的、以令人心碎地风格表现人的痛苦的作品。他善长画线条分明的裸体画（有时画自己），也喜欢画风景画和传统的人物画。他被认为是 20 世纪才华横溢的画家之一。他的某些具有明显色情内容的作品曾受到批判，甚至受到审查，并于 1912 年被短期监禁。1918 年他死于流行性感冒时刚刚功成名就。

他的绘画作品如今享誉天下，是具有表现主义风格的性爱绘画的杰出典范。他的绘画作品最突出的特点是：独立的、反古典主义风格（其线条与其说来自心理或精神冲突，不如说来自对美学的思考），它展示的是一个这样的世界：性爱是应对现代生活的一种那喀索斯式的自恋缓解剂。在小说中，他的内心世界表现得像阿尔丰索的思想、谈吐和行为的几近下流和邪恶的再现。

在结构上，小说分为 9 章和一个尾声。在讲述的内容上，分为三方面：一方面讲述阿尔丰索因和继母的乱伦而导致父母关系破坏后他去探望继母的情形：他见到继母时对她说："母亲，我非常想你。你还在生我的气呐？我是来向你道歉的。"继母说："你真不害臊！还有脸到这儿来？"他走到她身边跪下来，抓住她的双手不停地揉搓，劝她别生气了。第二方面讲述堂里戈维托的笔记本，或者说讲述他的性爱幻想，他想象卢克雷西娅正处在谵妄的状态，她总是躺在别的男人的怀抱里，以求得安慰。第三方面写卢克雷西娅的自言自语，表达她心中的强烈爱情，最后提到画家埃贡·希尔的一幅令人不安的绘画，阿尔丰索相信自己是希尔再世。

无庸置疑，《堂里戈维托的笔记本》是一部以性爱为主题的作品，通过主人公和其他人物的性场面的展示，揭示了男人和女人对性行为的不同感受和性能力的差别。有评论家认为，这是一部表现想象及其在生活中特别是在爱情上的作用的作品。而作者说："小说展示的想象具有现实生活和经验的根基。作品所依据的是粗俗、赤裸的现实。但这种现实却在幻想、欲望和美丽的世界中开花结果。作品的幻想总是从现实生活中汲取营养，重新回到现实中去。在小说中，不仅性爱起着重要作用，幽默也一样。这也许是我写的最令人心旷神怡的小说。我喜欢它，因为写作时它让我感到很开心：我考察了一个崭新的领域，不只是性爱领域，还有玩世不恭、游戏和幽默领域。幽默，不是像我在《潘塔莱翁上尉与劳军女郎》中采用的那种粗线条的幽默，而是更精细的幽默，这种幽默和人物的思想（比其行为）有更大的关系。至于性爱，是通过想像、文化和礼仪对肉体爱的丰富。当把幻想、游戏和戏剧性列入爱情关系时，爱情就变得丰富了，高尚了。这是必须的最高表现。这就是要在这部小说中清楚地划分高尚的性爱和色情之间的界限：前者丰富了人类的经验，后者把爱情降低到了兽性。"

同样无庸置疑的是，《堂戈维托的笔记本》是巴尔加斯·略萨最优秀的小说之一，也是作者妙趣横生的小说之一。在这部优美而成熟的作品中，作者捍卫一种他真正感兴趣的东西：即从事一切，选择爱人，爱的方式，按照自由选择的标准或原则构建自己的生活的自由，特别是做个不同的、不随波逐流的人的自由。同时维护一个人的（并非个人主义的）的享乐和没有偏见的、不附加条件的快乐。小说是对忠实的爱情的真正赞扬，是对爱情的多种形式的艺术表现。小说所描述的性爱场面打破了想象与现实的脆弱界限。可以说，这是一部为热爱艺术的人们写的小说，或者简单地说，这是一部为那些善于通过爱情了解最完美的艺术的人们写的小说。同时它也是一部关于现实与愿望的关系，关于想象的生活如何补救现实生活的狭窄性的"著作"。如果说这部小说是一具展示欲望和想象、性爱和性渴望的画廊，也不无道理。

总之，《堂里戈维托的笔记本》是巴尔加斯·略萨写的关于性爱的具有决定意义的作品。有评论称，巴尔加斯·略萨在小说中一反过去那种强烈抨击社会弊病的写作，而用大量笔墨大胆描述迄今尚不为常人接受的同性恋窥阴癖、性虐待，以及恋母、恋物等"性倒错"行为。作者如同一位高明的戏剧导演，在为舞台设置了一种特意的情调和场景后，通过不断变换的现代声光和表现手段，将观众引入一种如梦如幻的奇妙境界。这种评论独具慧眼。

还有评论称，与以往此类作品不同的是，作者并不是着力于对一桩家庭绯闻案的大肆渲染，而是通过故事当中人物在特定环境中性爱焦渴的微妙心理，纵横捭阖、匠心独运地采用想象和虚幻的手法，从社会、家庭、宗教、伦理以及文学艺术的角度，对情爱的内涵和本质进行了深入、全面的探讨，正如一位西班牙评论家指出的，本书"是一部关于想象性爱快感的不寻常的作品，同时又是关于性爱快感详尽而不可思议的记录"。这种评论也颇有见地。

巴尔加斯·略萨在这部小说中对性的描写表现了爽直而坦率的态度，他不加遮掩，甚至对忘年恋及乱伦等畸性恋都进行了大胆的直视，透视出人的内心隐密世界那些微妙而敏感的角落。表现一位现代作家无所畏惧、无所顾忌的态度。

《公山羊的节日》（2000）

《公山羊的节日》讲述的是多米尼加共和国最后一位独裁者拉斐尔·莱奥尼达斯·特鲁希略·莫利纳逝世前后的岁月的故事。小说以细致描写那时名叫特鲁希略城（独裁者强加给圣多明各城的名称）的风貌开篇，直到第25页读者才知道小说的女主人公乌拉尼娅·卡夫拉尔在美国生活了35年后回到故乡圣多明各，是独裁者特鲁希略统治国家的时代发生的一桩可怕事件迫使她离开故土的。小说的第二章介绍了男主人公、可怕的特鲁希略这只可憎的"公山羊"。早晨四点钟，房间里充满瘴气，"公山羊"开始了他那令人作呕的勾当。

后来，通过乌拉尼娅对他的老父亲、独裁者曾经的心腹、前参议员阿古斯·卡夫拉尔的探望，一系列关于独裁者的罪行、其残暴之举和凌辱无辜的恶行，以及与当局有关的轶闻逸事一一展示在读者面前。有两个重要事件不可避免地发生：一是独裁者的刺杀者行动的实施，二是乌拉尼娅在亲生父亲的安排下把自己年仅 14 岁的贞洁可怕地献给了"公山羊"。

在结构上，小说由三条线索构成。一条是乌拉尼娅·卡夫拉尔的故事。她是参议员阿古斯丁·卡夫拉尔的女儿，在国外生活十余年后回到多米尼加，看望她下身瘫痪的父亲。然后她回忆了自己青年时代发生的事件，对她的姨妈和表妹们透露了一个早年的秘密。小说以她的故事开始，也以她的故事结束，故事开始和结束的地点都是哈拉瓜饭店。无疑她是小说的中心人物之一，通过这个人物，折射出了多米尼加共和国过去和当今的历史。她的声音也是特鲁希略独裁时代的女性的一个象征：她坚决抵制被"公山羊"推向极点的加勒比地区的大男子主义的压迫。对独裁者来说，性是权力和他的大男子主义气概的象征，而女人是任凭她支配的玩物，父母应该把自己的女儿献给"祖国的救星。"由于特鲁希略解决了外患和内乱问题，受到了人民的拥护、支持和歌颂，甚至崇拜，被称作"大救星"、"大恩人"、"新国家之父"，人民理应感谢他，回报他。而他，却不知廉耻，为非作歹，动辄霸占民女，蹂躏他人的妻女，还经常和他的部长们的夫人上床。乌拉尼娅正是独裁者这种无法无天、滥用权力的受害者。

第二条线索是描写独裁者生前最后一天的生活和若干密谋者在特鲁希略城郊外的公路上长时间埋伏，等待刺杀独裁者的情形。他们是安东尼奥·德·拉马萨、亚马多、加西亚·格雷罗、萨尔瓦多·埃斯特雷亚·萨德哈拉、托尼·因培特、瓦斯卡尔·特赫达、佩德罗·利维奥·塞德尼奥和菲菲·帕斯托里萨，他们大多曾是特鲁希略手下的官员，都决计要杀死"新祖国之父"、"最高元首"特鲁希略。这个线索的章节描述了他们意外的相遇、如何建立联系并达成一致：只有杀死特鲁希略才是挽救国家于腐败和恐怖的出路。当特鲁希略坐着小汽车出现在郊外的路上时，一颗子弹飞来，打掉了他的左臂，打烂了他的肩头。但是杀死独裁者后，他们受到了警方的追捕和迫害。

第三条线索描述独裁者的社会政治活动、其个人的生活习惯，和他同亲信们的各种各样的关系。他们是：爱看怪书的年轻人约翰尼·阿贝斯，后来成为特鲁希略的主要顾问、令人敬畏的军事情报局局长、拷打和杀害反对独裁制度的爱国人士的刽子手；杰出的律师亨利·奇里诺斯，由于酗酒导致身体极度虚弱，把他的聪明才智浪费在满足独裁者的种种怪癖上；此外还有武装力量部部长何塞·雷内·罗曼将军、傀儡总统华金·巴拉克尔、加西亚·格雷罗上尉、为独裁者的事业鞠躬尽瘁 30 年都不幸遭难的参议院主席阿古斯丁，以及其他官员普波·罗曼、佩德罗·利维奥·塞德尼奥等。在独裁制度的制约和驯化下，他们无一不曾为非作歹，干过卑劣下流的勾当。

三条线索所叙述的故事，通过人物的回忆和讲述又派生出其他许多故事，这些故事包含着多种多样的社会政治事件，展现了独裁者当政时期的社会氛围和广阔的历史画面。

《公山羊的节日》是一部历史小说，更是一部现实主义小说。小说深刻剖析了特鲁希略独裁统治的反动本质，揭露了特鲁希略30 余年间对多米尼加实行的暴政，及其同贪官污吏们一起为所欲为、横行不法、草菅人命、欺压百姓的罪行；同时赞扬了平民百姓不甘受奴役、受欺凌的反抗精神，颂扬了多米尼加有觉悟的爱国人士果敢的爱国举动。

无疑，特鲁希略是小说的主要人物之一。在现实生活中，莱奥尼达斯·特鲁希略·莫利纳（1891—1961）是多米尼加军人和政治家，外号叫"公山羊"。他于 1930 年打倒了奥拉西奥·巴斯克斯总统，自己当了总统，开始了漫长的血腥独裁统治，在亲自执掌的同时，由合作者雷伊纳尔多（1938—1940）、特龙科索·

德·拉·孔查（1940—1942）、他兄弟比恩维尼多（1951—1960）
等人协助。特鲁希略于 1961 年 70 岁时在一伙和他有关系的、受
到美国中央情报局支持的军人策划的埋伏中丧失。在小说中，独
裁者也叫"公山羊"和莱奥无达斯·特鲁希略·莫利纳将军，他
是拉姆菲斯、拉达梅斯和金花的父亲。小说写的不完全是莱奥尼
达斯·特鲁希略的生活，他是一般独裁者的代表。作者把他写进
了小说。事实上，小说中讲述的最惨无人道的罪行都是他犯的。
独裁者的儿子拉姆菲斯想找到杀死他父亲的凶手，他的残忍远远
超过了他父亲，他最喜欢的惩罚是阉割，打上几针，让被阉的人
保持清醒，好让他能够吃掉自己的睾丸。在生活中，性生活从来
不缺，因为他不但寻求快乐，而且把他的权力同男子的形象联系
在一起。他好色成性，亲自把男人们派出去执行特殊任务而奸淫
他们的妻子，不少女人还把这事视为荣耀。传说他从来不出汗，
事实是为了出汗他大清早就做操，然后洗澡，用滑石粉把脸抹黑。
凡是他视为敌人的人，必须杀死：

> "当我必须杀人的时候，我的手不会发抖。"停了片刻他
> 又说："进行统治有时要求沾满鲜血。为了国家，我必须多次
> 这么做。"

显然，他是一个极其残忍、杀人不眨眼的刽子手！

另一个重要人物华金·巴拉格尔（1906 年生）在现实生活中
是多米尼加政治家，为特鲁希略政府效力，1960 年被任命为共和
国总统，独裁者被杀死后上台执政，但是 1962 年被迫流亡美国。
1965 年美国干涉多米尼加内政，他被选为总统。1970 年他再次当
选，1974 年第三次当选，执政至 1978 年，执政期间社会大乱。后
来又于 1986、1990 年和 1994 年当选，当政长达 32 年。

在小说中，独裁者认为他是一个可以操纵的傀儡总统。事实

上，他采取的一些决定和独裁者的利益不一致，他那种自信的权力最终引起特鲁希略的怀疑。他具有十分灵活的外交手腕。独裁者说他是向罗马教廷写道歉信的专家（因为经常违反人权）。他做的决定很重要，当违背独裁者的意愿时他会让独裁者相信是为了他好。巴拉格尔发表意见谨慎，注意国家的形象，同美国保持着比较亲密的关系。他在联合国发言，批评特鲁希略的独裁统治，保证使国家民主化。这使特鲁希略目瞪口呆。这还是那个 31 岁就成为新祖国之父最忠实不变的仆人吗？第三个重要人物阿古斯丁·卡夫拉尔是参议员，乌拉尼亚的父亲，独裁者称他是"卡夫拉尔头脑"，是独裁者的亲信之一，但是由于他没有能够让主教们宣布独裁者为教会的恩人（独裁者相信他的口才把这个使命交给他），此事足以使他陷入不幸。阿古斯丁向曼努埃尔·阿尔丰索——英文译员、总统的礼仪老师，也是为他找女人的人——咨询，他建议阿古斯丁把其女乌拉尼亚献给"公山羊"，以博取元首的欢心。但是他女儿不从，独裁者便冻结了他的存款，让他尝尽一贫如洗的滋味。失去了职位，女儿逃走，悔恨交加，政局变化，致使他发生脑溢血，坐轮椅生活，吃喝拉撒都靠一位护士。女儿乌拉尼亚来看他，但是她首先对他的恶劣行为和在独裁者面前表现软弱表示不满。父亲说：

"我害怕极了。"阿古斯丁立刻回答，"几天来他的人不停地监视我。你起码告诉我，他们是不是要监禁我。"他此刻的处境和心情溢于言表，只能用惶惶不可终日形容。

"6 月 14 日"集团本来是为特鲁希略效力的。但是他们看到他们的亲人被杀害，还要违背他们的利益和原则工作，他们便联合起来计划杀死特鲁希略。集团的成员有救星土耳其人亚马多·加西亚·格雷罗上尉、安东尼奥·因贝特、安乐尼奥·德·拉·马萨、埃斯特雷亚·萨达拉、米格尔·安赫尔·巴埃斯·迪亚斯、佩德罗·利维奥·塞德尼奥等，都曾是军校的士官生。遭到伏击的时候，特鲁希略身穿橄榄绿军服，坐着小汽车去郊外兜风，乱枪响起，他的左臂被打掉，肩头被打烂。特鲁希略的儿子拉姆菲斯竭力查找杀死他父亲的凶手，他比他父亲还残酷，他喜欢的惩罚手段是阉割，让凶手在有意识的情况下吞下自己的睾丸。"6 月14 日"集团的人就这样遭到他的残忍折磨。

乌拉尼娅·卡夫拉尔是一个倔强的姑娘，她被无情地父亲送给独裁者，落入了火坑，她千方百计逃出来，流亡美国，35 年后才决定回圣多明各市。她是在纯洁的幼年遭受侮辱的女孩子的代表，也是当时多米尼加富有叛逆精神的女性的代表。

在此作中，巴尔加斯·略萨采用了"连通管"等多种表现技巧。小说有三条叙述线索：一条讲述多米尼加独裁者拉斐尔·特鲁希略生前的故事，第二条讲述参议员阿古斯丁·卡夫拉尔的女儿乌拉尼娅·卡夫拉尔的故事，第三条讲述独裁者被"6 月 14 日"集团成员成功杀死的故事。直到小说叙述到一半，三条线索都是和谐交织地向前发展的，但是这种交织的发展在独裁者死后被破坏了：乌拉尼娅的线索中断了，等小说结束的时候又出现了。读者只看到设伏击的成员和独裁者的继承者们的命运。这种从和谐发展到被破坏的变化，首先是由于其他两个线索发展的需要，它们的节奏恰恰在伏击发生的时候加快了。此外，当随着独裁者之死政治与社会秩序瓦解的时候，小说的三条线索之间的平衡也消失了。三条线索，实际上就是三个大连通管，三个大连通管又包含其他小些的连通管。小连通管就是通过人物的回忆和讲述派生出的若干其他故事，各种政治事件。其实这是一种中国套盒式的连通管。

自然，作者也在小说中采用了标准的中国套盒术。这具体表现在描述特鲁希略被杀死的事件中：在伏击行动实施之前，每一章中都开启一个解释性的盒子：人物轮流说明推动他们参加谋杀行为的原因。亚马多·加西亚·格雷上尉是实施谋杀行动的最重要的代表人物。第一个中国盒子在等待独裁者的小汽车出现的漫长时刻期间打开，首先为了讲述上尉同另一位密谋者萨尔瓦多尔·埃斯特西亚·萨哈拉的友谊的开始，然后讲述他得知上司未批准他结婚的消息时的沮丧心情。在这个盒子中又打开另一个，即上层回忆他在执行秘密警察局长的命令时处决了一个共和国的敌人。

在小说中，作者还采用了环形结构形式。乌拉尼娅的故事在第一章中开始，在第 24 章中结束，在中间的第 12 章中发生了诛除暴君事件。这个环形由于叙述者（是他的声音开始讲述和结束故事的）的在场而加强了。至于中间发生的诛除暴君事件，可以认为是这个事件把其他两个故事即特鲁希略的故事和密谋的故事汇合在一起，并从诛除暴君事件引发了独裁者的儿子复仇的故事。

巴尔加斯在小说中采用的连通管、中国套盒术、环形结构等技巧，既恰到好处又十分娴熟，并且他总是千方百计、任何时刻也不让读者丧失注意力。此外，叙述文字如行云流水，洒脱自然，朴实简洁。而把最恐怖最令人震惊的事件，如独裁当局对爱国人士的惨无人道的拷打，密谋者们刺杀独裁者的场景，少女时代的乌拉尼娅·卡夫拉尔为赎救父亲所做的牺牲等，都留在最后几章讲述，产生了更加令人难忘的效果。

这部作品出版后，受到读者热烈欢迎和评论界的褒奖，这不仅由于它具有震撼人心的力量，而且由于其情节中包含无数细节，而这些细节是对历史文献的细致研究的结果。略萨写这部小说并非偶然，他曾坦言："我一直对独裁统治有点着魔。这部作品我写了三年：残暴、刑讯、压迫和腐败，我觉得非常悲惨和残酷。"①他在这部小说中强烈谴责和无情抨击了特鲁希略（独裁政权），并且对所有暴政统治的邪恶本质作了精辟的分析。

巴尔加斯·略萨把这部小说"献给劳乌尔德和何塞·伊斯拉

① 引自《巴尔加斯·略萨：无边的世界》，美国记者凯莱布·巴赫，美洲国家组织杂志《美洲》2004 年 4 月号。

埃尔·库埃约及其他许多多米尼加的朋友"。这两个人是在多米尼加共和国出版《公山羊的节日》的出版社所有者。伊斯拉埃尔·库埃约是多米尼加最尖锐的政治评论家之一。他在 2001 年的访谈中说："在 1995 年吧？一个星期六晚上我回到家后，接到巴尔加斯·略萨从哈拉瓜饭店打来的电话……他说他决定实施关于写特鲁希略的小说的计划，我们便开始合作寻找图书资料、访谈录、核对信息。"库埃约夫妇在以巴尔加斯·略萨为之供职的法国广播电视台的名义访问巴尔加斯·略萨和他夫人帕特里西娅时就认识了他们，那是在 1965 年 4 月宪法革命后不久，多米尼加共和国遭受美国第二次干涉之时。库埃约还提到了巴尔加斯·略萨对国家将军以及以其实名列入审理案件的某些人士进行的调查："在工作中，他想使材料更准确，所以为此他做出了最大的努力。"

　　巴尔加斯·略萨创作这部小说的基础是一份"关于特鲁希略时代"的调查报告。他说他对暴君特鲁希略进行了三年的文献梳理工作。他读过一部历史人物传记，写的是 20 世纪 30—60 年代加勒比海地区多米尼加共和国有个暴君叫特鲁希略·莫里纳，他实行独裁统治长达 31 年，使全国处于白色恐怖之下，特务和警察的监视、控制和跟踪活动使得人人自危、提心吊胆，就连傀儡总统、议长和军队的高级将领也不能幸免。在经济生活方面，由于受到周边国家的封锁和制裁，特别是美国的压力和威胁，造成严重的物资匮乏，许多工厂和企业关门或倒闭，大批工人失业。但是，特鲁希略家族仍然不顾国家的困难，把国营农场和公司强行廉价收购，然后高价出售，从中渔利，再把多米尼加的比索通过中央银行套取外汇，存到瑞士和加拿大等国。国际和国内的种种矛盾加剧了传统阶级内部的分歧和冲突，于是各式各样的反对势力和派别应运而生。其中有个名叫"6 月 14 日"的组织主张暗杀特鲁希略，为此成立了一个行动小组，策划暗杀计划。1961 年 5 月 31 日夜，特鲁希略在赴情人约会的途中被行动小组乱枪打死。

此人的死很有戏剧性，让他产生了创作冲动，他便决定以独裁者被刺身亡为主题写一部历史小说，但并不是严格意义上的历史小说，因为其中包含许多虚构和想象的成分。他在和记者谈话时指出："书中有虚构的人物，也有真实的历史人物，但在虚构的人物中，有许多人物并非是完全虚构的，许多受迫害、受拷打的人物身上集中了真实人物的影子。"

在此作的创作上，作者继承了拉美和西班牙反独裁小说的传统，《公山羊的节日》和西班牙巴列·因克兰的《暴君班德拉斯》、乌拉圭罗亚·巴斯托斯的《我，至高无上者》、危地马拉阿斯图尼亚斯的《总统先生》以及加西亚·马尔克斯的《百年孤独》等作品是一脉相承的。不同的只是，这些小说对独裁者的表现，采用的手法是喜剧的、巴洛克的或漫画式的，略萨在《公山羊的节日》中采用的则是现实主义的。独裁者是一类出言不逊、行为残暴、性情怪异、异乎寻常的人物。而在《公山羊的节日》中，略萨不是把独裁者作为一个怪异的家伙而是作为一个人描写的。然而这样的人最终也会变成一个怪物，是绝对权力把他变成怪物的。

《天堂在另一个街角》（2003）

《天堂在另一个街角》出版于 2003 年，讲述的是两个真实存在的人物故事：一个是法国著名画家保罗·高更（1848—1903），另一个是高更的外祖母弗洛拉·特里斯坦（1803—1844）。高更是后期印象派成员，早年做过商轮海员及股票经纪人，业余习画，受毕沙罗影响。他过着舒适的有钱人的生活，1883 年后专攻绘画，后来放弃这种生活，专攻绘画艺术，曾三度去法国布列塔尼的古老村庄采风，对当地的风物、民间版画和东方的绘画风格十分着迷，逐渐改变了原来的写真画法。由于厌倦了城市生活、向往异国情调和大自然风光，1891年他又前往南太平洋上的法国殖民地塔希提岛，相信能在那里找到天堂，而天堂总在另一个街角。他在那作画，表现岛上的风土人情和岛民早已忘怀的古老神话。他用线条和强烈的色块构成的画幅具有装饰风味和东方色彩。但是他恶习不改，在那里和一个个土著女人睡觉、生孩子，由于频繁的放纵性欲而加重了青年时期就染上的花柳病，致使全身溃烂，终于不治而死，年仅55岁。生前他曾勇敢地捍卫土著人的自主权利，同殖民主义者和教会作斗争。但他毕竟势单力薄，寡不敌众，不断受到警察、法庭和教会的迫害。

弗洛拉·特里斯坦是法国女作家，一位走在时代前头的女性，秘鲁的空想社会主义者，19世纪法国历史上不平凡的人物。她本是个私生子，虽然生活在一个有钱的人家，但从小受歧视，其父亲是巴黎一位富有的贵族，母亲是一个出身卑微的法国女人。4岁多时父亲去世，母亲不得不含辛茹苦地抚养自己的一对儿女。弗洛拉17岁时嫁给印刷工人安德列·夏扎尔，跟他一连生了三个子女，丈夫十分野蛮、粗暴，动辄对她拳脚相加，迫使她不得不屡屡出走，带着子女四处躲避丈夫的纠缠和警方的追捕，甚至受到丈夫的枪击，险些丧命。这使她认识到男女的不平等，从而下决心致力于妇女解放运动。她曾辗转欧洲几个大城市居住，后来去了秘鲁，希望讨得她认为有权得到的遗产，但受到叔叔的拒绝。她在那里目睹了荒唐的内战，使他意识到奴隶制度问题和解救受压迫者的迫切性。她把秘鲁之行中的所见所闻写进了她的感人之作《一个贱民的漫游》（1938），广为散发，此作使她赢得了可与乔治·桑媲美的名声。回到法国后，她成了社会改革家，决心献身于社会政治运动，为唤起劳动者和妇女的觉悟而斗争。她的足迹遍及全国。她和多个改革团体见面，试图组建基层抵抗组织，她和若干杰出的社会理论家和政治领袖建立了联系，曾和马克思见面，并致力于研究圣西蒙、艾蒂安·卡贝和乌托邦理论家夏

尔·傅立叶。与此同时，她走遍法国多个城市，了解工人的痛苦，
竭力帮助法国工人，以图把他们从恶劣的劳动条件下解放出来，
为他们提供一切受教育的机会，使之从事有尊严的劳动，还写了
《工人联盟》（1843），宣传她的思想。但是，由于一些工人"无
知、愚昧、自私、冷漠"，她的巨大努力并没有得到响应。这时她
已病入膏肓，1844 年 11 月 12 日去世，年仅 41 岁。

高更和弗洛拉生活在不同的时代，从事的工作也不同，但是
二人追求的目标是一致的，这就是建立没有压迫、没有剥削，没
有害人的警察，人人有饭吃有衣穿，有受教育的机会，男女平等，
自由、平等、博爱的大同世界。为此，高更放弃了富裕的资产阶
级生活，勇敢地捍卫土著人的权宜，到毛利族人中间去了解原始
生活状态，在绘画方面追求和创造纯粹的艺术世界。弗洛拉更是
行动的巨人：她曾深入调查工人的生活和劳动状况，积极组织
"工人联盟"，宣传男女平等，反对资本家对工人的残酷剥削，写
小册子、发表演说，宣传她的进步主张。祖孙二人的理想就是建
造人间天堂。所谓"天堂在另一个街角"，是指人类从童年时代就
开始向往的天堂的理想，正如儿童游戏所表现的那样：一个蒙着
眼睛的孩子去摸手拉手转圈的孩子，摸到谁就问谁："天堂在哪
里？"被摸到的孩子回答："天堂在另一个街角"。

在结构上，小说共有 22 章，单数各章讲述特里斯坦的故事，
双数各章讲述高更的故事。这种结构形式和他以前的小说《胡利
娅姨妈和作家》、《叙事人》和《水中鱼》如出一辙。两大部分轮
流讲述两个人物的故事，各章都标有日期，看似互不相干，但整
体来看却互为补充，相辅相成，构成一件完整的艺术品。作者称
为"对位写法"，一种使内容"交替出现的结构"。

显然，这是一部关于乌托邦的小说。所谓"乌托邦"，是指理
想中最美好的社会，是空想社会主义者们追求的目标，他们总认
为有那种美好的社会，总想把天堂带到人间，就像小说中的两个

主要人物女权主义者特里斯坦和她的外孙高更所向往和追求的那样。两个人都在寻找天堂：一个在社会上、在解放的妇女中间寻找，一个在艺术领域里寻找。他们上下求索，但是谁也没有找到，因为那种天堂，那种乌托邦，根本就不存在。而恰恰就是这种寻找，使小说故事引人入胜。故事虽然复杂，但是颇为有趣。

小说轮流交替讲述了两个故事：一个故事讲述弗洛拉·特里斯坦的生平。她是女权运动的先驱和19世纪人权的捍卫者。另一个故事讲述他的孙子、画家保尔·高更的经历。在全书故事情节的发展过程中，两个线索保持着内心的统一，从来没有连接在一起。这样，两个主人公的亲戚关系似乎是唯一的连接点。从文学技巧的角度讲，这种小说结构没有表现出特别高的复杂程度：在两条故事线索的基础上保持着时间的顺序，都由同一位无所不知的叙述者讲述。巴尔加斯·略萨曾说福克纳的《野棕榈》是"使用连通管术最细致和最大胆的例子"。而在《天堂在另一个街角》中，两个故事线索的联结依靠的是两个主人公共同的愿望：都希望实现自己建立一个完美社会的乌托邦。然而，这样的理想在两个人观念中是不同的：弗洛拉·特里斯坦的观念完全是集体的，所有的人都分享，都有得到幸福的权利，而对高更而言，个人的福利和自由是最重要的。这两种观点虽然相矛盾，但都从同样有力的道德思想出发。所以这两个故事线索彼此都有其新的含义。这便是小说使用的连通管术，并非是两个故事的纯粹并列。

巴尔加斯·略萨曾详细地讲述他创作这部小说的过程："很早以前，50年代，我在利马上大学时就有了写这本书的想法，那时我和劳拉·波拉斯·巴雷内切亚一起工作，他是一位我非常钦佩的历史学家。他推荐我阅读弗洛拉·特里斯坦的《一个贱民的漫游》一书。她对独立不久的年轻共和国的描写打动了我，她还讲了自己的那种生活方式，甚至讲了她非常隐秘和敏感的事情，也打动了我。她可能没受过真正的教育，但作为自学者，她写得很好。当时我有个模糊的想法，想就她写点什么……她对秘鲁社会，特别是对贵族家庭持的批评态度，导致她叔叔把以前给她的一笔微薄的抚恤金取消。可是弗洛拉颇有叛逆精神，这一点让我特别喜爱。

"把高更写进去的想法是我一开始动笔时产生的。在我研究弗洛拉生平时总是讲到传记作家和历史家笔下的高更，这引起我的好奇，于是我开始读关于他的东西。他们两人有极其相似的特点：昏头昏脑，倾向理想主义，持乌托邦思想，而且在试图实现其乌托邦思想方面异常勇敢。当然两个人不同：弗洛拉有集体主义思想，希望建立没有剥削、对女性平等的社会；而高更的乌托邦完全是个人主义的，他想建立这样的世界：在这个世界上，美是所有人的共同财产，承认感官上的享乐是一种价值，是一种为了保持创造力的流动而令人向往的必要的东西。"[1]

为了对展开故事的有更完整的印象，除了秘鲁、法国和英国外，略萨还去了法属塔希提岛和马克萨斯群岛。

"我这么做是因为我喜欢调查……这可以帮助我熟悉世界，熟悉与我要虚构的世界有关的人物、环境和实实在在的物品。我甚至去了我本人的出生地阿雷基帕，因为弗洛拉去过那里。许多东西都变了，但是她呆过一星期的圣卡塔丽娜修道院，就像殖民地时期的一些教堂和房子一样，实际上和她那个时代还是一模一样的。她访问过的圣特雷莎修道院，现在那里驻有一个入院所女会。我是得到特许才进去的。"[2]这些经历为他提供了一种感受、形象、色彩和其他许多东西，这些都丰富了他的想像力。

"巴尔加斯·略萨带我们进入了高更那狂躁但美妙的天地，让

---

① 引自《略萨谈他的〈天堂在另一个街角〉》，凯莱布·巴赫，美洲国家组织杂志《美洲》，2004年4月号。

② 同上。

我们感受到一个其生活从表面看显然绝对堕落的人的幻想的纯洁中。描写高更的篇章达到了目的，因为艺术家本人就很有魅力。关于弗洛拉的篇章却不十分吸引人，里面太多地充斥着女权主义的陈词滥调和历史说明，以致有时不像小说，而像百科全书的条目。这不是巴尔加斯·略萨最好的作品。它没有《胡利娅姨妈与作家》那种叙述的娴熟，没有《堂里戈维托的笔记本》那种大胆，没有《城市与狗》的那种力量，也没有《安第斯山上的利图马》的那种政治视野。不过还是一部好作品，因为它证明巴尔加斯·略萨仍然是拉丁美洲小说的一个重要的代表人物。"①

《一个坏女孩的恶作剧》（2006）

《一个坏女孩的恶作剧》以 20 世纪下半期伦敦、巴黎、马德里和东京等多个城市发生的政治、社会和文化变化为背景，描述一对青年男女四十年的断断续续的爱情故事。男青年里卡多出身利马上流社会、住在富裕家庭聚居的米拉弗洛雷斯区，作为少年的他忘情地爱着新来的 15 岁的"智利小姑娘"莉莉（他管她叫"坏女孩"，后来知道她的真名叫奥蒂利莉亚），尽管莉莉从没有表示喜欢他，更没有答应做他的恋人，但这并没有妨碍她接受他的邀请，和他一起吃雪糕，去公园散步，去看电影，去俱乐部娱乐……后来，她由于一桩痛苦的意外事件而突然从他的生活中消失，留给他的只是思念和等待。其后，里卡多去了他一直梦想的巴黎，租住在拉丁区，为联合国教科文组织当译员。有一天，在巴黎他和莉莉不期而遇。这一次她是为参加秘鲁左派革命运动的游击队而去古巴寻找她的准军事组织的。她想到那里去当一名游

① 引自《对〈天堂在另一个街角〉的廉政论》，芭芭拉·穆希卡，该小说莫译本前言，《美洲》2004 年 4 月号。

击队员，这纯粹出于她个人的志趣。此后他们又先后在伦敦、东京和马德里邂逅，有时她是她的一位同事的妻子，有时是一个美国养马富翁的女人，后来又做了一个日本走私犯的情妇。每次相遇，相处时间都很短暂，都让里卡多情绪激动，心不平静，分手时则倍感痛苦，无比伤感。每次里卡多都向她表白说，依然爱她，并愿意和她结婚。她则答应和他共度两个良宵。直到最后她落难了，才不得不和他一块生活并与之结合。但是后来，她却为了一个年迈的百万富翁又背叛了他，害得他走投无路。

　　小说故事开始于 20 世纪 50 年代的利马一个闭塞的、对城市其他地方发生的事情一无所知的中产阶级社区。到了 60 年代，故事转移到了法国，当时作者略萨正在巴黎，古巴革命的神话传遍了法国等欧洲国家。小说的部分情节也发生在 60 年代欧洲新的文化中心伦敦，那里正在进行重视音乐的文化革命。到 80 年代，故事发展到马德里，当时马德里和整个西班牙正在进行非凡的变革和民主化运动。但是小说的核心部分是写爱情，即里卡多和坏女孩的爱情。这是一个现代的爱情故事，正如作者所说："在此作中，我想讲一个现代的爱情故事，它不受 19 世纪的爱情模式的限制"，"在这部小说中，我试图探索脱离一切浪漫主义神话的爱情，而这种神话总是伴随着爱情。""在人类的生活中，爱情是最基本的，但是每个人的爱情方式不同"，"各个时代的爱情也不同：今天的爱情有我们这个世纪的特点，它不受家庭、文化、社会、神话和礼仪的限制。"[1] 里卡多对爱情的执著和专一，同坏女孩的水性杨花形成鲜明对照。

　　在作者笔下里卡多是一个现实而平常的人，在生活中，他没有雄心壮志。他的眼界是利益主义和个人主义的。然而他的生活中有一种东西，即他个人的冒险和个人的革命，他在自己的一生

---

[1]　《我试图探索脱离一切浪漫主义神话的爱情》，略萨访谈，2006 年 5 月 20 日。

中经历的那份爱情，为了这份爱情，他把自己变成了一场非凡的冒险的主角。他的梦想是去巴黎，并对此感到满足。但是他的平庸通过他的强烈激情得到了补偿。这个人物代表了人类的绝大多数。坏女孩则是一个胸无大志，视金钱为唯一幸福，从来不满足于现状，不安分守己，热衷于冒险，极端实用主义的女人。两个的生活，还有他们的经历，既交织纠缠在一起，又无法完全吻合。小说在喜剧和悲剧、现实和虚构之间，展示了一种飘忽不定的爱情。这种爱情和来去匆匆、行踪不定的坏女孩一样，有着千变万化的面孔。激情与冷漠，偶然与命运，痛苦与快乐，伴随着两个主人公的人生。

尽管小说故事在漫长的岁月里笼罩着强烈的政治与革命气氛，但是小说的绝对中心一直是男主人公里卡多对坏女孩的感情，即对这个用情不专一的女孩的爱情，虽然她千百次地欺骗他，千百次地使他心灰意冷，沮丧不堪，他发誓忘记她，但又千百次地觉得比任何时候都爱她，自觉已坠入情网而不能罢休。

此作表明了巴尔加斯·略萨的小说创作向性爱小说题材的转变，因为他在小说中相当明显地描绘了具有性爱内容的场面，如同他在《继母的赞扬》和《堂里戈维托的笔记本》中描写的那样。

在结构上，小说由 7 章组成。坏女孩的多重面具构成小说故事的脊柱。里卡多是故事的唯一叙述者，其他人物随着这个中心人物陆续登场。故事情节被安排在好几个城市里，每一章有一个城市作为舞台，巴黎是故事发展最重要的城市。由于这样的安排，每章发生的事件都有其独立性：有其具体的气氛，不再出现的次要物和最后的结局。每个城市赋予每一章以自己的特点。小说故事的叙述以时间为序，从 20 世纪 50 年代讲述到 90 年代。

此作的叙事方式比作者以前的小说更为传统，作者没有采用任何新奇的或复杂的叙述技巧，叙述形式十分简单。在作者惯常主张的多种关于叙述材料的组织方法中，这部小说只采用了"隐藏的材料"这一种，即隐去了坏女孩的真正出身。

小说只交待说，她从那个遥远的国家智利来到利马，她大约十五岁，家境贫困。但她的出身如何，到利马来干什么，这些情况都被隐去，就连她是智利人也被认为是骗人的。隐去的这些材料，读者在小说中连蛛丝马迹也找不到。作者如此彻底地隐藏这些材料，越发加深了这个人物的神秘感，激发了读者的好奇心。

巴尔加斯·略萨还在作品中成功地运用了中国套盒术的叙事手法：坏女孩莉莉和好男孩里卡多之间的断断续续的恋爱故事可以看作一个大故事或大套盒，而二人的每次相遇和相爱则是一个个小故事或小套盒，这种结构形式或叙事方式如同《一千零一夜》。此外，作品也有全面小说的特征：比如它包括的领域十分广大，故事始于秘鲁，然后陆续发展到英、法、西班牙和日本，并且涉及到古巴、中国、越南、前苏联、韩国、比利时、奥地利、尼泊尔等国，几乎囊括世界各大洲，可以说具有民办规模；在时间上，跨度长达40年：从上世纪50年代贫困的秘鲁，到60年代作为世界意识形态中心的法国和70年代嬉皮士革命的英国，及黑社会盛行的日本，再到80年代大变革的西班牙，众多国家的现实一一生动地呈现。在这个过程中，各种各样的人物悉数出场：利马弗洛雷斯区的那群少年包括早恋的坏女孩莉莉和好男孩里卡多，随后出场的游击队员、地下工作者、革命运动领导人、外交官、联合国科教文组织的官员、赛马画师、嬉皮士、黑帮头目、工程师、医生、教授、知识分子、领事官员、艺术家、舞台布景设计、宾馆门房、小饭店老板娘、流浪汉、老夫妇等，形形色色，涉及到社会各阶层和多种国籍。对人物性格的刻画也十分全面、彻底。比如坏女孩莉莉，她似乎是一个天生的坏孩子，一开始就露出一副小骗子的面孔，随后便是一系列可恶的恶作剧：为了企图留在巴黎而和好男孩里卡多要好，为了离开游击队而做了司令的情妇，为了回到巴黎而和年迈的法官外交官结婚，为了逃避官司而从英国逃到日本做了黑帮老大手中的玩物，为了过上更奢侈的生活而跟一个英国养马富翁结婚，后来又在法国和对她恩重如山的女老板的丈夫私奔到西班牙。其种种劣迹不胜枚举，其恶其坏如同头顶长疮脚底流脓，简直坏到了家。一个朝三暮四、水性杨花、随心所欲、觍颜于世的女人形象昭然若揭。人物性格的方方面面刻画得深刻而鲜明。

值得注意的是，小说具有明显的自传色彩。略萨凭借他的回忆，讲述了50年代贫困的利马，60年代的巴黎，70年代的伦敦和80年代的西班牙。和故事发生的地点、环境和氛围有关的内容都有自传性质。小说描写了作者在利马米拉弗洛雷斯区度过童年的世界，"那个利马只有在回忆和文学中才存在。在那个时代，秘鲁是一个四分五裂的国家。如果你是一个中产阶级利马人，你会对秘鲁有一种绝对不真实的概念，你会认为秘鲁是一个城市化、西方化、以西班牙语为本族语的白人的世界。印第安人的秘鲁、安第斯山人的秘鲁、农村人的秘鲁和西班牙人入侵前的秘鲁，几乎和利马无关，具体地说，几乎和那个资产阶级城区米拉弗洛雷斯无关。那是一个清白无辜、有着特别健康的习惯并且相当纯正的世界，特别是和后来的情况相比，更是这样"。"那是一个严肃的世界，那里总举办特别无辜的礼仪、节日和娱乐活动，当年的年轻读者很可能觉得那是一个非现代的世界，但那是我认识的世界。"[1]

后来，他经历了巴黎革命和伦敦革命。他从巴黎移居伦敦时，适逢"摇摆伦敦"[2]时期，并且他住在那种时尚运动的中心、小

---

[1]　引自《我试图探索脱离一切浪漫主义神话的爱情》，略萨访谈录，2006年5月20日《巴维利亚》增刊。

[2]　20世纪70年代伦敦青年掀起的时尚新潮流。

说中多次描写的伯爵宫区。当时伦敦人的思想已被关于毒品和服装革命的全部神话所取代。那是一场全面而美丽的革命，是一场无可争辩的、导致生活方式风俗等得以解放的社会性革命。无疑，小说包含着作者童年和青年时代的种种经历，包含着他对青年时代许多梦想的回忆和展示。可以说，故事的叙述者就是作者的化身，里卡多的许多经历就是作者的经历。

小说证明，已至古稀之年的略萨仍然善于最大胆、最令人愉快地描写事物，善于描绘最柔情、最感人的场景，善于对社会文化和人物心理进行最深刻的分析，善于创造最复杂、最永久的人物形象。

《凯尔特人之梦》（2010）

从 20 世纪末开始，非洲的刚果和秘鲁的亚马逊地区成为了生产橡胶原料最雄厚的地方，开发者主要是英国和比利时。法国也想参加，但是参加的方式比较胆怯，更缺乏计划性。对橡胶原料的开发是欧洲所有工业的需要。从 1879 年到 1912 年，曾掀起一股"橡胶热"。那是一个这些国家在非洲和南美洲从事商业化、殖民化和发财的时期。乳胶的提炼工业形成很大规模，橡胶商和殖民者在其中扮演着重要角色。与此同时，宣讲福音的团体为了向印第安人和当地居民传播教义，也出现在那些地区，而印第安人和当地居民是提炼橡胶原料的一线工人。胡利奥·C. 阿拉纳和路易斯·费利佩·莫雷伊与塞西利奥·埃尔南德斯是最著名的开发者。这些公司在普图马约①创造了它们的开发区。后来，马拉纳公司变成了亚马逊地区秘鲁公司，地址设在伦敦。

在那个时期为什么会出现"橡胶热"现象？一个主要原因是

---

① 哥伦比亚的一条河及其流域。

科学的发展。一方面，新的探险活动有了更强大的航海能力，19世纪的殖民者——开发商有了上世纪的殖民者所缺乏的知识。这种情况不仅引起了技术的变化，而且引起了对世界地理版图的认识的变化。在探险活动中，秘鲁的大片橡胶林被发现，特别是福斯斯蒂诺·马尔多纳多（1891 年溺亡）和库斯科教长巴尔塔萨尔·德·拉·托雷（不幸死于 1873 年）的探险进一步加强了对提炼胶乳来说更丰富的对地区的了解。另一方面，橡胶对欧洲工业生产非常重要。因此，对太平洋沿岸的探险和欧洲国家对此的热情取得了成效，这种成效推动了欧洲资本主义经济的发展。那个时期的资本主义表现在商业方面，它的商业和金融面目开始显露。于是橡胶就变成了推动金融发展的重要产品之一。

为了经济利益，英国和比利时等欧洲国家在橡胶原料开发地建立了社会与劳动网。除了秘鲁的亚马逊地区，非洲的刚果（比利时莱奥波尔多二世的私人领地）也是橡胶开发地之一。那里的橡胶开发使比利时国家制度和社会构造得以完善，从而可以根据经济利益在占领地实行它的管理制度。资本家自然对行使这种权力和根据自己的利益建立司法制度有了自主权。本国的某些阶层和国际社会揭露的暴行，致使在外国领土上受到剥削的人民遭受的残酷现实得以曝光。同样，在这种制度内起着不同作用的人也提供了那些开发地区发生的问题的证据。而在那些地区的社会上，也存在着负责使印第安人和黑人（都是每个地区居民）"文明化"的任务。

《凯尔特人之梦》就是在这种背景下展开故事的。主人公罗杰·卡塞门特生于爱尔兰，是大不列颠王国的政府官员，由于他背叛国王，起义反对大不列颠和同性恋，必须付出代价，先是被投入一所英国监狱，后来被处以绞刑。作者就这样开始了他的故事。1916 年，由于航海事业的发展和贸易活动的开展，取得了丰厚的经济利益，从而稳定了英国的政局。卡塞门特参加了那时的一些贸易活动和外交活动，他不曾前往比属刚果和秘鲁的亚马逊地区。

　　1864 年 9 月 1 日，罗杰·卡塞门特出生在亲大不列颠的都柏林，其父亲是一名在印度服役八年的军人；母亲是一位狂热的教徒，这给他留下了深刻的印象，在高兴的时刻和悲伤的时候都会想念她。"虽然他崇敬父亲，但是他真正爱的是母亲。他母亲身体修长，走起路来更像是飘动。"（小说第 20 页）。但是他父亲不是新教徒，而是天主教徒。尽管他已皈依，但是他仍然秘密保守着他的信仰。有一次他回家探望时，他为四岁的儿子施行了洗礼。卡塞门特一直对长途旅行、对历史和海盗故事感兴趣。他想当个冒险家，果然心想事成。这个从早年就做的决定，注定了他的一生和死亡的命运。

　　自从学会阅读起，卡塞门特就迷上了伟大的航海家、海盗、葡萄牙人、西班牙人和英国人这些曾经航遍海洋、带来各种神话的英雄。这些神话讲，海水到一定时候就开始波浪翻滚，裂开一个鸿沟，冒出一些怪物，它们的大嘴能够吞下一整艘船只。卡塞门特虽然读过和听过这类传说，但还是喜欢听父亲亲口讲的那些冒险故事。

　　19 岁时，卡塞门特首次去非洲。他是一个理想主义青年，他认为殖民主义就是传播基督教、进行贸易和传播文化。但是随着时间的推移，在非洲的生活向他表明，现实与理想相去甚远。卡塞门特参加了由莱奥波尔多二世资助的 1884 年斯坦利[①]的考察活动，在刚果自由州为几家公司和莱奥波尔多二世国王创建的非洲国际协会效力。后来参加圣福特考察团，两年后又回来和斯坦利一起工作，负责铺设和商队通行的路线平行的铁路。几年后他离

---

　　①　斯坦利（184—1904），即约翰·罗兰慈，人称亨利·莫顿，英国探险家，考察了刚果。

开刚果，去尼日利亚、洛伦索·马尔克斯（今马普托）、圣保罗·卢安达（今卢安达）工作。1900 年重新回到刚果，在刚果建立了第一个英国领事馆。从此，他致英国外交部的函件充满了由于强制劳动制度而对刚果人犯的滥用职权和不公正行为的批评。

殖民当局的制度很简单：每个村落被摊派必须完成的定额，或者能够从事各种劳动的人手，或者提供食品或产品，特别是橡胶、象牙和木料等。如果定额完不成，就用河马皮鞭抽打，强制服役，烧毁村庄，屠杀村民，把妇女关入小屋烧死，或把女人扣为人质，以免她们的男人逃走或遁入丛林，用这些残暴手段来保证橡胶定额的完成。逃走的男人们的女人注定被关在人质房里，遭受鞭打，强暴，忍受饥渴，受到各种酷刑。执行这些任务的是一支由大约两千比利时和其他欧洲国家还有美国士兵以及大约一万土著士兵组成的军队。

就这样，不过几年时间，刚果就变成了具有世界规模的橡胶生产国。

1903 年，罗杰·卡塞门特领事沿着刚果河进行了次旅行，一直到达上游，目的主要是验证爱德蒙德·D. 莫雷尔①在反对莱奥波尔多二世、维护刚果人的运动中提起的指控是否属实。在第一段旅行中，使卡塞门特吃惊的是到处荒无人烟，村庄不见了，村民只剩下三分之一，甚至十分之一，几乎没有一个健康人，而仅仅在几年前，那整个地区的生活还那么沸腾。在整个旅途上，到处可以看到当局在莱奥波尔多统治下的刚果所犯的暴行。双手被砍去，阴茎被割掉，后背被鞭子抽得皮开肉绽，女人遭强暴并被幽禁在小房子里受拷打，那些女人有的被迫自尽，有的当了士兵的老婆……他还看到在许多村庄发生的屠杀事件，或者因为那些村民没有完成定额，或者由于地方当局官员的随心所欲，其中许

---

① 爱德蒙德·D. 莫雷尔（1873—1924），英国作家、记者。

多是精神失常的真正的性虐待狂。这一切暴行都被全面地记录在亚当·奥克斯奇尔德的《莱奥波尔多的幽灵》一书中。

罗杰·卡斯门特以脆弱的心理状态结束了刚果河流域的地狱般的旅行。1904 年，他写了题为《刚果的悲剧》的著名报告，有力地推动了刚果和刚果人的事业，大大帮助了爱德蒙多·D. 莫雷尔的斗争。两个人在 1903 年相识，彼此相知恨晚，建立了深厚友谊。在二人的一次会晤中，产生了创建刚果改革协会的想法，很快得到许多人的赞同，这让莫雷尔和卡塞门特喜出望外。

在南美洲的亚马逊地区，由胡利奥·塞萨尔·阿拉纳为首的英国亚马逊地区秘鲁公司在普图马约橡胶园犯下累累罪行，经过秘鲁记者本哈明·萨尔达尼亚和美国工程师沃尔特·哈登伯格的揭露，在英国引起轩然大波。1910 年，罗杰·卡塞门特作为英国外交部的特使前往伊基托斯①和普图马约地区调查那些罪行。他在这些地方查到了类似刚果的职工所遭受的强制劳动现象。这表现在：印第安人被强行带往橡胶园，他们的妻子和儿子被当作人质，男人必须在橡胶林里完成固定的橡胶数额。施加的惩罚有皮鞭打、动用夹刑、割掉耳鼻，砍下手脚，最后是各种形式的处死。此外，还把许多女孩卖到伊基托斯或马纳奥斯当女奴。

1911 年，罗杰·卡塞门特回到伊基托斯。英国政府发现那里的状况毫无变化，便决定公布卡塞门特关于普图马约的报告，即著名的《普图马约罪行录》。这个报告和《刚果的悲剧》一样，在舆论界引起强烈反响。

阿拉纳公司的劳动制度造成的死亡人数简直是对印第安民族的种族灭绝。1893 年印第安民族的人口超过 4 万，1910 年在那个地区建立的橡胶园有一万多个。显而易见，在那些地区或在那种情况下，就像在刚果一样，有权有势的人可以为所欲为，逍遥法

---

① 伊基托斯，秘鲁城市。

外，各种各样的不公正行为和暴行便不可避免地发生。这一切在约瑟夫·康拉德的著作《黑暗的心》中有详细的纪述。

1913 年，罗杰·卡塞门特放弃在英国外交使团的工作，同年十月开始在爱尔兰全国从事政治活动：参加群众大会、出席圆桌会议、作报告……卡塞门特开始从温和立场转向关注爱尔兰问题，他认为要解决爱尔兰问题，除了独立于联合王国没有其出路。在这种转变中，他渐渐失去了许多朋友，他们看到，他的立场越来越激进。卡塞门特认为，爱尔兰像刚果和亚马逊地区一样，正遭受着殖民主义的残酷统治。尽管发生的暴力不同，但是产生的后果相同，即居民遭受暴力的痛苦。当然，他的民族主义是针对爱尔兰问题。在一次大战期间，卡塞门特很明白，没有德国的支持，爱尔兰的任何起义都注定会失败。为了爱尔兰的独立事业，他前往纽约同德国驻美大使进行了谈判，然后他以爱尔兰大使的名义去德国签订协议。德国方面答应向爱尔兰提供 2 万支步枪、10 挺机枪等武器和其他物资，但只给了一部分。不幸的是运送武器的船只还未到达爱尔兰港口就被英国海岸巡罗队查获。在德国期间，卡塞门特得知爱尔兰的民族主义领袖们准备在 1916 年 4 月发动起义，他赶回爱尔兰试图制止，但不料被捕，投入伦敦一座监狱，8 月 13 日以叛国、破坏和间谍罪被处以绞刑，起义没有被制止，被英国人雁过留声了走动。

巴尔加斯·略萨以真实的历史人物和历史事件为依据，塑造了一个充满种种矛盾的人物形象。从一个为英国政府服务的驻外领事和英国国教教徒变成一个竭力帮助爱尔兰摆脱英国辖治的民族主义者和天主教徒，卡塞门特既是英雄也是平民，既是叛国者也是人权维护者，既道德也不道德，他的心灵既有纯洁的一面，也有肮脏的一面。他之所以不道德和心灵肮脏，因为他在日记中对近乎淫秽的同性恋津津乐道。这种表现，在信仰英格兰圣公会教的英国是不可饶恕和极端伤风败俗的，这也是他被叛死刑的重要原因之一。在爱尔兰，当初人们认为他是维护民族独立的英雄，但得知他是狂热的同性恋者后，人们又开始憎恶他。

小说以卡塞门特的律师的助手进牢探视他开篇。助手告诉他，他的赦免请求尚无结果，需要等部长会议开会决定。助手还告诉他，他的日记在他的住所被发现，其中的一些片断已在整个伦敦广为流传，参议院、自由党和保守党俱乐部、报刊编辑部和教会，到处都在议论日记的内容，并对日记提出了抗议。这种情形是卡塞门特万万想不到的。由于宗教界人士和社会舆论的不满和纷纷谴责，尤其是在第一次世界大战中去柏林密谋反对英国、参加1916 年的主显节起义，试图借德国的帮助实现爱尔兰的独立的叛国罪行，最终他被送上了断头台，他为之奋斗的爱尔兰独立之梦也随之化为了泡影。

总之，《凯尔特人之梦》讲述了一个冒险家和理想主义者的悲剧人生。他曾在非洲、亚马逊和爱尔兰生活，有一段铁窗生涯，并和不光彩的性爱有染，人类的纯洁心灵在他身上受到了玷污，他被埋葬时，"没有墓碑，没有十字架，也没有其名字的词首字母"。在长达半个世纪中，他的亲人一直被拒绝以基督教的礼仪埋葬他。小说以法国作家乔治·巴塔耶的这句话结束："人是对立的东西融合的深渊"。巴尔加斯·略萨认为，"这似乎是对卡塞门特的一种描写，一切深渊都融合在一起"。

据历史记载，卡塞门特是第一批以充分的论据，以直接经历为根据的理由而不是以抽象的、道义的和知识上的理由揭露殖民主义的欧洲人之一。正如作者所说："卡塞门特亲身经历过殖民主义，他去过非洲，确信殖民主义是一种'有利于土著居民的一种运动，因为它为他们带来了基督教，为他们带来了文明'。但他也发现，殖民主义是一种残酷的剥削形式，它既损害了殖民者，也伤害了被殖民者，它是一种严重地破坏道德和他所崇尚的一切价值、毫无人性的制度。"

　　小说故事所涉及的非洲，本来就是一座地狱，一座饥饿、疾病、无知、暴力和残忍的地狱。似乎这还不够，19 世纪欧洲列强又侵入非洲，实施殖民主义，为进行剥削而把一种近似奴隶制度的制度强加给土著居民。荒唐的是，欧洲人竟借口取缔奴隶买卖而为殖民主义辩护。欧洲人的目的是把基督教的文明和慈善带给一个由于部落间的争斗而导致混乱和流血的大陆。但是那些贪婪的私营企业所感兴趣的并不是这一点，因为企业主们发现，只有以土著人的健康、生活和习惯为代价的橡胶生意才是他们迅速发财致富的最佳方式。显然，欧洲国家如英国和法国，它们在非洲实施的所谓文明运动，完全是一种灾难，它们只想从非洲的殖民地掠夺财富，而不顾及、不关心非洲居民的死活，把他们当成牛马、当成奴隶使用，用皮鞭抽他们，像动物一样逼迫他们干活。在南美洲，比如在秘鲁的丛林里，印第安人受到的惩罚令人发指，双手被剁、耳朵、鼻子和生殖器官被割，把他们当靶子开枪射杀以及取乐，在他们身上浇上汽油像火把一样燃烧，多数人因窒息而死，少数人在地上打滚儿，以求活命，但是落下了可怕的伤疤，也有的跳进了河水溺死。

　　看到这一切，卡塞门特惊讶不已。以文明国度自诩的欧洲国家竟然在它们的殖民地如此残暴地虐杀无辜的非洲居民，丧尽天良，罪行累累，野蛮之极！于是，他想进行一种大变革，一种非常勇敢的、牺牲性的、时日漫长的行动。但是这涉及到英国根深蒂固的传统：面对他的英国，他视为文明的标志的英国，他不禁自问："那么我真的反对受比利时殖民统治的刚果吗？为什么我要站在受英国殖民统治的爱尔兰一边呢？"这一切推动了他身上发生的一种彻底的变化，这种变化表现了他那种非凡的道义力量。

　　巴尔加斯·略萨看到卡塞门特起着那么重要的作用，心情十分激动：他一方面揭露了在橡胶时代殖民者在刚果犯下的暴行，另一方面调查了亚马逊流域的印第安人的悲惨处境。"于是我便动手寻找文献，结果发现了一个非常重要的、真正的小说人物，他的人生经历十分丰富，有一些经历相当可悲，难以想像……突然间出现了我在小说中应写的一切：出乎我的预料，我看见自己在写一部可能的小说：从阅读的文献中选取材料，做关于人物的笔记。实际上，这是一种奇妙的经验，因为它把我带向了几乎完全陌生的世界：刚果、爱尔兰、第一次世界大战、爱尔兰的独立运动……"①

略萨认为，卡塞门特是一个完美的原型：无论对戳穿英雄们的神话，还是描写他们的真实面目，都是如此。"在这些人身上，我们看到了英雄行为，看到了一个永远生活在永恒的个人矛盾中的人固有的不幸。他是一个极其高尚的人，同时也是一个非常不幸的人，因为在那时英国的清教徒世界，同性恋者面临着巨大的危险，生活在被判刑的边缘。"②

小说用一种清晰而直率的风格写成，故事叙述中没有任何虚文浮言。他所依据的历史文献也很真实、可靠。他在一个偶然的机会读到了约瑟夫·康拉德的一部新传记，从中了解了罗杰·卡塞门特这个传奇式的人物，此人的形象在他的脑海里打下了深深的烙印，在他心中萦绕了长长的三年。此外，作者准确地描述了卡塞门特的心理活动，特别讲述了他在监狱里生活的最后几天中。"罗杰一声不吭，一动不动。他又产生了1916年4月那个灰色落雨的早晨起多次控制着他的那种奇怪的感觉。那天他几乎被冻僵了，他在爱尔兰南方麦克纳要塞被拘捕：他觉得他不是他，而是另一个人，是另一个出了这些事情。"（2010年《凯尔特人之梦》第16页。）小说通过其内心的声音描述了人物的生活，对他身边的其他人物则用第三人称描述，对有关事件也是这样。尽管叙述

---

① 2010年秋，记者对巴尔加斯·略萨的访谈。
② 同上。

者以第三人称出现，但是清楚而简洁地展示了人物的感觉和行为。当他来到堂兄弟所在的地方时，罗杰·卡塞门特有时会克服他的胆怯，向他叔叔询问非洲的情况，一进非洲，他的头脑里便充满森林、野兽、冒险和勇士。（小说，第24页）人物的故事在他自己的范围内讲述，读者可以通过人物的眼睛和思想了解其感受和事件，而不用人物亲自叙述。小说将历史和文学融为一体，把真实的东西变成一个虚构的故事，从而再现了一个时代的经济和社会政治现实。

"毫不夸大地说，《凯尔特人之梦》应该是一部杰作，不仅由于其完美无缺的创作，而且由于其无比大胆的构思和丰富的文献资料基础。"[1]

论及《凯尔特人之梦》时，巴尔加斯·略萨说："我的文学志向可谓雄心勃勃，我要写好看的故事。"正是这种雄心推动他创作了《凯尔特人之梦》。"小说的主人公是一位英雄，一位幻想家，一位社会斗争者。他关于野蛮的、非洲与美洲的'文明'的殖民者报告帮助了欧洲大陆反对殖民主义的有志团体。"[2]

《谨慎的英雄》（2013）

《谨慎的英雄》写的是两个人物的彼此平行的故事，一个人物是费利西托·亚纳克，55岁，是个土著人，长得又瘦又小，出身卑微（父亲是农民），在今天秘鲁北部的皮乌拉市中心，拥有一家名叫纳里瓦纳的小运输公司。他幸运地和赫特鲁迪斯结婚，有两个儿子（米格尔和蒂布西奥），还有一个名叫玛维尔的情妇。一天早晨，他发现自家门上插着一封画着蜘蛛的信，要他每月付500

---

① 西班牙《ABC》报2010年10月22日《〈凯尔特人之梦〉》。
② 2010年10月8日对西班牙《先锋报》记者的谈话。

比索，以换取黑社会对他、他的家庭和他的公司的"保护"，否则
他就得面对后果。他不愿意任人宰割，便报了警，收到报警的是
军曹利图马。但是警方对此事并不重视，费利西托便决定自己面
对敲诈者，遂冒生命危险在当地一家发行量很大的报纸上举报了
此事。他的举动倒是赢得了警方的赞赏，但是也为自己的生活带
来了不小的麻烦，因为那些敲诈者开始对他的公司和亲朋好友采
取一系列暴力行动。但是费利西托对自己的决定毫不后悔，因为
他牢记父亲生前给他的教导：不能任凭任何人欺侮。另一个人物
是伊斯马埃尔·卡雷拉，他是利马的一位重要而富有的保险公司
的老板，妻子已去世，有两个儿子（米基和埃斯科维塔），还有一
个关系密切的合作者堂里戈维托。卡雷拉的两个儿子十分自私，
单等父亲死去，好继承父亲的遗产。卡雷拉自有对策：决定和他
的女佣人阿尔米达结婚。这自然遭到两个儿子的反对。但卡雷拉
不改初衷，带着女佣人开始了前往欧洲的漫长而昂贵的旅行结婚。
从此后，两个儿子便千方百计破坏父亲的婚姻，并采取诉讼手段，
认为父亲的婚姻不合法。在卡雷拉维护其婚姻的斗争中，堂里戈
维托起了关键作用，此外他每天夜里都把此事的发展变化当成新
闻，讲给他妻子阿尔米达。卡雷拉从欧洲回到利马后，不幸患脑
梗去世。两个儿子怀疑是继母害死了父亲，便想起诉她。堂里戈
维托劝他们放弃诉讼。他们听从了，于是和继母达成某种经济协
议，并接受她为继母。

　　和作者的前几部小说的故事发生在世界其他地方不同，这部
小说故事的发生地是作者的故乡秘鲁，时代环境也是当前的秘鲁：
经济空前发展，人们的金钱欲望也空前强烈，就像小说中的那几
个人物。在两个并行发展的故事中，主人公都是其财产受到其他
人不合法剥夺的人。费利西托和卡雷拉的出身、地位不同，但他
们有一个共同点，这就是他们坚决维护自己的尊严，不屈服他人
的压力，不管后果如何，决心维护自己的权益。面对这样的人，

那些试图敲诈或剥夺其财产的人显得非常渺小，无比卑劣。

巴尔加斯·略萨坦言，他是"怀着描写和表现无名的人们的英雄主义"的想法写这部作品的，"这是对社会道义的尊重，男人和女人都勇敢地想成为始终如一的人"，他认为"人们为了某些道德、宗教或文明原则而准备牺牲他们的安全是可敬的，而在这个世界上，如果任凭某种野心支配，其原则或价值就会难免受到破坏"，"对于社会进步来说，存在谨慎的英雄是很重要的，尤其当社会丧失道德约束陷入混乱时"。他说，所谓谨慎的英雄，就是那些"正直的人，他们在谨慎和无名方面保持着价值和美德，他们是一个社会道德的体现者"，"这种好人工作和斗争只是为了推动儿女向前进，而绝不想升官、执掌大权，因为他们讨厌政治"。但是他强调说，谴责一切政治家、认为一切政治家都平庸无用、腐败不堪是危险的。他相信"在政治家中有很正直、很杰出、很重要的人"。他指出，"社会上存在值得称赞的政治阶层，社会需要正直、聪明的人参与政治。"在他看来，所谓"谨慎的英雄"，是一些这样的人：有的不怕黑社会敲诈，有的设法对付无所事事、总想害死老子的儿子，有的坚持某种信念、竭力不触犯法律。这样的人，其实都是普通人，作者称他们是"创造了进步的无名英雄"。

小说的基础是作者听到的关于一个不能接受黑社会讹诈的小企业主的真实故事。为了坚持原则，他决定面对黑社会，哪怕牺牲很多东西，要在一种真正的道德原则下做出选择。这使作者很感动。于是起意创作了这部小说。

在读这部小说时，有两种思想伴随着读者，一是在那个灰色的时代需要寻找这样的普通人，他们在遇到那还是一般的英雄行为时也能够挺身而出；二是应该丰富我们的语言、术语和习语及表达方式，以此把大西洋两岸几亿人联结在一起。在巴尔加斯·略萨看来，在秘鲁这样一个愈来愈现代和日益繁荣的国家，面对那些横行不法的坏蛋和讹诈者，应该有一些普普通通的英雄出现，不怕和不能容忍被任何人践踏。正如小说的主人公所说，"永远不能任凭任何人践踏"，"一个人的作为要有一定价值，不然就像一块破布"。他躺在工人医院里一张连垫子也没有的病床上死前对儿子所说："你永远不要被人践踏，儿子。"这也是作者对人们的忠告。

在此作的写作技巧方面，巴尔加斯·略萨十分关心使读者保持好奇心的重要性，总是设法制造某种因素，让读者保持期待的心情。值得注意的是，作者让他以前的小说中的不少人物复现在这部作品中，比如《安第斯山上的利图马》和《绿房子》中的军曹利图马、《堂里戈维托的笔记本》中的三个人物堂里戈维托、堂娜·卢克雷西娅和丰奇托等。对此，作者自己也感到奇怪，以前的几部小说中写过的人物现在又出现在这里，似乎在告诉他，在以前的小说中，把他们写得还不够，因此他们应该再回来。

不应忽略的是，在此作中，作者像他崇拜的法国作家大仲马一样，极善于写对话，对话写得完美而准确，适合每个人物的身份。无论费利西托、堂里戈维托、卢克雷西亚，还是卡雷拉、阿尔米达、米基、埃斯科维塔、丰奇托、阿德莱达、利图马、西尔瓦上尉、赫特鲁迪斯，都有其独特的时间，读者被笼罩在动听的交谈中，读每一页都渴望它不要结束，永远倾听他们的谈吐，倾听他们那难忘的言语，那种比卡斯蒂利亚语更现代的西班牙语。

关于这部小说，巴尔加斯·略萨在接受记者采访时说，《谨慎的英雄》是一部比较乐观的小说。在当代秘鲁，就连利图马童年时代贫民区的居民都可能算是富裕的，只要他们不辞辛苦。但是正如在场的警察指出的，对大家来说这并不是一个好时代。破坏和犯罪，甚至暴行，威胁着费利西托和堂里戈维托。"这是文学的最重要的功能之一：提醒人们，尽管他们脚下的土地看似坚固，他们住的城市尽管闪着光辉，但是到处都隐藏着魔鬼……"巴尔加斯·略萨的这句评论美国作家密勒·亨利的《北回归线》的话，可以用来评论《谨慎的英雄》。

《谨慎的英雄》不仅是一部侦探性质的小说，还不乏全面体小说的痕迹，它竭力表现整个社会，就像作者的内容复杂的巨著《酒吧长谈》一样。在这部小说中，巴尔加斯·略萨经常提到某些性爱小说的细节，堂里戈维托和她的第二个妻子卢克雷西娅，被英俊年轻的坏小子丰奇托勾引的继母都在其中扮演着角色。另外还有电视剧《胡利娅姨妈和作家》中的某些细节。在此作的大部分章节中，巴尔加斯·略萨凭借其熟练的手法将这些杂七杂八的因素有机地揉和在一起。小说故事颇为有趣，读者可以愉快地翻阅。

小说运用了中国套盒术或俄罗斯套娃的表现手法：一个故事套着另一个故事，第二个故事又套着第三个故事：利图马把见不得人的讹诈行为讲给西尔瓦上尉听，上尉把这件事情讲给费利西托听，费利西托又把此事讲给阿德莱达听，无所不知的叙述最后把它讲给读者听。读这部小说有时像看一部电影，一个镜头接着一个镜头，直到故事结束。

小说关于市井生活和主人公收到敲诈信的情景的描述颇为生动而细致。那天早晨，费利西托洗过澡、吃完早餐后离开家门。"他住在皮乌拉，阿雷基帕街上已经车水马龙，高高的人行道上满是上班的行人、去市场的居民或送孩子上学的家长。有一些信女赶往教堂听早晨 8 点钟的弥撒，流动商贩扯着嗓子叫卖皮糖、棒糖、炸香蕉条、馅饼和各种甜食。盲人卢辛多已经站在街角的屋檐下，脚下放着乞讨的陶罐。自古以来，每日都是这样。"

但是，"那天早晨，有人叩了一阵他家用钉加固的旧木门，在门环高的地方插了一个蓝色信封，上面用大写清楚地写着主人的名字：堂费利西托·亚纳克。他记得，这是第一次有人这样把一封信插在他的门上，仿佛法院的传票或罚单。正常的做法是，邮差会把信从门缝里塞进来。他把信拿下来，打开信，一面抿动着口唇一面看：

"亚纳克先生：

你的运输公司办得那么好，简直是皮乌拉和皮乌拉人的骄傲。不过，这也很危险，因为所有成功的企业都受到了心怀忌恨的人和你知道的许多生活差的人的勒索和破坏。但是你不必担心，我们的组织会负责保护纳利瓦拉运输公司以及你本人和你有尊严的家庭免受任何不幸事件、苦恼之事和强盗威胁。我们的酬劳是每月 500 美元（对你的财产来说显然是个小数目）。关于交付的方式，我们会及时跟你联系。"

费利西托又读了两遍。信用草字写成，还带有一些墨迹，没有签名，只是一幅令人恶心的像小青蛙的画。他觉得既惊讶又有趣，模模糊糊地感到这是一场恶作剧。他把信和信封一揉，差一点扔进卢辛多盲人所在的街角上的垃圾桶。但是他后悔了，然后把信展平，装进了衣袋。"

接下来，作者描述了费利西托的心理活动。他在阿雷基帕的家和在桑切斯·塞罗大道的办事处相距 12 个街区。这一次，他没有像往常那样一路上考虑议事日程，而是在头脑里反来复去想那封画着小青蛙的信。他应该认真对待它吗？去警局报案吗？讹诈者告诉他将和他联系，通知他"交钱的方式"。还是等讹诈者的消息再去警局呢？也许这不过是某个游手好闲的人让他过得不痛快。一个时期以来，在皮乌拉，犯罪活动有增无减：是的，打家劫舍，袭击行人，甚至绑架……他感到不知所措，犹豫不决，不过有一件事他至少不会动摇：无论任何理由、任何情况下他也不能交给那些强盗一分钱。像过去多次一样，他又想起了他父亲临终前的叮嘱："你永远不要任人践踏，儿子。这句劝告是我留给你的唯一遗训。"他听从了，从来没有任人践踏过。他已经 50 多岁，想改变老习惯已经晚了。他深深地沉浸于这些想法，几乎不和熟人点头致意。他加快了步伐，有时停下来和一个流浪汉交谈几句，那人常在一家小酒吧过夜，只有现在才回家……到了办事处后，他依然心神不定，坐立不安。

《首领们》（1958）

《首领们》是一部短篇小说集，出版于 1959 年，包括 6 篇作品。它是巴尔加斯·略萨出版的第一本书。那时他 22 岁。它也是略萨唯一的一本短篇小说集。1958 年获西班牙莱奥波尔多·阿拉斯奖。从此，他正式开始小说创作。

这 6 篇小说写于 1953 年至 1957 年间，这个时期他在秘鲁圣马科斯大学学习。按照他自己的说法，这些作品是他刚满 18 岁时正经八百开始文学活动后写的无数短篇小说中的幸存者。

6 篇作品中，有两篇发表得较早：《首领们》发表在 1956 年12 月 9 日的《商报》上，《首领们》发表在 1957 年 2 月的《秘鲁水星》杂志上。《首领们》是略萨写的第一篇小说。1957 年末他参加由法国重要出版物《法国杂志》举办的短篇小说评奖活动，他的小说《决斗》获一等奖，奖励是他去巴黎旅行 15 天，此作被译成法文，发表在该杂志上。

其他三篇小说是《星期天》、《小兄弟》和《不速之客》。6篇小说都是现实主义的，但并不完善。不过，作者为再现日常生活特别是城市生活所做的努力却并非徒劳。尽管存在某些叙述技巧上的不够成熟，"平铺直叙而本身乏味"，"是初试之作"①，自然不能和后来的小说媲美，但表现出了作者的热忱和进取。

---

① 路易斯·哈斯语，见《我们的作家》，1973 年。

题为《首领们》的小说是巴尔加斯·略萨根据 1952 年末他在皮乌拉圣米格尔中学读五年级时亲身经历的一件真实事件写成的。事件是：学校的校长马罗金博士（小说中叫费鲁菲诺）专断地决定期末考试不按预先制定的日程表进行，而是临时安排。这就要求学生们必须事先把所有的考试科目都要准备好。这种做法不符合常规，必然引起学生们的担心，因为他们害怕有几门功课考不及格。巴尔加斯·略萨和他的好朋友"小胖儿"哈维尔·西尔瓦（若干年后当了经济与金融部长），一起发动同学们反对校长的不合理措施。同学们先开小会，后开大会，选出了一个以略萨为首的委员会，去和校长谈判。校长在办公室里接待了他们，恭敬地听取了他们的要求即公布考试日程。但是校长答复说，他的决定是不可改变的。于是，略萨，哈维尔和其他同学一起决定号召同学们罢课。一天晚上，他们决定不去上课，直到校长撤销有违常规的措施。第二天早晨上课的时刻，按照约定，同学们到埃吉古伦防波塔那里集合。但是在那里，一些同学害怕了，害怕被学校开除。同学们展开了争论，但是一些学生仍然决定罢课，其他同学决定下午去上课。略萨被带到校长室，作为惩罚，令其停课 7 天。这件事在略萨心中种下了不满现实的种子。

若干年后，略萨进圣马科斯大学读书，他拿了两篇小说参加文学系举办的短篇小说评奖活动，两篇作品都是以皮乌拉为背景的：一篇是写圣米格尔中学那次罢课的《首领们》，另一篇是写皮乌拉妓院的《绿房子》。但是连提名都没有得到，他认为后者写得不好，便把书稿撕了（后来又重写成长篇小说）。不过，《首领们》被保留下来，他花了几个月进行了重写，1957 年发表在《秘鲁水星》杂志上。两年后，此作作为短篇小说集《首领们》的第一篇收入该书。

《首领们》由一位主人公以第一人称叙述，他人是皮乌拉圣米格尔中学五年级的学生，他发动同学们起来罢课，反对校长事先不公布期末考试日程表的专断措施。此外，小说还写了主人公同他的同学卢的矛盾和对立。为了对付共同的敌人学校校长，他们不得不抛开彼此的分歧。但是由于低年级的同学的拒绝，罢课未能实现，因为他们害怕受到学校当局的迫害。

小说故事在秘鲁北部海岸边的城市皮乌拉展开，具体地点为中学的校园、校长的办公室、城市的梅里诺广场、桑切斯大街等。

小说人物有带领学生罢课、中学最后一年级的、被称为"首领"的学生；有故事的讲述者、具有领导者才能的主人公；有自称有东方人血统的学生卢，他的额头窄，嘴巴小，眼睛也小，面部皮肤凹陷，面颊突出，在一次同主人公的格斗获胜后被称为丛林狼群的领袖；有主人公最亲近的朋友哈维尔，他是个十分勇敢的学生；还有大嗓门儿的学生拉伊加达，罢课失败后他真想大哭一场。

在结构上，小说分为五章或五段，章节以罗马数字为序。故事一开始就进入高潮：学生们在学校的广场上举行抗议活动，要求校长撤销取消考试日程表的规定。

作品由4个基本事件构成：即组织罢课；学生领袖同校长的谈判，校长制定考试日程表；学生领袖之间的权力之争：主人公——叙述者和卢之间的矛盾斗争；由于一群学生拒绝参加而导致罢课流产。

小说充分暴露了学校当局的不公正。学校校长费鲁菲诺蛮横无理，动辄对学生斥责、谩骂。作品中写道："校长举起双手，拳头紧紧地握着：'你给我住口！'他愤怒发吼道：'你住口！你这个动物！你怎么可以大胆！'"这些学生被称为"首领"，主要是因为他们是学校的老学生，还因为他们是学生们的主心骨，他们受到全校学生的声援。主要问题是校长拒绝让学生们了解考试的日期。无疑这会影响学生们的考试成绩。"首领们"的行动无疑需要勇气、献身精神和团结一致，必须采取坚决的措施，号召学生们积极参加，直接面对盛气凌人的校长，不达目的决不罢休。这充分表现了"首领"和学生们的斗争精神。

另一篇小说《决斗》，最初题为《清算》，写的是两个人为了男人的气概问题而发生的一场决斗。故事开始时，叙述者胡利安和布里塞尼奥与莱翁正在皮乌拉一家酒吧里喝酒，名叫莱奥尼达斯的老汉突然跑进来对他们说，当天半夜里胡斯托和外号叫跛子的在逃犯将在一个名叫"水塘"的地方持刀子决斗。他们说好，夜里10点半在酒吧重聚，于是各自离去。胡利安回了家，妻子还在等他，他的妻子说，他得出去办一件事。按照约定，他回到酒吧，过了一会儿，胡斯托也来了。两人离开酒吧，去找其他朋友。走到桥附近，他们遇到了莱翁和布里塞尼奥。大家一块向"水塘"走去，"水塘"在城郊，那里有一棵高大的角豆树，倒在干涸的河床上。跛子和他的人见到了胡斯托和他的朋友们。莱奥尼达斯也在那里，他应跛子的要求说，他是自愿来的。两个对手跛子和胡斯托做好准备。两个人的刀子都检查过了，每个人的手臂上都搭着一毛毯子，一起走到"水塘"那里去搏斗。搏斗很激烈，让人看了晕头转向，双双勇敢无畏，都使出了浑身的解数。胡斯托拼命靠近对手，二人拨打在沙地上，两个人翻来滚去。最后跛子爬起来，胡斯托受了重伤，竭力想站起来。这时跛子冲老汉喊道："莱奥尼达斯！……你告诉他，让他投降！"老汉回答："住口，继续搏斗！"胡斯托试图再次袭击对手，但是体力已经不支，不由得倒地而死。跛子和他的人撤了。胡斯托的朋友们走到他身边，情绪激动地用毯子把他包起来，扛到肩上，回到城里。在路上，莱翁对落泪的老汉说："别哭了，老家伙。我从没有见过哪个人像你儿子这么勇敢。"

两个颇有血性的青年为了证明谁更有男子汉气概，谁更有种，而欣然采取械斗的方式来分高下，在众人的鼓动下终于分出了胜负，却不幸酿成了一出悲剧。当父亲的本想儿子能战胜对手

为自己增光，儿子却可怜地丧命，他不可避免地流下了伤心的
泪水。

　　小说的主要人物有两个：一个是"跛子"，其年龄比对手大，
也更有经验，善于格斗，身手灵活，最终胜出；另一个主要人物
是胡斯托，他几乎还是个孩子，虽然接受了对手的决斗要求，但
他太年轻，又缺乏经验，结果不敌强手的进攻，不仅败北，而且
丧失了宝贵的生命。

　　故事发生的地点是秘鲁北部海岸边的皮乌拉城，人物的活动
舞台是一家酒吧、城市广场、卡斯蒂利亚大道、一座桥、防波堤、
皮乌拉河的干涸河床。

　　作品的艺术特点是：故事是直线叙述的，并以第一人称叙述，
用的是过去时，故事描述得紧凑有力，尤其是描写决斗的那一部
分。对环境、气氛和地点的描写都是现实主义的，笔调朴实、娴
熟，语言自然、明快。

　　第三篇小说《星期天》写的也是决斗，只是这场决斗没有流
血，决斗是因为两个米拉弗洛雷斯青年米格尔和鲁文都爱一个名
叫弗洛拉的姑娘。故事开始时，米格尔克服了他的胆怯心情鼓起
勇气向弗洛拉示爱。但是弗洛拉没有立刻答应他，她说她得首先
想一想。而这时他得知弗洛拉那天下午要去一位女友家参加庆祝
活动，她在那里会遇到另一个青年鲁文，鲁文会对她表白。这事
使米格尔感到不安，于是他去找鲁文，结果在一家酒吧看见他正
在和他的几个朋友在一起喝酒聊天，他们都是所谓"丑大鸟"团
体的成员，都遵守着独特的行动原则。米格尔向鲁文提出决斗，
先是比赛喝酒，谁喝得多吃得多谁胜，最终不分胜负，打了个平
手。随后，鲁文向米格尔提出比赛游泳。正值冬天，昼夜寒冷，
加上都喝得醉醺醺的，米格尔有点犹豫，加上知道对手是一位出
色的游泳者，更加犹豫了。不过，当鲁文向他保证：如果他获胜，
他就不再向弗洛拉表白爱情，他还是同意了。于是二人向海边走

去，并跳下了海。他们的朋友在岸上观望。但在游泳中，鲁文发生了腿抽筋，害怕淹死，便要求米格尔帮助，米格尔赶紧把他救上了岸。鲁文承认米格尔获胜，但他又说，这只是因为他救了他。米格尔没说什么，但是他心里感到很高兴，因为很快大家会知道他战胜了鲁文，他得到弗洛拉的可能性更大了。

决斗，无疑是一场你死我活的格斗，往往是残酷无情、势不两立的。而在这篇作品中，虽然双方都信誓旦旦要打败对方，但是当一方因抽筋而面临溺水和危在旦夕时，另一方并没有幸灾乐祸，落井下石，而是在对方要求帮助时，欣然伸出援手，使两人都平安地回到岸上，避免了悲剧的发生。足见决斗者并非都是冷酷无情之人。

第四篇小说《小兄弟》是小说集中唯一一篇以秘鲁山区为背景的作品，主要人物是年轻的两兄弟：哥哥叫大卫，弟弟叫胡安，都是一位庄园主的儿子，但是生长的环境不同。大卫一直生活在富足的庄园主身边，而胡安却在海边的城市里受教育。二人的性格和为人完全不同：大卫继承了前辈野蛮对待印第安人的态度，胡安却为人正直，公正无私。在小说中，描述兄弟二人在田间追捕一个从庄园逃跑的印第安人，因为他被控强暴了他们的妹妹莱奥诺尔。原来那个印第安人受大卫委托守护莱奥诺尔。但据莱奥诺尔讲，印第安人竟利用这种信任大胆妄为。兄弟二人终于在一处瀑布附近找到了印第安人，大卫不由分说伸手就打，直到把他打死，胡安想制止哥哥的暴行，但是徒劳。两人回到庄园，胡安为看到的事件感到不安，对哥哥说他要回城去，因为他若继续留在庄园里，最终他"会相信干那样的事情是正常的"。随后兄弟两去看莱奥诺尔，但没有把发生的事情告诉她，只是说印第安人逃走了。但是对她保证说，印第安人很快就会被抓回来。这时莱奥诺尔令人震惊地说了实话：她被强暴的事是谎言，她那么说是为摆脱印第安人的管束，看到他在面前，她感到别扭。这个可怕的真相使胡安极为不安。大卫却无动于衷。胡安迫不及待，骑上马决计永远离开庄园，但是他又立即返回，直奔监禁犯事的印第安人的地方，下马踢开锁，把印第安人全放了。然后他回了家，对自己的做法感到满意。大卫迎接了他，请他喝了一杯。故事结束了，但回味起来，又令人感到悲喜交加。由于莱奥诺尔说谎，大卫轻信其言，错杀了无辜的印第安人，着实让人感到痛心；好在胡安人好心好，主持公道，虽然未能制止哥哥的暴行，但是勇敢地解救了遭监禁的印第安人，确也让人感到欣慰。兄弟二人，虽是同根生，心地不同。一个因生活舒适而卑视甚至仇视印第安人，不惜施以暴力；一个因在外过着艰苦的生活而同情贫苦的百姓，不忍看着他们受罪受苦而毅然决然释放了他们。两相对照，两个截然相反的人物形象卓然而立。但小弟弟的形象更为高大。

第五篇小说《不速之客》的主人公是一个绰号叫"牙买加人"的黑人，他突然闯进秘鲁北部流沙地区的一家客栈，制伏了女店主梅塞德斯，绑住了她的手脚。这个"牙买加人"是个囚犯，经理答应他：如果他能找到名叫努马的囚徒（两个人可能是同伙），就给他自由。努马是女店主的儿子，牙买加人决定在客栈里等努马，一伙警察也藏在店里等着抓他。警察的头儿是一名上尉，他的助手是军曹利马。努马果然来到客栈，他立刻被制伏并戴上手拷。警察们抓到努马后便骑马扬长而去，扔下"牙买加人"任命运支配。他听见从附近灌木丛里传来了脚步声，那肯定是努马的朋友们，他们是来找"牙买加人"进行可怕的报复的。

"不速之客"显然指的是一个叫"牙买加人"的黑人，他为了自己获得自由不惜出卖狱友，其下场无疑是不幸的，努马的朋友们必定找他算账。

第六篇小说《祖父》的主人公是一位老人，或小老头儿，名叫堂欧洛希奥，是一个古怪而可厌的人，由于爱玩恶作剧而受到家人（儿子和儿媳）的排斥。晚间，他躲在自家的花园里，等待小孙子出现，好吓唬他进行报复。为此，他找到一个骷髅，把它刷干净，仔细涂了油，里面放了一支蜡烛，然后搁在花园里。他终于看到孙子来到花园，便悄悄地燃着了蜡烛，又立刻点燃了骷髅，马上出现了一副可怕的景象。孩子见了不禁恐惧地大叫起来。老头儿迅速逃到大门外，为他的报复感到得意。这个老者因玩的恶作剧得逞而心中窃喜，却不考虑他的举动会给其小孙子造成怎样的心理阴影。他是个老顽童还是个心存恶意的老东西，自有公论。

综观这六篇小说，可以看到：其主人公大多是青少年，他们的行为有暴力倾向，其作为有相当的真实性，其灵感无疑来自作者自己青少年时代的经历或见闻。主要人物都是男性，他们崇尚勇敢、竞争、格斗和复仇。人物的活动地点包括秘鲁许多地方，有皮乌拉、秘鲁山区、利马城区、秘鲁北部沙地等。作品的风格都比较流畅、纯净、确切，有些描写而不乏诗意。此外，可以认为这些小说的主题和所写的人物是作者后来写的长篇小说的雏形。

在谈到这六篇小说时，巴尔加斯·略萨颇有感触地说："它们是我从1953—1957年在利马上大学期间写了撕、撕了又写的许多故事中'九死一生'残存下来的。虽然没有太大的分量，我却十分喜欢，因为它们让我想起那些艰苦的年代。在那些年代里，尽管我把文学看得比世界上任何东西都重要，但说真话，我从没有想到过有一天我会成为作家。"①

他还说："《首领们》是我的第一本书，实际上写它时我还很年轻，写的是我对给我的文学才能提供营养的阅读的回忆。那些阅读让我相信，文学是我生活中存在的最好的东西。通过阅读诗歌、短篇小说和长篇小说，我才能过一种比每天的单调生活更丰富、更多样的生活。它推动我做一个作家。《首领们》是50年代

---

① 《首领们》的作者自序。

初我在秘鲁上大学时写的许多短篇小说的选集。我相信，如果没有那些阅读，我是写不出来的。这种阅读是基本的，是一个作家最重要的事情。不幸的是，今天它不像我少年时代那么阅读像安德烈·马尔罗那样崇拜的一位作家了。在 50 年代，至少我在利马圣马科斯大学读书时，马尔罗是我敬仰的作家之一。"①

乌拉圭作家、诗人贝内德蒂评论说："尽管《首领们》是一本小书，但它具有一定的价值。今天它之所以一版再版，主要是由于它作为一个先例的价值。现在人们很容易确认，题为《首领们》的短篇小说是《城市与狗》的题材的早期表现。而同一本书的第一篇小说《星期天》的语言结构预告了若干年后卡洛斯·富恩特斯和胡利奥·科塔萨尔运用的结构。"②

《幼崽们》（1967）

这篇小说源自巴尔加斯·略萨在一家地方报纸上读到的一篇新闻报道。该新闻报道谈到一个七八岁的男孩受到一只狗攻击的事件，这使他丧失了生殖器。于是巴尔加斯决定据此写一写这个孩子的遭遇。

小说讲述一个男人从进入学校到他遇车祸不幸死亡的悲惨故事。他还是个孩子的时候，他遇到一个事件，这决定了他的一生。事件就是一只名叫犹大的狗闯入浴室，对他进行了攻击，此后他便丧失了生殖器，这严重地影响了他未来的生活，种种心理问题困扰着他。

小说一开始描述主人公奎亚尔遭到不幸以前的生活。他是个

① 2012 年 11 月间阿尔法瓜拉出版社出版巴尔加斯·略萨全集中的《城市与狗》等 4 部作品时在巴塞罗那大学礼堂的讲话。

② 《巴尔加斯·略萨和他的早期小说》，〔乌拉圭〕马里奥·贝内德蒂作。

正常的孩子，在利马弗洛雷斯区一所小学读书，学习勤奋刻苦，喜欢体育，酷爱足球胜过其他，他是班上最小的学生，却有一些好朋友，一块踢足球，一起游泳。但是事件发生后，随着年龄的增长，许多事情都变了，心理也发生了混乱。无疑，最初的变化是放弃了学习，不过生活还是正常的。然而当他成长为一个少年时，心理问题便出现了。

当奎亚尔十四五岁的时候，他和他的朋友们都开始被女孩们所吸引。随着一年一年地长大，他的四个好朋友拉洛、马努科、钦加洛和乔托都有了女朋友。奎亚尔感到自己被朋友们抛弃了，为了排解孤独心情，他便开始无节制地喝酒。后来，他遇到了一个名叫特雷莎·阿拉特的女孩，似乎一切都变了。他爱上了她，他自己也变得快活了，也愿意和朋友交往了。但是她并没有向他表示什么，而是和另一个男孩要好了，他简直疯了。但在此之前，奎亚尔已经改变了他的态度：他回到他的朋友们身边，经常出入老地方，尽量表现得好一点。但由于他和特雷莎的恋爱关系，他的举止有些失常，和朋友们也疏远了。当朋友们结婚的时候，他和朋友们的关系便结束了，从此以后，直到他遇车祸死去，人们对他的情况几乎一无所知。

在结构上，此作分为六章。在这些章节中，主人公奎亚尔度过了他一生的各个阶段：童年、少年、青年和成年（在心理上却始终没有成熟）。第四章是转折点。直到这一章，奎亚尔方才体验到由于他的问题而导致的失败和孤立。但是他的问题并没有为他带来深刻的影响。实际上，他一直怀着某种希望。由于他跟特雷莎的恋爱，他便设法克服他的问题：他一定要向特雷莎表示，他要找医生治疗。但是他并没有行动，结果他依然如故。从此，他便颓废下去，一天比一天自卑自贱，堕落下去。

后来他认识了一个叫纳奈特的妓女，并经常和她幽会、交谈、喝酒，比以往更加疯狂，常常和其他青年一起登上冲浪板，发疯地在海浪上下翻飞，或者教他们开他的沃尔沃，造成了数次撞车事件。有一个时期，他特别热衷于体育，但是随后又爱上了疯狂的生活，参加危险的比赛，在城市的环路上飙车，不怕违反交通规则，发生交通事故后就和朋友们吵架，从此不再见面。终于在去北方的路上发生汽车撞击事件，致其丧生。尽管看上去事件不可避免，但是他的老朋友们还是为他的悲惨结局感到痛心。这是一个十分不幸的孩子，短短的一生连连遭到不顺心的事：先是被狗咬掉了生殖器，这为他带来严重的心理障碍，后来交了女朋友却遭到抛弃，使他的生活潦倒不堪，最后又在疯狂的飙车中丧失了生命。他就这样告别了本来是有希望的、美好的一生，不禁令人扼腕叹息。

小说不失为一部小小的杰作，因为它有着作者的长篇小说的具有的叙述力度、不乏新颖和吸引读者的魅力，同样表现出了作者叙事的才能。

《幼崽们》和《城市与狗》及《绿房子》一脉相承，依然具有实验性：叙述节奏快，生动有力，笔调流畅。为此，作者采用了种种表现手段：对话、描述、描写、声音、想象、沉思，等等。不具有实验性的是时间和空间，而且是事先规定好的。时间是直线前进的，它贯穿了一个人生命的各个阶段。

在谈到《幼崽们》的写作感受时，巴尔加斯·略萨说：《幼崽们》和《首领们》一样，"写的是孩子们的小圈子。不过这个故事写的不是青少年的恶习和过失，而是一件1965年发生在秘鲁的成年人的事。我不如说是反复写，因为这个故事我至少写了12稿，始终难以脱手。自从我在一份日报上读了在安第斯山一个小村庄里一只狗咬了一个新生婴儿的小鸡鸡的报道后，这件事一直萦绕在我的脑海里。从那时起，我做梦都想把这一离奇的伤痛写成一个故事。这种伤痛跟别的伤痛完全不同，随着时间的推移，它不但不能逐渐平复，反而愈来愈严重……我更希望把《幼崽们》

写成一个被唱的故事，而不是被读的故事，因此我选择每一个章节都是既考虑到它的音乐性，又考虑到它的可讲述性。"①

　　乌拉圭诗人和作家马里奥·贝内德蒂十分看好这部作品。他说："这是一部上百页的小说（用哈维尔·米埃塞拉奇斯的著名照片的插图）。在小说范围内，这是一部完美的成功之作，是在拉丁美洲写的最紧张最有力的故事之一。巴尔加斯·略萨在小说中表现的依然是《首领们》和《城市与狗》中表现过的少年帮派活动主题。《首领们》和《幼崽们》之间在艺术上，甚至可以说在职业上的距离是巨大的：是一部胆怯的草稿和一部杰作之间的距离。即使把它同《城市与狗》这部杰作相比……《幼崽们》也要好一些，因为作品中既没有中途上的零星的坑洼，也没有巡游路上的疑虑。什么也不多，什么也不少。"②

《丰奇托和月亮》（2010）

　　《丰奇托和月亮》是一篇充满柔情、非常美丽的儿童故事。它和那类充斥着卑劣的巫婆、天生丽质的公主、既英俊又勇敢的王子、可怖的妖怪、凶猛的龙、慷慨而热情的仙女、狡猾的小矮人、有毒的苹果、举世无双的百牲祭、令人着迷的景致和各种各样的巫术的儿童故事不同，它是一篇现实主义故事。在这篇虽然不长却很紧凑的作品中，作者写了一个大约七岁的小男孩，他爱上了他的同班同学涅瑞伊得斯。他想吻一下她的面颊。为此，他必须答应一个条件，即他必须把月亮给她摘下来。

　　作品以一句实际上包括了全部故事情节的话开篇："丰奇托非常渴望吻班上最美丽的女孩涅瑞伊得斯的面颊。"接下来描绘了女

---

① 见《幼崽们》的"作者自序"。
② 《巴尔加斯·略萨和他的早期小说》，〔乌拉圭〕马里奥·贝内德蒂作。

孩的头发：她的头发又长又黑，就像希腊神话中温柔的斯和多里斯的五十个女儿一样。在丰奇托看来，涅瑞伊得斯无疑是像地中海的那些仙女那么美丽的女孩。

有一天课间休息时，丰奇托鼓起勇气有礼貌地问涅瑞伊得斯："我想吻一下你的面颊，你同意吗？"美丽的小女孩脸红了一阵，淘气地回答他说："好啊，不过你得把月亮给我摘下来。"

最初，丰奇托有点泄气，但从此刻起，他便考虑如何才能把月亮摘下来献给涅瑞伊得斯。

丰奇托每天晚上都注视着月亮，就是说，当晚上月亮出来的时候。因为在利马城，月亮出来的时刻很少，原因是一年中许多月份月亮都被云彩遮着。

出于对涅瑞伊得斯的爱，丰奇托一直坚持不懈，终于有了结果：他心情激动地发现，月亮不仅挂在天上，也在他的身边：反射在他父亲堂里戈维托用来浇花的水桶里，那一盆盆的天竺葵使他家的屋顶平台充满了香气和生机。

在高兴地发现了水桶里的月亮之后，丰奇托对涅瑞伊得斯说："好了，我知道怎样把月亮摘下来献给你啦。我什么时候能去你家呀？"涅瑞伊得斯回答说，只有星期四才行，因为那一天她父亲跟朋友们去俱乐部，她母亲去打桥牌。

下一个星期四，丰奇托去了温瑞伊得斯家。很幸运，月亮正在天上闪闪发光。于是丰奇托要求小女孩拿着一个盛满水的器具，用来满足她的愿望。在屋顶平台上，丰奇托把盛水的器具放在一个适合的地方，然后把他的女友叫来。女友透过微微颤动的水，看见器具底部有一个圆圆的黄色小月亮。故事以小女孩让丰奇托吻她的面颊结束。

这个故事告诉我们，为了爱情什么都是可能办到的。由于爱情，哪怕是最平常的事情也能够变成奇迹。为了达到目的，丰奇托不需要无所不能的仙子和魔棒，也不需要任何幻想。为了满足其女友的要求，他的想象和意志足够了。

　　故事充分反映了主人公丰富的想象力，善良的心灵和智慧。语言通俗易懂，纯朴自然。

《孩子们的船》（2014）

　　《孩子们的船》是一篇美丽的小说，小说有苏萨纳·塞莱霍所配的插图，是作者根据法国文坛王子马塞尔·施沃布（1867—1905）的儿童故事《孩子们的十字军》（1896）改编的。

　　小说故事写一个名叫丰奇托的小男孩每天去海边看一位老人，那个老人坐在一条板凳上望着大海，似乎期待着发生什么事情：一条坐满孩子的船在前往法国的途中遇难。老人对小男孩讲述道，那是在1212年，有一个消息广泛流传，说几个少年断言，耶稣基督曾亲自来看他们，基督让他们组织一支孩子十字军，去收复被穆斯林占领的圣城耶路撒冷。不到一个月时间，三万个法国孩子就组成一支庞大的十字军，他们怀着必胜的信心，由一些教徒和香客伴随，开始向耶路撒冷进发。但是十分悲惨：这些孩子似乌合之众，忍饥挨饿，被他们的信息冲昏头脑，横扫经过的全部田野，最后到达法国海边城市尼萨，从那里又前往埃及。到了埃及后，孩子只剩下3000人，成年人只剩下300人，绝大多数中途开了小差，或者因过度劳累和饥饿而死去。一路上发生的这些意想不到的悲惨事件令人扼腕。

　　小说将传记和历史事件交织在一起，编织了一个既感人又令人叹息的故事，既暴露了耶稣不顾天真的孩子们的死活、鼓动他们去承受不可承受的艰难险阻的奸诈嘴脸，又对孩子们的盲目信仰和遭受的磨难及不幸表示了深切同情。

　　这篇小说被收入由作家亚历桑德罗·巴里科选编的《拯救小说丛书》。丛书所收作品都是当代著名作家为广大小读者写的，目的是让孩子对这些世界性的作品的阅读持续不变地坚持下去，一代一代地激励他们的生活，并从中得到教益。参加写作的作家有温贝尔托·埃科、伊扬·李、安德烈亚·卡米勒里、戴夫·埃格斯等。

巴尔加斯·略萨 2010 年出版儿童小说《丰奇托和月亮》，开始儿童文学创作。不久又写了这篇优秀儿童作品，为孩子们提供了富有教益的读物。

巴尔加斯·略萨思想与创作嬗变的轨迹

马里奥·巴尔加斯·略萨（1936—　）是秘鲁著名小说家，2010 年诺贝尔文学奖获得者。自 1963 年发表成名作《城市与狗》开始，至今已出版长篇小说十六七部。他的名气早已超出拉美，成为世界文坛上的风云人物。由于他的大部分作品已介绍到我国来，所以他也是我国读者颇为熟悉的拉美作家。在这种情况下，考察一下他的思想与创作的轨迹，看看其间发生的变化，应该是必要的、有益的。

一

从《城市与狗》到《酒吧长谈》（1969），是巴尔加斯·略萨小说创作的第一阶段。这个时期的略萨，风华正茂，血气方刚，充满革命热情，曾积极投身学生运动。他回顾那时的情景说："我怀着青年人的热情，参加革命活动：在墙上写标语，号召工人罢工，批评老师，参与严密的阴谋活动。"① 出版《城市与狗》时，他已是古巴革命和秘鲁游击运动的坚决拥护者和维护者。他在 1962 年写的新闻报道《古巴，被包围的国家》和《革命纪事》

---

① 巴尔加斯·略萨《逆风顶浪》，1983 年，第 381 页。

中，对古巴人民进行的革命和建设事业表示了由衷的敬佩。1965年他和他的秘鲁同胞发表题为《夺取阵地》的宣言宣称："我们赞成武装斗争，谴责试图歪曲游击战的民族主义性质的新闻宣传，反对政府的暴力镇压，在道义上支持还在为秘鲁人生活得更好而献身的人们。"①1966年他进一步指出，拉丁美洲的知识分子应该为本国的解放和建立社会主义而斗争：

> 我认为，两者——知识分子和创作者——应该占据一个阵地，为民族的解放进行斗争。此外我还认为，作为文化工作者，我们这些不发达国家的作家，对我们决心破坏和取代的制度的灭亡丝毫不感可惜，拉美的统治阶级在文化方面和在经济与社会关系方面一样无能、腐败和不合理。他们治理的国家充满文盲，缺少文化生活和文化人，文学艺术活动失常，缺乏作家和出版家。对这种制度，我们没有必要维护，我们是天然的反对者，要为推翻和代替它而斗争，取代它的只有社会主义。②

1968年和1969年，他还赞赏切·格瓦拉的斗争精神说："生前最后几个月他在玻利维亚的表现，在拉美的历史上足可以使他同彼利瓦尔和马蒂一样占据重要篇章。不仅因为他也是一名知识分子和实干家，而且因为他的政治雄心和信念同他们有巨大的共同点。"③与此同时，他对拉美社会制度的支柱之一的基督教进行了十分激烈的抨击。他说："我认为，任何一种学说，只要它宣扬对伤害行为应该容忍和宽恕，用某种设想转移穷人的注意力，它

---

① 巴尔加斯·略萨《逆风顶浪》，1983年，第74页。
② 巴尔加斯·略萨《调查：知识分子在民族解放运动中的作用》，《美洲之家》杂志，1966年，总第35期第97页。
③ 巴尔加斯·略萨《切的日记》，《面具》杂志，1968年，总378期第27页。

就是一种有害的学说，必须与之斗争。"①

显而易见，这个阶段的巴尔加斯·略萨，的确充满政治热情，积极支持革命运动，支持社会主义，主张消灭黑暗腐朽的社会制度，对国家的现状、民族的命运和人民的处境表现出强烈的忧患意识。他的思想是革命的、激进的。正是在这种思想的支配下，他创作了一种具有战斗精神和革新精神的文学。这种文学，在思想内容上，大刀阔斧，锋芒毕露，无情地针砭社会的弊病，抨击的矛头直接政权、军权、神权，具有强烈的批判现实主义倾向。在表现手法上，大胆尝试，勇于创新，构思新颖，时空多变，气势博大，笔力雄健。由于在作品结构上取得了打破传统的突出成就，赢得了"结构现实主义大师"的荣誉。

这个时期，巴尔加斯·略萨出版了三部小说，即《城市与狗》、《绿房子》和《酒吧长谈》。《城市与狗》写的是秘鲁一所军校的学生生活。这些学生来自不同的社会阶层，属于不同的种族，怀着不同的动机。但是在学校当局的铁的纪律的束缚下，都要被训练成合格的军人。正是这种纪律和训练，压迫、欺骗、摧残和戕害着这些青少年的心灵。漂亮的军服以及规章条令，掩饰不住军校内的种种矛盾、冲突和斗争。作者曾在该校学习，繁重的课程和频繁的军事演习，使他感到那里像个教养所。弱肉强食的人际关系和军事当局的腐败，给他留下痛苦的记忆。在小说中，他怀着满腔义愤，对军校的黑暗统治做了无情的揭露。这是作者第一次向军权发动的笔战，因而引起军事当局的仇视。上千册书在该校被当众焚毁，作者也被宣布为"秘鲁的敌人"，甚至几乎被取消国籍。然而正是这个事件，使他这个默默无闻的青年一举成名。小说也迅速流传欧美，被译成二十几种文字，并获得西班牙批评奖和"简明丛书"奖。

---

① 巴尔加斯·略萨：《总之，一位热心写作的作家》，《微型文选》，1969 年，第 74 页。

　　《绿房子》以皮乌拉省城和原始丛林为背景，交替、穿插描述
了若干令人触目惊心的故事，如"绿房子"妓院的兴衰枯荣、地
痞流氓的伤风败俗、印第安姑娘的悲惨遭遇、投机商的为非作歹
和警察当局的暴虐无道……作品通过这些故事勾画出当代秘鲁社
会的一个缩影，刻画了各个社会阶层的人物形象：寻衅闹事的无
赖、惨遭蹂躏的妓女、心肠毒辣的修道院长、明火执仗的强盗、
横行不法的军警、受人宰割的土著，等等。小说围绕"绿房子"
妓院所描述的一切，令人信服地证明了秘鲁社会的黑暗、政治制
度的反动、统治阶级的腐败、土著居民的愚昧和平民百姓的痛
苦……同时作者也满怀同情地赞扬了印第安人为反对剥削、压迫
而进行的反抗斗争。虽然这种反抗被野蛮地镇压下去，但它告诉
人们，秘鲁像一座火山，类似的反抗会随时爆发，不合理的社会
制度必将被埋葬。

　　《酒吧长谈》的故事发生在长达八年的奥德里亚独裁统治时
期。作品以对话、回忆往事和内心独白的形式描述了进步知识分
子圣地亚哥、独裁政权的代表人物贝穆德斯、百万富翁萨瓦拉和
有奶便是娘的司机安布罗西奥的经历和悲剧，以及其他许多人物
（从将军、部长、参议员到工人、女仆、流氓、妓女、同性恋者
等）的生活。小说通过对这些人物的描写，展示了奥德里亚统治
下的社会现实。这个独裁者专用腐蚀、阴谋、两面派手法进行统
治。在他的统治下，秘鲁社会变成了一个用手指一摁就流脓的毒
瘤。用书中人物贝赛利达的话说，作者写这部作品的目的就是
"使劲地摁，直到脓水流出来"。

　　从思想内容上不难看出，这三部小说明显地体现了巴尔加
斯·略萨关于"文学是一团火"的创作思想。他认为，"写小说
就是对现实的一种反抗"，"作家必须全面地反映现实"，"应该像
兀鹰啄食腐肉那样，抓住现实生活中的丑恶现象加以揭露和抨击，
以加快旧世界的崩溃"。对秘鲁的社会状况和社会制度，他了如指

掌。秘鲁社会是一个充斥着种种流弊、陈规陋习、种族压迫，等级森严的社会。他认为这种腐败的社会有如一条恶狼，它有三张血盆大口，分别代表政权、军权和教权，不断从腐烂的内脏里喷出毒焰，将千千万万善良的人民熏倒、吞噬。总之，文学是一团火，应该以火一般的烈焰，像火化尸体一样焚烧腐朽、反动、毒害人民的社会。巴尔加斯·略萨正是以这样的精神，运用他那"抗议压迫、揭露矛盾、批判黑暗"的笔，写出了上述三部激浊扬清、振聋发聩的小说。

在表现手法上，这三部作品各有特点。特别是《绿房子》和《酒吧长谈》更以其结构现实主义方法著称。仅以《绿房子》为例。

《绿房子》打破传统小说的旧套子，大胆吸收欧美现代派表现技巧，创造了一种崭新的小说结构和叙述形式。全书的故事由五个主要情节组成。按照习惯，作者本可以将五个情节依次叙述。但是他认为，现实生活是丰富多彩的，文学作品也应该用富有诗意的艺术品来反映，不然就缺乏魅力，单调乏味。所以他便采用了一种新式的结构，即把五个情节分割成若干断面或小块，把本来的时间、地点、独白、写景等的顺序打乱，把这些小块规则地交错穿插在一起，分头叙述。并且在叙述中运用跳跃、颠倒、独立、交叉、并行、混合等多种形式，故事中套着故事，对话中夹着对话。这样的结构和叙述形式新奇别致，多姿多彩。在作者的安排下，现实生活仿佛万花筒一般五彩缤纷、斑斓悦目。作者把这种手法具体概括为三种方法，即"中国的套盒术"、"连通器法"和"突变法"。按照他的解释，"中国的套盒术"就是像中国的套盒那样，"故事里的人物可以再讲故事，他讲的故事中还可以再套别的故事"；"连通器法"，即把不同时间和地点发生的事件、人物和环境通连到一个大故事中，从而合成一个新的整体；"突变法"，就是"不断地积累一些因素，或者说制造紧张气氛，直到所描写的事物突然发生变化为止"。运用这些方法的目的是"使读者产生好奇、疑惑和惊讶，从而产生催化作用"。当然，如果对这种手法不了解，读时可能不得要领，甚至眼花缭乱，感到困惑，如堕迷宫。而一旦明白作者使用的技巧和结构形式，就会感到柳暗花明，茅塞顿开，津津有味地读下去。

二

大约从 19 世纪 70 年代开始到 80 年代初，巴尔加斯·略萨的政治思想发生了根本性的变化。就是说，他的立场从左翼转向了右翼。他的这一变化是从古巴的"帕迪利亚事件"开始的。诗人帕迪利亚被指控为美国情报局特务，锒铛入狱。后来他写了"自我检查"，公诸于世。这个事件在西方文坛引起一场轩然大波。巴尔加斯·略萨和六十名拉美与欧美的著名作家联名写信致古巴总理菲德尔·卡斯特罗，对古巴政府迫害作家的做法表示抗议，接着他辞去古巴"美洲之家"杂志的编委职务，离开了古巴，不再支持它的革命。1974 年，他发表谈话，对社会主义感到失望。他说："我一直认为社会主义不仅可能在地球上建立更合理的秩序，而且可能实现真正的人类自由。但是经验证明，我已经不能像从前那样怀着幻想、兴奋和乐观的情绪选择社会主义了。"1976 年他认为"政治是有害的，因为它是一切现代大屠杀和为人类带来种种灾难的战争的根源"。1978 年他发表文章，直截了当地抨击社会主义和马克思主义。他说："如果说年轻时我拥护它们，今天我觉得自己几乎完全同马克思主义和社会主义相对立了。因为我认为在纠正不合理的现象方面，马克思主义的政治和方法不如自由与民主的学说和哲学有效。"在他看来，社会主义是地球上最糟糕的制度，它还不如智利、阿根廷和菲律宾的独裁政治，因为"那里没有那么多审查，新闻自由多一些，甚至可以批评当局"。

巴尔加斯·略萨的这种转变，的确是根本性的。在此之前，他本是反动、腐朽的社会制度的不共戴天的敌人。现在却背弃了他前期的进步政治主张和激进的思想立场。

这个阶段的略萨，由对社会主义感到失望进而抨击它，公开袒护资本主义制度，放弃了自己过去的信仰和主张，所以在文学创作上也转向了保守和传统的轨道。

在创作思想上，他认为对腐朽、堕落的社会进行暴露已不重要，对统治阶级的抨击已不必要，对社会制度带来的弊病的批评已不实际，现状即使混乱也要维持。面临的现实问题不再是社会的、集体性的，而是个人的、个别的。由此出发，他的表现重心再也不是社会和它的现实，而是一两个人物或问题。如在这个时期出版的《胡利娅姨妈与作家》（1977），小说描写的重点是发生在18岁的作者本人和远非妙龄的胡利娅姨妈之间的、被斥之为"大逆不道"的爱情故事，而能够说明社会如何吃人的剧作家卡马乔的悲剧和表现世道不公平的短篇故事却被放在了次要地位。从小说的全部内容看，它的暴露意义同作者前期的作品相比，显然微不足道；在反映现实的深度上，也远不能和以前的作品相提并论。

《世界末日之战》（1981）的情况也大同小异。在题材上，这部小说干脆转向了历史。它写的是巴西已故著名作家达·库尼亚（1866—1909）在《腹地》中写过的故事——巴西历史上有名的卡奴杜斯农民起义。对当今社会矛盾和阶级矛盾依然尖锐的拉丁美洲来说，这种题材虽然具有现实意义，但是它距离今天毕竟太遥远了。在人物表现上，小说更多的是注重人物的个性，而不是人物生活的时代。甚至把反动人物在一定程度上当正面人物来描写。例如卡尼亚布拉瓦。他是封建贵族的代表人物，帝国时期曾任部长和驻英大使，是巴伊亚洲自治党的党魁。他拥有大片土地、矿山和工厂，支配着和操纵着州政府和州议会，是个地地道道的土皇帝和专制主义者。这种人物本应是作者疾恶如仇、口诛笔伐的反动派。但在小说中，他被赋予了种种美好的品质：态度沉着、冷静、乐观，善于分析问题，讲求实际，不耍两面派，足智多谋，令部下信服、尊敬，彬彬有礼，待人热情，连渔夫都对他脱帽致意。在作者的笔下，这个独裁者似乎不是恶魔，而是天使；不是狡诈的统治者，而是值得人们效法的典范。此前，巴尔加斯·略萨从没有以赞赏的笔调描写过任何一个反面角色。由此可以证明，他已经改变了他对他一直谴责的拉丁美洲独裁者们的观点和评价。《胡利娅姨妈和作家》中属于统治阶级的企业主小赫罗纳也被写成了一个进步、勤奋、友善、平易近人和充满活力的人。他和他父亲老赫罗纳都很慈悲：应卡马乔要求辞掉可怜的小巴勃罗时，他们表现出宽宏大度的容忍态度。略萨对这类人物的看法截然不同于在前期小说中对同类人物（《城市与狗》中的军校校长、《绿房子》中的镇长和《酒吧长谈》中的贝穆德斯等人）的看法。

在表现手法上，这个时期的小说明显地发生了向传统手法回归的现象。如《世界末日之战》。虽然在部分结构布局上采用了少量现代派小说的技巧，但从总体上说，运用的却是传统的现实主义手法。事实上，这时的巴尔加斯·略萨已经对具有创新特点的表现技巧不感兴趣。他认为"当代小说正陷入一种荒唐和危险的矫揉造作之风中。为追求形式而把小说引向了令人生厌的道路，而且作者麻木不仁，把文学弄成了古墓一类的玩意儿……许多人正在转回传统小说的路程上，虽然还在利用现代小说已有的成果，虽然还在不断革新，但终究还是转回到传统文学的路上来了"[①]。显然，他自己就是这么做的。正如他自己说的，他之所以采用传统的现实主义方法，是因为这部小说"情节复杂，人物众多，我不得不做出最大的努力使之简化，否则真要变成一座迷宫了。我

---

① 见西班牙 1981 年 10 月 31 日《ABC》报。

花这么大的力气就是为了找到鲜明、简洁的表现方式"①。《胡利娅姨妈与作家》的叙述形式也是现实主义的。不同的只是结构。在这里，作者独出心裁，玩了一个新花样：在全书的二十章中，单数的十章讲述一个完整的大故事，即作家与胡利娅姨妈的恋爱过程和戏剧家卡马乔的悲惨遭遇。双数十章则是一些独立成篇的小故事，如婚礼上被揭出的丑闻、警长的夜间巡逻、强奸幼女案、推销员的厄运等。大故事和小故事之间毫无关系。如此结构虽然不失为独到，但这不能和作者以前的作品（《绿房子》和《酒吧长谈》）同日而语。而且这样做的结果，也为读者的阅读带来了麻烦：为了不中断单数各章讲述的大故事，不得不把双数各章讲的小故事抛开。如果不分开读，对记忆力不强的读者来说，不知会感到多么困惑。

<h2 style="text-align:center">三</h2>

在几乎整个20世纪80年代，是马里奥·巴尔加斯·略萨文学创作的第三个阶段。这个阶段，他出版了《玛伊塔的故事》（1984）、《是谁杀了帕洛米诺·莫雷罗》（1986）和《继母的赞扬》（1988）三部作品。

关于这个阶段的思想状况，他自己曾经做过一次概括。他说：60年代，"我被一种先入为主的思想模式所辖制，每当我采取的立场同左派发生冲突时，我就感到内疚。如今我没有任何偏见，我不在乎自己的思想和言行是否同左派或右派一致。现在我是讲求实际的，我赞成改革，主张社会必须改革，但是这些变革只有在不扼杀个人自由的民主制度下进行才能达到目的"②。的确，他这个时期的思想更讲求实际，不再受左派和右派的支配，也不以

---

① 见西班牙1981年10月31日《ABC》报。

② 1984年12月2日作者会见哥伦比亚《时代报》记者的谈话。

左、右派去衡量事物，而是从实际出发，现实生活中有什么问题就回答什么。正如他自己讲的："重要的是我每天要给现实生活提出的问题找到实在答案。"比如暴力问题。这是拉美的现实生活中普遍存在的问题。为了镇压人民的反抗斗争，反动当局总是使用暴力，酿成流血事件；为了反对反动政府的黑暗统治，革命人民自然也以眼还眼、以牙还牙；而某些受无政府主义和极左思潮影响的组织和个人，则认为暴力可以解决拉美大陆的各种问题，动辄起事造反，占山为王打游击。其结果往往是一场空，除了个人的英雄行为和若干果敢的行动外，剩下的只是不必要的牺牲和毁灭。《玛伊塔的故事》就是针对这种倾向而写的。

小说描述了一个无政府主义者和托派分子的冒险故事。此人叫玛伊塔，为了通过武装暴力夺取政权，他组织了若干十三四岁的少年和一名军人进城去攻打监狱，然后上山打游击，进而解放秘鲁全国，建立社会主义。在国家机器强大的资本主义国家，这种蛮干的做法必然碰壁。玛伊塔因此锒铛入狱，那名军人在枪战中丧生，那些孩子也被父母揪回家中。这样的"革命"，显然是脱离实际的左倾盲动主义。它缺乏马克思主义指导，不依靠广大工农群众，更没有无产阶级的先锋队共产党的领导，只能以失败告终。除了牺牲和毁灭，不可能取得什么成功。作者用一个简单的故事论证了一个深刻的道理：作为打破旧的国家机器的暴力手段，不是万能的，更不是可以随便运用的。像玛伊塔那样的左倾、盲动、冒险，不可能解决任何问题，这样的暴力革命和马克思主义的武装斗争学说毫无共同之处。巴尔加斯·略萨写这部作品的目的正是要指出和批判这种危害社会、危害革命的极左思潮。正如作者所说的："我最近的这部长篇小说《玛伊塔的故事》可以看作是许多拉美人对自己政治立场的修正，其中，也包括我自己的立场。"①

---

① 1984 年 12 月 2 日作者会见哥伦比亚《时代报》记者时的谈话。

　　《是谁杀了帕洛米诺·莫雷罗》表现的是拉美现实生活中经常发生的另一个问题：凶杀。空军基地司令敏德劳上校和自己的女儿有乱伦行为。当他得知其爱上了青年帕洛米诺·莫雷罗时，便派人杀死了他。为了干扰警察的破案工作，他设置了种种障碍。当案件即将查清时，他又打死了他的女儿。自己也开枪自毙。这是拉美社会生活中不断发生的形形色色的杀人案中的一例。人们对诸如此类的凶杀事件已习以为常。但是小说描写的案情和一般的图财害命或报复杀人事件相比却有更重要的鞭挞意义。因为它发生在军界，是堂堂的上校司令干的。这就从更高的层次上揭露了军事当局和统治者的腐败堕落、道德沦丧和知法犯法的丑恶面目。对军方和统治阶层中存在的种种丑行，人民是深恶痛绝的。作为富有责任感的作家，巴尔加斯·略萨不能袖手旁观，应该对现实生活中存在的这种丑恶现象做出回答。做出了回答，又一次发挥了"文学是一团火"的作用，把军界的罪行公诸于世，宣布他们是社会的败类和蛀虫。

　　《继母的赞扬》是一部中篇，写的是性爱，幼子对继母的爱。性爱也是拉美日常生活中普遍存在、作者屡屡亲自感受到的问题。堂里戈维托的前妻留下的孩子阿尔丰索是一个小学生。他很爱继母卢克雷西娅。为了表示他的爱心，他起誓争取第一名，作为献给继母的生日礼物。然而出于人类的本能，早熟的孩子竟对继母产生了恋情。每当继母洗浴，他都爬到屋顶的天窗上窥探继母的裸体。由于觉得不为继母所爱，他哭哭啼啼，甚至想自杀。继母得知此事，沐浴之后未及穿好衣服即跑到孩子的房间去看他。阿尔丰索十分激动，大胆、热烈地吻她，抚摩她的面颊、乳房。继母也很激动。此刻的他们活像一对恋人。后来阿尔丰索在题为《继母的赞扬》的作文中透露了此事，致使父亲恼羞成怒，忍受着离异的痛苦把自己爱恋的妻子逐出家门。

　　爱情和伦理是个既古老又时新的问题，在拉美也不例外。在那里，时兴性自由、性开放，传统的爱情观和伦理观受到冲击和挑战。成年男女间的性爱司空见惯，不足为奇。但发生在孩子和成年妇女间的恋情却并不多见。而且那个孩子柔情似水，情意绵绵，俨然是个成熟的男子。在感到不为继母所爱时，他哭泣，甚至想自杀。而当继母让他拥抱、亲吻和抚摸时，他得到了最大的满足和快乐。继母也激动得红了脸。在这里，人类的感情得到了自然而充分的表露。在谈到这部作品时，略萨说："这本小说写的是爱情，肉体的爱情的欢乐"，"我认为这是人的最丰富、最激动的经验，也许这是人类产生的最丰富的经验的根源。所以我认为，不应该贬低它。""而文学、艺术和宗教是有利于爱情的，应该研究它，崇拜它，不应该把它视为庸俗。"① 这些话可以看做是作者写这部小说的动机。巴尔加斯·略萨的创作一向以表现社会政治斗争题材著称，现在写出了这么一部情意绵绵、温情脉脉的小说，这个变化引起了批评界的普遍注意。

在表现手法上，这几部小说都比较平常，运用的都是现实主义的叙述形式。和他的头几部杰作相比，没有什么惊人之处。但是，每部作品却有自己的特色。如《玛伊塔的故事》，其结构独具一格。全书由十章组成。在前九章中，主要人物玛伊塔始终没有出场，但讲的还是他的故事。讲述者不是一个人，而是他的若干亲朋好友和熟人。读过这九章，人们对他的为人和经历有一个较深的印象。在这个基础上，到了第十章，作者才让他姗姗露面，现身说法，进一步把这个悲剧角色的悲惨、凄楚、痛苦、恼怒和健忘的处境展示出来。《是谁杀了帕洛米诺·莫雷罗》采用的是侦探、推理小说的叙述形式和笔调，其结构比较简单，但情节安排紧凑，描述生动，悬念一个接一个，造成了引人入胜的效果。《继母的赞扬》的突出特点是把现实生活与历史传说糅和在一起，使发生在现实中的故事笼

---

① 引自《在利马的会见》，1989 年《拉丁美洲》杂志第 4 期。

罩着一层神话或神秘色彩。书中还插入若干幅名画，使小说显得斑斓多彩。叙述风格质朴、流畅，字里行间散发着生活气息。

结束语

综上所述，可以清楚地看到，巴尔加斯·略萨的思想与创作发生的变化是明显的。其变化可以概括为三点。

一、青年时代的略萨，思想激进，充满革命热情，关心民族的命运和人民的疾苦，赞成用武装斗争的手段摧毁旧的社会制度，建立社会主义。其言论和创作都清楚地表现了他的这种思想倾向。但是后来，在自身的经验和拉美政治风云的影响下，他对政治、革命、战争和社会主义产生了逆反情绪，思想发生了向右的转变，认为资本主义在某些方面比社会主义更好，比如"那里新闻自由多一些，还可以批评当局"，等等。

二、在强烈的忧患意识支配下，其早期的创作，如《绿房子》和《酒吧长谈》等，激烈抨击世道的不平，揭露社会的黑暗，谴责政权、军权、教权，对腐败的统治阶级和种种丑恶现象表现出势不两立的批判态度，表现了创作倾向上的批判现实主义精神，有力地体现了"文学是一团火"的创作原则。但后期作品在一定程度上疏远了依然严酷的社会现实，把视野局限于某些个别问题，诸如暴力、性爱之类，影响了作品的现实意义，丧失了前期创作那种锋芒毕露的锐气和批判精神。

三、巴尔加斯·略萨早期热心于艺术革新，不囿于传统，勇于博采、借鉴欧美现代小说的表现手法和技巧，在小说结构上取得了举世瞩目的成就，被誉为"结构革命的先锋"和"结构现实主义大师"。《绿房子》和《酒吧长谈》是当代拉美结构现实主义的杰出代表作。但是后来的作品表明，他的艺术倾向发生了向传统现实主义回归的现象。表现形式力求简单明了，创新之处微乎其微。因为他认为"现代小说已陷入荒唐和危险的娇揉造作之风中，为了追求形式而把小说引向了令人生厌的道路"。

巴尔加斯·略萨与文学"爆炸"

"爆炸"这个术语是用来形容拉丁美洲文学（主要是小说）在拉美大陆和世界范围内出版的盛况的，时间是20世纪六七十年代。当时一批拉美作家，如加西亚·马尔克斯、巴尔加斯·略萨、胡利奥·科塔萨尔、卡洛斯·富恩特斯、何塞·多诺索等，凭借他们富有试验性的、全面体特点的小说创作，挑战并打破了本国文学既有的常规，推出了为数众多的、极富创新特征的作品，使文坛呈现前所未有的繁荣局面，像"爆炸"一样，其影响波及欧美和世界。

文学"爆炸"时期，一系列作品纷纷涌现：科塔萨尔的《中奖彩票》（1960）和《跳房子》（1963），富恩特斯的《阿尔特米奥·克鲁斯之死》（1962）和《换皮》（1967），巴尔加斯·略萨的《城市与狗》、《绿房子》（1966）和《酒吧长谈》（1969），加西亚·马尔克斯的《没有人给写信的上校》（1961）和《百年孤独》（1967），何塞·多诺索的《这个星期天》（1966）和《没有边际的地方》（1966），卡夫列拉·因方特的《热带的黎明》和《三只忧伤的老虎》（1967）等，每部作品出版，都一版再版，畅销一时。60年代的读者"像饮酒一样陶醉在源源不断的精神财富之中。""爆炸"一直持续到七八十年代，出现了"爆炸"后的新的繁荣局面。

关于文学"爆炸"，各抒己见。巴尔加斯·略萨说："所谓的'爆炸'，谁也不知道它是什么——尤其是我不知道——，也不知道他们是谁，只知道他们是一群作家，因为每个人都有一个名单……他们都得到部分公众和批评界的承认。这也许可以称为一个历史事件。但是在任何时候也不是一种由艺术、政治和道德思想联结起来的文学运动。"他认为"爆炸"现象是一种"历史的偶然",他把社会和经济因素放在第二位。而科塔萨尔认为,"爆炸"是出版业的产物,当然会涌现出一批新的读者群……"。批评家安赫尔·拉马则表示,"爆炸"的广泛传播是由于媒体的先进,不仅有大量的杂志,还有电视的发展,广告的众多,新电影的出现……初级和中级教育的明显进步……一切的一切,推动着拉美文学进入了一个"黄金时代"。

在文学"爆炸"之初,巴尔加斯·略萨还很年轻,他在马德里写《城市与狗》时只有 22 岁,那时他创作热情高涨,才学横溢,他知道自己想成为一个什么样的作家,该使用什么样的语言,该采用什么样的写作技巧。他认为巴塞罗那是"文学爆炸"的关键城市,是巴塞罗那的卡洛斯·巴拉尔出版社看好他,为他出版了《城市与狗》。在他看来,巴塞罗那就像巴黎一样,是拉丁美洲"黄金时代"一代作家施展才能的基本舞台,正是巴塞罗那的出版家们扮演了伯乐的角色,推出了"爆炸"文学的代表作家。

然而,巴尔加斯指出:"谁也不清楚'爆炸'这个词的由来。智利新闻工作者和作家路易斯·哈斯说是他提出来的,但是我不知道是不是这样,因为在他出版的论著《我们的作家》中并没有出现。"

尽管哈斯"第一个看到拉丁美洲出现了一种作家运动,作家们在创作题材和叙述技巧上的看法一致,但是谁也不确知这个响当当的象声词是怎样创造出来的"。

但是,巴尔加斯·略萨的确知道,"爆炸"这场文学运动所聚焦的作家彼此当时并不认识,因为那时拉美国家之间的文学交流很不顺畅。他回忆道:"当我上大学的时候,根本不知道厄瓜多尔、哥伦比亚或阿根廷出版了什么,后来到了 60 年代,情况发生了变化,先是在巴黎,之后在巴塞罗那,出版家卡洛斯·巴拉尔最先对拉丁美洲产生了兴趣。"

　　同时他强调："西班牙和欧洲的一些出版社也发现了拉丁美洲文学，而我们这些拉丁美洲作家发现了邻国的一些作家，在那以前我们是完全不被重视的。"他回忆说："爆炸文学的这群作家创作的是一种崭新的、十分丰富的文学。这群作家的特点之一是存在着个人的友谊"，"我认识了卡洛斯·富恩特斯和胡利奥·科塔萨尔，我是他们的朋友，在巴黎时他们对年轻作家非常热情。后来，我又认识了加西亚·马尔克斯和何塞·多诺索，当时我们在巴塞罗那，巴塞罗那是一个作家必须去的地方，如果你想让一位优秀的出版家出版你的作品的话。"

　　对巴尔加斯·略萨来说，"爆炸"的成就之一是"改变了拉丁美洲只产生独裁者和游击队员"，背离文化的野蛮世界的一成不变的情况。"突然"，他强调说："人们发现有了一种新文学，它一点儿也不是地区的，它有一种国际视野，经过了尝试，具有新的叙述形式和新的语言。"他认为，这种新文学已经不是地域文学、风俗文学或诗情画意的文学，"它关注人类的生存状况。那时我们来自独裁国家，我们都有政治理想。那时我们支持古巴革命，后来发生了古怪诗人帕迪利亚事件（古巴作家埃维尔托·帕迪利亚由于政治原因受到监禁），这个事件造成了我们分裂，产生了分歧。但是仍然存在着政治理想上一定程度的一致性。"

　　"也是在巴塞罗那，正值弗朗哥统治时期，我们坚信民主是不可避免的，文化和文学会起特殊的作用。因此，除了写作，我们都觉得我们负有一种特殊的使命，因为文化在新社会里将会有助于带来更多的自由、正义与和睦相处。"

　　"所以，事实上，'爆炸'是一种多方面的运动，不仅包括文学，也包括文化和政治。"①

---

　　①　以上巴尔加斯·略萨的几段话均摘自《娱乐》杂志 2011 年 5 月 12 日略萨《如何定义文学"爆炸"》一文。

巴尔加斯·略萨在《我在萨里亚①安居的日子》一文中论及文学"爆炸"时说：

"……另一个词现在已成为历史，它就是'爆炸'。但在七八十年代却是很高雅的词。'爆炸'一词并不说明什么，不过是一种没有意义的声音，是某个人为了形容拉丁美洲新文学或欧洲人基本上根据一系列拉美作家的创作所发现的拉美文学而创造的一个词语。主要是指塞伊克斯·巴拉尔出版社推出的拉美作家的作品和随后其他出版社看到巴拉尔出版社推动和出版作品取得的成功也出版拉美作家的作品。"

"'爆炸'首先在西班牙、后来在拉丁美洲取得巨大成就。由于出版拉美作家的作品，拉丁美洲发现了自己的作家并接受了他们，从而开始大量读这些作品。后来，这些作家的作品开始在法国、意大利、德国受到翻译，出现了'爆炸'这个现象，一直持续了大约 20 年，结果异乎寻常地推动了拉美文学的发展。"

"'爆炸'的首都是巴塞罗那。在巴塞罗那出现了一些人称之为的纯粹的商业行为，一种出版家们的谋划活动。另一些人，包括我在内，我们相信没有什么谋划活动，而是一种多方面的联合行动，这决定了一系列拉美作家由于塞伊斯·巴拉尔信任他们而使他们取得了很大成功。实际上，这是'爆炸'存在的第一个媒介。这使巴塞罗那具有了新的诱惑力，这是使许多南美作家到这个城市来生活的原因……"（引自 1996 年出版的巴塞罗纳《战后地言志》一书）"

巴尔加斯·略萨不仅是拉丁美洲文学"爆炸"的代表之一，

---

① 萨里亚，巴塞罗那省的小城。

也被认为是当前最重要的拉美小说家和散文家之一。他以其杰作《城市与狗》和其他拉美作家一道，开创了拉丁美洲 60 年代的文学"爆炸"运动，为当代拉美文学的发展和繁荣做出了特殊贡献。

2012 年是《城市与狗》出版五十周年，也是它参与打造的"爆炸"运动诞生五十周年，为了纪念这部作品和这个文学事件，巴塞罗那大学巴尔加斯·略萨讲坛和美洲之家联手举行了题为《"爆炸"的典范》的代表大会。主办单位召集了西班牙和拉丁美洲的 46 位作家和文学批评家，聚焦在一起纪念这一文学现象，分析它对几十年来的拉美文学产生的影响。当拉丁美洲小说家和西班牙的出版家、文学代理人和作家之间的关系空前友好的今天，除了重新将两岸的作家聚在同一个城市巴塞罗那，没有纪念"爆炸"五十周年更好的方式了。一次代表大会能够同时召集来八所西班牙大学大约三十位作家参加会议，这还是第一次。而且这些大学一致授予巴尔加斯·略萨名誉博士称号。

四　巴尔加斯·略萨小说创作的方法

　　作为一位伟大的小说家，巴尔加斯·略萨有其独特的创作理论和方法。他认为，现实生活是丰富多彩的，文学作品也应该是丰富多彩、富有诗意的艺术品，否则就不能反映现实生活的复杂性和多样性，就会流于平庸、平淡，缺乏魅力。所以他主张艺术的再现现实，创作一种艺术小说。为此，不能采用披荆斩棘的方法，而要将现实重新安排。为达此目的，就必须革新传统小说的结构，使作家的切身经验通过文体的薄膜进行加工、改革和组装，从而使生活和现实以崭新的面貌出现在艺术舞台上，不如此，生活经验便被抽干了血液，丧失了宝贵的生命力，就会干瘪而死。为此，他在小说创作上总是博采众长，大胆创新，不拘传统，运用各种各样的方式方法，例如打破传统的时空观念，多角度多层次地表现现实，采用中国套盒术、连通管、隐藏的材料、变化或质的飞跃、内心独白等表现手法。这样，就使小说变得新颖别致，多姿多彩，犹如万花筒，使现实生活以新的面貌出现在读者面前。

中国套盒术

　　所谓中国套盒，就是按照这种民间工艺品那样结构故事："打开盒子时，出现了一个小些的盒子，里面还有更小的盒子，然后还会有更小的，据说可以无限地小下去……同样，故事里的人物可以再讲故事，再讲述的故事里还可以包含别的故事，这就是中国套盒术的方法，也就是在读者和故事内容之间插入一些不断制造变化的中间媒介，从而造成紧张的气氛和动人心弦的场面……"（巴尔加斯·略萨语）。他进一步描述说："这种方法就是讲述一个故事，里面包括着一系列别的故事：主要故事和派生的故事，主要现实和次要现实。"或像俄罗斯玩偶，大玩偶里套着小玩偶，小玩偶里套着更小的玩偶，这样无限地套下去。如同小说情节，一个一个不断套下去。巴尔加斯·略萨以实例说明了这种技巧或叙事手段：在《一千零一夜》中，山鲁佐德为了不被苏丹国王绞死，让每晚讲的故事在关键时刻中断，使国王对下面发生的事情产生好奇心，第二天晚上接着讲，从而一天又一天活下来，一直延长了一千零一夜，最后国王免她一死。山鲁佐德是聪明的，她依靠的就是中国套盒术，她连续不断地讲述这些故事里套着的故事，最终挽救了她的生命。在《堂吉诃德》中，塞万提斯所用的中国套盒术由四个层面构成：一，西德·阿麦特·贝嫩赫里的手稿可以认为是第一个大盒子；二，来到我们面前的堂吉诃德和桑乔是第二个盒子，里面包括的小故事是第三个盒子；三、人物之间讲述的故事，比如桑乔讲的牧羊女托拉尔娃的故事是第四个盒子；四，作为拼贴画的组成部分加入的故事是大故事包括的小故事，是第五个盒子。巴尔加斯·略萨认为，天才的塞万提斯使这个手法有了惊人的功能。第三个运用中国套盒术的例子是西班牙古典文学名著《替白郎·蒂朗下战书》：在英王举办的一年零一天的庆典上，蒂朗建立的功绩是通过迪亚费布斯讲给瓦罗亚克伯爵的故事告诉读者的；罗达斯王被热那亚人捉住的故事是通过法国王宫的两位骑士讲给蒂朗的故事讲述的；高德维商人的冒险经历是通过蒂朗讲给雷波萨达寡妇听的一段历史讲述的，等等。而关于乌拉圭作家卡洛斯·奥内蒂的《短暂的生命》，巴尔加斯·略萨说，"从写作技巧的角度讲，它完全是用中国套盒术构筑起来的"。故事的讲述者兼人物名叫布劳森，住在布宜诺斯艾利斯，因为女友海特鲁迪斯要动乳房切除术而深感痛苦，可是他窥探女邻居盖卡并想入非非，同时他还要给人家写电影剧本，这一切构成故事的基本现实或曰一级盒子。随后这个故事转向拉普拉他畔的小区圣玛丽亚，那里有个 40 岁的医生，其道德行为可疑，把吗啡卖给求医的患者。然而，这一切全是布劳森的想象，是故事的二级盒子。奥内蒂以大师级的手法运用中国套盒术创造出了复杂、重叠的精美画面，从而打破了虚构和现实的界限。

在自己的小说创作中，巴尔加斯·略萨运用中国套盒的例子也屡见不鲜。譬如在《城市与狗》中，"奴隶"阿拉纳士官生在一次演习中，子弹击中了他的脑袋，一股鲜血正从颈部流下，上尉抱起他向山上跑去，命令甘博亚把他送到医务所去，但很不幸，经过抢救，"奴隶"还是死了。这个情节是个大盒子或曰大故事，其中套着若干小故事，如那只赖着不肯走的狗的故事、士官生阿尔贝托非要去看受伤的"奴隶"的故事，还有"美洲豹"和特雷沙谈情说爱的故事，阿尔贝托和埃莱娜分手的故事，"美洲豹"和鲁罗斯打架的故事等。在《一个坏女孩的恶作剧》中，坏女孩莉莉和好男孩里卡多的错综复杂的恋爱故事可看作一个大盒子，而两个人的每次重逢和相爱则是一个个小盒子。这样，一个故事连着一个小故事，或者说一个小故事套着另一个小故事，如同《一千零一夜》，是巴尔加斯·略萨运用中国套盒术表现手法的一个范例。

连通管

所谓连通管，就是发生在不同时间、空间和现实层面的两个或更多的故事情节，按照叙述者的决定统一在一个叙事整体中，目的是让这样的交叉或者混合限制不同情节的发展，给每个情节不断补充意义、气氛、激情、象征性等，从而会与分开叙述的方式存在不相同。如果让这种连通管术运转起来，仅有简单的并列是不够的。关键问题是在叙事文本中由叙述者所融合或连接在一起的两个情节要有"交往"，如果没有"交往"就谈不上连通管术。这是巴尔加斯·略萨对连通管下的定义。他以名家的名著为例说明运用连通管的情形。

在福楼拜的《包法利夫人》第二部第八章《农业展览馆》中，有一个场景里发生了两件（甚至三件）不同的事情，它们用交叉的方式讲述出来。这些不同的事件由于彼此交叉便连接在一个连通管系统中，通过互相交流和互相影响，它们融合在一个统一体中，就产生了连通管。于是我们看到在展览会上，农民们展览着农产品和牲口，举行节日活动，政府官员发表讲话和颁发奖章，包法利夫人在楼上倾听情人鲁道夫的情话，这对情人在焦急地互诉衷肠。阿根廷名作家胡利奥·科塔萨尔在《跳房子》一书中则运用了连通管术的一个变种：小说讲述了分别发生在巴黎（即"在那边"）和布宜诺斯艾利斯（即"在这边"）两地的故事。作者在小说开头设立了一个导读表，为读者提供了两种阅读方法：一是传统读法，即从第一章起按照正常顺序读下去；二是"跳读法"，即按照每章结尾处标出的编号读下去。两种读法虽然不同，但是所读的都是作品讲述的故事，两部分故事按照作者的安排统一在一个叙述整体中，特别是后者，将不同的章节重新编排在一起，像连通管一样彼此相连，形成一个新的统一体。在科塔萨尔的短篇小说《仰面朝天的夜晚》中，作者描写在一个现代化的大都市即布宜诺斯艾利斯大街上，一个骑摩托的男子不幸出了车祸，被送进医院动了手术，躺在病床上等待康复。在昏迷中他做了一个恶梦：他受到印第安武士们的追赶，拼命地逃跑，最终还是被捉住，被绑在木桩上，后来被祭司的助手带走，等待活祭众神。

在小说中，主人公遭遇车祸和他在病床上做的噩梦，两个事件交叉在一起，交替叙述，构成一个连通管系统。巴尔加斯·略萨认为，"科塔萨尔以真正大师般的娴熟技巧使用了这种连通管术：他在《仰面朝天的夜晚》中展示了绝妙的精湛技艺"。

巴尔加斯·略萨在他的第一部小说《城市与狗》中所采用的连通管术颇为典型，譬如他把关于那只母鸡的故事同奸鸡少年的场面有意穿插起来描述。按照他的说法，这两个故事就像两根连通管。据他讲，其目的就是有意制造"含糊不清，就是说，把不同时间和空间发生的两个或多个故事联结在一个叙述单位里，以便使每个故事的精华相互传播，互相丰富"。

在他的另一部小说《天堂在另一个街角》中，交替讲述了两个故事：一是讲述女权主义先行者和19世纪人权卫护者弗洛拉·特里斯坦的故事，二是讲述他孙子、画家保尔·高更的故事。在整个小说的叙述中，两条叙事线索各自保持着内部的统一，一直没有互相联系，结果两个主人公的亲戚关系似乎成了唯一的联结点。从文学的角度看，这种小说结构没有呈现特别高的复杂性，不要求读者积极地配合：两个故事基本上保持着年代的顺序，都由无所不知的叙述者讲述。然而巴尔加斯·略萨暗示了福克纳以同样的技巧构筑的小说《野棕榈》，他称他"最细致最大胆地使用了连通管术"。而在《天堂在另一个街角》中，两个故事情节的联系凭借的是两个主人公的愿望：二者都希望造就自己的一个完美社会的乌托邦。然而，他们的这种理想彼此是很不相同的：弗洛拉·特里斯坦的想法完全是集体的，所有的人都渴望如此，都享有幸福的权利，而对高更来说，个人的福利和自由是最根本的。这两种想法显然不一致，但都从强有力的道德前提出发。所以这两个故事就构成了一个连通管结构，而不是纯粹的并列结构。

在《公山羊的节日》中，有三个故事线索：一是讲述多米尼加独裁者拉斐尔·特鲁希略的故事，二是讲述独裁者特鲁希略的心腹和作者的女儿乌拉尼娅的故事，三是讲述成功谋杀独裁者特鲁希略的故事，三个故事线索交织联结在一起，和谐发展，构成了一个连通管系统。

在《绿房子》中，小说一开始，几个故事齐头并进，而不是讲完一个故事再讲另一个故事。如果读者想知道一个完整的故事，就必须跳过若干段落接着读下去。到最后一个故事才有了完美的结局。这就如同多条河流最后终于汇入大海一样。

总之，巴尔加斯·略萨在他的多部作品中都巧妙地运用了连通管术，就如他称赞科塔萨尔一样，他运用得像真正的大师那般的娴熟。

变化或质的飞跃

根据巴尔加斯·略萨的解释，"变化或质的飞跃"这种方法就是不断积累一些因素，或者说制造紧张气氛，直到所描述的现实突然改变性质为止。他进一步阐述说："我们就这样从一个非常客观和具体的现实转到了另一种非现实的状况，也就是说，转到了一种纯粹主观和魔幻的现实中去。这时我们已经进入了魔幻世界，因为发生了质的飞跃，质的变化。""这就如同黑格尔的辩证法公式：数量的积累可以引起'质的飞跃'，就像水一样，沸腾时变成气体，结冰时变成固体。"

巴尔加斯·略萨用多部文学名著说明"变化或质的飞跃"这一手法的运用。英国小说家狄伦·托马斯的《白色旅馆》讲述的是在乌克兰发生的对犹太人的可怕屠杀。小说故事以女主人公、歌唱家里莎·埃德曼面对维也纳一位心理分析医生西格蒙·弗洛依德所作的倾诉为主线展开。小说从时间角度分为三部分，即那场大屠杀的过去、现在和将来。于是在作品中时间视角经历了三层变化：从过去到现在（大屠杀），再到未来。这最后一层变化，不仅是时间的变化，也是现实层面的变化。直到此时为止，一向在现实、历史、客观层面发展的故事，从大屠杀开始到最后一章《野营》，换到了一个纯粹想象的层面、一个难以捕捉的精神层面上去。在这种情况下，时间变化也就是从本质上改变叙事的质的飞跃。由于有这个变化，叙事的方向就从现实世界指向了纯粹想象的天地。

在墨西哥作家胡安·鲁尔福的《佩德罗·巴拉莫》中，所有的人物都是死人，故事发生地科马拉村是虚构的存在，不是读者生活的现实，而是文学现实。那里的人虽然是死人，但没有消失，而是依然活着：这是一种强烈的变化，质的飞跃的变化。后来追溯往事时，那一系列线索和大量令人怀疑的事实和不连贯片断的积累，才让读者恍然大悟，原来科马拉不是一个活人的村子，而是鬼魂聚集的地方。

阿根廷作家胡利奥·科塔萨尔在他的长篇和短篇小说中经常使用这种手法。他用这种手法从根本上打乱自己虚构世界的性质，让虚构的世界从一种由可预见、平庸、常规事物组成的日常现实转向另一种现实，幻想的现实，里面发生一些不寻常的事情。例如，他的短篇小说《致巴黎小姐的信》：当叙述者兼人物和写信人说他有一个令人不愉快的呕吐小兔子的习惯时，就发生了绝妙的现实层面的变化，于是这个故事就发生了惊人的质的飞跃，正如故事结尾所暗示的那样，主人公自杀了。在科塔萨尔另一部大作《女祭司们》中，通过数量的不断积累，以渐进的方式，叙述世界发生了一次心灵的变化，即一场看似无害的、在皇冠剧场举行的音乐会，一开始观众就对音乐家的成功演出表现出过分的热情，最后终于演变成一场野蛮、激烈、令人难以理解、充满兽性的暴力事件，变成一场你死我活的搏斗和战争，仿佛一场可怖的噩梦。

在法国作家路易—费迪南·塞利纳的小说《缓期死亡》中，有一个令人难忘的情节：主人公乘坐一条满载旅客的渡船穿越拉芒什海峡。海上起了大浪，海水冲击着小船，全船的乘客和船员都感到眩晕不已，不由得都呕吐起来，这种呕吐通过有效的描写逐渐变成了某种荒唐可笑的东西，某种可怕东西，似乎不仅是晕船的男女而且整个人类都产生了呕意，都吐出了五腑六脏的东西。由于这种变化，故事改变了现实层面，具有了幻觉甚至幻想的意义，整个世界都被这种不寻常的变化浸染了。

隐藏的材料

巴尔加斯·略萨认为"隐藏的材料"这种叙事方式不是海明威发明的，因为这种技巧如同小说一样古老。但是他又说，海明威笔下的最好的故事都充满了意味深长的沉默，即精明的叙述者有意回避的材料，之所以这样处理是为了让无声的材料更加有声并且刺激读者的想象力，使读者不得不用自己意想的假设和推测来填补故事留下的空白。让我们把这种手法称作"隐藏的材料吧"。例如在海明威的《凶手》这个短篇中，那两个手持步枪闯入某个小村的饭馆的在逃犯，为什么要杀害瑞典人奥莱·安德块森？为什么这个神秘的安德森在小伙子尼克·亚当斯警告他说有两个凶手正在寻找他、要杀他时，他却不逃走或者报警，而甘心接受命运的安排？作者没有交待原因，故意将材料省略。隐藏的材料或省略的叙述不是随心所欲的，必须让读者感觉得到，并且能激发读者的好奇心、希望和想象，让读者通过推测和假设积极参与对故事的加工工作。而在福克纳的恐怖小说《圣殿》中，"隐藏的材料"运用得非常出色，整个小说都是用隐藏的材料组装起来的，例如轻浮的姑娘坦普尔被波普耶（患精神病的暴徒）用玉米棒破了身的情节，还有像汤米和李·古德温被害等细节，开头都没有交代，被省略了，只是在追忆往事时才一点点透露给读者的。此外，福克纳笔下的所有故事，隐藏的材料运用得都很完美。法国小说家罗伯—格里耶的所有小说也是凭借一些隐藏的材料构思出来的。例如他的小说《嫉妒》的主人公是某殖民地的一个香蕉种植园主，"他"一直隐藏在幕后，出场的只有女主人公 A 和邻居弗兰克。A 坐着弗兰克的汽车到城里去，据说因汽车故障而在旅馆里过了一夜。"他"躲在百叶窗后面窥视他们。这个让人看不见的家伙是谁呢？是个爱吃醋的丈夫，是个鬼迷心窍的人。他仔细地监视妻子的一举一动，而他妻子却丝毫没有察觉丈夫的行动。这个观察妻子的人是谁？为什么要这样监视妻子？在叙述过程中都没有对这些隐藏的材料提供答案，读者只能根据小说提供的蛛丝马迹去推测或猜想。

巴尔加斯·略萨在自己的小说中也采用这种手法，比如在《一个坏女孩的恶作剧》中，作者只是在故事开始时说，名叫莉莉的姑娘和她妹妹露西从她们那个遥远的国家智利来到米拉弗洛雷斯区，莉莉至多大约十四五岁，舞姿优美，她们家很穷。而她的出身如何，为什么到利马来，作者都没有交待，把有关材料统统略去，就连她是智利人这一点也被认为是假的，是骗人的。她成了一个来历不明的人。被隐藏起来的这些材料，读者在小说中连蛛丝马迹也无从查找，作者把这些材料隐藏得如此彻底，越发加深了这个人物在读者心中的神秘感，激发了读者的好奇心，非把关于她的故事读下去不可。

内心独白

巴尔加斯·略萨认为，"福楼拜的描写方式，即自由的间接叙述风格，开启了一扇通向人物的主观世界的门，使我们第一次能够间接描写人物的内心活动了。在《包法利夫人》中，这个方法几乎总是用来表现人的内心在受到任何现实刺激后，如何通过回忆来恢复已经忘却的经验，用来说明为什么人的一切感觉、感受，

或深刻经受的事情不是孤立的东西，而是一个过程的开始"。"这
种间接描写的风格之所以重要，在很大程度上不是由于这种展示
人物内心世界的技巧被当代无数小说家所运用并且具有和福楼拜
运用它时一样的特点，而是由于它是一系列叙述方法的出发点。
经过对传统的叙述形式的革新，这些方法就使小说描写人物的内
心现实、生动表现人物隐秘的心理活动成为可能。""现代小说的
全部广阔的心理领域——在这个领域里，无论以什么方式，虚构
现实的主要角度总是人的内心——都源于《包法利夫人》。这是第
一部试图表现意识的运动的小说。"①

　　"内心独白"其实是一种很古老的文学表现手法，是一种多少
可以听见甚至是静静的对话，是一个人跟自己进行的交谈，把自
己当成交谈者。作家采用"内心独白"，是为了表达隐藏的心思或
用语言和行动不能表达的受压迫的愿望。作家在其作品中反映他
的理想和欲望。最早使用"内心独白"这个术语的是美国哲学家
和心理学家威廉姆·詹姆斯在他的著作《心理学原则》一书中。
在文学上运用这个概念最充分的应该是爱尔兰作家乔伊斯。他认
为，"内心独白"就是没有听众，不说出来的谈话，人物借此表达
他最隐秘、最接近下意识的思想。他在《尤利西斯》一书中，完
全通过人物的心理活动展开故事情节。"内心独白"把人物的内心
意识乃至潜意识中自然流动的思绪准确、细致、不断地呈现给读
者。他在这部小说中有意识地系统运用这一手法达到前所未有的
完善，对现代西方小说创作产生了深远影响。

　　其他运用内心独白或意识流的重要作家还有英国弗吉尼亚·
伍尔夫，她在小说《到灯塔去》和《海浪》中将意识叙述、内心
独白、间接内心独白等手法巧妙结合，尤其在间接内心独白的使
用以及在意识与行为描述的穿插交替上更是独具匠心。而美国作

---

　　①　《无休止的纵欲》，中文版，第189—190页。

家福克纳则直接接受了乔伊斯的影响，在《喧哗与骚动》和《押沙龙，押沙龙》的某些段落中，他借助这一技巧塑造人物的个性。比如《喧哗与骚动》中的小儿子班吉是个白痴，他33岁了，可是只有三岁孩子的智力。他分不清时间的顺序，过去和现在的事都一直浮现在他的脑海里。作品通过这些混乱的意识流展示了他无人关怀的悲哀和孤独。另一个人物杰生也以其内心独白表现了他那种自私自利、猥琐低下的精神状态。福克纳的另一部小说《我弥留之际》共分五十九节，每一节都是一个人物的内心独白，每个人物的性格都是通过人物自己的叙述和内心活动刻画的。总之，在福克纳的小说中，"内心独白"这一技巧得到了进一步完善并使之多样化，即不仅可以表现一个人正常意识的发展，而且也可以表现各种非正常的心理活动。

巴尔加斯·略萨对"内心独白"的运作方面也是行家里手。例如在《酒吧长谈》中他就屡屡采用这一手法描写人物的内心活动。在小说第一部第八章和第十章中，他多处描述"圣地亚哥回想"的内容，再现人物曾经的风闻、往事，他自己的想法或对自己的看法。比如这一段："圣地亚哥回想：'小萨①，如果那天你入了党，情况又将如何呢？党会不会把你拖进去，把你牵连得很深？会不会把你的疑问一扫殆尽，而使你在几个月或几年之后成为一个有信仰的人，成为一个马克思主义者，成为一个单纯的无名英雄？……也许你会更勇敢，加入起义小组，在游击战中梦想、行动、失败，最后被捕入狱，在丛林中腐烂，也许你会在半秘密状态中出国，去莫斯科参加青年联欢节……或者到哈瓦那和北京接受军事训练。不过，会不会你可能毕业了，当了律师，结了婚，成为一个工会中的一员呢？是更加倒霉，维持原状，还是更加幸福呢？……'"通过回想，它把对个人前途的种种考虑逐一展现

---

① 圣地亚哥·萨瓦拉的小称。

出来。

在《世界末日之战》中，略萨同样不只一次运用"内心独白"，以表现人物在特定情况下产生的想法、焦虑和心情，比如第一部第七章的后半部，略萨用了四五页的篇幅描述加利莱奥·加尔患病时的各种思绪和疑虑及种种浮想，详尽地展示了人物的内心世界。

全面体小说

全面体小说，是一种小说样式，也是一种小说创作方法。巴尔加斯·略萨认为："每一种方法，每一种手法，都会受到小说素材的限制。最优秀的小说总是那些把素材写尽的小说，总是那些不只是用一道光线而是用许多条光线照耀现实的小说。观察现实的视角是无限的。当然小说不可能展示现实的一切方面，但是随着小说表现现实的层面愈多，小说就愈伟大愈宽广。我认为，比如《战争与和平》，其伟大之处恰恰就在于此。而某些骑士小说（在其黄金时代）的伟大之处也在于此。骑士小说宏伟地表现了它那个时代，它包括现实的神话层面、宗教层面、历史层面、社会层面、本能层面。近期小说存在一种衰减现象，倒退现象。现代小说的尝试总想用一条渠道、一个角度表现实。我却相反，我主张创作全面体小说，即雄心勃勃地从现实的一切方面、一切表现上拥抱它。当然不可能反映现实的一切方面，但是反映现实的方面愈多，现实的景象就愈宽广，小说就愈完美。"[1] 他还说，骑士小说作家讲述的是他们看到的东西，感觉到的东西。他们对世界的描写和展示不是局部的，而是整体的，确切地说是全面的。小说创作者试图从一切层面，一切角度表现现实；可以说，他们想

---

[1] 《我们的作家》，路易斯·哈斯著，1973 年，第 440 页。

把整个现实都包括在小说中。为了从一切方面创作作为文学艺术品的小说，他指出了五个层面：

一是感觉层面：即客观的、日常的感觉，按照时间顺序描写；

二是神话层面：按照非时间顺序，把难以置信的事情视为现实，表现出高度的想象力；

三是梦幻层面：基本上是超现实主义的，运用梦幻、幻想、下意识和噩梦等冥世因素和已经被科学接受的心理时间层面；

四是形而上的层面：本质上是永恒的普遍的哲学考虑；

五是神秘层面：以其人——神接触的尺度将一种宇宙意识的形象投射在人身上。

所以，认为总体小说或全面体小说必须将上述五个方面结合在一起，是合乎逻辑的。

这不难理解，正如巴尔加斯·略萨所说，"当我们讲述、描写或描绘某种事物时，我们不能仅仅局限于表现它的一个层面，比如写人时通常包括人的一切方面：心理的、教育的、文化的、社会的，等等，所以当谈论小说时，虽然存在着各种类型，如浪漫小说、史诗小说、历史小说、战争小说等，但每种小说都包括人的各个方面。当然作者在每部小说中几乎总是涉及人的属性的一个方面（比如传统小说），然而也存在这样的作家，他们总设法包括人类属性的一切方面"①。例如骑士小说作家关于现实的观念就将人类的各个方面一览无余，他们的文学概念比后世作家更宽广、更完全。而骑士小说恰恰是全面体小说的先辈。在《替白郎·蒂朗下战书》一文中，巴尔加斯·略萨以蒂朗到达君士坦丁堡受到皇帝隆重欢迎、蒂朗和卡梅西娜公主恋爱这个情节为例，详细分析了小说的"全面"特点。在他的分析下，这个情节共分为"演说层面"、"客观层面"、"主观层

---

① 《全面体小说与巴尔加斯·略萨》，塔林加纲文，2015年10月11日。

面"、"象征层面"或"神话层面"这五个方面。然后他总结说："现实就这样在整个情节里蔓延，呈现出组成它的各个层面，这些层面经过突变或质的飞跃而不断变化，彼此丰富。因为每个层面所特有的张力和性质都沿着其他层面流动，就像液体在连通管里流动一样，因为在每个层面上发生的事情只有从其他层面的角度去看才可以理解，这种牵制着常规、行为、感受和象征的有力的相互作用把它们变成了一种整体的不可分离的因素。""在叙述的统一体内，把发生在不同时间、不同空间或不同性质的故事联结在一起，使每个故事特有的紧张气氛和激情从一个故事转向另一个故事，互相映照，活力便从这种混合中产生出来。"①

　　在现代小说中称为全面小说者也不在少数。巴尔加斯·略萨认为加西亚·马尔克斯的《百年孤独》就是一部全面体小说，此作以雄心勃勃的气势，全面地反映现实，特别是因为它实践了上帝的整个取代者难以实现的设想：发现了全面的现实，以虚构的现实对抗真实的现实。这种全面性的概念，既捉摸不定，又那么复杂，而且和小说家的才能分不开，这不仅决定了《百年孤独》的不可逾越，而且也决定了它的关键所在。在内容的表现上，说明它也是一部全面体小说，因为它描写了一个封闭世界，从这个世界的出现写到它的消失，展示了这个世界的方方面面：个人的、集体的、传说的、历史的和神话的。墨西哥作家卡洛斯·富恩特斯也说："我刚刚读完《百年孤独》前75页手稿，精彩之极……其中，虚构的故事和真实的故事、梦幻和史实交织融合，而且由于运用了民间传说、虚构、夸张、神话……，马孔多变成了一块世界性的土地，变成了一个缔造者以及他们的兴衰的圣经般的故事，变成了一部有关人类保存或毁坏自己的渊源和命运以及梦想

_____

① 《替白郎·蒂朗下战书》，中文版，210页。

和愿望的历史。"① 《百年孤独》以很长的篇幅成功地综合了人类各种各样的现实，包括历史的与神话的，逻辑的与幻想的，悲剧的与欢快的，以及个体的与集体的。其结构是一个由同心圆组成的螺旋，这些同心圆代表了一个家庭、一个城镇、一个国家、一个洲，更进一步说，代表了全人类。无论从哪一方面说，《百年孤独》都是一部全面体小说。

巴尔加斯不只一次谈到他要创作的是全面体小说。2006 年 12 月间他在智利 UC13 电视频道的 "美丽的思考" 节目中接受采访时说："我想，我一直试图写的小说是一种具有全面体概念、从一切角度、一切视点描写世界、描写一种以某种方式反映现实世界的复杂、多样性的世界的小说。所以我的小说要枝叶繁茂、多种多样，特别是具有若干平行的故事，这些故事彼此融合，慢慢地互相影响，直到变成一个故事。……尤其是把故事作为一个全面体来呈现。我想这是小说和我们过的生活之间的巨大区别。"

《绿房子》便是他按照他的全面体概念创作的小说。此作主要写了五个故事，即外乡人堂安塞尔莫来到皮乌拉开妓院的故事，贫民区四个绰号叫 "不可征服的人" 的地痞流氓的故事，利图马应征入伍，被派到边远小镇驻守的故事，印第安酋长胡穆的不幸故事和走私犯富西亚一伙人为非作歹的故事。五个故事不是一一讲述，而是平行发展，故事被分割成小块，话分两头，各表一枝。通过五个故事勾勒出一幅当代社会的图画，描绘了秘鲁各方面的社会生活和形形色色的人物，从多个角度反映秘鲁的社会现实，再现了世界的复杂性和多样性。

他的另一部作品《世界末日之战》可以说是作者创作的 "全面小说" 的范例。小说结构完整，情节曲折，魔幻与历史相结合，

---

① 《加西亚·马尔克斯：〈百年孤独〉》，墨西哥《永久》周刊，1966 年 6 月 29 日，第 679 期。

形成了一部充满活力、丰富多彩、热情激荡的一八九〇年的巴西形象，即一个从君主制向共和体过渡的形象。小说人物众多，塑造了各色人等的集体群像：有劝世者安东尼奥、劝世者的助手安东尼、卡努杜斯起义军天主卫队队长若安·格兰德、起义军街道司令若安·阿巴德、起义军重要将领甲贡索人帕杰乌、讨伐卡努杜斯的指挥官皮雷斯·费雷拉中尉、讨伐部队指挥官布里陀少校、巴西联邦政府军名将莫莱拉·西塞上校、讨伐部队战地司令官奥斯卡将军、人称"世人之母"的玛丽亚·瓜德拉多、劝世者的快讯员纳图巴、以做向导和打猎为生的腹地居民鲁菲诺及其妻子胡莱玛、巴枯宁和蒲鲁东的信徒加利雷奥·加尔、巴伊亚州进步共和党主席贡萨尔维斯和卡纳布拉沃男爵等，三教九流，无一不有。他们来自社会各个阶层，都打着各阶层的烙印。值得注意的是，小说再现了巴西历史上一桩震惊拉美大陆的非凡事件：19 世纪 80 年代，劝世者安东尼奥来到腹地宣传原始基督教义，他跑遍大小城镇，修教堂传教义，信徒成千上万，声势浩大，提出各种反对政府政策的口号，政府闻讯下令三次围剿，派出六千正规军前去镇压，结果三千名起义战士惨遭屠杀。情景非常悲壮，现实极为残酷。小说对这一事件，这一段史实，表现得相当深刻，勾勒得十分全面，将这个事件的方方面面呈现在读者面前。

《一个坏女孩的恶作剧》的全面小说特征也很明显。首先是它所包括的地域十分广阔，故事从秘鲁讲起，陆续绵延到法国、英国、日本、西班牙，并且涉及到古巴、中国、越南、前苏联、韩国、比利时、奥地利、尼泊尔等国，几乎囊括世界各大洲，可以说具有世界规模。在时间上，其跨度长达 40 年：从上世纪 50 年代贫困的秘鲁，到 60 年代作为世界意识形态中心的法国和 70 年代嬉皮士革命的英国及黑社会盛行的日本，再到 80 年代大变革的西班牙，形成一个世界性的大舞台，众多国家的社会现实一一生动地呈现。在这个大舞台上，各种各样的人物也悉数粉墨登场：

利马米拉弗洛雷斯区的那群早恋的少年，包括坏女孩莉莉和好男孩里卡多、后来相继出场的有游击队员、地下工作者、革命运动领导人、外交官、联合国科技文组织的官员、赛马画师、嬉皮士、马厩主人、众多的贵妇人和绅士、黑帮老大、防波提工程师、医生、教授、知识分子、领事官员、艺术家、舞台布景设计、宾馆门房、小饭店老板娘、流浪汉、老夫妇等，形形色色，几乎涉及社会各个阶层，并且分属不同的国籍。小说对人物性格的刻画也很全面、彻底。比如对坏女孩莉莉，她似乎是一个天生的坏孩子，她一出现就露出一副小骗子的面孔，随后便是一系列可恶的恶作剧：为了企图留在巴黎而和好男孩要好，为了离开游击队而做了司令的情妇，为了回到巴黎而和年迈的法国外交官结婚，为了避免官司而从英国逃到日本做了黑帮老大手中的玩物，为了过更奢侈的生活而跟一个英国养马富豪结婚，后来又在法国和对他恩重如山的女老板的丈夫私奔到西班牙，种种劣迹不胜枚举，其恶其坏如同头顶长疮脚底流脓，简直坏到了底。一个朝三暮四、水性杨花、随心所欲、靦颜于世的女人形象昭然若揭。

那么，巴尔加斯·略萨为什么不惜笔墨描写这么一个坏女人？原因很简单，就是因为她是一个彻头彻尾搞恶作剧的女人，因为在她身上能折射出那个时代世界性的大变化，那个时代各个国家的现实和各色人等在各自国家现实生活中扮演的角色。作者以全面的视角观察一切，审视一切，从而创作了这部全面体小说。

结构现实主义

结构现实主义是一种小说创作风格，也是一种小说创作方法，它以多种多样的结构形式反映现实，反映拉丁美洲的现实。在拉丁美洲，它的最重要的代表作家是巴尔加斯·略萨。

结构现实主义的基本特征是打破传统的小说结构形式，采用各种新奇别致的结构形式讲述故事，艺术地反映社会现实。正如巴尔加斯·略萨所说，现实生活是丰富多彩的，复杂多变的，文学作品也应该是丰富多彩、富有诗意的艺术品，否则就不能反映现实的多样性和复杂性，作品就会流于平庸、平淡，缺乏魅力。他主张艺术地再现现实，创作一种艺术小说。比如《绿房子》，小说由五个故事组成，按照传统方式，应该一一讲述。但是作者不墨守成规，打破了正常的时序，将五个故事分割成若干片断，轮番讲述。例如第一、三部分，每章包括五个片断即五个场景，分头讲述五个故事。第二、四部分，每章包括四个片断即四个场景，分头讲述四个故事，因为胡姆的故事消失了，博尼法西娅和二流子的故事合二为一。

由于结构上的这种安排，时间和空间的顺序就被打乱，叙述形式就变得多样化了：跳跃、颠倒、独立、交叉、分散、合并，这些形式的运用，使叙述变得多姿多彩。此外，作者还采用"中国套盒术"，故事中套故事，对话中夹对话。这种结构形式和叙述方法新颖别致，不同一般，其效果如同万花筒，使现实生活以新的面貌呈现在读者面前，使读者产生了一定的好奇心，产生把书读完的兴趣。

《酒吧长谈》的结构和叙述方式也很奇特，同样表现了结构现实主义的典型特征。全书分为四部。在第二和第四部中，每章都被分割成若干片断，交替讲述五个故事：即 A，萨瓦利塔的故事；B，卡约的故事；C，阿玛莉亚的故事；D，安布罗西奥的故事；E，克塔的故事。作者把这些故事加以安排、组合，形成新的顺序。例如第二部第一章，叙述顺序是 CBA + CBA + CBA；第四部第二章的顺序是 AB + AD。而在第一部和第三部中，作者采用的方式是把第三人称的叙述同人物的对话结合起来，并在对话中插入另一些人的对话，时间和地点也随之发生突然的跳跃和变换。对话形式也有变化：时而用直接对话形式，时而用间接对话形式即转述人物的对话。

《潘塔莱翁上尉与劳军女郎》亦然。小说讲述的是潘塔莱翁上尉遵照上级的命令，前往亚马逊地区第五军区所在地伊基托斯秘密组织军队流动妓院"劳军服务队"的故事。小说在结构上的特点是：对话形式多种多样，将不同人物、不同场合的对话穿插在一起，对话的人物、地点和时间不断变化，把两组对话巧妙地衔接一起等。此外，小说还大量采用各种文献（请求报告、来往公文、公私函件、通知、社论、电台评论、录音采访、新闻报道等）。文献的运用，一方面使作品的构成不同一般，另一方面也使小说增加了新闻性、真实性和客观性。

《胡利娅姨妈与作家》的结构形式也颇新鲜。全书由二十章组成，单数各章讲述小说的主要故事，即胡莉娅和作家的恋爱过程与结局，以及戏剧家佩德罗·卡马乔为电台编写广播剧而劳累成疾的悲惨故事；双数各章则安排了一系列独立成篇的小故事，这些故事，或揭露上流社会的奢侈生活，或描述下层社会人民的疾苦。两大部分看似互不相干，但整体来看都互为补充，相辅相成，构成一件完整的艺术品。

《玛伊塔的故事》也有独特之处。作品写的是名叫玛伊塔的无政府主义者和托洛茨基分子的冒险故事。这位'左'派革命者既不依靠无产阶级先锋队，也不发动群众参加革命，而只是凭借一个军人和一些缺乏训练的中学生去攻打监狱，结果惨遭失败。为了叙述这个故事，作者对作品的结构做了这样的安排：每一章都以采访玛伊塔的一位亲朋好友作为开始，各章分别从主人公的童年、少年、青年、老年、党内生活、社交活动、家庭生活和武装暴动等各个角度刻画这个人物。并且把对白与独白、对话与叙述、过去和现在、此地与彼地等突兀地穿插在一起，像电影镜头一样转换、跳动，从而扩大了表现的时间和空间，把任何时间、地点、人物和事件都安排在眼前，无需做任何过渡性的解释。

　　结构现实主义给读者的印象是多层次、多角度地表现现实，反映现实。巴尔加斯·略萨曾说："观察现实的角度是有限的。尽管不可能一切角度都涉及，但是表现现实的角度愈多，小说就愈出色。《战争与和平》是这样，某些骑士小说也是这样。骑士小说包括的现实有神秘的、宗教的、历史的、社会的、本能的，等等。而现今小说的尝试总想用一条渠道、一个角度表现现实。我却相反，我主张创作全面体小说，即雄心勃勃地从现实的一切方面、一切表现上来反映它。"

　　这是巴尔加斯·略萨的结构现实主义的理论根据。为了多层次、多角度、全面地表现现实，为了写出伟大的小说，作家应该从尽可能多地角度和层次上去把握现实，表现现实。所以略萨在小说中，为了做到多层次、多角度，他采用了许多方法，比如对话的多种形式，故事情节的分割、组合、公文或函件的充分运用，电影和电视的表现技巧，绘画的透视法，时空的频繁转换等。

虚构

　　虚构，是文艺创作的一种手法。从根本上说，一切叙述都或多或少包含着虚构的成份。叙述，是用语言复述现实，描述故事，不可能是完全再现现实的，总会和现实有出入，不可能和现实严丝合缝，因为叙述者在叙述的过程中必定受到自己的主观意识的影响。所以，虚构是天然存在于小说中的，没有虚构的小说是不存在的。虽然在 20 世纪后虚构对小说的意义才得到全面认定，而在小说史意义上对虚构的确认是通过以卡夫卡为代表的现代派作家的努力来实现的。米兰·昆德拉曾不加隐讳地对别人说："我所说的一切都是假的。我是小说家，而小说家不喜欢太肯定的态度。"

　　巴尔加斯·略萨更是有一系列精辟的论述。他说："写小说不是为了讲述生活，而是为了改造生活，给生活补充一些东西"，"虚构不复制生活：它排斥生活，用一种假装代替生活的骗局来抵制生活。但是它却以一种难以确定的方式完善生活，给人类的体验补充某种人们在实际生活中找不到，而只有在那种想像的、通过虚构代为体验的生活中才能找到的东西。""虚构小说所写的生活——尤其是成功之作——绝对不是编造、写作、阅读和观赏这些作品的人实实在在过的生活，而是虚构的生活，是不得不人为创造的生活。由于在现实中他们不可能过这种虚构的生活，所以便心甘情愿地仅仅以这种间接和主观的方式来体验它，体验这另一种生活：梦想和虚构的生活。虚构是掩盖深刻真理的谎言；虚构是不曾有过的生活，是一个特定时代的男女渴望享有、但不曾享有、因此不得不编造的生活……虚构是实际上没有发生的事情，而正因为如此，这些事情才必须由话语来创造，以便安抚真正的生活难以满足的野心，以便填补男男女女在自己周围发现并且力图用自己制造的幻影充斥其间的空白。"①

巴尔加斯·略萨在论及虚构作品的现实意义时说："应该不停地重复这个道理，说明给新的一代人：虚构文学不仅仅是娱乐消遣，不仅仅可以活跃感情，锻炼和唤醒批判精神。要使文明得以继续存在、更新和在文明中保存人性中最美好的东西，虚构作品是不可或缺的必备品。为了文明不倒退到与世隔绝的野蛮状态，为了生活不被压缩或陷入专家的实用主义态度——他们看待事物深刻但不顾及前后左右，虚构作品是必须存在的。为了不让文明从给机器当奴隶到给专家当奴仆，虚构作品必须存在。……从山洞到摩天大楼、从木棒到大规模毁灭性武器，从部落的单调生活到全化时代，文学的虚构性质和能力大大丰富了人类的经验，阻止男女老幼屈从于麻木懒散、骄傲自满、逆来顺受。没有什么能

---

① 引自《致青年小说家的信》；《绦虫寓言》，巴尔加斯·略萨著，赵德明译。

像这种谎言中的真实（文学）播下如此之多的雄心种子、调动如此之多的想象力和种种愿望，因此可以通过文学充实自己，去到伟大的冒险活动中去，主演实际生活永远不可能让文明扮演的激情角色。"① "文学是对生活的表现，但这样的表现却帮助我们更好地理解生活，帮助我们在生老病死的迷宫中找到方向。这样的表现为真实生活给我们造成的挫折和失望表示道歉；有了这样的表现，我们至少可以部分地破解对多数人构成的生存之谜，这主要是我们这些怀疑多于相信的人，我们面对诸如此类的重大意义：个人和集体的命运、灵魂、历史意义和无意义、理性认识的这边和那边等问题的困惑。"②

　　在其小说创作中，巴尔加斯·略萨经常采用虚构的艺术手法，或虚构人物，或虚构情节，或虚构事件，或虚构故事，从而充实了小说内容，使其丰富多彩。例如在论及《潘塔莱翁与劳军女郎》时，他说："在我最后写完整本小说、马上要向出版社交稿的时候，我感到还可以加上些什么。我在故事中使用了口头语言，也使用了书面语言，但还缺少一种形式，那就是梦境，这部小说中的人物都没有做梦。梦境是十分重要的。尤其是当有人已经处于神经错乱边缘的时候。神经错乱和梦境是息息相通的。我想，也许再加上几个梦，故事会变得更加完美些。于是我毫不费力地，几乎是一气呵成地写了五个梦境。对这五个梦，评论家们议论纷纷。评论《潘塔莱翁与劳军女郎》的人，大体上都认为梦境是书中不必要的累赘部分。我认为他们至少对我加进去的一些梦境的意图不十分清楚。我认为，对不歪曲现实特点的梦境的描写绝不是廉价的，可以说梦境是以模棱两可的、奇特的、神秘的方式反映客观现实。例如，潘塔莱翁的处境极其困难：他是军人，但由

---

① 引自《读者和虚构的赞歌》，巴尔加斯·略萨著，赵德明译。
② 同上。

于肩负的使命，不能穿军衣，只能穿便服；而他却是很热爱本职工作的一个死心塌地的军人，然而却不能接近军营；林区驻军的军官甚至禁止他与其他军官私人往来。此外，他的使命显然极端保密，以至于他妻子都不知道他在干些什么，他不得不欺骗她说他在搞侦察工作。这使他感到十分不安，因为这一使命需要他走遍妓院，和一些不三不四的人混在一起。总之，所有这一切使潘塔莱翁陷入了自相矛盾和恍惚的处境，于是他便做了这样一个梦：他梦见整个世界都具有两面性，一切事物都是两面的，甚至动物都是一分为二的，这使他十分痛苦。"他做的是一场噩梦，在梦中，人、狗、猴模糊不清，一团混乱，是人却又像猴，身后的尾巴不停地摇摆，全身是眼，乳房耷拉到地上。头上长着两只灰色的角，身上的鳞片直颤动……吓得他牙齿打颤，双膝发软。他的恐惧不安达到了极点，此刻他的精神已经崩溃，惶惶不可终日。

其实，《潘塔莱翁上尉与劳军女郎》的故事大部分都是虚构。最初，他跟随一个考察团去亚马逊地区，在那里逗留了三个星期，听到了当地居民对驻军的抱怨，说在士兵外出的日子，当地妇女受尽侮辱和蹂躏，他们不得不让自己的女儿、姐妹和妻子躲起来。那些士兵一旦走出兵营，便成了危险人物。他们还列举了奸淫的实例。他们还对士兵的享受劳军服务表示不满。他们提供的情报说，劳军女郎乘坐空军的巡逻艇和水上飞机直接到达兵营，为士兵们提供服务。巴尔加斯·略萨以这些信息为基础，猜想军队为组织这类"劳军服务队"可能采取的措施：肯定任命一个委员会，而最让他感兴趣的还是想象某一天被召来接受组织"劳军服务队"的军官形象。他认为接这一任务的军官一定属于各兵种中的军需处，因为他接近于干这种勾当，他要比炮兵、步兵或工程兵之类合适得多。更合理的应该是，这名军官是经过对他在部队服役档案的精心研究后挑选出来的，很可能是上级挑选出来的一名无可非议的军官，因为他要和一项诱惑力极强的工作相接触，必须是作风正派的人。经过略萨的一番猜想和想象，一部虚构小说便应运而生。

关于《玛伊塔的故事》的创作过程，他曾在 1984 年接受记者采访时说，《玛伊塔的故事》1962 年诞生于巴黎。当时他在翻阅《世界报》，他读到秘鲁山区发生了暴动。后来他又了解了暴动的背景，知道暴动是在利马的一次节日期间酝酿的。关于暴动背景的报道材料就成了小说的基础。他又发挥想象力，设想了若干历史事件，一个完整的虚构作品就出炉了。

《安第斯山上的利图马》也是略萨根据一个历史事件起意写成的：略萨曾主持一件人命调查工作。若干年前，秘鲁山区的一些农民杀害了八位无辜的新闻记者。他带领一个调查团对此案进行了调查。他在题为《乌丘拉凯的鲜血与污垢》的文章中指出，8 名记者是被误认为"光辉道路"的游击队员而遭毒手的。但是他认为，此案的发生和印第安部落的古老宗教仪式密切相关，因为记者是在这种古老宗教仪式上被杀害的。在此基础上，略萨虚构了几个人物，若干历史事件和曲折的故事情节，从而创作了这部小说。

人生经历

对巴尔加斯·略萨，甚至对一切作家来说，人生经历对其创作都是一个不可缺的重要因素。正如巴尔加斯·略萨在《一部小说是怎样诞生的》一文中所说："一切作品都是某些个人经验的产物。个人经验是使创作过程付诸行动的动力。可能有些作家其创作始终是一种想象行为，但是我的情况并非如此。在我写的所有短篇小说和长篇小说中总有些东西发生在我的某个时刻。这些东西不只是我亲身经历的，也有听说的，有时是谈到的。但总是由此而在某个时刻在我的想象中产生的某些类似萌芽的东西，并围绕那些东西出现了虚构故事的需要。"①

"小说总是一种沉淀的和深刻的生活经验的产物。这种经验是在生活中，尤其在阅读中获得的。作家获得修养的最好方式是阅读好的文学作品，进行有心的阅读，不仅让作品的一种魔幻风格以有效的技巧迷住你，缠住你，抓住你，而且还要设法调查那种魔幻后面有什么，一部优秀小说对我们施加的巫术后面有什么。由此你会发现故事在形式上、词汇上、条理上和结构上的复杂性。这一切都是和生活分不开的知识，因为技巧、艺术形式总是生活的和理解世界的某种方式，因此这一切都是知识。这种知识必定不能和学术知识也不能和理智的知识混为一谈，但它是一种知识。所以伟大的小说家和伟大的小说极大地丰富了我们对什么是世界，什么是历史，什么是生活的理解。我甚至可以说一点更大胆的东西：我要说，文学给我们的知识和生活的意义是任何其他学科不能给我们的。"②

我还深有感触地说："我的感觉是，生活通过某些作家在意识或潜意识里打下烙印的经验给作家提供题材，因为这些经验总是在逼着作家把它们转变成故事，否则作家就不能摆脱这些经验的骚扰。几乎无需寻找例子就可以看到题材是如何通过生活强加到作家身上的，因为无论什么样的证据在这一点上都是吻合的：这个故事，这个人物，这个处境，这个情节，总是在跟踪我，纠缠我，仿佛来自我个性中最隐秘地方的要求，而为了摆脱这个要求，我不得不把它写下来。"③

他回忆早年的阅读跟写作的关系说："从一岁到十岁，我住在玻利维亚的科恰潘帕市，那时我既天真又幸福。我还记得我所干

---

① 巴尔加斯·略萨：《一部小说是怎样诞生的》。
② 巴尔加斯·略萨：《我这个作家的秘密》。
③ 引自《致一位青年小说家的信》，巴尔加斯·略萨著，赵德明译。

的事情和我认识的人，但最难忘的是我阅读的书籍：山道截的故事①，诺斯特拉达缪②的作品，《三个火枪手》，卡略斯特罗的作品、《汤姆·沙耶历险记》，《辛伯达航海旅行记》，海盗、冒险家和匪徒的故事，浪漫的爱情故事……阅读这些书籍是我美好的时刻……有时我就想出某些新的篇章，或是改变某一作品的结局。这种对他人作品的进行的"续作"或"补充"，就是我最初的写作，也是我写故事的才能的最初表现。③

他的一些作品便是通过回忆过去的经历产生的。

《城市与狗》的创作就与对往事的回忆密不可分。"我在普拉多军校学习了两年。军校是秘鲁社会的一个缩影。进此学校的有上层社会的孩子，有中产阶级的孩子，也有贫困阶级的孩子。这是秘鲁为数不多的富人、穷人、不富不穷的人兼收，白人、乔洛人、印第安人、华人、利马人、外省人并蓄的学校之一。与外界隔离，军事纪律，还有粗野、凶暴、以强凌弱的气氛，对我来说是难以忍受的。然而我觉得，我在这两年加深了如何认识真正的秘鲁社会，包括上述的两极分化、穷人和富人之间的紧张关系、偏见、胡作非为和不满情绪……（军队）给我提供的经历，成了我第一部小说的素材。"④

他的重要作品《酒吧长谈》的创作灵感也是来自他对过往经历的记忆。"在那几年中有一件事对我相当重要，那就是我认识了独裁政权中负责保安工作的头头，除了奥德里亚外，他就是最遭人恨的人物了。我当时是圣马科斯大学学生联合会的代表，当时许多圣马科斯大学的学生被关在监狱里。我们了解到，这些学生就睡在牢房的地上，既无垫子也无毯子，于是我们进行了募捐，

---

① 亦称"马来西亚之虎"，连环画中的人物。
② 法国医生（1503—1566），写了许多寓言故事。
③ 引自《五光十色的国家》，巴尔加斯·略萨著，孙家孟译。
④ 同上。

买了毯子，但是当我们送进去的时候，里面的人对我们说，只有内政部办公厅主任堂阿历杭德罗·埃斯帕萨·萨尼亚杜才有权同意交给犯人。于是联合会做了个决议，派五名代表去见此人，我就是五人中的一个。

"我至今仍然保留着在位于意大利广场的内政部里，在近处看到的这个可怕的人物给我留下的深刻印象，他是一个身材矮小的人，五十多岁，面似羊皮，令人生厌。他仿佛在水中看着我们，我们的话他根本不听，他任凭我们讲。当我们颤抖着讲完之后，他仍然死盯着我们看，一言不发，好像在嘲笑我们那副困惑的样子。随后他打开写字台的抽屉，拿出几期《卡魏德》小报，那是我们秘密油印的小报，当然在报纸上我们对他进行了攻击。他说：'哪篇文章是你们中哪个人写的，你在何处集体油印小报，你们支部进行何种密谋，我都了如指掌。'实际上也确实如此，他似乎无所不在。然而与此同时，他却又给人一种可怜虫、碌碌无为的庸人的印象。在那次会见中见到他，使我第一次产生了写《酒吧长谈》的想法。"①

《潘塔莱翁上尉与劳军女郎》也是巴尔加斯·略萨人生经历的产物。他回忆说："1958年，我刚刚大学毕业，获得了去西班牙攻读研究生的奖学金。正当我整装待发时，一位叫胡安·马科斯的墨西哥人类博士为了去上马拉尼翁地区进行工作旅行来到了利马。圣马科斯大学和拉诺语言学院组织了这次对茫无人烟的地区的远征……由于一个令人高兴的意外（一位远征小组成员不能前往），通过大学一位教授的关系，我便取而代之。我随这个小组在上马拉尼翁地区进行了大约三个星期的旅行，使我窥见了我完全陌生的我国的一个侧面……对我来说，无论山区还是森林地带都是陌生的。在亚马逊地区的三周里，我到了沿海地区的秘鲁人很

---

① 引自《五光十色的国家》，巴尔加斯·略萨著，孙家孟译。

少去的地方，取得了极其宝贵的经验，见到了前所未见的事物，饱览了美不胜收的景色，我发现秘鲁不仅是一个利马人所能见到的 20 世纪的国家，而且也是一个还有人生活在极其落后、苦难深重的史前社会的国家，那里不仅充满奇遇，而且色彩缤纷，我从小迷恋和为之激动的、犹如冒险故事中的传奇式人物比比皆是……引起我注意的是沿途听到的如出一辙的怨言……大家的怨言之一，便是对驻军的不满。他们说：'在士兵外出的日子，当地妇女会受尽侮辱和蹂躏；我们不得不让自己的女儿、姐妹和妻子躲起来。这些先生一旦走出兵营，就成了危险人物。'他们还列举了奸淫的实例。他们还报怨士兵们在军营里享受着村民们享受不到的特权，即享受'劳军女郎'……'劳军女郎'坐空军的巡逻艇和水上飞机直接来到兵营，在那里过夜……自从听说这种'服务'，我就急切地想把它写下来。我并不想写这种'服务'本身，而是想写组织这项'服务'的人……每每猜想军队为组织这类'劳军女郎服务'可能采取的步骤，我就非常激动……然而最令人感兴趣的还是想象某一天被召来接受组织'劳军女郎服务'的军官形象。我由此产生了写这部小说的念头。"①

　　他的小说《绿房子》也来自这次旅行的经历。"在上马拉尼翁河流域的那几个星期里，我们参观了部落、屯子和村镇，因为那次旅行向我展现了我们国家的另一个天地。从利马到奇凯斯和乌拉库萨这两个屯子，就等于从 20 世纪跳回到石器时代，就等于同赤身裸体、生活在最原始状态之中并受着残酷剥削的同胞们进行接触，而剥削者都是些可怜的赤脚半文盲商人，他们以低得可笑的价钱从部落里购买橡胶和毛皮做生意，印第安人如果有任何摆脱他们的企图，他们便野蛮地进行惩罚。我们到达乌拉库萨的时候，酋长出来迎接我们，酋长是阿瓜鲁纳人，叫胡姆。见到

---

　　①　引自《我是怎样写小说的》，巴尔加斯·略萨作，张永泰译。

他，听他讲述自己的经历，那是非常震惊的，因为此人不久前由于企图建立一个合作社而痛遭毒打……从城市里来的人，在那里可以发现尚未被训服、尚未被洗劫的大自然：壮观而湍急的河流、原始林莽、仿佛从神话里走出来的动物，以及过着冒险生活但却自由自在的男男女女，他们过着就像我在孩提时代欣赏阅读过的探险小说中的主人公们所过的那种生活。我想我还从没做过收获如此丰富的旅行。我在1958年那次旅行中的所见、所闻、所做，许多事情都被我酿成了故事。"①

《胡利娅姨妈与作家》几乎全是作家个人经历的综合和他的回忆。巴尔加斯·略萨和胡利娅姨妈的相识、相恋直至结合，充满风雨，十分曲折，这个过程他一五一十、全面具体地在小说中进行了描述。可以说，此作就是巴尔加斯·略萨的传记，是一部道地的纪实小说，字里行间包涵着强烈的个人感受和情感，生活情景和生活细节的描写生动、细致，有时如诗如画，文字表达不乏文采，具有散文的情调、意蕴和味道。

"此作几乎和我写的一切东西一样，是在某些回忆的基础上诞生的。对这部小说而言，其根据是对我在利马泛美电台工作的那一年的回忆，或者说是1953年或1954年的回忆。我一直记得和一个人联系在一起的那个时期，他不在我负责编辑新闻的泛美电台工作，而是在邻近的中央电台，它也属于泛美电台的所有者。此人非同一般，他能编写作为中央电台的重头戏的所有广播剧。他是玻利维亚人，是电台的主人德里加多·帕克兄弟把他招来的，因为他们发现他是编写玻利维亚所有广播剧甚至音乐剧的能手。当时他在利马负责这家电台的一切广播剧，他不仅写剧本，而且任导演，并像演员那样演戏。他的确是个很有才的人，像苦役一样工作，他有一种非凡的职业意识，作

① 引自《我是怎样写小说的》，巴尔加斯·略萨作，张永泰译。

家和艺术家的角色扮演得很出色，但从文学角度说，他也是一个擅长戏谑和讽刺的人……他真正很受欢迎。我明白，他的广播剧是中央电台最为成功的。我很喜欢，甚至令我着迷。因为恰恰在那个时期我的文学爱好正趋强烈。那时我生活中最想要的是当一个作家。我相信，在那些年我认识的唯一作家、能够真正和这个称呼相配的作家，便是这个文学漫画式的人，玻利维亚广播剧作者劳尔·萨尔蒙……有一天中央电台开始收到听众的信、电话和抗议，他们发现了广播剧中大量的不连贯和支离破碎，剧中存在着改变了职业或名字、甚至从一幕剧跳到另一幕剧的人物。总之，这些人物开始在劳尔·萨尔蒙的广播剧中讲述离奇古怪的事情和失常的胡言乱语。于是电台的老板发现这位先生精神不正常。老板找他谈了话，他很紧张，开始在广播剧加入灾难性的事件，清除人物，重新讲述故事，但还是一片混乱。最后，情况不可逆转，劳尔·萨尔蒙只得进医院休息。劳尔·萨尔蒙的经历总在我的头脑里翻腾。我总是想，我一定写点与此有关的东西……实际上，这是这部小说最久远的源泉。当然，在我的书中整个故事有很大变化，在书中只能看到一个萌芽。此外，我给这个人物的故事加上了另一个故事与之相匹配……"那另一个故事就是"我讲述的在我的几个月生活中发生的一些事情：我在泛美电台工作时，如何认识了成了我妻子的女人，我的婚姻和在我的个人经历中意味的一切。两个故事穿插在一起，代表一种现实的正面和反面，客观部分和主观部分，真实的一面和虚构的一面……"①

《公山羊的节日》是巴尔加斯·略萨读过一本传记后而起意创作的。那本传记说，多米尼加在本世纪30—60年代有个暴

---

① 《关于〈胡利娅姨妈与作家〉同巴尔加斯·略萨的对话》，1977年3月，何塞·曼努埃尔·奥维多作。

君，名叫拉斐尔·莱奥尼达斯·特鲁希略·莫里纳，他独裁统治长达 31 年之久，全国处于白色恐怖之下，人人自危，经济几乎到了崩溃边缘，他自称"大元帅"，自诩"祖国的恩人"，把首都和许多地方都冠以特鲁希略的名字；由于他是美国一手培养大的，因此在外交上无条件地追随美国政府，充当干涉邻国内政的工具。1960 年代美洲国家组织在圣约瑟会议上决定对多米尼加实行经济制裁，多数美洲国家与之断交，因而加剧了国内对独裁统治的不满，1961 年 5 月 30 日遇刺身亡。他的死很具有戏剧性，让作者产生了创作冲动，于是他以此人的死为题写了这部历史小说。

《天堂在另一个街角》同样是巴尔加斯·略萨从阅读中取得灵感而创作的。他追忆说："50 年代我在利马上大学时，我和劳拉·波拉斯·巴雷切亚一起工作，他是一位我非常钦佩的历史学家。他推荐我阅读弗洛拉·特里斯坦的《一个贱民的漫游》一书。特里斯坦对独立不久的年轻共和国的描写打动了我，她还讲述了自己的那种生活方式，甚至讲了她非常隐秘和敏感的事情，也打动了我。她可能没受过真正的教育，但作为自学者，她写得很好。当时我就产生一个模糊的想法，想就她写点什么……她对秘鲁社会，特别是对家族和家庭所持的批评态度，导致她叔父把以前给她的一笔微薄的抚恤金取消。可是弗洛拉具有叛逆精神，这一点让我特别喜欢。把高更写进去的想法是在已开始动笔时产生的。在我研究弗洛拉的生平时总是读到传记作家和历史学家笔下的高更，这引起我的好奇，于是我开始读关于他的东西。他们二人有极其相似的特点：昏头昏脑，倾向理想主义，持乌托邦思想，而且在试图实现其乌托邦思想方面异常勇敢。当然两个人不同：弗洛拉有集体主义思想，希望建立没有剥削、对女性平等的社会；而高更的乌托邦完全是个人主义的，他想建立这样的世界：在这个世界上，美是所有人的共同财产，承认感官的享乐主义是一种价值，是一种为了保持创造力的流动而令人向往的必要的东西。"①

《谨慎的英雄》也是巴尔加斯·略萨从阅读中取得灵感而创作的。他谈到过一个关于一位不肯接受黑社会敲诈的小企业主的故事。为了坚持原则，他决定面对黑社会，哪怕牺牲很多东西，必须按照真正的道德标准做出选择，这使略萨十分感动，于是他便从这个事件出发，虚构了另外几个人物和有关事件，并且让他以前的小说中的若干人物复现在此作中，如利图马、堂里戈维托、堂娜·卢克雷西娅和丰奇托等。不仅有人物复现，还把电视剧《胡利娅姨妈与作家》中的某些细节加入其中。

《凯尔特人之梦》也不例外，是巴尔加斯·略萨在一个偶然的机会读到康拉德的一部新传记后而产生写这部小说的想法的。传记中记述了罗杰·凯斯门特这个富有传奇色彩的人物。这人物在他的头脑中萦绕了漫长的三年。此人 1883 年首次去非洲，其时他只有十八九岁，在刚果自由州为几个公司和比利时莱奥波多二世国王创建的非洲国际协会效力。他在刚果时认识了年轻的海员康拉德。后来他又一度去尼日利亚工作，1900 年前后回到刚果，建立了英国第一个驻外领事馆。在刚果期间他曾多次揭露比利时殖民当局强迫工人劳动并加以虐待的罪行。1903 年，英国众议院批准了关于刚果人权问题的决定，凯斯门特奉命调查刚果自由洲的问题，随后写了题为《刚果的悲剧》的报告，引起强烈的社会反响。1905 年凯斯门特获得圣米格尔勋章和圣豪尔赫勋章。1906 年他被派往巴西桑托斯核实伦敦橡胶公司被指控虐待印第安割胶工人的罪行，后又去调查该公司在哥伦比亚普图马约地区对印第安人犯下的罪行，并据此写了题为《普图马约罪行录》的长篇报告，再次引起强烈反响。1912 年凯斯门特辞去在国外的工作，翌年参

---

　　① 引自《巴尔加斯·略萨谈他的〈天堂在另一个街角〉》，凯莱布·巴赫，美洲国家组织杂志《美洲》2004 年 4 月号。

加了爱尔兰志愿军。第一次世界大战爆发后他请求德国政府帮助爱尔兰的独立事业，在纽约同德国驻美使节进行了谈判，同年他以爱尔兰大使的名义前往德国签订协议，德国方面答应向爱尔兰提供二万支步枪，十挺机关枪等武器和其他物资。但只给了一部分。而不幸的是，运送武器的船只还没有到达爱尔兰港口就被英国海岸巡逻队查获。1916 年 4 月 21 日，凯斯门特在班纳海滩登陆时被捕，投入伦敦一座监狱，8 月 13 日以叛国、破坏和间谍罪处以绞刑。巴尔加斯·略萨以真实的历史人物和历史事件为基础创作了这部小说。

总之，巴尔加斯·略萨以非凡的创新精神，在小说创作上采用了多种新奇独特的方法，推出几十部堪称杰作的长篇小说，取得了令世人赞叹的文学成就，在多年后终于在 2010 年获得诺贝尔文学奖。

五　巴尔加斯·略萨的戏剧创作

概述

　　巴尔加斯·略萨在接受记者采访时多次谈到，他"最早的文学爱好是戏剧"。的确，他写的第一部文学作品便是一部戏剧《印加王的出逃》①。他还回忆说："我一直说，在我开始写作的 20 世纪 50 年代的利马，如果有戏剧运动的话，我也许会成为一个写戏剧的作家。但是没有戏剧运动，剧院也很少。利马的戏剧世界那么小，你要是写剧本，注定会失败，因为你永远看不到你的剧本搬上舞台。我相信，正是这个原因把我推向了小说创作。但是戏剧一直使我着迷，我记得我当观众的经历：我小时候观看阿瑟·米勒的《推销员之死》时，眼花缭乱的感觉是那么强烈。还有《马拉·萨德》，也是我看到的最奇特的剧目之一。有一个时期，我和艾塔纳·桑切斯—希洪上演了《谎言的真实》。最近这几个月，我在根据《奥德修纪》改编一个题为《奥德修斯和珀涅罗珀》的小剧本，也是和艾塔纳·桑切斯—希洪合作，由琼·莫利特执导，准备在梅里达戏剧节上演。这是使我充满幻想的一次冒险。"

---

　　① 《印加王的出逃》，作于 1952 年，没有出版。

　　无疑，巴尔加斯·略萨的小说创作是最丰富、最为多产的，而他的剧作相对较少。而且他的剧本也远不像他的小说那么著名。其原因可能是，无论是报刊、评论家还是略萨的研究者都未能紧跟略萨戏剧创作的步伐，介绍得不够，评论得不够，宣传得不够，总之，人们重视不够。

　　其实，略萨的剧作并不是很少。从 1981 年至今，他至少出版了《塔克纳城的小姐》（1981）、《凯蒂与河马》（1983）、《琼加》（1986）、《阳台狂人》（1993）、《美丽的眼睛，难看的绘画》（1996）、《奥德修斯与珀涅罗珀》（2007）、《在泰晤士河边》（2008）、《一千零一夜》（2009）和《瘟疫的故事》（2014）等 9 个剧本。

　　值得注意的是，巴尔加斯·略萨在小说中采用的叙述特点也表现在他的剧作中。实际上我们在他的剧本中看到了他的长短篇小说中特有的现实主义城市气氛，那种达到完美的全面体小说的热情，机智的时间游戏，交叉叙事空间，赋予人物以完全可信性的氛围，无比多样的题材，交织在一起的人物对话，没有人能比的人物内心独白，一切社会阶层不同年龄和性别的人物的日常谈话等。此外，还有其他一些重要特点，比如中国套盒、连通管、隐藏的材料等。

　　巴尔加斯·略萨曾去许多国家旅行和居住。那里的戏剧对他产生了深刻影响。他曾说，"英国戏剧具有巨大的活力，我深受教育，让我学到不少东西，使我发现了我喜欢的戏剧类型。我非常佩服英国的现当代戏剧。我是汤姆·斯托帕德①的崇拜者，我认为斯托帕德是当代一位伟大的剧作家，他的剧作《跳跃者》（1972）十分奇特，写几个善长杂技的哲学家的故事。他的另一个剧本《滑稽模仿》（1974）写的是第一次世界大战期间发生在苏黎世的

———————

① 汤姆·斯托帕德（1937），生于捷克的英国剧作家。

故事，那时詹姆斯·乔伊斯、达达主义的创始人特里斯坦·查拉①和流放期间准备俄罗斯革命的列宁都在那里生活。后来他又写了一个剧本，题为《乌托邦的代价》（2002），写的是19世纪的俄罗斯和希望用来自法国和德国的新思想改变俄罗斯、把它从专制制度下解放出来的俄罗斯自由改革思想家。这个剧本真正是不同一般，剧情非常感人，看过后我写过一篇文章。我为60年代在法国生活感到幸运，因为那个国家的戏剧很繁荣。后来法国的戏剧就衰落了。在60年代法国，励行荒诞剧，迪奥内斯科、贝凯特和阿尔蒂尔·阿达莫夫有力地推动了荒诞剧的发展。还有一种介入性的通俗剧，是一种深受广大民众欢迎的戏剧，以及让·路易·巴罗等人的非常精致的戏剧。我经常去剧院看戏，因为我很喜欢。这一切赋予我在秘鲁不可能得到的良好的戏剧修养。"②

此外，他还是俄国剧作家安东·契可夫的崇尚者，他的剧作明显打着契可夫戏剧的烙印，比如他采用的"回忆往事"、"怀念过去"、"内心的活动"等。他同样崇拜美国剧作家田纳西·威廉斯（1911—1983）、阿瑟·米勒（1915—2005）、尤金·奥尼尔（1888—1953）、挪威戏剧家亨利·易卜生（1828—1906）、当代的汤姆·斯托帕德（1937）和戴维·马梅特（1947）。

对戏剧，略萨有其独到的理解。他认为，"对我来说，戏剧是一种想象的形式，是讲述故事的一种方式，它不用文字而用语言。当然，文字是出发点，但然后是语言。戏剧是进行想象的真正的形式。在戏剧中，虽然它是一种想象的形式，却有活生生的故事。剧情的表演者不是语言的产物，而是有血有肉的人。我相信戏剧和生活是相近的，相似的……戏剧中有生活才有的那种真实性。一个人不可能看到同样的剧目，没有两出戏是相同的。我认为和

① 特里斯坦·查拉（1924），法国达达主义创始者。
② 2006年3月8日记者马拉·加西亚对略萨的访谈。

小说相比，戏剧更接近诗歌。戏剧迫使你比写小说时要更集中精神、更紧张。"①

巴尔加斯·略萨的戏剧受到不少剧评家的点赞。例如意大利学者在其著作《马里奥·巴尔加斯·略萨的戏剧》（2007）一书中指出，巴尔加斯·略萨的剧作具有叙事的特点。他的剧中充满善于讲故事的人物，他们讲的故事又发生出另一些故事。由于他主要是一位叙事作家，所以毫不奇怪，他的剧作具有叙事的特点。同样也毫不奇怪，他在长篇小说和短篇小说中运用的叙事技巧也运用于他的剧作。

虽然戏剧是巴尔加斯·略萨最早的文学爱好，但他迟迟没有致力于戏剧创作，直到他成为一名成就卓著的小说家，才在 1981 年出版了首部剧作《塔克纳城的小姐》。他之所以没有成为一位剧作家，如他所说，主要是因为在 60 年代的秘鲁缺乏戏剧运动。

然而，他对戏剧的这种最早的文学爱好，如今愈来愈多地受到他的读者和观众的回报。证明是其剧本在世界各地上演获得巨大成功。秘鲁、阿根廷、墨西哥、西班牙、法国、美国、英国等许多国家都曾上演他的剧目，观众常常爆满，座无虚席。

《印加王的出逃》（1952）

《印加王的出逃》是巴尔加斯·略萨的第一部文学作品。作于 1951 年，当时他还只有十五六岁，在皮乌拉圣米格尔中学读五年级。他刚刚从莱昂西奥·普拉多军校的严厉管制下解放出来，一边读书一边在一家报社工作，独立谋生。在利马上军校时他就对戏剧产生了兴趣。那时，阿根廷的几个剧团经常在美洲巡回演出，路过利马时总演几出戏。1951 年夏天他写了这个剧本，1952 年在

---

① 2006 年 3 月 8 日记者马拉·加西亚对略萨的访谈。

皮乌拉上演，这是一个神话剧，为庆祝"皮乌拉国"而在巴里埃达德斯剧院献艺，略萨自任导演并担任主角，演员则是他的一些同学，是在六月间，只演了两场。在他的母校也上演过。演出十分成功，被认为是当地的一个重大事件。巴尔加斯·略萨回忆当时的情况说："我们开始排练《印加王的出逃》是在四月末五月初，每周三四次，每天下课后，在学校的图书馆里，圣米格尔中学和蔼可亲的图书管理员卡尔梅拉·伽尔赛斯女士为我们在楼上提供一间大厅。挑选演员用了几天时间，演员表上有我们班的同学，比如拉伊卡达兄弟、胡安·莱翁和尤兰达·比韦拉，还有瓦尔德尔·帕拉西奥斯，此人后来成了职业演员和革命领导人。但明星是罗哈斯姐妹、两个校外的姑娘，她俩在皮乌拉很有名，一个叫里拉·罗哈斯，以嗓音美妙闻名；另一个叫鲁兹·罗哈斯，以戏剧才能著称。"① "在此之前，我没有当过导演，也没有看过别人导戏，因此我度过了好几个不眠之夜，整宿整宿地做排练笔记，一次次排练，那种创作气氛，大家志同道合的情谊，以及终于看到作品逐渐成型的欣喜，那一年让我确信，我不当诗人而是要当剧作家，因为戏剧是文艺之冠，我要像洛尔卡或者勒诺尔芭②那样，让我的剧作流传到世界上去。"③

《印加王的出逃》的演出成功，显然增加了略萨对戏剧的热爱，加强了他对戏剧创作的信心。但是巴尔加斯·略萨冷静地认为，此剧之所以获得巨大成功，"与其说由于它的文学价值（他不愿意再回忆这个剧本），不如说是由于上演时的特殊情况（城市庆祝活动的主要节目）和从大城市来的外地作者的名气"④。

1984 年，巴尔加斯·略萨接受记者采访时断言他在 15 岁创

① 《水中鱼》，略萨自传，第 206 页。
② 洛尔卡，西班牙诗人、剧作家。
③ 《水中鱼》，略萨自传，第 207 页。
④ 《我们的作家》，第 424 页，路易斯·哈斯著。

作的这个剧本是存在的，但是不慎丢失，他本人甚至多年不说此剧的存在，他认为这是"青年时期的一桩罪过"，因此许多研究者认为《塔克纳城的小姐》是他的首部剧作。

《印加王的出逃》包括三幕，一篇前言和一篇尾声。戏剧故事发生在塔万廷苏约印加帝国，主题是表现老年、孤独、家庭、骄傲和社会偏见等。

2004 年，略萨当年的同学沃尔特·帕拉西奥斯·文塞斯后来当了记者，但因政治问题被捕入狱，当年他是圣米格尔国立学校的演员，参加过此剧的演出，他在狱中接受了记者爱德华多·贡萨莱斯·比尼亚的采访。他生动地追忆了久远年代这出戏的排练情景：

　　……我记得在最初的一次排练中，我上台开始小心地表演，说我的台词。巴尔加斯·略萨打断了排练，对我说："不，不，沃尔特，这样不行。你不是神父，不是一个严肃的人。你是一个黄教徒，一个男巫，一个巫师，所以你的言行必须是可笑的。"说完，他开始往前走，小步地跳着，并打着可笑的手势。那副情景，至今我不能忘记。我们大家都接受了他的指点，并照着做。他指导我们时的严肃态度丝毫没有改变我们之间的友谊……①

2008 年，秘鲁记者豪尔赫·科亚吉拉在对巴尔加斯·略萨的访谈时说，从他少年时代创作并演出的这第一部剧作起，他就对时空的跳跃的主题感兴趣，甚至着迷。记者问他关于这部作品他还记得什么？

---

① 贡萨莱斯·比尼亚："在秘鲁一座监狱阅读和回忆巴尔加斯·略萨。同记者和律师沃尔特·帕拉西奥斯·文塞斯交谈"，2005 年 3 月 2 日。

　　略萨回答说："我记得那是我在美国剧作家阿瑟·米勒《推销员之死》的深刻影响下写的一个小剧本。1950 年或 1951 年一个阿根廷剧团从利马经过，团长是弗朗西斯科·佩特罗内，他在曼努埃尔·塞古拉剧院演了米勒的这出戏。这个戏留给我的印象至今依然很深。戏剧故事从过去跳到现在，又从现在跳到过去，这样讲述的故事我在小说中才能读到。一切时间和空间的常规界限都被打破，这赋予故事以一种多层次、多角度、多方位的立体感。我相信，正是这个剧本留给我的深刻印象激励我写了《印加王的出逃》一剧。这是我认真写的第一个东西：修改、重写，不惜花时间工作。"

　　他觉得"这完全是童年时代写的东西，那时我很小，写此剧时我大约 15 岁，我自己在皮乌拉把它搬上舞台的。我为这个小剧本感到羞耻，我甚至撕毁了许多册"。"我母亲保存了一册，母亲保存着它，剧本使她很好奇。上演没有获得应有的成功，这是我年轻时的过错，更是少年时代的过错。说实话，戏剧是我第一个爱好。小时候我像玩儿一样写作。我不知道那时我多大，应该是上三四年级。"①

《塔克纳城的小姐》（1981）

　　《塔克纳城的小姐》是巴尔加斯·略萨出版和上演的第一个剧本，是个两幕剧，1981 年 5 月 26 日在布宜诺斯艾利斯的布兰卡·波德斯塔剧院公演，导演是埃米利奥·阿尔法罗，主演是诺尔玛·亚历安德罗女士、弗兰克林·凯塞多、阿德里亚纳·艾塞姆伯格、莱亚尔·雷伊、鲁文·斯特拉、卡米拉·佩里塞和帕特里西奥·孔特雷拉斯。这个班子 2005 年再次在布宜诺斯艾利斯马伊

---

① 2006 年 3 月 8 日接受马拉·加西亚采访时的谈话。

波剧院将此剧搬上舞台。

1982 年 9 月，《塔克纳城的小姐》在马德里公演，受到广大观众欢迎。导演阿尔法罗说："巴尔加斯·略萨的这个剧本非常独特，作者在想象的世界里纵横驰骋，在那个世界上虚构和真实推动了界限：过去、现在和回忆一直频繁地交替出现。剧本写得诗意盎然，语言也都是诗化的。"

1983 年 11 月 17 日，此剧在西班牙塞维利亚洛斯雷梅迪奥斯剧院公演，导演是埃米利奥·阿尔法罗，演员是奥罗拉·希蒂斯塔、佩德罗·瓦伦丁、何塞·玛丽亚·埃斯库埃尔、玛伊特·布里科、特里尼达·鲁赫罗、何塞·阿利塞斯、米里亚姆·德·马埃斯图和何塞·玛丽亚·鲁埃达。

1985 年，此剧在墨西哥城起义者剧院公演，导演是何塞·路易斯·伊巴涅斯，演员是西尔维亚·皮纳尔和玛格里塔·格拉利亚等。

《塔克纳城的小姐》的故事背景是 20 世纪 50 年代的利马，大部分剧情发生在贝利萨里奥的外祖父家，部分剧情发生在贝利萨里奥的工作室里。这是一个中产阶级家庭，餐厅简单而朴实，这个餐厅有两道门，一道门对着大街，一道门对着家的内部。摆放的家具说明家庭经济拮据、生活贫困：一把旧扶手椅，百岁老太太姨外婆坐着它打发了她晚年的大部分岁月，另有一把木制小椅子，为她当拐杖。此外，还有一台收音机，一个餐桌，一扇朝街的窗子，有轨电车驶过的声音从窗外传来。

这样的舞台布景显然不是现实主义的。这是贝利萨里奥回忆的布景，是记忆的产物。舞台上的东西和人是臆想的，就是说，它们并不是本来存在的东西。另一方面，在剧情的发展中，布景会变成另一个样子了：外祖母和姨外婆年轻时住过的塔克纳地方的住宅的客厅，外祖父在二十年代在卡马纳当农民时住的阿雷基帕的住宅的餐厅，四十年代姨外婆给贝利萨里奥讲故事的那个玻利维亚的家，和外祖父给他的女人写信的、姨外婆偷偷看此信的卡马纳城的住所。这同一个舞台也成为纯粹沉思默想的地方，就像贝南西奥神父的忏悔室。

贝利萨里奥的工作间只有一张粗糙的桌子，桌上堆满了纸张、笔记本和铅笔，还有一台便携式打字机。这些东西说明其主人是一位作家，他在那里度过他大部分的时间。此外，他还在那里睡觉、吃饭、回忆往事，跟自己说话，跟他的幻影对话。贝利萨里奥大约四五十岁，甚至还要大些。在写作方面，他有长时间的经验积累。从他的衣着和仪表来看，他是一个经济不富裕，不善于修边幅，生活乱而无序的人。

根据演出的需要，两个布景之间的界限可以存在，也可以消失。

演员的服装也许是现实主义的，因为从人物的衣着可以看出场次之间时代的不同。智利官员应该穿世纪初的一种带金扣、束皮带、带佩剑的制服，卡洛塔夫人应该穿当时的一种衣服。祖父母和姨外婆不仅应该穿得朴实，而且从衣服上表明是五十年代的人。而贝利萨里奥，无论从衣着还是发型来看，他应该是一个我们今天的人。

戏剧故事发生在 20 世纪初秘鲁海边沙漠上的塔克纳城。该城在太平洋战争中被占领。主要人物塔克纳城的小姐，家里人管她叫姨外婆或艾尔维拉姑娘，她天生丽质、为人羞怯，但被未婚夫、智利官员豪阿金欺骗，从此艾尔维拉和豪阿金断绝关系，再也没有嫁人。姨外婆的一个外甥贝利萨里奥把其家史写成了一个浪漫故事。

作品中描述了剧中人沿安第斯山脉进行的漫长而艰难旅行，采用了各种交通工具，乘火车，两天坐船，三天骑马。进行旅行的主要原因是搬家，并非出于游乐。而今天，旅行的目的愈来愈是为了取乐，游山玩水或获取知识，认识大自然，也有的为了解遥远的国度或城镇，了解和我们不一样的人，我们周围的世界。

在《塔克纳城的小姐》中，作者试图给人们讲述一个看来很简单的故事：在舞台一半，有一位初学写作的人，他想显露他的才气；在舞台另一半，不断冒出一些试图参与他的创作的往事。作品描述了一个年轻艺术家的奋斗。其中有一件往事和一位单身女人姨外婆有关，她住在他家，是他母亲的帮手，她的童年充满了关于一个所谓的塔克纳城的漂亮、勇敢、自傲的小姐的故事。然而，塔克纳城的小姐就是姨外婆本人，谁也想不到她成了老姑娘，和姐姐在一起生活。姨外婆得知她的未婚夫和一个烈火般的寡妇合伙欺骗了她后，她发誓永远不结婚，就这样独守闺房，年复一年地老去。

此作的基本主题是表现复杂的家庭关系，家庭成员的责任，彼此相帮的义务，特别是对需要帮助的人。在某些情况下，这些人往往拒绝这种帮助。还有个人的命运，不如意的婚姻等。

《塔克纳城的小姐》被视为巴尔加斯·略萨将现代小说的表现技巧移植到戏剧中的完美典范，小说的各种因素（时间、空间、人物、故事等）都出现在剧作中，而且运用得心应手。

此剧的写作源于他的记忆。"七十年代末，一位百岁的姨外婆在晚年没完没了地回忆往事，为了躲入往事的幻想，她与周围的现实中断了联系。这为我提供了一个故事。我预感到这个故事可以写成剧本，只要一搬上舞台，就可以获得完美虚构作品的热烈和精彩的效果。于是我怀着新手的激动心情写了剧本，高兴地看着剧本搬上了舞台，请诺尔玛·亚历安德罗扮演女主角。此后，在小说与小说、散文与散文之间，我多次迷恋过戏剧。"①

巴尔加斯·略萨曾自己评论说："《塔克纳城的小姐》一剧的主题是老年、家庭、个人的命运和骄傲，但是也有一件往事经常

---

① 引自《读书与虚构的赞歌》，巴尔加斯·略萨作，赵德明译。

缠绕着所有的人。我觉得这是作品的脊梁骨：故事怎样和为什么发生。故事的发生、虚构或创造：那种奇特的过程便是一部虚构作品的诞生。"

在这部有着令人赞赏的表现技巧的剧作中，像在他那些具有出色的叙述手法的大部分小说一样，巴尔加斯·略萨显示了他编织故事的才能，同时在叙述故事的过程中插入另一个故事，或者更确切地说，是一个故事中的故事：一个忧伤的人物的凄凉和不幸的命运。

《凯蒂与河马》（1983）

这是一个两幕剧，1983 年 4 月 26 日首次在委内瑞拉国际戏剧节上在加拉加斯安娜·胡利娅·罗哈斯剧院上演。导演是埃米利奥·阿尔法罗，主演是阿根廷女演员诺尔玛·亚历杭德罗。

戏剧故事发生在利马一个家庭的阁楼上。一位上流社会的妇人想在一本书中记下她在黄亚洲和黑非洲的不同地方进行的旅行经历。为此，她雇用了一位名叫圣地亚哥·萨瓦拉的大学教授，这位教授必须根据她事先在一盘磁带上录下的内容写书。这个情节实际上是作者的第一任妻子胡利娅在她的作品《小巴尔加斯没有讲的事情》中描述的略萨的一段往事：那是在巴黎，有一天，"一位秘鲁太太来到旅馆。她刚刚从东方旅游回来，打算写一本游记。她和小巴尔加斯约定，她口授，他执笔，这样我们可以得到一笔数目可观的钱，足够填补每周的超支部分。太太根据写出的页数每星期五付一次报酬。于是，每天早晨我丈夫就去这个女人的房间做这个工作。我也经常去那里听他们讲述。这些故事都相当幼稚，马里奥却觉得这个小工作很有趣。那位女旅客是个清教徒式的夫人。他写下来的章节有的是描写阿拉伯王子的，那些王子从阳台上溜进她的房间，企图强奸她。这位天真的夫人吓得魂不附体……这本书是个大杂烩：冒险、赛骆驼、犯罪……总之无所不包，应有尽有。但还称不上是一本历险记，马马乎乎可以凑合着读。"①

巴尔加斯·略萨也回忆那时的情景说，那是在 1959 年，他在为成为一名作家而奋斗，和当时一些作家一样，囊中羞涩，口袋里有钱的时候不多：

> 我在巴黎的第一年过得很糟，我是得了奖学金去那里的，但奖学金没有到。日子过得很艰难，我只得靠许多有趣的和好玩的职业谋生：我推着一辆小车捡报纸卖钱。这是学生会推荐给生活困难的学生干的事情之一。在那些用来糊口的工作中，我遇到一个为一位夫人工作的机会，她的名字我不便说，她到异国他乡进行了一次旅行，想写一本书讲述她的经历。她有许多想法，但缺乏语言进行表达。②

尽管他不愿讲那夫人的名字，并事先声明最好不透露她的姓名，但是还是有人知道她是何许人：她叫卡塔·卡塔利娜·波德斯塔，是出身秘鲁上层资产阶级的一位夫人。

> 她雇用我写她讲的那些话。她有时按时间，有时按字数付给我报酬。我很感谢她，因为这样我就可以在学生食堂里吃饭和洗淋浴了。③

当时他曾想，这是他想写的一个故事，"一位夫人雇一名枪手

---

① 见《胡利娅姨妈与作家》，尹承东等译，云南人民出版社 1993 年版，第489—490 页。

② 略萨在介绍这个剧本的记者会上的讲话。

③ 略萨在介绍此剧的记者会上的讲话。

写其经历"的故事。从而把他当作家的想法变成现实，即写个剧本成为作家。

> 这是我第一次公开讲这件事。我曾后悔过。有一次我说，我可以从中获取灵感写一部广播小说，可是要广播它，谈何容易。①

1983年他的愿望终于实现，剧本由西班牙阿尔法瓜拉出版社出版，并于同年4月26日在委内瑞拉国际戏剧节上被搬上舞台。三十年后的2013年11月14日和2014年10月24日，又先后在马德里西班牙剧院和洛佩剧院搬上舞台，引起强烈反响。

剧中的凯蒂是一位利马上层社会的女人，一位银行家的夫人，她对她那个不成熟的、几乎不理她的丈夫感到厌恶和不满。她前往亚洲和非洲进行了一次旅行。她想写一本书记录下她旅行的见闻。他有许多想法，但是没有言语进行描述，她很悲观。于是便请一位名叫圣地亚哥·萨瓦拉的大学教授，一位失败的作家，把她的想法写下来。她口述，教授将她的讲述和谈话变成文字。凯蒂是个有趣的女人，她热爱法国文化，她想表示她对法国文化的了解，实际上却完全相反。凯蒂的丈夫约翰尼不成熟，充满女人气，不能让他的妻子幸福，他除了冲浪，追女人和被女人追，什么也不喜欢，一想到妻子对他不忠，便感到厌恶。这是一对貌和神离的夫妻。

圣地亚哥·萨瓦拉是典型的不得志的作家，他的绝望情绪表明他是个特别失败的人，这种情绪从头至尾控制着他。他的女朋友安娜喜欢他，爱恋他，她为人聪慧，没有凯蒂所表现的资产阶级的一切轻浮举止，她为试图走入婚姻的女人树立了一个榜样。

---

① 略萨在介绍此剧的记者会上的讲话。

巴尔加斯·略萨曾说，"《凯蒂与河马》是以凯蒂的失败和主要人物圣地亚哥的失意为基础构成的一出戏。两个人都是生活中的失败者。凯蒂过着一种十分富裕的生活，但同时也是一种失败的生活。她总想过另一种生活，想干别的事情，并突然想到她和写书人玩的这种游戏。为她写旅行记的人最终写的并不是旅行记。这是一本想像加虚构的书。凯蒂和圣地亚哥在书中虚构了他们想过的生活。这样，他们就表演了一种文学游戏，一种文学的东西，表演了文学在生活中的作用，表演了文学如何从某些记忆的形象出发而产生的方式。"[①] 他还说，"写这个剧本时我并不清楚其深刻的主题是生活和想象的关系，这是我喜欢的炼金术，因为我实践得越多，懂得的就越少。我的意图是写一本喜剧，从我周围的情况出发（一位夫人雇一个作家帮助她写一本反映她的冒险经历的书），把这出喜剧推到非现实的门口（但不能过分，因为完全非现实是令人厌恶的）"。"《凯蒂与河马》显然就是一出喜剧，人物进入了大家参加的一种严肃游戏：过另一种生活、打破我们的生活的圈子的幻想，去感受另一种冒险而充满激情的冒险"，"我们不仅要做什么，而且要梦想什么和感受什么"。略萨的这些话，无疑是理解剧中人物的行为和思想的关键。

总之，此剧是真实、谎言、激情、爱情、无爱、欲望、梦想、幽默、音乐，特别是杰出的表演的混合体，其戏剧效果比事先预料的好得多。

剧本有一篇作者写的题为《作为想象的戏剧》的序言，他认为戏剧其实是一种想象。他是一位戏剧想象的创造者，他很清楚这一点。然而，显而易见的是，他的意图是强调《凯蒂与河马》的主题是想象：想象为什么产生，它是如何产生的，它的本质是什么，它在日常生活中扮演着什么角色。想象不仅是文学的需要，

---

① 2006 年 3 月 8 日记者马拉·加西亚对略萨的访谈。

也是人类生活的需要，如果人类丧失想象的领域，生活是不可承受的。

巴尔加斯·略萨评此剧说："我想说明两个主人公如何从最初的雇主与雇员的关系逐渐变成宽厚善良的平等关系的，原来他们发现，尽管彼此存在着知识、经济和社会方面的巨大差别，但都同样需要填补在漫长的人生中存在的巨大空虚。"①

《阳台狂人》（1993）

《阳台狂人》是巴尔加斯·略萨以一个他认识的人为基础创作的。20 世纪 50 年代，此人曾在利马生活。他是个意大利人，是艺术史教师，名叫布鲁诺·罗塞利，他可能是从欧洲恐怖的二战中逃出来，到了秘鲁的。他是个干瘦的、几乎只剩下骨架子的小老头。当时他穿着十分考究的祖母绿衣服，只是有点古怪。他走路步调紧张，两手摆动得厉害，经常戴一顶礼帽，拄着一根手杖。罗塞利老师的艺术史课讲得出色，巴尔加斯·略萨上大学时经常去听。罗塞利看到利马的阳台随着现代化的建筑的兴起在逐渐消失，感到无比痛心和绝望，因为他认为（实际上就是）那是利马最重要的标志。他写文章，做报告，办小型展览会，竭力提高利马人的认识，以便阻止破坏阳台的罪行继续发生，规劝人们不要违背那些阳台所代表的传统和历史。但是没有人理睬。不过还是有人同情的，因为他的宣传包含着可贵的积极性和无私的精神。此外，他还以其少量的收入购买了一些阳台，把它们存放在桥下的一间租来的小库房里。不幸的是，由于某种意外，或有人使坏，他的小库房起了火，他好不容易搜集来的那些可爱的阳台被烧毁

---

① 引自秘鲁剧评家吉列尔莫·尼尼奥·德·古斯曼《夫人与作家》一文，1913 年 11 月 17 日，秘鲁共和国网。

了，这使他感到极为伤心和痛惜。在《面具》杂志上有许多文章谈到他。

巴尔加斯·略萨以这个人物为原型，以他的经历为依据，创作了《阳台狂人》这部既具有喜剧色彩也不乏悲剧色彩的剧作。主人公是名叫阿尔多·布鲁内利的意大利教授，他是一位年迈的鳏夫，来秘鲁定居后，便爱上了利马的建筑，他和他 27 岁的独生女伊利亚娜一道，致力于抢救殖民地时期的阳台的工作。父女二人一起住在利马里马克，那是一个普通的居民区，那里充满了贫困和犯罪行为。阿尔多·布鲁内利、伊利亚娜和被布鲁内利教授称为"混血儿"的一小群人，努力收集殖民时期的老房子的一切阳台，那些阳台都已严重毁坏，他们把阳台存放在一个名叫"阳台墓地"的地方，那个地方占去了布鲁内利的大部分普通的宅地。人们管他叫"阳台狂人"。

伊利亚娜认识了年轻的建筑师迪埃戈，他是卡内帕工程师的儿子。布鲁内利的"圣战"感动了迪埃戈，于是他决定成为"圣战"的一员，尽管他父亲反对。迪埃戈和伊利亚娜建立了浪漫的爱情关系并准备结婚，二人决定在意大利住一年。后来，布鲁内利的"圣战"以失败告终。然而，这并没有成为这位教授继续保持其惯常热情和希望的障碍。

当伊利亚娜告诉她父亲要和迪埃戈结婚时，她声称她结婚并非为了爱情，而是为了逃避失败的命运，她还趁此机会发泄心中的不满，抱怨她父亲为了那种无益的工作而牺牲了她最美好的青春岁月。不止于此，伊利亚娜还怀着念旧的心情向其父坦言，她和她以前的追求者特奥菲洛·乌马尼的政治思想一致，并和他一样认为在秘鲁这么一个如此贫穷的国家一生致力于抢救阳台是不明智的，是愚蠢的，是荒唐的，是失败的。

伊利亚娜的这番话深深地伤害了布鲁内利，一气之下他决定把 78 个在他的"墓地"保存的阳台一把火烧毁，然后想在一座阳台上上吊自杀，但是阳台散了架，救了他一命。这时，他说：

"利马啊，利马，难道你也讨厌我吗？那么，我就比来这儿时还可怜地离开你这些最破败的街道……利马，摩尔人的利马！利马，塞维利亚的利马！利马，好色的利马！利马，安达卢西亚的利马！利马，神种的利马！引诱热爱艺术和历史的佛罗伦萨青年的卖弄风情的娼妓。"[1]他还说："我死去的老婆说，她最妒忌的是利马，不过，'你在利马看到了什么？我看到的是它的心灵，亲爱的'。它古老、花花绿绿、多姿多彩、混杂、古怪、贫穷、奢华、恶臭。你就是这样，小娼妓。我女人不可能理解你和我是未婚夫妻，看来伊利亚娜也不会理解……你不曾讨厌我，小娼妓。你把你最好的东西给了我。你的小雨，雨不是雨。你的薄雾，雾不是雾。你的野甘草，不是屋顶也不是窗户，而是屋顶—窗户。你的门厅，那里回荡着历史。你的阳台，那么可爱。"[2]这番话，显然是这位老者经历了人生的挫折和不幸后而做的一种精神发泄和从内心里发出的抗议，也是他对自己的不幸的生活状况的批评和自我批评。其中不乏自嘲的意味，而只有通过嘲讽，才能表现人物内心难言的痛苦和酸楚。

布鲁内利教授的荣誉感、"败落"时的尊严、其斗争的无用与失败、他的顽强和对事业的天真态度，很像索福克勒斯[3]笔下的一位英雄，特别是埃阿斯[4]，因为他的"败落"令人感动，因为布鲁内利跟埃阿斯一样也完全意识到了他的境况，因为他和埃阿斯一样，面对他的失败选择了一种英雄的结局，恢复了他的荣誉。

巴尔加斯·略萨笔下的布鲁内利如同索福克勒斯的埃阿斯，

---

[1]　剧本第 19 页。

[2]　剧本第 20 页。

[3]　索福克勒斯（公元前 496—公元前 406），希腊克罗诺斯人。

[4]　埃阿斯，希腊英雄。

很晚才理解他的错误有多么严重，在世界上没有起到应有的作用，既没有扮演好父亲的角色也没有扮演好母亲的角色（女儿很小母亲就死了）。对他女儿来说，布鲁内利教授简直像个孩子，对他的事业无条件地照看，帮助他。布鲁内利可怕地发现他为梦想付出了多大的代价，他为此牺牲了他女儿一生中最美好的岁月，还是以失败告终。布鲁内利痛苦地发现，他的理想和女儿的梦想截然相反，女儿不同意他的计划。布鲁内利深感自己是孤独的，承认他所犯的巨大错误。遭受痛苦的是他的独生女儿。

布鲁内利教授陷入了一种难以解决的矛盾。随着痛苦的加剧他发现，为了维护他的事业，使女儿受尽了苦。面对这种状况，布鲁内斯不能自已，深感忧伤，内疚感推动他去寻找更体面的生活。他幻想重重，向往往昔的利马，但他并不了解现时的情况，都为女儿做决定，为女儿选择了一种她鄙弃的命运，完全不顾及女儿的愿望。

面对不可挽回的局面，布鲁内利接受了自己的命运。他已经没办法弥补被浪费的女儿的岁月。这正是他的悲剧所在。埃阿斯同样不能回到他那不幸的日子、洗去他所蒙受的屈辱，这都是他的傲慢和自负造成的恶果。为了他的尊严，布鲁内利教授只有一条路可走，就是埃阿斯那条暴烈的却是纯正的道路：自杀。当他在世界上的一切前景都破灭的时候，布鲁内利就变成了一个"走向—死亡的—人"。

面对布鲁内利的悲惨处境，如同面对埃阿斯的悲惨处境，读者不由得产生亚里士多德在《诗学》中所说的"同情心"，因为读者见证了他那种得不偿失的冒险和彻底的失败。但是，布鲁内利和埃阿斯不同，他的失败甚至包括他自杀的计划，之后他试图从失败开始重建他的生活，"真正"重新开始生活。

在某种程度上讲，伊利亚娜也是一位悲剧人物，也许很接近厄勒克特拉①，因为她的命运是被别人、被她那完全的责任感、被她那种牺牲精神和她那种在十分亲近而可爱的人的死亡的凄楚阴影下过的生活加在她身上的。要知道，厄勒克特拉的弟弟俄瑞斯忒斯被人杀死，他们的父亲也被残忍的母亲谋杀。而伊利亚娜，过早死去的是她母亲。亲人的死，注定了两个女主人公的生活。厄勒克特拉必须为弟弟和父亲报仇而活着，伊利亚娜也必须为取代母亲和支持父亲而生活在人世。无论厄勒克特拉还是伊利亚娜，都是默默地忍受痛苦，制订计划，两个女人都充满激情，善于算计。两个女人都很刚强，比她们周围的男人还刚强。

虽然实情如此，但是《阳台狂人》并非完全是希腊式的悲剧。当然，两者有许多共同的因素。这部令人感到愉快的剧目其实是个悲喜剧，其结局并非不幸，更确切地说，是给人以希望的。

从类型上讲，《阳台狂人》是一部悲喜剧。它具有得天独厚的幽默性和一成不变的调整性；不过，剧中也不乏悲剧因素。这个剧本可以作为存在主义作品来读，因为剧中存在着属于海德格尔②式的形而上学概念，因为其中闪耀着萨特的主题，还因为在作品中可以看出只有加缪的哲学才有的忧虑。最重要的表现是"败落""是—在—世界上""焦虑""真实性"和"非真实性"，自杀的主题，孤独、忧伤和自由。

"《阳台狂人》至少具有杰出作家巴尔加斯·略萨作品的三个最重要的特点。其一是形式上的，其二其三是内容上的。在形式或技巧方面，在此剧中我们看到存在着时间的运用，它创造了一种极其模糊的气氛，这种气氛起着戏剧弹簧的作用，产

---

① 厄勒克特拉：希腊神话人物。
② 海德格尔（1889—1976），德国哲学家，20世纪存在主义哲学的创始人和主要代表之一。

生了过去和将来之间的归一性。主题或内容上的特点是创作全面体作品的努力，的确：《阳台狂人》是一个复杂的世界，它表现了文学的巨大套路和对人类的永恒的关心。在此剧中我们看到了许多重要的二元：唯物主义和唯心主义、艺术与功利主义、厄洛斯①和塔那托斯②、社会正义与艺术上的浪漫主义、现实与想象、殖民主义时代的利马和现代的利马、过去和现在、生与死、古老与现代、艺术与技术、疯狂与理智、精神错乱与精神正常、悲剧与喜剧、失败与成功、爱与恨。第三个特点是作为文学题材来表现的失败和作为人类事业的成败来表现的落空。"③

这个剧本最早是在利马幻想剧院上演的，剧团来自阿雷基帕：一群年轻人决定挑战自己，他们从理查德·巴赫的书中取得灵感组织了自己的巴赫剧团。他们年轻气盛，但缺乏经验和资金，这决定了他们只能在创作间里演出，他们必须走一条漫长的学习、实践和克服困难的道路。

经过几次尝试之后，他们邀请胡安·卡洛斯·加西亚当导演，上演了几个剧目。后来此人离开了剧团，转由利利亚·罗德里格斯执导，上演了《挨揍的王八》一剧。从此以后，剧团的演出再也没有中断。他们上演的剧目《树木立着死去》对他们是一次考验。许多年过去了，这些年轻人成了戏剧创作的头脑、灵魂和心脏。他们凭着自己不屈不挠和希望幸存下来。虽然发生了许多变化，但是他们仍在前进，因为戏剧更新了他们的梦想。正是由于戏剧艺术，他们走到大众中去的愿望才使他们怀着坚持到底的信心不停步地走在大路上。

---

① 厄洛斯，希腊神话中的爱神，即罗马神话中的丘比特。
② 塔纳托斯，希腊神话中的死神。
③ 引自秘鲁戏剧评论家玛丽亚·艾尔维拉·埃斯库德罗为剧本写的引言。

《瘟疫的故事》（2014）

意大利作家薄伽丘（1313—1375）的优秀作品《十日谈》以1348 年佛罗伦萨爆发的一场灾难性瘟疫为背景，创作了 100 个故事：由于这场瘟疫，城市十室九空，居民死亡过半。三个男青年和七位少女在诺维拉教堂邂逅，一起去一所别墅避难，住了两星期。他们除了观赏风景，欢宴歌舞，便开故事会。在其中的十天时间里，每人每天讲一个故事，总共讲了 100 个故事，故名《十日谈》。

巴尔加斯·略萨这个剧本就是他从《十日谈》取得灵感而创作的。他选取了其中的八个故事，并给它们取了新题目。第一个故事写的是一位苏丹的女儿，她被送去和阿尔加维奥国王结婚，在四年的旅行期间，她受到八位追求者的诱惑。第二个故事的主人公是一位通奸的牧师，被奸妇的丈夫发现他赤身裸体后，他说他在为她驱邪，于是三个人开始祈祷，最后三人都哭起来。

薄伽丘也作为一个人物出现在故事中。他被迫坦白他的严重罪行，他虽说自己是贞洁的，但有一次受到公鸡骑母鸡的启发而手淫；一位公主为了逃避和一只蟾蜍结婚而把它吃掉；一个人为蒙骗大家而装死，又活过来，但是他瞧不起他的老婆，因为她对他的死无动于衷，他宣称自己是最好的喜剧演员，她回答说她总是假装爱他，而她是最好的女人，因为她嘲弄了所有的人；一个纯洁而美丽的穆斯林姑娘想成为基督徒中的圣人，人们建议她去寻找最神圣的隐士，隐士却假装自己在患病；由于贫穷，他让她睡在他的床上，最后对她说，他的阴茎是魔鬼，如果她把它引进她双腿间的地狱，就能把病治好。由于过分的交媾，他几乎死去。

在整个作品中，乌戈利诺公爵一直在向圣克罗塞的女伯爵阿敏塔表白爱情，乌戈利诺是一位单身贵族，酷爱狩猎和冒险，终生爱慕阿敏塔女伯爵，和她保持着一种萨德式的色情性虐狂关系。

　　巴尔加斯·略萨是一位现实主义作家，每部作品都表现出对社会现实的批评态度。同样，《瘟疫的故事》也不是无的放矢。他曾对记者说："我们今天的瘟疫是什么？恐怖主义就是我们这个时代的瘟疫，就是 21 世纪的瘟疫。我们就生活在瘟疫中间。恐怖主义有各种表现形式，有政治的、宗教的……但是恐怖主义者是罪魁祸首，他们在其周围制造恐怖，让人们担心受怕。关于这种瘟疫，有许多解释方式：说它是一种灾难或一种灾祸。在《十日谈》中，死亡具有象征意义。一开始，有一种关于死亡灾难的不寒而栗的描写，尽管瘟疫以一种隐秘的方式时隐时现。"

　　无疑，巴尔加斯·略萨以此剧复活了一部沉睡了许多世纪的经典。《十日谈》把读者带进了一个想象的世界，而这个世界深深扎根于活生生的现实中，从而使读者更好地理解现实世界、日常生活，生活的贫困，世上的恶与善。

　　写这个剧本的想法是略萨在多年前产生的。那时他读到《十日谈》，这部作品的"戏剧要素"给他留下深刻印象。他尊重它在视觉方面的一切"不恭敬"，但是语言是"性感的，不是色情的"，"极为洒脱和优美的，没有任何低俗的表达，并且十分幽默。"

　　《瘟疫的故事》于 2014 年 1 月 28 日至 3 月 1 日在马德里西班牙剧院主厅首次上演，那日适逢同名剧本由阿尔法瓜拉出版社出版。执导的是著名西班牙剧人胡安·奥列，他把摆满座位的剧场变成了"罗马竞技场"，以便和观众互动，使他们成为八个故事的参与者。巴尔加斯·略萨再次扮演角色走上舞台：2011 年他曾在墨西哥城的艺术宫参加他的戏剧《一千零一夜》的演出。这一次他担任的角色是乌戈利诺公爵，此人是一个衰老的贵族，同轻薄的阿敏塔女伯爵保持着不正当的男女关系。从开始写此剧起，他就决定演这个角色。但是真扮演这个角色时，他却又感到诚惶诚恐。他说："对一个靠想像故事过日子的作家来说，突然变成一个故事中的人物，实际是一种不平常的体验，""我感到紧张，非常紧张，恐惧，害怕，担心，恐慌……我每天都问自己，干这种事是不是发疯，做这个决定是不是正确。"但是他又为有幸参加这种体验感到激动。

《瘟疫的故事》不是巴尔加斯·略萨首次搬上舞台的剧作，也不是第一次写的剧本。他早在 1952 年就写了《印加王的出逃》一剧，后来又陆续写了《塔克纳城的小姐》（1981）、《阳台狂人》（1993）等剧本，他也不是第一次登台表演，早在 2005 年他就和女演员艾塔娜·桑切斯·吉诺合作，演出了《谎言中的真实》一剧，后来又积极扮演了《奥德修斯与珀涅洛珀》中的一个角色，并于 2008 年再次与桑切斯·吉诺合作，在西班牙比利亚夏天戏剧节期间上演了《一千零一夜》一剧。

巴尔加斯·略萨以其剧作在西班牙、秘鲁和墨西哥等国屡屡展现他的舞台表演才能，证明他不仅是一位娴熟的剧作家，也是一位不逐才华的表演艺术家。

《琼加》（1986）

《琼加》由两幕构成，第一幕包括五场，即《掷色子》、《梅切》、《一只兀鹰和三个曼加切人》、《男子气的女人和女人》和《一件首饰》；第二幕包括十场，即《不可征服的人》、《一个看热闹的人的梦》、《关于梅切的推测》、《拉皮条》、《浪漫的爱情》、《关于一桩罪行的想象》、《一道横污渍》、《两个女朋友》、《寄生虫》和《大轴子》。

戏剧的故事发生在 1945 年秘鲁北部城市皮乌拉。剧中人主要有 4 个，即何塞菲诺、何塞、莫诺和利图马。他们是朋友，常在皮乌拉城边上的一家酒吧玩掷色子游戏。酒吧老板娘是有名的神秘女人琼加。他们在那里谈论他们如何为爱情而追求女人的故事。他们回忆一个下午，他们当中那位名叫何塞菲诺的朋友由美丽而纯真的姑娘梅塞德斯陪伴来到酒吧，大家管这个姑娘叫梅切。那一天，何塞菲诺把身上带的钱都输光了。为了补偿输掉的钱，他向琼加提出，由于琼加非常喜欢他的未婚妻梅切，他可以每晚以300索尔的价格把梅切让给她，作为女仆听她指使。双方成交。于是两个女人便一起上了酒吧的二楼。二人在琼加的房间里过夜相爱。后来发生了什么事，谁也不知道。但是从此后，梅切就消失了，人们再也不知道她的任何消息。

何塞菲诺和他的三个朋友回忆了那天发生的事情，每个人根据自己的想象，将现实和想象交织在一起，以不同的方式设想一场戏。何塞的想象是：

何塞相信他看到琼加和梅切在一起激情似火，热烈相爱。他坚信确有其事，因为这是这场戏唯一可能的结局。

利图马的想象是：

据利图马想象，那天晚上，梅切爬上楼梯，他跟踪着她，提出跟她结为夫妻，二人一起逃走。

莫诺的想象是：

莫诺曾经对一个小姑娘犯了罪，他为此感到内疚。他想，无论琼加还是梅切，都应该为她们应受谴责的行为受到惩罚。

何塞菲诺的想象是：

在第9场中，何塞菲诺讲述了他对事情的设想：他跟琼加进行了交谈，建议她搞一个妓院，两个人共同获利。由于琼加拒绝跟他合伙，他便拿出一把匕首，恐吓她，并侮辱了她，结果没有达成任何协议。

琼加也有其想象：

在最后一场，琼加断言，那天晚上，直到黎明，梅切才告别。琼加说，你愿意走就走吧，不过，你走后，我不想知道你去哪里，也不想再知道你的消息。

《琼加》一剧出版后，很快传遍拉美和欧洲一些城市和国家，如巴黎、马德里、多明尼加共和国等。并获得多米尼加共和国"卡桑德拉"外国优秀作品奖等无数荣誉。

巴尔加斯·略萨在《琼加》一剧的前言中解释说，对他来说，这是一个理想的剧作。这个剧目可以表现人类的客观和主观态度。这个剧目摆脱了他认为是现代戏剧成规的三种模式："布莱希特的史诗式的教学法"，"荒诞戏剧的娱乐性"和"无意义节目的矫揉造作"，以及"没有剧本的即兴表演"。他在《琼加》和他的所有作品中主张的，正如他在剧本序中指出的，是一种"认真地发挥戏剧性的戏剧"，一种讨论戏剧事件本身和想象的来源的戏剧。毫无疑问，巴尔加斯·略萨的那种最早的文学爱好愈来愈受到广大观众的响应，其证明是他的戏剧在世界各地获得了巨大成就。仅在利马，就创建了一家以著名的剧作家略萨冠名的剧院，他的剧目不断在这里上演。

琼加是剧中的主要人物之一。这个人物在作者创作《绿房子》时就在他头脑中产生了。略萨回忆说："这个女孩诞生在一家妓院里，妓院位于秘鲁北方城市皮乌拉的郊区，她出生时妓院着了火。城市周围是沙地。我住在那里时还是孩子。我管她叫琼加——也许是个人名或绰号——为的是强调她的卑微出身，因为许多农民出身的皮乌拉人都叫这个名字。琼加最初是个孤儿，多年后变成一个强悍的女人，她以铁腕经营位于皮乌拉贫困郊区的一家酒吧。"

巴尔加斯·略萨一直没有忘记这个人物，她不时浮现在他的脑海里，特别是20世纪80年代他在伦敦侨居期间：

"我忽然想到，琼加的生活环境不是在长篇小说里，而是在戏剧舞台上，并且我看到了她在舞台上的样子，我还立刻感到，她应该由那些'不可征服的人'即童年时代我在皮乌拉知道的那些不务正业的二流子和热衷胡闹的人围在身边，他们又是弹吉他，又是唱歌，喧闹不堪。他们仿佛生活在街头，向姑娘们献媚，殴打不尊重他们的人。"为了幸存下去，在男人们的世界上，她选择了冷酷、无情、强势、不易让人接近的生活态度，她得像男人一样才能立足。

美丽而可爱的梅切在剧中代表着那些不可征服的二流子们的性玩物，扮演着琼加的性奴隶的角色。她的神秘消失令人扼腕，她是不幸的女子。梅切的不幸显然是那些名叫"不可征服的"二流子造成的。这些二流子是一些浪迹天涯、游手好闲的混混儿，他们总是出入于小酒馆，寻衅滋事，制造事端，不务正业，欺弱凌女。他们都是真实存在的人，作者小时候见过他们，他们给他留下很深的印象。他在《绿房子》中写过他们，后来又写进了《琼加》。

《琼加》中，作者运用了他擅长的"中国套盒"表现手法，即从一个主要故事里派生出一些其他次要的故事，就像意大利剧作家路易吉·皮兰德娄（1867—1936）的名剧《六个寻找作者的剧中人》一样。此剧是一出戏中戏：一个剧团的导演和演员正在排练一出新戏，忽然闯进六个不速之客，自称是某个剧本中的六个人物，想寻找一位导演把他们的戏排练出来。他们一面纠缠着导演，一面讲述他们的痛苦故事。随着故事的进展，戏中戏和戏完全融为一体。《琼加》也是一出戏中戏；大戏中包含着若干小戏，也就是"中国套盒术"。

《琼加》于1986年1月10日首次在利马的卡努特剧院上演，演出的剧团是实验剧团，导演是路易斯·佩伊拉诺，他执导过略萨的多个剧目，包括当时新出版的剧本《在泰晤士河边》（2008）。1986年纽约的印塔尔剧团还上演了英文版的《琼加》。从那以后，世界许多国家的剧院，如波兰（1987）、德国（1987）、阿根廷（1986和1987）、巴西（1988）、英国（1988）、智利（1989）、瑞士（1990）、美国的迈阿密（1990）、米执安（1993）等城市，法国（1990、1992）、意大利（1997）、委内瑞拉（1993）等国都上演过这个戏。这是巴尔加斯·略萨的戏剧中上演次数最多，影响最广泛的一出戏。

《美丽的眼睛，难看的绘画》（1996）

《美丽的眼睛，难看的绘画》是一个独幕剧，其故事发生在当代的利马城，写一位名叫爱德华多·萨内利的艺术批评家和同性恋者受到一个名叫鲁文的年轻人的勾引。

这个青年实际上是想和艺术批评家萨内利作对，控告他造成了他的女朋友阿利西娅极度沮丧和后来的自杀。其女友对他的绘画很感兴趣，并为他举办了第一次画展，还读了他在报纸上发表的一篇专栏文章，文章要求她放弃她的艺术活动，以免为世界带来更多的丑恶。艺术批评家的文章标题是《美丽的眼睛，难看的绘画》。那个青年指责艺术批评家不尊重别人，讥笑他想成为艺术家的落空的意图，说他不敢面对自己的同性恋问题。

爱德华多·萨内利是利马的一位十分令人赞赏的艺术批评家，他在秘鲁最有影响的《商报》上发表评论艺术的专栏文章，随意贬低或赞扬艺术品和艺术家。他是个同性恋者，却没有勇气公开表明。这种对他自己的性压抑使他感到很不愉快，试图以酒解愁。

阿利西娅厌恶婚姻，她总是认为所有年轻女人的梦想是结婚和生孩子。面对姑娘们的这种梦想，阿利西娅自己的精神要崩溃了，觉得被人遗弃了，不禁产生了自杀的念头。她想自杀说明她作为年轻的姑娘和拒绝婚姻与当母亲的女人找不到自己的容身之地，陷入了绝望。

鲁文是在一次画展上认识艺术批评家萨内利的。萨内利掩饰不住对鲁文的爱慕，他邀请鲁文到他家去。但是他的态度含糊不清，他的意图很不明朗。鲁文坦率地说，那天晚上他和爱德华多单独在一起是有隐秘的动机的。他的动机和他的女朋友阿利西娅有关，而爱德华多不愿意提她。阿利西娅本是爱德华多的学生和崇拜者，可是他作为老师却对阿利西娅怀着怨气，甚至百般指责，鲁文对此颇为不满，认为他枉为人师，可悲可叹。

《美丽的眼睛，丑陋的图画》成功地运用了讽刺手法，这里有戏剧性的嘲讽，有丰富的话语嘲讽，作品描述了在成熟的艺术批评家和一位有魅力的年轻海员之间的有趣的对话，对话像一个潘多拉盒子，从盒子里冒出了一些对萨内利来说很不愉快的意外。作品中同样有一种不幸的因素，因为年轻海员鲁文的目的是要为他的未婚妻、年轻画家、萨内利的学生阿利西娅的死亡报仇。

利马的社会也是以嘲讽的手法描写的。爱德华多·萨内利是利马一位很著名的艺术批评家，他通过在国家颇有影响的《商报》上他的专栏文章随意诋毁或肯定艺术品和艺术家。萨内利是一个同性恋者，他却不敢公开接受他的性偏爱。他这种对自己的性压抑导致了他那种对人生失望的情绪，而只有嘲讽的谈吐才能在一定程度予以平息。萨内利借酒消愁，以酒壮胆，来勾引鲁文：

"你看，你遇到了不幸，我很担心，虽然我比你年纪大，但我敢说，在这些事情上我比你更有经验。"（剧本第 18 页）

后来，当萨内利发现鲁文对他设下的陷阱时，他回答说：

"我应该预感到了这是一出喜剧。所以我所抱的幻想很快就破灭了。要是成了真的，那会非常奇妙。年轻的阿多尼斯①暗示年迈胆小的萨提罗斯②上演这出戏是为了赢一场赌博？还是仅仅为了寻开心并帮助一个被许多白痴认为重要的人度过一个不愉快的时刻？"（剧本第 27 页）

---

①　希腊神话中的美少年。

②　森林之神，转义为色情狂。

　　显然，只有凭借嘲讽，爱德华多才能提及他那种受压抑的同性恋，提及他那种变成粗暴的、不妥协的艺术批评家的失败艺术家的身份。鲁文同样通过嘲讽才能暂时同意萨内利好个虚假的世界，跟他一道游戏，这样来实现他为阿利西娅之死报仇的计划。鲁文把阿利西娅之死归咎于萨内利，归咎于他写文章批评和嘲弄阿利西娅举办的唯一的一次画展，对画展，萨内利尖刻地称为"美丽的眼睛，难看的绘画"。只有萨内利的嘲讽的谈吐才能使阿利西娅为他的"没什么"而生活的理由受挫。她生活的最大爱好是绘画，但是她缺乏绘画的才能。

　　阿利西娅诚惶诚恐地对鲁文诉说了她的老师萨内利鄙视她、蔑视她、嘲笑她、挖苦她和她的绘画的委屈心情：

　　阿利西娅不安地对鲁文说："什么《美丽的眼睛，难看的绘画》，他更注意的是我的眼睛，鲁文。他不知道我的眼睛是大还是小，是蓝还是黑，是斜视还是独眼。他从来也不看我。或者更确切地说，他倒是看我，但是视而不见……他暗示我是个轻浮的女孩，是个喜欢社交的女孩，人们让他相信我能成为一个画家，是个十分古怪的人，许多人围着我是为了讨我喜欢。这就是萨内利想象的我。你明白吗？鲁文？这有多么不公平。"

　　《美丽的眼睛，难看的绘画》由于时间和空间的变幻莫测，而被认为是最难搬上戏剧舞台的剧作之一。但是它依然被一再搬上舞台。此剧原为秘鲁广播电台所作，1996 年在路易斯·佩伊拉诺执导下演出过，后来于 2005 年由曼努埃尔·特哈达的阿斯图王亚斯剧团上演。编剧兼导演是罗兰多·莫雷诺，在 2005 年 12 月由 H. T. G 剧团在迈阿迈 8 号剧院演出。马尔科斯·卡萨诺瓦扮演萨内利教授，他是利马著名艺术批评家。他的表演出类拔萃，他的词语刻意求工，表演水平令观众叫绝。阿莱桑德尔·西尔瓦扮演鲁文，表演本领出众，善于思考，但他既不理解阿利西娅想当画家的热望，也不理解她和老师的病态关系。米切列·琼斯扮演阿利西娅，她是萨内利的学生，他发现了她想当艺术家的决心，这一点表现在她作画的努力和热情上。她在舞台的动作优美而灵活，台词流畅而清晰，受到观众和剧评家的点赞。

2015 年 9 月 24 日和 25 日，由文化部剧团在"修道院"文化中心的"曼努埃尔·阿维拉·卡诺"剧场连续演了两场。导演是胡安·阿尔塞·萨维德拉，其助手为克里斯特尔·索利斯；演员是安德烈亚·拉莫斯、以色列·埃利萨尔德和雷蒙多·戈多斯·奥菲塞尔。舞台灯光是阿历杭德罗·维拉，舞台布景和服装是马丁·努涅斯。阿尔塞·萨维德拉导演曾在古巴国立戏剧学校学习表演，在哈瓦那高等艺术学校攻读戏剧艺术，并在莫斯科文化学院舞台艺术博士后毕业。他是古巴作家与艺术家联合会成员，获该联合会授予的 1991 年度教学成就奖章和尼古拉斯·纪廉证书。

《奥德修斯与珀涅罗珀》（2007）

《奥德修斯与珀涅罗珀》是巴尔加斯·略萨根据古希腊诗人荷马的史诗《奥德修纪》改编的。

《奥德修纪》全书 24 卷，12110 行，描述一代天骄伊塔利王奥德修斯勇气机智，在特洛伊战争中出谋划策，尽力不小，保护过受伤的英雄狄俄墨得斯，杀死了背叛特洛伊的多隆，和狄俄墨得斯一起潜入特洛伊军营杀死色雷斯王瑞索斯，尤其后来献木马计，使希腊联军取得特洛伊战争的决定性胜利。回国途中，十年间历经艰险，终于回到故乡。当时其妻珀涅罗珀正苦于无法摆脱众多求婚者的纠缠，他乔装乞丐，用箭将求婚的贵族们杀死，全家团聚。

巴尔加斯·略萨的这个剧本选取了《奥德修纪》的一个片断，即奥德修斯在参加特洛伊战争后回故乡的旅行。他历尽千辛万苦回到故乡伊塔刻，杀死了图其财富的贵族求婚者，和妻子团聚，对她讲述了他在旅行途中的种种经历。在奥德修斯对她讲述这些经历时，珀涅罗珀进入了故事，变身为奥德修斯在旅途上遇到的不同男女，如美丽的女仙喀耳刻，她曾把奥德修斯的同伴变成猪，并和奥德修斯生了一儿一女；仙女卡吕普索，奥德修斯回国时住在奥杰古厄岛，她曾想和他结为夫妻，但他不为所动；独眼巨神波吕斐摩斯，以人肉为食，奥德修斯等人在海上漂流，误入他的洞穴，一些人被他吞噬，奥德修斯用酒把他灌醉，并设计弄瞎他的眼睛，得以脱险；瑙西卡公主，奥德修斯在归途中船沉落水，游上岸昏倒，被瑙西卡及其女伴用歌声和叫声惊醒，国王提供船只和水手送他回国；还有雅典娜等许多其他人物。

巴尔加斯·略萨的改编忠于荷马史诗的精神，生动再现了奥德修斯对他妻子珀涅罗珀讲述的从他去参加特洛伊战争到回故乡伊塔刻长达二十年的冒险经历，以及珀涅罗珀变成各种人物的幻化情景。

《奥德修斯与珀涅罗珀》通过主人公奥德修斯荒诞不经的遭遇，生动反映了经过幻想加工的古代人类与自然界的斗争，颂扬了人类智慧的伟大力量。史诗中的海洋是自然力的代表，奥德修斯则是人类智慧的体现，同时他又是奴隶制萌芽时期理想化奴隶主的典型。他热爱故土，他的全部行动又和财产密不可分：或者为了攫取新的财富，或者为了重新掌握原来属于他的财产。他是聪明的领导者，受奴隶爱戴的奴隶主，也是骁勇无畏的战士，不惧艰难险阻的勇士，生产的行家里手。他靠自己的机智和不屈不挠的斗争精神，渡过难以想象的重重难关，最后成为胜利者。

剧本以《奥德修记》的神话传说为素材，剪裁得当，布局巧妙，语言朴实，对话晓畅，具有很强的戏剧性，充满神话氛围和生活气息，令人信服地体现了作者对荷马史诗精髓及其英雄人物的认识与理解。

2006 年 8 月 3 日，《奥德修斯与珀涅罗珀》首次在第 52 届西班牙梅里达经典戏剧节上公演，巴尔加斯·略萨饰演奥德修斯，西班牙著名女演员艾塔娜·桑切斯—希洪饰珀涅罗珀。导演是胡安·奥列。

大约 8 个月前，略萨和艾塔娜曾在墨西哥瓜达拉哈拉戏剧节上合作，演出过《谎言中的真实》一剧。在从戏剧节回下塌的饭店的路上，艾塔娜提议略萨能否把某希腊史诗改编为剧本，拿到梅里达经典戏剧节上演出。梅里达戏剧节领导弗朗西斯科·卡里多认为这个建议可行。于是，《奥德修斯与珀涅罗珀》就这么意外地诞生了。

由作者、导演和演员们精心打造的这个剧目在戏剧节上受到观众热烈欢迎。

《在泰晤士河边》（2008）

《在泰晤士河边》是巴尔加斯·略萨的一个独幕剧，它来自古巴作家吉列尔莫·卡夫列拉·因方特给他讲述的关于他同委内瑞拉诗人埃斯德拉斯·帕拉（1939—2004）相遇的真实故事。这位诗人，巴尔加斯·略萨和卡夫列拉·因方特是在 20 世纪 60 年代认识的，他在伦敦拜访了多年未来往的古巴作家卡夫列拉·因方特。当时他发现他所认识的埃斯德拉斯·帕拉变成了女人，他不胜惊讶。他对略萨说，这次同帕拉的意外会见使他感到很不爽，简直不知如何对待他了。看来，埃斯德拉斯·帕拉之所以要做变性的手术，是有原因的，就是为了爱情，因为埃斯德拉斯·帕拉爱上了一位搞同性恋的姑娘，为了得到她，他便决定变成一个女人。按照委内瑞拉报纸的说法，这种执着而热烈的爱恋并没有得到回报。埃斯德拉斯·帕拉的这段生活经历没有反映在略萨的剧作中，因为《在泰晤士河边》写的仅是埃斯德拉斯·帕拉本人的故事。更确切地说，该剧讲述的是两个秘鲁米拉弗洛雷斯区的人分别三十五年后在伦敦著名的萨沃伊饭店的一个豪华套间重逢的情景。

剧评家恩里克·普拉纳斯写过一篇关于此剧的评论，他在评论中提到一件有趣的事情，他说法国画家克劳德·莫奈（1840—1926）于1889年就是从这家饭店里画了泰晤士河，这幅画就成了印象派最典型的作品之一。美国画家詹姆斯·威斯勒（1834—1903）也从萨沃伊饭店的一个房间画过一幅泰晤士河风景画。由于奥斯卡·王尔德（1854—1900）和诗人洛德·艾尔弗雷德·道格拉斯（1870—1945）曾是其房客，所以萨沃伊饭店便名声大噪。在这家饭店住过的名人还有著名女演员玛丽莲·梦露（1926—1962）、歌唱家弗兰克·西纳特拉（1915—1998）、演员查尔斯·卓别林（1889—1977）和歌唱家鲍勃·迪伦。

两位秘鲁老朋友在伦敦的重逢，就像卡夫列拉·因方特跟埃斯德拉斯·帕拉的会面一样，变成名叫拉克尔的女人的男主人公皮鲁洛也以其女性的新外貌使他童年时代的朋友奇斯帕斯惊讶不已。后来二人一起回顾了三十五年前发生的那次失败的吻和那一记响亮的耳光。

这个剧本只有一幕，戏剧故事持续一小时二十分钟。八十分钟过去后，观众们才意识到，舞台上所演的一切往事实际上都是富有的企业主奇斯帕斯对性爱的想象。借助奇斯帕斯和皮鲁洛对他们少年时代的现实的回忆而在舞台上发生的一切，都是在日常生活中不曾发生的一种想象，不是两位秘鲁朋友的经历的一部分。

应该指出的是，《在泰晤士河边》同略萨的小说《酒吧长谈》有着密切的联系，因为这部剧作的一个人物也有一个和奇斯帕斯相同的外号：圣地亚哥——特特兄弟。在《酒吧长谈》中，奇斯帕斯是个小男孩，后来是个青年，此外他叫萨瓦拉。而在《在泰晤士河边》中，他是一个名叫贝利亚丁的50岁的人。《在泰晤士河边》中的奇斯帕斯和变成拉克尔的他的朋友皮鲁洛一起，回忆了他们在少年时在米拉弗洛雷斯、在太平洋岸边的特拉萨斯乡村俱乐部、在美丽的如梦如幻的野坡上度过的岁月。尽管从这些人物的不同的名字知道，指的并不是同一个奇斯帕斯，然而其社会阶层是一致的：属中上层社会，住的地方是米拉弗洛雷斯。指出这一点也是有趣的：在内容方面，《在泰晤士河边》和长篇故事或中篇小说《幼崽们》有密切关系。在《幼崽们》中，皮丘拉·奎亚尔也是米拉弗洛雷斯的少年和奇斯帕斯与皮鲁洛一起读书的昌帕格纳特学校的学生，他被名叫犹大的狗咬掉了生殖器。

《在泰晤士河边》的剧情开始时气氛十分欢快，但逐渐趋于忧伤，甚至悲凄。在整个剧中，作者表现的内容多种多样，有昔日的创伤、自由、20世纪50年代米拉弗洛雷斯城区的生活环境、人的孤独、友谊、个性、爱情、性爱、性压抑、思念、回忆、破灭的幻想。在表现手法上则有现实与想象的轻微联系、发挥想象的力量、对话的充分运用等。

剧作的梗从中间开始，观众在舞台上的表演中看到人物出现在舞台现场，如同出现在我们今天。仅仅通过对回忆的情景伴随着幻想、思念、梦境、丧失的幻想和秘密的性压抑，观众便了解了这些人物痛苦的过去，他们虽然取得了目前的成就，但依然深深地忍受着痛苦。在此提一下，巴尔加斯·略萨在剧本前言中提到的内容是有意义的：

"……奇斯帕斯这个生意人在繁忙的生活中，在河边的两次工作会议之间在老泰晤士河边所讲的谎话，当然是不完全的。但正是由于这些谎话，埋藏在他心中的极端秘密的真情才从他的灵魂深处流露出来。也许这个故事会帮助观众们了解某些隐藏的真相。这些真相也推动我们这些普通人像奇斯帕斯一样用力冲破日常的生活牢笼，一起逃向使我们生活得更好或能让我过真正的想象的世界……"

我们看到，这部剧作在舞台上表现的是回忆，就是剧情从中间开始，通过回忆、记忆、梦幻和幻想在舞台上再现过去。这种过去在某些情况下是真实的，在另一些情况下只是一些从未发生过的不同的幻觉，或者说，不知道在作品中某种过去是否真实存在过。《在泰晤士河边》一剧中，直到剧终观众或读者才明白，奇斯帕斯回忆的和皮鲁洛有关的一切从没有发生过，那只不过是在他空闲、思念和失败的性生活之时使用的一种仪式。我们在舞台上看到的或在剧本里读到的，只不过是奇斯帕斯不安的主观意识、隐蔽的愿望和他的性幻想的表现。

《在泰晤士河边》可以作为关于个性、友谊、爱情、性爱、思念、回忆往事等的作品来读。

《在泰晤士河边》2008年3月29日首次在利马的英国剧院公演，座无虚席。由剧院的院长路易斯·佩伊拉诺执导，此人是秘鲁天主教皇大学科学与传媒艺术系主任和社会学家。扮演奇斯帕斯、拉克里—皮鲁洛的演员是利马剧坛上有名的阿尔贝托·伊索拉和贝尔塔·潘科沃。秘鲁批评界认为，此剧搬上舞台80分钟的演出十分成功。后来此剧又在委内瑞拉首都加拉加斯上演，时间是2008年7月30日。演出的剧团是"80演员剧团"，导演是埃克托尔·曼里克，女演员卡洛塔·索莎扮演拉克尔—皮鲁洛·萨阿维德拉，伊万·塔马约扮演企业主奇斯帕斯·贝亚丁。剧评家可尔丰索·莫利纳十分赞赏曼里克的执导水平：

"……尽管一开始让人觉得《在泰晤士河边》是一部平铺直叙的作品，但演到一半便调转不同的方向，将剧情和各种时间结合在一起，使观众对一个自少年时代就因一件往事和一个错误感到纠结的人的内心活动产生了杂乱而繁复的印象……曼里克的执导干净利索，设计精心……在加拉加斯的上演不乏幽默，这种幽默不追求廉价的笑声，而只要求观众怀抱一种不那么因袭的态度……拉克尔和奇斯帕斯的对话接连不断，话语平静，似乎不可控制……剧情发生在萨沃伊饭店一个套间里，几乎在现实的时间中。灯光顺应奇斯帕斯的感情变化和拉克尔的声调。导演很注意协调现实和想象之间关系。"①

　　另一位剧评家阿尔贝托·巴雷拉·蒂斯卡对曼里克导演此剧的评论也相当有见地：

　　"……《在泰晤士河边》是一个短剧，只有两个人物在一个空间里对话。剧情开始是两个朋友多年后重逢。但是其中一个人实施了变性手术，如今成了女人。从这个戏剧性情节开始，作者便经常使观众处在期待和困惑之中。剧情总是躲避任何轻而易举的展示，避开预定的戏路，避开预先确定的东西。剧情总是围绕可能发生的悲剧转动，有时带点喜剧色彩……这一次，作者运用了他以往的性爱经历和一件现代的、令人感到不快的逸闻轶事，让读者再一次感受到他的作品中久久不能消失的因素：现实与想象的关系、无形的事物的牢固性、想象的力量……这是一个确实的消息：现在《在泰晤士河边》将在加拉加斯由杰出的演员卡洛塔·索莎和伊万担纲演出……"②

　　剧评家胡安·马丁斯的评论十分有趣，他指出，"观众在看演出时，要自己同生活、同概念、同世界观建立联系，所以他们得拿自己的道德规则来冒险。通过演出的节奏实现的消遣取决于激情的产生，而观众们作为演出的观赏者一般不喜欢演员回忆价值的大小和对道德所负的责任……导演曼里克很清楚在舞台上的演出中剧情应该怎样展开：剧本的故事是通过演员的话语、表达和声音的影响来推动的……"③

　　《在泰晤士河边》还曾于 2009 年 5 月 26 日由委内瑞拉"80 演员剧团"在哥伦比亚卡利市演出，此次演出是为了替和平之声基

---

① 引自《回忆一次秘密的爱情》，阿尔丰索·莫利纳著，《戏剧》，2008 年 9 月。

② 引自《评〈在泰晤士河边〉》，巴雷拉·蒂斯卡作，2008 年 8 月 24 日加拉加斯《国民报》。

③ 剧评家胡安·马丁内斯：《给〈在泰晤士河边〉一个吻》，载《戏剧批评》，2008 年 12 月 1 日。

金会募集资金。同样，此剧也曾于 2009 年 7 月 8 日在意大利斯波伦托市公演。

《一千零一夜》（2009）

《一千零一夜》① 是一部民间故事集，相传在中国古代和印度之间有一个萨桑国，国王山鲁亚尔一天外出打猎时发现王后和宫女、奴仆们在花园里嬉戏、歌舞。一怒之下将王后、宫女和奴仆全都杀了。从此他讨厌女人，存心报复，每天娶一个女子，次日杀掉，弄得全城十室九空，十分恐怖。宰相的女儿山鲁左德为拯救无辜女子，冒着被杀死的危险，自愿嫁给国王，进宫当天即给国王讲故事，引起国王的兴趣，天亮了，故事还未讲完，国王想，听完故事再杀也不迟。这样一连讲了 1001 夜，终于感动了国王，收回成命，与山鲁左德白头偕老。

后来，这本故事集传到西方。读者甚众，文学大家们也为之着迷，拜倒在这部杰作面前，有的还进行模仿，如英国作家斯蒂文森创作了《新天方夜谭》（1882），写一些罪犯、骗子和凶手图财害命的故事。阿根廷作家博尔赫斯也在他的一些短篇小说中采用了《一千零一夜》的东方魔幻气氛，他的《蓝色的虎》中就包含着阿拉伯故事的许多东西。巴尔加斯·略萨也十分喜爱和推崇《一千零一夜》，在很小的时候，他就和成千上万读者那样为《一千零一夜》着迷，并曾打算把《阿里巴巴》和《四十个大盗》搬上舞台。他在介绍他的剧本时评论说，《一千零一夜》和《圣经》和莎士比亚的悲喜剧一起，是世界文学中改编得最多的作品。不但文学创作者崇尚它，许多电视剧和电影也把它的故事作为创作题材。

---

① 亦译《天方夜谭》。

巴尔加斯·略萨的剧本《一千零一夜》便是他根据《一千零一夜》的若干故事改编而成的，其中包括《违禁的爱情》、《鸟儿们的争斗》、《忧伤的亲王》和《火的崇拜者》等。此剧 2007 年 7 月首次在马德里上演，略萨本人扮演国王山鲁亚尔，西班牙女演员艾塔娜·桑切斯·希洪扮演山鲁左德，胡安·奥列任导演，舞台布景由爱德华多·阿罗约来完成。剧本改编得相当自由，但尊重原作的结构。为了便于现今观众接受，在内容上加强了现代性。略萨只改编了若干鲜为人知的故事，并故意没有选取最流行的故事。但所选故事同样充满情趣。略萨改编的剧本运用了若干戏剧技巧，风格通俗易懂，既可以阅读、讲述，也可以表演。作者所选的故事在很大程度上反映了几个世纪间的穆斯林社会的社会现实，特别是交织在一起的宗教、传统和文化。

2011 年 3 月 6 日，巴尔加斯·略萨应墨西哥国家艺术委员邀请，前往墨西哥城，在艺术宫主演他所改编的《一千零一夜》一剧。他扮演山鲁亚尔国王，在舞台上他倾听由秘鲁著名女演员巴内莎·莎娃扮演的宰相女儿山鲁左德给他讲的一个又一个动听的故事，连续讲了 1001 夜，终于打动了国王那颗残忍的铁石心肠，国王不但免她一死，而且和她结为夫妻，从而不再祸害那些无辜的女子。在讲述那些复仇、魔幻、神秘、恐怖、性虐狂、背叛、暴力、性爱和爱恋的故事时，充分显示了山鲁左德这个女子勇敢、善良、机智、聪慧的品德。她知道，只有一夜不停地把故事讲下去，才能免于一死，所以她事先就制订了一个计划，即每天夜里讲的故事必须妙趣横生，紧紧抓住国王的心，而且每晚讲的故事不能讲完，致使国王始终保持着浓厚的兴趣，使他不忍心杀死这样的女子。

两个星期之后，即 2011 年 3 月 20 日，《一千零一夜》继在墨西哥搬上舞台后，巴尔加斯·略萨又率领剧团前往他的祖国秘鲁，在利马南部的"亚洲海滩"剧场上演。巴尔加斯·略萨仍然担任主演，女演员巴内莎·莎娃是他的最佳搭档，后者为前者讲故事。巴尔加斯·略萨的侄子卢乔·略萨担任编剧。在演出的过程中，听不见观众送给演员的喝采声，也很少响起长时间的鼓掌声，但是舞台东方氛围：布景、音乐和视听效果，却比较成功。然而，剧情发展的节奏常常不能抓住观众的注意力。还有，无论巴尔加斯·略萨还是巴内莎·莎娃，都表演众多剧中人中的一个角色，不换戏装，也常常不更换声音，显得比较呆板，难怪观众反响平平。

当然，巴尔加斯·略萨根据《一千零一夜》原著改编的剧本和推上舞台的剧目，一般说来都受到读者及观众的欢迎，尽管存在这样或那样的不足。而为写这个剧本，他参考了"包括许多口头的、书面的，主要源自波斯、印度和阿拉伯的故事的多种译本。"同时他也了解和研究了流传并不广泛的其他文化的译本，有一些是非常古老的、来自九世纪、十世纪，"特别是十三世纪的最古老的文化"，"从十八世纪开始，它们被收集成书，被译成法文、英文和德文"。"这些译本的特点是，它们彼此是不同的"，因为"好的文学就像生活，从来也不停滞。""每个译者、每个时代、每种文化都赋予它某种方向。"

在台上演出方面，巴尔加斯·略萨承认，作为一个初登舞台的人，有若干巨大的不完美，但是上台表演是一件美妙的事情：只有很少作家有这样得天独厚的经验，不仅进行了再创作，而且亲自体验了它。他还说，作为演员讲故事，是"一种登台表演的胆怯形式"，"是再现别人创造的人物迈出的一小步"，这使他感到其间"有一种距离"，"一个人写作的时候可以轻易跨过它，但是这并不意味着不深刻地享受它。我在舞台上的感受就是这样，我既具有恐慌心情，同时又有很充分的享受"。

六　巴尔加斯·略萨的散文著作

概述

如果说整个拉美文学是一片繁花似锦、斑斓多彩的原野，那么拉美散文便是其中一座生机盎然、姹紫嫣红的花园。一个个世纪的风云变幻、一代代人的命运变迁，人类为生存和发展进行的斗争，新大陆固有的美丽壮观、原始而神秘的大自然，使诗人、小说家、评论家，乃至哲人学者禁不住拿起笔来抒其胸臆，发其所感，论其见解，写了许多文思敏捷的散文。这些散文各种各样，不仅有优美的抒情散文，也有其他样式的，如游记、随笔、小品、书信、文艺杂谈、回忆录、传记、演讲、作品评价、人物评介，等等。这些散文，形式、内容和风格都不拘一格，不受条条框框限制，不受清规戒律束缚，自由奔放，潇洒自如，表达感受，阐发见解，描述见闻，毛病所爱，宣泄所憎……从而使散文它返本归源：散文是大而化之的，是随而使之的，是自然而自然的文章。

无疑，在当代拉美文坛上，巴尔加斯·略萨不仅是一位创作小说的大家（其小说至少十七八部），编写剧本的巧手（其剧作至少有十部），也是撰写文论、评论、随笔等的行家（这类作品不下十六七部），此外还有散载报刊和网上的不计其数的各类文章。这些作品充分显示了巴尔加斯·略萨千锤百炼的治学功底：论述的才思、雄辩的智慧、评论的到位、概念的清晰、学识的深湛……

无疑，为了写这些作品，他花费的时间和精力、心血和汗水，是难以想象的。他认真的态度令人感动。他写散文就像写小说那样，写了第一稿，经过修改、琢磨，再写第二稿，再经过推敲、润色，写出了第三稿。而这一稿，据他说，才是他真正的文学创作，这让他觉得愉快、开心，感到振奋、鼓舞。他说，直到现在他都是这样进行写作的。

为了写这些散文，他曾不辞辛苦，广泛阅读许多文坛大家的作品，细心研究许多文坛巨子的著述，仔细查阅、收集许多著名作家的生平传略。有些文章是他几十年如一日辛勤耕耘的结晶，有不少文章是他反复研读名家的作品写下的见解，有一些文章阐述了他对社会、政治、文学艺术、宗教信仰问题的看法，也有文章刻录了他自己一生的经历，同样有一些文章记述他从事文学创作的方法……

巴尔加斯·略萨在《致青年小说家的信》中的《风格》一文中说："阿索林①是一位杰出的散文大家"，"他在关于马德里的丛书中写道：'文学家写散文，正规的散文，语言纯正的散文；如果散文缺乏趣味的调料，没有快乐的企图、讽刺、傲慢和幽默，那就一钱不值。'"阿索林告诉我们，散文应该是怎样的，应该如何去写，不然就没有什么价值。他评论卡彭铁尔②的散文说："他的散文……和我欣赏的风格截然相反，我一点也不喜欢他的生硬、墨守成规和千篇一律，这时常让我联想起他是通过仔细地词典来造句的，让我联想到 17 世纪的巴洛克作家对古语和技巧的怀古激情"。这些话告诉我们，散文不应该这么写，不然读者就不会喜

---

① 阿索林（1873—1967），西班牙小说家、评论家。
② 卡彭铁尔（1904—1980），古巴著名的小说家、散文家、文学评论家。

欢。但是他接着写道："尽管如此，这样的文风在《人间王国》①中讲述迪·诺埃尔和亨利·克里斯托夫的故事时，都有一种感染和征服人的力量，它打消了我的保留和反感，让我感到眼花缭乱，毫不怀疑他讲述的一切。卡彭铁尔这种古板和僵硬的风格怎么会具有如此大的魅力呢？这是因为通过他作品中紧密的连贯性和传达给了我们这种阅读的感觉，即让读者感到非用这样的话语、句子和节奏来讲述那个故事不可……"

巴尔加斯·略萨对博尔赫斯更是推崇备至。他在《风格》一文中说："博尔赫斯是西班牙语世界诞生的最伟大的散文家。因此他产生了巨大影响……博尔赫斯的风格是不可混淆的，它具有惊人的功能，有能力赋予他那充满意念、新奇事物、高雅心智和抽象理论的生命和信任；……博尔赫斯的风格与他那不可分割的合金式题材水乳交融，形成一体：……从阅读他那具有真正虚构特点的创造才能和自主意识的散文第一行起，就感觉到这些内容只能用这种方式讲述，只能用他那睿智、讽刺、数学般的准确——一字不多，一字不少——冷峻高雅、贵族式的狂妄语言讲述出来……"

巴尔加斯·略萨遵从这些散文大师的风格，以宽广的视野，广泛的涉猎，灵巧而机智的笔触，写下了大量堪称杰作的各类散文，举凡对人生、对社会的体察，个人内心的感受，鼓荡于胸中的爱憎情感，对真理的感情，对人物事物的评说，更有对世界风云的变幻和人类命运的关注……都是他的散文表现的对象。无疑，他的散文自然言之有物，情真意切，洞察入微，发人深省。他的散文和小说一样，是值得我们一读的，也是值得我们借鉴的。

---

① 卡彭铁尔的小说。

《加西亚·马尔克斯：一个弑神者的历史》（1971）

这是巴尔加斯·略萨在马德里康普卢滕塞大学读书时写的博士论文，后来作为一部文论出版。论文原来的题目是《加西亚·马尔克斯：其小说的语言与结构》，1971 年 6 月 25 日提交后获得"优秀学业成绩"的评语。

但是此文并非完美无缺。也许巴尔加斯·略萨想把它写成一篇关于加西亚·马尔克斯的决定性的文章，所以他在评介和分析马尔克斯的创作时花的笔墨过多，这在学者们中间引起过不少疑问。后来，关于此文，和略萨的其他著作相比，人们谈论得少一些。不过，尽管有某些不妥之处，但对那些想掌握文学技巧和文学本身乃至文学历史的人来说，还是不可不读的。

作者在此文中，对加西亚·马尔克斯的作品，从他最初写的几篇小说到他的惊世杰作的《百年孤独》，进行了深刻的分析，并对他生活中和创作活动中发生的种种事件做了评述。此外，作者还在此文中阐述了一种文学理论：他认为，文学创作者应该对现实采取反叛态度，并用自己创作的虚构作品取代它，在某种意义上取代上帝的权力。

当他 22 岁的时候，和母亲一起前往故乡阿拉塔卡拉，去出售老家的一幢房子。他像穿过一座幽灵般的城市一样走过那个镇子，他发现那个地方仍然像他记忆中的那样，一切都那么古老，到处尘土飞扬，街道似乎更窄了，显然是岁月改变了一切。从这次经历起，马尔克斯便破坏了现实，通过想象把它重建，这样就产生了上帝的弑杀者。事实上，写小说是一种对现实的反叛行为，是对上帝和上帝的创造物即现实的反叛行为。是纠正、改变或废弃现实、用小说家创造的虚构现实取代真实的现实的一种愿望。对巴尔加斯·略萨来说，小说家就是上帝的弑杀者，因为他创造了他自己的世界，他就是上帝，只有他才是那个世界的一切和一切人的控制者。

在巴尔加斯·略萨为本书写的长篇译文中，他一分钟也不保留地表露对他当时所崇拜大作家的敬佩心情，"在他身上，有一个最让我欣赏和倾倒的特点，那就是他善于绘声绘色地讲述趣闻轶事的本领。无论什么事情，一经他回忆和编织，娓娓道来，便成了故事和趣闻。无论是政治的或文学的见解，还是对人对事或对国家的看法，抑或计划或抱负，他都能把它们变成轶事趣闻。他的聪明才智，他的文化修养，以及他的感觉反应，都有一种奇特罕见的、但又具有具体实在的印记……只要和这样一个人物交往，生活就会变成飞流直下的轶事趣闻的瀑布"。此外，"他还是一个极其大胆、极其自由地进行想象的人物。在他看来，夸张并非是一种扭曲现实的手段，而是审视现实的一种方式"。

巴尔加斯·略萨以外科医生的精确性细致地分析了马尔克斯的每个短篇小说和每部长篇小说。在提及《百年孤独》时，他不遗余力，赞扬朋友的勤奋和辛苦：他在他那个"黑窝"① 里，"面对四壁，用了一年半的时间写出了这部小说……他从书房里出来，由于猛抽香烟而显得面容憔悴，又由于坐在打字机前连续工作了八到十个小时后而显得神情疲惫。有时候他拼死拼活地干一天，也只完成了一小段。"其辛劳可见一斑。

关于《百年孤独》，巴尔加斯·略萨谈到马尔克斯所受的从古希腊诗人索福克勒斯到美国作家福克纳的影响，无比热情地赞赏《百年孤独》。他说"这是一部全面体小说，以其雄心勃勃的创作，全面地反映现实，特别是因为它实践了上帝的整个取代者的难以实现的设想：发现了一种全面的现实，以虚构的现实对抗真实的现实。这种全面性的概念，既捉摸不定，又那么复杂，而且

---

① 指他关门写作的小书房。

和小说家的才能分不开，这不仅决定了《百年孤独》的不可逾越，而且也决定了它的关键所在。在表现的内容上它也是一部全面体小说，因为它描写了一个封闭的世界，从这个世界的出现写到它的消失，展现了这个世界的方方面面：个人的、集体的、传说的、历史的和神话的"。

同样，巴尔加斯·略萨对马尔克斯创作《枯枝败叶》的艰辛也予以热情的点赞：那时，他只穿一条涤纶长裤，一件色彩鲜艳的条纹汗衫，坐在《先驱报》编辑部办公室里，或坐在那座号称"摩天大楼"的没有电梯、古里古怪的四层楼妓院一间陋室的一张木板床上奋斗打字，决计把他童年以及阿拉卡塔卡的各种精灵鬼怪统统付诸笔端。1951 年他写完了这部小说。几个月后将书稿寄给洛萨达出版社，却被退回，还说他没有写作天赋，最好改行干别的工作。他受到的打击和失望心情可想而知。

在评论《一个海上遇难者的故事》时，巴尔加斯·略萨对马尔克斯的文笔表示由衷的敬佩。这是一系列的新闻报道，1970 年 8 月结集出版，写的是 1955 年 2 月哥伦比亚海军舰队 8 名水兵落水的故事：其中一名水兵在海上漂流了十天，不吃不喝，奇迹般地活了下来。马尔克斯据此写了 14 篇文章，详细报道了海难的始末。这些历险故事写得轻松自如，文彩飞扬，也可以说已经掌握了这类文体的决窍：客观、情节连贯、戏剧性场面恰到好处的穿插、悬念及幽默，故事以第一人称独白形式铺陈展开……作家具有善于巧妙地编排素材的天赋，而且还善于稳妥把握整个历险故事的情节……尽管这主要是一组报道性文章，但作家驾驭文字颇有功力，下笔干净利落，准确明快，足见作者不仅具有新闻记者的资质，而且不乏小说家的才华。

巴尔加斯·略萨为《恶时辰》的坎坷经历感到惋惜。此作从写作到出版，经过了整整七年。像书名一样，它不只一次遭到恶时辰。1955 年开始写，写了好几个月，因其中关于上校的故事而被迫停止，一年后又捡起来，写到 1957 年中，因去东欧访问而再次辍笔，直到 1960 年才又把稿子找出来修改，情节和人物大删大改，仍不满意，干脆把全稿撕掉，花了三个月才写完全书。但是未定书名。因对书稿感到不满意而差一点扔掉。还算幸运，后来获美国埃索石油在波哥大举办的文学竞赛奖，用三千美元买了一辆小汽车，但由西班牙一家出版社出版时，书中的拉美方言被替换，把小说马德里化了。马尔克斯见到样书后不胜恼火，决定在墨西哥出第二版，将被篡改歪曲的文字和风格复原如初，并宣布此为该书初版。整个过程可谓一波三折。

巴尔加斯·略萨对马尔克斯幼年在外祖父母家的生活经历、在波哥大和希帕基拉上中学和后来上大学的情形、在卡塔赫纳和巴兰基利亚攻读法律和当记者的情景、前往东欧的旅行和关于社会主义国家的报道《在铁幕内的 90 天》、1958 年委内瑞拉总统希门内斯倒台时留给他的印象、1959 年初在古巴的耳闻目睹和回波哥大成立拉美通讯社的过程、电影编剧工作对他的文学生涯的影响等都做了颇为细致的描述。

《一部小说的秘史》（1971）

《一部小说的秘史》向读者揭示了一部小说的创作过程，这部小说就是巴尔加斯·略萨在 1962 年和 1965 年间写的《绿房子》。但是据作者讲，他不是要分析这部小说的技巧问题，而是要讲述小说的故事情节如何在他的头脑里孕育和诞生的。

像巴尔加斯·略萨这样的作家，写这样一部小说是具有特殊意义的。实际上，他似乎想使这部小说成为实践其小说理论的样板。对他来说，写小说就是驱除纠缠和折磨作家的魔鬼，而故事情节诞生于个人的经验（自己经历的、耳闻的，阅读获得的或梦幻产生的），然后在写作中和虚构的因素交融在一起，并且很难再分离。这部并不算长的文论就是如此。其确凿的证据是，写一部小说的想法至少就是这样产生的，它以其固有的力量迫使作者讲述它。在整个小说中，受超常的激情支配的作家的这种想法，始终伴随着为再现故事场景而进行的漫长写作，伴随着同风格的顽强斗争，以便取得作者所寻求的感觉，等等。

具体说吧。《绿房子》的故事主要发生在两个地方：皮乌拉（同文明、大海及黄色联系在一起）和圣玛丽亚·德·涅瓦镇（代表丛林、野蛮的世界和绿色）。由于小说产生于个人的经验，这部小说讲述的便是作者的回忆和魔鬼如何创造了这些故事发生的舞台。

皮乌拉是一座城市，作者9岁时在该城生活过一年，16岁时又生活过一年。该城给他留下了许多记忆，但是有两个地方给他留下的记忆最深，一个地方是"绿房子"，那是皮乌拉的一家妓院，房子是绿色的，是城市郊外一片荒漠上的一间茅屋。"但我从没有去过那里。不过，那所房子深深地刻在我的脑海里，当我6年后再去皮乌拉时，那所房子还在那里。于是我去了那里，那里的环境很古怪，因为那是一家很特殊的妓院，处在一座不发达的城市中。那只是一间很大的房子：里头有一些女人，有一个三个人的乐队：一个年迈的盲人弹竖琴，一个名叫'年轻人'的吉他手，他身强力壮，非常像摔跤运动员，一名载重汽车司机打钹和击鼓，他叫博拉斯。我总觉得这些人都有点神秘，小说中都保留了他们的名字。有一些男人来到这里，然后带着女人到外面星光下的沙地上做爱。这些情况我永远不会忘记。"

另一个地方是曼加切里亚，是一个贫穷的居民区，离市区较远，那是个颇为神秘的去处。那个时候，曼加切里亚人引为自豪的是警方的巡逻队从没有到过那里。作者回忆说，他常到曼加切里亚人的奇恰酒铺里和乔洛女人跳舞。一位名叫桑切斯·塞罗的独裁者出生在那里，曼加切人都是塞拉的革命联盟的拥护者，他们为此感到骄傲。这也是他不能忘怀的一个地方。

　　给他留下记忆的还有那片丛林。其实他并没去过那里，他回忆说，1958 年，"来了一位墨西哥人种学家。当时在丛林地区工作的语言学院组织了一次前往上马拉尼翁的阿瓜卢纳斯部落的旅行。我应邀和他们一起去。我在那里有一个发现，即发现了石头的年龄。那些原始部落和冒险的白人生活在那个完全独立于秘鲁的地区，那是另一个世界，他们有自己的法律，自己的生活节奏，那个地区充满了人所共知的暴力。我在那里听到了一些故事。比如有一个日本人，立刻迷住了我，他叫图西亚，是《绿房子》中的三个主要人物之一，我给他改了名字，叫他富西亚，是个令人难以置信的人，有人多年前，至少三十年前就看见他从伊基托斯来，逆马拉尼翁河上行，去阿瓜卢纳斯部落，看似逃避什么事情。他坐着船来，于是村民们警告他：'你别到这里来，老弟，人们会吃了你的'……"那个时期，部落的人很仇恨白人和外地人，但他却驶入了圣地亚哥河，变成了一个封建地主，人们不仅没有杀他，反而让他定居在了河中一个岛上，他组建了一支小部队，其中有一些白人，谁也不知道他们从哪里来的，都是什么人。他这支私人部队的主力是阿瓜卢纳斯人或瓦姆比萨斯人。于是他靠这支部队开展了一项生意，即定期去阿瓜卢纳斯、瓦姆比萨斯、穆拉托斯和卡帕纳瓜斯村去抢劫。每当橡胶商来收购向印第安人预订的橡胶，他就带着他的人马荷枪实弹进村抢夺。只要有橡胶，他就把橡胶全部抢到岛上去，然后再转手卖给农牧银行。但是除了掠走橡胶，他还抢走一些姑娘。我见过其中一个姑娘，她曾是他的情妇之一。不幸的是，这个姑娘不会讲西班牙语，只会说阿瓜卢纳语。但是她通过一位翻译对我讲述了她们在岛上的生活。这样我就知道了这个人的野蛮行为。当他带着他的人马到部落里来的时候，他穿着印第安人的服装，像印第安人一样喝得醺醺大醉，说着印第安人的话，仿佛是印第安人中的一员。他还跳舞，筹办印第安人的节日并参加活动。他是一个对女人们极其残忍的人。

"但是图西亚的故事和胡姆的故事联结在一起。因为当地的文明人几乎和印第安人一样野蛮，是些可悲的有钱人，实际上他们是些可怜虫，饿死鬼，不幸的人。那些兽性的、毫无人性的暴力令人发指，极其低下，只是为了一点荒唐的、微不足道的利益。在圣玛丽亚·德·涅瓦，有一个叫胡姆的印第安人被吊在一棵树上，已经吊了两三天。他被剃光了头，腋下被热鸡蛋烫焦。他们以前去过胡姆的那个名叫乌拉库萨的村子，不但烧了村庄，还当着他的面强暴妇女，这都是因为胡姆组建一个合作社，试图把印第安人的所有橡胶收购过来，不再卖给到村里来的橡胶商，而直接卖到一个重要的城镇去。这自然会把橡胶商们的生意搞垮，所以他们便公开折磨他。圣玛丽亚·德·涅瓦是个传教中心，传教士们也参加了拷打印第安人的行动。他们是西班牙修女和牧师，都具有牺牲精神，他们来到这个落后的地区已经二十年了，由于被蚊虫咬而患病，最后成了野蛮人，远离别的世界，生活在那种野蛮环境中，不知不觉就变得野蛮起来……"

"所有这些情况混杂在一起，撼动着我，渐渐地融合为一个故事，一个整体，它发生在两个地方，即圣玛丽亚·德·涅瓦和皮乌拉，它们是故事的两个中心。"

实际上，故事是三角的；基点是皮乌拉城，圣玛丽亚·德·涅瓦的传教中心，和伊基托斯的镇政府。三角不断转动，改变着基础，就在这变幻不定的时空中，绿房子便出现了。

有一天，一个名叫堂安塞尔莫的身份不明的神秘外乡人骑着驴，穿过一片沙洲来到皮乌拉。他是一个毛发粗硬、寡言少语、由于风吹日晒皮肤变黑的青年。谁也不知道他是谁，想干什么。但是显然他有隐而不露的企图。后来人们才知道，他是一个游吟诗人，一名歌手，职业竖琴手，弹奏出的神奇琴声和所有人心中的秘密之弦发生共鸣。有一段时间，他住在梅尔乔尔·埃斯皮诺萨公寓里，经常出入当地的小酒店，他待人和蔼可亲，交了许多朋友。他是一个喜欢打探别人的情况的人，不久他便了解了村中所有居民的家庭背景和内心的渴望。他按照他了解的情况行事，开始在一些沙丘上修建他的妓院。他认为他的创造一定能成功，他没有想错。但是招来了抗议，引起了骚动。教区的加西亚神甫在他的讲道台上发泄不满。但是绿房子却在谩骂和诅咒声中幸存下来。在小说整个这一部分，叙述是线型的，有节制的，几乎是平铺直叙的。

当绿房子生意兴隆、不幸的安东尼娅来到村里时，暴力和斗争便开始了。这个姑娘的父母是游客，一天早晨在沙丘上被匪徒杀害。人们发现这个女孩躺在沙地上，已经奄奄一息，眼睛和舌头被老鹰吸了出来。这么一个不幸的残废女孩却成了村子的吉祥物，大家都疼爱她，同情她。一个名叫胡安娜·鲍拉的洗衣妇收养了她。安东尼娅，一个无声的影子。但是有一天她突然不见了。于是，流言四起：她被人害了吗？被人污辱了吗？随着时日的推移，全村人才知道堂安塞尔莫把她抢去了，让她住在妓院里一间臭哄哄的私人房子里。他时而温柔地爱她，时而又无情地强暴她。对此，全村人既感到惊讶又感到气愤。堂安塞尔莫竟是这么丧尽天良的人。在作者的笔下，他是作品中极卑鄙又软弱的人，像弹簧一样跳起来又落下，也像引信，燃着后很快便会熄灭。安东尼娅则为人软弱，逆来顺受，任人宰割，当她顺从地怀了孕，佩德罗·塞瓦略斯医生虽然千方百计抢救她，最后还是在生产时死去，悲剧便达到了高潮。这时，神甫对着全村怒吼，奋起反抗，冲向沙洲，一把火焚烧了绿房子。堂安塞尔莫只得和他的乐队流落街头，停留在曼加切里亚区的破房子前演奏凄凉的民间舞曲，早把妓院忘去了脑后。若干年后，绿房子留下来的唯一东西是它的名字，它成了村中央的另一家新妓院的装饰品。这时的堂安塞尔莫已颓废不堪，他被新主人琼加雇用，用他的乐队招揽嫖客上门。其实，琼加是安东尼娅的遗腹女儿。

彪形大汉富西亚的历史也引起了作者的注意。他是一个大自然的怪物，他总在丛林深处游荡。在丛林中，灯心草丛里胡蜂的嗡嗡声、阴暗河水的流动声……仿佛是飘浮在梦境中的神奇世界的回声。富西亚是一个怪诞的幽灵，与其说是人不如说是鬼，是一团在风中燃烧的火，永远不会熄灭。他本是巴西的一个罪行累累的冒险家，后来越过秘鲁边境，经过巴西马纳奥斯州，狼狈不堪地来到橡胶工人聚居的伊基托斯，开始了他的事业的新篇章。他在途中收留了一个穷孩子，叫阿基利诺，一个村的卖水的，成了他的忠实的心腹。二人一起沿丛林中的河流上行，把一些日用品卖给印第安人。少年阿基利诺和残忍的富西亚实际是漂流在一个可怖的残酷世界上的两个普通灵魂。在伊基托斯，富西亚这个嗅觉灵敏的老人一嗅到铜臭，就结交了一位名叫胡利奥·雷亚特吉的、做橡胶生意发了财的当地商人。橡胶是一种军需物资，他们把橡胶藏在烟草包里运出去。当他们的地下买卖终于被发现后，富西亚几乎进监狱承担后果。而当他不能再忍受时，便和他的情妇拉莉塔顺河上行前往印第安人的聚居地，结交了一些朋友，现在他起用他们来夺取他的岛子的控制权。若干瓦姆比萨斯人支持他。阿基利诺在河上贩运生活用品，一些白人逃犯（一个叫潘塔查的白痴，一个叫涅维斯的地方驻军逃兵）帮他管理他的印第安人士兵。但是随着岁月的流逝，他的巨大影响虽然扩大到了整个地区，有一天他的光芒还是暗淡下来了。他像一只变色龙一样多变，他像脓疮一样冒出来，然后变成脓包或肿块，慢慢腐烂，双腿烂了，腹股沟也烂了，生殖能力丧失了。他的魅力也自然消失，他的妻妾纷纷离去，拉莉塔突然摆脱了他，和涅维斯一起逃走。朋友们也逃往圣玛丽亚，希望在那里忘掉过去，以当向导和领航员为生。富西亚的末日已经临近。当阿基利诺老汉带他沿河上行，让他死在麻风病人居留地时，他几乎只剩下一副骨头架子了。

作者还了解其他一些比较重要的人物：鲍尼法西娅，本是涅瓦镇传教所的孤女，后来出脱成一位正直、伶俐、具有基督徒品德、颇有教养的大姑娘，和利图马结婚后到了皮乌拉。利图马被捕后，她被诱骗，进绿房子当了妓女。利图马，皮乌拉曼加切里亚区的二流子，后来当了涅瓦镇警局局长，后因与当地富豪塞米纳里奥决斗被捕，囚往利马，获释后又回到皮乌拉。

形形色色的人物和丰富多彩的奇闻轶事为巴尔加斯·略萨构筑这部小说提供了雄厚的基础。他曾说，《绿房子》最初是两部小说，一部的背景是皮乌拉，另一部的背景是丛林。但是两部小说的故事不可避免地交织在一起，连作者自己也没有别的选择，只得让它们融合在一起，逐步加大篇幅，丰富内容，最终便形成了这部小说《绿房子》。

巴尔加斯·略萨总结说："写一部小说就是举行一种类似脱衣舞的仪式，就像一位姑娘，在不知羞耻的情况下脱下衣服，把她那些秘密的部位露出来，小说家也通过他的小说把其隐秘的东西公之于众。不过，当然，其间有区别，小说家展示的东西不是放荡的姑娘的秘密部位，而是折磨他和缠着他的魔鬼，是他自己最丑陋的部分：他的怀念、他的错误、他的怒火。另一个区别是，在脱衣舞中，姑娘先是穿着衣服，后来脱了衣服，作家的情况是，过程恰恰相反，小说家先是裸着，后来穿上了衣服。一个人的经验（经历的、梦见的、听说的和阅读的），先是对事故的一种激励，后来在创作过程中那么可恶地进行伪装，当小说结束时，没有人，常常连作家自己也不容易听到那颗自传的不可避免地在整个小说中跳动。写小说是一种相反的脱衣舞，一切小说家都是谨慎的展露者。"①

---

① 《一部小说的秘史》，原著第7—8页。

《无休止的纵欲：福楼拜
与〈包法利夫人〉》（1975）

　　《无休止的纵欲》是巴尔加斯·略萨专门论述法国作家福楼拜的小说《包法利夫人》的著作。

　　论著分为四部分：第一部分，作者以自传的口吻讲述他作为《包法利夫人》的废寝忘食的读者的情景和此作给他留下的记忆；第二部分，对《包法利夫人》的全面分析，它是一部什么样的作品，它的重要意义何在；第三、第四部分，追述福楼拜的这部作品和现代最具代表性的文学样式小说的关系。

　　《包法利夫人》留给略萨的最初的记忆是一部电影。那是在1952 年，一个炎热的晚上，在皮乌拉市棕榈树叶飒飒作响的演兵场上新放映的一部影片：詹姆斯·梅森扮演福楼拜，鲁道夫·布朗热扮演又瘦又高的路易斯·乔丹，珍尼弗·琼斯的神经质的表情和动作酷似爱玛·包法利。第二个记忆是学术方面的：为了纪念《包法利夫人》出版一百周年，利马圣马科斯大学在马格纳礼堂举行活动，有人冷漠地怀疑福楼拜的现实主义。纪念活动的一部分是评价《修道士圣于连的传说》，译者是曼努埃尔·贝尔特罗伊，这是他读过的福楼拜最早的作品。

　　略萨最初读到《包法利夫人》一书是 1959 年夏在巴黎读书时。他在拉丁区一家书店买了一本《包法利夫人》，回到饭店便读起来。"从头几行开始，小说的说服力便像强大的巫术一样对我发生了爆炸般的作用。多少年来，没有一部小说如此迅速地吸引了我的注意力，我的身体瘦了一圈，我深深地沉入小说故事中。"[①]小说的人物、情节等深深印在他的脑中。从那以后，这部小说他

---

　　① 《无休止的纵欲》，中译本，时代文艺出版社 2000 年版，第 9 页。

从头至尾读过五六遍，个别章节读过无数遍，每次阅读心情都一样激动。这部作品像冒险小说一样写了许多东西：婚姻、私通、舞会、旅行、散步、欺骗、疾病、演出、自杀事件。小说中的思想和感情像"事件"一样，看得见，也几乎摸得着。这不仅使他眼花缭乱，而且让他发现了一种强烈的爱好。他觉得，当反叛、暴力、情节和性在一个结构紧密的故事中巧妙地组合在一起时，是最富有吸引力的。他认为，福楼拜的全部作品，首先是《包法利夫人》，最根本的东西是描写；描写把故事打乱；描写而不是叙述，对他来说是能够表现"生活的流动"的唯一经验。

在小说人物中，爱玛无疑是最主要、最典型的。爱玛是一个具有反抗精神的勇敢女性，她的反抗是一种个人的、貌似利己主义的反抗：她在纯粹个人的问题的推动下打破了生活环境的规范，不是以个人的名义，也不是以某种道德或思想的名义。她的幻想和肉体、她的梦幻和渴望，受到她的忍受的社会的束缚，她被迫私通、说谎、盗窃，最后自杀身亡。她单枪匹马，一意孤行，由于感情冲动和多情善感而常常走错路，最后总有利于敌人。爱玛渴望享乐，不甘心她那种强烈的淫欲受到抵制，查理不能满足她，再说他也只是希望她的生活充满愉快的环境、漂亮的衣着和精美的用品。爱玛渴望了解其他世界、其他人，不愿意让她的生活在小镇的平淡的圈子里消磨到最后，她还希望她的生活变得多姿多彩，令她激动，希望她的生活中有奇遇，有冒险，有豪爽和牺牲之类的戏剧性壮举。而爱玛的反抗来自这种信念：不甘心忍受她的命运，远方的没有把握的报偿她不关心，只希望她的人生在此时此地得到完完全全的实现。无疑，爱玛的心中有一种对她渴望的命运的幻想。但是她的一切渴望、欲望和幻想都受到社会和宗教的压制，她已经走投无路，终于吞砒霜而死。她的一生是悲剧的一生，她受到上流社会糜烂生活的庸俗卑劣的环境气氛的腐蚀，不可避免地走上堕落的道路，悲惨地结束了她的生命。她死后却受到众人的指责，那些无耻宵小之徒竟一个个左右逢源，位高誉满。两相对照，字里行间饱含着作者对那个时代的社会的愤怒控诉和严正批判。

在第二部分中，略萨介绍了福楼拜写《包法利夫人》的出发点："显然是一种失望"，"这好像是宣泄，我在写作时只感到乐趣，我把写出 500 页用去的 18 个月视为我一生中最快乐的日子"；他介绍了《包法利夫人》的产生："主题的产生可能是几天或几个星期的事。更可能的是，跟其他小说一样，这部小说最初也是一粒小小的种子：它在忧伤和那 20 来个月难以接受的失败灌溉下发了芽"；介绍了福楼拜是如何写《包法利夫人》的："书不是像孩子一样，而是像金字塔一样，事先设计好，然后用尽体力、时间，流尽汗水，把石头一块块垒上去，才做成的。"第一步是"事先设计"，或制定创作计划：拟定一个提纲，写出故事梗概。这第一个阶段最费神的是情节，人物，引人入胜的故事，主要的轶闻逸事；第二步是进行写作，他认为"人们只有付出艰苦的劳动，怀着狂热的、虔诚的固执，才能获得想要的风格"；介绍了《包法利夫人》的文学源泉：从蒂博岱到卢卡契，所有的评论家都认为爱玛·包法利和堂吉诃德相似。堂吉诃德由于错误的想象和某些阅读而和生活格格不入。爱玛也一样，她的悲剧在于想把她的梦幻搬入现实。《堂吉诃德》的奇妙之处在于幻觉与现实永远融合，在《包法利夫人》中出现了同样将幻想和现实混合在一起的情况。巴尔扎克的外省小说《外省的女才子》以近似《包法利夫人》的方式描写一个婚姻不美满的女人的故事：跟爱玛一样，巴尔扎克笔下的女主人公在一个肮脏的镇子感到厌倦透了，梦想过一种优越的生活。

在第三部分和第四部分中，作者略萨论述了《包法利夫人》所包含的现代小说的许多特点：其一是"人格化的事物"：在《包法利夫人》中，叙述者对事物的注意和对人的注意同样精细和恭敬，赋予事物一些像人的特权的、对物品来说不可想象的功能。某些东西如查理的帽子，比其主人更饶舌、更重要，比其主人的语言和行为更好地向人们展示主人的性格：其社会规范、其经济状况、其习惯、向往、形象、艺术感、信仰。其二是"事物化的人"：在《包法利夫人》中，当事物被赋予人的精神、具有生命力时，人的物质性就被突出了。在许多时候，当描写人的外部特征时，赋予人以一种物质的形式，一种平静而沉默的状态，就把人变成了事物。譬如在舞会场景中，描写母亲们系着红头巾，面孔严肃、安详地坐在自己的座位上。扇子在摇动、花束遮住笑脸，香水瓶在手里转来转去，手镯颤动、闪光、作响，手、胸、手腕和头发都一动不动，像事物一样呆呆地坐在那里。其三是时间观：《包法利夫人》采用了四种时间：一是简单时间或具体时间，故事发展中发生的事件、故事发展的过程和情节的转换，主要采用这种时间，小说中的意外事件，像结婚、死亡、手术、通奸、演出之类的具体事件，构成了这个时间层次。二是循环时间或重复的时间，这种时间用来表现某些连续的或重复的活动，某种习惯、某种风俗。在前一种情况下，叙事时间是直线进行的，而现在的情况，时间是一种圆形的运动。故事在进行，但是没有前进，只在一个地方打转，另一种重复。这种时间的典型动词时态是陈述式未完成过去时，叙述的事件肯定已经发生，而且发生过好几次。这种时间是表现日常的、社会和家庭生活细小过程的时间。三是灵活的永恒，这种时间不是线形，不是圆形的，而是像消失了似的。行为不见人，人、事物和地点一动不动，处在一个永恒的片刻。什么也不动，时间停止了，一切都是物质，空间就像一幅画。用这种时间观描写人时，人就成了照相机拍到的一种姿势，一个怪相，一种表情。四是想象的时间，这种时间是非现实的，在这种时间观中，人、事物和地点的存在完全是主观的。它存在于人的想象中，是虚构的或梦幻的东西，是欲望、好奇心、失望、有时是恐怖的产物。它是表现梦境、内心世界和未得满足的愿望的时间观，是表现幻想的时间观。其四是多种多样的叙述者，一是神秘的复数叙述者"我们"：这个叙述者在现场，读者看不见他，他只是一个叙述角度，一个视点，没有说明他是谁，他的身份很神秘，不仅因为他对自己的身份的保留态度，而且因为他总用复数第一人称讲述，这表明他不是一个人，而是好几个人，是一个集体叙述者，例如第一章的"我们"也许是学校的全体学生或一个班。二是无所不知的叙述者，他用单第一人称讲述，他无所不在，无所不知，无所不能，他随意出现并讲述外部世界和人物内心发生的事情，他可以毫无障碍地改变时态和空间，跳到过去讲过去发生的事情，然后再跳回来讲述现在发生的事情，可谓万能。此外，还有无形的叙述者，哲学家式的叙述者，单数人物叙述者。其五是内心独白，这是现代小说描写人物的内心现实，生动地表现人物的隐秘的心理活动和一种技巧，普鲁斯特的心理描绘巨细无遗，堪称心理描写大师，被誉为意识流小说的先驱；乔伊斯在其小说中有意识地运用意识流手法，使之达到了空前的完善；后面福克纳使之多样化。但是现代小说的全部广阔的心理领域，都源于《包法利夫人》，这是第一部试图表现意识的运动的小说。

可以断言，福楼拜写包法利夫人，着眼点并不是写她的爱情故事，而是写她从纯真到堕落，从堕落到毁灭的前因后果，暴露资本主义社会残害人性，腐蚀人的灵魂，甚至吞噬人的罪恶本质。由于《包法利夫人》所反映的严酷现实，所做的尖锐讽刺和进行的有力批判，使这部小说成为继《红与黑》和《人间喜剧》之后，19世纪批判现实主义的又一部杰作。《包法利夫人》不仅在思想内涵上具有强烈的现实意义和批判效果，而且在艺术风格上继承了现实主义传统，取得了革新性的效果，成为第一部现代小说。

当《包法利夫人》第一次在巴黎杂志上刊出时，福楼拜曾说：

"这本书显示的耐心远高于天才，勤奋远高于才能。"而在一个多世纪的今天，巴尔加斯·略萨更准确地评论说："其天才由太岁头上动土心铸心，其才能仅是勤奋的结晶。"的确，为了写一句话，他可以花几个小时，而整个小说竟使他花费了4年7个月零11天。

无庸置疑，《包法利夫人》是让略萨明白他该成为什么样的作家的小说之一，从而也是对他的文学事业影响最大的作品之一。

对福楼拜的创作热情，略萨有一个大胆的比喻，就是"无休止的纵欲"。说他可以把女人放在一边，把文学作为欲望的中心和快乐的源泉，写作就像交媾一样，是一种全力以赴的投入，是一种无休止的纵欲。

《萨特与加缪》（1981）

《萨特与加缪》是一部论述法国作家让—保尔·萨特（1905—1980）和阿尔贝·加缪的随笔集。文集中的作品曾在1960年和1981年间漫长的岁月里在多家报刊上发表。1983年，书中的若干文章曾收入《逆风顶浪》中，当年由塞伊克斯·巴拉尔出版社出版。

这部文论集是巴尔加斯·略萨出于对这两位法国作家的喜爱而撰写的。两位作家都是具有左翼倾向的文人，他们在1943年和1951年间曾密切合作，1951年两个人产生了深刻的对立，那是因为加缪在萨特主编的《现代》杂志上发表了一篇题为《叛逆的人》的政治哲学随笔，在此作中，加缪不仅考察了历史上一系列革命事件，也考察了一些艺术反抗形式，他发现从18世纪末的法国资产阶级革命到1917年的俄国十月革命，结果都演变成了"暴政"。他反对"血腥"的革命，而提倡"纯粹"的反抗，反抗就是一切。这部新作招致左派的猛烈攻击，萨特也站在维护革命的立场上同他展开争论，这两位存在主义主将的分歧在于：哲学家萨特和他的支持者们主张政治介入和面对斯大林主义的罪行视而不见，而作家加缪则表示相信道德不应该从属于政治战略，高举自由的大旗，面对极权主义的肆虐绝不屈服。对于他们从马克思主义到自由主义的争论，巴尔加斯·略萨支持加缪而唾弃萨特。

巴尔加斯·略萨是 20 世纪西班牙语言学的伟大创作者和革新者，塑造了众多典型人物，是具有非凡的风格的小说家，一切暴政的抨击者，在其文学生涯由于政治热情和某些思想上的偏差，而受到了蔑视和误解。他那种不妥协的自由主义、反对专制政权的态度、对民粹主义祸患的揭露等，为他带来许多中伤者。但是现在他已成为受到人们倍受赞扬的杰出作家。

一切从巴黎开始

一切从巴黎开始，渴望成为小说家的巴尔加斯·略萨由妻子胡利娅陪伴，在马德里读了一年博士后于 1959 年末到了巴黎。他在法国首都度过了"我一生中有决定意义的岁月"，直到 1966 年。在这期间，他为法国新闻社和法国电台当记者，着手写他"头脑中的所有小说"，当时他虽然早已是福克纳的崇拜者，但是在巴黎他又迷上了福楼拜，还有维克多·雨果。他一面写小说，一面写评介萨特、加缪和西蒙·波伏瓦的随笔，后来以题《萨特与加缪》由波多黎各飓风出版社出版（1981），似乎是他为了向这位作家表达敬意或对他们在 1952 年夏天在马克思主义和存在主义的高傲的扬声器《现代》杂志上进行的论战表示赞赏。其后，这些文章又收入《逆风顶浪》（1962—1982），由巴塞罗那塞伊克斯·巴拉尔出版社出版。

《恶心》的作者萨特和《鼠疫》的作者加缪之间进行的争论被巴尔加斯·略萨综合地在 1981 年 6 月在利马写的前言中做了介绍。这篇前言最后这样说："他们的争论谁胜了？我敢这样认为，在这本书的开始，萨特似乎占了上风，但是后来输了。这是一场公开的、捉摸不定的、由两个人轮流扮演主角的变化无常，其结果也会难以根据的论争，而且政治和社会事件不断以新的材料和新的想法激励和丰富着他们。"

在巴黎时的巴尔加斯·略萨尚很年轻，思想也欠成熟，对历史的判断能力差，不相信马克思主义的预言不可抗拒的特点。他只是觉得自己不可避免地和加缪紧紧地联结在一起，把《叛逆的人》的笛卡尔式的哲学观点看成自己的："我反叛，我便存在"。一个叛逆的人反对抽象的公正，试图取消自由，被虚无主义、恐怖和狡猾的审判搅乱了思想，这和巴尔加斯·略萨一向具有的叛逆倾向不谋而合。

在同萨特的辩论中，加缪无所顾忌地拒绝一切形式的、无论共产党还是法西斯的压迫，反对专制政权这种世纪病，宣称"人不可屈就于历史"，毫不姑息地谴责专断的思想学说。

同卡斯特罗决裂

《萨特与加缪》第一集汇集了 60 年代初巴尔加斯·略萨在巴黎写的浸透法国文化的文章。那时他在法新社当译员，负责把法文译成西班牙文，以便把消息发向拉丁美洲。当时的文化骚动摆动在雷蒙德·阿隆①撰写的关于对共产主义的致命的崇拜的文章汇编《知识分子的鸦片》（1957）、人们对古巴革命起初的赞扬、弗朗茨·法农②的报复性的第三世界主义和有点远去的苏联坦克1956年镇压匈牙利叛乱的回声之间。那时也是法国政治体制动荡不定、戴高乐将军在阿尔及利的血腥背景下建立第五共和国的岁月。

---

① 法国哲学家、社会学家（1905—1983），曾积极反对纳粹主义和猛烈批评戴高乐的对外政策。

② 法国哲学家、革命者（1925—1961）。

后来，巴尔加斯·略萨又给这部文集补充了另外一些文章、讲话、书信、辩论、宣言等，涉及的是文学爱好、政治责任、革命、大学、自由和批评等问题。据他自己讲，这些文章展现了一个拉美人在知识的海洋里学习本领的轨迹，他先是对萨特的智慧和辩论的才能感到眼花缭乱，最终却拥抱了加缪的文学改良主义。

在文集中，可以读到《在古巴，一个被包围的国家》这样的文章。此文发表在 1962 年 11 月 23 日的法国《世界报》上，讲述的是导弹危机和美国对古巴的封锁，还有一些拉美作家在巴塞罗那写的致菲德尔·卡斯特罗的抗议信，是"为了告诉我们他为古巴诗人帕蒂利亚被迫做的检查和自首感到羞耻和气愤"，所谓的自我批评是在古巴政治警察的地牢里炮制出笼的。抗议信上签名的还有一些西班牙作家和法国作家，这封信表明，作家们几乎无所保留地赞扬了十年的古巴制度，从此丧失了威信，失去了作家们的支持，断绝了关系。

据文集中的一个注释记述，巴尔加斯·略萨曾和西班牙作家胡安·戈伊蒂索洛和路易斯·戈伊蒂索洛兄弟、批评家何塞·玛丽亚·卡斯特列特、德国作家汉斯·马格努斯·恩岑斯贝格和出版家卡洛斯·巴拉尔一起在巴塞罗那萨里亚他的家中聚会。每个人都草拟了一封信，通过投票选出一封寄给卡斯特罗（1971 年 4 月）。在最后一刻，巴拉尔拒绝在信上签字，巴尔加斯·略萨并没有解释他拒绝签字的原因。

两年前的 1969 年，他的长篇小说《酒吧长谈》出版。小说抨击了秘鲁曼努埃尔·阿图罗·奥德里亚将军令人窒息的独裁统治，赞扬了有志之士奋起反抗、杀死独裁者的斗争精神。后来他又出版了表现托洛茨基左倾冒险主义的《玛伊塔的故事》（1984），反映"光辉道路"的错误革命路线和古老宗教活动的《安第斯山上的利图马》（1993）和揭露多米尼加共和国独裁统治的罪行的《公山羊的节日》（2000）等政治或历史题材的作品。这个时期他

出版的文集有《对自由的挑战》 （1994）、《古老的乌托邦》
（1997）和《何塞·玛丽亚·阿格达斯和土著主义小说》（1996）。
这些文集中的许多文章具有政治色彩，不失为优秀之作。

　　尽管巴尔加斯·略萨经常赞扬新闻报道是最好的文学和故事
题材，但是他迄今一直继续大量的撰写报刊文章和某些并不考虑
时机的随笔，而把作为文学题材的故事留给小说。他的思想变化
可以在《逆风顶浪》文集中一步步寻觅，此集中的文章有《二十
年后的萨特》（1978 年 12 月于利马），还有评论伟大的自由思想
家的长篇随笔：《艾赛亚·伯林，一位我们时代的英雄》（1980 年
11 月于华盛顿）。另外，他写的一篇评论萨特所写的题为《文学
是什么?》一书，用严厉的词语批评他昔日的导师："然而，杰出
的雄辩并不能补救本书的主要特点：'其凶狠的专横'"，在萨特
对"被苏联的正统观念和法国共产党强加给法国作家的遭阉割的
制度变僵硬的马克思主义"的攻击中，他那种叛逆的渴望清楚地
表现出来。

　　巴尔加斯·略萨的政治热情把他推向了命运不济的秘鲁大选
的斗争。在瑞典皇家学院阐述将诺贝尔文学授予他的理由时说，
这是"因为他关于权力机构的解析和个体的反抗、反叛及失败的
犀利刻画"。但是这并不说明他没有遇到过挫折，自由运动党把他
推为秘鲁总统竞选候选人，但是在第二轮选举（1990 年 6 月 13
日）中他败在了当时并不重要，后来成为政变者和罪犯的阿尔贝
托·藤森的手下，成了拉丁美洲政治鼓惑、印第安人和拉丁美洲
本土人之间不幸分裂和绝对丧失威望的政治阶层怨恨的牺牲品。
这一切都被巴尔加斯·略萨在其回忆录《水中鱼》（1993）中以
其惯常的熟练技巧和尽可能的平静进行了描述。他在回忆录的
《补遗》中写道："我要求执政而秘鲁人加以拒绝的纲领，旨在稳
定国家的金融财政，结束通货膨胀，让秘鲁经济面向世界，这是
拆毁社会歧视性结构、推翻特权制度的完整计划的组成部分，让

几百万贫困的秘鲁人最终有机会获得哈耶克①所说的文明社会不可分离的三位一体：法制、自由和财产。"② 就像人们多次说过的那样，他失去了秘鲁，却赢得了西班牙语文学，真可谓"塞翁失马焉知非福"，坏事要变成好事。

加缪与萨特的分歧

在 1940 年和 1950 年间，加缪和萨特都出版了一些重要著作。加缪出版了《局外人》（1942）、《西绪福斯的神话》（1942）、《鼠疫》（1947）、《正义者》（1949）等，萨特出版了《存在与虚无》（1943）、《苍蝇》（1943）、《禁闭》（1944）、《可敬的娼妓》（1949）等，其中有随笔、小说和剧本。这些作品在二战刚刚过去后的那些岁月具有决定性的影响。

两个人都是大名鼎鼎的存在主义作家，他们对人和人生的看法是荒谬的、无用的。人好像是被某人逼迫着生活在一个缺乏勇气和意义的世界上。他们确切说明了当代人的处境，写出了人的属性：人是什么。但是他们也不可避免地提出了知识分子在战后的那种环境下面对失望与茫然的困难选择：政治责任、共产主义、革命暴力、自由、叛逆和批评。

尽管二人的生平和身份不同：加缪是出生在阿尔及利亚的移民，是一个西班牙清洁工的儿子；萨特出生在一个中产阶级的书香之家，毕业于高等师范学校，两人在 1943 年相识后直到 1948 年，彼此合作密切，直到 1951 年都保持着良好的友情。不料在这一年破裂，因为萨特授意在其杂志《现代》上发表了无情地批评加缪的著作《叛逆的人》的文章。

---

① 哈耶克，弗里德里希·哈耶克（1899—1992），英国知名哲学家和经济学家。
② 《水中鱼》，第 535 页，赵德明译。

但是，两个人的决裂也是政治、哲学、现代文化的重要论争的结果。萨特认为其政治责任是对历史负责，并且认为其政治责任是对共产主义和苏联负责，所以他在五十年代成为了法国共产党和苏联的同路人，但在六十年代疏远了法国和苏联，转而维护第三世界的民族解放运动和古巴与中国的社会主义制度。他写了《共产党人与和平》（1952）一书，认为人注定应该是自由的，而大骂"一切反共的人都是疯狗"。而加缪写的《叛逆的人》恰恰相反：他反对血腥的暴力革命，反对马克思主义、共产主义、反对专制和压迫，被认为是一个既喜欢幻想又浪漫的理想主义者，一个多愁善感的无政府主义者。

加缪的权威传记作者 H. 洛曼①指出，论争给加缪造成的伤口直到他的最后岁月都敞开着，并且对事件后他的文学创作带来影响。在这个意义上说，他生前出版的最后一部小说《堕落》（1956）是一部根据对其人生的酸苦回忆写的一部小说。相反的，萨特的情况是，除了同朋友保持的关系破裂外，对他并没有产生加缪那样的后果。不错，两个人一直具有同样的公众形象：都是具有知识分子责任心的典范，都曾是纳粹占领时期的抵抗者，也都是"存在主义"的突出代表（一涉及到自己的创作，加缪总是拒绝这个标签），但是二人的分道扬镳却是永恒的。事实上，正如萨特的形影不离的伴侣西蒙·波伏瓦（1908—1986）在她的回忆录中记述的，当他们的关系破裂时，两位作家以前保持的友谊已经荡然无存。

《逆风顶浪》（1983）

这是巴尔加斯·略萨的一部文集，1981 年出版过一版，题为

---

① 　H. 洛曼（1927—2010），美国记者，传记作家。

《在萨特与加缪之间》，由波多黎各飓风出版社推出，其中包括在
报刊发表过的 14 篇文章，论及的作家有萨特、加缪和西蒙·博瓦
尔等。1982 年，巴尔加斯·略萨又补入了大约 50 篇，其中有书
信、宣言、讲演、报刊文章、随笔、政治、作家论、文论等，写
于 1962 年与 1982 年间，涉及文学、政治、革命、大学、自由和批
评等，多为应急之作，没有多少文学价值。那么，为什么还要重
新出版它们呢？作者在前言中说，"因为别人也在这儿那儿出版它
们，而且往往弄错，有时甚至不怀好意。既然它们不能在发表过
它们的那些旧出版物上安息，我就只好让它们像当年写它们那样
并按发表时的先后顺序重见天日"。他还说："我在一些文章中修
改了标点，在另一些文章中删去了一些怪声怪调的语病或习语，
但是在任何情况下这种微不足道的加工也不会改变写它们时的思
想……在一定程度上说，这部文集可以作为关于神话、空想、热
望、申诉、希望、狂热和暴行的文献来读，而这一切，是六七十
年代拉丁美洲人所亲身经历的，对那种政治与知识界的气氛，我
们所有的作家都曾致力于其净化或消解工作。"

　　他还指出："在读完了这么厚的一本书后，有心的读者一定会
和我一样困惑地发现，书中包含的疑问比确定还多，而这些确定，
是那么简单和简洁，只需四个词就说清楚了：一个词是文学，总
起来说它比政治重要，所有的作家都应该走到它面前去拦住它的
步伐，提醒它的位置所在，抵制它的喧闹；另一个词是自由，它
和社会正义分不开，凡是为了更快地实现后者而牺牲前者致使它
们分离的人都是我们这个时代真正的野蛮人；第三个词是当今的
知识分子，由于机会主义、胆小或盲目，他们常常是野蛮行为的
积极的同盟军；第四，尽管在面对拉丁美洲最近的未来方面悲观
主义似乎是一种比乐观主义更现实的一种态度，但是这绝不意味
着忍受和举手投降，而是要继续在这两条、实际上是一条战线上
斗争：反对军事独裁的恐怖、经济剥削、饥饿、酷刑、无知，还

要反对思想专制的恐怖、一党制、恐怖主义、审查制度、教条和用历史上的不在犯罪现场论为罪行辩护。"

文集以阐述青年时代的炽热思想的文章开始，以表现知识分子的无比成熟的文章结束，展示了一位在两条战线即道德战线和文学战线之间战斗的作家的风采。在文集中，巴尔加斯·略萨以其全部历史—社会知识诠释了从发现到今天拉丁美洲的发展与变化，比如《关于太平洋战争的声明》（1979），一百多年前智利和秘鲁等国之间发生的一场战争，为人民带来可怕的伤害和物质损失，1979年秘鲁和智利数十位作家、艺术家、医生、教授、哲学家、法学家等发表联合声明，表示反对战争，维护和平，希望过安居乐业的生活；再如《索莫查的倒台》，索莫查是尼加拉瓜的独裁者，实行独裁统治长达10余年，为人民造成巨大灾难，最终被民族解放阵线打倒，人民得解放，民族的历史翻开新的一页。

与此同时，巴尔加斯·略萨也十分关注世界风云的变换。在《社会主义和坦克》（1970）一文中，作者提到苏联和它的华沙条约四个成员国进攻捷克斯洛伐克事件，认为这是帝国性质的侵略，对列宁的祖国来说是一种耻辱，是对世界社会主义事业的不可补救的伤害。苏联把坦克开进布拉格扼杀社会主义民主运动，应该受到谴责。在《古巴革命纪实》（1962）中，作者记录了他在20世纪60年代初访问古巴的情景：他确信两个基本事实，一是古巴革命已牢固地确立，美国的侵略行动是难以把它推翻的；二是古巴的社会主义非同一般，和苏联的其他卫星国明显不同，它对世界社会主义的未来将产生重大影响。他在影院里看到，当卡斯特罗出现在银幕上时，观众报以雷鸣般的掌声，表明人民热烈拥护革命。他还描述了卡斯特罗率领游击队攻打蒙卡塔兵营、在马埃斯特拉山上同政府军展开殊死战斗的情形。毫无疑问，他关心古巴革命，支持和拥护古巴革命。

巴尔加斯·略萨对遭到不适当的排斥的知识分子的命运抱以

深切同情和关注。在《苏联的审查与索尔仁尼琴》（1967）中，他认为，索尔仁尼琴致第四届苏联作家代表大会（1967 年 5 月 22日至 25 日在莫斯科召开）代表们的信，详细揭露了审查制度为苏联文学带来的灾难。索尔仁尼瑟斥责苏联作家协会在斯大林时代没有保护它的会员，他们被关进集中营或被处决，许多年轻作家的优秀书稿被出版社拒绝，唯一的理由是没有经过审查。另外，对古巴当局监禁持不同政见者、古巴诗人帕迪利亚事件，巴尔加斯·略萨感到无比愤慨。他在《致菲德尔·卡斯特罗的信》（1971）中说，"我们认为应该把我们的羞愧和愤怒告诉你。埃维尔托·帕迪利亚签署的令人痛心的悔过书的内容和形式及对他的荒唐指控与狂妄的断言，还有古巴全国作家和艺术家联合会的决议（责成帕迪利亚和他的同事贝尔基斯·库萨、迪亚斯·马尔丁内斯、塞萨尔·洛佩斯和巴勃罗·阿曼多·费尔南德斯做令人痛心的自我批评），令人联想到斯大林时代最肮脏的时刻及其预告设定的审判和对巫婆的猎捕……我们怀着当初捍卫古巴革命的热情奉劝你使古巴避免教条主义的愚民政策、文化上的崇洋媚外……我们希望古巴革命重新成为曾让我们认为的社会主义阵营中的榜样"。这封信的签名者多达六十余人，都是有一定名声的欧美作家。古巴当局指责他把自己的名字列入了"古巴革命最坏的中伤者"名单。

在文集涉及的众多著名人士中，巴尔加斯·略萨显然对法国作家让—保尔·萨特情有独钟。集中谈他的文章竟有 5 篇，即《其他人反对萨特》、《萨特与诺贝尔文学奖》、《萨特与马克思主义》、《萨特的〈被劫持的人〉》以及《萨特 20 年后》。

现将前四篇文章简介如下：

在《其他人反对萨特》（1964）中，作者在表现他年轻时代的社会主义理想的同时，集中论及他感兴趣的关于萨特的两个话题：一是萨特断言，倘若拉美作家暂时放弃文学也许更好；二是萨特说文学无用。尽管萨特的这些话听起来有点不舒服，但是年轻的作家巴尔加斯·略萨还是被他的这位导师的与众不同的态度所吸引，并且反对那些攻击他的文学立场的人，对他表示支持。萨特曾对一位记者说："在一个饥饿的世界上，文学意味着什么？"……如果不感到惊恐，很难阅读萨特的上述断言，而萨特是一位值得毫不保留敬佩的作家……萨特的那番话从受到谩骂到有礼貌的反驳，掀起了一场反对的暴风雨……文学改变生活，但是是逐步的，不是立时的，从来不是直接的，而是要通过某些个人的意识来进行……我们要平心静气；尽管萨特否认文学有用，厌恶它，憎恨它，但毫无疑问，萨特会继续写作。（原著38，40，42页。）

《萨特与诺贝尔文学奖》（1964）写于萨特拒绝接受该奖之后，年轻的略萨由衷地敬仰萨特，非常赞赏"他的活力"，他还说，"萨特的作品在第三世界国家的影响比在法国本土还大，也许是真的，由于它们是'不发达'国家，也许因此而懂得他"。他一开头就写道："瑞典科学院把诺贝尔奖授予萨特，他却拒绝接受。得知自己获奖后他说，'这是什么？我不知道这是什么？'他认为荣誉总是一些人给另一些人，得到了荣誉就意味着从此你就属于另一个等级。无论这是一个多么高的等级，也是对自由平等的背叛。拒绝诺贝尔奖，当然不是经常发生的事。但是有人以此为借口掀起一场反对萨特和《词》作者的著作的运动，不是很可疑吗？当时，巴黎有三家文化周刊都用一半的篇幅证明萨特的思想已经过时，他的小说已成尸首，他的政治活动由于道德原因和心理原因而变得徒劳。一些报纸认为他拒绝接受诺贝尔奖是出于不满、古怪的情结或异常的骄傲而采取的一种态度。"

在《萨特与马克思主义》（1965）一文中，巴尔加斯·略萨写道："萨特的《境况》最后一卷收入了萨特1950年和1954年间写的5篇文章，涉及的都是政治问题；其中3篇具体谈论马克思主义理论和实践方面的问题。5 篇文章都已发表，或作为前言，或作为报刊文章。显然，有些文章是受当时发生的事件启发写的，如今面对一个不同的历史时刻，或者很容易受到批评，或者很少有人问津。"巴尔加斯·略萨认为，一位诚实的思想家不会掩饰自己的错误，如果他作为知识分子还有活力，他也不会迟迟不为其错误做解释。他只牢牢地记着它们，继续前进。这一向是萨特面对其著作采取的态度。

《萨特的〈被支持的人〉》（1965）谈的是萨特的剧作《被劫持的人》。此剧曾在 1960 年上演，演出有时被激动的观众打断，观众叫喊："法国的阿尔及利亚！"或"枪毙萨特！"；而如今（1965 年 11 月），情况相反，有礼貌的观众只是打破寂静，为演员鼓掌。这是一出现代悲剧，表现的是一个人受刑讯的情景，在阿尔及利亚战争的一个关键时刻公演。5 年后，阿尔及利亚恢复和平，此剧失去了"现实意义"。在《被劫持的人》重演之际写的一篇文章中萨特谈到这部剧作："此作我是在阿尔及利亚战争期间写的。那个时期在那里犯下了不可饶恕的暴行，法国人对舆论虽然感到不安，但是没有很好地报道，几乎没有反应。这推动我不加遮掩地公开揭露刑讯事件。"他的目的不是向"简单的执行者"提出问题，而是向下命令的真正的责任人提出问题。但是为了不激怒观众，保持戏剧所要求的"距离感"，萨特没有把剧情安排在阿尔及利亚，而是安排在战后的德国。主要人物弗朗茨是一位德国前军官，为了拯救国家于灭顶之灾，他不惜犯罪。但是萨特说，无论此人的文化、勇气还是他的情感，都不能为他的行为开脱。他的自愿被劫持，他的故意发疯，证明他早就有犯罪的意识。萨特最后说，现在阿尔及利亚战争已经结束，剧本似乎该有新的意义了。弗朗茨代表着人性："我们中的任何人都不是刽子手。但是不管怎样，我们都是今天我们造成的这种或那种政治的同谋。"巴尔加斯·略萨认为，"我们和弗朗茨一样，也在一种虚假的冷漠和一种无休止地自问（我们是什么？我们想干什么和我们干了什么？）之间摇摆。"他还说："今天很难想象五年前这部剧作被看作是对阿尔及利亚戏剧的一种简单的讽喻。但是同样地也不能像萨特那样断言这部剧作具有用来解释它的有效性的存在主义的哲学内容。远不止于此，应该说，《被劫持者》是萨特的更无愧于这个名字的文学创作之一。"

　　总之，《逆风顶浪》所含内容丰富多彩，涉及的问题遍及各个领域。但是无可置疑的是，这是一本富有激情，不乏教益的书，是一部既具有很高的思想文化价值又具有很高的艺术价值的作品，是巴尔加斯·略萨的著作中意义丰赡、不可或缺的一部分。通谈文集，不难看出，巴尔加斯·略萨的视野极其开阔，他的视线绝不局限于一时一地，一人一事，而是放眼世界，把耳闻目睹和亲自经历的人和事尽收笔下。他敢逆流而上，顶风向前，无论什么人什么事，他都敢"说三道四"，予以评说。

　　同样无可置疑的是，这些文章绝不是象牙塔里的产物、闭门造车的结果，而是作者细心观察，辛勤走访，悉心记录，缜密思考的结晶，处处表明巴尔加斯·略萨是一位心灵深邃，目光透彻，敏锐和深刻的作家与新闻工作者。

《谎言中的真实》（1990）

　　《谎言中的真实》是巴尔加斯·略萨写的一部文学评论集，其中包括他于 1987 年至 1989 年间写的 25 篇评论文章，评论的都是 20 世纪的著名小说家的大作。

　　出版这部评论集的主意是西班牙读者圈出版社提出的。为了纪念出版社成立 30 周年，出版社决定出一套 20 世纪非西班牙语著名小说选，包括 25 部作品。计划交给了巴尔加斯·略萨，由他挑选作品，并为每一部小说写一篇评论性的序言，这项工作从

1987 年开始，到 1989 年结束，用了两年时间。这些都是独立成篇的文章。考虑到它们的重要性，出版社决定把它们汇集起来出版一本独立的文集，这便是《谎言中的真实》产生的过程。

巴尔加斯·略萨所评论的名著有：德国作家托马斯·曼的中篇小说《死在威尼斯》（1912）、美国作家多斯·帕索斯的《曼哈顿中转站》（1925）、英国作家弗吉尼亚·伍尔夫的《黛洛维夫人》（1925）、英国作家奥尔德斯·赫胥黎的《美丽新世界》（1932）、意大利阿尔贝托·莫拉维亚的《罗马女人》（1947）、美国小说家亨利·米勒的《北回归线》（1934）、英国德语作家卡内蒂的《火刑》（1936）、英国小说家格雷厄姆·格林的《权力与荣誉》（1940）、法国作家阿尔贝·加缪的《局外人》（1942）、美国小说家斯坦贝克的《在伊甸园东边》（1952）、瑞士作家马克斯·弗里施的《我不是施蒂勒》（1954）、俄裔美国作家纳博科夫的《洛丽塔》（1955）、前苏联俄罗斯作家帕斯捷尔纳克的《日瓦戈医生》（1957）、意大利托马西·迪·兰佩杜萨的《豹》（1958）、德国作家君特·格拉斯的《铁皮鼓》（1959）、日本作家川端康成的《睡美人之家》（1960）、英国妇女作家多丽丝·莱辛的《金色笔记薄》（1962）、前苏联俄罗斯作家索尔仁尼琴的《伊凡·杰尼索维奇的一天》（1962）、德国作家海因利希·伯尔的《小丑的看法》（1963）、美国作家索尔·贝娄的《赫尔索格》（1964）、美国作家海明威的《巴黎是节日》（1964）、爱尔兰作家乔伊斯的《都柏林人》（1914）、美国菲茨杰拉尔德的《了不起的盖比茨》（1925）、美国赫·黑塞的《荒原狼》（1928）和美国福克纳的《圣殿》（1931）。

每篇评论文章大约七八千字，围绕每部小说发表评论，或谈人物、或讲情节、或论结构、或介绍故事背景……

2002 年，《谎言中的真实》又推出了一个新版，补充了 10 篇新文章，评论的作品是：英国小说家约瑟夫·康拉德的《黑暗的心》（1902）、法国作家安德烈·布勒东的《娜嘉》（1928）、美国女作家汉娜·阿伦特的《人的境况》（1933）、丹麦作家凯伦·布里克森的《七篇哥特故事》（1934）、英国作家亚瑟·凯斯特勒的《零和无限》（1940）、英国作家乔治·奥威尔的《动物农场》（1945）、古巴作家阿莱霍·卡彭铁尔的《人间王国》（1949）、英国作家格林·格雷厄姆的《冒险的结局》（1951）、美国作家海明威的《老人与海》（1952）和意大利作家安东尼奥·塔布其的《佩雷拉如是说》（1949）。

《谎言中的真实》出版于九十年代初，对略萨来说，那是一个关键时刻，因为他正处于竞选秘鲁总统的前夕。巴尔加斯·略萨认为，文学代表着一个可能的世界，那里有人的自由，艺术家可以炫示在其生活中一直想做的事情，或者在另一些情况下想象一个世界，并在文学范围内用语言创造它。

巴尔加斯·略萨以一种趣闻轶事的形式开篇，他想起了在他开始文学创作之初人们总是对他提出的一个问题，在许多情况下就像询问为自由斗争的斗士，问他做的事情，最终在小说中表现的事情，是不是真实的。围绕作家提出的问题总是新奇的。但作家总是回避，并保持一定的戒心。然而在《谎言中的真实》中，巴尔加斯·略萨却毫不遮掩。他断言，一部小说是真实还是虚假，取决于小说所写的所有人物，因为写作者是公众人物，其作品不仅仅在秘密的或者个人的小圈子里传播，而且相反，由于它归根结底反映的是现实，写的是各种人物，各种环境和事件，到读者手中也会到处流传。

谁也不清楚他为什么选这些作品，而不选别的。但是他有几个理由，概括起来就是："为了用小说中的沸腾生活丰富我们的生活。"全书有一篇序，序中解说了"文学真实"中包括的"文学谎言"。如上所述，自从他写第一篇故事起，就有人问他：他写的东西"是不是真实的"，他的回答总让他感到，无论怎么说都不准确，"小说，是扯谎—不可能是别的，但这只是事情的一方面。另一方面是，在扯谎的同时，表现一种新的真实，而这种真实只能伪装或遮遮掩掩地表现，这样一来，便给人一副晦涩难懂的面孔。但是实际上，这是一件很简单的事情。人们不满意自己的命运，几乎所有的人——无论富人还是穷人，天才还是庸才，名人还是凡人，都希望过上一种与自己过的不同的生活。为了（欺骗地）满足这种欲望，于是虚构小说就产生了。小说写出来，让人读，就是为了让人们仍有一种他们不甘心没有的生活。在所有小说的孕育过程中，都有一种不赞同的东西在翻腾，都有一种不满足的欲望在跳动。"

　　"那么，小说为什么总在撒谎呢？普拉多军校的军官和士官生不相信是撒谎。我的第一部小说《城市与狗》之所以被秘鲁军政府下令焚毁，因为它被认为诽谤政府。我的第一位妻子在读我的另一部小说《胡利娅姨妈与作家》时也认为是撒谎。她觉得对她的描写不准确，后来她便写了一本书，想恢复被小说改变的真相。的确，在这两部小说中，编造、歪曲和夸张的成分多于回忆的事实。我在写这两部作品时，从来就不打算每件事都要忠实于过去的与小说无关的人和事。在这两种情况下，和我写的所有作品一样，出发点都是一些依然在我记忆中活生生存在并刺激我的想象力的经验，我想象的东西却不能忠实地反映这些创作素材。写小说不是为了讲述生活，而是为了改变生活，给生活补充某种东西。在法国小说家雷斯蒂夫·德·拉·布列塔尼的小说中，现实更像是摄影。他的小说是法国18世纪的风俗目录。在这些辛辛苦苦的风俗画里，一切都和真实生活相似，但总有某种差别，差别微不足道，却是根本性的。在他那个世界里，男人爱女人不是因为她们的容貌美丽，身段优雅，心灵美好等，而是仅仅因为他们有一双漂亮的脚（所以，人们管足恋叫布列塔尼主义）。所有的小说都不那么逼真、不那么清晰也不那么自觉地重建现实（美化它或丑化它），就像多产的雷斯蒂夫以令人愉快的天真态度所做的那样。小说的独创性就在于这些对生活的或细致或粗糙的补充，小说家通过这些补充把自己私下着迷的东西具体化。小说越是广泛地表现某种普遍的需要，在漫长的时空中，在这些渗透进生活的走私活动中，辨认出令人不安的魔鬼的读者越多，作品就越深刻。难道我能试图在小说中借助回忆获得一种一丝不苟的准确性吗？不错，即使取得仅是叙述某些事件和描写人物的乏味的业绩，我的小说也不会因此比先前少一些谎言或多一些真实。因为小说的真实与虚假不是趣闻轶事决定的，而是因为小说是写出来的，不是经验产生的，是用语言制作的，不是用具体的经验制作的。事件转化为语言时，被讲述时，要经受一番深刻的变化。真实的事件（我参加过的流血战斗，我所爱的哥特姑娘的身影）是一个，能够描写它的符号却是无数个。当小说家选择一些符号而舍弃另一些时，就优惠了所描写的东西的一种可能性，而扼杀了其他千百种可能性或说法：这就改变了性质，要描写的东西变成了已描写的东西。"

巴尔加斯·略萨认为，"小说是真实还是虚假，关系到某些人，无论好人还是坏人，有许多人会自觉不自觉地把次要的当成首要的。比如当年的西班牙宗教法庭禁止在西班牙美洲出版和向那里输送小说，理由是这类书胡言乱语，荒唐不堪（就是说撒谎），会毒害印第安人的精神健康。所以在三百年间西班牙美洲人只能看走私进来的小说，在西班牙美洲出版的第一部小说直到独立后（1816 年在墨西哥）才出现。为了禁止不是某些作品而是一种文学类型，宗教法庭制定了一种在他们看来是所谓法律的东西：小说总是撒谎，小说提供的是一种关于生活的谎骗的观念。几年前我写了一篇东西，激怒了那些专断的检查官，他们很善于把事情普遍化。现在我觉得西班牙的宗教裁判官也许是最明白——早于批评家和小说家——小说的性质及其煽动倾向的人"。

　　无疑，巴尔加斯·略萨是怀着巨大的热情撰写这些文学评论文章的，仿佛20世纪的这些小说家参加了一次代表大会，大会的议题是如何写优秀的小说。同样可以在这些评论文章中发现一位从不放弃其自由表现其责任的作家的责任心和对我们这个时代的问题的思考，因为在每部小说后面都存在着读者——作者，他们有着共同的社会责任感。显然，巴尔加斯·略萨总是被这些近乎史诗的小说所吸引，从《人的境况》到《佩雷拉如是说》，无不如此。在评论《睡美人之家》的文章中，巴尔加斯·略萨毫不掩饰地承认，对一个西方人来说，读这部小说是困难的，因为日本人所用的语言和理解世界的方式都和西方人不同，而巴尔加斯·略萨是从伦理的角度读它的：一个67岁的老人五次进入一家小妓院寻开心。他叫江口，每次都躺在一个睡觉的赤裸少女身边。按照妓院的规定，他不能强迫她做什么，也不能把她弄醒，因为她已被麻醉，弄也弄不醒。每每和一个少女睡觉，他都回想起他母亲、他妻子、他女儿和最近的情妇……想到女人的体温、女人的气味、女人头发的颜色和同女人肌肤的接触，这也许对他这个忧郁的老者的安慰。他曾打算像个孩子一样反叛，打破陈规陋俗，不遵守甚至违犯任何道德规范，但是他最后还是对正确的东西让步了，因为他身上毕竟存留着传统的因素，他不能过分地放纵自己。其实，川端康成在其作品中表现得基本上是一个爱情问题上的超道德作家，他笔下的男主人公寻找的是欲望的满足，这似乎是他们应享受的权利，而被他们丢在家里的妻子或他们追求的女人的感受却遭到冷落，这显然是不道德的，有违伦理的。这表现了作者对违背道德的爱情观的批评态度。评论家称，小说将性爱、男性的好色、老年的孤独等交织在一起，是一部关于性感和死亡的令人不寒而栗的作品。巴尔加斯·略萨则认为，此作"短小精悍、优美、深刻，在读者心中留下一种隐喻的印象，至于隐喻什么，揭示它并不容易"。

对福克纳的《圣殿》的评论，说明作者对这部作品有着深刻的研究，处处闪耀着他的真知灼见。他认为《圣殿》是仅次于《八月之光》和《押沙龙，押沙龙!》的杰作，与约克纳帕塔法世系中最佳小说并列。"如果从这部作品令人毛骨悚然的恐怖主义、有可能令人脑晕、使人感到阴暗、悲观、残暴和愚昧来看，它几乎是让人无法忍受的。但恰恰是：只有天才才能讲出一个有这类情节和人物的故事，而结果不仅可以让人接受，甚至还能让读者着迷。这个残忍、甚至荒谬的故事之所以成功，应该归功于讲述这个故事所用的非凡技巧，还有那种构成有关人性恶和那刺激起批评家阐述联想力的象征与形而上的轰鸣的令人不安的寓言，之所以获得荣誉也是这个原因。因此，这也是福克纳的小说引起各种各样巴洛克式读法的原因：希腊悲剧的现代化，哥特式小说的翻版，圣经的寓意，反对美国南方文化的工业现代化的隐喻，等等。"①《圣殿》写一个轻佻、漂亮、孩子气十足的 17 岁少女被一个患有阳萎和精神病的暴徒用玉米棒破坏了贞操，后又被关进妓院，在那里又被他强迫和一个小流氓当着他的面做爱，最后小流氓被杀死。此外，小说还描述了绞死人的场面、私刑拷打场面、几桩杀人案、故意纵火案以及世风日下、道德沦丧等社会现实。小说的恐怖气氛的确让读者不堪忍受。但是小说中的那个世界，那些人物，那些场面，那些事件，都是小说不可或缺的因素。"当一个小说家能让他的作品传达给读者一种紧迫而不可避免、讲述的那些事情只能这样发生（只能这样讲出来）的感觉，那么他就全面获胜了。"②此外，巴尔加斯·略萨还在文章中提出了关于完美小说的设想："一部完美的小说就像一个圆桶。'完美'的意思就是：整个故事不能省略任何一细节、一个人物的表现和动作、

---

① 引自《圣殿——藏污纳垢之所》，巴尔加斯·略萨作，赵德明译。
② 同上。

有助于理解人物的物体和空间、处境、思想、推测、文化、道德、政治、地理和社会的坐标，如果没有这些东西，就会出现某种失衡，就会难以理解书中的故事。因此，没有任何一部小说，哪怕它是最有现实主义怪癖的小说，也不会写得完美。"

对评论集的其他文章，巴尔加斯·略萨也都从不同的角度或侧面不乏见地地评述了有关作品。如果读了这些评论再去看相关的作品，肯定会加深对作品的理解，另有一番感受。

《替白郎·蒂朗下战书》（1991）

本书包括关于西班牙古典文学名著《白郎·蒂朗》一书的三篇论文和一篇前言。这些文章是作为文学评论家的马里奥·巴尔加斯·略萨阅读和研究这部文学名著取得的成果。在文章中，略萨高度评价了这部名著，深入分析了此作的艺术倾向和表现手法，是研究和评论这部作品的一切成果中最引人注目的。

《白郎·蒂朗》是中世纪伊比利亚半岛出现的一部著名的骑士小说，其重要性与同时代的《十日谈》、《巨人传》和《坎特伯雷故事集》并列。原著用西班牙卡塔卢尼亚文写成，后译成葡萄牙文、西班牙文、法文、英文、意大利文、中文等十几种文字，在伊比利亚半岛和世界许多地区流传。

《白郎·蒂朗》全书分为5卷（《蒂朗在英国》、《蒂朗在西西里和严达斯岛》、《蒂朗在希腊帝国》、《蒂朗在北非》和《蒂朗之死》），487章，长达70余万言。故事梗概为：英国老隐士瓦洛亚克伯爵在代替英国国王率军打退摩尔人的入侵之后，乃退隐林下。英王迎娶法国公主、举行盛大婚礼和比武活动，各路骑士踊跃参加。其中包括法国布列塔尼来的白郎·蒂朗，路遇瓦洛亚克伯爵，受到他关于骑士道的启迪，在比试中连连得胜，被英王封为袜带骑士团骑士，获"骑士之最"或"骑士之花"的称号。蒂朗返回家乡，跟随布列塔尼公爵为法国朝廷效力。他得知罗达斯岛和宗教骑士团受到摩尔人围攻，于是装备一条船，与国王的儿子菲利佩一起前往救援。路经西西里岛，受到西西里国王热情招待。蒂朗促成菲利佩与西西公主的婚约，然后抵达罗达斯岛。蒂朗施计火烧敌船，大获全胜，将侵犯的摩尔人逐出该岛，宗教骑士团得以安定。其后，蒂朗回到西西里，为菲利佩与西西里公主完婚，返回法国后参加国王对北非的远征。不久，蒂朗收到君士坦丁堡皇帝关于土耳其人入侵、请求救助的书信。蒂朗前往，被任命为统领，整顿军队，治理内务，同时坠入情网，爱上皇帝的女儿卡梅西娜，风流韵事不断。后来蒂朗又参加征服柏柏里亚的战争、再次救援君士坦丁堡的战斗和对土耳其的作战，光复希腊国土。当他准备与卡梅西娜结合、继承希腊皇位之时，不料在班师途中发病身亡。卡梅西娜也随之殉情。

小说不惜笔墨，以详尽的细节描写了一位英雄骑士壮志未酬的悲剧，表现了他勇敢抵抗异族侵略的精神，展示了英雄与美人的爱情、骑士道的准则和功业、宫廷内部的矛盾和纠纷、骑士之间的残酷比武和决斗、大规模的海战和陆战等。这些内容和当时流行的骑士小说截然不同。那些小说热衷于表现巨人恶龙、魔法妖术，完全出自作者的幻想和想象，距离中世纪的社会现实十分遥远。《白郎·蒂朗》的思想内容却具有勿庸置疑的艺术真实性，堪称后世现实主义小说的楷模。因此，小说出版以来，深为历代名家所称道，许多欧洲作家深获其益。西班牙著名人文作家米格尔·德·塞万提斯在其名著《堂吉诃德》中就这样赞道：

"我的上帝！"神甫喊道。"原来《白郎·蒂朗》在这儿！快递过来，老伙计。老实说，我觉得这本书简直是享之不尽的欢愉，取之不竭的乐趣。里头有勇敢骑士堂基里埃莱松·德·蒙塔尔瓦和他弟弟托马斯·德·蒙塔尔瓦，还有骑士丰

塞卡，还讲到蒂朗跟恶狗搏斗的故事，'令我销魂'姑娘如何
灵巧应付，'悠闲寡妇'如何假意奉承，皇后娘娘如何爱上她
的侍从伊波利特。老兄，实话对你说吧，就文笔而言，这是
一本世界上最棒的书。"

在当代作家中推崇《白郎·蒂朗》者也不乏其人，巴尔加
斯·略萨便是最突出的一个。他在《和蒂朗骑马同行》一文中说：
"自从我在利马图书馆里发现这本书后，它作为一部顶峰之作给我
留下深刻印象。"他在《替〈白郎·蒂朗〉下战书》中也说："勿
庸置疑的是，这是一部颇为雄心勃勃的长篇小说，从它的结构来
说，它也许是古典小说中最富有现代色彩的作品。"

但是，遗憾的是，这部"顶峰之作"一直被幽禁在专家们聚
集的地方，几乎没有任何版本（卡塔卢尼亚文或西班牙文的）到
达读者手中。1958 年略萨作为学生到西班牙时，西班牙广大读者
竟然对这部小说一无所知。从那时起，他就竭力说服他接触到的
出版社出版《白郎·蒂朗》的普及本。他费尽口舌，终于说服塞
伊斯·巴拉尔出版社推出了小说的市场版。那是 1969 年。小说出
版后几个月即销售一空。这说明，这部中世纪的小说虽然已出版
五百年之久，它并不是一具尸体，仍然具有生命力。幸运的是，
它终于被从学院的地下墓穴里抢救出来，见到了阳光，获得了新
的活力，放射出了灿烂的艺术光辉，受到全世界读者的欣赏和
赞扬。

为了帮助读者深入了解这部作品，巴尔加斯·略萨先后写了
本书所包括的三篇文章。

第一篇文章《替〈白郎·蒂朗〉下战书》是略萨为西班牙联
合出版社 1969 年出版的这部作品的西班牙文袖珍本写的序言。在
这篇二万多字的序文中，略萨在分析了作品长期被埋没的原因后，
分三部分即《按照现实的面貌》、《一种"不同的"现实》和《叙

述的艺术》阐述了小说的归类问题、独特的现实和叙事技巧。

他认为，"所有的主义都适合它，但是任何一种又都嫌不够"。

它是一部骑士小说，但它不像其他骑士小说那么令人难以置信，因为书中几乎没有什么超自然的事件，也没有神奇人物，它描写的真正幻想故事即埃斯佩西乌斯骑士的奇遇可能是续写者加尔巴后加的。马托雷尔当初的计划中并没有。

那么，删去这个故事就能说它是现实主义小说吗？还不够，还必须抛开圣母的显灵、对那块怪石的描写、仙女不可思议的到来、爱神的神奇消失、阿图斯王在拜占廷臣民中的出现和"天使之光"从天而降带走卡梅西娜和蒂朗的灵魂等非现实的成分。

小说表现的内容非常丰富：历史事件、战争场景、社会风俗、性爱、心理等，都有相当充分的描写。所以，在略萨看来，单用历史小说、战争小说、风俗小说、性爱小说、心理小说这些概念来划归小说的类别，是不科学的，不全面的。略萨认为，作品所反映的现实生活，其丰富多彩、几乎无所不包的现实内容，可以和后世的伟大现实主义作家菲尔丁、巴尔扎克、狄更斯、福楼拜、托尔斯泰、乔伊斯、福克纳等文豪巨擘的作品相媲美。例如它所囊括的历史材料几乎和《战争与和平》一样丰富；它关于社会生活的评说几乎和《人间喜剧》一样全面、夸张和可笑；其扎实的内涵、壮观的图景和众多的典型形象几乎和菲尔丁的《弃儿汤姆·琼斯的历史》不相上下；它展示的现实主义画卷几乎和《包法利夫人》一般多姿多彩……《白郎·蒂朗》中的中世纪像《人间喜剧》中的法国、《战争与和平》中的俄国、《尤利西斯》中的都柏林和福克纳小说中的约克纳帕塔法县的伯爵领地一样是按照现实的面貌再现的。作者马托雷尔无所不能，他为他的创作利用了一切；他无所不知，他的目光把无限小的东西和无限大的东西包览无余；他无所不在，他置身于他的世界最隐蔽的地方和最暴露的地方。因此，要将此作归类，略萨认为最确切的概念就只能是"总体小说"或"全面小说"了。

所谓"全面小说",就是从各个层次、各个角度反映现实的方方面面。正如略萨指出的,"伟大的小说不是抄袭现实,而是把现实分解,再适当地加以组合或夸张。这样做并非为了标新立异,而是为了把现实表现得更富有多面性"。在文章中,略萨以蒂朗到达君士坦丁堡受到皇帝隆重欢迎、蒂朗和卡梅西娜公主恋爱这个情节为例,详细分析了小说的"全面"特点。在他的分析下,这个情节共分为"演说层面"、"客观层面"、"主观层面"、"象征的或神话的层面"这四个方面。然后他总结说:"现实就这样在整个情节里蔓延,呈现出组成它的各个层面,这些层面通过突变或飞跃不断变化,彼此丰富。因为每个层面所特有的张力和性质都沿着其他层面流动,就像液体在一组连通管里流动一样,因为在每个层面上发生的事情只有从其他层面的角度去看才可以理解,这种牵制着常规、行为、感受和象征的有力的相互作用把它们变成了一种整体的不可分离的因素。""在叙述的统一体内,把发生在不同时间、不同空间或不同性质的故事联结在一起,使每个故事所特有的紧张气氛和激情从一个故事转向另一个故事,互相映照,活力便从这种混合中产生出来。"此外,小说还采用了中国套盒术手法:像一个盒子套一个盒子一样,一个情节包含着另一个情节。例如在英王举办的一年零一天的庆典中,蒂朗建立的功绩是通过迪亚费布斯讲给瓦罗亚克伯爵的故事告诉读者的;罗达斯王被热那亚人捉住的故事是通过法国王宫的两位骑士讲给蒂朗的故事讲述的;高德维商人的冒险经历是通过蒂朗讲给雷波萨达寡妇听的一段历史讲述的,等等。

总之,略萨认为,《白郎·蒂朗》的作者富有才华,善于使用写作技巧;所采用的安排布置材料的过程和方法,运用的多种表现手法,已预示着现代小说创作的种种艺术技巧,他是有史以来试图在小说中创造一种"全面现实"的作家中最早的一个。

　　第二篇文章是 1970 年 3 月略萨在伦敦西班牙学院举行的纪念《白郎·蒂朗》作者的小型集会上的讲话。后来用做马托雷尔的一个版本的序言。在这篇题为《马托雷尔与"增加的因素"》文章中，略萨介绍了马托雷尔的为人和他为了小妹的名誉问题而同表兄蒙帕劳发生的矛盾及为了决斗相互指责的情形，描述了马托雷尔和骑士里波尔与哈伊尔几乎发生决斗的斗争过程。然后谈到小说中的"增加的因素"："在《白郎·蒂朗》的世界中，一头狮子充当信使，叼着战书给国王送去；有许多像法国公主那么白的女子，红酒从喉咙流下看得清清楚楚；一个人在阴影里一眼就看出，房间里的女主人和侍女有 170 个；一位骑士可以认真地和狗搏斗，却从来不同平民交手；有个人身材如此高大，蒂朗这样的正常人仅达到他的腰部；武士像孩子一样大哭或者气得肝胆爆裂，当场气绝而死；时光流逝，但人不见老，也不丧失精神和力量……诸如此类令人难以置信的描写，在现实中是难以发生和存在的，但在作者笔下却自然而然，毫不奇怪。这是作者在现实的基础上进行想象、夸大或幻想的结果，是作者在可信的现实之外增加的成分，它们在作品中既是惟一的，也是独特的。这类描写，对表现作品的主题、刻画人物性格、塑造人物形象、增强故事的魅力，无疑会产生一般描写所不可能产生的艺术效果。

　　第三篇文章是巴尔加斯·略萨在巴塞罗那皇家文学院 1990 年 11 月举行的关于《白郎·蒂朗》的研讨会上的发言。研讨会是为纪念此作出版五百周年而举办的。在文章中，略萨回忆了最初阅读这本小说的情景和对骑士小说的高度热情，评述了这部小说的特点，再次指出它的多样性：它既是虚构的小说也是现实主义小说，既是风俗主义小说也是战争小说，既是宫廷小说也是性爱小说，既是心理小说也是冒险小说，同时是这一切，又不只是这一切。也就是说，它是一部以现实的面貌虚构的小说。其作者像一切时代的大作家一样成功地构筑了一个语言世界，它的宽广和多样表明了大写的创作者的无所不知和无处不在。略萨特别指出语言在这部小说中的重要性：作者不仅用语言清晰地勾画出小说的事件、人物、情境，而且它是作品的主人公。语言统治着整个作品。特别是人物的谈话、讲话和演说，往往长篇大论，滔滔不绝，占去了作品大部分篇幅。一切的一切：战争、决斗、旅行、节日、爱情、快乐、痛苦，都是言谈的话题。即使在做爱时，也在不停地说话。马托雷尔跟普鲁斯特、乔伊斯、穆西尔、艾利亚斯、卡内蒂等现代作家一样，属于"废话多"的小说家。在其作品中，是言语而不是行为、人物性格或景物构成小说的基本现实、小说世界的支柱、小说的气氛和故事。

略萨还在文章中阐述了他的现实观。他认为文学上的现实主义既不等同也决不类似真实的现实，即我们在其中生活和工作的现实。文学作品中的现实总是虚构的，根本不同于人们亲身经历的生活和世界。小说是在书中读到的生活，是重新创造的生活，是为了使之更接近我们的强烈欲望和愿望而重建的修正生活。最后略萨满怀信心地断言，未来的五百年无论我们过得怎样，热情的《白郎·蒂朗》将依然站在那里欢迎我们，当我们排除真实的现实为我们带来的烦恼和困苦，用它的宝剑的闪光、行军步伐的潇洒、姑娘们的纵情和大胆、战斗的激昂、游行和比武的雄伟、能说会道的舌头、不停顿的声音，鼓舞我们。

毫无疑问，作为评论家的略萨对《白郎·蒂朗》的评价是公允的，见解是独到的。正是由于他的竭力推崇和宣传，这部名著才重见天日，获得了新的生命，得以在世界各地流传。可以肯定地说，谁要是读它，准会像谈《堂吉诃德》一样得到莫大的快乐；如果作家读它，也一定能从中获得有益于其创作的新鲜营养。从略萨的评论中，我们百分之百地相信，《白郎·蒂朗》的确如塞万提斯所说"它是世界上最好的一部书"。

《水中鱼》（1993）

这是巴尔加斯·略萨的长篇回忆录，包括二十章，这些章节交替叙述了作家从1936年出生到1958年巴黎之行的生活，在大约三年（1987—1990）的时间里他在秘鲁从事的紧张的政治活动，在第二轮竞选中他栽在藤森手下，宣告他热心参加的秘鲁总统竞选最终失败。

其出生年间和青少年时代：早年他曾在秘鲁的阿雷基帕·皮乌拉和利马以及玻利维亚的科查班巴居住。他父亲埃内斯托·巴尔加斯在和他母亲多拉·略萨结婚后不久，还怀着身孕时，便离家出去。父亲是死是活，他母亲、他外祖父母、他姨外婆、他舅舅和舅妈，都小心翼翼地对他瞒着这件事。直到十一年后他父亲才回来。但是他父亲专横跋扈、动辄施暴，远离家庭，从皮乌拉跑到利马，这对年幼的略萨都是不小的打击。在这种情况下，他只好以读小说寻求安慰，于是产生了对文学的热爱。

巴尔加斯·略萨在书中详尽地记述了他在普拉多军校的生活和感受："在那三年里，我发现了残暴，发现了恐惧，发现了愤怒，发生了这个时而多些时而少些但总是抵消人类命运中那慷慨、乐施一面的曲折和粗暴的天地。是他父亲安排他上军校的，因为其父认为"一所学校通过正规军官的训练可以把这些孩子造就成守纪律、勇敢无畏、尊敬师长、浑身男子气的人"。他乐意上，因为他觉得"住校、穿军装、和海陆空三军的士官生一道参加检阅，这些一定很有意思。整整一周远离父亲，更是美不可言了"。但是他想不到的是，他们这些学员竟被称为"狗崽子"，受着严格的训练，像关在笼中的鸟儿，不得随便离校，想出去玩就得"溜号"，再胆战心惊地返校。他坦率地讲述他的放荡生活：多次去法国女人区和女人做爱，他得意地认识了一个名叫"金脚丫儿"的黑发女郎，后来还把她写进了他的小说《城市与狗》。

他在书中用一章的篇幅记述他跟胡利娅的婚恋故事：她身材苗条，有优美的情影，舞跳得好，虽然已 32 岁，却依然年轻漂亮。二人一起看电影、逛街，天长日久，终于生情，并不顾亲属们的反对，在外地偷偷结了婚，其父得知后不盛愤怒，赶紧从国外回来处理，开了家庭会议，但无济于事，因为那一对冤家早已生米做成了熟饭。父亲只好默认，并拥抱了他，父子握手言欢。但是天有不测风云，1964 年略萨因另有所爱而和胡利娅分手。后来，略萨根据这段婚姻和在电台工作的经历写成了小说《胡利娅姨妈与作家》。

跟其他不少拉美作家一样，去欧洲，去巴黎是巴尔加斯·略萨梦寐以求的美事。1957 年 9 月，《法国杂志》举办短篇小说比赛，获胜者可以去巴黎访问两周，于是他写了《挑战》，寄给了征文比赛委员会，不久即传来获奖的喜讯。巴黎诞生了他最钦佩的作家，"我要去见萨特，我要握握萨特的手"。他兴奋极了。1958 年 1 月的一天，他终于开始了伟大的历险。到了巴黎后，逛香榭里舍大街，看埃菲尔铁塔，漫步凯旋门和塞纳河畔，种种美妙之处给他留下深刻印象。"我要在这里生活，我要在这里写作，我要永远在这里呆下去。"但是两年后他才重返巴黎，长期定居。

巴尔加斯·略萨在传记中追忆了他的大学岁月：他 17 岁进圣马科斯学文学和法律，他是一个非常用功的学生，他深入学习每一门课程，完成老师要求的所有作业，在图书馆里度过许多时光，在那里养成读书的习惯。他在大学交了几个朋友，一起谈论严肃的大事：秘鲁的独裁统治，苏联的政治、经济、科技、文化等的变化，还组织了一个研究小组，学习《共产党宣言》和列宁的《怎么办》等政治书籍，参加秘鲁团体的活动，特别是"卡乌依德"支部，举行罢课声援电车工人，出席工会召开的会议。由于他"从骨子里就不能当有耐心、不知疲倦、顺从的革命战士，不能当组织的奴隶，不能接受和实行民主集中制"，1954年六七月间他就不再参加支部的活动了。

在一些章节里，略萨详细地追述了他在80年代末和90年代初的政治历险：从反银行国有化开始，到组织民主阵线，到参加总统竞选，再到失败地出走和回归文学之路。那个时期，他尚年轻，政治热情很高，一心想实现他的改革之梦：规范劳动市场，重新编制国家工作人员，以及农业改革，以提高他在民众中的信任度和最终当上总统，但他毕竟是个文人，不善玩政治手腕，待人处事也难以八面玲珑，政治经验缺少，没有藤森那样的政治头脑和政治能量，结果两轮投票都败下阵来，他只得于1990年6月13日上午和妻子帕特里西娅一道乘飞机前往欧洲，开始他的生活新阶段——重返文坛搞创作。

巴尔加斯·略萨还在传记中谈到了一些社会和政治问题。对于民族主义和种族主义，他的看法非常激进，他说尽管他有区别地对待民族主义和祖国的概念，但是他是一个彻底的反民族主义者。他认为民族主义者们用一种不高尚的方式错误地理解了祖国的定义。他们以为只有他们才高度重视祖国和民族主义。其实不然，他们实际上不过是顽固坚持传统思想罢了。巴尔加斯·略萨极端卑视民族主义，他年轻时就认为，"如果没有办法取消国界和扔掉国籍标签，那就应该选择国籍，而不是被迫接受。在人类的种种愚昧之举中，民族主义使人流血过多"。他甚至说，他一生都会对民族主义和种族主义这两种愚蠢行为口诛笔伐。对于宗教，他的观点也很明确。他相信，宗教和国家一样，也是人们的一种需要。不过在许多情况下，它断送了人类的自由或者至少压迫了自由。他认为，绝对否定和无条件的信仰同样不好，它们很容易转变为绝对论。

在自传中，巴尔加斯·略萨也不可避免地谈到了拉美文学。

他说，那时除了聂鲁达，他对拉美文学是冷漠的，甚至是敌视的，其原因应归咎于：大学学习的和在文学杂志上以及副刊上看到的唯一的现代拉美文学，就是土著文学或风俗主义文学，比如阿格达斯的《青铜的种族》、伊萨克的《养身地》、里维拉的《旋涡》、罗慕洛·加列戈斯的《堂娜芭芭拉》，吉拉尔德斯的《堂塞贡多·松勃拉》，甚至包括阿斯图里亚斯的小说。他对这类作品深恶痛绝，因为它们土里土气，并具有蛊惑性的丑化，其景物比有血有肉的人还重要。还因为这些作家还不了解结构故事的最基本的技巧，作者总是卷入到故事中去发表意见。一切所谓的土著文学就是一连串自然主义的俗套和极端贫泛的艺术性。是他的好友路易斯·洛阿依萨让他看到了另一种拉美文学，更有城市味道，更有世界性，也更优美，主要出现在墨西哥和阿根廷。此外，他还提到了虚构小说，它的一个基本特点是：虚构是为小说家按照自己的模样重建世界、根据自己内心的秘密欲望重新组合世界服务的。对福克纳，他掩饰不住崇拜之情："那个时期，福克纳的作品让我感到眼花缭乱，我被他的小说技巧迷住了。他的作品，凡是能够弄到手的，我都用一种诊断的眼光去阅读，去观察作者的视角如何转换，如何组织时间，叙述者的作用是否连贯，技巧上的不连贯或笨拙之处——例如形容词修饰过多——是否破坏（阻挠）真实性。对我采访的长篇和短篇小说家，我都询问有关叙事形式和技巧的关心程度。"另外，他也不留情地批评了"乡土"题材的文学。他认为"从事和提倡这种乡土文学的人们没有意识到这种文学刚好和自己的初衷相反，是世界上最常规最听话的东西，是一系列用机械方式重复制造的老俗套，里面的民间语言既过分修饰又过分讽刺，加上故事结构的松散，便完全扭曲了他们试图伸张正义所运用的历史——批评证据。作为文学作品，它们的可读性很差，作为社会文献来看，它们又是骗人的，因为实际上，它们是用粉饰、空调和承诺的话语对复杂的现实的歪曲"。他表示

"我绝对不当乡土文学作家"。那时他采访过许多作家，如萨拉萨尔·邦迪，"他没有写过长篇小说，但是短篇小说很多，还有散文、戏剧和诗歌。他谈起文学来无拘无束，锋芒毕露，这让我十分钦佩；再如恩里克·贡戈莱茵·马丁，他当时正处在名声显赫的顶峰。他曾从事多种职业，后来自己写书，自己出版，自己发行。他写了《利马》、《零点》、《基库约》等短篇小说和长篇小说《死者并非一个，而是许多》，并以此作结束了文学生涯，这些书也是他自己出版，自己走家串户卖的"。

巴尔加斯·略萨在接受记者时坦言："事实上，我并不想写回忆录，因为我认为这种体裁应该到 70 岁以后再去写。促使我写这本书的原因其实是我从政三年的经历。不过后来我发现，如果只写那段时期，读者或许对我以及我在那些日子想做的事情产生误解，所以我插叙了一些关于自己童年和青年时期的事情，""很少有人读过我的这本书，只有我的夫人和大儿子读过。他们帮助我尽力写得坦率真诚。但我写的自传既不是对自己赞美诗，也绝不是自我辩护辞。虽然书中批评了许多人，但更多的是自我批评。我相信，为了客观地叙述自己做过的事，我已尽了极大的努力。倘若在书中某些地方还存在主观的因素，也并不奇怪：它们毕竟也构成了自传的一部分。我希望从自己的经历中得出结论。"

这本回忆录是巴尔加斯·略萨对这一文学样式的初次涉猎和尝试。在结构上，该书划分为二十章和一篇跋。作者按照他的结构现实主义小说形式，把他一生的经历分成两大部分叙述，即用两条线索展开：奇数各章主要讲述作家的童年、家庭、父母亲的关系，在军校当士官生的体验和见闻、与胡利娅姨妈的恋情和婚姻、立志当作家的誓愿和文学尝试，以及去欧洲磨练的过程，这一部分十分重要，可以说是作家小说创作素材的主要来源，其主要长篇小说《城市与狗》、《绿房子》、《酒吧长谈》、《胡利娅姨妈与作家》无不取材于此。第二部分即偶数各章，主要描述作家的政治主张、对各派政治人物的看法，以及 1990 年与藤森竞选总统失败的教训。从此他弃政从文，回到文学这个老本行上来。他在跋里透露，该书大部分写于柏林。而这一年与他前几年受罪的岁月形成对比，那一年他又可以把他的全部时间来用阅读、写作，可以自由地和志趣相投的朋友聚谈了。他还批评了藤森执政后采取的经济政策，盗用他的政治纲领和政治主张。

　　总之，这部回忆录表现了巴尔加斯·略萨的无比自信和豪爽的性格及为人，表现了他惊人的充沛精力，以及这位作家的非主笔力。这部回忆录不仅是略萨人生的活生生的见证，也是略萨全部创作的重要组成部分，它对研究略萨的生平及其著述，都有不可低估的参考价值。它受到拉美和西班牙作家、评论家、研究者和读者的欢迎，是不足为怪的。

　　从文学传统来讲，《水中鱼》是和阿根廷多明戈·福斯蒂诺·萨米恩托的《外省回忆录》（1850）、智利维森特·佩雷斯·罗萨莱斯的《昔日的回忆》和墨西哥何塞·巴斯孔塞洛斯的《土人白人尤利西斯》一脉相随，都是追忆作家的往事。此外，它也和古巴何塞·莱萨马·利马的《天堂》、阿根廷曼努埃尔·穆希卡·拉伊内斯的《人们曾在此生活》，加西亚·马尔克斯的《百年孤独》和智利伊莎贝尔·阿连德的《幽灵之家》有异曲同工之妙。

《致一位青年小说家的信》（1997）

　　这是一部书信集，是巴尔加斯·略萨这位享有盛誉作家写给一个没有名字的年轻作家的。书信共有 12 封。略萨以书信的形式谈论小说创作才能和技巧，对有关小说写作的一系列问题做了鞭辟入里的分析，如语言风格，他广泛引证了塞万提斯、福克纳、福楼拜、雨果、海明威、福克纳、卡夫卡、乔伊斯、博尔赫斯、科塔萨尔、加西亚·马尔克斯、罗伯—格里耶、弗吉尼亚·伍尔夫、胡安·鲁尔福等80多位著名作家的近百部作品。

这些信对初登文坛想当作家的年轻人所做的劝告热情、中肯而严肃，体现了略萨这位解释文学创作，因为文学创作中运用的东西要比批评家运用的智慧和判断还要多。

"谁也不可能教会别人如何写作；至多能教会别人写字和阅读。其余的一切要靠你自己教自己；你会撞上什么东西，你会绊跤、会跌倒，再一次次爬起来。亲爱的朋友，我想告诉你的是，要忘掉我在信中谈到的关于小说形式的一切议论，要自己动手去写小说。"

"只有像信奉宗教一样信仰文学，决心把你的时间、精力、勤奋献给这种才华的人，才有可能成为一个真正的作家，才能写出一部重要作品。"

"没有早熟的小说家。一切大作家，可敬的小说家，最初都是学徒，他的才能是在恒心和信心的基础上孕育出来的。"

"文学是为了对付不幸而发明的最好的东西。"

"在一切虚构中，甚至在最自由的想象的虚构中，也能够找到一个出发点，一粒密切的种籽，它根深蒂固地和一个人经验的总和联结在一起。我敢说，对这条规则来说没有任何例外，所以，化学上那种纯粹的创造在文学领域里是不存在的。"

"按照定义，虚构是一种谎言——一种非现实，但是它伪装是现实，所有的小说都是一种被误认为真实的谎言，那是一种创造，其说服力仅仅决取于类似杂技团的魔幻戏法的幻术和魔术的技巧。"

"小说家的真实性或忠实性就在于此：接受他自己的魔鬼，并根据自己的力量为其服务。"

"缺乏说服力或说服力不够的坏小说，不能说服我们相信它对我们讲的谎言中的真实。"

"一部小说讲述的故事是不连贯的，但是讲述它用的语言应该是连贯的，这样可以使那种不连贯成功地假装是真实的、生动的。"

"在文学上，忠实还是不忠实，不是一个道德问题，而是一个艺术问题。"

"文学是纯粹的虚构，但是伟大的文学能够成功地掩饰它，平庸的文学则暴露它。"

"为了通过书写讲一个故事，一切小说家都创造一位叙述者作为他们的代表或全权代表，而他自己就是一种虚构，因为他所讲述的另一些人物是用语言塑造的，它只为这部小说活着。"

"小说中的时间是一种从心理时间出发建立的时间，而不是计时法的时间，是一种主观时间，小说家的技巧使它看上去是客观的，这样就达到了一个目的：他的小说显得离我们很远，不同于真实的世界。"

"重要的是知道在整个小说中有一个空间角度，一个时间角度和一个现实的层面的角度，还有，尽管常常不明显，三个角度本质上是独立自主的，彼此不同的。这样，由于它们和谐地结合在一起，就使那种内部的连贯性使一部小说有了说服力。"

"如果一位小说家在讲述一个故事时不设置某些界限（就是说，如果不去隐藏某些材料），他所讲述的故事将没有开始也没有结束。"

"小说是包含着一种深刻真实的谎言。"

"小说家不选择他的主题，而是被它来选择。"

"在文学上，一个主题从来没有好坏之分。"

"缩短虚构和现实之间的距离，取消那种界限，使读者感受到某种谎言，仿佛它是永远不会消失的真实……"

此外，略萨还重申了一下他关于文学创作的方法的分析："我试图描写优秀小说家为给他们的作品以迷惑我们这些读者的魅力而使用的一切手段。这是因为技巧、形式、行文、文本，或者无论叫它什么吧——卖弄学问的专家们已经给随便什么读者不费力就可以识别的东西发明了一大堆名称——一个牢不可破的整体，要在这个整体中分出主题、风格、顺序、视角等等，那就等于在活人身上进行解剖。"

这些忠告，出自一位长辈之口，可谓苦口婆心，语重心长，说它们是金玉良言绝不过分。

其实，巴尔加斯·略萨在这里阐述的思想并不都是新的，比如第一章《绦虫的寓言》就和略萨此前不久在利马举行的小说家聚谈会上宣读的文章十分相似。而这本书是略萨在漫长的文学批评工作过程中取得的某些结论的一种概括。但是这一次他没有对某些具体的作家（福楼拜、加西亚·马尔克斯或何塞·玛丽亚·阿格达斯）进行详细的和辩论性的研究，而是提出了关于文学创作（其虚构特点和惯用的风格）所进行的广泛思考。

这样，本书一开篇就出现了巴尔加斯·略萨为描写文学创作问题而惯用的种种术语：想象（人物、场景和奇闻轶事）、选定人物和人物对世界现实的不满意、关于魔鬼的理论、虚构故事的说服力、连贯性和风格需要的特点。而最后几章，则用来阐述略萨情有独钟的三种叙事技巧，即隐藏的材料、中国套盒和连通管。

全书的中心部分，也是篇幅最长的部分，由4章构成，都是涉及小说结构的。"那种手工艺：它作为一个和谐又充满活力的整体而支撑让我们感到眼花缭乱、其说服力又是如此巨大以至于觉得它们是独立自主、自然发生、自给自足的虚构产物。"在《叙述者》（空间）一章中，在选择叙述者（第一人称、第二人称和第三人称）和这些叙述者同小说创造的空间关系时，作者提出了各种选择。在下一章中，作者论及了叙述者同小说时间的关系（时间视角和作为小说结构的时间）。这些论述和另一些关于"现实层面"——现实和想象之间存在着多重的层次——和变化与质的飞跃的论述互为补充。这是对前面三个方面中可能产生的组合和变化的一种观照。

　　巴尔加斯·略萨对小说的结构因素如此热心，并不奇怪，这是他的全部作品中最明显的东西；他对各种现实层面之间的飞跃和变化那么看重，也不让人感到意外，这是他的小说《玛伊塔的故事》和《堂里戈维托的笔记本》等作品的显著特点。在后一部小说中，现实层面之间的不断跳跃具有 16 世纪意大利文艺的矫饰风格和 16 与 18 世纪欧洲文艺的巴洛克风格特有的文学迷般的特点。

　　秘鲁哲学家大卫·索夫雷比亚[①]指出，巴尔加斯·略萨关于小说的这些概念最初是在 20 世纪 70 年代形成的，但是从 80 年代起才在他的作品中占主导地位。如果说他最早的几部小说的特点是现实主义，是全面体小说和写作时作者的不偏不倚和无动于衷，那么在第二个阶段——始于《世界末日之战》，重要的则是小说的自主特点，是"真实的谎言"的品质和作者在小说中愈来愈多地发表看法和观点。所有这些特征在《致一位青年小说家的信》中都是决定性的。

　　在这部著作中，巴尔加斯·略萨以书信的形式论述了关于小说创作的方方面面的问题，向年轻一代提出了种种富有教益的忠告，无疑对那些想当作家和初学写作的年轻人具有重要指导意义，但是他声明，这不是一本如何学会写作的教科书，而是一篇文论，它以本人的经验为基础，阐述了是如何产生和写作的。因为"这是一本极富个性的书，在某种程度上讲，这只一本谨慎的自传性著作"。

　　另外，巴尔加斯·略萨还解释说，这本书是根据一位出版家的提议而写作的。那位出版家打算出版一套书，以有实践经验的老作家给其学生写信的形式讲述其职业的秘密。出版家的计划后

---

　　①　大卫·索夫雷比亚（1938—1914），秘鲁哲学家、教授。

来流产，但巴尔加斯·略萨没有半途而废，他花了几个月的时间，翻箱倒柜，把曾经用于讲课和研究班讲座的笔记和有关资料找出来，悉心地整理、修改和编辑，结果就形成了这本书信集。

《古老的乌托邦》（1997）

这是巴尔加斯·略萨论述秘鲁作家何塞·玛丽亚·阿格达斯（1911—1969）的生平和创作的著作。此作以讲述这位秘鲁小说家生命的悲惨结局开篇：1969 年 11 月 28 日，他在农业大学一间浴室里对着太阳穴开枪自杀，年仅 58 岁。

巴尔加斯·略萨在书中说："我对阿格达斯的兴趣，不仅是由于他的作品，也是由于他那与众不同的、凄楚不幸的人生。与众不同，是因为在一个分为两个世界、两种语言、两种文化和两种历史传统的国家，他认识和亲身感受到两个现实：贫穷和富足；凄楚不幸，是因为他生活在两个世界，彼此矛盾的世界，把他变成了一个居无定所的人。"

在《古老的乌托邦》中，巴尔加斯·略萨让读者走近了这位秘鲁著名小说家，他是拉丁美洲土著主义运动最重要的人物之一，也是一位因其强烈的革命责任感而驰名的作家。

阿格达斯是人类学家、大学教授、富有斗争精神的知识分子。巴尔加斯·略萨说："他是一个好人，一位好作家，但是倘若在那种极端的敏感、慷慨大度、天真质朴和思想上的混乱方面不对学术界和知识界的政治感压力让步的话，他会更好。"

巴尔加斯·略萨在书中收入了一篇由阿格达斯撰写的、后由秘鲁研究学会首次公开的材料，这份材料清楚地说明了阿格达斯的人品。在几前的 1965 年，秘鲁研究学会在利马举行一次评论他的小说《所有的血》的圆桌会议，出席会议的都是杰出的知识分子，在文学批评家、社会学家、经济学家等，阿格达斯本人也出席了。小说的题目"所有的血",是指秘鲁所有的种族、所有的文化和所有的社会阶层。小说影响很大,阿格达斯自认为是他的顶峰之作。

但是在圆桌会议上,这部小说却受到了严厉的批评,不仅从文学的角度,而且也从社会学的角度。争论结束后的当天晚上,阿格达斯写了一篇题为《难道我白活了吗?》的文章,发表在秘鲁研究学会会刊上。文章写道:

"我觉得今天我的生命已经没有存在的理由了……两位博学的社会学家和一位经济学家几乎证明,(也是在今天)我的书《所有的血》对国家来说是有害的,我在这个世界上已经没有什么可做了。"

巴尔加斯·略萨认识阿格达斯,并曾亲自与之交往。他肯定地说,阿格达斯的绝望情绪绝不是假装的。在巴尔加斯·略萨看来,阿格达斯是一个非常敏感的人,就像一颗非常敏感的牙齿,吃什么都觉得痛。

在《所有的血》和他的一切文学作品中,正如巴尔加斯·略萨在他这部著作中说的,大自然有着异乎寻常的重要性。在他在小说中创造的虚构的现实中,大自然是一种"具有生命的"或"通人性的"大自然。例如在《所有的血》中,那些受到保护的小山——普卡西拉和阿普金图——,都有灵魂和名字,它们以不同的方式回报人类。巴尔加斯·略萨还说,在阿格达斯的短篇小说和长篇小说中树木也是重要人物。比如在他的著名长篇小说《深沉的河流》中有一段文字描写一棵树,那棵树长在库斯科城的年轻人埃内斯托的叔叔家:

"那是一棵名叫防臭木的树,它虽然长得又矮小,枝杈又细,却在家庭里散发着香气。小树的树干上露着一块块的白斑,那一定是孩子们给剥的。"

从他叔叔家走时,年轻人埃内斯托爬上一辆大卡车,准备离开那里，但他想起了那棵树，便回到院子里，跟那棵树告别。

在此应该补充的是，《深沉的河流》中的这个年轻人具有阿格达斯的性格特点：他也喜欢动物，他看到有人踩死蟋蟀或别的昆虫就感到难过。他说，昆虫有"十分悦耳的鸣声，它们是无害的，它们有可爱的形体"。为了避免它们受到伤害，他把它们从人行道上赶走。

在书中，巴尔加斯·略萨讲述说，在真实生活中，阿格达斯开着一辆俗称"金龟子"的小汽车，他管它叫他的"铁儿子"。

为了理解阿格达斯对大自然和各种生灵的这种感情和感受，有必要提一提他的童年。巴尔加斯·略萨在其著作中收集了来自各方面（包括来自阿格达斯本人）的材料：阿格达斯1911年生于秘鲁南部山区阿普里马克省安达瓦依拉斯小城。不满3岁母亲就不幸去世。父亲是一名职业律师，后来再婚，他便和继母一起生活，因为其父必须辗转山区的城镇寻找工作。他的继母，还有那个异母兄弟，都对他视若仇敌。继母把他送给了家里的一个印第安佣人，从此他便在当奴仆的印第安男女中间生活，成长。他本属于讲西班牙语的白人家庭，如今他得学说印第安人的克楚亚语，受印第安奴仆们的庇护。

当然，阿格达斯不会忘记那些印第安男女对他的抚养和爱护。若干年后，他长大成人，成为一位掌握了完美的西班牙文的作家，他的作品的中心内容是抨击针对印第安人的暴行、种族主义和非正义。巴尔加斯·略萨认为，写作对阿格达斯来说，首先是意味着"社会责任感"。巴尔加斯·略萨称为"介入文学"。

阿格达斯在其小说中描写了印第安人所受的经济剥削和他们同白人地主进行的斗争。阿格达斯在其长篇小说和短篇小说中还表现了印第安人所遭受的虐待和歧视。例如《所有的血》中的工程师卡勃雷霍斯问印第安人伦顿·韦尔卡，他是不是真的不会说"工—程—师"这句话。伦顿·韦尔卡像对"工程师老爷"一样说话，西班牙语讲得不好。卡勃雷霍斯马上教他说"A，B，C"，这样嘲弄他。

但是，正如巴尔加斯·略萨在其著作中正确指出的那样，阿格达斯的作品所再现的安第斯山地区的生活不仅仅是印第安人的受苦受难和受剥削受压迫。生活是残酷的，同时也是仪式，表演、唱歌、跳舞。总之，生活也是典礼，就像暴行一样，它也是阿格达斯笔下的现实的基本内容。

巴尔加斯·略萨认为，在阿格达斯的文学作品中既有一种恢复农业权宜的热望，也有一种乌托邦式的计划。这个乌托邦计划的内容是试图重建一个集体主义的、传统的、乡村的和神奇—宗教类型的古老秘鲁。古老的乌托邦由安第斯山主义之类的信仰构成：安第斯山区，按照它的地理和文化特点，它代表着比沿海的沙漠和平原更深刻更真实的一种人类生活环境。

在阿格达斯的文学作品中，可以看到他所表现的一种历史幻想，据此幻想，克楚亚人民在安第斯山区创造了一种在道德上超越了西方文明的文明类型，今天它仍在印第安人中间存在着。根据巴尔加斯·略萨的说法，阿格达斯的作品属于土著主义文学流派中的一股逆流，并且有些时候甚至有一种种族主义偏向。

巴尔加斯·略萨在其著作中所做的分析包括了阿格达斯的小说创作的最重要的部分，并且分析得很细致。在此不妨简短地介绍一下他对《血的节日》所做的分析。

《血的节日》是阿格达斯的第一部长篇小说，主题是写安第斯山地区的一次斗牛活动。据阿格达斯自己说（巴尔加斯·略萨也这样讲述），1935 年他在名叫普基奥的山村作壁上观时，观看了一场斗牛（如同他在小说里描写的那样），斗牛场上的一名印第安斗牛士被斗牛踩烂。这个不幸事件为作者带来灵感，他便据此塑造了小说中的一个人物。

根据巴尔加斯·略萨关于《血的节日》所作的简介，斗牛活动引起了一场普基奥村的种族和社会阶层之间的冲突。冲突是由中央政府的一项决定引发的，决定内容是禁止印第安式的斗牛（自愿上场的斗牛士，凭力气斗牛，醉醺醺地进行等），而用传统的斗牛取而代之。

这里也不防引用巴尔加斯·略萨的《古老的乌托邦》中的一段文字：

> "故事描述得十分娴熟，最终使读者毫不怀疑这一结论：叙述者想让读者一样认为，那些坚持要取消印第安式斗牛的人，既不懂得也不尊重印第安人的习惯、信仰和礼仪，他们想剥夺印第安人的一种东西：他们的个性……而对叙述者——他显然是阿格达斯的代言人——来说，使印第安人非印第安化，是一种比剥削、歧视和虐待他们还要严重的罪行。"

在这一段文字中，巴尔加斯·略萨指出叙述者是阿格达斯的代言人这一点很重要。就是说，按照巴尔加斯·略萨的说法，在小说的叙述者表达的思想和阿格达斯想打倒那些反对印第安人节日的人的个人愿望之间有一种巧合。《血的节日》中那些企图破坏节日表演最后却被打败的人，正如巴尔加斯·略萨指出的，是利马化的山区人、出于偏见反对安第斯山人的沿海人、文化同化的梅斯蒂索人和印第安人，以及乔洛人。

小说中这些人的失败，按照巴尔加斯·略萨看法，是他们面对那个和印第安人的传统紧紧地联结在一起的古老世界而遭受的"理性的失败"。

不管怎样，可以认为，巴尔加斯·略萨是对的，小说写的印第安人的胜利，他认为是那种神奇的和礼仪的、古老的和安第斯山区的、克楚亚的和乡村的文化的"象征性的胜利"。但是众所周知，斗牛是西班牙的一种典型传统。不仅如此，在西班牙人来到之前，公牛是拉丁美洲不存在的一种动物。公牛和母牛、马、狗、鸡及猪都是西班牙人输入的，安第斯山区的印第安人不知公牛是什么。

那么，我们不禁要问，当阿格达斯竭力维护美斯蒂索的传统时，怎么还能谈论"古老的乌托邦"呢？之所以说它是一种美斯蒂索人的传统，因为安第斯山区的斗牛已经不是西班牙的典型的斗牛，而是加入印第安因素后被改变了的斗牛。由此可以认为，不管怎样，阿格达斯是想方设法保存一种文化，这种文化已不是印第安人的古老文化，而是西班牙到来后被改变的文化。

在巴尔加斯·略萨看来，阿格达斯和《所有的血》中的印第安人物一样对泛神论具有十分"深刻的"感受。巴尔加斯·略萨认为阿格达斯赞同小说中的印第安人的信仰，而不赞同白人的信仰。但是他也不认为阿格达斯可能是一名教徒。而阿格达斯同传统的价值观和信仰的一致，就难免使他成为进步的一个敌人。

一般说来，巴尔加斯·略萨对阿格达斯的文学作品的分析采用的是她惯常用的逻辑，所用的方法也是一样的：巴尔加斯·略萨把阿格达斯等同于其小说中的某些人物或叙述者（或叙述者们），等同于那些坚持克楚亚文化的传统价值和习惯的人。

如上所述，关于把作家和他的作品区分开的必要性，巴尔加斯·略萨是这样对待的：他在其著作中大量地引用了阿格达斯评论秘鲁的非文学文章。在详尽地分析了阿格达斯的书信、报刊文章、随笔等后，他证明了"古老的乌托邦"这个论点的正确性。

有一篇阿格达斯的短文，题目叫《我不是一个两个民族的文化同化者》，作为《后记》收在他的遗作《山上的狐狸和山下的狐狸》中。此文解释了他所试图实现的理想是什么。可以认为，阿格达斯的理想是要建设一个现代的——多民族和多文化的——、远不是具有反动的或复旧性质的乌托邦的秘鲁。阿格达斯在文章中自问：

> "我何时才能理解社会主义？我不很清楚。不过，在我身上，神奇的东西是不会死的。"

在阿格达斯提出的主张中，存在着现代化理想和文化多样化理想之间的紧张关系。可以说，对阿格达斯来讲，进步也许就是两种并不一致的理想之间的一种综合或妥协。

与此相反，对巴尔加斯·略萨而言，"现代化就是废除神奇—宗教的东西，放弃传统的信仰和习俗"。

巴尔加斯·略萨的这个看法几乎无人不晓：他认为，要想实现现代化，只能通过自由和市场这个途径。巴尔加斯·略萨提出的选择很清楚：或者现代化，或者倒退。

对阿格达斯来说，巴尔加斯·略萨提出的或者现代化或者倒退的选择，就是倒退的表现，因为这种选择否定他所认同和希望保存的文化。而对巴尔加斯·略萨来说，阿格达斯那种保存文化的埋想是倒退的标志。此外，指出这一点是颇为有趣的：巴尔加斯·略萨批评阿格达斯是所谓的反对现代的人，这和竭力造就革命的"新人"的革命左派一致。这种革命倾向和阿格达斯保存文化的理想是对立的。

在阿格达斯逝世四十余年后，秘鲁发生了翻天覆地的变化。在文化领域和社会结构方面，秘鲁在这个过程中在逐渐接近阿格达斯的目标吗？巴尔加斯·略萨的回答是，今日的秘鲁，在其著作最后一章说的盛产奇恰酒的秘鲁，和阿格达斯的理想相距愈来愈远了。巴尔加斯·略萨的回答是正确的，只要看一看秘鲁已经变成一个城市化的国家（今天百分之七十以上的秘鲁人生活在大城市里）就够了。

总而言之，巴尔加斯·略萨对阿格达斯的生平和创作有着十分深刻的研究。他非常了解路易斯·E. 巴尔卡塞尔、西罗·阿莱格尼亚、胡安·鲁尔福、奥大斯托·罗亚·巴斯托斯等作家的作品。在其著作中，巴尔加斯·略萨把阿格达斯的作品放在秘鲁和拉美文学中存在的土著主义运动的不同倾向的背景上来分析。此外，巴尔加斯·略萨为其著作选用一种十分妥当的结构，即把谈论阿格达斯生平的章节同分析阿格达斯作品的章节穿插在一起，从而向读者展示了两者之间的密切关系。

应该指出的是，阿格达斯的生平没有任何乌托邦幻想的色彩。他是西班牙语教师，也是克楚亚语歌曲和诗歌的译者；他是山区人，却生活在海边，并经常出国外旅行；他甚至当了大学教授，在国内外获得多个奖项。但是他从来也不放弃同被社会遗忘的人同呼吸共命运。

在此，不妨引证《所有的血》中的一句话，是小说中的人物玛蒂尔德对她丈夫、山区的白人地主费尔民关于利马的"社会"说的：

"人们对秘鲁的了解比对刚果还少。"

可以相信，这句话不仅对利马人和沿海的人有效，而且对所有的秘鲁人都有效。几乎无人不知，秘鲁是一个比较大的与众不同的国家，总有一天，所有的秘鲁人都一定会承认阿格达斯的这句话，还有他本人，是对的。

总之，《古老的乌托邦》将传记、历史和文学评论结合在一起，记述了阿格达斯的生平，评论了他的作品，同时描写了当代秘鲁的现状与国情，为读者认识阿格达斯这位秘鲁著名作家和知识界精英提供了一个指南。

2014 年 4 月间，巴尔加斯·略萨接受记者赫雷尼亚斯·甘博亚采访时这样评价阿格达斯："我认为，阿格达斯是一个悲剧人物。他身上有异乎寻常的抒情情调，和一种对大自然和人类的痛苦来说很不一般的情感。他是一位表诉衷情的作家，当他放手表达他的性情的时候，就会写出他最优美的作品。之所以说他的《深沉的河流》是他伟大的小说，恰恰是因为这部小说表现了他自己的经验和传记。现在在这本书的序言中我要说，在秘鲁作家中，我最有感觉的、最感兴趣的、我更想理解的，是阿格达斯。"

《激情洋溢的语言》（2001）

本书由一篇序言、一篇关于《试金石》专栏的思考和46篇文章构成。每一篇文章都闪耀着顺畅、明了表现的光辉。无处不显示出作者渊博的学识和新闻工作的才华，他似乎无所不知，他像潜望镜一样能够看到任何方面，甚至任何时代。他用完美的西班牙文表达一切，对他来说似乎语言已经没有任何秘密。

不可忽视的是，他关于艺术的评论闪烁着更加耀眼的光芒，他的《大象的粪便》应该受到特别赞赏，因为此文毫不讳言地指出了现代绘画和雕刻的迷信色彩。同样应该受到赞赏的还有他那些关于维美尔、马奈、弗里达·卡罗、布莱希特、帕斯、维迪亚·奈波尔等艺术家的传记笔记。

文集中有两篇文章，由于其满含激情的叙述和充满热情的写作而不能不提，一篇题为《曼德里岛》，另一篇题为《法塔玛乌塔的脚》。两篇文章均超越了新闻界限，以拉丁美洲杰出小说家的艺术风格进入了文学领域。仅以后者为例：法塔玛乌塔是一个冈比亚妇女，"在法塔玛乌塔身上，最值得我赞叹和敬佩的是那一双龟裂的、长着地质研、紫趾甲、硬皮脚面和坚硬的脚趾的大脚。那双脚，自从她在遥远的冈比亚出生后就开始走路……现在她能够还活着，就多亏她那一双不知疲倦的脚"。"由于大楼失火，那双麻利的大脚使她跳下木板台，又从窗口跳下去，使她避免了残忍的死亡。""她刷地板，扫垃圾，照看狗，洗尿布，在街上卖发卡、针线和各色各样的东西，到一户户人家去干活，有时根本不是为了挣钱，而仅仅为了挣一口饭。"这样的描述，与其说是关于一个真实人物的新闻报道，勿宁说是关于一个人物的文学形象的塑造，整篇文章读来就像一篇妙趣横生、感人肺腑的短篇小说。

《激情洋溢的语言》涉及题材广泛，笔调令人愉快，是一本值得一读的书。无论作为社会现实的观察者还是作为新闻与文学的融合者，作者的才能都是不可否认的。

巴尔加斯·略萨在为此作写的前言中说："构成这本书的文章是 1992 年和 1999 年间从我在马德里《国家报》上我的专栏中发表的一系列文章中选来的。这些文章和此前的一本题为《对自由的挑战》（1994）的文集中的文章不同，因为那些文章的主题大同小异。而这些文章的题材则多种多样：文化、政治、社会问题、文学、绘画、音乐、旅行笔记、新发生的社会事件，等等。书题用的是我写的一篇纪念奥克塔维奥·帕斯的一篇短文的题目。使用这个题目并不是因为写这些文章时怀着热烈的情怀。事实是，我写作时总是设法采取尽可能理智的方式，因为我知道，发热的头脑、清楚的思想和优美的文笔是不相容的，尽管我也知道，这一点不容易做到。"

巴尔加斯·略萨在前言中还说："我在 14 岁时在利马的《纪事报》上发现了新闻这个王国，从那时起，我当过编辑、记者、社论撰稿人、专栏作家等，从未间断新闻工作。新闻是我的文学创作的影子，我追随它，给它营养，在纯粹想象的旅行中不让它远离当前的生动的现实。所以，《试金石》反映我是什么，我不是什么，我担心什么，我憎恨什么，它还反映我的幻想和我的沮丧，就像我的书一样，尽管它以更清楚更理智的方式。萨特曾写道：'语言是武器，应该用来保护最好的选择'（他本人并不常这样做）。在西班牙世界，对这一论点，谁也不如何塞·奥特加·加塞特做得好，他是一位在从事新闻报道方面既不忽视思想又不牺牲风格的高水平的思想家。

《不可能的诱惑：雨果与〈悲惨世界〉》（2004）

这部论著是巴尔加斯·略萨 2004 年四五月间在美国哈佛大学举行的一次关于雨果及其小说《悲惨世界》的讲座的缩写版。

从《无休止的纵欲：福楼拜和〈包法利夫人〉》和《谎言中的真实》开始，巴尔加斯·略萨就和 19 世纪的法国文学特别是维克多·雨果的《悲惨世界》结下不解之缘。

据巴尔加斯·略萨讲，大约在 1950 年他在利马上普拉多军校时发现了《悲惨世界》。他说他第一次谈雨果的这部小说时"感动极了，以至于许多年间我不敢再读它，因为我担心神话会被遭到破坏。跟许多人一样，我相信它是一本适合青少年看的书，一个成熟的现代读者很难安排一段时间来阅读今天的一部需要花费许多时间的小说。然而，《悲惨的世界》具有一切杰出的小说的特点，可以让最初级的、喜欢故事情节的读者和最苛刻的、重视语言水平的读者来读。尤其给我留下深刻印象的是它的勃勃雄心。它拥有许多重大主题：公正、人性、善与恶和敏锐。写这部论著——阿尔法瓜拉出版社出版——就仿佛在我的最近两部小说之后的一次休假。在莎士比亚之后，维克多·雨果是引起批评界最大好奇心的作家。为了读完人们写的关于他的著述，需要在二十年间每星期花 6 天、每天花 20 个小时的时间；另外，还要花整整十年的时间才能读完他自己写的一切和尚未出版的东西。"

在雨果的作品中，巴尔加斯·略萨找了一切主题，这些主题和他是相近的。例如乌托邦，"如果不去想一个更完美的世界，人类是不能生活的。否则，就不会有进步，我们就不能摆脱兽性。对我们来说，光有生活是不够的，多亏了幻想，我们才能建设别的生活。但是还有其他的乌托邦。在 19 世纪，人们认为，只要谈到乌托邦，就能够建立完美的社会。今天我们才知道，这会引起地狱的出现。乌托邦有两张面孔，就像伊可诺斯①，一张面孔是邪恶的，另一张面孔是可爱的。有一种文学乌托邦，我们通过它面对完美、美丽、赋予我们关于上帝的观念。"另一个主题是历史的使命。"事情为什么会发生？就像雨果认为的是由于偶然性，或由于一只无形的非凡的手推动吗？《悲惨世界》是由一个无所不在、了解一切的叙述者讲述的。奇怪的是，小说人物总是躲避他。倘若叙述者维克多·雨果讲的是真实的，那将没有人的自由和责任。但给了的人物都有行动的自由，都可以选择。这是一部杰作的标志。"

正是对雨果的这部小说的第一次阅读，凭他作为一位敏锐的读者的经验，他觉得可能走入了想象的世界，这使他得以更多更好地了解现实。对他来说，这件难忘的事情最终激发了他对这部小说的热情。

但是直到 1983 年他才鼓起勇气重读这部小说，因为那时西班牙读者圈出版社要出版《悲惨世界》的一个新译本，出版社请他写一篇译本序。为此，他便重新接触到这部小说。这一次阅读却使他大吃一惊，因为他一直认为这是一部适合孩子们看的冒险小说，实际上却是一部十分复杂而深刻的，适合最严厉、最现代的读者看的小说。

就是从这一次重读起，他开始写笔记，写了无数篇，并着迷地解剖小说，结果掌握了远远超过为写序文所需的材料，于是就有了《不可能的诱惑》这本书。

在这部论著中，巴尔加斯·略萨想把武器瞄准他认为是《悲惨世界》的绝对主人公的那个人，即小说的叙述者，那个无所不

---

① 罗马神话中守护门户的两面神。

知、指挥一切的造物主，维克多·雨果的化身。他说："今天要理解 19 世纪的维克多·雨果是很困难的。要想理解他，我们必须把他和一个不是作家或知识分子的人做比较，因为任何一个现代作家都不会有维克多·雨果的神秘影响。所以必须把他和伟大的歌唱家或伟大的艺术家比较，而这类人物是我们时代的、像一个时代的象征一样受崇拜的圣像。"

在序言中简单介绍了一下雨果的人格后，巴尔加斯·略萨在题为《杰出的速记员》的第一章中，提出了一个论点：他认为《悲惨世界》的主要人物不是小说的主人公，而是叙述者，即维克多·雨果创造的"维克多·雨果"。

讲述小说故事和冉阿让的冒险经历与不幸遇到的那个人在整个小说中起着万能的作用。通过从 1951 年巴黎加利马尔出版社出版的诗坛七星版中选取和翻译的引文，巴尔加斯·略萨描写了叙述者是何许人。

万能或无所不能的本领可以用语言把雨果创造的世界变得那么复杂，那么模棱两可，那么难以置信，这证明小说的绝对主人是这个"杰出的速记员"。

巴尔加斯·略萨认为，如果读者意识不到关于叙述者的事先的交待，他就可能在读小说时犯两个错误：一个是可能相信叙述者说他是谁就是谁；另一个是可能会把作者的真实的、历史的世界同小说中交织在一起的故事的虚构世界混为一谈。

巴尔加斯·略萨相信，维克多·雨果是个总是隐藏起来、躲避着的叙述者，他说的是纯粹的谎言。然而，他是个令人信服的诚实的人，因为他善于老老实实地讲述真实的事件。叙述者是他讲的故事的绝对的主人，他总是让读者毫不费力地对他的讲述投信任票。

那么，《悲惨世界》的叙述者是谁呢？当然是作者。但是在塞万提斯之后，任何一部小说的作者就不一定必须是叙述者了。当有叙述者的时候，作者为了取得一定的可信性便消失了。巴尔加斯·略萨认为，古典小说和现代小说之间的区别在于清楚地突出叙述者的可信性。可信性通过作者最初的创作获得，而作者不是作品的人物，而是通过语言让人听到那个人的声音。现代小说家从福楼拜（他在雨果发表《悲惨世界》六年前的 1856 年出版《包法利夫人》）开始，在小说中引进了无人称的、无形的叙述者。

但是《悲惨世界》的叙述者不是无形的，他总是在场，总是加进来继续讲他的故事的情节。维克多·雨果（在这种情况下假叙述者的名义）是扮演主角的人，同时也是记述冉阿让的故事的"杰出的速记员"。

尽管速记员很杰出，并且统治着他创造的整个世界，但是《命运的黑脉管》（第二章的题目）还是不能避免。这个概念在戏剧文学和希腊戏剧产生时就存在了。

如果沿着小说的故事线索谈下去，就会发现虚构的现实中人的生命本性和人的自由。在《悲惨世界》中，巴尔加斯·略萨看到一种调节想像的生活的秩序：存在着秩序（他说），因为有抓住我们并暂时拦住我们的"巧合"和"有磁力的捕鼠器"，以便让我们能够重视未来的东西的发展。

关于抓住读者的"捕鼠器"或圈套，巴尔加斯·略萨提三个关键的地方：戈尔博的破房子、香佛艾里街的街垒和巴黎的下水道。在这些人物的命运的黑脉管所占有的这三个地方，我们不仅看到那里汇集着杰出的速记员为我们讲述的故事的过去和未来，而且还看到了它的内容。

命运的另一个基本因素是"捉摸不定的自由"（如巴尔加斯·略萨所说），在这种自由下，人有决定其生活的权力。

论著的第三章《不知足的怪物》涉及的是主要人物。作者认为浪漫主义创造了人物的神话、人物的幻想、人物的梦幻和人物的理想的幻觉。《悲惨世界》中没有正常的人物，只有刻在读者脑海里的特别的人物。

对于那个时代的读者来说，《悲惨世界》中的人物远不是令人感动的人，确切地说是一些敞亮的或阴暗的、出众的或普通的人。但是谁也不代表一般人，而是人类的典型：圣人、英雄、狂热的人、主持公道的人，等等。

另一方面，我们和他们之间的距离几乎是不可逾越的。主人公们代表着读者们本身的举止。维克多·雨果的同代人想的和今天我们想的不同。他们也许一致认为小说忠实地描绘了他们；相反，今天我们看到那些主人公表演得很好，甚至成了体现某些价值的榜样。

这一章的另一个有趣的现象是，在一切戏剧文学或史诗的虚构现实中，既有好人也有坏人，几乎其间没有不好不坏的人。

论著第四章的题目是《世界上的伟大戏剧》，论述是小说的戏剧性。这一章一种表演，由于小说家描写的力量，表演中展示了同一个人物的多种身份。巴尔加斯·略萨谈到了维克多·雨果同西班牙戏剧家卡尔德隆·德拉·巴尔卡的作品的明显不同，在这个意义上说，这里也有一种世界上的伟大戏剧，戏剧中充满了剧中人的梦幻和理想。小说的戏剧性是很重要的，白天和夜晚的场景，某些时段发生的事件，人物的散步和逃遁，总是伴随着叙述者突出这部作品的戏剧、史诗或抒情诗的特点而设置的气氛。

论著的第五章，《富人、穷人、吃租人、游手好闲的人和受排斥的人》涉及的是政治社会内容。维克多·雨果的小说所表现的纯粹是体现在个人身上和集体中的社会贫困问题。文学善于反映针对社会弊端的斗争，特别是当它感受到社会的忧虑时。然而，维克多·雨果相信言语的力量，仿佛言语就是人的行为。而在浪漫主义时代，小说的意图是暴露不公正的社会现象并帮助纠正它们。其实，小说也是一种反映社会现实的长篇报道，而在起初，新闻工作同样是一种浪漫主义职业。

　　巴尔加斯·略萨认为，维克多·雨果的政治态度的变化使他不能深刻表现《悲惨世界》的意图和社会意义。他还认为，在雨果 83 岁的漫长人生中，他的政治见解不断变化，只有在两个基本问题上例外：反对死刑和批评刑事制度。维克多·雨果亲身经历过这两种令人痛苦的现实场景，一提它们就激动，并总是设法用足够的证明材料进行抨击，在全部文学生涯中都不放弃。在《悲惨世界》中，冉阿让是一个饱受铁窗之苦的贫民子弟，只因偷了块面包就被判和 5 年苦役，他在狱中不堪其苦，曾四次逃跑，又被加重处罚，在狱中度过十九年，显然极其不道，极不人道。

　　论著的第六章把社会思考的范围扩展到了历史哲学领域。这一章的题目是《野蛮的文明》。关于革命，维克多·雨果宁愿称为"进步"；而关于历史，则称之为"人类的命运"；在维克多·雨果的《悲惨世界》中，巴尔加斯·略萨在美名其曰社会民主的自由与历史的天命论的混合中，看到了当时那么复杂的个人主义思想巧妙地融化而成为一团感伤的空想的乌云，进而把历史变成虚构的东西。"杰出的速记员"使历史现实经受了一系列的替换，就像一位熟练的外科医生。不过，巴尔加斯·略萨认为，滑铁卢事件和 1832 年 6 月 5 日的革命仅仅是创作者用来编造不同的现实的借口。

　　《悲惨的世界》不是一部政治小说，而是一部道德小说，不是维克多·雨果在其小说中所说的社会正义和非正义之间的对立，而是人类的善与恶之间的斗争。

　　论著的第七章中，巴尔加斯·略萨分析了维克多·雨果本不想在其小说第一版中包括的《哲学引言》。这篇文章对理解维克多·雨果赋予整部小说的深刻意义很重要。注意到"人的心灵"（维克多·雨果在引言中提到的），不仅是对人的自由和责任的认可，也是对人同"陌生的"东西的联系的澄清。

　　巴尔加斯·略萨认为，小说的全部道德上的思考基础，恰恰就在省略的《引言》中。所有物质的东西都是精神上的，因为人的超凡都是从物质的东西开始的，但会超过它，并会在其自由中发现其信仰的力量。当然，这些概念在黑格尔那里表现得更好，也更系统。而巴尔加斯·略萨的功劳在于让人们看到它们在维克多·雨果的文学中是如何体现的。

此外，巴尔加斯·略萨还指出，大多数评论者并不看重这篇《引言》，一看就觉得它和小说无关，因为他们认为它是政治性的。《引言》的兴趣似乎是说服人们，反教权主义不能和无神论混为一谈。但是如果注意到维克多·雨果在1845年开始写《悲惨世界》，1851年进行修改，1860年至1862年间润色和结稿，十七年的岁月足可以达到这个目的。巴尔加斯·略萨认为，"实际上发生的事情是，小说家雨果的野心在不断强化，直到试图证明，如果'从高高的天上'看到一切，我们将会明白他为什么写他的小说"。

那么，不可能的诱惑是什么呢？

好像在一个我们的世界这样的世界上给某个人以某种想象，就会像那时一样成为一种真正的罪行和不负责。维克多·雨果时代的拉马丁在写关于《悲惨世界》的文论时，差不多就是这样想的。"这是热情中最糟糕的和最要命的热情。"拉马丁说，"是为了不可能的事情而传染的热情。"人们为这种不可能的热情批评维克多·雨果。而巴尔加斯·略萨却认为，对维克多·雨果的这种批评，实际上不仅是对这位伟大的法国作家，而且也是对一切时代的优秀作家的永久尊敬。

巴尔加斯·略萨自问：想象在人的生活中存在的理由何在呢？他用一种美丽而深刻的思考回答：美好的想象不是为了证实世界是美好的，想象的存在是为了向我们证明，现实可能是怎样的。什么也不如人类的创造性有价值，特别是当这种创造性受到不如意的坏思想刺激时。从阅读优秀的虚构作品引发的不满意中产生创造一种不是不完美的（像文学中的世界那样）而是不同的世界，一种比我们每天看到的世界更公正、更合理、更美好的世界。所以，不可能的事情并不是完全不可能发生的事情。

《拉丁美洲热爱者词典》（2005）

这是法国出版的一套类似著作中的一种。这套著作每一部均以某某热爱者为题，如《埃及热爱者词典》、《希腊热爱者词典》、《威尼斯热爱者词典》等。这套书是专门为广大欧洲读者提供的，目的是让他们了解世界其他地区的地理、历史和文化。根据这样的目的，巴尔加斯·略萨从他丰富的报刊文章、小说和文论随笔中选取了大约150篇文章或片断，按字母顺序编辑成书，其内容涉及拉丁美洲方方面面为数众多的问题。全书原以法文出版，主题十分广泛。

词典中没有新作，也没有未发表过的作品，但是它是证明巴尔加斯·略萨的作品重要性的良好机会，因为其中包含着作者对秘鲁和拉丁美洲的独特思考。最早的文章写于上世纪50年代，如《伊马·苏马克》（1956）和《塞尔瓦》（1958），最近的几乎写于现今：《查布卡·格兰达》（2003）和《巴拿马》（2004）。同样可以证明作者在创作题材和描写人物方面发生的变化，比如关于古巴已故著名革命领袖切·格瓦拉的介绍，有两篇文章谈到他，两篇文章的观点是完全对立的：一篇写于1968年，是巴尔加斯·略萨拥护古巴革命的时期，另一篇写于1992年，此时他把切·格瓦拉比作"在公墓里的某个黑暗的角落里躺着的干尸"。

从词典的性质看，其中不乏介绍风俗的文章（风习人情，广播剧等）或旅游胜地（科尔卡谷地，萨尔角等），但是大多数文章是关于文学的。这类文章构成一道拉美作家及其作品的有趣的画廊，表现了作家对待他最具个性的主题的全部热情和一丝不苟的精神。在这些作家中，最引人注目的是加西亚·马尔克斯、卡洛斯·富恩特斯、胡利奥·科塔萨尔、何塞·多诺索。自然少不了巴勃罗·聂鲁达、博尔赫斯、卡彭铁尔、胡安·鲁尔福、卡洛斯·奥内蒂、奥克塔维奥·帕斯等。在秘鲁作家中，有印卡·加西拉索·德拉·维加、帕尔玛、阿莱格里亚、阿格达斯、里维罗、萨拉萨尔·邦迪、奥根多·德·亚马特、莫罗等。

《拉丁美洲热爱者词典》的编纂体例自然和一般词典雷同，对每一个词条（一个城市，一个国家和一个人物），作者都根据自己的经验，以独特的视角予以解说。

比如"菲德尔·卡斯特罗（1927—　）"这个词条，作者写道："我唯一的一次跟菲德尔·卡斯特罗交谈——也许用交谈这个词有点夸张，因为他相信自己是个神，不接受对话者，只接受听众时，看到他精力充沛、魅力超凡，我非常被动。那是1966年一天下午在哈瓦娜。我们是一小拨作家，不由分说被带到维纳多一所宅第。菲德尔立刻做了自我介绍。然后连续讲了12个小时，直到第二天黎明，他时而坐着，时而站起来，不停地打着手势，一面点燃着他那特大号的雪茄，一点也不显得疲劳。他对我们讲述设立陷阱的最恰当的方式和把同性恋者们送到农村劳动的理由。他告诉我们，切·格瓦拉很快就会重新出现在游击队面前。然后他发表理论，开玩笑，讲奇闻轶事，同时不断地以"你"称呼我们，还轻轻地拍我们大家的肩背。当他像到来时那么爽快地离去时，我们却感到疲惫不堪，不胜惊异。

再如"鲁文·达里奥（1867—1916）"这个词条。他是这样写的："对一些批评家来说，达里奥几乎是凡尔纳①和象征主义派的艺术和情感的拉美翻版；对另一些批评家来说，他的独创性完美无缺，他的现代主义是源于拉丁美洲的第一个文学运动……他的名篇《蓝》像炸药一般在美洲点燃了一个神话：艺术家的纯洁

---

① 凡尔纳（1828—1905），19世纪法国小说家、剧作家及诗人。

性。达里奥最终拒绝了一度使他喜欢的自然主义，从而他也拒绝了把自然主义当奴仆的整个现实。"

再比如地理方面的词条《里约热内卢》："从很小的时候我就听过卢乔舅舅关于里约的狂欢节的魔术的描述，我梦见我亲眼见到了狂欢节，并且可能是看到了活生生的狂欢节，我的梦实现了。尽管62岁的年纪，常犯消化不良和患着腰部疝气，并不是妨碍享受生活的重要条件。经验是有用的。我敢肯定，如果全人类接受经验教训，世间就会少一些战争、偏见、种族主义、丑恶和痛苦，当然可能饥饿了一点，不一致多一点，疯狂多一点，出生率和癌症也会增加……"

巴尔加斯说："这本书是对拉丁美洲负责的见证，是半个世纪前在巴黎编成的。""的确，凡是翻阅它的人都会感觉到，随着岁月的流逝，我的文学见解，我的政治观点，我的热情和我的批评都多次改变目的和内容，每次都要求我改变一种现实。但是我对这个复杂、不幸、强大、具有紧张的创造性、痛苦和难以形容的困苦的世界——在这个世界，最优秀的文明形式同完全野蛮的形式混杂在一起的兴趣、好奇的和热情，至今原封未动……

"这本词典，以自己的方式构成了一种复合的混杂物，它涉及一切可以想象的东西：革命、图片、某些民间俗语、电影、独裁制度、风景、作家、历史、幽默、足球、旅行、绘画，还包括各种各样的文体：从新闻报道到社论，从回忆到消息，从讣告到红事，甚至虚构文字……

"这个词书不追求客观性，相反的，它充满了主观色彩。大多数文章用第一人称写成，讲述了我个人的经历和对拉丁美洲现实中的某些问题的反应。所以，具有一定的偶然性。这本书也可以看作是另类的自传。"

《源泉》（2006）

马里奥·巴尔加斯·略萨不仅是位出类拔萃的小说家，而且也是一位才思横溢的知识分子，他关于时势和时事的见解对西班牙语世界具有很大的影响。他的这部著作概括了他对当今的政治与社会问题的看法。

巴尔加斯·略萨既是西班牙语世界健在的伟大文学家，也是这个地区的自由和正义的伟大捍卫者。他关于政治问题（以及关于文学、文化和艺术）的意见，是世界这个地区的知识分子生活中的重要内容之一。他的文章优美而足智，总是反映一位自由的捍卫者的某种观点。

《源泉》的前三章包括巴尔加斯·略萨2006年在埃默里大学做的"关于现代文学的理查德·埃尔曼[①]讲座。这些讨论讲的是三位西班牙文学大师：米格尔·德·塞万提斯、豪尔赫·路易斯·博尔赫斯和何塞·奥尔特加·依·加塞特。关于塞万提斯和博尔赫斯的两章主要谈文学问题；而在关于奥尔特加的一章中，注重的则是政治思想，巴尔加斯·略萨在这一章中加入了许多人可能认为是一个出乎意料的话题：认为这位几乎被人们遗忘的西班牙哲学家应该被视为自由传统发展中的一个关键人物。这一点无疑是确实的：奥尔特加对经济问题不怎么感兴趣，这是他分析社会问题方面的一个缺点。但是他又不只一次指出，经典的自由主义不仅仅限于维护市场经济：

> "当代的自由主义思想采用了奥尔特加·依·加塞特思想的许多东西。道德是和那些坚持把自由主义归结为一种解决

---

① 理查德·埃尔曼（1918—1987），美国文学批评家，讲座以其命名。

自由市场、实行公平的游戏规则、降低关税率、可控制的公共消费和企业私有化的一种经济措施的人们的看法相反，它重新发现自由主义思想首要的是面对生活和社会的一种态度，而这种态度是建立在容忍和尊重，热爱文化，和别人、和其他人共同生活的意愿和坚持维护自由……的基础上的。经济自由是自由学说的一个重要组成部分，但绝不是唯一的部分。当然我们应该感到遗憾，奥尔特加的那一代的许多知识分子不知道这一点。但是同样严重的是，把自由主义归结为在国家最低程度干预下市场运作的一种经济政策……自由学说是在最宽泛意义上的一种自由。奥尔特加·依·加塞特的著作的每一页都清楚而令人振奋地反映了这一点。"①

除了理查德·埃尔曼讲座，《源泉》还包括增补的四章：一章是关于民族主义，另一章是关于拉丁美洲历史的各个方面，最后两章是关于两位思想家即艾赛亚·伯林和卡尔·波珀的著作的评论，据巴尔加斯·略萨说，这两位思想家对他自己的政治思想具有深刻和决定性的影响。

无疑，《源泉》概括了巴尔加斯·略萨关于社会与政治问题的成熟的思想。之所以用"成熟"一词，因为如今他作为自由主义运动代言人的突出影响，很容易被人遗忘他几乎和他同代的一切知识分子一样，青年时期曾紧紧地和拉美的左派革命运动联系在一起，是古巴革命的热烈崇拜者。之所以如此，部分原因是在那个时期，尤其在法国，具有占主导地位的革命舆论，他作为年轻的作家在那里度过他成长的岁月。另一因素是他的人品，他总是表现出一种强烈地反专制独裁的倾向。事实是，在历史上，拉丁美洲的专制主义在长期的时期和右翼政权联结在一起。

---

① 引自《自由文学》杂志（2006）所载原文文论 68—69 页。

　　然而，随着时间的推移，他终于相信，对改善拉丁美洲
的状况而言，武装革命并不是一种可行的选择，社会主义也
只能在民主制度的范围内进行的逐步改革来达到。所以，他
愈来愈对实现真正的民主的条件感兴趣。

　　在他的叙事作品中，他的政治与社会思想的变化反映在 20 世
纪 80 年代上半期他出版的两部重要长篇小说中：一部是《世界末
日之战》（1981），另一部是《玛伊塔的故事》（1984）。两部小说
的主题都是表现妨碍思想的敌人理解对立派的观点的目光短浅。
巴尔加斯·略萨本人后来解释说（在评论玛伊塔时），他最终意识
到，所有的学说都是虚假的，它不能提供解决办法，只能使问题
变得更严重：

　　　　"许多青年，许多知识分子，许多进步的政治家，都运用
　　学说，都运用这些政治思想来描写所谓的现实……其实，只
　　会为现实增加一个纯粹想象的世界。我觉得奇怪的是，这种
　　想象……是导致拉丁美洲产生暴力和野蛮的一个重要原因，
　　而这些学说——用来描写一种社会，后来又描写另一种认为
　　通过革命应该达到的目标的理想社会——的详细而复杂的结
　　构……实际上是正在破坏我们的社会、为真正的进步制造最
　　大的障碍的一种结构……"　（巴尔加斯·略萨，《源泉》，
　　149—50 页）。

　　巴尔加斯·略萨于上世纪 70 年代末和 80 年代初开始认真地
研读以赛亚·伯林[①]和卡尔·波珀[②]的著作。他把他的观点的变化

──────────

① 　赛亚·伯林（1909—1997），奥地利哲学家。
② 　卡尔·波珀（1902—1994），英国哲学家、政治思想史家。

大部分归因于这两位学者的影响。正如前面提到的，《源泉》最长的两章用来讨论这两位哲学家和他们对他的思想的影响。他说，他最敬佩伯林的一件事是他关于对世界的问题最后的回答的怀疑：

> "西方思想中的一个不变的因素是相信人类的每个问题只存一个真正的答案，这个答案一旦找到，其他的所有答案都应该因为是错的而被否定。和以前的、同样古老的信仰互补的信仰是，鼓舞人类的最崇高的理想——正义、自由、和平、快乐等——是人与人共享的。对伯林来说，这些信仰是虚假的，人类的大部分悲剧是它们造成的。伯林教授从这种怀疑论得出了若干有利于选举自由和思想多元化的强有力的新奇的理由。"①

关于波珀的一章他一开始就断言："对卡尔·波珀来说，真理不是被发现的，而是被创造的"（第 168 页）。这似乎是一种理论的极端的提法，而这种理论实际上是相当复杂和具有某种色彩的，尽管巴尔加斯·略萨以其惯常的优雅文风表述他的论点。然而，这部著作讲的关于波珀的东西并不如关于巴尔加斯·略萨本人讲的东西那么有趣。波珀关于"虚假的能力"、批评的作用、对科学假设的暂时接受（但从来不是无条件的）所做的强调，当然对巴尔加斯·略萨理解世界的方式具有重要影响：

> "波珀关于认识的理论是作为民主文化特点：容忍的道德价值的最有力的哲学证据。如果没有绝对的、永恒真理，如果在知识领域里唯一的进步方式是弄错和纠正，那么我们大家都应该承认我们的真理可能不是真理，我们认为我们的敌

---

① 引自《逆风顶浪》，第二卷，第 264 页。

人的错误可能是真理。"①

　　科莱②指出："无论是伯林的多元论，还是波珀的不确定论，都对教条主义和狂热病这两个巴尔加斯·略萨宇宙观方面的自由的大敌起着预防作用。由一位现代散文大师写的关于这两位重要自由思想家的这些文章既有趣又敏锐。但是指出这一点也很有趣：在由一位小说家撰写的这部著作中，把自由作为内在的价值来进行最热烈的维护，这种态度并非来自一位哲学家，而是来自另一位小说家：'桑乔，自由是上天赐予人类的最宝贵的财富之一；无论大地包含的还是大海包藏的珍宝都不能和它相比；为了自由，如同为了荣誉，可以和应该冒生命危险。与此相反，囚禁则是使人类遭受的最大不幸'。"（《堂吉诃德》（原著）第23—24页。）③

　　巴尔加斯·略萨曾被描写为"自由想象的游侠骑士"（马丁④1987语。）当然，知道西班牙文学中的自由主义传统（这个传统要追溯到塞万提斯时代）如今依然充满活力，是令人高兴的。

《向着想象的旅行》（2008）

　　2006年秋，巴尔加斯·略萨曾在华盛顿乔治敦大学逗留，其间他举办了6个月关于乌拉圭作家卡洛斯·奥内蒂的讲座，并利用这个机会系统地研读了奥内蒂的全部作品和关于他的作品的评论著作，还和一部分学生进行了座谈。

　　"这是推动我撰写这本书的直接原因，但是实际上，我写奥内蒂的愿望产生于上世纪60年代发现奥内蒂时他在我心中激发的热

---

①　引自《回》杂志所载略萨文论，1992，第25页。
②　科莱（1955—　　），胡利奥·H.科莱，危地马拉弗朗西斯科大学教授。
③　引自科莱文论《巴尔加斯·略萨：知识的横度》（2008）。
④　马丁（1942——　　），马丁·史密斯，美国作家。

情。"略萨说。奥内蒂非常喜欢略萨，略萨则是奥内蒂最热忱的读者和崇拜者，早在 1967 年他就在接受罗莫洛·加列戈斯小说奖的演说中称他是拉丁美洲伟大的小说家之一，1997 年又在《堂里戈维托的笔记本》和《给一位青年小说家的信》中表示对奥内蒂无比敬佩，直到《向着想象的旅行——胡安·卡洛斯·奥内蒂的世界》这部论著发表之时他也没有写过关于他的任何一位导师的作品的专论。足见奥内蒂在略萨心中占据多么重要的位置。

论著的第一篇文章和书题同名，此文既相当于介绍奥内蒂作品序文，本身也是独立成篇的文论。此文于 2008 年 2 月即在全书出版几个月前刊登在《自由文学》杂志上。在序文中，作者追溯了人类的起源，语言的诞生和人类的动物特征。他认为，当男人和女人开始聚在一起讲故事，从而丰富了他们的生活、把他们的梦想变成现实的时候起，文明就开始了。论著其他章节的中心是奥内蒂，他的作品几乎完全是为了说明男人和女人如何建造和消费生活以便躲避现实生活的限制而产生的。在这些篇章里，我们看到在作者的笔下，奥内蒂是一个性格孤僻、喜欢独处的人，他写作是为了构筑一座堡垒，好躲在里头逃避他周围可憎的环境。

巴尔加斯·略萨对奥内蒂的作品并不满意，尽管他称他为拉丁美洲第一位现代小说家，尽管他坚持革新小说的形式并主张揭露社会弊病。他的某些作品不失为杰作，但也有一些作品存在不足和有失节制。一方面，他的小说《短暂的生命》（1950）、《造船厂》（1962）和小说集《实现的梦》（1941）、《欢迎你，博夫》（1944）以及《如此可怕的地狱》（1957）被略萨称为奥内蒂到达顶峰的作品；另一方面，他的早期作品《无主的土地》（1941）、《为了今晚》（1943）、后期作品《在那个时候》（1993）和《当事情已不重要》（1993），似乎都没有写完或者说不完美。

此外，巴尔加斯·略萨还在书中列举了在不同程度上对奥内蒂的创作有相当影响的作家，其中有阿根廷的爱德华多·马列亚、罗伯托·阿尔特、豪尔赫·路易斯·博尔赫斯，美国的威廉姆·福克纳和法国的塞利纳·路易—费迪南。

巴尔加斯·略萨曾为奥内蒂的《短暂的生命》、《造船厂》和《收尸人》三部作品的合集作序，他认为奥内蒂是伟大的西班牙语作家之一。他探讨了奥内蒂虚构的圣玛丽亚这个城市的由来。它第一次出现在《短暂的生命》中，从此它就成了奥内蒂的短篇小说和长篇小说的故事经常发生的地点。他找到了这个神秘城市的所在地：它位于拉普拉塔河边的某个地方，"城市很小"、它"属于某个外省"，"那里的人彼此相识"，"只是那些人都表现得非常固执、自私，非常孤僻"。他还深入了解那里的居民的时间观念，"那是一种非现实的魔幻时观"。

巴尔加斯·略萨十分崇拜乌拉圭小说家奥内蒂，他断言《短暂的生命》是奥内蒂"精心创作的"小说，"是拉美文学最雄心勃勃的作品之一"，"其风格十分大胆，其新奇程度可以和 20 世纪最优秀的小说家的作品媲美"。他认为，"奥内蒂在这部小说中最接近一切小说家理想的秘密：全面体小说"。

《短暂的生命》1950 年第一次出版。巴尔加斯·略萨认为此作表现的主题在奥内蒂的早期作品中就已见端倪：人类逃向一个想象的世界，以躲避不可忍受的现实。他同样赞扬奥内蒂的小说《造船厂》，认为这是奥内蒂"最清晰、构建最好的小说"，它讲述的故事"美丽而完整"，情节描述得精致而细腻，比如对"恰马内小客栈"和拉尔森与赫雷米亚斯·佩图斯在圣玛丽亚狱中进行的那最后一次"不真实的、谵妄性的"交谈的描写。拉尔森这个人物穿过《造船厂》的篇章，走进了《收尸人》（1965）的章节，在此作中奥内蒂写了一家妓院，这家妓院因经历一场严重危机而不久关了门。这部小说由于从这家小妓院的故事出发描写了一个"以违法犯毒和腐败"为标志的、"隐藏着地方政治生活的秘密"的世界，略萨认为它是奥内蒂的小说中最具政治性的一部。

总之，在这些小说中，奥内蒂描写了一个真实的世界和另一个想象的世界，想象的世界是那些觉得生活不堪忍受又不想自杀的人们的庇护所或逃避处。

巴尔加斯·略萨肯定地说，在一定程度上讲，奥内蒂是一位存在主义作家。他认为他的作品可以和萨特的《恶心》（1938）和加缪的《局外人》（1942）相比。如果说奥内蒂的小说有什么特点的话，那就是它们的统一性，每个短篇小说，每个中篇小说，每部长篇小说，都是奥内蒂创造的世界的一部分，这就是奥内蒂的世界，他的神秘的圣玛丽亚城，它是布宜诺斯艾利斯和蒙得维的亚的混合体，而不是像巴尔加斯·略萨理解的那样是一个难以置信的、想象的、幻想的、纯粹的城市。有趣的是略萨关于爱德华多·马利亚和奥内蒂众所周知的关系的讲述，作为作家，两个人不相同，但是他们的崇高的文学观念却不谋而合。

巴尔加斯·略萨认为奥内蒂的短篇小说不尽如人意，虽然也有其独到之处。他的短篇可以看作是长篇小说的章节或长篇小说的提要，或未完成的长篇小说。其人物过多，场景过量，氛围多变，使作品远离了优秀短篇小说构建的标准。所以，和完美的短篇小说创作者博尔赫斯和鲁尔福相比，奥内蒂是有差距的。略萨还提到福克纳，福克纳以他虚构的神秘的约克纳帕塔县为背景，创作了一系列长篇小说和短篇小说，但是这个地区和奥内蒂的圣玛丽亚城毫无关系。其影响仅在于其创作世界的统一性及人物的连续性。不言而喻，福克纳也是一位十分完美的短篇小说家，巴尔加斯·略萨对福克纳了如指掌，是他的崇拜者。

2007年9月5日，巴尔加斯·略萨访问西班牙里奥哈大学，以《向着想象的旅行》这本书为题向该校师生发表了讲话。在讲话中除了评述奥内蒂及其作品外，还提到了读书给他带来的益处。对他来说，读书过去是、现在仍然是最大的快乐。他认为，文学的路通常是从最初的阅读开始的。只要读书，一系列充满激情或理智的思考就会在作者的头脑中产生。他一生最美好的东西都是在阅读时遇到的。多亏读书，他对现实的认识才丰富和加深起来。阅读不仅能使你走向想象的世界，而且它会用各种问题、疑问、批评、梦幻和想法武装你，完全改变你在现实世界的行为。此外，阅读还能丰富你的语言知识。不读书的人肯定语汇贫乏，表达能力差。这不但意味着他的语言知识有限，而且意味着他不能很好地思考，因为一个人总是一边说话一边思考，一边思考一边说话。他相信，为了利用语言的全部财富，读书是最根本的。掌握了一种语言，就能帮助你清楚地思考，理清你的思绪。他深信，一个喜欢读书、善于读书的人，会更好地享受生活，哪怕有许多问题需要面对。

巴尔加斯·略萨在讲话中还回顾了他一生中因阅读而受的欧美名家的影响：

大仲马："是我发现的第一位作家。读了《三个火枪手》后，我开始读他的全部作品。这种阅读，改变了我 11 岁时的生活。"

海明威和多斯·帕索斯："美国小说让我在很长的时间内爱不释手。"

福克纳："依然是我离不开的作家，至少每年我要重读一遍他的作品。"

萨特、加缪和马尔罗："我年轻的时候，这些存在主义作家对我产生过很大影响。"

福楼拜、斯汤达和巴尔扎克："当我开始在欧洲生活时，19 世纪的法国小说令我着迷。"

托尔斯泰和陀思妥耶夫斯基："特别是托尔斯泰，我更崇拜。"

赫尔曼·麦尔维尔："《白鲸》几乎和托尔斯泰的《战争与和平》一样使我眼花缭乱。"

约瑟夫·康拉德："是我一读再读的另一位作家。在多年的阅读中，我不记得有比《吉姆爷》更复杂、更丰富的作品。这部小说妙极了。他是 19 世纪和 20 世纪小说家之间的一座大桥。"

其中，福克纳对他的影响更深。他写道："在现代作家中，威廉姆·福克纳可能是对其同代的短篇小说家和长篇小说家乃至整个西方世界的作家、也许还有其他文化的作家影响更大的作家……我相信我的情况就是这样，1953 年我上大学一年级时，全世界的许多青年都拿着纸笔读福克纳的长篇小说和短篇小说，都深深地为其作品的丰富结构——独特的视角、叙述者、时空观念等——和那种不可抗拒的令人信服的巴洛克式的语言所吸引。没有福克纳的影响，就没有拉丁美洲的现代小说……"

在《向着想象的旅行——胡安·卡洛斯·奥内蒂的世界》一书出版后，巴尔加斯·略萨在马德里介绍了他这部新书。他在书中指出，伟大作家卡洛斯·奥内蒂的作品是 20 世纪拉丁美洲失败的一种比喻。他认为，"他的作品是表现失败的作品。所有的人物都是失败的。他们从来不能把他们梦想和渴望变为现实。生活的打算注定会失败。奥内蒂的世界观是悲观主义的。难道这不是一切民主化的努力一次又一次失败的大陆吗？"

此外，他还说，当奥内蒂文学生涯开始时，拉普拉他河流域的政体已开始瓦解，"尽管他蔑视政治，但这一切无形中把他推向失败的时刻。他的作品可以作为拉丁美洲巨大的隐喻来读。这一切赋予它某种历史与社会的代表性。""他的作品向着深处发展，但总是沿着一个方向。他创造了一个自己的世界，仿佛一开始他就安排好了。"他又说，他的虚构形成了一个独特的世界，在这个世界中我们不觉得孤立，而觉得是它的组成部分。奥内蒂的作品把想象的事情作为活生生的现实包含在其中。

总之，《向着想象的旅行》是一部有趣的、深刻的、能够把作者对文学特别是对奥内蒂作品的热情传染给读者的著作，是一部全面论述奥内蒂及其创作的专著。巴尔加斯·略萨在写完这本书时说道："这不是一部博学的著述，而仅仅是个人对我们时代的文学中最有价值的作品阅读的产物。"

在这部论著出版后的 2009 年 2 月间，关于这部著作和奥内蒂，他接受阿根廷杂志记者采访时说：

"我从来不写关于不曾给我留下深刻印象，不曾引起我巨大快乐，不曾让我学到许多东西的作家的论著。奥内蒂自然不包括在内。

他是西班牙语世界第一个创作绝对现代的文学的作家。他的文章脱离了传统，以口头语言为基础创造了一种新传统。此外，奥内蒂笔下的个人世界给我留下深刻印象。我认为他是那类其想象产生于自传的作家。也许首先产生于在他的生活中体验到的局限性、失望或空虚。他自身存在着一种奇怪的矛盾：一方面，他是一个很聪明、有知识的人；另一方面，他又是一个无依无靠、缺乏为生活而斗争的准备的人。他是一个不退让、害怕退让的人，或者说，在现实生活中他注定永远成为边缘人物，过着一种庸俗生活人。有趣的是，他笔下的失败的人物最后都通过想象而逃脱，有一些人物被迫自杀、有大批的人自杀，但是没有自杀的人通过想象逃脱了。

当然，奥内蒂的世界是一个男子汉大丈夫的世界，但是那个世界的人一般都是软弱的。

我是六十年代发现奥内蒂的，那时我还很难弄到他的作品，因为发行的数量很小。我清楚地记得我读奥内蒂早期的短篇小说的情形，它们给我留下了非常深刻的印象。我立刻去见乌拉圭的朋友们，如安赫尔·拉马、卡洛斯·马尔蒂内斯·莫雷诺，让他们为我弄到更多的书。我认为这是一个非凡的短篇小说家，他的短篇小说至少有十二三篇是真正的杰作。

我相信，在奥内蒂之前，没有一位作家像他那样使用现代的叙述技巧；此外，他写的散文脱离了传统的、惯用的散文，创造了一种仿效口头语言的散文。从第一部小说起他就这么做。从 30 岁的时候他就在西班牙和拉丁美洲出类拔萃。他写的是一种风俗主义小说，带有现代主义色彩。那时，在他写的小说中有一种真正的革命，反映了乔伊斯·福克纳等大作家的影响。

读过奥内蒂的作品，我感到欣慰。奥内蒂的作品似乎旨在通过故事告诉人们，人类不仅要使在生活中忍受的一切和精神上的痛苦得到补偿，同时坚持生活下去，丰富生活的经验，彼此相爱，经历非凡的冒险。就是说，想像的作用不只是使失去的东西得到补偿，也要丰富人生的经验，通过想像我们才能把渴望、愿望和欲望变成现实。没有想像，就总是失望，任何人的生活也达不到梦想和渴望的角度。我相信，这是最基本的主题，所以我才称为'向着想象的旅行'，因为我认为这是长篇小说和短篇小说的一个主题。"

《大刀与乌托邦：拉丁美洲俯瞰》（2009）

这是巴尔加斯·略萨的一部文集，无疑这是他最优秀的评论集之一。文集最值得赞赏的是，全书分为五个大标题，排列井然有序，论述文字通俗易懂，发人深省。有一些是作者最重要的文章，这些文章反映了他的思想，他的态度，特别是他的政治方面和艺术方面的思想。五个大标题是：《专制独裁的瘟疫》、《革命的高潮与低谷》、《发展的障碍：民族主义，民粹主义，土著主义与腐败》、《捍卫民主和自由主义》和《不现实的利益：拉丁美洲的艺术与文学》。

文集中的文章有随笔、短论也有报刊上的评论，许多是在西班牙的报刊上发表的。有一些文章没有在他的《试金石》专栏上出现过。众所周知，巴尔加斯·略萨无论在文学方面还是政治方面，无论在拉丁美洲还是全世界，都是引人注目的风云人物。他关于古巴革命、秘鲁的现状、阿兰·加西亚总统，还有上世纪 90 年代他的政敌滕森等的政见，都尽人皆知。他的自由主义原则（非新自由主义的）也无人不晓，尽管有人同意有人反对，但是他作为一位善于不带偏见地思考和看待问题的作家，总是十分受人敬重。此外，巴尔加斯·略萨一向不顾陈规陋俗，勇敢地揭露别人不敢揭露的事情，并且时刻让人们牢记，他会永远做一个优秀的作家和批评家。

《大刀与乌托邦》不仅是一部充满激情的著作，而且对澄清围绕作者的思想所产生的若干错误看法也是一本必不可少的书。凡是试图理解他的思想和试图克服来自第二信息的、恶意歪曲真相的愚蠢偏见的人，这就是他该读的书。这里有巴尔加斯·略萨几十年来一直捍卫的原则，也有他的政治思想的变化。对于承认巴尔加斯·略萨是一位保卫自由的钢铁战士的人来说，读了他在 1967 年写的关于古巴的报道一定惊讶不已，那时他是菲德尔·卡斯特罗和切·格瓦拉领导的革命的热烈拥护者。在其中一篇报道中，巴尔加斯·略萨问道，为什么仅仅指出新闻自由在古巴消失而不谈那里的扫盲运动；同样他还问，为什么只对古巴岛上的政治党派消失感到遗憾而不提农业改革。巴尔加斯·略萨很快便意识到，社会正义并不是没有政治与经济自由的那一种；所以他才拥护自由主义，维护私有财产，以便国民建设一个强有力的文明社会，制约统治者无限膨胀的权欲。

文集中有一封题为《同名的人之间》的公开信，是生态城镇化写给乌拉圭作家马里奥·贝内德蒂的，目的是回答后者的一些说法。在信中，生态城镇化提到贝内德蒂的这个说法，他说他容忍生态城镇化不站在他一边而在前线的战壕里和他们在一起。生态城镇化不禁问：他们是谁？战壕又是什么？他推断，贝内德蒂一定是个流亡者，是军事独裁的受害人。在谈论那样的战壕时，他是想暗示生态城镇化是一个像迫害和虐待他的那些害兽一样的野兽。后来他抱怨说，一个像贝内德蒂这样的名作家竟然不明白一个民主主义者和一个法西斯分子的区别。那些跟他有着同样的政治思想，缺乏他那样的文化和敏锐思想的人，就更不明白了。

巴尔加斯·略萨在文集中坚决反对那些妨碍拉丁美洲前进的东西：任何类型的种族主义，无论是白人针对黑人和印第安人的，还是印第安人针对白人的；还有：民族主义是一种虚假观念，它认为自己的民族胜似其他民族，从而歧视甚至欺压其他民族，为其带来巨大灾难，如法西斯和纳粹设立的集中营；再就是民粹主义，这是一种欺骗民众、激发其热情而捞取好处的狡诈形式；最后是腐败，这在拉美国家十分盛行。

在文集的最后一部分，巴尔加斯·略萨涉及的是拉丁美洲的文学和绘画。他谈到了弗里达·卡洛、费尔南多·博特罗和费尔南多·西斯洛等一系列画家，以及莱萨里·利马、卡夫雷拉·因方特、奥克塔维奥·帕斯、何塞·多诺索、博尔赫斯、科塔萨尔、加西亚·马尔克斯等杰出的拉丁美洲作家。巴尔加斯·略萨通过这些文章展示了拉丁美洲丰富的文学与艺术。他认为，在这个领域，谁也不能说拉丁美洲比其他大陆落后。

若干年来，巴尔加斯·略萨一直在为拉丁美洲的自由而斗争。但是实际上，在"帕迪利亚事件"发生后，他就对古巴革命感到失望了，从此他就背离了他所说的"专断的社会主义"，而转而拥抱资本主义自由社会的事业，也就是说，他走向了所谓的民主和市场之路。但是他的倒戈并不是无偿的，尽管他的精神作品仍然受到全世界的承认，他那些关于时新话题的报刊评论文、随笔、杂文、讲话等也备受世人的关注。

正如卡洛斯·格兰内斯①在这部文集的序文中说的，他为自由
而进行的斗争是他的本能使然。他一向十分关注"试图缩小个人
自主范围的社会思想、制度和改革"。

这部文集出自一位拉丁美洲的热爱者（不久前他编的一部词
典的题目）之手。书中描述了一种脆弱的地区性的民主状况。但
是在这种民主条件下仍然存在着自由的知识分子，比如雷维尔、
贝尔林、波佩尔、米塞斯、亚耶克等。

作者对地区性的新近历史的分析和叙述，以我们这个次大陆
的精华（艺术、文学和文化）结束。这个领域的代表人物有奥克
塔维奥·帕斯、豪尔赫·路易斯·博尔赫斯、何塞·多诺索、胡
利奥·科塔萨尔、加西亚·马尔克斯、佛里达·卡洛、费尔南
多·博特罗，等等。

历史、政治、经济、文化为大陆带来了大量财富，这么多东
西把它变成了一个小宇宙，世界几乎所有的民族和文化都在此共
处，形成了一个混合体，这都是它"最好的财富"。但是它缺乏个
性，因为每个民族都有自己的个性。

总之，关于巴尔加斯·略萨为自由而进行的斗争，可以断
言："当艺术家们尝试神秘的、不合理的形式、做个弑神者，以
其方式想像世界时，政治家们就应该正视现实，诊断现实的脉
搏，为这种不完美的、世俗的、既朴实又有效的制度即民主打
基础"（卡洛斯·格兰内斯语）。可以期待的是，民主将变得强
大，最终它将成为取代乌托邦，从而也完全取代我们大陆的大
刀的自由。

巴尔加斯·略萨强调指出："如果我们这些国家不承认自己在
其中挣扎的危机的主要原因在它们自己，在它们的政府，在它们
的信仰和习俗，在它们的经济文化，从而解决问题的办法主要来

---

① 卡洛斯·格兰内斯（1975—　），哥伦比亚人类学家和心理学家。

自我们自己、来自我们的清醒头脑和决心而不是来自外部，那么弊端便永远不能清除。"

《演出的文明》（2012）

巴尔加斯·略萨在这本书中抨击了一种荒谬的社会现象："在最发达的、文化颇为繁荣的社会里，产生了一种严重的文化平庸化倾向。人类希望能献出美好东西的一切领域，包括文学、艺术、雕塑，为了坚持民主而不可缺少的范围，比如政治和新闻媒体，这一切都在庸俗化影响下衰落了。"巴尔加斯·略萨表现了对不文明现象的不安。

巴尔加斯·略萨为"演出的文明"下了这样的定义："'演出的文明'是什么意思？是说在一个世纪中，在一个社会中，最有价值、最重要的地方被消遣占据。在那里，娱乐、躲避厌倦，是人们的普遍热情。这是一种植根于我们这个时代的现实，是新一代诞生的环境，是一种存在和生活的方式，也放进我们所在的这个世界死亡的方式。民主、自由、思想、价值、图书、西方的文学艺术，为我们这些国家的公民提供了把一时的消遣变成对人类生活的崇高追求的特权，变成以犬儒主义和轻慢态度看待一切可憎的东西的权利。这让我们想到，生活不仅仅是娱乐，也是戏剧、痛苦、神秘和失望。"

巴尔加斯·略萨在书中指出，美学也被庸俗化了："没有任何方式可以最起码客观地识别什么是艺术上的美，什么不是，甚至这样提问也是过时的，因为关于美的最起码的概念早已像关于文化的古典概念一样威信扫地了。"

在书中，巴尔加斯·略萨批评了文化的混乱状态："人们不知道文化是什么，什么都是文化，什么也不是文化。"巴尔加斯·略萨认为，这就是浮躁和娱乐导致的后果。而这种极端庸俗化的现象不限于文化，对巴尔加斯·略萨来说，"演出的文明"麻醉了知识分子，解除了新闻界的武装，尤其使政治贬值，为犬儒主义赢得胜利提供了空间。

巴尔加斯·略萨一针见血地指出："今天，人们都相信，读一本书，听一次音乐会，参观一次博物馆，看一场演出，就成了文化人了。但是实际上，谁也不是文化人，因为文化这个术语随着时间的推移已经变质了。对文化，每个人有每个人的看待方式。在文学方面，出版了对读者来说很容易读的书，买来只读一次便束之高阁，或丢掉完事。"

自然，在娱乐化之风盛行的社会，文学不仅仅是一种娱乐和休闲，更有自己的责任，因为在社会生活中，文学永远是一种重要矫正，文学不仅仅关乎娱乐和趣味，也关乎良知、是非和世道人心。

巴尔加斯·略萨还指出："在一个科技进步、物质丰富的时代，文化却变成了一种纯粹的娱乐，变成了某种表面的东西，留下了一个什么也填补不了的空白，因为什么也代替不了文化，只有文化能给生活一种更深刻、更重要、更高尚的意义。这还是文化被庸俗化的表现之一。"但是巴尔加斯·略萨郑重地声明："我并不是反对时尚。对时尚的担心是必要的，应该的。不过，当然，我不相信时尚可以取代哲学、文学、音乐而成为一种文化。这就是当下发生的事情。今天，人们谈论厨艺、时尚似乎比谈论哲学或音乐还重要。这是一种危险的变化，是庸俗化的表现。何谓庸俗，庸俗就是一张被完全弄乱的价目表，是为了急功近利而牺牲长远利益。当前演出的本质就是这样的。

《演出的文明》是关于以演出为代表的文化现状的著作。作者在书中论及了当今不乏争议的、普遍的问题。书中谈到，在第二次世界大战以后，西方世界出现了经济复苏和繁荣的景象，自由之风吹遍各国，文化自然也没有了任何羁绊。但是也为大规模的娱乐与消遣工业的发展开辟了前所未有的空间。于是就产生了"演出的文明"，其标志就是以释放厌倦情绪为最好目标：这影响了艺术、文化、图书和媒体，导致了它们的庸俗化和堕落，腐蚀了人们的价值观和社会准则，使人们的社会责任心和对国家大事的关注趋于淡薄。这和几十年前的情况相比，就完全不同了：那时存在着一种"高级的文化"，那是由一代知识分子和艺术家的精华创造的，那种文化是和纯粹的消遣既不同又超越的一种文化。

此作撰写的灵感来自居伊·德波① 1967 年发表的题为《演出的社会》一文。文中把演出作为马克思主义者们关于精神错乱所下的极差的定义："社会的精神错乱是商品拜物教的结果，而且是在资本主义社会先进的工业状态下。简单地说，所谓的演出就是精神错乱，就是压倒一切的社会消费倾向。"

巴尔加斯·略萨认为，"如果文化是纯粹的娱乐，那没什么。如果谈到娱乐，那么一个骗子也许比一个真诚的人更让我开心。但是如果文化意味着更多的东西，那就令人担心了。我认为文化意味着更多的东西，不仅因为读到一部伟大的文学作品或者一场伟大的歌剧，或听到一场优美的音乐会，或看到一场赏心悦目的芭蕾舞而感到快乐，而且因为优秀的文化和艺术在一个人心中产生的一种感觉，一种想像，一种欲望和渴望武装了他，装备了他，使他生活得更好：使他变得更加明白他所面临的问题，更加清楚他在世界上的处境是好还是坏。还是因为这样那种的感觉能够使他更好地对付困境，或更好地享受。总之，更少地忍受痛苦。"

他还谈到了个人的一种经验。"阅读和理解乔伊斯的《尤利西斯》和阅读与欣赏贡戈杭的诗，可以巨大地丰富我的生活。不仅因为那些文化经验能给我带来快乐，而且更好地让我懂得了政治，让我更好地理解了人际关系，让我更好地懂得了什么是对的什么

____

① 居伊·德波（1931—1994），法国思想家、电影导演。

是错的，怎么做是对的，怎么做是错的，非常错的。"

此外，他在文论中强调，"我没有任何反对演出的意思。我觉得演出是一件极好的事情，它让我获得许多快乐。不过，倘若文化仅仅变成演出，那么我相信，最终比安静更优越的东西将是顺从，一种顺从，一种忍耐，一种被动的态度。在现代资本主义社会中，纯粹的个体的被动意味着不是民主文化的改善，而是民主制度的衰退，因为这种态度是反对个人积极参与，反对个人创造性地参与社会生活、政治生活和民众生活。对我来说，当代社会更令人不安的现象之一是知识分子和艺术家对民众的问题漠不关心，绝对轻视政治生活，认为政治是一种污秽、低下、腐败的活动，应该不理睬它，绝对不要被它玷污。倘若没有更善于思考、更敏感、更具创造性、更富有想像力的人们的参与，一个民主社会怎么能长期存在下去呢？"

在文论中，他还指出了新闻工作对演出的文明的影响。这种影响表现在这种新闻通过报道宣传娱乐，致使报刊在争取公众的时候，既不计划也不严肃，它关心的只是私生活、发生的灾难和滑稽可笑的事情，起不到让公众了解天下大事和教育人的作用。

他还谈到了西方宗教问题。他指出，这种宗教似乎已经被世俗主义所取代。看来，这是因为发生了这样的情况：宗教派别和各种各样的信仰的涌现和流行，正在从地球的这个地方发展到另一个地方，正在取代教会。为了保持心灵的宁静，一般说来人们不肯放弃宗教，很少有人愿意舍弃宗教而用科学、哲学、文学和艺术代替它。在这个意义上说，能够起这个作用的文化只有"高级文化"。

总之，在这部文论中，巴尔加斯·略萨表达了他在看到他年轻时代所理解的文化如今正在变成一种不同的东西而产生的担心和焦虑。他试图描述这种变化是怎样的，并想看看这种变化对现在我们所说的文化在人类活动的各个方面——社会、政治、宗教、美学、文学、性爱等方面可能产生什么后果，因为文化渗透了人类生活的一切活动。

纵观全书，可以看到文论的基调不是悲观的，但却是忧虑的，它启发人们思考：我们这个时代的娱乐活动会不会变成文化活动的主流。他认为这种情况正在随着社会广大阶层——包括行政和文化机构——的容忍而发生。

七　其他

巴尔加斯·略萨的巴黎情结

拉丁美洲许多作家都曾把巴黎视为作家的摇篮和天堂。如果想成为作家，就必须去巴黎。巴黎成了他们梦寐以求的圣地。

1951 年，阿根廷作家胡利奥·科塔萨尔离乡背景，远涉重洋，到了巴黎，住在巴黎七区一间小房子里，生活孤独而紧张。经过严格考试，他被录用为教科文组织的译员。在欧洲的生活使他获得了在阿根廷无法获得的经验。他见缝插针写小说，写了他的名著《跳房子》，小说反映了巴黎和布宜诺斯两个新城、法国和阿根廷两个国度的社会生活和一代人的忧虑和命运。巴黎使他实现了当作家的梦想。

1955 年底，加西亚·马尔克斯从日内瓦和罗马辗转到了巴黎，住在拉丁区居雅斯大街一家破败客栈的阁楼上，像乞丐和浪子一样穷困潦倒，曾靠捡破烂儿卖钱糊口，还向过路人要过钱。但无论多么困难，他写作的决心不动摇，先后写了《恶时辰》和《没有人给写信的上校》。

在他们之前的古巴作家卡彭铁尔也曾在巴黎生活十一年之久，他在巴黎结识了超现实主义诗人布勒东，并应邀为他的《超现实主义革命》杂志撰稿。他还认识了阿拉贡、查拉和艾吕雅等诗人。

超现实主义使他看到美洲的神奇事物，使他开始了对"神奇的现实"的研究，从而创立了"神奇的现实"这一文学流派。

巴尔加斯·略萨和巴黎更是结下了不解之缘。他不只一次说，"我是梦想着巴黎成长的"。他是吞噬着 19 世纪的法国文学成长的：他尊敬福楼拜，酷爱福楼拜的《包法利夫人》；他偏爱维克多·雨果，热爱雨果的《悲惨世界》；他在梦中也读大仲马的小说。他决心要成为一名作家，他像当时的许多拉美作家一样向往巴黎，一定要去巴黎。他深信，"一个人要想变成一个作家，去巴黎是一个必不可少的条件。"他认为，"如果没有在巴黎的生活经验，任何文学或艺术才能都达不到成熟的年龄，是新思想、新形式、新风格、新经验和新主题向世界其他地区放射光芒的光源。"

他曾回忆说："小时候，我就梦想某一天去巴黎，因为法国文学让我眼花缭乱。那时我认为住在巴黎，呼吸着巴尔扎克、司汤达、波德莱尔、普鲁斯特呼吸的空气，可能会帮助我成为真正的作家；我想，如果不离开秘鲁，那我只能成为一个冒牌作家。的确，我那些难忘的教益都归功于法国和法国文化。比如，文学既是一种爱好，又是一种训练，一种劳作和一种执拗的态度。我住在巴黎的时候，萨特和加缪还活着，还在写作，那是尤内斯库、贝克特、巴塔耶和西奥兰的时代，是发现布莱希特的戏剧、英格丽·葆曼的电影、让—维拉尔的法国国家人民剧院、让—路易斯·巴劳特的奥德翁剧院、新浪漫、新小说以及安德烈·马尔罗演说（优美之极的文学作品）的时代，或许也是那个时期欧洲最有戏剧性的表演，是戴高乐将军高傲的奔腾时代。但可能让我最感谢法国的是通过它我发现了拉丁美洲。我在法国懂得了秘鲁是由历史、地理、社会问题构成的国际社会组成部分，秘鲁是某种生存方式，是丰富多彩的口语和书面文字的存在方式。我得知拉丁美洲出现了一种新颖和充满朝气的文学。我在巴黎阅读博尔赫斯、帕斯、科塔萨尔、加西亚·马尔克斯、富恩特斯、加夫列拉

·因方特、鲁尔福、卡洛斯·奥内蒂、卡彭铁尔、爱德华兹、何塞·多诺索等许多人的作品，他们的著作革新了西班牙语叙事文学，多亏了他们，欧洲和许多国家才发现了拉丁美洲不仅是有政变的大陆，不仅是有很坏的军阀、大胡子游击队员、曼波舞、恰恰舞和响葫芦的大陆，而且是有思想、艺术形式和文学想象力可以传播异国情调和讲一口世界性语言的大陆。"①

巴尔加斯·略萨第一次去巴黎，是在 1958 年初。《法国杂志》社举办短篇小说竞赛活动，他以短篇小说《挑衅》② 获奖，奖励是去巴黎旅行两星期，结果他用省下来的钱呆了一个月。在那一个月里，他发疯地爱上了那个既没有偏见也没有文学创作障碍的城市。"巴黎曾是世界上伟大的文化城市，现在仍然是。"他在《水中鱼》中描述说："我是个上等公民，看外表，任何人都会把我当成一个来巴黎寻欢作乐的南美花花公子。拿破仑饭店给我开了一个带阳台的房间，从阳台上可以看见凯旋门……"，"第二天我去逛香榭里舍大街……我觉得一切都很美好，无可比拟，令人眼花缭乱……我觉得这就是我的城市，我要在这里生活，在这里写作，在这里扎根，在这里永远呆下去……"在那里，他很想让萨特接见他一次，但未能如愿。但是见到了加缪，跟他握了手，谈了几句话。"巴黎有许多美妙之处，对我来说，其中有塞纳河畔的商亭以及拉丁区里的小小旧书店，我采购了许多书，到后来不知如何装入行李才好。"

第二次是在 1959 年，他自费重到巴黎，到 1966 年初为止，他在巴黎生活了七年。那时他已经和胡利娅结婚，可是他既没有钱也没有工作。他们住在拉丁区廉价的维特小旅店的阁楼上，他终日为谋求工作而四处奔走。最后总算在贝尔利兹学校找到一个

---

① 引自《读书和虚构作品的赞歌》，巴尔加斯·略萨作。

② 一译《决斗》。

薪水微薄的教师职位。报酬少得可怜，工作量却大得没完没了。后来他从该校转到法新社西班牙语部工作，同时偶尔去法国广播电视台兼职。这时他的境况才较为舒适些，因为工作不多，报酬优厚，主要是协助广播电视台对拉丁美洲的播音节目，同时写他的小说《城市与狗》。后来住腻了，就搬到图尔农大街 17 号一幢公寓里。一有空他就去逛塞纳河畔的书摊，购买旧书，不厌其烦地观赏巴黎圣母院和邻近的城区，他称那是"一种令人激动的精神与艺术冒险。"由于囊中羞涩，他经常在廉价的饭店用餐。但是他的工作纪律却很严格，偶尔享一享口福，去甜点铺买几个月形小面包解馋，他说"这是巴黎最好吃的东西"。他每个星期天写一篇文章，写完文章就奖励自己去穹顶大餐厅吃一顿炖咖哩小羊。他喜欢在咖啡店里写作，在这个意义上说，巴黎就是天堂。和许多作家一样，他也在巴黎吉卜赛人居住的城区的多家咖啡馆的桌上寻找写作灵感。他最喜欢的自然是文学气氛浓厚的双偶咖啡馆。

　　他在《自由与生活》一文中写道："我在巴黎度过的七年，是我一生中具有决定意义的七年。"因为他在那里博览群书，坚持阅读维克多·雨果、居斯塔夫·福楼拜、让—保尔·萨特、阿尔贝·加缪、巴尔扎克、大仲马、乔治·桑、凡尔纳·儒勒、左拉·埃米尔、普鲁斯特·马塞尔等作家的作品，使他从浪漫主义到现实主义，直到存在主义哲学，沐浴在丰富的法国文学传统中，从法国文学中汲取了宝贵的文学营养，从法国许多文学大家那里学到了种种文学表现技巧和手法。此外，在巴黎和法国的岁月，使他意外地发现了拉丁美洲文学的巨大力量，因为那个时候，由于拉美各国之间缺乏联系，图书发行渠道不畅，一个国家的人不了解邻国的文学和文化。在巴黎的岁月，不仅使他得到了文学修养，而且有机会认识拉丁美洲的杰出作家，特别是豪尔赫·路易斯·博尔赫斯和胡利奥·科塔萨尔等名作家。

　　关于博尔赫斯，他后来回忆说："我是在 1960 年或 1961 年"

见到他的，"那一年他是来巴黎参加由联合国教科文组织主办的一次纪念莎士比亚活动的"，"这位过早衰老、半残废的老人的讲话使全世界惊讶不已"，"他的讲话新奇而精辟"，"几天后他在美洲学院的演讲，不但座无虚席，而且吸引了大批名噪一时的作家，包括罗兰·巴尔特。那是我听过的最令人眼花缭乱的演讲，主题是幻想文学"，"他的讲话咄咄逼人，头脑里似乎装着全世界的文学，精当而机智地阐述他的论据"。"他的风格熟练、清澈、像数学那么简洁，使用形容词大胆，构思异乎寻常，由于词语不多不少，恰到好处，所以我们每一步都会接触到那种令人激动的神秘之物，即完美无缺。""他锤炼的风格证明西班牙语可以像法语那么准确和优美，像英语那么灵活和求新。博氏的风格是本世纪的艺术奇迹之一。"①

关于胡利奥·科塔萨尔，巴尔加斯·略萨写道："一天夜里，我同胡利奥·科塔萨尔关于巴黎有一次长谈；他也喜欢这座城市，有一次他说，选中巴黎是'因为在一个城市就是一切的城市里，宁可无足轻重，也不要举足轻重'。""他也觉得巴黎给他的生活提供了某种深刻和难以忘却的东西：一种人类体验中最美好的感觉，一种对美的可以触摸的感觉，一种与历史的神秘联系，文学上的创新，技术上的娴熟，科学知识的丰富，建筑与造型艺术上的智慧……沿着塞纳河散步，走过一个个码头和一座座桥梁……或者在这个区的某个小广场上坐一坐，都是令人激动的精神享受和艺术享受，有一种沉浸在一部巨著中的感觉"。科塔萨尔说："这就如同一个男人选中一个女人同时也被她选中一样，城市也是如此：我们选中了巴黎，巴黎也选中了我们。"②

在后来的岁月里，巴尔加斯·略萨又多次去巴黎，或者去接

① 引自巴尔加斯·略萨的《博尔赫斯在巴黎》一文。
② 引自《水中鱼》，第469页，赵德明译。

受荣誉称号，或者去参加文学会议。巴黎犹如他的第二故乡，在记者采访时他经常谈到巴黎，谈到巴黎和法国文学对他成为作家、对他赢得国际声誉的巨大意义。

总之，"说实话，我感谢巴黎，感谢法国，感谢法国文化、难忘的教育。文学是一种爱好，也是一种训练，一种工作，一种执着……但是也许，最感谢法国的是它让我发现了拉美文学"。巴尔加斯·略萨如是说。

巴尔加斯·略萨与电影

电影留给他的最初的印象一点儿也不美好。他自己曾说："我母亲对我讲过，她早年带我去影院的时候，很难把电影看完，因为一关灯我就哭，她不得不把我带出放映厅。"谁也想不到，后来他的许多小说竟然被搬上大银幕。

巴尔加斯·略萨同电影的关系非同寻常。有一次他接受利马电影节的主办者的采访时说："我跟电影的关系有点奇特。一般来说，在文学方面我深恶痛绝的东西，在电影方面我却很喜欢，比如美国西部电影，侦探片也是这样。"

关于电影和文学，他认为，"虽然两者都讲故事，但是它们在本质上是不同的"。他说的不同，显然就是：前者用画面、活灵活现的人物和口头语言讲故事，后者用书面语言和作者塑造的人物形象讲故事。

巴尔加斯·略萨第一部被搬上银幕的作品是《崽子们》。编剧是墨西哥著名电影人豪尔赫·方斯和爱德华多·卢汉，导演是豪尔赫·方斯。演员是何塞·阿隆索、艾莱娜·罗霍、卡门·蒙特霍和加夫列尔·雷特斯。1971 年拍摄，公映后受到观众和批评界的好评。

第二部被搬上银幕的作品是《潘塔莱翁上尉与劳军女郎》。由作者亲自改编，他和阿根廷何塞·玛丽亚·古铁雷斯·桑托斯联手执导。由何塞·萨克斯坦和拉法埃拉·阿帕里西奥两位一线演员主演。1975 年拍摄。但由于受到秘鲁当局禁止，直到 1980 年才得以上映。上映后也没有受到观众和批评界好评。此片拍摄时，一位制片人劝巴尔加斯·略萨当导演。略萨说："我觉得这是我一生中的一次巨大冒险，令人感到恐怖。但我学到了许多东西。我学到的并让我清醒意识到的事情是，我不是，永远不是，远远不是一个电影工作者。"后来他还对采访的记者说，他一生中只有一次参加过电影的制作；但是他承认，结果很糟糕，他指的就是《潘塔莱翁上尉与劳军女郎》，"因为这是一个令人难以置信的故事，因为它表现了一部影片可能达到的荒谬的极端"。

1985 年，他的名著《城市与狗》由秘鲁著名诗人和编剧何塞·沃塔内维改编，由弗朗西斯科·J. 龙巴迪导演，搬上银幕后反响强烈，在圣塞巴斯蒂安电影节上获最佳导演奖。在忠实于原著的基础上，龙巴迪充分运用各种电影表现手法，使原著的主题得到了突出的展现。"诗人"和甘博亚中尉的内心矛盾和斗争占据了影片较大的篇幅，并展现了他们对学校的口号"纪律、荣誉、为国效忠"的由坚信到怀疑和失望的过程。电影故事简练而富有节奏感。三位主演巴勃罗·塞拉（饰演"诗人"）、古斯塔沃·布埃诺（饰演中尉甘博亚）、曼努埃尔·奥乔亚（饰演"美洲豹"）等人的演技不凡，对获奖功不可没。

一年后，即 1986 年，智利—俄罗斯电影人塞巴斯蒂安·阿拉孔以《美洲豹》为题，重新将《城市与狗》搬上银幕。影片在前苏联拍摄。

1990 年，巴尔加斯·略萨的《胡利娅姨妈与作家》由好莱坞搬上银幕，片名为《情人有约》导演万乔恩·埃米尔，主演为杰出的马特里斯·凯亚努·里夫斯，其他演员为芭芭拉·赫尔希、彼得·福尔克和帕特里娅·克拉克森。影片虽未获奖，但受到批评界好评，说故事有趣，不乏幽默。

1999 年，继作者改编、和阿根廷古铁雷斯·桑托斯共同导演的《潘塔莱翁上尉与劳军女郎》（1975 摄制）之后，弗朗西斯科·龙巴迪再将此作搬上银幕，这一次明显比上一次成功，深受观众欢迎和批评界的赞赏。演员是安希埃·塞佩达、萨尔瓦多·德尔·索拉尔、莫尼卡·桑切斯、卡洛斯·卡尼奥夫斯基和皮拉尔·巴德姆；编剧为乔瓦纳·波拉罗洛和恩里克·蒙克洛亚。

2000 年，秘鲁著名电影人弗朗西斯科·J. 龙巴迪第二次把此作改编为电影剧本，剧情偏重于情爱。上映后在当时和几年后都没有取得成功，迄今影片几乎已找不到。当时，巴尔加斯·略萨感慨地说："不知道我会不会继续做电影。这部片子比预想的更复杂、更长，当然很有意思。"看来，他并不认为这是一部坏片子。他说，"一部坏片子可以让你开心，一部坏小说却做不到。"

2005 年，由巴尔加斯·略萨的侄子路易斯·略萨任导演，西班牙安德烈斯·维森特·戈麦斯任制片，将《公山羊的节日》搬上银幕。演员阵容不同一般：意大利著名女演员伊莎贝拉·罗塞利尼扮演独裁者特鲁希略的女儿乌拉尼娅，她多愁善感，性情柔弱，很适当扮演倍受伤害、痛苦不堪的不幸女子乌拉尼娅。此外还有名演员胡安·迪埃戈·博托和里卡多·阿拉莫、托马斯·米利它和保尔·弗雷曼等。2006 年，此片在柏林电影节上演，获得好评。在影片首映前，巴尔加斯·略萨对记者说："我给了导演跟我写小说时一样的自由。"他还说，影片《公山羊的节日》非常忠实地反映了他讲述的故事的精神。尽管暴力场面似乎过分了些，但特鲁希略的历史就是如此。他相信，这部影片忠实地突现了他在书中表现的东西。"我认为，路易斯·略萨在把《公山羊的节日》搬上银幕时表现得十分灵活而熟练，把特鲁希略专制政权所干的那些真正可怖的罪行展示了出来。"路易斯·略萨说，要想忠实于原作，必须在影片中保持三条平行的线索：一是期待杀死特鲁希略的谋划者；二是特鲁希略本人的故事；三是乌拉尼娅的悲剧。

2013 年，巴尔加斯·略萨出演了一部由墨西哥编剧和导演吉列尔莫·阿里亚加推出的题为《曼努埃尔·穆斯塔法》的影片。影片的主题是宗教：有一帮真正令人难以置信的学者，每个人都想阐述自己的宗教观点，特别是想跟神灵们交谈，而要想跟神灵们交谈，就必须了解无神论、非洲—巴西宗教、基督教、伊斯兰教、东正教、佛教、犹太教和印度教。

为了促进电影文化的发展、增强读者对作品的阅读兴趣，秘鲁文化部趁秘鲁万岁节于 2013 年 11 月 27 日至 12 月 1 日举办巴尔加斯·略萨电影周，共放映根据他的作品改编的 5 部影片，即《崽子们》、《城市与狗》、《潘塔莱翁上尉与劳军女郎》、《公山羊的节日》等。根据安排，《公山羊的节日》于 11 月 27 日在秘鲁国家影院放映，巴尔加斯·略萨在导演路易斯·略萨陪同下出席了电影周开幕式。12 月 28 日，《崽子们》放映，这是最早改编的影片之一；《潘塔莱翁上尉与劳军女郎》11 月 29 日放映，此片由作家本人和何塞·玛丽亚·古铁雷斯·桑托斯联手导演；《城市与狗》于 11 月 30 日放映，此片由弗朗西斯科·J. 龙巴迪导演，1985 年摄制；电影节结束的 12 月 1 日放映由龙巴迪导演的新版《潘塔莱翁上尉与劳军女郎》（1999 摄制）。

据不完全统计，迄今为止，略萨的小说至少已有五六部被改编成电影，在西班牙、墨西哥、秘鲁、阿根廷和国外上映。略萨本人还多次亲自改编或担任导演。略萨对电影的酷爱，和电影结下的不解之缘，非一般作家能够与之相比。

巴尔加斯·略萨的新闻生涯

对巴尔加斯·略萨而言，新闻是根本性的，是他的全部文学创作的食粮。"我所写的许多东西都亏了我从事新闻工作所经历的一切。比如《酒吧长谈》，倘若没有新闻工作，我不可能写出来。新闻是创作题材的巨大源泉"。他说，"我不知道百分比是多少，但是我写的一半东西来自我作为记者的工作时间。"他还说，这项工作是对他的文学事业的一个巨大补充。他坦承，他多次相信他创造小说故事和人物的门被关上了，但是新闻工作又给他打开了。他深有感触地说："新闻工作让我认识了许多人，它是一个异乎寻常的源泉。"

此外，他还认为，"对社会来说，新闻也很重要，在翻阅一个国家的报纸时，你立刻会看到人们对自由的尊重情况，或者可以知道这个国家的新闻是不是仅仅重复政府的口号。不过，我同样认为，虽然新闻对文化的自由起着重要作用，但在许多情况下却完全成为暴力的源泉，传播谎言的工具，变成偏见和仇恨的根源，像在巴尔干战争和卢旺达战争中那样。"除此，他强调指出，新闻工作这项职业对保持社会上的批评精神必不可少，它是衡量一个自由社会最好的温度计，否则便没有更好的办法测量社会的自由度。

他关于新闻工作的论述还有很多。比如："虽然我更喜欢的是文学，但是我不喜欢仅仅生活在与生活的其他方面隔开的小说世界里。不，我一直想有一只脚踩在街上，参加现时的、我的朋友们、我所住的地方的活动。这是新闻表现的东西。新闻是发表看法，参加政治、社会和文化斗争的一种方式。这就是我所做的。这类文章是同社会其他方面联系的桥梁，是我同日常生活和不断变化的历史保持接受的方式。"①

"对我而言，新闻一直很重要。许多时候我都以新闻工作谋生，它也是主题的来源。如果没有新闻工作的经验，许多东西我

---

① 巴尔加斯·略萨同凯瑟琳·罗德曼的会见，载《得克萨斯月刊》。

是写不出来的。"①

"我写文章在报上发表。有时我还从事街头新闻工作。此外，它是题材和人物的绝好源泉……"②

"我明白新闻自由的根本重要性，它揭露社会的谬误和恐怖，这是我们时代的许多拉美记者从事的英雄冒险，常常是悲剧性的工作，他们是新闻审查、压迫、毒品贩卖和罪行的受害者。"③

"没有新闻工作，永远找不到我的作品的杰出文学语言。"④

"我一生都从事新闻工作，对我来说，它始终是一种冒险。"新闻让他发现了一个他不了解的城市（利马），"夜晚的、罪犯和娼妓的，但也是政客们的城市"。⑤

巴尔加斯·略萨的新闻生涯始于1952年1月，那时他十五六岁，父亲领着他走进位于利马中心圣马丁广场拐角上的《新闻报道》报社编辑部。他虽然缺乏经验，但工作了几个星期后便撰写和发表了一些文章和简讯。在熟悉业务的过程中，他逐步提高了业务水平，很快便和卡洛斯·内伊·巴里奥努埃沃、米尔顿·冯·黑塞、埃米利奥·德尔博伊或贝塞里塔等大编辑们并驾齐驱。

到编辑部后他接受的第一个任务是带着照相机去利马机场迎接巴西新任驻秘鲁大使。大使的名字和到达时刻，他都一一记下，保证万无一失。随后他写了巴西大使递交国书的报道。文章见报后他兴奋地叫道："我已经是记者啦！"

在《新闻报道》工作了一个月或一个半月后，他父亲跟他谈话，要求他放弃新闻工作，继续去读书（他本来在普拉多军校上学），他提出一边上学一边从事新闻的想法，父亲同意了。

---

① 巴尔加斯·略萨同凯瑟琳·罗德曼的会见，载《得克萨斯月刊》。
② 巴尔加斯·略萨对"你还认为自己是记者吗？"的回答。载西班牙国家报。
③ 巴尔加斯·略萨在巴拉查的谈话。
④ 2011年5月获马德日报新闻奖时的谈话。
⑤ 同上。

　　后来，他在题为《我们的编辑》的栏目中发表了几篇表示他的观点的文章，其中第一篇题为《为促进秘鲁的戏剧而努力》，1952 年 2 月 16 日见报。他在文章中赞扬吉列尔莫·乌加特·查莫罗领导国家舞台艺术学校的工作。随后又发表两篇关于保健的文章，另一篇谈论笑话的文章，第三篇关于"能抓到什么就抓什么"的演出，嘲笑参加者的争斗情景。

　　此外，他还写了几篇关于警方办案的报道，这些报道使那时处在曼努埃尔·奥德里亚独裁统治下的利马人很受感动。其中有一篇是关于法国青年艺术家雅克琳·安德烈的，说他从利马维尔德岸边的岩石上滚了下去，黎明时分发现他在海边上死去。文章写得很好，富有想象力。为了引起注意，文章还加了颜色。

　　在《新闻报道》的工作，不但增长了巴尔加斯·略萨从事新闻工作的才干，而且更重要的是让他了解了他不曾了解的社会现实：死亡、谋杀、酗酒和妓院的夜晚……

　　但是他父亲知道他常在名声不佳的地方过夜，担心他会变坏，便不再让他在《新闻报道》工作。他在那里工作了三个月。

　　此后，他不断在拉丁美洲国家和西班牙一些报刊上发表文章，特别是秘鲁的《面具》杂志和西班牙的《国家报》。1960 年 5 月他开始在《面具》上发表文章，1977 年 7 月 25 日还开辟了他的《试金石》专栏。通过该专栏，他以率直、热情、常常是争论的风格，表现人类经历的重要事件。随着时间的推移，《试金石》成为文学界最受关注和评论的专栏之一。

　　他是在词典里看到"试金石"这个名词的。它是用来测试黄金成色的一种矿石，他喜欢用它来衡量现今的事物的价值，所以便把它取为专栏的名称。

　　后来，他把这个专栏从秘鲁的《面具》杂志转到西班牙的《国家报》。到 2012 年，他从事新闻工作整整五十年，也是西班牙马德里读者圈出版社建社五十周年，为此该社以《试金石》为题

推出了三卷本的巴尔加斯·略萨文集，文集中收录了他从 1952 年
到 2012 年 7 月 1 日发表的全部报刊文章、新闻报道和人物略传等
多类作品，多达上千篇，计约 4500 页，其中三分之二的文章从未
编入书出版过。这些文章分析、评论了五十年来世界各国发生的
事件和问题。文章的编排以年代为序，从中可以看出作者从事新
闻工作的过程、政治倾向和思想的变化。

第一卷（1962—1983）收入了许多不失为经典的文章，如
《加缪与文学》、《对博尔赫斯的提问》、《悲剧诗人塞萨尔·巴列
霍》、《文学是一团火》、《集体主义的幻景》、《希望的未来》，以
及大量的评论文章、访谈录和迄今未收集出版的评介文章，如
《卡洛斯·富恩特斯在伦敦》、《勒鲁瓦·琼斯：性，种族主义和
暴力》、《捣乱的米基老鼠》等。略萨在序言中强调，"尽管新闻
和文学有许多共同的东西，但本质上是不同的，因为它们的写作
者所使用的语言不同，它们对待现实的态度也不同。"

这一卷的文章还涉及到古巴革命、阿尔及利亚的非殖民化，
表明略萨是一位具有左倾思想的作家。此后，他须与左派分道扬
镳，采取了自由主义立场。有一些文章阐述了他对拉美国家和中
东问题的看法，介绍了他所敬佩的风云人物撒切尔、曼德拉、奥
巴马等和他关于同性恋、主张毒品合法化的见解。

从第二卷（1984—1949）开始，略萨对文学的关注度大大加
强，涉及塞万提斯和博尔赫斯的文章占主导地位。杰出的思想家
如波珀、雷维尔和海克也受到特别关注。卡斯特罗、皮诺切特、
特鲁希略以及文化、政治和艺术方面的世界名人同样没有少被小
觑。《后现代主义和轻浮》、《过时的乌托邦》和《后现代革命》
都是其中的经典之作。总之，这一卷的文章富有激情，信息面广，
文字表达清晰，再现了上世纪下半期若干重要的文化时刻。

第三卷（2000—2012）的文章中不断出现侯赛因、查维斯和
滕森等世界政坛上的重要人物。这一卷的文章有《伊拉克日记》、

《以色列和巴勒斯坦：和平或圣战》以及许多关于文化、社会和聂鲁达、雨果等个人问题的文章。此外，还有《法西斯的失败》和《处在争吵中的蒙泰涅》等作品。

三卷中有不少文章是关于秘鲁政治的，包括作者参加秘鲁总统竞选的情况；同样有关于西班牙政治的文章。

在出版社举办的《试金石》一书的介绍会上，巴尔加斯·略萨畅谈新闻工作的方方面面：

"对发展和维持社会批评的生动性，新闻工作是根本性的"，"除了参阅报纸，没有更好的办法衡量一个国家的自由程度"，在从事新闻工作之初，他就明白"新闻工作是种相当浪漫和放荡不羁的运动，新闻工作者是放荡生活的演员，夜晚经常出去犯罪，游离在正派和不正派的分界线上"。"我所了解的新闻工作，实际上是史前的那一种"，"那是小印刷所的工作，报纸用活字排版，一个字挨一个字，要排几个小时，然后才能印刷。那个时代，新闻和文学之间的分界线常常是模糊的"。"现在情况改变了，技术大发展，新闻工作者也专业化了。但是对滋养一个社会的批评精神来说，新闻工作仍然是很重要的。""我写的许多东西都来自我从事新闻工作的全部经历。比如《酒吧长谈》，没有新闻工作我就不可能写出来。"

新闻媒体的变化和危机是略萨关心的话题之一。"变化是异乎寻常的。我开始从事新闻活动时，新闻工作和文学紧密相连，许多西班牙作家都为报纸写文章，最突出的代表是奥特加—加塞特，还有阿索林、乌纳穆诺、佩雷斯·德·阿亚拉，他们把所写的东西奉献给广大读者。但是今天它被技术改变了，它变成了一种自由职业。"巴尔加斯·略萨认为，最有效地达到这种自由的手段之一是技术革命。但是奇怪的是，它也会制造欺骗、中伤、扯谎的社会，因为网上常常出现各种荒谬的东西和危险的东西。有时还发生黑白混淆的现象，让人很难辩认真假对错。

巴尔加斯·略萨还回忆了他有幸见证的一些世界性的重要事件：上世纪 60 年代他在巴黎目睹了巴黎市民的"古巴革命"，70年代伦敦发生的以音乐为中心的文化革命，80 年代马德里和全西班牙兴起的非凡变革和民主化运动。由于文学、政治和新闻活动的需要及某种偶然的机会，他经历了拉美革命进程中发生的重大事件，东西方两大阵营之间的矛盾斗争，还有他熟知的秘鲁滕森主义、古巴革命、加泰罗尼亚独立事件等，所有这些问题都是《试金石》的文章所涉有的内容。

在其新闻生涯中取得的另一项重要成果是《伊拉克日记》。

《伊拉克日记》最初刊登在 2003 年 8 月 1 日至 9 日的西班牙《国家报》上，后来西班牙阿吉拉尔出版社以小册子形式出版。

2003 年 6 月 25 日，巴尔加斯·略萨到达经受过狂轰滥炸的巴格达，在那里度过了 12 天，目的是为西班牙《国家报》和其他重要报纸写一系列报道，一共写了七八篇内容新鲜、影响很大的新闻报道。这些报道和其他若干关于伊拉克问题的文章合在一起，构成了这本书。

在那两周的时间里，在他女儿和西班牙驻伊拉克大使馆的帮助下，他会见了一些关键人物，比如穆罕默德·巴基尔·阿尔—哈基姆，他是伊拉克什叶派穆斯林前领袖之一，他从流亡回来后不久被谋杀；还有塞尔希奥·比埃拉·德梅洛，巴西人，历任联合国要职，曾任秘书长伊拉克问题特别代表，是联合国驻巴格达使团的领导人，一个伟大的人道主义者，和作者有多年私交的朋友。他还在那里东奔西走，在街头采访，收集关于战事和事件的证据或其他材料。这一切都成为他撰写新闻报道的素材。

全书由八章构成，它们是：《野蛮的自由》、《巴格达人》、《信徒》、《掠夺者和书》、《白菜豆》、《颠倒的奥塞罗》、《库尔德人》和《总督》。另有四篇附录：《战争的灾难》、《牛奶杯里的苍蝇》、《废墟上的民主》和《穿着的皮靴》。还有一篇谢辞。四篇附录是作者在国家报上他的专栏《试金石》中发表的和伊拉克战争有关的文章：其中三篇写于他在去巴格达之前，一篇写于巴格达之行之后。

《伊拉克日记》中的文章，从 2003 年 8 月初开始在西班牙的国家报和欧洲及拉丁美洲几个国家的报纸和周刊都刊发了全部文章，而不是只发表了几篇。这便是作者有勇气把所有文章集之成书的理由之一。

《伊拉克日记》一开篇即写伊拉克的动荡不安，比如城市的街道一片混乱，社会生活乱而无序："行政管理部门普遍失职，致使巴格达和伊拉克其他城市陷入无政府状态，居民们感到无依无靠，惶惶不安。广大民众抗议，世界舆论反对，许多国家的政府提出异议，都未能阻止英美等国对伊拉克进行武装干涉。战争终于爆发，入侵者的坦克在街头横冲直闯，全副武装巡逻队遍布大街小巷，恐怖气氛笼罩城市各个角落。为了预防战争带来饥荒，巴格达市民纷纷抢购食品和日用品，街头的生意十分活跃，巴格达顿时变成了一个大集市。"而战争带来的灾难到处可见："由于英美飞机的轰炸，国家机关的大楼只剩下残垣断壁，犯罪团伙趁火打劫，把商店洗劫一空，把民房一把火烧毁，美军也闯进民宅，借口搜查武器而胡作非为。"

美国的官方报纸曾竭力否认美军在伊拉克犯下的暴行。说那些野蛮行为是战争难以避免的事情。

事实胜于雄辩。作者略萨在书中讲述的那些美军的暴行不但符合实际，而且仅仅是美军暴行和罪恶的冰山一角。

作者在序言中指出，"布什和波莱尔为武装干涉伊拉克进行辩护的两个理由——那里存在着大规模破坏性器和伊拉克政府与基地恐怖组织及"9·11"事件的策划者具有密切联系——并没有得到证实，并且迄今愈来愈难以证实了。""那么，他们干涉伊拉克，根据除可憎的、种族灭绝的、造成无数受害者、把整个国家投入黑暗和野蛮的暴政的理由何在呢?"根据这样的考虑,应该谴责布什的就只能是他隐藏在上述两个谎言背后的利己主义意图。

作者认为,"伊拉克是世界上最自由的国家,但是由于那种自由既无秩序也无法律制约,是一种混乱,所以它又是最危险的国家。"而他笔下的巴格达,走私活动猖獗,盗窃和不法行为泛滥……无疑是战争带来的后果。

那么,巴尔加斯·略萨有什么理由反对那场战争呢?我们读一读他在《国家报》2003年2月16日发表的文章《战争的灾难》就明白了:"萨达姆的确是一个血腥的独裁者,他入侵相邻的国家,他使用化学武器和细菌武器对付本国人民,他建立了一种警察、检查和恐怖制度。"然后,他问道,"又有其邻国和世界其他地区的多少统治者不是如此呢?伊朗、叙利亚、利比亚、沙特阿拉伯、津巴布韦和一大批亚非国家,如果不是天天践踏本国公民的基本权利、把一种愚民与恐怖制度强加给他们的不正派国家,又是什么?"最后他用嘲讽的口吻说:"所以,在这场战争结束后,帮助伊拉克人民摆脱独裁统治、建立一种民主制度的值得称赞的意图是不能令人信服的。"

总之,在略萨的这些文章中表现了伊拉克人乃至阿拉伯人的焦虑和不安、遭受的苦难、贫困和落后,以及对伊拉克人民的同情和对侵略者的谴责。

2011年5月间,"由于他是尽职尽责致力新闻工作的榜样,从事批评的独立性,工作严格勤奋,从事为自由负责的新闻工作",被马德里日报基金会授予马德里日报新闻奖。他在授奖仪式上说:"这个职业是自由文化的支柱之一"。如果出现偏差,它就会变成"一种痛苦和破坏民主制度的残酷源泉"。他还回忆了十五六岁时开始在《面具》杂志从事新闻工作的情形,当时他的生活十分痛苦,不知道什么职业有益于发展他的文学才能。

当初，他意识到，这个工作"可能是一种不寻常的冒险"。那时利马是"一个社会阶层不相往来的城市"，新闻使他发现了一个陌生的都城。

由于他于 2015 年 1 月 11 日在《国家报》上发表的《时代的库斯科》一文，西班牙"特拉戈萨"公共企业授予他第 12 届堂吉诃德新闻奖（九千欧元）。文章讲述了他对库斯科城的印象：巨大的变化和成就。还谈到了混血现象和当地居民所使用的语言。评委会认为他这篇文章恢复了混血现象在安第斯山地区文化和西班牙文化中的地位。说他是西班牙语文学和新闻工作方面的杰出作家之一。

巴尔加斯·略萨在获奖时说："这是一个愉快的意外；这篇文章恰恰是我在一年前写的，是为了记述去库斯科的一次旅行。我在文章中谈到库斯科人讲的是一种带有古老语调的西班牙语，听起来很美，让你觉得那是三四个世纪以前的殖民地时代的西班牙人在讲话。那种讲话方式很优雅，语句又长又夸张。"

"那是一个库斯科守旧的西班牙老人，他属于讲话方式非常高傲的社会阶层，有一些年迈的库斯科人跟对方讲话不用'你'而用'您'。"

"库斯科十分美丽，任何一个西班牙人看到它都会很感动，因为印加城市是殖民地时期的城市的基础，所有的印加建筑和纪念物都有古老城市的结构。"

"我经历过一个记者所经历的一切阶段，我也在电台和电视台干过新闻工作。我一直很喜欢新闻事业，因为它是和当时的历史、我们处的时代联结在一起的方式。我一向不喜欢作家闭门想象、割断同周围的纪实的联系的做法。"

他指出，今天新闻"丧失了严肃性和它具有的影响"。

对巴尔加斯·略萨来说，新闻和文学同样重要："早在学校时我就同时从事文学创作和新闻工作。"

他断言，"新闻职业发生的最大变化是很大程度上庸俗化了，它变成了一种娱乐和消遣方式"。"今天存在先进的科学技术，但是另一方面也失去了许多。从前报纸说的话很对，说新闻是文化的伟大工具之一"，"今天除了少数人对调查和舆论性的新闻感兴趣外，新闻成一种娱乐的工具。"

巴尔加斯·略萨与福克纳

在其文学生涯中，巴尔加斯·略萨敬仰和崇尚的作家数不胜数。他研读他们的作品，学习他们的表现手法，认为他们是他走上文学道路的引路人，是他效法的榜样，是他"学习和追随的大师。福楼拜教导我们：才智就是坚韧不拔的训练加长期的太岁头上动土心。福克纳教导我们，形式（文字和结构）会使题材崇高或者贫乏。马托雷尔、塞万提斯、狄更斯、巴尔扎克、托尔斯泰、康拉德、托马斯·曼教导我们，数目和雄心在长篇小说里是如此重要，如同修辞的娴熟和叙事的策略。萨特教导我们，话语是行动，他还说，一部长篇小说、一部剧作、一篇散文，一旦与现状和最佳选择联姻，就可以改变历史进程。加缪和奥维尔教导我们，不讲道德的文学是冷酷的。马尔罗教导我们，英雄主义和英雄诗篇适合当今的程度与阿尔戈英雄、《奥德赛》和《伊利亚特》一样。""他们除了给我揭示讲述技巧的秘密，还教会我探索人性的深刻，毛病人类的伟业，让我对人性的谵妄感到万分恐惧。他们是最肯出力的朋友，最支持我写作的爱好；我在他们的作品中发现了：即使在最恶劣的环境中，也有希望生存；还发现了：哪怕仅仅因为没有生命我们就无法阅读和想象故事，生活依然有意义。"① 在他的一生中，许多作家都对他产生过深刻影响，比如博

---

① 引自《读书和虚构作品的赞歌》，巴尔加斯·略萨作，赵德明译。

尔赫斯，他从少年时代就迷恋，那是一种"秘密的、有着犯罪感的迷恋，却从来没有冷却过；每隔一段时间就要重读博尔赫斯的作品，已经成为一种习惯，对我总是一种愉快的历险。"① "对我来说，他的作品是一种用最机密、最纯净的炼金术烧制的、充满神秘味道的奇特食品，品尝它能产生一种使人想到奇特景致和可怕的幻觉的神奇力量"，"博尔赫斯是一位全面的文学天才。"②

大仲马"是我发现的第一个作家。读了《三个火枪手》后我开始读他的全书作品。这种阅读改变了我11岁时的生活"③。

海明威和多斯·帕索斯让我爱上了美国小说，"美国小说让我在很长的时期内爱不释手"④。

"当我开始在欧洲生活时，斯汤达和巴尔扎克使我对19世纪的法国小说无比着迷。"⑤

但是在他的心目中，分量最重的还是美国作家福克纳。他认为，"他是任何一位想成为作家的人都必须了解的小说家，因为他的创作可能是当代小说界唯一在数量和质量上可以与经典作家媲美的"⑥。

威廉姆·福克纳被认为是20世纪和普鲁斯特、卡夫卡、乔伊斯一起最重要的小说家之一。他的影响不仅在技巧方面（内心独白、多角度、打乱时序、叙述的口语化等），而且在主题方面（家族的败落、人物的失败、对历史的着迷、地方性和世界性的结构等）。他对后世的西班牙语作家胡安·鲁尔福、卡洛斯·奥内蒂、加西亚·马尔克斯、巴尔加斯·略萨、路易斯·博尔赫斯，胡

---

① 引自《博尔赫斯的虚构》，巴尔加斯·略萨作，赵德明译。
② 引自《别了，博尔赫斯》，哥伦比亚查拉尔卡作，朱景冬译。
③ 引自《向着想象的旅行》，巴尔加斯·略萨作。
④ 同上。
⑤ 同上。
⑥ 引自《精神长官》，巴尔加斯·略萨作，赵德明译。

安·贝内特等人的影响很深。

福克纳和福楼拜一起，是巴尔加斯·略萨不可企及的榜样。1987 年，巴尔加斯·略萨曾前往美国，完成了他最渴望的文学之旅：参观位于奥克斯福的福克纳博物馆，并拜谒了福克纳的陵墓。关于这次旅行，他接受主动性采访时说，这次旅行给他留下难忘的印象。"福克纳的陵墓非常简朴，几乎没有什么标志说明那里埋着一位伟人，这让我很感动。此外，奥克斯福地区的景色非常美丽。那里的树木，那里的房舍，那的确是个美丽的地方。可能没有发生什么大的变化，在很大程度上可以看出福克纳时代的样子。众所周知，我对作家们是很崇敬的，看到他们的书，他们的手稿，别的东西，我总是很激动。"

巴尔加斯·略萨还说，他很早就开始读福克纳的作品。"我记得是在 1953 年我在利马圣马科斯大学读一年级的时候第一次读福克纳的作品。我读的第一部作品是他的《押沙龙，押沙龙!》，不久又读他的短篇小说集《那十三个》。在那些岁月，我读的是福克纳的西班牙文和法文译本。莫里斯的法文译本非常好，他是伟大的译者。我读过他译的杰出译本《圣殿》，译本有安德烈·马尔罗写的前言。福克纳的才能立刻感动了我。我想就在那时我发现了文学形式的重要性。福克纳向我表明，时间和视角的某种设置是绝对重要的，因为它们决定了作品是精美的还是笨拙的、表面的。我发现形式本身可以是小说的一个人物或主题。为了理解我跟福克纳的关系，有一点我记得很清楚而且很重要，那就是他是第一位作家让我一手拿笔一手拿着纸读他的作品，就是说我要寻找一条线索一种结构，随时记下来。那个时期我很少写作，读福克纳的作品让我对形式的创造睁开了眼睛。另外，福克纳让我坚信，一个故事总是有一种形式相伴的。不可疏忽故事，形式本身并不是一种目标，一种目的。我认为，虚构应该包括人类的经验。可以看到，我是一贯忠于福克纳的小说概念的。1962 年或 1963 年代

开始读福克纳的英译本，法译本也摆在手边。但福克纳是一位我
永远不会丢下不读的作家。我什么时候都要重读他的作品。我相
信他的《八月之光》我至少读过五六遍了。可以肯定地说，福克
纳是对拉美作家影响最大的外国作家。我还可以说，近四五十年
来，对欧洲和拉丁美洲来说，福克纳是最重要的作家。在福克纳
的全部作品中，我偏爱的可能是《八月之光》。我也很喜欢《喧
哗与骚动》，尽管它不是一部杰作。"

在此前的一次记者采访中，巴尔加斯就曾谈到他是拿着笔和
纸来读福克纳的作品的："福克纳的确是我拿着笔和纸来阅读的一
个作家，因为他的技巧使我眼花缭乱。他也是我第一个试图在心
里重新构造他的作品的作家，比如我试着看一看在他的作品里是
怎样组织时间，空间和时间层面是如何交叉在一起的，看看作品
中的省略，看看那种从互相矛盾的视角、运用制造朦胧、迷惑、
神秘、深层感觉的方式来讲故事的可能性。"[1]

巴尔加斯·略萨后来在其文论集《谎言中的真实》（1990）
中论述了福克纳的小说《圣殿》。他认为，"实际上，《圣殿》是
福克纳的杰作之一，可以放在《八月之光》和《押沙龙，押沙
龙!》之后，与约克纳帕塔法世系中的最佳小说并列。""他的写
作方法是'编造出我能想象的最恐怖的故事'，即一个密西西比州
的人可能认为是时髦题材的东西。"小说的故事恐怖得令人毛骨悚
然：一个漂亮、轻佻，孩子气十足的十七岁少女，被一个患有阳
萎和精神病的暴徒用一个玉米棒破坏了贞操，后来又被关进一家
妓院，他强迫少女跟一个小流氓当着他的面做爱，最后又杀了这
个小流氓。小说还写了另一个被活活烧死的杀人犯的故事。读者
还可以在书中看到绞死人的场面、私刑拷打的场面、几桩杀人案、

---

① 引自《我的作品里和生活中的朋友》，巴尔加斯·略萨作，1986 年 5 月，赵德
明译。

故意纵火案以及世风日下、道德沦丧的面面观。巴尔加斯·略萨断言，"只有天才才能够讲出一个有这类情节和人物的故事，而结果不仅可以让人接受，甚至还能让读者着迷。这个残忍甚至荒谬的故事之所以成功，应该归功于讲述这个故事使用的非凡技巧，和构成有关人性恶和那刺激起批评家阐述联想力的象征与形而上的轰鸣的令人不安的寓言……因此，这也就是福克纳的小说引起各种各样巴洛克式读法的原因：希腊悲剧的现代化，哥特式小说的翻版，圣经的寓意，反对美国南方文化的工业现代化的隐喻，等等。……实际上，任何小说的价值在于它讲述的内容，而不在于它所引起的联想"①。

在论及福克纳的《野棕榈》时，巴尔加斯·略萨指出："这部小说在轮流交叉的章节里讲述了两个独立的故事：一个是为狂热的爱情而互杀的悲惨故事（以吞下恶果结束的私通做爱）；另一个是俘虏的故事，一场类似世纪末的自然灾害——把大片城镇夷为废墟的水灾——使这个俘虏经过一番英勇拼搏返回监狱，而当局竟然不知所措，最后判处他再多蹲几年监狱，其理由是企图越狱！"② 巴尔加斯·略萨认为此作是"使用连通管的最细致和大胆的例子"，他还引用博尔赫斯的话说："这是两个永远也不会混淆、但是一定会以某种方式相互补充的故事。"③

巴尔加斯·略萨曾回忆说，"那个时期，福克纳的作品让我感到眼花缭乱，我被他的小说技巧迷住了，他的作品凡是能够弄到手的，我都用一种诊断的眼光去看，去观察作者的视角如何转换，如何安排时间、叙述者的作用是否连贯、技巧上的不连贯或笨拙

① 引自《〈圣殿〉——藏污纳垢之所》，巴尔加斯·略萨作，赵德明译。
② 引自《致青年小说家的信》：《十一、连通管》，巴尔加斯·略萨作，赵德明译。
③ 引自《致青年小说家的信》（连通管），巴尔加斯·略萨著，赵德明译。

之处——例如形容词过饰过多——是否破坏（阻挠）真实性"①。

福克纳的创作技巧明显地表现在巴尔加斯·略萨的早期作品中，比如《城市与狗》中视角的模棱两可，通过同心圆对时间的巧妙掌握和对罪行的调查方式，都来自福克纳的《八月之光》。《绿房子》某些场景则是以《押沙龙，押沙龙!》的场景为出发点的。《酒吧长谈》的中心主题：对一个社会的道德问题的调查也来自福克纳的这部作品。他坦言，他从约克帕塔法世系中学到的东西比在课堂上还多。

总之，巴尔加斯·略萨对福克纳及其创作崇拜之至，在其全部文学生涯中他都牢记福克纳的教诲，不失时机地采用他的创作技巧，效法他的风格。可以说，巴尔加斯·略萨取得的文学成就是和福克纳及其创作分不开的。在他的心目中，福克纳是一位名副其实的文学大师和他的文学导师。

---

① 引自《水中鱼》，巴尔加斯·略萨著，第355页，赵德明译。

八 附录

巴尔加斯·略萨获得的奖项和荣誉

1959 年，因《首领们》获西班牙莱奥波尔多·阿拉斯文学奖；

1962 年，因小说《城市与狗》获西班牙简明丛书奖；

1963 年，因《城市与狗》获西班牙批评文学奖和福明托二等奖；

1967 年，因小说《绿房子》获秘鲁国家小说奖、西班牙文学批评奖和委内瑞拉罗慕洛·加列戈斯国际小说奖；

1977 年，被任命为秘鲁语言科学院院士；

1982 年，获罗马意大利拉丁美洲学院奖；

1985 年，因小说《世界末日之战》获海明威巴黎里茨奖；

1986 年，获西班牙阿斯图里亚斯亲王文学奖；

1988 年，获瑞士自由奖；

1989 年，因小说《叙述人》获意大利斯卡诺奖；

1990 年，为表彰他的小说成就，意大利授予他卡斯蒂格利奥恩奖；被迈阿密佛罗里达大学任命为荣誉教授；被耶路撒冷希伯莱大学、伦敦大学、波士顿大学等单位授予名誉博士称号；

1993 年，因小说《安第斯山上的利图马》获西班牙行星文学奖；

1994 年 3 月 24 日，被选为西班牙皇帝语言学院院士；同年被美国乔治城大学授予名誉博士称号；由于小说《安第斯上的利图马》，被圣克莱门特·德·孔波斯特拉大主教授予文学奖；获西班牙文化部授予的塞万提斯文学奖；

1995 年，被授予耶路撒冷奖；由于《安第斯山上的利图马》获意大利佛罗伦萨基安蒂·鲁菲诺·安蒂利·法托雷国际文学奖；获西班牙穆尔西亚大学和巴利亚多利德大学授予的名誉博士称号；

1996 年，德国工人行会授予他和平奖；

1997 年 4 月，由于 1996 年 8 月在西班牙《国家报》上发表的《移民》一文，被《ABC》报授予马里亚诺·德·卡维亚奖；

1998 年，伦敦大学授予他名誉博士称号；

1999 年，由于他在 1998 年 11 月 8 日在西班牙国家报上发表的《新的调查》一文，而被该报授予 1999 年度"奥特加—加塞特"新闻奖；哈佛大学授予他名誉博士称号；访问哥伦比亚，被卡利市文化部门授予 1999 年度豪尔赫·伊萨克斯奖。

2001 年，纽约美洲基金会授予他 2000—2001 年度的美洲奖，以表彰他为美洲文化、政治生活，为促进自由、民主、正义和尊重一切公民的社会发展做出的贡献；马德里书商行会因其小说《公山羊的节日》授予他首届年度图书奖；秘鲁总统阿历杭德罗·托莱多授予他钻石大十字级"秘鲁太阳"勋章，表彰他坚持的公民与道德原则和为建立国家法制做出的贡献；

2002 年，美国中心笔会授予他纳博科夫奖，表彰他的文学生涯和全部创作；因其文集《谎言中的真实》，获第二届巴尔托洛梅·马奇优秀文学评论奖；西班牙政府首相何塞·玛丽亚·阿斯纳尔授予他"美洲雅典奖"，表彰他广泛而卓有成效的文学生涯和为反映社会现实所尽的责任。

2003 年，秘鲁共和国议会授予他大十字级荣誉勋章，表彰他为秘鲁和世界文学以及维护人的自由和民主价值做出的杰出贡献；在第十届布达佩斯国际图书节上接受市长颁发他的布达佩斯奖；

2006 年，尼国拉瓜政府首脑授予他大十字级"鲁文·达里奥"勋章，表彰他作为作家为维护拉丁美洲的民主事业所做的贡献；

2009 年，西班牙卡斯蒂利亚—拉曼都区政府授予他 2008 年度国际堂吉诃德奖，表彰他杰出的个人生涯；

2010 年，墨西哥国立自治大学授予他名誉博士学位；10 月 7 日被瑞典皇家学院授予诺贝尔文学奖；12 月 13 日，秘鲁政府在政府宫授予他文学与艺术勋章，表彰他"为世界文学和国家文化发展做出的特殊贡献"。

2011 年，西班牙国王胡安·卡洛斯一世授予他"巴尔加斯·略萨"侯爵称号，表彰他为西班牙语文学和语言做出的非凡贡献；3 月 4 日，墨西哥总统卡尔德隆为他颁发阿兹特克之鹰勋章；

2012 年 11 月 11 日，墨西哥国家文化艺术委员会授予他卡洛斯·富恩特斯国际奖，表彰他为丰富人类的文学财富做出的贡献；

2014 年 9 月 21 日，马德里卡洛斯三世大学授予他荣誉博士称号。

巴尔加斯·略萨著述（初版）目录

长篇小说

《城市与狗》（1963）

《绿房子》（1966）

《酒吧长谈》（1969）

《潘塔莱翁上尉与劳军女郎》（1973）

《胡利娅姨妈与作家》（1977）

《世界末日之战》（1981）

《玛伊塔的故事》（1984）

《是谁杀了帕洛米诺・莫雷罗？》（1986）

《叙事人》（1987）

《继母的赞扬》（1988）

《安第斯山上的利图马》（1993）

《堂里戈维托的笔记本》（1997）

《公山羊的节日》（2000）

《天堂在另一个街角》（2003）

《一个坏女孩的恶作剧》（2006）

《凯尔特人之梦》（2010）

《五个街角区》（2016）

短篇小说

《首领们》（1958）

《幼崽们》（1967）

《丰奇托和月亮》（2010）

《孩子们的船》（2014）

戏剧

《印加王的出逃》（1952）

《塔克纳城的小姐》（1981）

《凯蒂与河马》（1983）

《琼加》（1982）

《阳台狂人》（1993）

《美丽的眼睛，难看的绘画》（1996）

《谎言中的真实》（2006）

《奥德修斯与珀涅罗珀》（2007）

《在泰晤士河边》（2008）

《一千零一夜》（2009）

《瘟疫的故事》（2014）

散文

《加西亚·马尔克斯：弑神者的历史》（1971，论文）

《一部小说的秘史》（1971，论著）

《无休止的纵欲：福楼拜与〈包法利夫人〉》（1975，论著）

《逆风顶浪》（1983，文集）

《谎言中的真实》（1990，评论集）

《替白郎·蒂朗下战书》（1991，论著）

《水中鱼》（1993，回忆录）

《对自由的挑战》（1994）

《古老的乌托邦：何·玛·阿格达斯与想象的虚构》（1997，论著）

《致一位青年小说家的信》（1997，随笔集）

《激情洋溢的语言》（2001，论著）

《不可能的诱惑：雨果与〈悲惨世界〉》（2004，论著）

《拉丁美洲热爱者词典》（2005，词书）

《源泉》（2006，讲义结集）

《向着想象的旅行》（2008，论著）

《大刀与乌托邦：拉丁美洲俯瞰》（2009，文集）

《演出的文明》（2012，论著）

巴尔加斯·略萨在中国纪事

1979 年

《外国文艺》第六期刊登"绍天"写的《秘鲁作家巴尔加斯·略萨及其作品》一文。

1980 年

3 月,《外国文学动态》刊登赵德明写的《拉美当代著名作家巴尔加斯·略萨》一文。

1981 年

外国文学出版社出版赵绍天译的《城市与狗》。

1982 年

2 月,云南人民出版社出版韦平、韦拓合译的《青楼》。

2 月,《外国文学动态》刊登赵德明写的《巴尔加斯·略萨的新作〈世界末日之战〉及其反应》一文。

5 月,云南人民出版社出版赵德明等译的《胡利娅姨妈与作家》。

1983 年

6 月,江苏人民出版社出版赵德明等人译的《世界末日之战》。

《外国文学季刊》1983 年第三期刊登鲁索作的《绿房子里的世界——介绍秘鲁小说〈绿房子〉》一文。

7 月,译林出版社出版的《拉美文学专辑》一书收入朱景冬译的《星期天的决斗》。

译林第一期刊登朱景冬译《星期天的决斗》。

9 月,外国文学出版社推出孙家孟译的《绿房子》。

1984 年

《外国文学动态》1984 年 4 期刊登尹承东摘译的《有关〈胡利娅姨妈与作家〉的一场风波》一文。

1986 年

9 月,北京十月文艺出版社出版孙家孟译的《潘塔莱翁上尉与劳军女郎》。

1987 年

《世界文学》1987 年第 1 期刊登孙家孟译的《酒吧长谈》(第

一部分）。

《世界文学》1887 年第 1 期登载孙家孟写的《结构革命的先锋》一文。

《外国文学动态》1987 年第 3 期刊登刘承军摘译的《巴尔加斯·略萨关于文学与政治的争论》一文。

5 月，《拉丁美洲研究》刊登赵德明《略萨的文学创作之路》。

1988 年

9 月，云南人民出版社孟宪成、王成家译的《狂人玛伊塔》。

《世界文学》第四期刊登林一安译的略萨写的《加西亚·马尔克斯评传》，及尹承东的访谈录《巴尔加斯·略萨的自由》（西班牙洛·迪亚斯作）的《狂人玛伊塔》。

1993 年

《外国文学》第 2 斯刊登赵德明译的《采访略萨》（作者为巴西理查多·何塞迪）及赵德明写的《巴尔加斯·略萨其人》。

1 月，云南人民出版社出版孙家孟译《酒吧长谈》。

安庆师院学报 1993（2）刊登金德琅写的《略萨结构现实主义特征》。

5 月，《外国文学动态》刊出詹玲译的《巴尔加斯·略萨答记者问》。

5 月，《外国文学》刊登赵德明作（《圣殿》—藏污纳垢之作）。

6 月，花城出版社《散文与人》第一集收朱景冬译《游集与鸽子》和《文学与流亡》两篇散文。

1994 年

3 月，《外国文艺》刊登朱景冬译《加缪与文学》；《文艺报》刊登朱景冬作《暴力与罪恶》一文。

7 月 8 日，巴尔加斯·略萨携带全家来北京，12 日和赵德明、尹承东会面。

1995 年

2 月，《译林》刊登朱景冬撰写的《巴尔加斯·略萨和他的小说创作》一文。

《外国文学评论》第 4 期刊登龚翰熊写的《略萨〈酒吧长谈〉的结构形态》。

1996 年

1 月，长春时代文艺出版社推出巴尔加斯·略萨全集第一辑：《城市与狗》（赵德明译）、《潘塔莱翁上尉与劳军女郎》（孙家孟译）、《酒吧长谈》（孙家孟译）、《胡利娅姨妈与作家》（尹承东等译）、《绿房子》（孙家孟译）、《世界末日之战》（赵德明等译）、《水中鱼》（赵德明译）、《谁是杀人犯·叙事人》（孙家孟译）、《犯人玛伊塔》（王成家等译）；第二辑：《继母颂·情爱笔记》（赵德明译）、《永远纵欲》（朱景冬译）、《利图马在安第斯山》（李德明译）、《谎言中的真实》（赵德明译）、《幼崽》（尹承东译）、《顶风破浪》（上、下）（赵德明译）、《替白郎·蒂朗下战书》（朱景冬译）。

2 月，牡丹江师院学报刊登孙大力写的《浅谈略萨小说的艺术特色》。

1997 年

7 月，云南人民出版社出版赵德明译的《谎言中的真实》。

1999 年

9 月 1 日，百花文艺出版社出版赵德明译《情爱笔记》；

9 月，中华读书报 9 月 8 日刊登朱景冬译的《博尔赫斯在巴黎》。

2000 年

3 月，时代文艺出版社出版赵德明译《致青年小说家》。

2001 年

1 月，百花文艺出版社出版赵德明译的《中国套盒》。

3月，临沂师院学报刊登吉平的《略萨"生存意识"产生的原因》。

4月，《世界文学》4期刊登朱景冬译《鸟巢之城》、《去医院节食》。

2002年

1月，百花文艺出版社《聚焦20世纪文豪》一书收朱景冬译《博尔赫斯在巴黎》一文。

2003年

1月，赵德明发表《不能忘记的承诺——与略萨的两次谈话》。

1月，百花文艺出版社出版的《诗学新探》一书，收朱景冬译《巴尔加斯·略萨和他的小说》一文。

2004年

6月，《外国文艺》刊登略萨的《面包与自由》、《博德里拉的讲座》、《爱德华兹和他的〈不受欢迎的人〉》、《出笼的野蛮》等散文。

《世界文学》第四期刊载赵德明译的巴尔加斯·略萨的评论文章《文学与人生》。

2005年

《世界文学》第四期刊登白凤森译的、美国凯莱布·巴赫写的《巴尔加斯·略萨谈〈天堂在另一个街角〉》一文。

5月，《人文随笔》刊登朱景冬译略萨《自由与面包》一文。

6月，河西学院院报刊登张金玲写的《传奇的制造者——〈绿房子〉中的安塞尔莫》一文。

2006年

6月，人民文学出版社出版《20世纪中国散文精选》一书，内收朱景冬译的《移民》一文。

2007 年

第四期《外国文学动态》刊登朱景冬译《我试图探索脱离一切浪漫主义神话的爱情——巴尔加斯·略萨访谈录》。

2009 年

上海译文出版社出版赵德明译的《公山羊的节日》和《天堂在另一个街角》。

2010 年

4 月，上海辞书出版社出版《外国散文鉴赏词典》，内收朱景冬译的《游集和鸽子》。

6 月，《外国文学动态》刊登朱景冬写的《凯尔特人之梦》一文。

10 月 1 日，人民文学出版社出版尹承东译《坏女孩的恶作剧》。

2011 年

2 月，《外国文艺》第一期刊朱景冬译《致大江三郎的信》、《法塔玛塔的大脚》、《刺客》、《孩子们的悲剧》、《游集和鸽子》、《略萨和他的早期小说》；赵德明写的《拉美文学巨擘的诺贝尔族》；尹承东写的《巴尔加斯·略萨——全景小说的追求者》；赵德明译的《读书和虚构作品的赞歌——在接受诺贝尔奖时的演说》；赵德明译的《加缪的修正》、《文学是一团火》、《文学与流亡》、《精神长官》和《博尔赫斯的虚构》；朱景冬译的《巴尔加斯·略萨和他的早期小说》；朱振武作的《巴尔加斯·略萨：政治和艺术的双重化身》。

2 月 9 日，中国长安出版社出版赵德明所著《略萨传》。

解放军艺术学院院报 2011（1）刊登赵德明写的《略萨的艺术世界》一文。

3 月，社科文献出版社出版《当代拉美文学研究》一书，内收朱景冬写的《巴尔加斯·略萨的结构现实主义》、《文学是一团火——〈绿房子〉评析》、《罪恶与暴力——评〈安第斯山的利图马〉》。

6月18日,《文汇报》刊登朱景冬写的《异常的人生,非凡的文学》一文和译文《亚历山大人》。

《读者》第15期转载《异乎寻常的人生,非凡的文学》一文。

6月12—20日,巴尔加斯·略萨应北京塞万提斯学院、中国社科院等单位邀请来华访问,12日在上海外语学院发表题为《一位作家的证词》的讲话。6月17日在社科院发表同题讲话,该院授予他名誉研究员称号,上海外语学院授予他荣誉博士称号。

6月17日,中国作家网刊登王杨的《巴尔加斯·略萨与中国作家学者在京座谈》和《诺奖得主巴尔加斯·略萨在京演讲》二文。

6月20日,北京青年报刊登崔峻《大部分作家靠的是勤奋》一文。

6月20日,京报刊登胡续冬《巴尔加斯·略萨中译本阅读指南》一文。

2012 年

9月,《中国南方艺术》杂志刊登尹承东《略谈巴尔加斯·略萨新作〈坏女孩的恶作剧〉》一文。

9月28日,《中南方艺术》网刊登:

《从略萨看诺贝尔文学奖》,徐江作。

《写给火光中的略萨》,罗文华作。

《略萨:天堂在这里吗?》,罗豫作。

《阅读略萨的〈绿房子〉不是愉悦的体验》,思郁作。

《难忘略萨的胡利娅姨妈》,阿西作。

《略萨带给我的文学理念》,袁跃兴作。

11月30—2013年1月3日,人民艺术剧院演出话剧《坏女孩的恶作剧》，陈小玲编剧，唐烨导演，周帅等主演。

2013 年

12 月，西安外语学院学报刊登孟夏韵写的《从略萨的〈绿房子〉看结构现实主义的现实批判》一文。

2014 年

《世界文学》第 2 期刊登秘文写的《秘鲁纪念〈城市与狗〉出版五十周年》一文。

《青春》第四期刊登雷雨写的《玛尔巴贝阿达是条母狗——略萨〈城市与狗〉漫谈》一文。

《青年与社会》第 9 期刊登林汗金写的《从社会政治角度分析〈城市与狗〉》一文。

《心事》第 10 期刊登龚海林写的《略萨〈绿房子〉中的房子意象研究》一文。

《芒种》第 10 期刊登刘秋、刘旭彩写的《〈绿房子〉中拉美民族意识的觉醒》一文。

《电影评介》第 14 期刊登刘芳写的《〈城市与狗〉中的结构现实主义》一文。

2015 年

《长春教育学院学报》第 12 期登载杨美霞写的《浅谈〈公山羊的节日〉中结构现实主义的体现》一文。

《大众文艺：学术版》第 8 期刊登窦今超写的《传奇的创造者——浅析〈绿房子〉中安塞尔莫的人物形象》一文。

12 月 21 日，《中国南方艺术》刊登赵德明写的《略萨：大作家们的文学抱负是什么?》一文。

主要参考书目

赵德明、赵振江等编者：《拉丁美洲小说史》，北京大学出版社
　2001 年版。

赵德明译：《水中鱼》，时代文艺出版社 1996 年版。

赵德明译：《城市与狗》，时代文艺出版社 1996 年版。

孙家孟译：《酒吧长谈》，时代文艺出版社 1996 年版。

孙家孟译：《潘上尉与劳军女郎》，时代文艺出版社 1996 年版。

尹承东等译：《胡利娅姨妈与作家》，时代文艺出版社 1996 年版。

赵德明等译：《世界末日之战》，时代文艺出版社 1996 年版。

王成家等译：《狂人玛依塔》，时代文艺出版社 1996 年版。

孙家孟译：《谁是杀人犯》，时代文艺出版社 1996 年版。

孙家孟译：《叙事人》，时代文艺出版社 1996 年版。

孙家孟译：《绿房子》，时代文艺出版社 1996 年版。

赵德明译：《继母颂》、《情爱笔记》，时代文艺出版社 2000 年版。

李德明译：《利图马在安第斯山上》，时代文艺出版社 2000 年版。

尹承东译：《幼崽们》，时代文艺出版社 1996 年版。

赵德明译：《谎言中的真实》，时代文艺出版社 2000 年版。

赵德明译：《顶风破浪》，时代文艺出版社 2000 年版。

朱景冬译：《无休止的纵欲》，时代文艺出版社 2000 年版。

朱景冬译：《替白郎·蒂朗下战书》，时代文艺出版社 2000 年版。

赵德明译：《致青年小说家的信》，时代文艺出版社 2000 年版。

尹承东译：《首领们》，时代文艺出版社 2000 年版。

赵德明译：《公山羊的节日》，上海译文出版社 2009 年版。

赵德明译：《天堂在另一个街角》，上海译文出版社 2009 年版。

尹承东译：《坏女孩的恶作剧》，人民文学出版社 2010 年版。

尹承东著：《巴尔加斯·略萨——全景小说的追求者》，《外国文艺》2011 年第 1 期。

《关于〈胡利娅姨妈与作家〉同巴尔加斯·略萨的谈话》，何塞·曼努埃尔·奥维多，1977 年 3 月。

张永泰译：《我是怎样写小说的》，巴尔加斯·略萨作。

《全面体小说与巴尔加斯·略萨》，塔林加网上文章，2015 年 10 月 11 日。

《我们的作家》，路易斯·哈斯，1973 年。

《加西亚·马尔克斯：一个弑神者的历史》，巴尔加斯·略萨著，1971 年。

赵德明译：《读书与虚构的赞歌》，巴尔加斯·略萨作。

《我试图探索脱离一切浪漫主义神话的爱情》，巴尔加斯·略萨访谈录，2006 年 5 月 20 日。

朱景冬译：《巴尔加斯·略萨和他的早期小说》，乌拉圭马里奥·贝内德蒂作，《外国文艺》2011 年第 1 期。

《巴尔加斯·略萨戏剧的时间结构》，西班牙玛丽亚·艾尔维拉·卢纳作，2010 年。

《巴尔加斯·略萨后几部剧作》，西班牙玛丽亚·艾尔维拉·卢纳作，2001 年，《文学研究》杂志，马德里。

《巴尔加斯·略萨的第一部小说》，何塞·米格尔·奥维埃多作，2012 年 4 月 19 日。

《〈叙事人〉中略萨小说叙述技巧》，西班牙莱达·萨拉萨尔·P.作，1996 年。

《巴尔加斯·略萨和他女性人物》，佩尼利亚·索夫格伦作，2011
　　年5月27日。

《加西亚·马尔克斯与巴尔加斯·略萨》，利多·卡尔多纳作，
　　2014年4月17日。